Vier Menschen, verbunden durch das Schicksal, kämpfen um ihre Zukunft.
Didrik hat die Gefahr unterschätzt. Nun muss er seine Familie aus den Wäldern retten. Oder geht es ihm doch nur um sich selbst?
Melissa hatte Didrik schon vergessen. In der Hauptstadt schwört sie ihre Follower auf Lebensgenuss ein. Kann sie länger wegschauen?
André wäre lieber da, wo Melissa ist, statt mit seinem berühmten Vater an der Küste zu segeln. Ist seine Zeit jetzt gekommen?
Vilja, Didriks Tochter, landet allein mitten im Chaos. Doch ihr wird gelingen, was die Erwachsenen nicht zu tun vermögen.

Jens Liljestrand schreibt schon seit Jahren über den Klimawandel und die möglichen Folgen für uns Menschen. Die Idee, nun mit einem fesselnden Roman in das Thema einzutauchen, entstand, als er seinen Kindern ein Korallenriff zeigen wollte, das inzwischen nicht mehr existierte. Die Arbeit an diesem Buch war für Liljestrand auch eine Möglichkeit, selbst aus der lähmenden Klima-Angst herauszukommen: »An unser zukünftiges Leben zu denken, ist hoffnungsvoll und dunkel zugleich. Es könnte eine bessere Welt entstehen aus der fundamentalen Bedrohung, für die wir alle Verantwortung übernehmen müssen. Darauf hoffe ich.«
In seiner Heimat Schweden ist Jens Liljestrand bekannt als Kulturjournalist, Literaturkritiker und Autor. Für seine Werke wurde er mehrfach ausgezeichnet. »Der Anfang von morgen« ist auch international auf überwältigende Resonanz gestoßen und erscheint in über 30 Ländern weltweit.

Die vier einprägsamen Stimmen des Romans wurden ins Deutsche übertragen von einem vierköpfigen Team erfahrener Übersetzer:innen: Thorsten Alms (Didrik), Franziska Hüther (Melissa), Stefanie Werner (André) und Karoline Hippe (Vilja).

Weitere Informationen finden Sie auf www.fischerverlage.de

Jens Liljestrand

DER ANFANG VON MORGEN

Roman

Aus dem Schwedischen von
Thorsten Alms, Karoline Hippe,
Franziska Hüther und Stefanie Werner

FISCHER Taschenbuch

Aus Verantwortung für die Umwelt hat sich der S. Fischer Verlag zu einer nachhaltigen Buchproduktion verpflichtet. Der bewusste Umgang mit unseren Ressourcen, der Schutz unseres Klimas und der Natur gehören zu unseren obersten Unternehmenszielen.
Gemeinsam mit unseren Partnern und Lieferanten setzen wir uns für eine klimaneutrale Buchproduktion ein, die den Erwerb von Klimazertifikaten zur Kompensation des CO_2-Ausstoßes einschließt.
Weitere Informationen finden Sie unter: www.klimaneutralerverlag.de

Zitatnachweise:
Hilary Mantel, »Falken«, DuMont 2013,
aus dem Englischen von Werner Löcher-Lawrence
Tomas Tranströmer, aus dem Gedicht ›Romanische Bögen‹, in:
»Sämtliche Gedichte«, Hanser 1997,
aus dem Schwedischen von Hanns Grössel
Bruno K. Öijers, Auszug aus dem Gedicht ›Även om allt tar slut‹
(›Selbst wenn alles endet‹), in der Sammlung »Medan giftet verkar«,
Wahlström & Widstrand 1990

MIX
Papier | Fördert gute Waldnutzung
FSC® C083411

Erschienen bei FISCHER Taschenbuch
Frankfurt am Main, August 2023

Die Originalausgabe erschien 2021 unter dem Titel
»Även om allt tar slut« im Verlag Albert Bonniers, Stockholm

Published by arrangement with Ahlander Agency, Stockholm

Redaktion: Volker Jarck
Satz: Dörlemann Satz, Lemförde
Druck und Bindung: CPI books GmbH, Leck
Printed in Germany
ISBN 978-3-596-70783-6

Für Tove

»Es gibt keine Enden. Wenn du das denkst, täuschst du dich.
Es sind alles Anfänge. Hier ist einer.«

Hilary Mantel, *Falken*

1

DER ERSTE TAG
VOM REST DEINES LEBENS

DIDRIK

Als ich zum letzten Mal glücklich war, stand ich in einem Geschäft. Die Einschränkungen waren endlich aufgehoben, und wir fuhren mit den Kindern im Auto raus zum Einkaufszentrum. Am Kreisverkehr standen ein Ikea, ein Elektronikmarkt, noch ein Elektronikmarkt mit Haushaltsgeräten, ein großer Supermarkt und schließlich der Laden, den sie ausfindig gemacht hatte, die letzte physische Verkaufsstelle für solche Waren, nachdem sonst alles ins Internet abgewandert war. Wir wollten vor Ort sein, im Raum, uns berauschen lassen von der Sehnsucht nach unserem Kind.

Carola stand in der Ecke, wo die Kinderwagen ausgestellt waren, ihr Gesicht ausdruckslos vor Befremden wie bei einem Menschen, der zum ersten Mal das Heiligtum einer Religion betritt, die er zwar kennt, aber der er selbst niemals angehört hat, schaukelnd und schwer, während die Kinder, die bald ein Geschwister bekommen würden, durch die Regalreihen streiften. Es gab Teddybären und Tücher in Pastellblau und Flamingorosa, Wickeltische, Wiegen und Betten, Schnuller und Öle und Flaschen, es gab Milchpumpen und Still-BHs und Stillsessel, es gab pädagogisches Holzspielzeug und elektronische Sender und Empfänger, über die man hörte, wenn das Kind aufgewacht war, oder es beim Schlafen beobachten oder seine Körpertemperatur oder den Kohlendioxidgehalt der Luft um das Kind herum ablesen konnte.

Die Kinder blieben plötzlich mitten im Geschäft stehen. *Nein*, sagten sie. *Nein, guckt doch mal!* Sie zeigten auf die Reihen aus süßen kleinen Bodys und Mützen und unbegreiflich kleinen Socken. Diese winzigen Kleidungsstücke hatten etwas Verletzliches an sich, das fast nicht zu ertragen war, und sie streichelten die Stoffe, bohrten die Nasen hinein und schnüffelten, als wären es Kinder, als wäre ihre Schwester schon bei uns. Und wir sahen einander über die Regale hinweg an und lächelten, weil wir das Richtige getan hatten, als wir zu diesem verrückten Kommerztempel gefahren waren; weil wir die Kinder mitgenommen hatten, damit sie es verstanden, mit ihren eigenen Augen und Fingerspitzen den flanellweichen Wind fühlen konnten, der bald durch unser Leben wehen und es für immer verändern würde, und ich hörte mich selbst sagen *nehmt, was ihr haben wollt.*

Meine Familie sah mich verwirrt an, wir wollten ja eigentlich nur nach einem Wagen sehen, etwas zum Vergleichen haben, bevor wir einen gebrauchten kauften, wir kauften immer aus zweiter Hand, und Carola sagte noch etwas über unseren CO_2-Fußabdruck, über eine Cousine, deren Tochter gerade aus ihren Kleidern wuchs, aber ich sagte nur *bitte, nur dieses eine Mal, bitte, bitte, nehmt, was ihr haben wollt.*

Sie bewegte sich nicht von der Stelle, sah nur hilflos zu, wie die Kinder mit leuchtenden Augen und kurzen, entzückten Rufen ihre Arme mit Spucktüchern und Tragetüchern und einem großen Spielbogen aus graublauem Kaschmir beluden. Am Ende begann sie sich umzusehen und fragte die Dame an der Kasse nach Stoffwindeln, nach ökologischem Material und fair gehandelten und klimaneutralen Kleidungsstücken, ob es Badewannen gab, die weniger nach Plastik aussahen, woher die Baumwolle von diesem hübschen gepunkteten Kissen kam, und alles, was sie haben wollte, kostete doppelt so viel wie alles andere. Ich lachte und holte einen Einkaufswagen, und als sie mit dem Rücken zu mir stand, nahm ich das Handy und überwies mehr Geld.

Als die Körbe voll waren und das Hingerissensein vom Niedlichen und Süßen zu einer dumpfen Zufriedenheit geronnen war, gingen sie und ich zu den Kinderwagen zurück. Es gab jetzt keine Alternative mehr zu dem französischen Luxusmodell, das Testsieger geworden war und ein Chassis hatte, dessen Entwicklung fünf

Jahre gedauert hatte. Wir wählten einen Stoff für die Softtragetasche und Sonnensegel und Regenverdeck, wir suchten einen Handyhalter aus, einen Getränkehalter, einen Taschenhalter, wir suchten sämtliches Zubehör aus, das es gab.

Die Dame an der Kasse gab alles ein und fand luftige Worte für die Information, dass wir den Kinderwagen zurückgeben und das Geld wiederbekommen könnten, falls *irgendetwas passierte*, und trotz ihres sorglosen und heiteren Tonfalls, *wir brauchen nur eine kleine schriftliche Bestätigung*, schien alles andere stehen zu bleiben – vor uns sahen wir das Blut in der Toilettenschüssel, eine schreiende Krankenwagenfahrt, einen Kindersarg, einen runzligen alten Gynäkologen, der seine Brille putzt und eine *kleine schriftliche Bestätigung* schreibt, damit wir hierher zurückfahren können, um die hübschen Designerstoffe und die cognacfarbenen Lederdetails am Handgriff in diese groteske Kultstätte zurückzubringen, und ich hörte Carola in die Leere hinausflüstern, dass *so etwas dann ihre Mutter übernehmen müsse.*

Aber auch diese Angst verflüchtigte sich wieder, auch dieser Moment ging vorüber, und es blieb nur noch die Summe übrig, die Ziffern auf dem Display der Registrierkasse, ein Betrag, der geringfügig höher war als der Preis meines ersten Autos.

»Sollen wir eine Ratenzahlung einrichten?«, fragte die Dame mit einem strahlenden, einladenden Lächeln. Ich sah mich in dem Laden um, sah zum ersten Mal die anderen Väter, den gestressten Fußballanhänger mit dem Fanpullover, den Migranten mit dem zerknitterten Anzug, den älteren Herrn mit der Lederjacke und der geklebten Brille und begriff, dass es so lief: Die Leute mussten sich Geld für diese Dinge hier leihen, sie müssen SMS-Kredite bezahlen, Zinsen, Bearbeitungsgebühren, Mahngebühren, sie sitzen in ihren kleinen Vororten und stottern mit jedem Monatslohn ihre Teddybären und Decken und Kinderwagen ab, und in mir wuchs der Stolz.

»Nein, nein«, sagte ich und reichte ihr die Karte, »direkt alles zusammen.«

Carola stand neben mir, legte die Hand auf meine Stirn, als hätte ich Fieber, und murmelte, dass wir auch woanders schauen könnten, vielleicht gab es ja einen fast neuwertigen Wagen im Internet, aber das Einzige, was ich spürte und hörte, waren ihre Hände in meinem Haar, ihre Finger in meinem Nacken und *ist das okay, ist das wirklich okay*, sie berührte mich, endlich berührte sie mich, ich konnte mich nicht an das letzte Mal erinnern, dass sie mich berührt hatte, *alles in Ordnung, mein Schatz, ich schaffe das*, und ihr Blick auf mir, auf den, der ich in jenem Moment in ihren Augen war, als alles verziehen war, als alles perfekt war und so verdammt wohlverdient.

MONTAG, 25. AUGUST

Es gibt eine Stelle zwischen der glatten, über den Schädelknochen gespannten Oberfläche der Stirn und dem schon jetzt sehr kräftigen, dunklen Haar, ein flauschiges, unabgrenzbares Zwischengebiet, das manchmal – besonders wenn es warm und dunkel ist wie jetzt – in die Schläfe wandert oder hinter das Ohr oder die Fontanellen oder sogar bis ganz hinten in den Nacken. Dort kann ich die Nase hineinbohren und den Duft von haariger, sanfter Haut und süßer, eingetrockneter Milch wahrnehmen, der nach ein paar Tagen etwas schärfer wird, beinahe wie gereifter Käse, bis man sie wieder sauber wäscht. Eine Schwere auf meinem Arm wie von einem Sack mit warmem, frisch durchgedrehtem Hackfleisch, die Konsistenz wie rohe Wurst, luftig in einen Darm gestopft mit vorsichtigen Händen, um die empfindliche Oberfläche nicht zu zerreißen, nichts ist gespannt oder geschwollen, keine Muskeln, keine Verhärtungen. In der Schläfrigkeit verschwinden die Grenzen zwischen ihr und mir und alles wird zu Atem und weichem, warmem, klebrigem Gewebe, sie ist nackt, abgesehen von der Windel, es ist Monate her, dass sie einen Schlafanzug im Bett trug, es ist zu warm.

Becka hat ihre Flasche ausgetrunken und ein Bäuerchen über meiner Schulter gemacht und wir sind zusammen eingeschlafen, als die ersten Sirenen wie aus dem Traum heraus erklingen, zuerst entfernt und unbedeutend, wie das Piepen einer Spülmaschine oder eines Wäschetrockners, wenn das Programm beendet ist, ein Teil des ständigen Lärms, nach einer halben Minute deutlicher, die Sirenen durchschneiden den Filter, die Blase, dringen hinein zu uns.

»Das ist bestimmt nur eine Autobombe«, sagt Carola mit dem Rücken zu mir, ein alter Scherz von dem Semester in Malmö, ein

Paar, mit dem wir damals Umgang hatten, lebte mit Kriminalität vor der Haustür, und das ältere Mädchen war ein Landei und hatte Todesangst. Aber seine Freundin war aufgewachsen im Stadtteil Möllevången und strahlte diese typisch träge Malmöer Seelenruhe aus, mit diesem immer wiederkehrenden Achselzucken, *das sind nur die wieder*, und sie beschrieb mit sichtbarem Stolz, wie sie gelernt hatte, die sozialen Probleme als *einen natürlichen Bestandteil des urbanen Stadtbilds* zu akzeptieren, nur Rassisten beklagten sich über die Verbrechen und die Gewalt, *wenn es nachts knallt, muss das ja kein Schusswechsel sein*, fuhr sie fort und verbog ihre gepiercte Unterlippe in milder Verachtung, *oft ist es auch einfach nur eine Autobombe.* Als sie nach Hause gingen, scherzten wir über diese aufgeklebte Butch-Attitüde, und seitdem ist alles, was die nächtliche Ruhe stört, *nur eine Autobombe.*

Die Sirenen kommen näher, sie müssen jetzt hier draußen auf den schmalen Straßen sein, vielleicht wollen sie zu dem einsamen, alten Mann, der unten im blauen Haus wohnt, der Schuppenflechte im ganzen Gesicht hat, er wird wohl schon über siebzig sein. Aber Krankenwagen und Polizei kommen bei einem natürlichen Tod doch nicht mit Sirenen angefahren?

Ich lege Becka auf die Matratze, sie jammert, streckt die Arme in die Luft, der kleine Körper ist gespannt wie ein Bogen, ich stelle die Füße auf den alten Dielenboden und gehe zum geöffneten Fenster. Es ist nicht so heiß wie gestern, vielleicht nur dreißig Grad, und es herrscht eine angenehme Brise, ich sehe, wie die Krone der hohen Kiefer schaukelt und sich im Wind neigt. Die Hitze hat nachgelassen, es ist aufgefrischt, endlich ist die Luft weniger stickig.

»Heute wird ein schöner Tag«, sage ich zu niemandem.

Im Kinderzimmer ist es mucksmäuschenstill, ich klopfe an und öffne die Tür, sie liegen jeweils im eigenen Bett mit ihren Bildschirmen und Kopfhörern, der Geruch nach schmutziger Wäsche und Süßigkeiten und ihren schlaffen, jungen Körpern ist so dick, dass man ihn mit Messern schneiden kann, und ich sage ihnen ganz mechanisch, dass sie ausschalten und herunterkommen sollen, es sei schon halb elf. Vilja glotzt mich wie gewohnt nur mürrisch an, während Zack strahlt und triumphierend ein Marmeladenglas in die Luft hält, das sonst auf seinem kleinen Nachttisch steht. Neben dem Zahn liegt eine goldglänzende Münze.

»Die Zahnfee war hier und hat einen goldenen Zehner in mein Glas gelegt!«

»Oh, tatsächlich? Und der Zahn ist immer noch da?«

»Ja, weil sie ja weiß, dass ich die sammle! Dass ich sie aufbewahre!«

»Das ist ja großartig.«

»Papa?«

Er lächelt, es ist ein zuckersüßes, leicht übertriebenes Lächeln, mit dem er angefangen hat, nachdem Becka zur Welt gekommen und er nicht mehr der Jüngste war, er benutzt es, wenn er sich seiner Kindlichkeit allzu bewusst wird und weiß, dass er etwas tut, wofür er eigentlich zu groß ist, ein kleines Theaterstück, das er aufführt, damit er sich wieder klein fühlen darf.

»Papa, glaubst du, dass es die Zahnfee auch in Thailand gibt?«

Ich streichle durch sein feuchtes Haar, spiele das Kinderspiel mit, vielleicht weil ich es auch ein bisschen brauche.

»Natürlich gibt es sie da auch, mein Süßer. Sie ist wie der Weihnachtsmann, sie fliegt herum, allerdings nicht mit Rentieren, sondern mit …«

»Zahntrollen!«

»Genau! Zahntrolle, die sie … gefangen hat. Mit …?«

Er muss nicht länger als eine Sekunde nachdenken.

»Mit Zahnseide!«

Wir lächeln beide über die gemeinsame Phantasie, sind beide gleich verliebt in das alberne Bild einer Zahnfee, die in einem Wagen sitzt – konstruiert aus verlorenen Zähnen? Mit Zahncreme als Kleber? –, der von einer Handvoll wütender, aber starker Zahntrolle gezogen wird, so etwas machen wir zusammen, machten wir, als er klein war, stundenlang konnten wir Geschichten improvisieren und ich dachte oft darüber nach, ob ich sie nicht aufschreiben sollte, aber daraus wurde natürlich nie etwas.

Unten in der Küche steht noch alles von gestern, Töpfe, Bratpfannen, dreckige Teller und Weingläser, wir vergessen immer, uns Wasser für den Abwasch aufzuheben. Das Monopoly-Spiel, bei dem die dicken Geldstapel daran erinnern, wie Carola die Kinder gewinnen ließ, an unseren Streit danach. Ich machte mir Sorgen und redete über Regeln und Konsequenzen, okay, Zack ist zehn, aber eine Vierzehnjährige wie Vilja muss lernen, dass es nicht geht, sich einfach einen Stapel Geld von der Bank zu nehmen, wenn das eigene Geld nicht mehr reicht, und sie lächelte dieses traurige, resignierte Lächeln und sagte, dass *sie noch früh genug lernen wird, wie der Kapitalismus funktioniert, das wird man leider nicht vermeiden können.*

Ich überprüfe reflexhaft den Wasserhahn. Nur ein schwaches Brausen, mehr nicht. Es stört mich weniger als früher, wir haben Wasser in Flaschen, wir haben Getränke für die Kinder und Bier für uns. Pinkeln kann man hinter einem Baum, Kleider kann man im See unten waschen, den Abwasch mit ein bisschen Papier abreiben. Die einzige echte Zumutung, für deren Vermeidung ich gerne bezahlen würde, sind die Kackwürste, die in der Toilette herumschwimmen, die langsam mit immer mehr Kot und Papier gefüllt wird, wir versuchen, den Kindern beizubringen, dass sie Bescheid sagen, damit wir ihnen mit einem Töpfchen helfen können, aber Zack vergisst es immer wieder und Vilja weigert sich einfach, also muss am Ende alles mit einem Kochtopf und einem Wischeimer gereinigt werden, während ich mir über die Kopfhörer Musik anhöre, durch den Mund atme und das Gehirn auf Standby setze.

Zack steht jetzt hier und hat schon die Badehose angezogen, seit Wochen hat er nichts anderes mehr getragen als Badehosen, und ich gebe ihm ein Glas Milch und sehe zu, wie er es austrinkt. Dann gehen wir, er läuft vor mir her, auf den schmalen Schotterweg hinaus, der beinahe weiß vor Staub ist, der trockene, milde Wind, der die Arme und Beine wie ein frisch gewaschenes Laken streichelt, diese lieblichen Sommermorgen, die vergilbten Büsche, die wildwüchsigen, stoppeligen Rasenflächen, die toten Beete, der strahlend blaue Himmel und die Stille, überall Stille, eben waren noch Sirenen zu hören, jetzt nichts mehr.

Der alte Mann ist nicht tot, er steht draußen und blinzelt im Sonnenschein, als wir zum Steg hinunterkommen, der Wind spielt mit seiner grauen Windjacke, der rot-weiße Schorf im Gesicht ist weniger auffällig, als ich ihn in Erinnerung habe, die Sonne hilft da natürlich.

»Seid ihr noch da?«, sagt er und klingt fast ein bisschen verärgert.

»Selbstverständlich«, antworte ich. »Wir haben unser Haus über den Sommer vermietet, deswegen müssen wir …«

»Ihr seid noch da«, wiederholt er im selben vorwurfsvollen Tonfall. »Die meisten anderen sind am Wochenende gefahren.«

»Bei uns läuft das problemlos.« Ich ärgere mich über den alten Mann, aber noch mehr über meine eigene Reaktion, dass ich das Gefühl habe, mich verteidigen zu müssen, als wollte ich seinen Segen bekommen. »Für die Kinder ist es bestimmt sehr nützlich, die Auswirkungen mit eigenen Augen zu sehen. Wenn sie es sonst nur in der Schule lernen, ist es zu abstrakt.«

Zack läuft unbekümmert an dem Mann vorbei, hinauf auf die kleine Sandfläche neben dem Steg, und sucht nach unseren Sachen. Unter einer alten, abgeblätterten Bank liegen der aufblasbare Plastikdelfin und die Luftmatratze, mit der wir immer spielen, sowie ein kleines Necessaire mit Seife und Shampoo für Seewasser, er findet es so lustig, wenn er sich beim Baden waschen kann, der Schaum, der in die Wellen fließt, *Papa, können wir die Haare waschen* kreischt er und sieht auf den leeren See hinaus mit dem stolzen Blick eines Kinds, dem eben noch ein Hotel in der Bahnhofstraße und drei Häuser in der Schlossallee gehört haben.

Der Mann sieht dem Jungen beim Umherlaufen zu. Ein unmerkliches Kopfschütteln.

»Spürst du das nicht?«

Er hebt die Hand über den Kopf und zeigt nach hinten, zum See, und wirft mir einen schweren Blick zu.

»Siehst du das nicht? Es hat sich heute Nacht mehrere Kilometer bewegt.«

Der See, die Wellen, der Schaum weiter draußen. Auf der anderen Seite Wald, Grün, das in Gelb und Braun übergeht. Und weiter hinten, in den Baumkronen, ein dunkler Dunst, der in den leeren Himmel steigt, wie eine Gewitterwolke, aber in Bewegung, ein schneller, qualmender Aufmarsch.

Der alte Mann schnuppert hörbar mit aufgesperrten Nasenlöchern, und aus reinem Reflex heraus mache ich dasselbe. Es sticht.

Rauch.

Zack sitzt schon auf dem Rand des Stegs, er hat den Plastikdelfin auf dem Schoß und spricht mit ihm, sein ewiges nasales, kindliches, in sich selbst gewendetes Gebrabbel, die Luft ist aus dem Spielzeug entwichen, so dass der Delfinkörper sich beinahe zu einem V in seinen Armen formt.

*

Eine ganze Stunde lang fühle ich mich so lebendig wie seit Ewigkeiten nicht mehr. Überall schlägt der Puls des Abenteuers, ich mache ein Selfie mit Zack auf dem Steg mit dem See im Hintergrund und schreibe *Da hinten im Wald brennt es. Zeit, sich davonzumachen – jetzt sind wir auch Klimaflüchtlinge. Traurig, aber wahr. #climatechange* und stelle es direkt ein und sofort kommen Herzen und Emojis und Mitteilungen wie *Wo seid ihr?* und *Großer Gott, können wir euch irgendwie helfen?* und Carolas Mutter ruft sie an und geht die Wertsachen durch, was absolut mit ins Auto kommen muss *für den Fall, dass*, ihre Schwester ruft an, ihre Freundinnen rufen an, niemand ruft mich an. Ich fühle mich fokussiert, entschlossen, ich teile den großen Kindern mit, dass sie genau eine halbe Stunde haben, um ihre Sachen zu packen, und gebe Vilja den Auftrag, ihrem kleinen Bruder beim Packen zu helfen und dazu noch alle Handys und Powerbanks der Familie aufzuladen, ich bitte Carola, alles für Becka vorzubereiten, Flaschen, Kleidung, Windeln, es kann Stunden dauern, bevor wir zu einem Geschäft kommen oder irgendwohin, wo es eine Toilette gibt. Meine Familie lässt sich herumkommandieren ohne auch nur die geringste Andeutung von Gezänk, als würden wir uns alle aus reinem Instinkt in unsere einfachsten Rollen fallen lassen. Ich gehe ins Internet, präge mir die besten Routen ein, lese die Informationen auf der Seite des Rettungsdiensts. Ich schalte das Radio an und finde einen lokalen Sender, der über Flammenwände berichtet, die doppelt so hoch sind wie Kathedralen, es ist ein krasses Ereignis, es sind apokalyptische Bedingungen und wir sind mittendrin. Carola kommt mit unserer Reisetasche und einer Ikeatüte herunter, berührt mich an der Schulter und küsst mich hastig, *das schaffen wir schon, oder?* und ich spüre, dass sie dasselbe empfindet, dass es uns auf eine neue und schöne und adrenalinhaltige Weise näher zusammenführt.

Die SMS und die Likes strömen weiter ein. Ich gehe nach draußen zum Auto, um alles einzupacken, das Radio ruft an, eine gestresste Redakteurin fragt mich, ob ich mich interviewen lassen möchte, und plötzlich bin ich mitten in einer Livesendung, *Didrik von der Esch, von Beruf PR-Berater, befindet sich mit seiner Familie im Waldbrandgebiet nördlich des Siljan-Sees, was passiert gerade um Sie herum, Didrik?*

Tja, wir halten uns seit ein paar Wochen im Sommerhaus meiner Schwiegermutter in Dalarna auf, und im Laufe der Zeit ist hier alles schwieriger geworden wegen der Dürre und der Hitze, und jetzt haben wir gehört, dass wir aus Sicherheitsgründen umgehend abreisen müssen.

Didrik, sind Sie zufrieden mit den Informationen, die Sie von den Behörden erhalten haben?

Ich schließe das Telefon an mein Headset an und lade Sachen in den Kofferraum, während das Interview fortgesetzt wird, die Bewegung lässt meine Stimme ein bisschen schneller werden, schafft eine besondere Dramatik, ich sage *Entschuldigen Sie die Geräusche, aber ich belade gerade unser Auto, wir müssen uns jetzt wirklich beeilen … die Informationen, also das kommt darauf an, was Sie damit meinen, natürlich haben wir die Information bekommen, dass wir diesen Ort verlassen müssen und so weiter, aber in einer größeren Perspektive hängt ja diese extreme Hitze mit der Klimakrise zusammen, die alle Behörden in der westlichen Welt seit Jahrzehnten kennen, ohne dass man entsprechend gehandelt hat. Also was das betrifft, denke ich schon, man hätte uns besser INFORMIEREN können, also nicht jetzt, sondern vor zehn oder zwanzig oder dreißig Jahren, zumindest hätte man darüber INFORMIEREN können, dass der Staat nicht mehr vorhat, seine vielleicht wichtigste Aufgabe wahrzunehmen, nämlich die Bevölkerung vor einer langen Reihe sehr vorhersagbarer Katastrophen zu schützen.*

Ich genieße dieses Gespräch, lasse die Worte auf der Zunge zergehen, klappe den Kinderwagen zusammen und lege ihn ganz oben in den Kofferraum und höre das bestürzte Schweigen der Radiosprecherin, die eine hübsche kleine Kunstpause daraus macht, bevor sie sagt *Didrik, Sie wirken erstaunlich gefasst, trotz des Ernstes der Situation?*

Ja, wir werden natürlich ausgezeichnet zurechtkommen, unser Besitz und Eigentum sind versichert, nicht so wie in den armen Gegenden der Welt, wo die Klimakrise jedes Jahr Millionen Opfer fordert, die Riesenstädte in Indien und Afrika, in denen das Wasser ausgegangen ist, der Westen der USA und Kanada, wo im Prinzip ganze Bundesstaaten abbrennen, vielleicht ist es diese Art von Ereignissen, die man braucht, damit wir in Schweden aufwachen und verstehen, wohin wir auf dem Weg sind.

Das Studio bedankt sich dafür, dass ich mir die Zeit genommen habe, und *Das war also Didrik von der Esch, der gerade zusammen mit seiner Familie das Sommerhaus in Dalarna evakuieren muss, weil sich nördlich des Siljan ein Großbrand ausbreitet, über den man laut Aussage des Rettungsdienstes die Kontrolle verloren hat, wir wenden uns jetzt dem,* und ich drücke das Gespräch weg und schlage die Kofferraumklappe zu und nach dem Knall hallt die Stille.

Keine Vögel. Keine Autos. Nur das Rauschen des Winds in den Bäumen.

Ich schaue noch einmal auf das Handy. Es sind noch mehr Likes gekommen, aber keine SMS. Die Leute denken wohl, dass wir schon auf dem Weg sind.

»Sind langsam alle bereit für die Abfahrt?«, rufe ich ins Haus hinein und bin stolz darauf, wie entspannt ich klinge.

Carola und Vilja kommen mit Becka heraus und wir heben sie auf den Rücksitz und schnallen sie im Babysitz fest. Zack steht im Flur mit seinem Spiderman-Rucksack und ich möchte ihn gerade ins Auto bringen, als ich entdecke, dass er weint, stumm, verbissen, das macht er sonst nie. Ich gehe vor ihm in die Hocke.

»Kleiner, was ist denn? Du hast doch nicht etwa Angst? Alles ist gut, wir fahren jetzt einfach.«

»Ich finde es nicht.«

Ich nehme den Rucksack, befühle ihn, er ist voller Kleidung, Bücher, im Außenfach spüre ich das harte Rechteck des Tablets.

»Aber es ist doch alles da, du hast wirklich gut gepackt.«

Zwei große Tränen kullern nebeneinander die Wangen herunter.

»Der goldene Zehner. Und der Zahn. Ich habe sie überall gesucht und Vilja sagt, dass wir nicht länger suchen können, sonst würden wir verbrennen.«

»Aber Zacharias, nein. Hier wird gar nichts verbrennen. Wir fahren einfach früher nach Hause, das ist doch nicht gefährlich. Komm, wir setzen uns ins Auto. Was willst du hören? *Das Phantom der Oper*? Oder noch mal die *Zauberflöte*?«

Das Gesicht ist eine starre Maske aus Verzweiflung und Trotz.

»Der Goldzehner. Und der Zahn. Den wollte ich doch aufbewahren.«

Ich höre, wie die Autotür geöffnet wird, Carola und Vilja wollen sich in den Wagen setzen. Ich stehe auf, spüre, wie meine Beine verkrampfen, wie es im Rücken zerrt, warum musste ich ein drittes Kind haben?

»Okay, mein Süßer, dann denken wir nach, er war neben deinem Bett, als du heute Morgen aufgewacht bist, oder?«

Aber es ist keine gute Idee, pädagogisch vorzugehen und mit ihm in Gedanken durch das Haus zu wandern, es ist zu klein, das Kinderzimmer, unser Zimmer, das Badezimmer und dann die kleine Küche und das Zimmer unten, das ist alles, man hat es in zwei Minuten durchsucht. Und ich sehe es ihm an, er weiß es, wagt es nur nicht zu sagen. Er hat zu viel Angst.

Der kleine dünne Körper, der auf den Steg lief, das Shampoo und das aufblasbare Badetier, er saß ganz hinten an der Kante, als er den Dunst und den Rauch auf der anderen Seite des Sees sah, der Nacken wurde steif, der Kopf gedreht, um mich anzusehen, um Trost zu suchen oder Sicherheit, und für einen kurzen Augenblick, bevor ich die ganze Tragweite dessen erfasste, was der alte Mann mir zeigte, und einen Plan machen konnte, war ich nicht für ihn da, ich war genauso verloren wie er.

»Ich wollte den Zahn Delfini zeigen«, schluchzt er.

»Natürlich wolltest du das.«

»Und jetzt ist der Zahn da unten und verbrennt.«

»Das macht er natürlich nicht. Er liegt dort in dem Marmeladenglas und wartet auf dich, bis wir das nächste Mal wiederkommen.«

Zack sieht auf den Boden, nickt. Geht stumm zum Auto mit seiner Tasche. Carola sitzt auf der Rückbank mit einer offenen Tür in der unerträglichen Hitze und sieht mich fragend an.

»Er hat seinen Zahn unten am Steg vergessen.«

Vielleicht ist es wegen des Anflugs von Angst in ihren Augen, vielleicht wegen dieses Augenblicks vor einer Weile, als sie mit der Ikeatüte nach unten kam, als sie mich einfach küsste, als es einen

Funken zwischen uns gab, ich sage *fünf Minuten, okay?*, und ohne auf eine Antwort zu warten, gehe ich in raschem Takt denselben Weg, den ich so viele Male gegangen bin, um Erdbeeren zu holen, Blaubeeren, die Zeitung aus dem Briefkasten, Hand in Hand mit kleinen Kindern in Schwimmwesten, pipiriechenden Schlafanzügen und Träumen, die erzählt werden müssen, bevor sie sich auflösen und verschwinden.

*

Der alte Mann ist immer noch dort. Er sitzt auf der abgewetzten Holzbank und sieht auf den See hinaus. Der Himmel über uns hat jetzt fast denselben grauen Farbton wie seine Jacke, aber auf der anderen Seite ist er ein dunkler, flauschiger Filz, schwellend, wälzend, vor einer Stunde war der Rauch ein dunstiger Schirm, jetzt ist er breit, kompakt, hässlich.

Und die Luft. Der Schmutz, wie die Augen tränen.

»Hören Sie«, sage ich. »Sie sollten jetzt wirklich aufbrechen.«

Er dreht sich mühsam um und sieht mich an.

»Das ist schon lustig, letztes Mal wollten sie mich zwingen, zu Hause zu bleiben. Anderthalb Jahre lang war ich eingesperrt. Durfte niemanden sehen, nicht einmal die Nachbarn. Jetzt ist es umgekehrt. Jetzt darf ich nicht mehr bleiben.«

Man hört es am Tonfall und der Wortwahl, dass er es schon vorher ausformuliert hat, vielleicht bin ich nicht der Erste, der ihn fragt, vielleicht hat er mit einem Kind oder Enkelkind telefoniert, es ist dieser schmatzende, pompöse Stoizismus von älteren Männern seiner Art.

»Ich gehe nirgendwo hin. Das hier ist mein Zuhause. Seit 1974 habe ich jeden Morgen an diesem See gesessen. Es gibt nirgends, wo ich hinfahren könnte.«

»Ich denke, dass wir jetzt …«

»Außerdem«, fügt er mit einem kleinen Grinsen hinzu, »ist mein

Auto nicht durch die Hauptuntersuchung gekommen. Wenn sie mich erwischen, bin ich den Führerschein sofort los.«

»Jetzt hören Sie aber auf«, ermahne ich ihn erneut. »Es wird schon jemand kommen und Sie abholen.«

»Die Polizei war gerade hier, hat an meine Hütte geklopft. Aber ich bin nicht zur Tür gegangen. Ich komme alleine zurecht.«

Das Pathos in der Geste des alten Mannes, wie er mir mit einem stolzen Nicken den Rücken zuwendet, um weiter auf den einsamen See zu starren, ist beinahe unerträglich, als würde man einem Betrunkenen dabei zuschauen, wie er zum fünften Mal am selben Abend versucht, an einem Türsteher vorbei in ein Lokal zu kommen, so groß ist der Unterschied zwischen dem, was ich seiner Meinung nach sehe (den Kapitän eines Ozeandampfers, der mit seinem Schiff untergeht), und dem, was ich wirklich sehe (einen verwirrten alten Knacker, der die Rettungsmaßnahmen boykottiert).

Ich gehe auf den Steg. Das kleine Marmeladenglas steht ganz hinten, direkt an der Badetreppe, das Thermometer schaukelt wie gewohnt im Wasser, befestigt mit einer dünnen Angelschnur an einem der Poller, und ich gebe dem Impuls nach, es abzulesen. Neunundzwanzig Grad. Der Delfin ist nirgendwo zu sehen, der Wind hat ihn wohl mitgenommen.

Ich sehe zum Waldrand. Der Rauch ist nicht mehr dunkel, sondern kohlschwarz. Zwischen den Baumwipfeln sehe ich Flammen aufsteigen. Der Himmel ist eine Brühe aus Ruß, Ascheflocken und roten Streifen, er zittert in der Hitze, durch den Wind kann ich das Knistern von brennenden Bäumen und Büschen hören.

Ich drehe mich schnell um und gehe zurück. »Kommen Sie schon«, sage ich zu dem alten Mann. »Wir rücken in unserem Auto zusammen, Sie können nicht hierbleiben, das ist Ihnen doch klar, soll die Gesellschaft etwa unnötig Zeit und Ressourcen verschwenden, nur weil Sie …«

Er rührt sich nicht von der Stelle und ich mache einen Schritt auf die Bank zu, strecke eine Hand aus. Der alte Körper versteift sich unter der Kleidung, etwas Sehniges und Knochiges, das sich spannt. Der Gedanke allein, ihn von der Bank hochzuziehen, zu führen, zu schieben, ihn zum Haus und zum Auto hochzutragen, in dem schon eine Familie mit drei Kindern mitsamt Gepäck untergebracht ist.

Es knallt. Es ist ein kräftiger Knall, ein Geräusch, das nichts ähnelt, was ich jemals gehört habe, ein betäubender Donner, der über den See hallt.

»Autoreifen«, sagt der alte Mann und lässt den Anflug eines Lächelns in seinem zerfurchten Schuppenflechtegesicht spielen. »So klingt es, wenn sie in der Hitze explodieren. Hört man viele Kilometer weit.«

Ich halte das Marmeladenglas fest in meiner Hand. Ich laufe.

*

Becka weint, die Sonne hat ihren höchsten Stand erreicht, der Wind hat nachgelassen und es ist heiß geworden, immer noch nicht so wie gestern, aber fast. Carola gibt ihr den Muttermilchersatz, aber Becka sitzt im Kindersitz, und das funktioniert sonst nie, der Winkel ist falsch und sie kleckert und sabbert und stößt die Flüssigkeit in kleinen, sauren Klumpen wieder auf.

»Hier«, sage ich zu Zack und versuche zu lächeln, er nimmt das Glas mit leblosem Schweigen, während er zusammengekrümmt auf seinem klebrigen Sitz hockt, kontrolliert aber genau, ob die Münze und der Zahn noch da sind.

»Der alte Mann ist noch da unten«, sage ich zu Carola. »Er weigert sich, den Ort zu verlassen.«

»Aber das geht doch nicht. Im Radio haben sie gesagt, dass das Gebiet geräumt werden muss. Alle sollen sich nach Östbjörka oder Ovanmyra begeben.«

»Er will nicht.«

»Hast du denn versucht, ihn zu überreden?«

Ich sehe sie mit diesem Blick an, über den sie in der Paartherapie zu sprechen pflegte, dem Blick, der sagt, dass ich (genau jetzt, in diesem Augenblick) finde, dass sie eine vollkommen wertlose Idiotin ist und unsere gemeinsamen Jahre der größte Fehler meines Lebens sind, dieser kalte, leere Hass, der so viel zerstört hat, der Blick, der das Einzige ist, was sie zum Verstummen bringen kann, sie verstummt, sieht weg.

»Ja, Carola«, sage ich übertrieben langsam und deutlich, »ich habe ihm *selbstverständlich* gesagt, dass er mit uns kommen soll, aber er sagt nein und du darfst *sehr gerne* noch einmal zu ihm hinuntergehen und es selbst versuchen.«

»Ich füttere Becka«, sagt sie hart und betrachtet das Kind in der Babyschale.

Ihre ständige Trumpfkarte. Ich seufze, versuche, rational zu denken, setze mich auf den Fahrersitz und schnalle mich an.

»Okay, wir fahren runter zum See. Wenn er immer noch dort ist, versuchen wir beide, ihn zu überreden. Vielleicht ist es schwerer für ihn, nein zu sagen, wenn die Kinder dabei sind, wir können sie vielleicht irgendwie als Hebel verwenden. Wenn er sich weigert, denken wir uns etwas aus. Okay?«

Sie nickt, erst angespannt, aber dann lässt die Spannung nach und sie kann sich überwinden, mich wieder anzusehen, und flüstert *klar, okay.*

»Ist das der, der in dem alten Haus wohnt, neben dem, wo Ella und Hugo früher gewohnt haben?«, fragt Vilja plötzlich. »Dieser uralte Knacker? Wird er jetzt verbrennen? Wollt ihr ihn nicht retten?«

Doch, sagen wir beide gleichzeitig, und Carola fährt fort mit *Hier wird es nicht brennen, meine Süße, sie wollen nur, dass wir vorsichtig sind,* und ich sage *Wir wollen nur, dass diejenigen, die das Feuer löschen, nicht auch noch nach ihm suchen müssen*, und während wir all das sagen, drücke ich auf den Startknopf, aber das Auto springt nicht an.

Es springt nicht an.

Ich bin darauf eingestellt, dass es anspringt, es springt immer an, ich bin schon auf dem Weg, halte das kühle, griffige Lenkrad, höre mir die Informationen aus dem Radio an (und weise mit mündiger Stimme Vilja zurecht, als sie den Sender zu wechseln versucht), frische Luft strömt mir entgegen, das GPS zeigt den kürzesten Weg nach Östbjörka oder Ovanmyra, falls wir jetzt dorthin müssen, vielleicht fahren wir auch direkt nach Rättvik und von dort weiter nach Stockholm. Vielleicht kann ich den Clip mit dem Interview finden, das ich dem Radio gegeben habe, es den Kindern über Bluetooth vorspielen, dann können sie hören, was ihr Vater über die Waldbrände zu sagen hat. Ich könnte Carola ein Stück fahren lassen, sobald Becka eingeschlafen ist, den Clip auf das Handy holen, es teilen, Likes, an der Tankstelle in Borlänge Rast machen, da gibt es bestimmt viele, die ihn aus den Fernsehdebatten wiedererkennen, das ist doch der, das ist doch der, der gerade mit der ganzen Familie aus dem Brandgebiet kommt, stell dir vor, mit einem Baby von dort aufzubrechen, und trotzdem sieht er so gelassen aus, wenn er seinen BMW auflädt und Eis für die Kinder kauft. Und wenn man ihn fragt, zuckt er nur mit den Schultern, *ja, ein ziemlicher Mist, schlimm, aber wir mussten das Gebiet räumen, wir haben erst ein bisschen gezögert, aber dann hörte ich einen Reifen explodieren und danach gab es nichts mehr zu diskutieren.*

Aber das Auto springt nicht an.

Ich drücke immer wieder auf den Knopf, kontrolliere, dass der Schalthebel in Parkstellung ist, die Bremse angezogen, dass alle Türen geschlossen sind, obwohl es keine Rolle spielen sollte, aber das Auto springt nicht an, nichts leuchtet, piept, antwortet, es ist vollkommen tot.

Ich atme tief durch die Zähne ein und will direkt jemanden anbrüllen, Zack, Vilja, wer auch immer von den beiden vergessen hat, die Lampen auszuschalten, nachdem sie etwas gesucht haben, was ihnen zwischen die Sitze gerutscht war, oder sie haben die Tür nicht richtig geschlossen oder mit den Scheinwerfern gespielt oder den

USB-Anschluss benutzt, um ein verdammtes Handy aufzuladen, oder was auch immer passiert sein könnte, mein Zorn kennt gerade keine Grenzen, und im selben Augenblick spüre ich eine Hand auf meinem Arm, es ist Carola, und sie sagt *Verzeih mir. Verzeih mir.*

»Es war gestern, als es so warm war. Becka hat geschrien. Wir haben uns in den Wagen gesetzt. Nur einen kurzen Moment. Mit der Klimaanlage, sie fand es so schön, als ihr die Luft ins Gesicht blies.«

Es ist still im Auto. Ich lasse die Hände schwer auf dem Lenkrad ruhen.

»Ich habe nicht nachgedacht«, fährt sie zögernd fort, »ich wusste nicht, dass die Batterie … verzeih mir. Verzeih mir verzeih mir verzeih mir, bitte Didrik, verzeih mir.«

*

Ich möchte nie die Kinder eines anderen Mannes bei mir haben. Ich habe noch nie zuvor darüber nachgedacht, aber so ist es. Okay, wenn er tot wäre oder vielleicht verschwunden, wenn ich das Gefühl hätte, ich könnte an seine Stelle treten (also nicht *verschwunden* in dem Sinne, dass er im Gefängnis säße oder im Drogenmissbrauch versunken oder psychisch krank wäre, ein Wrack, das mitten in der Nacht anrufen und nach Geld fragen könnte, sondern er müsste schon richtig verschwunden sein, weg). Aber jemand, der anwesend ist, der sich nach ihnen sehnt, der sie haben will, und ich würde sie ihm wegnehmen, ihm sein halbes Leben stehlen, ihn zum Jede-zweite-Woche-Papa machen, zum Jeden-zweiten-Geburtstags- und Jedes-zweite-Ostern- und Jedes-zweite-Weihnachten-Papa, das könnte ich nicht fertigbringen und Hand aufs Herz, das ist kein Mitleid mit einem etwas verbitterten Ex, sondern *ich* will keine anderen Kinder haben als meine eigenen und würde niemals denken können, dass es noch einen anderen Vater geben könnte als mich.

Aber *sie* wollte die Kinder haben. Wenn wir ineinander verschlungen lagen, konnte sie plötzlich darüber sprechen, dass sie auf meiner Facebook-Seite war und sich die Bilder von den Kindern angesehen hatte und dass sie davon geträumt hatte, sich um sie zu kümmern. Sie dachte, dass Vilja sie zuerst hassen würde, sie als Feindin betrachten und Carolas Partei ergreifen. Dass Zack vielleicht unsicher wäre und schüchtern. Aber dann, ganz allmählich.

Es war wohl zu der Zeit, als es auseinanderzufallen begann, denn bis dahin hatte ich immer an uns als *nur wir beide* gedacht. Unsere Gespräche über Kunst, Politik, Philosophie in kleinen, versteckten Restaurants in den Touristenvierteln, wo niemand, den wir kannten, essen würde, die begehrlichen Blicke, die Hände unter dem Tisch ineinandergefaltet. Die marathonlangen und trotzdem allzu kurzen Nachmittage in Hotelzimmern, wo wir, nachdem wir stundenlang wie Besessene gefickt, die wildeste, verzweifeltste Lust gesättigt hatten, eine Pause machten und Essen aufs Zimmer bestellten, das wir mit Champagner hinunterspülten, unter die Dusche gingen und danach begannen, uns *ernsthaft* dem Sex zu widmen, auf einer ganz anderen Ebene, systematisch unsere Spiele und Phantasien zu verwirklichen begannen, von denen wir nicht einmal wussten, dass wir sie hatten. Die langen Chatverläufe, in denen wir das Kommando über die Gedanken des jeweils anderen übernahmen und sie in eine Richtung drehten, die wir zuvor niemals einzuschlagen gewagt hätten.

In meiner Welt waren es nur sie und ich. Ich sah mir Zweizimmerwohnungen an, Dreizimmerwohnungen, dachte etwas zerstreut, dass man die Kindersachen jede zweite Woche in Schubkästen unter dem Bett lagern könnte, und einen Monat lang, als es am besten beziehungsweise am schlimmsten war, suchte ich nach Einzimmerapartments, denn war das mit dieser zweiten Woche wirklich so wichtig, war das nicht eher eine kleinbürgerliche Übereinkunft? Geteiltes Sorgerecht natürlich, aber musste man sich wirklich so strikt an den Kalender halten?

Als ich am verliebtesten war, träumte ich von langen Frühstücken in weißen Morgenröcken, schmuddeligen Sexorgien auf einer sonnendurchfluteten Dachterrasse, Spaziergängen am Meer, Kunstmuseen, Theaterpremieren, Biergärten in coolen Stadtvierteln, intellektuellen Boxkämpfen und Dreiern mit gut aussehenden Fremden. Das war meine erste verbotene Phantasie. Meine Kinder aufzugeben und mich einem Leben mit ihr zu widmen.

Sie habe angefangen, Geld für einen Führerschein zu sparen, flüsterte sie und drückte ihren geschmeidigen, nackten Körper an meinen. Um *abholen* und *bringen* zu können. Sie wusste nicht viel darüber, was ein Leben als Eltern bedeutete, aber sie wusste, dass es meistens darum ging, zu *bringen* und *abzuholen*, und dazu wäre sie gerne in der Lage.

Ich sehe Carola an, sie sitzt auf der Rückbank neben Becka, stumm, erschrocken, bebende Lippen und in den Augenwinkeln Tränen.

Sie wollte deine Kinder haben. Ich hätte alles mit ihr machen können, alles, außer ihr deine Kinder zu geben. Also blieb ich.

Und machte ein neues.

»Es wird alles gut, mein Schatz«, höre ich mich selbst sagen. »Es wird alles gut, das schaffen wir schon, oder? *Das ist bestimmt nur eine Autobombe.*«

Für ein paar Sekunden bleibe ich sitzen, tue nichts, verweile einfach nur einen Augenblick im Duft meines Autos, das Fach in der Tür mit den Eiskratzern und Süßigkeitenpapier, das Handschuhfach mit dem Serviceheft und allen Quittungen, ein roter Umschlag mit CDs, die wir nie spielen, das Gefühl des Lenkrads unter der Handfläche und den Fingern, die leicht genoppte Oberfläche für einen verbesserten Griff, der Becherhalter, in dem ich meinen Kaffee abstelle, das erloschene Armaturenbrett, das die Kilometer, die Geschwindigkeit, den Batteriestatus von Minute zu Minute anzeigte, der Luxus zu wissen – es nicht laut zu sagen, aber zu wissen –, dass ich mir einmal in meinem Leben ein beinahe neues Elektroauto von BMW leisten konnte.

Dann steige ich aus, die Hitze ist jetzt drückend, es ist beinahe windstill. Ich atme versuchsweise tief ein und spüre, wie die Luft in der Kehle brennt. Die nächste Ladestation ist zig Kilometer von hier entfernt, man könnte die Batterie mit Kabeln starten, aber ich weiß nicht, wie so etwas funktioniert, ich habe noch nicht einmal unter die Motorhaube meines Autos gesehen, ich gebe es einfach nur ab. Aber ich weiß, dass man ein anderes Auto mit laufendem Motor braucht, und hier draußen sind wir allein.

Carola hat den Kindern mit ruhiger Stimme erklärt, was passiert ist, und sie reagieren natürlich vollkommen unterschiedlich, Vilja weint, tröstet und schimpft abwechselnd, während Zack von seinen Superkräften spricht, von Hubschraubern und Luftballons, die kommen und uns retten können, und ich denke noch *Jetzt sollte man so einen begabten Sohn haben, der sich für Chemie, Physik, Mechanik interessiert und sich überlegt, wie man ein Kabel an das Stromnetz im Haus anschließen und damit das Auto anwerfen könnte oder wo ein verlassener alter rostiger Saab 900 steht, von dem er weiß, wie man ihn heimlich anzapfen kann, so einer, der Preise gewinnt und die Königin treffen darf und etwas Schlaues und Brauchbares zustande bringt anstelle dieses ständigen Harry-Potter-Gebrabbels*, bevor wir ein Flugzeug durch den Himmel donnern sehen, ganz nahe am Boden, eines dieser großen gelben.

»Hier!«, brülle ich und schwenke so heftig den Arm, dass es sich anfühlt, als würde ich ihn mir auskugeln. »Hier!« Aber das ist natürlich sinnlos und dumm, damit erschrecke ich nur die Kinder.

Sie sind aus dem Auto gehüpft, stehen um mich herum, schauen in den Himmel, wollen wissen, was ich gesehen habe.

»Ein Flugzeug. So eines, das Wasser holt und es auf das Feuer schüttet.«

Sie sehen mich an, suchen in meinem Gesicht nach einer Antwort, ist es gut, dass das Flugzeug hier ist, dürfen wir nach Hause fahren, wie nah ist das Feuer?

Wie nah *ist* das Feuer?

Becka schreit. Ich gehe um das Auto herum, öffne die Tür zur

Rückbank und nehme sie aus der Babyschale, drücke den klebrigen kleinen Körper fest an mich.

»Kommt«, sage ich. »Wir müssen gehen.«

»Und der alte Mann?« Vilja sieht erst mich, dann ihre Mutter misstrauisch an. »Wir wollten doch den alten Mann holen?«

Carola streicht ein paar schweißnasse Haarsträhnen aus ihrer Stirn.

»Nehmt eure Sachen, Kinder«, sagt sie und öffnet den Kofferraum.

*

Carola trägt die blaue Ikeatüte und die neue bonbonrote Wickeltasche, die wir für den Urlaub gekauft haben. Vilja zieht den großen Rollkoffer mit dem Großteil unserer Kleider. Zack trägt seinen Spiderman-Rucksack und weint immer noch, weil ich ihn gezwungen habe, die Bücher zurückzulassen, drei von ihnen waren aus der Bibliothek und wir haben bereits jede Menge Mahnungen bekommen und jetzt macht er sich Sorgen, dass er vielleicht nie wieder welche ausleihen darf, er weint und nölt und beschwert sich über Schmerzen in seinen Füßen. Ich trage einen Fjällräven-Rucksack mit unseren Wertsachen, eine Tüte mit Nahrungsmitteln und Wasser in der einen Hand, mit der anderen ziehe ich Becka im Kinderwagen. Wir tragen unsere Atemschutzmasken, moderne, neue Masken aus hypoallergenem Neopren, die wir in Thailand gekauft und mit hierher genommen hatten, »für den Fall, dass«. Becka quengelt und versucht, sich die Maske vom Gesicht zu ziehen, und ich muss ständig anhalten und sie an die richtige Stelle zurückziehen.

Laut Handy sind es 11,6 Kilometer bis Östbjörka, wir fahren nie in die Richtung, aber auf dem Satellitenbild kommt zuerst ein Schotterweg, dann biegt man nach links ab, auf eine gerade Strecke, die sich allmählich nach rechts neigt, überquert eine Kreuzung, nach der die Strecke ein gutes Stück gerade weitergeht, bis man zu den ersten Häusern kommt. *Zehn Minuten, höchstens eine Viertelstunde mit dem Auto*, sagt Carola, sie ist dorthin gefahren, als sie als kleines Kind hier war, zu der Zeit gab es dort einen Landhandel. *Ich bin mal mit meinem Vater hingefahren, als er Zigaretten holen wollte, es ging richtig schnell.*

Die Hitze liegt wie ein Deckel über dem Wald, wir versuchen, im Schatten zu gehen, Zack trägt eine Badehose und Flipflops, Becka liegt nur in einer Windel in ihrem Wagen, ich trage abgeschnittene Jeans und ein altes, ausgewaschenes Lacoste-Hemd. Wir hören die Sirenen aus der Entfernung, sehen mehrere Flugzeuge durch den diesigen Himmel donnern, wir sehen keine Menschen.

Ein Holzstapel, ein Ameisenhügel, ein handgeschriebenes Schild, das auf *WILDE KINDER UND SPIELENDE RENTNER* hinweist, hier komme ich immer vorbei, wenn ich joggen gehe, wenn der Sommer ganz warm ist, ist die Luft voller kleiner Mücken, die mich umschwirren, wenn ich mein Shirt ausziehe, habe ich sie auf dem Bauch, in den Achselhöhlen und auf dem Rücken, überall, wo der Schweiß rinnt, es ist unerträglich, sie verfolgen mich kilometerweit.

Jetzt ist die Luft leer, der Wald still. Man hört nichts außer dem monotonen Rollen des Koffers und des Kinderwagens.

»Ella ist immer mit dem Hund von dem alten Mann rausgegangen«, sagt Vilja und sieht hinunter auf den Asphalt, zwei helle Augen oberhalb der schwarzen Maske. »Ein schwarzer Labrador, er heißt Ajax. Manchmal durfte ich mitgehen.«

Vage Bilder eines heruntergekommenen, ungepflegten Köters, ein rotes Halsband, der Sommer, in dem es ständig schüttete, Vilja geht in Gummistiefeln durch den Regen neben einem Nachbarsmädchen mit einem roten Regenponcho, du lieber Gott, das muss zehn Jahre her sein, oder? Ein betagter Jagdhund, den der alte Mann noch aus der Zeit hatte, in der er mit seinem Gewehr durch die Wälder streifte und Wildschweine schoss, er muss wohl eingeschläfert worden sein, kurz nachdem wir angefangen hatten, jeden

Sommer an diesen Ort hinauszufahren, kaum zu fassen, dass sie sich immer noch an ihn erinnert.

»Einmal hat er uns nach unten an den See begleitet und wir durften mit ihm baden und es war irgendwie so, als hätten wir uns mit Ajax angefreundet, er ist rausgeschwommen, um Stöcke zu holen und ...«

»Ihr habt doch nicht gebadet«, unterbreche ich sie, ohne zu wissen warum, »du kannst nicht älter als fünf gewesen sein, ihr hättet niemals allein ohne einen Erwachsenen in der Nähe baden dürfen. Vielleicht habt ihr nur ein bisschen mit den Füßen herumgeplanscht.«

Es ist schwer, hinter die Maske zu sehen, aber ich glaube, dass sie über die Erinnerung lächelt, ihre Augen lächeln, das ist mittlerweile beinahe die einzige Methode, Kontakt zu Vilja zu bekommen, indem man über sie als kleines Kind spricht. Wenn wir es uns mit Becka zusammen gemütlich machen und ich erzähle, wie Vilja selbst als Baby war, dass sie auch spuckte und Bäuerchen machte und die meiste Zeit nur schlief, ich erzähle von ihren ersten Worten, hole die alte Kleidung heraus, die wir als Retromode für die Enkelkinder eingelagert hatten, aber jetzt für das Nesthäkchen wieder herausgeholt haben, und das unfassbar Niedliche, dass *sie selbst* diese Kleider und Lätzchen und Anzüge einmal getragen hat, öffnet einen Raum der Stille in ihrem chaotischen Teenagergehirn, und ganz dort hinten findet man die Verletzlichkeit und Zärtlichkeit, die zu Becka gehören und die sie einmal besaß.

»Sobald wir angekommen sind, erzähle ich den Feuerwehrleuten, dass er noch dort ist«, sage ich zu Vilja.

Sie nickt.

»Irgendwann hat er gesagt, dass Ajax der beste Hund ist, den er jemals hatte. Er hatte mehrere gleichzeitig besessen, sie waren wie eine ganze *Gang* aus Hunden gewesen. Damals war nur noch Ajax übrig und er war alt geworden.«

Sie streicht sich den feuchten Pony aus der Stirn, wechselt die

Hand am Rollkoffer, ich sollte vielleicht vorschlagen, dass wir tauschen, aber das würde ich mir lieber aufsparen, eine halbe Stunde zumindest noch, denn sobald man mit dem Tauschen anfängt, beginnt der Körper die Müdigkeit zu spüren.

»Er sagte, dass es sein letzter Hund ist«, fügt sie hinzu. »Und dann würde er richtig einsam werden.«

Wir gehen ein paar hundert Meter, der Wald ist hier dichter, es gibt mehr Schatten und ein Luftzug kommt uns von der anderen Seite entgegen, der den Rauch ein bisschen verteilt, unter der Maske kann ich ein paarmal tief Luft holen, ohne dass es brennt. Becka schläft in ihrem Wagen, wenn man sich alles andere wegdenkt, herrscht bei uns eigentlich keine Not, wir sind eine Familie, die einen Spaziergang durch den Wald unternimmt, was wir ohnehin öfter hatten tun wollen.

»Wie weit ist es noch?«, fragt sie, als könnte sie meine Gedanken lesen. »Ich will endlich ankommen.«

»Schon noch ein Stück. Ein paar Kilometer.«

»Ein paar *Kilometer*?«

»Das hast du auch gesagt, als wir in New York waren. Erinnerst du dich, wie wir vom Times Square runter in den Meatpacking District gelaufen sind? Es war mindestens genauso heiß, ist aber trotzdem gut gegangen. Man musste einfach eine Straße nach der anderen nehmen, und am Ende war man da.«

Sie runzelt die Stirn.

»Wenn ich darf, fahre ich mit ihnen in ihren … Feuerwehrautos, oder was auch immer sie für Fahrzeuge haben, und zeige ihnen, wo er wohnt«, sage ich. »Und helfe ihnen dabei, ihn zu finden. Okay?«

»Und wenn sie nicht fahren wollen?«

»Dann sage ich ihrem Chef Bescheid«, erwidere ich schnell.

»Wirklich?«

»Klar, natürlich. Wenn die Feuerwehrleute nein sagen, sage ich, dass ich mit ihrem Chef sprechen möchte, sonst würde ich direkt die in Stockholm anrufen oder die Presse informieren. Ich werde nicht lockerlassen.«

Sie nickt erneut, tauscht wieder die Hand am Koffer, holt ihr Handy heraus und sieht auf das Display. Ich bin kurz davor, ihr zu sagen, dass sie den Strom sparen sollte, komme aber zu dem Schluss, dass es für sie wichtiger ist, dass sich alles wie normal anfühlt, dass man keine Panik haben muss.

Wir gehen eine Stunde. Wir wechseln uns mit dem Kinderwagen, dem Rucksack, der Ikeatüte ab. Wir erreichen eine Anhöhe neben einem Kahlschlag und können einen größeren Teil der Landschaft überblicken, hinter uns ist die Luft grau und diesig, aber wir sehen kein Feuer, auch keine Flugzeuge mehr. Wir legen eine kurze Pause neben einem Holzstapel ein und trinken Wasser – bevor wir das Auto hinter uns ließen, ist Carola schnell ins Haus gelaufen und hat ein paar große PET-Flaschen aus dem Kanister gefüllt – und essen Kekse, Rosinen und gesalzene Erdnüsse.

Als wir weitergehen wollen, weigert sich Zack. Er sagt nichts, quengelt nicht, bleibt einfach auf seinem Holzstamm sitzen.

»Süßer, wir müssen weiter.«

Er schüttelt den Kopf, sieht dabei zu Boden. Ich gehe vor ihm in die Hocke, streichele mit der Hand die schmalen, knochigen Beine, die aus der Badehose herausgucken. »Kommst du?«

Der eine Fuß ist schmutzig, etwas Schwarzbraunes klebt auf den kleinen Zehen und ich strecke die Hand aus, um die Erde oder das Harz oder was auch immer es ist, fortzuwischen und er zuckt direkt zusammen und zieht die Sandale zurück.

»Mein Süßer?« Carolas gellende Stimme ist direkt hinter mir. »Mein Süßer, was ist passiert? Was ist mit deinem Fuß?«

»Kombo«, murmelt Zack in Kleinkindsprache, zu der er manchmal regrediert, und ich zwinge mich, die Stimme ruhig und ungerührt zu halten, als ich erneut frage, *sprich bitte etwas deutlicher, mein Schatz, man hört dich nicht gut, wenn du die Maske aufhast, was für eine Kombo?*

»Kommt Blut.«

Er hat den Fuß schon vorgestreckt, den man nicht berühren darf, er jammert, als sie ihm die Flipflop-Sandale abnimmt, das Jammern wächst zu einem katzenähnlichen, langgezogenen Kreischen an, als sie seine Zehen berührt.

»Es ist der Riemen«, sagt sie mit starrer Stimme. »Er hat in den Zeh hineingeschnitten.«

»Aber mein Süßer … warum hast du denn nichts gesagt?«

Zack schüttelt den Kopf, zwei große Tränen ziehen ihre Spuren über die schmutzige Gesichtsmaske. Ich bücke mich und sehe das Blut, das zwischen dem großen Zeh und dem zweiten herausquillt, Schmutz und Grus und abgeschabte Haut.

»Zack? Liebling?«

Sein Blick weicht meinem aus.

»Lasst ihr mich hier?«

Irgendetwas stimmt mit ihm nicht, nein, denk nicht so, *doch, es muss etwas an ihm falsch sein, ADHS, Autismus, Asperger, irgendeine Diagnose muss er haben, das hier ist doch nicht normal, das muss untersucht werden.*

»Wir würden dich niemals verlassen«, sagt Carola und streichelt sein Haar.

»Niemals«, sage ich. »Nie nie nie.«

»Vilja hat das gesagt«, schluchzt er. »Wenn ich anfange, mich über den Fuß zu beschweren, dann würdet ihr ohne mich weitergehen.«

»Das habe ich *gar nicht* gesagt!« Seine Schwester lacht laut auf, dieses schrille, sarkastische Lachen, das sie mittlerweile immer benutzt, wenn sie ihre Unschuld beteuern möchte. »Ich habe nur gesagt, dass es gut wäre, wenn du Mama und Papa nicht davon erzählen würdest, denn sie müssen sich um Becka kümmern und können dich nicht auch noch durch die Gegend tragen, und dann musst du vielleicht zum Haus zurückgehen und stattdessen auf die Feuerwehr warten.«

»Du hast gesagt, dass mich die Feuerwehrautos holen würden!«

Sie lacht erneut, hohl und kalt, durch die Maske.

»Halt die Fresse, du Pisser, das stimmt überhaupt nicht.«

Sie schämt sich, das weiß ich, es ist die Scham, die sie vulgär und gemein macht, sie überträgt ihre Angst auf den kleinen Bruder, und als er sie auffliegen lässt, sagt sie das Schlimmste, was ihr einfällt, wirft es als Schockgranate hin, um uns abzulenken. Ich weiß das alles, wir haben darüber in der Familientherapie diskutiert, aber trotzdem funktioniert es, die Wut überkommt mich und ich stehe auf und brülle auf sie ein, mit Wörtern, von denen ich kaum wusste, dass ich sie in mir trage, Carola versucht, sich mir in den Weg zu stellen, *nein, Didrik, beruhig dich jetzt* und wir stehen dort und schreien einander an, während Becka in ihre Maske weint und Zack die Hände auf die Ohren drückt und über uns der Rauch in den leeren Himmel wirbelt.

*

Die einfache, fröhliche Liebe, die ich einmal gegenüber meiner Tochter empfunden habe, hat sich in etwas anderes und sehr viel Schwierigeres verwandelt. Die Schnodderigkeit, die Selbstsucht, die betäubende Undankbarkeit, die durch ihren ganzen Blutkreislauf zu strömen scheint, alles legt sich wie eine schmutzige, fettige Schicht auf das Glück, das mich damals jedes Mal ergriff, wenn ich in die blauen, klaren Augen sah.

Wir versuchen, es auf die Bildschirmabhängigkeit zu schieben, die sozialen Medien, die langen Nächte mit endlosen Chats, alles, was während der Pandemie noch schlimmer wurde. Wir schieben es auf den Konsumzwang, dass es so selbstverständlich geworden ist, dass ein Kind mit Technik im Gegenwert eines durchschnittlichen Beamtengehalts in der Tasche herumläuft, dass diejenigen, die nicht die aktuellen Handys, Ohrenstöpsel, GoPro-Kameras, Jacken und Schuhe präsentieren können, totale Trottel beziehungsweise *newbs* sind, dass es der Fehler des neoliberalen Systems ist, Carola muss seufzen und sagt so etwas wie *Wir haben eine Gesellschaft geschaffen, in der junge Mädchen einfach so eine Prada-Handtasche beanspruchen.*

Genau da befinden wir uns, sagt sie, *in dieser spätkapitalistischen postpostmodernen Dekadenz, einer auf den Kopf gestellten Welt, in der die Südhalbkugel von Hunger, Krieg und Chaos geplagt wird, während eine globale Elite im Norden Vermögen akkumuliert, was dafür sorgt, dass ganz normale abendländische Bürger einen Lebensstil erwarten, der zwanzig Planeten bräuchte, damit er für alle reichte.*

Aber es gibt keine politische Analyse, keine marxistische Vorlesung, die mich von der Scham befreien kann, dass unsere vierzehnjährige Tochter sich wie ein Escortgirl benimmt, dass sie gelernt hat, ihre Stimme weich zu machen, manchmal ihre Hand sanft auf meine Schulter zu legen, wenn sie das neueste Merchandiseprodukt der neuesten Band haben will, wenn sie Geld für Sushi haben will, wenn sie neue *mods* und *skins* für die hirntoten Konsolenspiele haben will, die sie gerade spielt. Dass mir meine Tochter etwas zeigt, das an Liebe oder Respekt zumindest erinnert, passiert ausschließlich dann, wenn ich mit der Kreditkarte in der Hand am Rechner sitze und das nächste Produkt für sie nach Hause bestelle. Dass sie mich ausnahmslos nur dann anruft oder mir eine SMS schickt, wenn sie weiteren Geldzufluss wünscht, wenn eine perlende, warme Dusche aus Geld, die ich mir als ihre Idee von unserer Ökonomie vorstelle, auf sie gerichtet werden soll.

Zu Anfang wollte ich mit ihr über Empathie sprechen, darüber, was es bedeutet, Teil einer Familie zu sein, wo jeder dem anderen helfen und sich um ihn kümmern muss. Wir versuchten, darüber zu reden, dass Geld nicht von selbst entsteht, ich wollte sie ermutigen, sauber zu machen, Wäsche zusammenzulegen, den Müll rauszubringen, den Rasen zu mähen, was auch immer, damit sie das Geld verdienen kann, von dem sie will, dass wir es ihr geben. Manchmal funktionierte das eine Woche oder zwei. Dann bekam sie genug davon und fing wieder an zu quengeln, zu fordern, zu manipulieren.

Dann ging die Pandemie allmählich vorbei und anschließend kam Becka und alles wurde plötzlich sehr viel leichter. Das Spielen kam zurück, die Abende am Esstisch, die Kartenspiele, die Rätselspiele. Vilja hatte angefangen, zu Hause am Klavier zu sitzen, zu den Unterrichtsstunden geht sie natürlich seit Ewigkeiten nicht mehr, aber sie setzt sich mit Noten davor, die sie im Internet gefunden hat, und singt, einfache Mollakkorde, traurige Balladen. Ihre Stimme ist schön, ein bisschen wehmütig eintönig, und sie singt die Lieder in einer ganz falschen Tonart, als würde sie das Klavier gar nicht hören, Stunde um Stunde melancholische Misstöne.

Nur manchmal, bei einer Strophe, einem Refrain, intoniert sie korrekt und folgt dem Akkord, als würde es aus Zufall passieren, sie scheint den Unterschied nicht einmal zu merken, aber wenn Carola und ich uns zufällig im selben Raum befinden, halten wir inne und sehen einander an, gleichsam verwundert darüber, sich plötzlich in einem Zustand der perfekten Harmonie zu befinden, in einem Schnappschuss dessen, wie es sein könnte, wie sie sein könnte, unsere Familie.

Wir streiten uns fertig und suchen dann eine Weile nach Pflastern, bis wir merken, dass wir den Verbandskasten im Auto gelassen haben. Becka ist wieder hungrig, also hole ich die Thermoskanne mit heißem Wasser und die Dose mit dem Pulver heraus und mische eine Flasche Muttermilchersatz und füttere sie, so gut es unter der Maske geht, während Carola Feuchttücher aus der Wickeltasche holt und die Wunde um Zacks Zeh herum reinigt, und wir holen eine Socke aus der Packung und ziehen sie ihm über und dann kann er gehen, mit dem Flipflop auf dem einen Fuß und der Socke auf dem verletzten, aber er humpelt, weint, es tut weh.

Er hält sich an seiner Mutter fest, am Kinderwagen, an mir, wir werden immer langsamer, er versucht, auf der Ferse zu gehen, aber der Asphalt ist heiß und verbrennt ihn durch die Socke. Schließlich bittet er darum, auf meiner Schulter sitzen zu dürfen, und ich setze ihn auf den Rucksack, den ich schon trage, er selbst hat immer noch den Spiderman-Rucksack auf den Schultern, es ist bestimmt ein paar Jahre her, dass ich ein Kind auf meinen Schultern getragen habe, und für ein paar Minuten fühlt es sich gemütlich an, bevor sich das Gewicht auf den Schlüsselbeinen und dem Nacken bemerkbar macht, und nach einer Weile in der brandheißen Sonne rinnt sein Schweiß an mir herab und vermischt sich mit meinem, die Schultern verkrampfen sich, seine verschwitzten Lenden an meinem Nacken, der Schmerz, der immer wiederkehrt, wenn seine feuchten Hände auf meinen Adamsapfel drücken oder an meinem Haar ziehen, und die ständige Frage *Wie weit ist es noch wie weit ist es noch wie weit ist es noch.*

Das Wegweiserschild ist bislang nur ein blauer Fleck, ein halbherziges Versprechen von Stimmen, von wortkargen Männern in gelben Sicherheitswesten und einem Verbandskasten für Zacks Zeh, einer Toilette und vielleicht einer Tasse Kaffee, großer Gott, hoffentlich haben sie Kaffee, große Pumpkannen voller Kaffee und vielleicht ein paar süße Brötchen, die eine Pfadfindergruppe oder der Heimatverein besorgt hat. Der Flecken kommt näher, und während eines unendlich langen Augenblicks glaube ich, dass die Ziffer *8* lautet, bevor ich einsehe, dass dort tatsächlich *ÖSTBJÖRKA 3* steht und dass wir angekommen sind und den mythenumwobenen Ort Östbjörka bald erreicht haben, und in derselben Sekunde, in der wir das Schild erreichen, sehen wir das Auto, es kommt uns entgegen, ein weißer Kombi, der mit hoher Geschwindigkeit in die entgegengesetzte Richtung fährt.

Es ist das erste Auto, das wir sehen, und wir bleiben alle stehen. Ich lasse Zack vorsichtig auf die Straße herunter und winke, Carola winkt, sie machen keine Anstalten, die Geschwindigkeit zu senken, und ich mache einen Schritt auf die Fahrbahn, und während eines bitteren, erstickenden Augenblicks scheint es so, als würden sie mich nicht sehen, bevor der Wagen kräftig gebremst wird, ohne ganz anzuhalten, und das Fenster ein paar Zentimeter heruntergelassen wird. Es ist ein Mann in meinem Alter, er hat einen Walrossbart, ergrautes, blondes Haar, das er zu einem Dutt zusammengebunden hat, einen nackten Oberkörper, er trägt ein großes Ärmeltattoo, neben ihm erkenne ich eine jüngere, dunkelhaarige Frau mit Dreads und angesagter Sonnenbrille. Ein Autoradio klingt heraus, die angespannte, aber trockene und doch auf irgendeine Weise *hungrige* Stimme eines überregionalen Senders, der von einem großen Ereignis berichtet, dass *die Behörden warnen* und *nichts unter Kontrolle haben* und *sich Personen in besagtem Gebiet aufhalten.*

»Ich fahre seit heute Nacht«, sagt der Mann mit dünner Stimme und hält die Hand vor die Nase und den Mund. »Jämtland. Was für ein verdammtes Chaos.«

Das Auto rollt weiter, ich laufe neben dem Fahrer her und zeige nach Östbjörka.

»Wie sieht es dort aus?«

»Da war kein Schwein zu sehen. Hier fliegen, glaube ich, nur noch die Löschflugzeuge. Was für ein verdammter Skandal, dass Schweden keine eigenen Flieger hat. Wir sind auf dem Weg nach Rättvik, das ist das Einzige, was noch bleibt.«

»Unser Auto ist nicht angesprungen«, sage ich und will in die Embryonalhaltung gehen vor Scham über die Hilflosigkeit in meiner Stimme. »Wir haben ein Baby.«

Er schüttelt nur den Kopf.

»Geht so schnell wie ihr könnt nach Rättvik.«

Ich höre die Frau neben ihm *Micke* flüstern, dann wird das Fenster geschlossen und das Auto beschleunigt und fährt los.

Ein weißer Toyota. Ich erinnere mich, dass ich mir ein solches Auto angesehen hatte, bevor ich mich stattdessen für den BMW entschied, es fühlte sich, ich weiß nicht, erwachsener an, *Was haben sie gesagt?* Carola ruft nach mir, ich laufe auf sie zu, ihr Blick ein versteinertes Fragezeichen unter der Maske.

»Sie wollten runter nach Rättvik, es war …«

»Aber wie war es in Östbjörka? Kann man dort Hilfe bekommen?«

»Ich weiß nicht … er meinte, er hätte dort *kein Schwein gesehen* …«

Ich komme ihr näher, sehe, dass sie gleich zu weinen beginnt. Ihre Stimme überschlägt sich, Zack klammert sich an ihr fest oder vielleicht klammert sie sich auch an Zack fest, neben ihnen steht Vilja mit dem Kinderwagen.

»Aber gab es dort Feuerwehrautos? Gab es irgendwelche Informationen?«

»Ich weiß es nicht.«

»Hast du denn nicht gefragt?«

Schon wieder die enttäuschte, vorwurfsvolle Miene.

»Guckt mal, sie wenden«, sagt Vilja und zeigt auf das Auto.

Der weiße Toyota hat eine Kehrtwende eingelegt und kommt mit hoher Geschwindigkeit auf uns zu, macht eine Vollbremsung, die Frau steigt aus, während der Motor weiterläuft, ich sehe, dass sie schwanger ist, ein Umstandskleid mit einem Muster aus großen Blumen, Gummistiefel an den Beinen.

»Hört mal, wir können das Baby nehmen«, sagt sie, sie hat einen Schal über das Gesicht geschwungen und die hippe Sonnenbrille in die Stirn geschoben, jetzt sieht sie uns mit Augen an, die vor Edelmut glänzen. »Es ist okay, wir nehmen das Baby.«

Niemand sagt etwas.

Carola steht wie versteinert da.

»Wir können das Baby nehmen«, wiederholt die Frau. »Micke? Stimmt doch, Micke, oder?«

Er lässt die Scheibe wieder herunter, starrt mich böse an, bellt das Angebot heraus.

»Na, klar. Wir können das Baby nehmen, wenn ihr wollt.«

»Aber wir wollen doch …«, Carola macht eine lahme Geste in Richtung Östbjörka. »Da hinten sollen doch …«

»Da brennt es schon«, sagt Micke. »Die ganze Gegend steht in Flammen. Ihr könnt hier nicht bleiben.«

Ich denke nicht nach, ich gehe zum Kinderwagen und nehme Becka heraus, drücke den weichen Körper dicht an meine Haut, das schlafende, glatte kleine Gesicht, gebe sie Carola, flüstere *Fahr jetzt, sicherheitshalber, wir kommen zurecht* und sie geht schon zum Auto, als Micke sagt *also Moment mal, nur das Baby* und sie erstarrt.

Der Himmel ist grauer geworden. Das Graue kommt aus allen Richtungen, ein matter, wirbelnder grauer Dunst, der sich langsam auf uns senkt. Die Luft ist trocken, schmutzig, sticht durch die Maske hindurch.

»Wir können sie auf den Schoß nehmen«, sagt die Frau, sie weint, sie hat Schürfwunden auf ihren Knien, sehe ich jetzt, Flecken, von denen das Blut auf die Waden gelaufen ist, sie streckt die Hände nach Becka aus, »bitte, bitte«, ihre Stimme wird durchdringender, schneidet durch den Schal, »du kannst dich auf mich verlassen, ich kann kein Baby hier draußen auf der Straße lassen, das habe ich auch Micke gesagt, verdammt, das können wir doch nicht machen, dann sind wir doch keine Menschen mehr.«

Carola drückt Becka an sich, schaukelt sie leicht, schüttelt den Kopf, Tränen kullern ihr Gesicht hinunter, es ist so heiß, sie schreit etwas, die Frau schreit etwas, sie schreit etwas zurück.

»Hör mal, Kumpel«, sage ich zu Micke und stelle mich dicht an sein Fenster, sehe auf ihn hinab, er hat Snus unter der Oberlippe, versteckt hinter diesem Hipsterschnurrbart, man sieht es nur, wenn man ganz nah dran ist. »Das muss man doch irgendwie lösen können, können wir uns nicht alle zusammen in den Kofferraum quetschen?«

Er antwortet nicht, starrt mich nur an, ich beuge mich vor, sehe in das Auto hinein, auf der Rückbank sitzen zwei blonde Jungen in Badeshorts mit aufgerissenen Augen und jeweils einem Tablet auf dem Schoß.

»Hallo, Jungs, schön, dass wir bei euch mitfahren können«, sage ich mit einer Stimme, die hoffentlich offen und freundlich klingt.

»Vor einer Weile haben wir eine andere Familie getroffen«, sagt

Micke, jetzt mit etwas mehr Autorität. »Platten. Er hat dasselbe gesagt, komplett unfassbar, dass wir keine eigenen Löschflugzeuge haben.«

Die Frau gestikuliert, schreit etwas wegen des Rauchs, zeigt in die Baumwipfel hinein, Carola schüttelt erneut den Kopf.

»Aber die hatten kein Baby«, fährt der Mann fort. »Ihr habt ein Baby. Also sind wir umgedreht und zurückgekommen. Aber nicht, um hier herumzustehen und zu *diskutieren.*«

Sein Griff um das Lenkrad wird fester. Etwas Hässliches schleicht sich in sein Gesicht, die Augen tränen schon von dem vielen Rauch.

Die Frau setzt sich wieder auf den Beifahrersitz, starrt zornig vor sich hin.

»Bitte«, sagte ich. »Der Kofferraum.«

Micke wirft einen kurzen Blick zu der Frau hinüber.

»Der ist voll mit unseren Sachen.«

»Bitte, seid doch so nett.«

»Wir sind nett«, faucht sie und wischt sich die Tränen mit dem Handrücken ab, ihre Mildtätigkeit ist in Zorn umgeschlagen, »wir sind *verdammt* nett.«

Micke kratzt sich in der rotblonden, haarigen Achselhöhle, sein Blick flackert, genau so funktioniert dieses Paar, merke ich, sie ist launisch und impulsiv, er schwerfällig und unentschlossen, sie ergänzen einander.

»Anna, die Alternative wäre ja, dass wir …«

»Wir haben gewendet und sind zurückgefahren, und jetzt steht ihr hier und zankt euch mit uns, das ist doch total irrsinnig, so verdammt selbstsüchtig zu sein!«

Sie ergänzen einander, und am Ende trifft sie die Entscheidungen, und jetzt hat sie entschieden.

Eine Hand an meiner Taille. Eine Stimme hinter mir.

Papa.

Vilja steht hinter mir. Sie hält Zack an der Hand, er weint, er hustet durch die Maske, *nicht denken, einfach handeln*, ich nehme ihn auf den Arm wie einen großen, warmen Seehund, die Stirn ist rot und glänzt vor Schweiß, ich drehe mich zum Auto.

»Mein Sohn hat Asthma!«, sagte ich laut zu den Jungen auf dem Rücksitz, in einem Tonfall, den sie hoffentlich nicht in Frage stellen werden, »er hält diese Luft nicht mehr lange aus!«, und sie drängen sich aneinander und sehen zu ihren Eltern, und dann öffnet einer von ihnen aus reinem Reflex die Tür – *Assar!* faucht die Mutter –, aber die Tür ist jetzt offen, ich reiße sie weit auf und dann schwinge ich Zack auf den Rücksitz, werfe ihn zwischen die anderen Kinderkörper, beuge mich in den Innenraum und spüre die Kühle, die reine Luft darin und küsse sanft seine Stirn, der Duft nach Rauch, Schmutz und Zitrone vom Seewassershampoo und die dunklen Jahre, die in diesem Augenblick zusammenlaufen. Er schreit *Papa*, als ich die Tür hinter ihm zuknalle, *jetzt fahr schon*, murmele ich zu Micke, der nickt, ein Anflug brüderlicher Übereinkunft in seinen Augen, als er *Rättvik* sagt und das Lenkrad einschlägt und heftig nach hinten setzt, beinahe in ein Gebüsch hinein, und erneut schlägt er ein und ruft noch einmal *Rättvik*, die Stimme klingt erleichtert, als könnte der Name einer Ortschaft in Dalarna alle unsere Sorgen verschwinden lassen, und das Auto startet mit durchdrehenden Reifen und verschwindet ebenfalls.

Carola trägt Becka auf dem Arm, hat die Augen geschlossen, bohrt die Nase in den Nacken des Kindes, murmelt *Sie sahen nett aus, oder, sie sahen nett aus, oder was meinst du, Liebling? Bestimmt sind sie nett, oh, mein kleiner Schatz, mein kleiner Schatz.*

Es sind weniger als fünf Minuten vergangen, seit das Auto das erste Mal aufgetaucht ist. Spiderman liegt auf dem Asphalt direkt bei dem Schild. *ÖSTBJÖRKA 3.*

»Lana Del Rey«, brummt Vilja ziellos in die leere Hitze und justiert die Riemen, bevor sie sich den Rucksack ihres Bruders anlegt. »Lana Del Rey.«

*

Das Haus in Thailand. So hat es angefangen. Ein Haus mit Großbildfernseher und einem Fitnessraum mit Laufband und Heimtrainer und einem eigenen Pool mit türkisfarbenem Wasser.

Wir wandern in Richtung Östbjörka und in meinem Kopf lege ich mir schon eine Erklärung zurecht, denn ich weiß ja, dass wir gezwungen sein werden, das alles zu erklären, wie es kam, dass einer intelligenten, gut funktionierenden Persönlichkeit wie mir so etwas passieren konnte, was auch immer noch kommen wird, ihr werdet euch fragen, wie zur Hölle ich in dem Sommer, in dem Dalarna, Jämtland und Härjedalen in Flammen aufgingen, so lange mit meiner Familie in einem einsamen Haus nördlich des Siljan bleiben konnte.

Wir hatten Becka bekommen, würde ich zu der besten Freundin meiner Frau auf der Beerdigung sagen. *Wir waren so glücklich, es war unser drittes und auch unser letztes Kind, deswegen wollten wir etwas ganz Besonderes machen und beschlossen, dass wir während der Elternzeit im Ausland wohnen könnten, und Thailand ist ja so kinderfreundlich.* Ein einfaches, italienisches Buffet mit Rotwein aus der Toscana, eine Kirche mit weiß gekalkten Wänden, Österlen, Gotland, etwas in der Art, *Carola wollte es so gerne, sie war so glücklich*, ihre Freundin ist groß und hübsch und anklagend, trägt ein schwarzes Kleid und wasserfesten Kajal, *ein halbes Jahr am Strand, das war ihr Traum, ich wollte ihn ihr schenken.*

Wir brauchen eine Stunde, um die drei Kilometer bis nach Östbjörka zurückzulegen. Carola bekommt langsam Rückenschmerzen von der Wickeltasche und der Ikeatüte und wir müssen immer wieder anhalten, um Becka hochzunehmen, die nicht mehr im Wagen liegen möchte, sie schreit, versucht, sich die Maske abzureißen. Wir müssten ihr eine Flasche machen, aber dann würden wir noch Ewigkeiten am Straßenrand sitzen.

Die Räder am Rollkoffer gehen kaputt, als wir das erste Haus erreicht haben, eine einfache Steinmauer, auf dem Grundstück ein Spielhaus, ein kaputtes Fußballtor, ein Trampolin, beinahe von dem

Unkraut verschluckt, das in seinem Schatten wächst. Auf einem Schild steht in roter Farbe, die in der Sonne schwärzlich geworden ist: FLOHMARKT FRISCHE KARTOFFELN.

Vilja flucht, und ich hebe den Koffer auf und sehe ihn mir an, das Plastik ist gesprungen, es ist nicht für lange Wanderungen auf holperigen Asphaltstraßen gemacht, *billiger Mist* fluche ich, und aus purer Wut nehme ich den Koffer und schleppe ihn auf das leere Grundstück, reiße die Tür zum Spielhaus auf – heiß wie eine Sauna, riecht nach unbehandeltem Holz, Zweigen und Laub, pastellfarbenes Spielzeugporzellan, eine Packung Kondome, ein Stapel von durch Feuchtigkeit gewellten Bilderbüchern – und werfe den Koffer hinein.

»Wir holen ihn später wieder«, sagte ich. »Wenn sich alles beruhigt hat.«

Thailand ist ja auch nicht mehr richtig billig, teile ich dem Versicherungskonzern mit, *Reise, Schulgeld für die Kinder, alle Impfungen, es läppert sich. Wir wollen ein Haus, in dem genug Zimmer sind, dass die beiden Großen ein eigenes bekommen können, das einen eigenen Pool hat, eine gute Küche, frisch renoviert und modern und in Strandnähe, da hinten bauen jetzt die Chinesen, nachdem alles wieder geöffnet ist, und sie wissen, wie man Geld macht, Airbnb ist die reinste Gelddruckmaschine für diese verdammten Oligarchen.*

Östbjörka hat eine Bushaltestelle, zwei Weggabelungen, ein paar verlassene Wohnhäuser und eine Rasenfläche mit einer bräunlich verwelkten Mittsommerstange. Es gibt einen Wendeplatz mit einer großen Anschlagtafel, mein Blick flackert verzweifelt darüber hinweg, aber dort steht nur *Bewässerungsverbot Jahressitzung des Hausbesitzervereins Quad Preis Verhandlungssache Kåre 070 – HIER!!! HIER!!! HIER!!! HIER!!! Baumfällung Installieren Sie Breitband über Glasfaser von DalaEnergi Erstklassiges Birkenholz.*

Hier gibt es Reifenspuren von Geländefahrzeugen, einen zurückgelassenen Anhänger, auf dem ein paar Decken neben zwei schmutzigen Overalls und einer ICA-Tüte mit zwei PET-Flaschen und einer Packung Maria-Keksen in der Ecke liegen. Wir nehmen das Wasser, lassen die Kekse aber zurück.

Unter einer Kiefer finden wir Schatten und wechseln Becka die Windel, sie ist voll mit glitschigem, braungelbem, stechend riechendem Babykot, wir brauchen jede Menge Feuchttücher, um sie sauber zu bekommen. Vilja bindet wie gewohnt alles zu einem Paket zusammen und geht zu den Häusern hinauf, um einen Mülleimer zu finden, beinahe rufe ich ihr hinterher, dass sie es einfach irgendwo hinwerfen soll, aber dann bereue ich es und bleibe still.

Und es ist ja eigentlich nie ein Problem, über den Sommer weg zu sein, sage ich zu meinen Freunden, *erst im Haus meiner Schwester in Bohuslän über Mittsommer, DANN weiter in den Süden nach Båstad, wo Niklas und Petra ein Haus haben, das leer steht, das ist wirklich luxuriös, DANN nehme ich die Familie mit nach Cannes, denn die Firma hat wegen des Filmfestivals ein ganzes Haus gemietet, in dem es genug Platz gibt, DANN wird Carolas Cousine auf einem Weingut in Oregon heiraten, also reisen wir dort auch noch mit der ganzen Familie hin. Die Schwiegermutter hat für uns ein gemütliches Bed and Breakfast am Strand gebucht, da bleiben wir auch zwei Wochen, richtig nice, und DANN werden wir tatsächlich noch einen Campingurlaub mit dem Auto in Norwegen einlegen, denn das wollten wir schon immer machen, aber bislang hatten wir noch in keinem Sommer Zeit oder Gelegenheit dafür.*

Carola gibt Becka Nahrung aus der Flasche, während sie mit der anderen Hand das Handy ans Ohr drückt, ich habe beschlossen, die Telefone aufzusparen und immer nur eines zu benutzen, sie hängt seit einer halben Stunde in der Warteschleife. Ich gehe auf ein Grundstück, das nicht so verlassen aussieht wie das mit dem Spielhaus, jemand hat Unkraut gejätet, an einem Baum steht eine Leiter mit einer Astschere an der obersten Sprosse, ein paar ausgefranste Jeansshorts hängen an einer Wäscheleine und aus irgendeinem Grund gehe ich dorthin, um mit der Hand zu fühlen, ob sie schon trocken sind, als ich sie höre, die Stimme angespannt und schrill.

»Hallo? Hallo? Hören Sie mich?«

Ich renne vom Grundstück herunter und zur Kiefer, Carola steht stramm wie beim Militär, hat Becka vorher auf den Boden gelegt und drückt die freie Hand als Deckel auf das andere Ohr, das Gesicht ist zusammengekniffen, als wollte sie alles ausschließen, was dieses lebenswichtige Gespräch stören könnte, sie hat die Maske vom Mund genommen, damit sie besser verstanden wird.

»Hören Sie mich … ja, hallo, ich heiße Carola von der Esch und ich stehe hier in Östbjörka mit meiner Familie, wir haben einen Säugling dabei und unser Auto springt nicht an und wir sind also in *Östbjörka*, aber warum ist niemand hier?«

Ich setze mich in das trockene, schneidende Gras, nehme Becka auf den Arm und drücke sie an mich. Die Tränen und der Schleim haben helle Streifen in dem Schmutz hinterlassen, der sich auf ihrer Stirn und ihren Augenlidern angesammelt hat, ich küsse die weiche, fleischige Wange und spüre den Geschmack von Ruß.

Die Stimme, die aus dem Telefon kommt, gehört zu einer Frau, sie klingt freundlich, ich kann die Worte nicht verstehen, aber der Tonfall ist fragend.

»Ja … nein?« Carola muss husten, wischt sich die tränenden Augen. »Also, wir haben nur eines gesehen, das war eine Familie, sie haben unseren Jungen mitgenommen, aber sonst … Wo? Außerhalb von Ovanmyra? Aber das sind doch fünf Kilometer bis dahin?«

Die Stimme am anderen Ende erklärt etwas, Carola muss lachen, es ist ein ätzendes, gemeines Lachen, das ich während der zwanzig Jahre, die wir zusammen sind, vielleicht viermal gehört habe.

»Und darf ich Sie auch fragen, welche Prioritäten Sie setzen? Wenn Sie nicht … also, wir haben hier einen vier Monate alten Säugling?«

Die Stimme im Telefon ändert den Charakter, wird schneller, formeller, will das Gespräch beenden.

»Ich bitte Sie, verdammt nochmal«, fleht Carola und sieht Becka an und ich muss den Impuls unterdrücken, das Kind fest ins Bein zu kneifen, um es zum Schreien zu bringen, vielleicht würde es ja funktionieren, wenn die am anderen Ende ein Kind im Hintergrund schreien hörte, aber Becka schreit nicht, sie hustet nur ein bisschen, während sie daliegt und mich mit roten Augen ansieht, und Carola bettelt und fleht immer weiter, aber die Stimme verschwindet immer mehr, bis sie schließlich weg ist.

Sie sieht auf das Display, als hätte es sie gebissen.

»Sie sagt, dass wir selbst zusehen müssen, wie wir von hier wegkommen«, grummelt sie. »Wir hätten gestern hier sein sollen, als sie evakuiert haben. Dass die Feuerwehr nur Personen priorisiert, die verletzt sind oder sich nicht aus eigener Kraft helfen können, solche, für die *besondere Umstände* gelten.«

Sie zieht eine Grimasse, sieht weg.

»Und dann hat sie gefragt, warum wir nicht mit diesem Auto gefahren sind, warum wir uns nicht alle hineinquetschen konnten.«

Sie sagt es nicht, vielleicht weil ich ihr nie diese Sache mit der Klimaanlage vorgeworfen habe, vielleicht ist die Wirkung auch größer, wenn es nicht ausgesprochen wird.

Du hättest sie überreden sollen. Du hättest es schaffen sollen. Du hättest deine Familie verteidigen sollen.

»Entschuldige«, sage ich zu der Atemmaske und dem abgewandten Blick.

Aber das meiste davon ist nie zustande gekommen, sage ich zu der Frau, mit der ich zusammen sein will, *Niklas und Petra hatten das Haus schon jemand anderem geliehen, und die Strandvilla in Cannes war ein seltsames Missverständnis, und wir kamen gar nicht los in die USA, weil wir es noch einmal durchgerechnet hatten und einsahen, dass wir uns die Unterkunft und die Mietwagen und den Junggesellenabschied und den Junggesellinnenabschied und das Probeessen nicht leisten konnten, diese Cousine befand sich in den Händen eines amerikanischen Weddingplanners, für den wir Gäste nichts anderes waren als ein einziger großer Geldautomat, es war vollkommen unmöglich, wir begriffen gar nicht, wie wir es uns überhaupt vorstellen konnten, die klimakompensierten Flugtickets, die schon bezahlt waren, wir mussten alles opfern. Du verstehst schon* und sie nickt verständnisvoll, wir liegen irgendwo in einem Hotelbett und tauschen uns über unsere Expartner und alle verrückten Geschichten aus, in denen wir dank ihnen gelandet sind, *das war dieses Mittelklassedasein, das wir gelebt haben, diese Fassade, die wir zu jedem Preis aufrechterhalten wollten. Also steckten wir die Kinder ins Auto und fuhren stattdessen nach Norwegen, aber das funktionierte nicht mit Becka, das Zelt war schon um sechs Uhr morgens heiß wie ein Ofen und weißt du überhaupt, was ein Latte in Norwegen kostet?*

Vilja kommt zurück, reibt unbewusst die Hand an ihren Shorts, um mögliche Rückstände der vollgeschissenen Windel abzuwischen.

»Ich habe einen gedeckten Tisch gesehen«, sagt sie und klingt erschüttert. »Er stand auf einer Veranda. Teller, Weinflaschen, alles.«

Ich nicke.

»Ich weiß, meine Kleine.«

Sie runzelt die Stirn, sieht sich um.

»Die Leute haben einfach alles zurückgelassen und sind abgehauen, so schnell sie konnten.«

»Ja.«

»Und jetzt sind nur noch wir hier.«

»Ja.«

Du hast das Haus vorgeschlagen, sage ich zu meiner Schwiegermutter, es ist schon wieder Carolas Beisetzung, draußen auf Lidingö in dieser Version, *du hast gesagt, warum nehmt ihr für den Rest des Sommers nicht einfach das Haus, dann kann ich in die Stadt ziehen, es war deine Idee und wir dachten, es könnte eine Lösung für uns sein*, Kaffee im Service mit Goldrand, Janis Joplin und Amy Winehouse auf der Stereoanlage, *obwohl es trocken und heiß war und das Wasser zwischen zehn Uhr abends und sechs Uhr morgens abgestellt wurde.*

Ihr warnt uns jedes Jahr vor der Waldbrandgefahr, sage ich zum Einsatzleiter, als er uns zwei Stunden später in Rättvik empfängt und all das vorbei ist, *ihr warnt jedes Jahr, also nahmen wir es nicht mehr so ernst, wir dachten ja, ihr hättet alles unter Kontrolle, natürlich haben wir den Rauch der Waldbrände im Norden wahrgenommen, aber man gewöhnt sich einfach daran, ihr habt vorher schon so oft falschen Alarm gegeben.*

Und wir hatten es so gemütlich zusammen, sage ich in vielen Jahren zu Zack, wenn er erwachsen ist, *du und ich, wir sind jeden Tag baden gegangen, wir konnten stundenlang im Wasser liegen und planschen, am Ende des Sommers konntest du ziemlich gut schwimmen, du konntest vom Steg einen Kopfsprung machen, abends lasen wir Bücher oder spielten Gesellschaftsspiele, der Rauch war eigentlich gar nicht so belastend, an manchen Tagen hat man ihn gar nicht bemerkt.*

Dass man sich daran gewöhnt, sage ich, wenn ich von Journalisten gefragt werde, *das ist ja das wirklich Furchtbare an diesen Klimaveränderungen, dass wir lernen, mit den Waldbränden zu leben, mit der Hitze, den Obdachlosen, die in Paris, Berlin, Madrid zu Tode gekocht werden, den Millionen von Toten in Indien, wenn der Monsunregen nicht kommt. Die griechische Gesellschaft ist im Grunde zusammengebrochen, der landwirtschaftliche Sektor im Westen der USA vertrocknet, Starkregen in Europa, der ganze Ortschaften wegspült, aber wir schalten drinnen die Klimaanlage ein und heizen draußen den Grill an, das Überleben des Menschen hängt von seinem einzigartigen Vermögen ab, sich anzupassen, und jetzt führt es uns zu unserem Untergang und wir folgen ihm brav und gehorsam nach, denn wenn das Vieh notgeschlachtet werden muss, wird Biorinderfilet billiger.*

In Ovanmyra soll es an der Kirche noch Rettungspersonal geben, liest Vilja in einem aktuellen Chat, und wir lassen die Ikeatüte auf dem Anhänger zurück und nehmen nach einem gewissen Hin und Her die Maria-Kekse mit und gehen in die Richtung. Es ist jetzt fast schon vier Uhr am Nachmittag und die Hitze und der Rauch sind unerträglich und Becka windet sich und zappelt im Wagen, als hätte sie Zuckungen, sie schreit sich heiser und ich spanne mir das

Tragetuch um und stecke sie hinein, sie schreit trotzdem, wir gehen einfach durch die Schreie.

Denn wir schämten uns, sage ich zur Psychotherapeutin, *wir schämten uns dafür, dass wir so höllisch viel Geld in dieses protzige Thailandhaus gesteckt hatten, dass wir uns selbst und die Kinder für einen ganzen Sommer obdachlos gemacht hatten, zwei hochbezahlte Akademiker, die für so etwas Banales wie ein Flugticket und eine Luxusvilla in Thailand ein halbes Jahr lang für 300 Euro pro Nacht ihre Sparkonten verbrannten, nur um an einem Strand zu sitzen und zum letzten Mal in diesem Leben gebratenen Reis zu essen.* Die Psychotherapeutin sieht fragend von ihrem Block auf und ich nicke und sage *natürlich gab es Alternativen, wir hätten auch Freunde von uns bitten können, auf ihren Grundstücken campen zu dürfen, wir hätten in das Gästezimmer bei Carolas Mutter ziehen können, stattdessen blieben wir aber dort, obwohl die Behörden uns gewarnt hatten, auch nachdem alle anderen schon nach Hause gefahren waren, wir schämten uns furchtbar für alles, dass wir Flugtickets in die USA gekauft hatten, die wir nicht einmal benutzt hatten, für unseren elektrischen BMW, den wir nur mit einer Anzahlung finanziert hatten, für die Milch und den Käse und das Fleisch.*

Wir sind eine Stunde gegangen und die Riemen des Tragetuchs schneiden mir in die Haut, als wir aus weiter Entfernung Geräusche hören, erst die Sirenen, dann den Motorenlärm, es sind mehrere Fahrzeuge, sie kommen aus der Richtung, in der wir unterwegs sind, drei, vier, fünf Feuerwehrautos und ein rotes Auto mit dem Emblem des Rettungsdienstes und einem Blaulicht auf dem Dach, sie kommen aus dem Wald heraus und fahren parallel zu unserem Weg, wir schreien, wir springen, wir winken, Carola läuft auf sie zu und wedelt mit Beckas roter Flanelldecke wie mit einer Flagge, als sie in einen Waldweg abbiegen.

Das ist wohl so eine Sache, von der man glaubt, dass sie nur anderen passiert, sage ich zu Micke, wenn wir uns in einer halben Stunde in Rättvik treffen und ich Zack umarme, dessen Fuß bereits verbunden ist und der sich natürlich schon mit den Jungen auf der Rückbank angefreundet hat und mit ihnen auf den Tablets spielt und sich fragt, was wir Erwachsenen für einen Aufstand machen, *man dachte eigentlich, dass sie alles unter Kontrolle hätten, immerhin sind wir in Schweden, es ist wirklich ein Skandal, dass wir keine eigenen Löschflugzeuge haben.*

Die Fahrzeuge sehen uns nicht, oder vielleicht sehen sie uns, aber es schert sie nicht, sie verschwinden jedenfalls genauso schnell wieder im Wald, wie sie herausgekommen sind, und mir wird klar, dass sie nicht irgendwo etwas löschen sollen, sondern auf der Flucht vor dem Feuer sind, denn als ich in die Richtung sehe, in der Ovanmyra liegen soll, sehe ich hohe Flammen zwischen den Baumwipfeln aufsteigen, es brennt dort, wo wir hinsollen, es brennt dort, wo wir herkommen, wir halten an, bleiben stehen.

Es war deinetwegen, sage ich nicht zu Carola, als sie sich an den Straßenrand hockt, bei einem dekorativen, hellblau gestrichenen alten Fahrradanhänger, neben dem eine ebenso dekorative altmodische Milchkanne und Dekogegenstände aus Glas und Holz stehen sowie ein flacher Stein mit *FAMILIE JANZON* in geschwungenen, knallroten Buchstaben darauf, und daneben noch ein weißes Schild, das *Breitband über Glasfaser von DalaEnergi* anbietet, wir haben Becka aus dem Tragetuch genommen und Carola hat sie auf dem Schoß und heult Rotz und Wasser und der Rauch wirbelt aus den Wäldern, die uns umgeben. Vilja tippt auf ihrem Handy, um Informationen zu finden, ich befinde mich in einer Art Warteschlange zu einer Notrufnummer, das Display klebt an der Wange und das geht jetzt schon eine ganze Weile so, Carolas Akku ist leer und meiner ist auf dem letzten dünnen roten Balken, die Hitze und die direkte Sonneneinstrahlung saugen den Strom heraus, wir hatten Powerbanks, aber die befinden sich in dem Rollkoffer, der kaputtgegangen ist und den ich liegen gelassen habe.

Es war deinetwegen, dass ich uns in einem fast lächerlichen Maßstab überschuldet hatte. Es war deinetwegen, dass wir ein drittes Kind bekamen. Und jetzt will sie mich wiederhaben, es hat wieder angefangen, wir sind wie zwei Agenten im Krieg, gestern hat sie ein Bild von sich und mir geschickt, das ich im vorletzten Sommer aufgenommen habe, wir liegen nackt in der Sonne auf ein paar Kissen in der Plicht dieses Segelboots, und ich mache ein Selfie von uns von oben mit ihrem Handy, und es geht nicht darum, wie sie nackt auf diesem Bild aussieht, sie ist natürlich so überirdisch schön, dass mir beinahe schlecht wird, aber es geht auch nicht darum, sondern um mich, wie ich aussah, als ich glücklich war.

Unter das Bild schreibt sie: Schäm dich nicht, ein Mensch zu sein, sei stolz.

»Didrik, bitte, bring uns hier weg«, sagt Carola mit belegter Stimme. »Bring mich und die Kinder jetzt weg von hier.«

Ich sage nicht: *Ich wollte so lange wie möglich hier auf dem Land bleiben, denn ich hatte beschlossen, dich zu verlassen, sobald wir zurück in Stockholm sind. Das hier war unser letzter gemeinsamer Sommer. Ich bin deinetwegen geblieben.*

Becka schreit wieder, ich setze mich neben ihnen auf den Boden, wühle in der Wickeltasche nach der Nuckelflasche, der Thermoskanne, dem Pulver, irgendetwas an diesem Schild von DalaEnergi stört mich. Breitband. Ich erinnere mich, wie wir es vor fünf Jahren installiert haben, Carolas Mutter musste ein Vermögen bezahlen, an das sie uns bei jeder Gelegenheit erinnert, sie gruben das gesamte Grundstück um, aber seitdem haben wir blitzschnelles und stabiles WLAN im Haus, wir wurden Stunde für Stunde über den Waldbrand, die Waldbrände informiert, mit Flashs und Pushs über Handys und Tablets, und *trotzdem* ist es mir gelungen, uns in diese Situation zu manövrieren, es ist wirklich unglaublich, es ist vollkommen herausragend idiotisch, dass wir, zwei smarte, moderne Menschen mit Wissen, Geld, Handys, Computern und Breitband über Glasfaser hier gelandet sind.

Breitband. Irgendetwas juckt daran, schabt, an irgendetwas hätte ich denken müssen.

Breitband. Man kann Breitband installieren. Man kann Holz kaufen. Man kann jemanden dafür bezahlen, dass er Bäume fällt. Breitband, Genau.

Man kann Breitband installieren über Glasfaser von DalaEnergi.

Ich stehe hastig auf, sage zu Carola:

»Hab keine Angst, Liebling, ich werde das Problem lösen. Wartet hier.«

Ich küsse Becka auf die schweißfeuchte Stirn und laufe zurück nach Östbjörka.

*

Der Rauch ist dichter als noch vor einer Weile, er ist nicht mehr nur ein stechender, schmutziger Geruch, sondern man kann ihn auch sehen, wie er wirbelt, qualmt, sich um die nächsten Bäume windet. Ich versuche, mich nicht zu verausgaben, jogge ruhig, methodisch, in einem Tempo, das ich ein paar Kilometer aushalten kann, ohne dass der Puls zu sehr ansteigt.

Die Anschlagtafel steht immer noch da und ich habe mich tatsächlich korrekt erinnert, zwischen DalaEnergi und der Jahressitzung des Hausbesitzervereins ist eine Klarsichthülle festgetackert, mit einem ausgedruckten Zettel, auf dem *Quad Preis Verhandlungssache Kåre 070 – HIER!!! HIER!!! HIER!!! HIER!!!* steht und unter dem Text das Bild eines orangefarbenen, glänzenden Trumms, versehen mit großen Reifen mit grobem Profil und zwei schiefen, bösartigen Augen.

Ich versuche, ruhig zu atmen, den Rauch zu ignorieren. *Vergiss, dass du gelaufen bist, vergiss, dass du Zack irgendwelchen Fremden überlassen und du dir nicht einmal ihre Autonummer gemerkt hast, vergiss, dass Becka dort liegt und in ihre Maske schreit. Das hier ist smart, endlich tust du etwas richtig Smartes, mach weiter.*

Ich stelle mich in den Schatten und hole das Handy heraus, wische das Display am Oberschenkel ab, kontrolliere mechanisch meine Likes, bevor ich die ersten Ziffern eingebe, 0708558, halte aber inne, drücke es weg. Nein. Gehe auf die Karte, zoome auf Östbjörka, schreibe *KÅRE*.

Das Einzige, was angezeigt wird, ist *Levander, Kåre Ingmar*, das Haus liegt fünfhundert Meter entfernt, und als ich versuche, das Bild zu vergrößern, um den Weg deutlicher erkennen zu können, friert das Display ein und erlischt, aber da bin ich schon losgelaufen, ein blaues Schild mit den Worten *HIER ENDET DER ÖFFENTLICHE WEG*, dann ein Schotterweg direkt in den Wald.

Sobald ich das Haus zwischen den gelb verdorrten Laubbäumen sehe, weiß ich, dass ich am richtigen Ort bin, es ist keine billige Gartenlaube für Sommergäste, sondern ein echtes Haus, zwei Stockwerke in glänzend weißem Holz mit blauen Fensterrahmen, Solarzellen auf dem Dach, als ich näher komme, erkenne ich eine neu erbaute Terrasse mit tiefen, protzigen Sofas neben einem ovalen Swimmingpool mit einer neuen Abdeckplane, so eine, die man durch einen einfachen Knopfdruck aufrollen kann, in der Ecke an der Wand eine große Außenküche mit einem Gasgrill von der Größe eines Raumschiffs, die Art von Haus, die ich schon immer haben wollte und die mein Vater mit sanfter Verachtung als *Protzbau* bezeichnet hätte. Ich gehe um das Haus herum und sehe einen großen, sorgfältig gestalteten Garten mit unlängst gepflanzten Apfelbäumen, einem Gewächshaus, zwei Hängematten an Gestellen, die im Schatten eines stark beschnittenen Pflaumenbaums stehen. Ein Mähroboter rollt schlafwandlerartig über die trockene Rasenfläche.

Ich gehe weiter herum, auf der anderen Seite des Hauses befindet sich eine Parkfläche, auf der ein Anhänger für ein Motorboot steht, eine Plane, aber keine weiteren Fahrzeuge. Ein Geräteschuppen im selben Stil wie das Haus, weiß mit blauen Balken, ich laufe zur Tür, die so breit wie ein Garagentor und mit einem großen, silbernen Vorhängeschloss versehen ist, ich halte es in meiner Hand, wäge für einen kurzen Augenblick den sonnenheißen Metallklumpen.

Die Hängematten, entscheide ich schnell und laufe dorthin, hänge eines der großen, einladenden Tücher ab und betrachte das Gestell, so eine luxuriöse Hängematte habe ich zuletzt in einem exklusiven Badehotel gesehen, ich beobachtete das Personal, das sie aufhängte, es sind Metallrohre, die man ganz einfach zusammensteckt, und man baut sie ebenso schnell wieder auseinander, das hohle, meterlange Rohr liegt warm und glatt in der Handfläche, ich laufe zur Terrasse am Pool, auf die große, hübsche Panoramafenster zeigen.

Ein Augenblick des Zögerns, der Gedanke an Versicherungsfirmen und Geld und Rentenfonds, die verkauft werden müssten, und dann das Bild von Becka, die in ihrem Wagen liegt und hustet, der nackte Körper, die wurstförmigen, kleinen Oberschenkel, die aus der Windel herausragen, die Augen aufgerissen und verheult über der Maske, ich schwinge das Eisenrohr wie einen schweren, stummen Golfschläger direkt durch die Fenster.

Direkt nach dem Klirren und Scheppern des zerspringenden Glases beginnt der Alarm zu heulen, es ist ein ohrenbetäubendes Geräusch, das man bestimmt viele Kilometer weit hören kann, und mich befällt das unsinnige, bedeutungslose Bild einer Sicherheitsfirma, ein Auto mit einem vertrauenerweckenden Firmennamen, ein kräftiger Typ mit niedrigem Schulabschluss und billiger Uniform, während ich noch ein paar Glasscherben mit der Spitze des Rohrs wegstoße, bevor ich zum Poolsofa laufe und ein paar große, elegante Kissen im New-England-Classic-Stil hole, mit viel Blau und Weiß und Rot, und sie über den nackten Fensterrahmen lege, um vorsichtig hineinzukriechen.

Das Innere des Hauses ist genauso luxuriös wie das Äußere, eine Mischung aus modernen Designermöbeln und älteren Sachen, die vielleicht aus einem Erbe stammen oder auf einer Auktion erworben worden sind, eine Mora-Standuhr, ein handbemalter Bauernschrank, ein Wandteppich, ein riesiger offener Kamin, im Wohnzimmer eine fünf Meter breite und vielleicht zwei Meter hohe

Panoramaaufnahme von Manhattans Skyline vor einer leuchtenden Morgen- oder Abenddämmerung, die Farben sehen nach sechziger oder siebziger Jahren aus, und trotz des teuren Rahmens passt es nicht zu einem solchen Haus und ich denke unkonzentriert, dass es ursprünglich woanders hing und nur aus sentimentalen Gründen hier gelandet ist, Chrysler Building, Empire State Building, World Trade Center, Leuchttürme aus einer anderen Welt.

Ich nehme die Maske ab und atme kalte, reine Luft. Das Gefühl von Müdigkeit, als wäre man jetzt nach Hause gekommen, ich zittere in der angenehmen Frische und mir wird klar, dass die Klimaanlage läuft, die Alarmanlage heult nach wie vor, aber ich ignoriere sie und gehe instinktiv in die Küche, überall blank poliert und rostfrei, ich öffne den Kühlschrank und sehe die Kunststoffverpackungen mit heiß geräuchertem Lachs und marinierten Lammkoteletts, Flaschen mit moussierendem Roséwein, Grünschimmelkäse, eingelegter Hering, Köttbullar, eine große Schale mit Salat, sie haben hier offensichtlich Gäste erwartet, *willkommen*, flüstert der Kühlschrank, *setz dich eine Weile hin, nur eine Minute, du hast den ganzen Tag kaum mehr gegessen als ein paar Kekse, du könntest jetzt ein Kabel suchen und dein Handy aufladen und dich eine halbe Stunde ausruhen.*

Ich nehme eine Dose Bier aus dem Türregal und drücke das kühle Metall an meine Wange, mit der anderen Hand greife ich nach einer PET-Flasche mit Mineralwasser, schraube den Plastikdeckel ab und schütte das zischende, sprudelnde Wasser auf meinen Kopf, lasse es rinnen, direkt nach unten auf den Küchenboden plätschern, schüttele mich vor Kälte. Schnell suche ich unter der Spüle eine Plastiktüte heraus und fülle sie mit allem, was einfach in den Bauch zu stopfen ist, Portionsbecher mit Fruchtjoghurt, ein Paket Salami in Scheiben, Weintrauben, eine Gurke, ich öffne die Speisekammer und hole Kekse, Rosinen, Nüsse heraus, sehe mich in der Küche um und finde noch ein paar Flaschen Mineralwasser. Ich gehe mit allem zur Haustür, ein hübscher, geschnitzter Schlüsselschrank, ich öffne ihn, zwei Schlüsselbunde und eine Handvoll loser Schlüssel unterschiedlicher Art und Größe, es könnte jeder sein, ich werfe alle in die Plastiktüte und schließe dann die Tür auf, drei Postkarten sind an die Innenseite geheftet, auf der einen ein Herz und die Worte *Hauptsache, wir haben einander*, auf der anderen eine weiße Wolke vor einem strahlend blauen Himmel und *CARPE DIEM*, auf der dritten die Nahaufnahme eines lächelnden Kindes mit einem offenen und unschuldigen Gesicht und *Heute ist der erste Tag vom Rest deines Lebens*, ich ziehe die Maske wieder über und gehe in die Hitze und den Rauch.

Der dritte Schlüssel passt in das Vorhängeschloss und darin steht er, genau wie auf dem Bild, ein orangefarbenes Ding, überraschend klein, wie ein großes Motorrad, nur auf vier Traktorrädern. Es hat eine Ladefläche hinter dem Sitz, auf die ich die Plastiktüte lege, ich sehe mich im Geräteschuppen um, eine Motorsäge, ein Hochdruckreiniger, ein Laubbläser, ein alter Kugelgrill, ein funkelnagelneues Rennrad, es ist alles sauber und aufgeräumt mit Regalen und Fächern und ich finde schnell das, was ich gesucht habe: eine Axt, ein Paar Arbeitshandschuhe und einen Kanister mit einem Inhalt, der nach Benzin riecht.

Alles klar. Einer der Schlüsselbunde hat einen großen Kunststoffschlüssel mit einem Logo und der Nummer *ATV200CC*, ich setze mich auf das Quad und sehe auf das Armaturenbrett, der Schlüssel passt. Ich hole tief Luft und drehe um. Das weiche, tiefe Brummen lässt mich aufheulen vor Freude.

Abgesehen von einem kurzen Moment während eines Kick-offs habe ich noch nie auf einem Geländefahrzeug gesessen, und definitiv noch nie auf einem Quad, aber draußen auf dem Land sieht man sie überall, einmal auch unten an der Badestelle, als drei Mädchen in Badeanzügen auf einem herangerollt kamen, der nur weniger kleiner als dieser hier war, sie waren in Viljas Alter, höchstens fünfzehn, sechzehn, sie lachten und johlten, als würden sie auf einem Badespielzeug sitzen. Sanft und vorsichtig drehe ich an dem rechten Handgriff und sofort spüre ich das Drehmoment, wie es unter dem Hintern an den Schenkeln, unter den Füßen ruckelt und vibriert, das Fahrzeug brüllt auf und ich schreie erneut, und ganz spielerisch, als hätte ich nie etwas anderes getan, rolle ich aus dem Geräteschuppen, vom Parkplatz herunter, auf den Waldweg und weg von dem heulenden Haus, wenn sie mich jetzt sehen könnte.

*

In dem Winter, in dem Vilja drei Jahre alt war, bevor wir mit Zack schwanger wurden, fuhren wir am Wochenende vor Weihnachten zu William und Lise in Åre. Es war eine spontane Idee, sie hatten gerade ein Ski-in-Ski-out-Apartment am Hang gekauft und wollten es gemeinsam mit uns einweihen, eine Premierenabfahrt, ein bisschen Weihnachtsshopping, nichts Besonderes.

Und dann kam der Schnee. Es war immer häufiger schneefrei geblieben um Weihnachten herum, aber in dem Jahr schüttete es förmlich herunter, es waren schöne, glitzernde Tage und wir sagten uns oft, dass wir unglaubliches Glück gehabt hätten, die weißen, schneebedeckten Fichten, der Raureif an den Fenstern. Vilja stapfte in ihrem roten Overall neben der Spur herum und baute Schneemänner, lange, magische Abfahrten durch den Neuschnee auf meinem Snowboard, es sollte ein weißes Weihnachten im ganzen Land werden, die Art von Weihnachten, an die wir uns aus unserer Kindheit erinnerten und von der wir glaubten, dass wir sie nie wieder erleben würden.

Allerdings hörte es überhaupt nicht mehr auf, es ging immer und immer weiter, der Schnee war nass und schwer, und als wir nach Hause fahren wollten, war der ganze Verkehr zum Erliegen gekommen, die Flugzeuge konnten nicht abheben, auf den Straßen gab es Massenunfälle, Autos, die ohne Winterreifen unterwegs und in die Gräben gerutscht waren, es konnte zehn Stunden dauern, bis ein

Bergungsfahrzeug auftauchte, ein Rentner mit körperlicher Behinderung erfror in seinem Auto.

Wir hatten den Nachtzug nach dort oben genommen, es war in der Zeit, als wir immer noch versuchten, überallhin mit dem Zug zu kommen, mit dem Zug nach London, mit dem Zug nach Berlin, im Sommer, als wir frisch verliebt waren, nahmen wir sogar den Zug nach Griechenland, vier Tage, achtzehnmal umsteigen. Aber als wir nach Hause wollten, ging kein einziger Zug von Åre, es lag Schnee auf den Gleisen, die Weichen waren eingefroren, es gab Signalfehler, kaputte Züge, Chaos an den Bahnhöfen, verzweifelte Familien, die für eine Woche ein Haus gebucht hatten und jetzt obdachlos wurden, weil sie nicht abreisen konnten, es wurden Busse organisiert, die sie aus den Bergen brachten, so dass sie nach Sundsvall oder zumindest nach Östersund kommen konnten, aber sie waren schnell überfüllt und später blieben viele von ihnen in irgendeinem Stau stecken, wir hatten eine Dreijährige und wollten das Risiko nicht eingehen.

Also blieben wir mit den Freunden in ihrer neuen Wohnung, einen Tag und immer noch einen, wir teilten unseren jeweiligen Arbeitgebern mit, dass sie ohne uns zurechtkommen mussten, was nicht so schlimm war, da wir unsere Computer dabeihatten und von dort aus arbeiten konnten, die Chefs und Kollegen schienen fast zu glauben, dass es ein bisschen abenteuerlich war, in den Bergen festzustecken, und was die Zeitungen mittlerweile als *SCHNEESCHOCK* bezeichneten, wurde zu einem spannenden Fortsetzungsroman, dem sie aus der Entfernung folgen konnten, fröhliche SMS und Smileys, *Wie geht es euch im SCHNEESCHOCK* und *Wir drücken euch die Daumen* und *Haltet durch.*

Aber die Tage vergingen und wir begannen einzusehen, dass wir auch Weihnachten in Åre verbringen würden, uns in dieser Wohnung zusammendrängen müssten, die sich mittlerweile ziemlich eng anfühlte, und Wille und Lisa, kinderlos aus klimaethischen Gründen, zeigten mit größtmöglicher Deutlichkeit, dass sie dieses magische Weihnachten gerne in traulicher Zweisamkeit in ihrem sauteuren Whirlpool und im Schlafzimmer mit Deckenspiegel verbringen wollten. Wir hätten mit Carolas Mutter im Sommerhaus feiern sollen, sie war gerade Witwe geworden und schickte Filme von leuchtenden roten Adventskränzen auf weißen Tischdecken, von einem knisternden Feuer, einem Haufen von Weihnachtsgeschenken für Vilja unter dem Tannenbaum, und am Tag vor Heiligabend begann Carola zu weinen und sagte *Bitte, Didrik, gibt es denn keine Möglichkeit, ist es wirklich so unmöglich?*

Also zog ich mir die Jacke an und ging runter ins Zentrum. Alle Mietautos waren ohnehin schon seit langem vergeben, aber ich hatte etwas anderes gesehen, hinten an den Hängen. Sie bauten gerade für die Weltcuprennen am Neujahrstag auf, es gab Absperrschilder, Baubaracken und Bagger in dem entsprechenden Abschnitt des Hangs, das ganze Gebiet war eingezäunt, aber ich entdeckte eine dunkle Ecke zwischen hohen Schneewehen, wo man leicht drüberklettern konnte, und wanderte in das menschenleere Gebiet, Sponsorentafeln, eine große Zuschauertribüne, Pistenraupen, die auf Ketten den steilen Weltcuphang hinauf- und hinunterfuhren, der Schnee fiel immer noch in Massen.

Hinten am Zielstadion, genau im richtigen Winkel, um im Hintergrund zu sehen zu sein, wenn die Kamera auf die Fahrer zoomt, kurz nachdem sie abgebremst haben und zur Zeitanzeige schielen und lächeln und ins Publikum winken, ein Glaswürfel mit einem samtblauen Range Rover.

Ich holte das Handy heraus und begann zu telefonieren.

Zwei Stunden später, es war fast Mitternacht, rollte ich durch die meterhohen Schneewehen und in Åres Straßen hinaus, es hatte aufgehört zu schneien und die Sterne strahlten durch das Panoramafenster im Dach des Autos auf mich herab, und ich sah ein, dass es stimmte, was die älteren Typen aus dem Büro beim Abendessen murmelten, an späten Abenden in Konferenzhotels, wenn die Nachrichten aufs Handy flashen über Orkane in Mosambik,

Überschwemmungen in den USA, den Hunger im Jemen oder die Selbstmordepidemie unter den Bauern in Südamerika, Nordafrika, Australien, sie sagten, dass es *Freikarten geben wird*, und sie sagten es ohne Stolz, ohne Arroganz, nur als trockene Feststellung. Und ich verstand ebenfalls, dass man nur die richtigen Fäden ziehen musste, das Spiel richtig spielen musste, wenn man beschlossen hatte, dass es jetzt um mich und die Sicherheit meiner Familie und um die Freiheit ging, gab es keine Grenzen für das, was ich bereit war zu tun, es wird immer einen Ausweg geben, es wird immer Freikarten geben.

Ich parkte vor der Wohnung und ging hinein und weckte Carola und sagte ihr, dass sie unsere Sachen packen sollte, es war nicht viel, wir hatten ja eigentlich nur über das Wochenende bleiben wollen. Ich warf alles in den höhlenähnlichen Kofferraum, sie kam mit unserer schlafenden Tochter heraus, die in ihre Decke gewickelt war, und sah den riesigen SUV, die breiten, nagelneuen Winterreifen, und dann passierte es, als sie die Leistung sah, den Komfort, den Allradantrieb des Autos, das ich organisiert hatte, aber sie küsste mich nicht, sagte nicht, dass sie mich liebte, sah mir nicht einmal in die Augen, als sie fragte *Wo ist der Kindersitz?*

Erst verstand ich die Frage nicht, faselte etwas davon, dass Vilja vielleicht auf ein paar Kissen sitzen konnte.

Sie muss einen Kindersitz entgegen der Fahrtrichtung haben, das kapierst du doch?

»Ich bin total ausgeflippt«, sagte ich viele Jahre später, in der Therapie. »Ich war einfach enttäuscht. Ich hatte erwartet, dass … ich weiß nicht. Etwas mehr.«

»Wie, wolltest du einen *Orden* bekommen, oder was?« Carola presste die Worte zwischen den schluchzenden Atemzügen heraus, der Rotz rann aus ihren Mundwinkeln und ich musste wegsehen, damit ich keine angeekelte Grimasse zog.

»Dass du mich einfach *gelobt* hättest«, sagte ich lahm. »Dass du etwas *Nettes* gesagt hättest.«

»Didrik«, sagte die Therapeutin und sah aufrichtig interessiert aus, »was bewegt dich dazu, Bestätigung bei Carola zu suchen?«

»Keine Bestätigung«, brummelte ich. »Aber ausnahmsweise vielleicht mal ein bisschen …«

»Dankbarkeit?« Sie konnte den Sarkasmus durch das Schluchzen hindurchklingen lassen.

»Ja, genau.« Ich lächelte sie kalt an. Die Therapeutin notierte sich etwas. »Zur Abwechslung. Ein verdammtes bisschen Dankbarkeit.«

Erst mit vier Jahren darf sie in Fahrtrichtung sitzen, ich dachte, du wüsstest das, sagte sie und ich knallte die Schlüssel in ihre Handfläche und sagte *Dann mach doch, was du willst, ich gehe jetzt schlafen, frohe Weihnachten* und ein bisschen später rollten wir natürlich nach Dalarna hinunter, sie hatte Vilja auf dem Schoß und war in einen Halbschlaf gefallen und wir sagten kein Wort zueinander für den Rest der Nacht und eigentlich auch über das ganze Weihnachtsfest.

Aber nicht einmal der Streit und das Schweigen konnten diese Stunden zerstören, als ich im Morgengrauen die schmalen Straßen durch Dalarna hinunterrollte, der Schnee lag dick und weiß wie Vanilleeis, Östanvik, Sunnanhed, die schneebedeckte Kirche, der Rauch aus den Schornsteinen, meine schlafende Familie auf der großen Rückbank. Ebenso wenig wie die Angst vor der Erniedrigung, all die Strippen, die ich ziehen musste, um ein astronomisch teures Sponsorenauto für drei Tage ausleihen zu dürfen, während irgendeine Eventperson sich eine Story über einen Zusatzservice in Stockholm zurechtlog, den Triumph darüber verderben konnten, dass ich es *durchgezogen* hatte, dass ich mich geweigert hatte, ein kleiner Mensch zu sein, jemand, der herumsitzt und wie ein Vogelküken, das den Schnabel aufsperrt, darauf wartet, dass Vater Staat oder Mama Bank alle Sorgen lösen, sondern stattdessen die Ärmel aufkrempelt und es einfach *durchzieht*.

Es ist dasselbe krasse Gefühl, nur mit hundert potenziert, auf dem Quad zu sitzen und den Waldweg hinunter nach Östbjörka zu rollen, und als ich die Anschlagtafel erreiche und kurz anhalte, um die Ikeatüte einzusammeln, die noch auf dem Anhänger liegt, und plötzlich die Idee habe und zurücksetze und justiere und tatsächlich nach ein paar Minuten verschwitzten Herumhantierens den Anhänger an dem Haken befestigen kann, sind es nur der Rauch und die Hitze, die mich daran hindern, laut herauszusingen.

Ich rede mir selbst ein, dass es nicht wieder so unwürdig verlaufen wird, dass ich auch, wenn sie nicht sofort auf die Knie fällt und Dankbarkeit dafür zeigt, dass ich uns aus dieser Hölle rette, sondern herummäkelt, weil Becka nirgendwo sitzen kann, wo ich dieses Fahrzeug überhaupt herhabe oder warum es so lange gedauert hat, nicht sauer sein, sie nicht anschnauzen oder ewig diskutieren, sondern in aller Ruhe sagen werde, dass es etwas Besseres eben nicht gibt und dass es ausreicht, um nach Rättvik zu kommen, *ich habe es so gut gelöst, wie ich konnte, jetzt fahren wir.*

Hoffe nicht auf Lob. Erwarte keinen Applaus. Sei erwachsen.

Du hast mich gebeten, uns von hier wegzubringen, und das tue ich jetzt. So etwas in der Art.

Und Beckas kleine Arme um meinen Hals.

*

Der Kinderwagen steht verlassen am Straßenrand.

Der Dunst ist jetzt dicht, der Weg, der Wald und der Himmel so getrübt, dass ich beinahe daran vorbeigefahren wäre. Der Handgriff ist der Straße zugewandt, als wäre jemand dabei gewesen, direkt in den Wald zu gehen, sich dann aber anders entschlossen hätte. Das Sonnendach ist hochgeklappt, ich erkenne den Stoff, sehe die Details, das cognacfarbene Leder des Handgriffs, unter dem Wagen das kleine weiße Kissen, das einen Reißverschluss hat und zu einem Regenschutz wird, wenn man es schnell und geschickt herausholt und über genau dieses Modell zieht.

Das ist alles.

Das weiße Schild von DalaEnergi, das goldglänzende Papier der Keksverpackung auf dem blau gestrichenen Fahrradanhänger, eingeklemmt zwischen der Milchkanne und dem flachen Stein mit *FAMILIE JANZON*. Hier habe ich sie vor einer Dreiviertelstunde zurückgelassen. Maximal einer Stunde.

Ich bremse, schalte den Motor aus, steige ab. Rufe zuerst *CAROLA*, dann *CAROLA, VILJA* und am Ende nur noch *HALLO*, ziemlich oft rufe ich *HALLO*.

Als Antwort höre ich nur das stille Rauschen der Bäume, die entfernten Sirenen und unter alldem, erkennbar als dumpfer, ausdauernder Ton: das Grollen. Das Brausen. Das Feuer.

Ich rufe erneut. Schreie, brülle. Ich stehe am Wagen, senke die Hand in die Tragetasche, die weichen, antiallergenen Stoffe, die Decke und die Tücher sind weg, aber ich finde eine kleine, gelbe Schmusepuppe, die Zack in diesem Babyladen gekauft hatte, sie bohrt gerne ihre Nase hinein, wenn sie schlafen will, und wir nennen sie Schnuffsi, ich hole sie heraus und drücke sie gegen mein Gesicht und atme den Geruch von erbrochener Milch und Schlaf ein, bevor ich ein weiteres Mal brülle. *HALLO*.

Ich habe dir doch gesagt, dass du warten sollst.

Trotzdem empfinde ich keinen Zorn, keine Enttäuschung darüber, dass sie – oder alle zusammen – mich einsam an diesem Ort zurückgelassen haben, sondern nur Scham, denn ich war schließlich derjenige, der sie verlassen hat, ich lief einfach los, ich hätte ihnen meinen Plan mit dem Quad erklären sollen, aber ich hatte Angst davor, dass sie nein sagen oder diskutieren oder einen Streit anfangen würde und dass dann alles wieder so schwierig wäre, da war es leichter, es einfach zu tun.

Sie gingen weiter. Wir waren auf dem Weg nach Ovanmyra und sie gingen weiter, vielleicht haben sie etwas gesehen, vielleicht bekamen sie Angst und sind einfach losgelaufen.

Eine Rußflocke schneit vom Himmel herab.

Ich lege Schnuffsi in den Wagen zurück, löse die Tragetasche, klappe das Gestell zusammen und lege alles auf den Anhänger, bevor ich auf das Quad steige und weiter in die Richtung fahre, in die sie vermutlich verschwunden sind.

Nach ein paar Minuten öffnet sich die Landschaft, durch den Dunst kann ich Häuser erkennen, eine Kirche, einen Fußballplatz, alles gähnend still und leer, wahrscheinlich habe ich das Ortsschild übersehen, aber das muss Ovanmyra sein und ich rufe wieder *CAROLA*, obwohl ich mich selbst durch den Motorenlärm kaum hören kann, *CAROLA* und dann *HALLO* und vor der Kirche steht ein Bus.

Wirklich.

Ein ganz gewöhnlicher, altehrwürdiger Überlandbus im Leerlauf, auf der Anzeige steht AUSSER BETRIEB und vor dem Bus steht ein etwa zwanzigjähriger, pickeliger Junge, er trägt einen Overall und eine Reklamemütze, keine Gesichtsmaske, er raucht eine Zigarette, als wäre es die natürlichste Sache der Welt, brummelt in ein Walkie-Talkie, als ich bremse, wirft er mir einen mürrischen, gestressten Blick zu und deutet mit einer Geste auf den brennenden Wald am Horizont.

»Hast du noch mehr gesehen?«, schreit er durch den versammelten Lärm unserer Fahrzeuge, ich schüttele den Kopf.

»Hast du eine Frau gesehen?«, frage ich. »Blond? Mit einem Baby?«

Aber er hört mich nicht, spricht weiter in sein Walkie-Talkie. Im Bus sehe ich eine Handvoll Menschen, höre einen bellenden Hund, ein weinendes Kind, ich brülle noch einmal *CAROLA*, aber das Kind ist älter als Becka, Becka kann nicht sprechen und dieses hier schreit immer wieder *Papa*. Ein älterer Herr, um die sechzig vielleicht, stellt sich in den Türrahmen, unter dem weißen Haar ist sein Gesicht schwarz vom Ruß, ein weißer Ring, wo die Maske gesessen hat, er drückt einen tragbaren Computer an die Brust, in der Hand hält er eine Tüte des staatlichen Alkoholgeschäfts, er schreit *Hast du einen schwarzen Hund gesehen? Einen Berner Sennenhund?* und das schreiende Kind taucht im Fenster auf, ein übergewichtiges rothaariges Mädchen, ein T-Shirt mit einem Einhorn und einem Regenbogen, das Gesicht ein rosafarbenes Knäuel aus Geschrei und Geheul, es schreit mir *Papa* durch das Fenster zu und ich starre es nur leer an.

»Eine Frau, blond?«, wiederhole ich. »Mit einem Baby? Und einer vierzehnjährigen Tochter?«

Der Junge mit der Reklamemütze zuckt mit den Schultern. »Wir können nicht alle Leute im Auge behalten. Wir waren mit zwei Bussen hier, der erste ist vor einer halben Stunde gefahren.«

»Aber ihr müsst doch irgendwie festhalten, wer bei euch mitfährt?« Ich zeige auf das Walkie-Talkie des Jungen. »Mit wem sprichst du da eigentlich? Kannst du fragen, ob sie es wissen?«

Er schüttelt den Kopf mit der wichtigen Miene eines Jungen, der zu einem Gott befördert worden ist.

»Die Einsatzleitung evakuiert gerade außerhalb von Mora. Sie wollen, dass ich zu ihnen komme.«

Der ältere Mann steht immer noch in der Tür, hört dem Gespräch aufmerksam zu.

»Hast du schon unten in Östbjörka nachgesehen?«, fragt er hilfsbereit.

»Da waren wir heute schon«, fauche ich, »da ist kein Schwein mehr.«

»Hast du einen Hund gesehen?«, fährt er eifrig fort. »Einen schwarzen Berner Sennenhund?«

»Es geht um meine Frau«, sage ich und hasse meine Stimme. »Meine Frau und meine beiden Töchter. Mein Sohn ist von jemandem mitgenommen worden nach Rättvik.«

»Na, dann hattest du ja Glück«, sagt der Junge mit der Mütze und klingt ein bisschen fröhlicher. »Ich fahre in sieben Minuten nach Rättvik.«

»Wir haben einen Säugling«, wiederhole ich einfallslos. »Ein vier Monate altes Baby. Es befindet sich irgendwo hier draußen.«

»Oder es ist auch schon in Rättvik«, seufzt der Junge und tritt die Zigarette gründlich im Schotter aus. »Die Leute kommen auf alle möglichen Arten dorthin. Heute morgen habe ich gesehen, wie ein Typ jede Menge Leute mit einem Motorboot vorbeigebracht hat, also er hatte seine Kinder und so im Auto, aber ein Motorboot auf dem Anhänger, und im Boot saßen so was wie drei Familien, das sah total krank aus.«

»Der Akku von meinem Handy ist leer. Ihr müsst einen Alarm auslösen. Hubschrauber. Irgendetwas.«

»Wir können den Leuten nicht nachlaufen«, sagt der Junge. »Die Einsatzleitung hat gesagt, dass wir alle mitnehmen sollen, die nach Rättvik wollen. Also steig ein oder lass es bleiben. Fünf Minuten.« Er hält eine Hand hoch und streckt sämtliche Finger aus, mit der anderen fischt er eine Zigarette aus der Packung.

*

Ich werde nie wieder Internet-Pornos schauen.

Ich bin an Östbjörka vorbei und auf dem Weg zurück, auf dem Schild steht *FLOHMARKT FRISCHE KARTOFFELN* und ich denke, *Ich sollte Mama und Papa häufiger anrufen, mich nicht mehr so oft über Vilja aufregen, bei Zacks Geschichten besser zuhören, Becka mehr Bilderbücher vorlesen, ein besserer Sohn und Vater werden, für sie da sein, richtig.* Die Straße steigt an und biegt nach rechts ab, ein Kahlschlag, eine verlassene Jugendbildungsstätte, *Ich werde drei Tage die Woche vegan essen.*

Sie würde so etwas niemals machen. Dass sie und Vilja den Wagen zurücklassen und Becka den ganzen Weg nach Ovanmyra tragen, dort in einen Bus steigen und nach Rättvik fahren, ohne eine Nachricht bei den Leuten zu hinterlassen, die sich bei der Kirche aufhalten, das ist unvorstellbar, *Ich werde jeden Monat an den Naturschutzbund Amnesty Kinderhilfswerk spenden.*

Sie würde mich niemals hier zurücklassen.

Wir hatten uns über die Arbeit kennengelernt und ein paar Mails ausgetauscht und aus einer Eingebung heraus fragte ich eines Tages, ob wir einen Badeausflug machen könnten, das Wochenende sollte warm werden, bis zu dreißig Grad. Wir lagen dann auf einer Klippe im Schärengarten und ließen uns einen langen, magischen Samstag bräunen. Carola las eine feministische Zeitschrift, ich las Forschungsberichte über Methangase in Sibirien und dann schliefen wir eine Weile, und als wir aufgewacht waren, nahm ich sie an der Hand, mit einer Selbstsicherheit, die mich selbst erstaunte, und führte sie in den Wald, sie sagte kein Wort, wirkte nur fröhlich überrascht und schnipste danach ein paar Ameisen von ihren Oberschenkeln, und erst als wir zurück auf der Klippe waren lächelte sie leise und sagte *Vielleicht sollte man jetzt ein bisschen baden.*

Am Abend grillten wir in ihrem Garten bei dem kleinen Haus, das sie noch mit ihrem Mann teilte, den sie bereits beschlossen hatte zu verlassen, und nachdem wir gegessen hatten, vögelten wir noch einmal auf dem Küchenboden, bevor ich den Bus nahm, und keiner von uns dachte auch nur daran, dass wir uns noch einmal wiedersehen würden.

Wie auch immer, wir liefen uns in dem Sommer ein ums andere Mal über den Weg, in Restaurants und Bars, eines Abends nahm ich sie mit in mein Einzimmerapartment, und als ich dort nackt lag, mit ihrem jungen, wollüstigen Körper auf meinem, erlebte ich zum ersten Mal in Schweden das Gefühl, dass mir nachts der Schweiß vom Körper rann, dass ich wirklich wie in einer Pfütze aus eigenem Schweiß lag, eine dichte, drückende Hitze, obwohl alle Fenster weit in die Augustnacht geöffnet waren, und das in einer Zeit, in der die Zeitungen nach wie vor Schlagzeilen machten wie *DER SUPER-SOMMER GEHT WEITER!* und *JETZT KOMMT DIE MITTELMEER-WÄRME ZURÜCK!*, als müsste man sich über Hitzewellen freuen und sie willkommen heißen, Badestrände und Straßencafés, verschwitzte Abende auf Musikfestivals, fröhliche Kinder im Rasensprenger, eine Zeit, in der die Hitze am Mittelmeer für Cocktails und Bikinistreifen stand.

Aber die Hitze ist der Tod, denke ich, als ich auf dem Quad sitze und um mich herum die Flammen in den Baumwipfeln tanzen sehe. Sie ist das Sterben, das Verwelken, das Schrumpfen, das Vertrocknen und das Verkohlen. Die Hitze macht uns langsam, dumm, passiv und gleichgültig. Und dann kommt das Feuer. Und mit ihm die Vernichtung.

Becka. Der kleine, zahnlose Mund. Das raue, lallende Geräusch, das sie erst seit ein paar Wochen regelmäßiger hören lässt. *Wenn ich sie nur noch ein einziges Mal halten darf, werde ich meine Arbeitszeit reduzieren und uns als Kontaktfamilie für einsame Flüchtlingskinder anmelden.*

Und hier ist das Schild mit *WILDE KINDER UND SPIELENDE RENTNER*, ein Holzstapel, ein Fahrrad, das am Wegrand liegt.

Sie sind den ganzen Weg zum Haus zurückgegangen, der Gedanke ist langsam, windet sich durch mein Bewusstsein, *sie sind auf eine Idee gekommen, wie sie das Auto starten können, jetzt sitzen sie dort und warten auf mich*, aber so kann es natürlich nicht gewesen sein, ich halte das Quad an, schwere, erstickende Panikattacken ergreifen meinen Körper.

Es raschelt im trockenen Laub, ein knisterndes, klapperndes Geräusch, und ich sehe drei Rehe, ein großes und zwei kleinere, aus dem Waldrand brechen, über die Straße rennen und auf der anderen Seite verschwinden.

Sie fliehen. Genauso, wie wir die Löschfahrzeuge fliehen sahen.

Ich setze zurück, das Quad verkantet, als der Anhänger im Straßengraben aus dem Gleichgewicht kommt, ich wende.

WILDE KINDER UND SPIELENDE RENTNER

ÖSTBJÖRKA 3

FLOHMARKT FRISCHE KARTOFFELN

Das Schild von DalaEnergi. Der Fahrradanhänger.

Hier blieben wir stehen, wir sahen sie auf uns zukommen und hier bogen sie nach rechts ab, ich fahre langsamer und geradeaus weiter. Es gibt kein Schild, keine Straßenmarkierungen, nur einen holprigen Waldweg, der direkt in die Fichten führt, das Gelände neigt sich leicht nach unten, die Luft fühlt sich etwas erträglicher an, die Sträucher sehen etwas grüner aus, hier ist auch mehr Schatten. Eine Badehose hängt an einem Ast, etwas glitzert zwischen den Zweigen, durch den Dunst. Eine Badestelle. Ein See.

Am Vormittag habe ich ein Flugzeug gesehen, eines dieser Löschflugzeuge. Wo holen die ihr Wasser her? Wo holen die Löschfahrzeuge ihr Wasser her?

Sie sind ihnen gefolgt. Zum See hinunter, zu den Flugzeugen.

Der Weg hat Schlaglöcher, das Quad schaukelt, es wird steiler, der Weg schmaler, man kann hier kaum noch fahren. Ich sehe einen Steg, ganz draußen eine Gestalt, die Arme um ein Kind geschlungen, ich brülle wieder *Carola* und wieder *Hallo – ich werd dich nicht verlassen, ich werde dich nie wieder verlassen, nie mehr fliegen, nie mehr Fleisch essen, nie mehr das gemeinsame Leben mit dir bereuen* und der Anhänger schlingert hinter dem Quad, als ich die Badestelle erreiche, aber hier ist nichts.

Hier ist überhaupt nichts.

Draußen auf dem Steg hängt eine orangefarbene Schwimmweste über einem Pfosten. Um den leeren, schwarzen See herum steht überall der Wald in Flammen, auf der gegenüberliegenden Seite kippt eine große, brennende Kiefer auf die stille Wasseroberfläche, sie fällt langsam, dröhnend, krachend, zischend in den See. Rußflocken und Funken schwirren wie Insektenschwärme durch die Luft und versengen mir die Haut, ein gemeines Stechen, wenn kleine, glühende Partikel auf die nackten Arme, die Schultern, den Brustkorb treffen, ich trage Arbeitshandschuhe und versuche, mir alles umständlich abzufegen, als ich aus den Augenwinkeln ein seltsames Licht sehe, spüre, wie sich ein ekliges kleines Untier an meinen Nacken heftet und in die Haut kneift und nur einen Augenblick später erreicht mich der Schmerz und ich schlage mit den Händen auf mein Haar, schlage nach dem Feuer, kreische, heule vor Schmerz und strecke mich nach einer der Wasserflaschen auf dem Gepäckträger, schraube hektisch den Deckel ab und leere sie über meinen Kopf.

Immer noch schluchzend und stöhnend vor Schmerz versuche ich, das Quad zu wenden, aber hier ist es zu eng für den Anhänger, die Badestelle ist von großen Steinen eingefasst, ich muss bergauf zurücksetzen, versuche, den Hang hochzumanövrieren, den ich heruntergekommen bin, der Rauch vermischt sich mit der Kohlensäure des Wassers in meinen Augen, ich finde die richtige Position und setze energisch zurück, weg vom See und dem wirbelnden Feuer. Das Quad bewegt sich ruckartig, es schaukelt, wackelt, der Anhänger schwingt zur anderen Seite und schiebt sich in ein Gebüsch, ich fluche und fahre wieder vor und versuche erneut zurückzusetzen und jetzt geht es besser, ich bin wieder oben im Wald, zwischen den Bäumen, die mich vor dem schlimmsten Rauch schützen.

Weg. Du musst weg.

CAROLA brülle ich noch einmal.

Vermutlich sitzt sie gerade in einem Straßencafé in Rättvik und trinkt einen Latte macchiato. Becka liegt auf einer Decke im Schatten und schläft. Vilja beugt sich über ihr Handy. Zack liest sein Buch.

Der Schock hat sich gelegt und ich fahre mit der Hand über das Haar, muss winseln, als die rauen Finger der Arbeitshandschuhe den wunden, verbrannten Fleck auf der Kopfhaut berühren.

Mein Haar fing an zu brennen. Ich hab ein Quad gestohlen und bin mit einem Anhänger herumgefahren und hab viele Stunden nach euch gesucht, aber dann fing mein Haar an zu brennen und in dem Moment hab ich aufgegeben.

Ich fahre weiter rückwärts den Hang hinauf, werfe einen Blick über die Schulter, dort oben wird es flacher und der Weg breiter.

Nein, ich habe nicht aufgegeben. Rättvik. Ihr habt hier in Rättvik auf mich gewartet. Am Ende habe ich mir ausgerechnet, dass ihr hierhergekommen seid.

Ich bin wieder oben auf dem Waldweg und schlage die Räder ein, damit ich mit dem Anhänger wenden kann, aber etwas stemmt sich dagegen, eine Wurzel, ein Stein, irgendetwas hält die Räder auf, und im selben Augenblick kommt ein Windstoß und eine graue, qualmende Wolke aus Rauch und Asche schwappt zwischen den Bäumen hervor, die Augen werden blind und ich gebe Vollgas, um über das hinwegzukommen, was im Weg liegt, aber irgendwo hinten hängt etwas fest. Ich lege den Rückwärtsgang ein, gebe erneut Gas und spüre, wie es sich löst, etwas wird leichter, hebt sich, ich sehe in die Bäume hinauf, um festzustellen, in welche Richtung ich mich bewege, aber alles ist nur ein grauer Dunst, und als ich das nächste Mal Gas gebe, höre ich mehr, als dass ich es spüre, wie die Räder den Boden verlassen haben, und es sind eher die Zweige, die gegen mein Gesicht und meinen Oberkörper peitschen, als das verlorene Gleichgewicht, die mich begreifen lassen, dass sich sowohl das Quad als auch der Anhänger gerade kurz vor dem Sturz befinden – und dann ist alles auf den Kopf gestellt und ein scharrendes, knackendes Geräusch, ein metallischer Aufprall, ein Hammer, ein Geldschrank, der auf mich fällt und mich in die harte, trockene Erde drückt, meine Schulter gegen einen Baumstamm, die raue Rinde, stumm, gleichgültig, ohne Gnade.

*

Denn die Natur scheißt auf uns.

Das ist das Wichtigste, das müssen wir erst mal begreifen.

Die Natur kümmert sich nicht.

Sie bedankt sich nicht bei dir, weil du ein Hybridfahrzeug gekauft hast. Sie wird nicht nett, weil du eine Solaranlage eingebaut hast. Sie findet überhaupt nicht, dass du dir einen Flug zu deiner sterbenden Schwester leisten kannst, wenn du danach für den Rest deines Lebens auf Flüge verzichtest. Sie gibt dir keinen zusätzlichen Regen, weil du dich damit begnügt hast, nur zwei Kinder zu zeugen oder nur eins oder gar keins. Sie absorbiert weder mehr noch weniger Kohlendioxid, weil du wählen gehst. Sie schont keine Korallenriffe, Gletscher oder Regenwälder, weil du deine Kinder dazu überredest, ein bisschen von dem Quorn-Hackfleisch zu probieren. Nichts von dem, was wir jetzt erleben, kann in irgendeiner Form von dem beeinflusst werden, was wir tun, es ist die Konsequenz einer Entscheidung, die vor zehn oder dreißig oder fünfzig Jahren getroffen oder vielmehr nicht getroffen wurde.

Die Natur verhandelt nicht. Sie kann nicht überredet werden oder besänftigt oder genötigt. Wir sind eine Naturkatastrophe, die in den letzten zehntausend Jahren eskaliert ist, wir sind das sechste massenhafte Aussterben, wir sind ein Superraubtier, eine Mörderbakterie, eine invasive Art, aber für die Natur sind wir nur ein Kräuseln an der Oberfläche. Eine Bagatelle, ein Husten, ein Albtraum, bei dem man sich kaum daran erinnern kann, dass man ihn vergessen hat.

Sie lässt ihren Blick durch das Lokal schweifen, legt eine Kunstpause ein, trinkt einen Schluck Wasser.

Wenn wir davon reden, dass wir gerade »den Planeten zerstören« oder »die Natur schädigen«, ist das eine selbstbezogene Lüge. Wir zerstören nicht den Planeten. Wir zerstören nur unsere eigenen Möglichkeiten, auf ihm zu leben.

Ihr, die ihr mit Meinungsbildung zu tun habt, habt natürlich Kunden, die für ihre Konsumenten gut und moralisch und verantwortungsvoll aussehen wollen und eure Hilfe für Initiativen brauchen, die sie grüner, energiesparender und nachhaltiger machen, und das ist ja alles gut, ich sage gar nichts anderes, es ist nicht schlecht, gut sein zu wollen.

Sie senkt die Stimme um eine halbe Oktave.

Aber verliert den anderen Aspekt nicht aus den Augen. Immer mehr Konsumierende sind sich heutzutage dessen bewusst, nicht nur der Klimaveränderungen, sondern auch dieser äußersten Realität. Dass es tatsächlich zu spät ist. Dass es gelaufen ist. Dass unsere Zivilisation auf ihr Ende zugeht, und auf lange Sicht natürlich auch die ganze Art, die meisten glauben wohl, dass der Mensch auf diesem Planeten auch in hundert Jahren existieren wird, drei- bis fünfhundert Jahre könnte man sich durchaus auch vorstellen, in irgendeiner Form, zumindest in bestimmten Regionen, aber in tausend Jahren? Zehntausend? Das ist doch einfach lächerlich, warum sollten wir?

Sie lächelt mit blendend weißen Zähnen.

Und darin liegt auch eine Freiheit. Darin findet sich ein Trost. Es gibt keine Umweltprobleme, es gibt keine Klimakrise, es gibt keinen Weltuntergang. Was es gibt, oder gab, ist eine Säugetierart, die sich so sehr vermehrt hat, dass sie am Ende alle Ökosysteme zerstört hat, von denen sie abhängig war, und damit kollektiven Selbstmord begangen hat. Und es ist natürlich traurig, wenn man ausgerechnet dieser Tierart angehört, aber aus einer Perspektive betrachtet, die Millionen Jahre in der Zukunft liegt, aus einer kosmischen oder evolutionären Perspektive, ist es vollkommen belanglos. Es spielt nicht die geringste Rolle.

Sie blickt auf das Publikum. Einige machen sich Notizen, aber die meisten von uns sitzen ruhig da und hören zu.

Also was SPIELT dann eine Rolle?

Sie lässt ihren Blick durch die Sitzreihen wandern. An mir gleitet sie mit einem neckischen Zwinkern vorbei, bleibt stattdessen an einem jungen Mann hängen, der einen rosafarbenen Designerpulli und sauteure englische Lederschuhe trägt, frisch angeworben von einer der großen Firmen.

Was eine Rolle spielt, ist guter Rotwein. Und dunkle Schokolade. Und saftige Steaks. Und elegante Kleidung. Und Traumreisen an ferne Orte. Und schöne Autos. Und supersmarte neue Technikgadgets.

Das Lächeln wird breiter.

Und vielleicht … vielleicht herrlicher Sex.

Das Publikum kichert. Sie schiebt eine lange schwarze Haarsträhne zur Seite.

Es spielt allerdings eine Rolle, dass ihr euren Kunden und ihren Konsumenten zu verstehen gebt, dass sie sich nicht zu schämen brauchen. Schäm dich nicht, ein Mensch zu sein, sei stolz.

Sie lässt ihren Blick zu mir zurückwandern. In mich hinein. Ihr Gesicht wird ernst, die Stimme dunkel.

Die letzten Worte waren aus einem Gedicht von Tomas Tranströmer. Der wusste es. Wir sind keine schlechten Menschen. Wir sind nur Menschen.

*

»Es ist nur das Steuer.«

Durch den Rauch dringt eine gedrückte, heisere Stimme.

Das Gewicht wird bewegt, jede Menge Fingerknöchel wandern langsam über meine Rippen. Im Rauch wird alles zu einem Nebel, ich weiß nicht, ob meine Augen geöffnet sind, aber ich höre oder spüre das Knacken und den Schmerz und plötzlich weicht der Druck und schließlich das Plumpsen, das sich durch den Rücken fortpflanzt, als das Quad auf dem Boden neben mir landet und nicht auf mir, mein Körper ist frei, leicht und tot wie ein Sack voll Asche.

Die Hand zieht mich unsanft nach oben, ich drücke mich mit dem anderen Arm von einem Baum ab, kann das gestürzte Quad sehen, das immer noch im Leerlauf brummt. Die Stimme röchelt, spuckt, *kannst du gehen?* und ich antworte nicht, sondern stütze mich auf eine Hand oder eine Schulter und humpele vorwärts, irgendetwas ist mit dem linken Fuß, er schreit und streikt, aber ansonsten bewegen sich die Beine, glaube ich, obwohl, nein, ich gerate ins Taumeln und falle zusammen wie ein Kuscheltier und die Stimme brüllt *jetzt hoch mit dir*, eine alte, kaputte, raue Stimme. Da ist wieder die harte, klammernde Hand und ich komme hoch, stolpere voran, versuche zu atmen und trotz der Maske füllen sich die Lungen mit herbem, giftigem Schmutz.

Dann kommen wir aus dem Wald und es wird etwas lichter, ich betrachte den Mann und sehe graues Haar über einem blau-weißen Halstuch, das um das Gesicht gewickelt ist. Auf dem Weg steht ein weinroter Volvo, das alte, viereckige Modell aus den Achtzigerjahren, ein sogenannter *Sozi-Container*.

Die Hintertür öffnet sich und Carola stürzt heraus, Vilja kommt nach, beide weinen und schreien durcheinander, *Didrik* und *Liebling* und *Papa*, ich muss wieder hingefallen sein, denn sie helfen mir auf die Beine und ich schleppe mich auf ihren Schultern hängend zum Volvo und falle in den ofenheißen Rücksitz und da liegt sie, nackt, auf einer Decke und sie ist tot. Ich weiß, dass sie tot ist, der Schleim um den Mund und der leblose, blanke Blick, *mein Gott nein nein nein* und ich küsse die schmutzigen, kleinen Wangen, die Schultern, die Stirn und sie hustet plötzlich und schreit, ein schriller, zitternder Laut, und die Augen öffnen sich zu blinden, weinenden Schlitzen.

Carola steigt nach mir ein und zieht schnell die Autotür hinter uns zu und schreit erneut, als sie meinen verbrannten Kopf sieht. Dann schielt sie angeekelt und entsetzt auf meinen Schritt und ich will nicht, aber ich muss die Hand herunternehmen und nachfühlen. Ein weicher, klebriger Schleim bedeckt die Lenden und den Hosenstall und ich hebe die Hand vor mein Gesicht und es ist Pisse, Kacke, Blut, nein, es ist eine weiße, schmutzige Brühe und sie riecht sauer.

Joghurt. Fruchtjoghurt. Der Becher, den ich aus dem Haus mitgenommen habe, muss eingeklemmt worden sein, als das Quad stürzte.

Auf dem Vordersitz liegt eine grüne Windjacke. Der alte Mann hat das Halstuch heruntergezogen, sein Gesicht ist rußverschmiert, es zuckt in seinen Augen, aber er sitzt mit geradem Rücken, die Hände fest auf dem Lenkrad, der Blick geradeaus gerichtet.

»Na dann«, sagt er und hustet verkrampft. »Muss noch jemand abgeholt werden?«

Der Kinderwagen, denke ich träge. *Der Kinderwagen ist noch auf dem Anhänger*, aber ich sage nichts, das Auto startet mit einem Ruck und es saust, es schaukelt, ich gleite, ich rutsche von der Rückbank in die Ritze hinter dem Sitz, auf dem Vilja Platz genommen hat, die abgewetzte, dreckige Gummimaske an meinem Gesicht und es ist seltsam schön, endlich nachzugeben, alles loszulassen, sich zu unterwerfen, endlich kotzen zu dürfen.

*

da hallo bitte wir müssen

atmet er? mein Sohn dringend

muss zur Notaufnahme sehen Sie nicht dass

mehrere Stunden da draußen und

hallo verdammt nochmal

okay wenn Sie jetzt nicht ein vier Monate altes Baby

nach links links

es ist ein verdammter Skandal dass Sie

hallo unsere Steuergelder

Die Welt ist ein Tümpel, ein Sumpf aus Verzweiflung, und ich liege ganz unten auf dem Boden und höre die Stimmen, als kämen sie von dunklen uralten Fischen oben auf der Oberfläche, manchmal Vilja, manchmal Carola, Autos, die losfahren und anhalten, Türen, die zugeschlagen werden, Motoren, die hacken und brummen, man hört Schreien und Weinen und fremde Stimmen, schrill oder barsch oder einfach nur gleichgültig, es gibt Sirenen und heulende Kinder und bellende Hunde und dann halten wir an und die Türen werden geöffnet und kühle, reine Luft strömt über mich hinweg – ich huste, spucke, keuche und dann Hände auf meinen Schultern und meinen Beinen *hol ihn raus* und dann schwebe ich eine kurze Sekunde durch die Luft, bevor wieder die Decke, die Erde, der Boden, die Stimmen und dazu noch kaltes Wasser im Gesicht – es rinnt über das Kinn und die Stirn und den Hals herunter, die Wunde an meinem Kopf erwacht zum Leben und es beißt und sticht beim Atmen und ich schreie auf und kotze erneut.

wohin bist du gegangen?

Carolas Stimme, ihre Hände in meinem Gesicht, sie kniet über mir mit einem Stück Stoff in der Hand und tupft um meine Augen herum alles ab, ein roter Plastikeimer, eine grüngelbe Rasenfläche, rote Hütten.

wohin bist du gegangen wir haben doch nach dir gesucht?

Alles wird wieder verschwommen und ich sinke zurück in den Schlamm, *Becka* denke ich, *Becka,* und anscheinend ist deutlich zu hören, was ich sage, denn Carola erwidert schnell etwas Beruhigendes über *Krankenpfleger,* und die Scham darüber, dass ich nicht bei meinen Kindern bin, sondern erschöpft herumliege, ist so unerträglich, dass ich mich aufzusetzen versuche, und es sticht in den Rippen und ich winsele und stöhne und falle zurück auf die Ellenbogen.

Durch schmerzende, blinzelnde Augen sehe ich einen großen See, der sich vor dem leeren Horizont öffnet und den Sommerabend spiegelt, einen Sandstrand, weiter entfernt steht eine Menschenmenge, grüne Zelte, Lastwagen, ich drehe den Nacken und sehe eine Reihe aus identischen kleinen roten Häusern mit Veranden und weißen Fensterrahmen, ein Schild, das mich im *SILJANSBADET CAMPING – DALARNAS RIVIERA* willkommen heißt.

»Wir sind in Rättvik«, sagt sie. »Leg dich wieder hin.«

»Zack.« Meine Stimme ist schwach, jämmerlich, fast nur ein Flüstern.

»Wir gehen dann rein und fragen, es soll jemanden geben, der … ja, so eine Art Information in einem der Zelte dort hinten.«

Ich sinke wieder zusammen und schließe die Augen, aber sie fragt weiter *Wohin bist du gegangen* oder vielleicht sagt sie auch gar nichts, vielleicht ist es das Carola-Tonbandgerät in meinem Kopf, das automatisch anspringt und das erzählt, was ich ohnehin schon verstanden habe, dass der Mann mit seinem alten Volvo kam, ein paar Minuten, nachdem ich losgelaufen war, wie sie herumfuhren und nach mir suchten *kreuz und quer und überall* und *Wir haben es nicht begriffen* und *sehr seltsam* und *Becka hat beinahe aufgehört zu atmen* und *Wir haben dich dann auf so einem komischen Motorrad gesehen und wir haben gerufen, aber du bist einfach weitergefahren* und *wir hätten schon vor vielen Stunden hier sein können.*

»Ich wollte euch holen«, sage ich, die Stimme kaum mehr als ein Wimmern. »Ihr solltet doch auf mich warten.«

Sie nimmt wieder ihr Stück Stoff, ich erkenne es, es ist einer von Beckas kleinen, pastellrosafarbenen Strümpfen, der dicke, weiche Stoff auf meinen Augenlidern, *denk nicht daran, jetzt sind wir wieder zusammen.*

Es vergehen ein paar Minuten oder vielleicht eine Stunde und wir sehen jetzt, wie Vilja von den Zelten kommt, sie geht, ihre kleine Schwester auf dem Arm, mit entschlossenen Schritten, und die Angst und der Stolz schmerzen, als ich das Erwachsensein wie einen schweren Schatten auf ihrem Gesicht liegen sehe, hinter ihr ein graubärtiger Mann und eine Frau mit kurz geschnittenen Haaren, beide in grüner Militärkleidung. Vilja schlägt einen Bogen um meinen darniederliegenden Körper, als wäre ich ein Bettler vor dem Supermarkt, und übergibt Becka vorsichtig an Carola.

»Sind das hier deine Eltern?«, fragt die Frau gestresst und fährt fort, ohne auf eine Antwort zu warten, »dieses kleine Mädchen scheint jetzt ganz normal zu atmen, zum Glück hatten Sie ihm die Maske aufgesetzt und es die meiste Zeit im Auto gelassen«, sie flackert mit den Augen in meine Richtung, »vermutlich wird es noch ein paar Tage lang quengelig sein, weil es in den Augen und in der Nase brennt, aber das sollte bald vorübergehen«, sie hat eine Art Tic, während sie spricht, ein Zucken in einem Augenwinkel, »es ist wichtig, dass seine Lunge so schnell wie möglich geröntgt wird, wenn Sie wieder in Stockholm sind, sicherheitshalber.«

»Warum können Sie sie nicht hier röntgen?«, sagt Carola und ich sehe jetzt, dass die Frau eine Armbinde mit einem roten Kreuz über der grünen Uniform der Hemvärnet-Streitkräfte trägt.

»Wir sind die Heimwehr, wir behandeln nur Notfälle«, sagt die Frau hastig.

»Ja, aber es gibt doch Krankenhäuser in der Nähe, wohin Sie sie bringen könnten?«

Die Frau schielt zu dem Mann hinüber, der stumm neben ihr steht.

»Es ist besser, es in Stockholm zu machen«, sagt er freundlich, beinahe singend.

»Wir sind den ganzen Tag in diesem Feuer gewesen«, Carolas Stimme wird schrill und laut, »finden Sie wirklich, wir sollten ...«

»Es brennt von Östersund bis Mora«, sagt er in demselben leisen, höflichen Tonfall, der Dialekt ist breit und beruhigend wie eine Bauernmalerei. »Eine halbe Million Hektar, heißt es. Es hat sich auch in die Berge hineingefressen. Heute Morgen hat es in Sylarna gebrannt. Die Touristen waren zur Berghütte hochgefahren, weil sie dachten, dass. Aber die Vegetation rundherum war so trocken, dass.«

Er blinzelt in den Sonnenuntergang über dem Siljan. Durchdringender Motorenlärm, zwei Jungen in bunten Badehosen auf einem Wasserscooter, sie durchschneiden die blanke Wasseroberfläche, lachen kreischend.

»Wegloses Land da oben. Familien mit Kindern und. Ein Hubschrauber ist abgestürzt. Die Krankenhäuser hier oben sind also.«

Er betrachtet Becka und lächelt freundlich, streckt einen dicken Zeigefinger aus und streichelt ihre Wange. »Es wäre also besser, wenn. Die Kleine sollte nach Stockholm. Ja.«

Becka schreit auf und reibt sich ihre roten, wunden Augen mit den Händen, ein Bewegungsmuster, das sie vor ein paar Tagen bestimmt noch nicht beherrschte. Die unglaubliche Komplexität, mit der man zu einem Menschen wird, alle Muskeln, Nervenbahnen, Synapsen, Proteine, Neuronen oder wie auch immer das alles heißt, was trainiert werden muss, damit es zusammenarbeiten kann, um zuerst etwas greifen, dann sich nach etwas strecken, dann eine einfache Handlung ausführen zu können, wie etwa das Brennen in den Augen zu lindern.

»Und Martin?« Viljas Stimme ist angespannt. »Was passiert mit ihm?«

»Martin ist im Zelt und bekommt Sauerstoff«, sagt die Frau. »Ich gehe jetzt zu ihm. Du kannst mitkommen, wenn du willst.«

Martin?

Carola beginnt nach Zack zu fragen, ob sie von einem Jungen gehört hätten, der mit anderen Leuten in einem weißen Kombi gekommen sei, aber die Frau schüttelt nur den Kopf mit einem resignierten Seufzen, dreht sich um und Vilja folgt ihr.

Der Mann mit dem grauen Bart wirkt ein wenig erleichtert darüber, dass die Frau gegangen ist, kratzt sich an einem Mückenstich am Hals, streckt den Rücken, geht mit einem leisen Seufzen neben mir in die Hocke. Eine furchige Hand in meinem Gesicht, er dreht vorsichtig meinen Kopf, um sich die Verletzung besser ansehen zu können, summt leise eine Schlagermelodie, die mir entfernt bekannt vorkommt. Er öffnet eine rote Notfalltasche und holt eine Tube und einen Verband heraus.

»Machen Sie es sauber und cremen Sie es damit ein. Und dann einfach verbinden. Sie werden dann weitersehen, in Stockholm.«

Carola scheint etwas auf den Lippen zu liegen, aber sie schweigt und nickt nur, als sie die Sachen entgegennimmt.

»Was ist denn hier passiert?«, fragt er mit sanfter Stimme.

»Er war draußen im Wald und ist mit so einem Quad herumgeirrt«, sagt sie, bevor ich den Mund öffnen kann. »Der ganze Rauch scheint ihn verwirrt zu haben.«

»Ich wollte euch retten.« Die Worte wackeln wie Gelee. »Ich bin gestürzt.«

»Ein Quad?« Der Mann lächelt neugierig. »Ihr hattet ein Quad?«

»Ich habe es gefunden.«

Es glitzert in den müden, eisblauen Augen.

»Gefunden? Es stand einfach da? Mit eingestecktem Schlüssel?«

»Nein, also … ich bin in ein Haus gegangen und habe dort den Schlüssel geholt.«

Carola stöhnt und bekommt einen starren Blick, es ist dieselbe Distanz wie damals, als ich von meiner Untreue berichtete, der Schock und die Trauer tief unter einer dicken Schicht aus Gleichgültigkeit begraben, als ob es sie eigentlich gar nichts anginge, ein Autounfall, an dem sie nur zufällig vorbeikam.

Der Mann dagegen sieht mich mit einem Gesichtsausdruck an, als wäre er in mich verliebt. Mir wird klar, dass er sich nach so etwas gesehnt hat, vielleicht schon seit Jahren, Wochenenden in einem Zelt im Schnee statt gemütlicher Sonntage zu Hause, Dosenravioli, statt mit den Kindern Muffins zu backen, Donnerbalken statt Bier beim Fußballtippspiel mit den Kumpels auf dem Sofa, auf so etwas hat er gehofft, auf solche wie mich.

»Geholt?«

Irgendetwas an der ruhigen Stimme verlockt mich zum Reden, wenn es nur nicht so schrecklich im Hals kratzen würde, könnte er sich meine ganze Lebensgeschichte anhören, aber jetzt bekomme ich nur drei Worte heraus.

»Durch das Fenster.«

Er nickt sanft. »Eigentlich unglaublich. Nur ein kleiner Unterschied. Afghanistan, Kongo. Man liest ja nur darüber.«

Die Erde fühlt sich hart unter meinem Körper an und ich frage mich, wann ich mich endlich in ein Bett legen darf. Oder werden wir jetzt direkt nach Stockholm transportiert? Ist Zack auf dem Weg hierher?

Wer ist *Martin*?

Man hört jemanden von den Zelten her, eine bösartige Männerstimme ruft etwas von *Versicherung* und *du dumme Kuh*, ein nichtssagendes Gemurmel als Antwort.

»Ganz schnell, dass die Leute die Nerven verlieren«, sagt er bedauernd. »Wie gesagt. Nur ein kleiner Unterschied, wenn man kratzt. Dass die Grenze so nahe ist. Von Person zu Person natürlich anders.«

Er klopft mir auf die Schulter und steht mit einem Seufzen auf.

»Die Polizei wird wohl von sich hören lassen, also.«

Er nickt Carola höflich zu und schenkt Becka ein letztes, flirtendes Lächeln, bevor er zu den Zelten trottet.

»Martin«, sage ich.

Sie hört nicht zu, zupft irgendwo an Becka herum, ich muss an unsere Sachen denken, meinen Fjällräven-Rucksack mit unseren Wertsachen, die Ikeatüte, die Kleidung, Windeln, wo ist das alles hin?

»Martin?«

»Ja?« Ihre Lippen sind stramm. »Also, Didrik, bei wem bist du eingebrochen, weißt du, wie die Leute heißen? Vielleicht kann man sich jetzt schon bei ihnen melden und …«

Ich schüttele den Kopf.

»Es ist ja ohnehin alles abgebrannt, da spielt es keine Rolle. Vilja ist zu jemandem gegangen, der Martin heißt?«

»Ja? Der alte Mann.«

»Der alte Mann?«

Sie seufzt und betrachtet resigniert die Tube und die Mullbinde, die sie von der Heimwehr bekommen hat.

»Du weißt schon. Der uns hergefahren hat.«

Es wird vollkommen still, bevor ich den Namen mit dem zerfurchten, von Schuppenflechte geröteten Gesicht in Verbindung bringe.

»Ach so, der.«

*

Ich bin ein guter Vater. Ich bin immer da gewesen, als meine Kinder aufwuchsen, habe ihre vollen Windeln gewechselt, mit ihnen gespielt, ihre verrotzten Nasen geputzt, sie gepflegt, wenn sie krank waren, sie zum Kindergarten und zur Schule gebracht, bin auf ihre Elternabende und Klaviervorführungen und Leichtathletikwettbewerbe und Luciafeste und Abschlussfeiern gegangen, ich habe ihnen das Fahrradfahren, das Schwimmen und das Lesen beigebracht. Außerdem habe ich ihnen zugehört, sie respektiert und ständig wiederholt, wie sehr ich sie liebe. Ich habe nie meine Hand gegen sie erhoben. Ich finde, dass ich die meisten der Anforderungen erfüllt habe, die man an einen modernen Vater stellen kann.

Bei den Gelegenheiten, bei denen ich versagt habe, ging es immer um den Zorn, den ich auf Vilja gehabt habe. Die Fähigkeit meiner Tochter, mich mein Leben als einzige, lange, wertlose Reihe von feigen und schlechten Entscheidungen wahrnehmen zu lassen, wirkt fast schon krankhaft. Und es ist kaum verwunderlich, dass genau dieses Gefühl mich befällt, als ich in das Behandlungszelt humpele, ein paar Heimwehrsoldaten versuchen, mich noch aufzuhalten, aber der große Verband um den Kopf und meine allgemeine Erscheinung reichen als Argument. Hier drinnen ist es still, ruhig, abgeschirmt vom Gewimmel und der Unruhe, die draußen herrschen. An den Längsseiten gibt es vier Betten, zwei davon sind leer, in einem liegt ein junger Mann mit Sicherheitsweste und groben Stiefeln, dessen Gesicht von Schmutz und Blut bedeckt ist, er hustet und keucht und ich sehe, dass auch die Zunge und das Zahnfleisch schwarz sind, neben ihm stehen zwei Krankenpflegerinnen und diskutieren in kurzen, mechanischen Sätzen mit medizinischen Fachausdrücken. Ich dränge mich an ihnen und den leeren Betten vorbei und da liegt er, ganz hinten, sie haben ihn in eine orangefarbene Decke gehüllt und eine Sauerstoffmaske über das verrunzelte, schmutzige Gesicht gezogen, und Vilja sitzt neben ihm auf einem Stuhl.

»Das liegt alles an dir«, sagt sie tonlos.

»Meine Kleine, ich weiß, dass man in solchen Situationen nach jemandem sucht, dem man die Schuld geben kann, aber …«

»Er hatte doch ein Auto«, sagt sie. »Unser Auto ist nicht angesprungen, aber er hatte doch ein Auto, wir hätten einfach zu ihm gehen und ihn fragen können, ob wir bei ihm mitfahren dürfen.«

Fahrverbot. Er hat doch gesagt, dass sein Wagen Fahrverbot hatte. Dass es nicht durch die Hauptuntersuchung gekommen war.

Was natürlich nicht bedeutet, dass man es nicht fahren konnte. Dieser verdammte, starrsinnige Greis.

»Er hat gesehen, dass wir unser Auto zurückgelassen haben, also ist er losgefahren, um nach uns zu suchen, aber als er uns gefunden hat, warst du schon weggelaufen. Und dann haben wir ewig nach dir gesucht.«

Neben dem Bett hängt die graue Windjacke ordentlich auf einem Bügel, zusammen mit dem blau-weißen Halstuch, das er um sein Gesicht gewickelt hatte, jetzt sehe ich, dass es ein Eishockey-Fanschal ist, es steht *Leksands IF* darauf und ein Logo ist abgebildet, eine Art Kreis mit seltsamen Symbolen darin.

»Wenn Mama und du runtergegangen wärt und ihn geholt hättet. Oder wenn du nicht einfach so abgehauen wärst, hätte er nicht durch den Rauch laufen müssen, um dich zu holen.«

Es zischt in der Sauerstoffmaske, ein säuselndes, pumpendes Geräusch, und im selben Takt hebt und senkt sich der Brustkorb unter der Decke, beinahe unmerklich.

»Ich. Wollte. Euch. Helfen.« Ich sage es langsam, mit übertriebener Betonung. »Ich. Wollte. Mich. Um euch kümmern.«

»Wo ist Zack?«, fragt sie, als hätte sie nicht zugehört, als hätte ich zu jemand anderem gesprochen. »Habt ihr ihn schon gefunden?«

»Carola fragt gerade überall herum.«

»Fragt herum?« Ihre Stimme ist eher besorgt als spöttisch. »Diese Leute, bei denen er mitgefahren ist, habt ihr ihre Telefonnummer? Das Autokennzeichen?«

Ich seufze.

»Meine Liebe, wir hatten es eilig. Zack hat am Fuß geblutet. Wir waren in Panik, Carola und ich. Sie wollten ihn in Rättvik aussteigen lassen.«

Sie schüttelt den Kopf.

»Ihr seid so verdammt unfähig. Ihr seid die schlechtesten Eltern der Welt.«

Ich zucke mit den Schultern.

»Wir sind nun einmal die, die du hast. Komm, lass uns gehen. Wir haben eine Hütte bekommen, in der wir heute Nacht schlafen können.«

Eine der Krankenpflegerinnen kommt mit gehetzter Miene auf uns zu.

»Entschuldigen Sie, sind Sie auch ein Angehöriger?«

Ich sehe sie verwirrt an. »Also … nein, ich bin hier, um meine Tochter zu holen.«

Die Krankenpflegerin – eine magere, ältere Frau mit nikotingelben Zähnen und kurz geschnittenem grauen Haar – sieht verwirrt aus und zeigt auf den alten Mann.

»Aber sie sagt doch, dass er ihr Großvater ist?«

Ich sehe Vilja an, die den Blick abwendet, plötzlich wieder ganz klein, beim Lügen erwischt, und endlich kann ich der Erwachsene sein, der der Krankenpflegerin verschwörerisch zuzwinkert und vermittelnd lächelt und die Hand auf die schmale Schulter der Tochter legt.

»Wir waren draußen im Feuer und hatten auch Martin bei uns,

da hat sie bestimmt ein bisschen … überreagiert, und das ist ja wohl auch ganz natürlich, oder? Man kommt so schnell durcheinander in einer solchen Situation, nicht wahr?«

Sie lächelt freundlich zurück.

»Ja, so etwas passiert natürlich oft. Die größte Sorge sind für uns nicht die Waldbrände, es passiert ja so gut wie nie, dass jemand verbrennt, nur ganz vereinzelt, wenn jemand vom Rettungspersonal auf irgendeine Weise eingeschlossen wird …« Sie nickt mit ernster Miene zu ihren eigenen Worten. »Das Gefährliche ist die Unordnung. Dass die Leute gestresst sind und schlechte Entscheidungen treffen, die zu jeder Menge unnötiger Risiken führen.«

Ich verstehe gar nicht, worüber sie spricht, es ist, als würde sie über etwas ganz anderes reden, und sie sieht meine Unsicherheit und lächelt erneut und zeigt auf den Verband an meinem Kopf und senkt die Stimme.

»Sie sind derjenige, der sich das Quad geliehen hat, oder? Und damit gestürzt ist?«

Sie reden. Sie reden. Miteinander. Vielleicht auch mit anderen. Den Zeitungen. Online. Ist die Schweigepflicht mittlerweile völlig verschwunden?

»Was passiert jetzt mit Martin?«, fragt Vilja plötzlich.

»Wir arbeiten ja eigentlich nur akut, er wird morgen früh verlegt. Ins Krankenhaus, sie haben Platz geschaffen, so dass wir jetzt eine eigene Abteilung für alle Rauchvergiftungen haben, die zu uns kommen. Wir sind seit Covid in Bereitschaft und halten auch Sauerstoff vorrätig.«

»Also wird er dort wieder gesund?« Ihre Unterlippe zittert und ich würde sie so gerne umarmen, sie an meine Brust kuscheln lassen, meine Nase an ihre Wange drücken, sie einlullen, küssen, trösten, *Vilja-Vanilja-Petersilja* sagen, wie wir es taten, als sie noch klein war, aber das geht nicht, ich habe sie verloren, irgendwo in der Hitze und im Rauch und der Hilflosigkeit fallengelassen.

Die Heimwehrfrau sieht müde aus, schielt zu mir herüber.

»Es wäre besser, wenn wir ihn nach Göteborg oder Stockholm schicken könnten, aber wir haben keine ausreichenden Transportmöglichkeiten und außerdem haben Kinder und Jugendliche Priorität. Wissen Sie, ob er irgendwelche Angehörigen hat? Ich meine, das ist natürlich sehr schön, dass Sie hier sind, aber …«

»Nein«, falle ich ihr ins Wort. »Er hat keine. Jedenfalls keine, von denen wir wissen.«

Ich habe die Hand immer noch auf Viljas Schulter, sie schüttelt sie ab.

»Komm, meine Kleine. Jetzt lassen wir sie in Ruhe weiterarbeiten. Wir haben hier nichts mehr zu tun.«

Noch einmal lege ich die Hand auf die Schulter meiner Tochter. Nicht besonders hart, eher mittel, aber so, dass sie es versteht.

*

Es ist eine kleine, enge Campinghütte, die wir mit einer Familie aus Deutschland teilen müssen, einem Vater und zwei Söhnen in Zacks Alter. In dem einen Etagenbett liegt Vilja ganz oben und hört Musik über ihre Kopfhörer, unter ihr Carola mit Becka, in dem anderen die deutschen Jungen, jeder für sich in einem Bett. Der deutsche Vater und ich haben jeweils eine Campingmatte und schlafen auf dem Kunststoffboden.

Es riecht nach altem Holz und feuchten Matratzen und natürlich nach Rauch, Rauch in der Kleidung, im Haar, an den Taschen und an den Körpern. Ich habe versucht, im See zu baden, aber die Schmerzen im Brustkorb sorgten dafür, dass ich die meiste Zeit in Strandnähe stand und mich abwusch; am liebsten hätte ich mich lange unter die Dusche gestellt, aber wir haben hier nur drei Duschen und davor lange Schlangen, ich habe gefragt, ob man irgendwo für Geld duschen könne, aber mehr als das gab es nicht und man musste warten, bis man dran war.

Die Deutschen sind fröhlich und unbesorgt, sie tragen identische, weinrote Trainingsanzüge und liegen mit ihren Handys auf den Betten und spielen, wie mir nach einer ganzen Weile erst klarwird, eine Art Quiz zur Fußballgeschichte, sie johlen *Hansa Rostock!* und *Jupp Heynckes!* und *Bökelberg!* wild durcheinander und die Jungen reichen eine Tüte Chips zwischen sich hin und her. Vielleicht ist es für sie nur ein Abenteuer, etwas, wovon sie nach ihrer Rückkehr erzählen können, ihre dramatische Flucht vor der großen arktischen Feuersbrunst wird jede Menge graukalte Winterabende zu Hause in Hamburg oder Köln vertreiben, *Rudi Völler?* prustet der Vater neben mir und sein Bauch wackelt, ich beneide ihn um das Lachen in den Augen seiner Söhne, die ihn Chips kauend ausbuhen, weil er falschliegt, ich hätte mit Zack zum Fußball gehen sollen, obwohl ich es hasse, einer in der Menge zu sein, schon den Gedanken hasse, zwischen pubertären, betrunkenen Typen herumzustehen und Beleidigungen und Flüche auf einer klammen Zuschauertribüne in irgendeinem Vorort zu brüllen, aber ich hätte seinetwegen mit ihm hingehen sollen, und zum vielleicht hundertsten Mal an diesem Tag denke ich, dass, wenn ich jemals von hier wegkomme, wenn ich ihn jemals wiederbekomme, alles besser werden wird, alles anders werden wird, alles so werden wird, wie es eigentlich hätte werden sollen, *Gladbach zwei zu null!*

Ich bekomme einen Blister mit Tabletten gegen die Schmerzen durch meine Kopfverletzung, die Art von Tabletten, von denen man alle sechs Stunden eine nehmen soll, aber nur, wenn es nicht mehr auszuhalten ist, ich habe zwei genommen, aber geholfen haben sie kein bisschen. Ich habe mein Handy kurz aufladen können – eine Stunde warten für zehn Minuten an einer Steckdose – und ein Bild von den alten Heimwehrkämpfern im Gegenlicht vor dem Siljan hochgeladen, *Nach einem chaotischen Tag (wer dabei war, weiß Bescheid) kümmern sich diese Helden jetzt liebevoll um uns* mit ein paar Herzen und der schwedischen Flagge und angespanntem Bizeps und *#climatechange*. Erst machte ich ein paar Selfies, aber nach kurzem Zögern entschied ich mich, sie für später aufzuheben, ich sehe einfach zu furchtbar aus mit meinen blutunterlaufenen Augen, den Rußflecken, die man nicht abwaschen kann, dem Verband und dem abgebrannten Haar, es könnte Besorgnis oder Verwirrung bei meiner Mutter auslösen, und die Hater und die Klimaleugner würden mich beschuldigen, dass alles nur Fake oder Pose wäre, darum ist es ganz gut mit der schwedischen Flagge und dem Lob für die Heimwehr, dann lassen sie mich in Ruhe. Ich schreibe natürlich nichts über Zack, Carola hat ihrer Mutter und ihrer Schwester geschrieben und sie gefragt, ob sie möglicherweise etwas gehört hätten, vielleicht hat er es ja bis Stockholm geschafft, hat versucht, unser Haus zu erreichen, vielleicht sitzt er jetzt bei der amerikanischen Familie, die es gerade mietet, oder er sitzt in der Küche bei den Nachbarn, mit seinem Spielkameraden Filip, der mit dem roten Haar, einem Skateboard und mildem ADHS.

Ich scrolle durch die Likes, Kommentare, Herzen, die besorgten, traurigen oder wütenden Emojis. Ich lese Nachrichten von Freunden, die wissen wollen, wann wir wieder zurück in der Stadt sind, ob wir Hilfe brauchen, um nach Hause zu kommen, ob uns Kleidung, Hygieneartikel oder sonst etwas fehlt? Ein Partner aus der Agentur fragt, ob ich nächste Woche an einem Frühstücksseminar über die Folgen des Klimawandels teilnehmen möchte, *Klappt das, bevor ihr nach Thailand fliegt?*, eine Zeitung bietet mir an, eine Chronik oder einen Debattenbeitrag über unsere Flucht vor dem Feuer zu schreiben, die Veranstalter der Klimakundgebung FOSSILFREIE ZUKUNFT am kommenden Freitag möchten gern wissen, ob ich ein paar Worte sagen könnte, *es reichen zwei, drei Minuten, jetzt gilt es, Tempo zu machen beim generellen Verbot von fossilen Brennstoffen.*

Im Etagenbett scheint Carola neben Becka eingeschlafen zu sein, also logge ich mich in meinen geheimen Account ein, um zu sehen, ob sie mir geschrieben hat, ob sie sich meinetwegen vielleicht Sorgen macht, möglicherweise hat sie mich im Radio gehört, vielleicht hat sie ein Bild geschickt mit ein paar Herzen, oft schickt sie nur ein Bild, aber da ist nichts, nur die letzte Mitteilung, die mit dem Bild vom Segelboot. Dann überprüfe ich ihr Profil: ihre üblichen Selfies mit den Werbetexten, früher fand ich die ziemlich süß, aber mittlerweile habe ich die Künstlichkeit dieser Bilder satt, die Filter, die die Haut glatt und rosig machen wie bei einem Baby, glitzernde Rehaugen, glänzende Lippen, und dazu noch alle schmierigen Kommentare von fremden Männern.

Stattdessen gehe ich methodisch die Bilder durch, die sie im Frühling und im Sommer geschickt hat. Das Bild, auf dem sie in einem Café am Wasser sitzt, ein Glas Rotwein in der Hand, schön wie ein Model mit dunkler Sonnenbrille und einem geheimnisvollen Lächeln, nur leicht geschminkt mit ihren natürlichen, rosaroten Lippen. Das Bild aus dem Badezimmer, ein Selfie von schräg oben, sie steht im Whirlpool, das war in diesem luxuriösen Hotelzimmer, das ich beim allerersten Mal gemietet hatte, sie hat es mit dem Rücken zum großen Badezimmerspiegel aufgenommen, so dass ihr ungeschminktes, nasses Gesicht im Vordergrund landet, während ich im Hintergrund gleichzeitig das Spiegelbild ihres nackten, eingeseiften Rückens und ihren Po erkennen kann. Das Bild musste sie heimlich aufgenommen haben, während des kurzen Augenblicks, in dem ich an der Tür war und die Pizza und den Champagner vom Zimmerservice entgegennahm, sie hat es damals nie erwähnt, erst im Frühling schickte sie es mir, *Ich habe es für dich aufgespart*, schreibt sie in der Mail, *Ich wusste, dass es so werden würde, ich wusste, dass eine Zeit kommen würde, in der wir nichts mehr haben als unsere Erinnerungen und unsere Sehnsucht, ich wusste es, hier, nimm.*

Für eine Weile betrachte ich die Bilder, versuche, etwas im Unterleib zu spüren, etwas anderes als all dieses Brennen und Pochen und Kratzen an meinem Körper, aber es geht nicht, also schlucke ich noch zwei Tabletten trocken hinunter, die Deutschen schlafen friedlich, oben hört Vilja immer noch Musik über ihre Kopfhörer und lässt ihre kleine Lampe leuchten, ich sollte ihr sagen, dass sie

sie besser ausschaltet, anscheinend werden wir ganz früh am Morgen von hier aufbrechen.

Ich lese noch einmal die Nachricht von meinem Partner und denke, dass dieses Frühstücksseminar eine gute Idee sein könnte, der Debattenbeitrag und die Klimakundgebung auch. Eine Methode, den Einsatz zu erhöhen, zu zeigen, dass es nicht mehr nur um Regenwälder, Gletscher, Kakaoplantagen, Korallenriffe oder etwas teureres Essen geht, sondern um eine akute Gefahr für unser Leben, eine Katastrophe, die schlimmer wäre als zehn Hitlers und zwanzig Stalins hintereinander, wir müssen einen Dritten Weltkrieg gegen die Dummheit, die Feigheit und die Gier führen.

Und ich werde von mir selbst erzählen, entscheide ich, während ich versuche, eine bequeme Stellung auf meiner Liegeunterlage zu finden: Wie es dazu kam, früher war ich Aktivist, radikal, ich führte schon damals ein alternatives und nachhaltiges Leben, trug nur Secondhandkleidung, aß saisonal und benutzte eine Stofftasche beim Einkaufen. Ich schrieb gerade an meiner Doktorarbeit, als ich Carola kennenlernte, und ziemlich schnell, nur wenige Monate nach der seltsamen Verabredung im Schärengarten, zogen wir zusammen, ihr Vater war gestorben und sie bekam die Chance, seine Wohnung zu übernehmen, aber wir mussten trotzdem einen Kredit aufnehmen, doch die Bank sagte nein. Statt die Doktorarbeit zu Ende zu schreiben, ging ich in die Öffentlichkeitsarbeit für Umweltorganisationen, und nachdem ich eine Weile als politischer Experte im Umweltministerium gearbeitet hatte, wurde ich plötzlich von einem Headhunter in eine PR-Agentur gelotst, die sich auf Meinungsbildung spezialisiert hatte. Mit dem Job kamen auch die Vorteile und die Netzwerke und die Wohnungen, bei denen die Küchen und die Badezimmer renoviert werden mussten, und schließlich das Einfamilienhaus und neue Kredite und dann Vilja und Zack, sie bekamen natürlich Stoffwindeln und gebrauchte Kinderwagen, wir badeten sie in lauwarmem Wasser mit ökologischem Speiseöl, die Geburtstagsfeiern waren Spielzeugtauschpartys, in einem Sommer hoben wir den Kaffeesatz auf und versuchten, Pilze zu ziehen, und natürlich die Eisenbahn, alles mit der Eisenbahn. Aber ein paar Kollegen aus der Agentur wollten mich als Teilhaber einer neu gegründeten Firma haben und wieder ein neues Haus und eine neue Badezimmerrenovierung und ein Auto und noch mehr Kredite und ein drittes Kind und plötzlich hatte mein Leben eine Wendung genommen, die ich gar nicht haben wollte.

Das Feuer und alles, was drum herum passierte, klärte meinen Blick, würde ich sagen. *Ich überschaute den Weg, den ich gegangen war. Wir wären nach Thailand geflogen. Wir hätten es »uns gegönnt«. Erst als ich dort stand, mitten im Chaos und der Panik, sah ich ein, was ich gerade tat.*

Denn ich floh nicht, an jenem Tag in Dalarna. Ganz im Gegenteil. Die Flucht fand schon seit vielen Jahren statt. Das Feuer brachte mich endlich dazu, stehen zu bleiben.

Das klingt gut, denke ich und bin plötzlich richtig müde, ich nehme das Handy wieder in die Hand, um meinem Partner zu schreiben, dass man so ein Frühstücksseminar gern organisieren könne, die Hände sind schwer wie Kettlebells, ich gehe in den Chat und sehe, dass er erst vor fünf Minuten eine neue Mitteilung an mich geschickt hat, kein Gruß, keine Höflichkeitsfloskeln, nur ein einziger Satz flimmert vor meinen Augen.

Didrik, da steht im Netz, dass du in ein Sommerhaus eingebrochen bist, das ist natürlich völliger Blödsinn, aber lass asap von dir hören, wenn du das liest, wegen der Strategie.

Ich wundere mich nicht einmal, sondern bin vor allem müde, ich habe gewusst, dass es kommen würde, aber nicht unbedingt schon heute Nacht. Ich scrolle ein bisschen durch die sozialen Medien und lese die Klatschseiten, ein paar Minuten später kommen noch mehr Mails, nach einer Weile auch von einer Boulevardzeitung, die mich bittet, die Gerüchte zu kommentieren, dass ich in ein Haus eingebrochen sei und Wertsachen gestohlen hätte, ich gehe auf ihre Seite und sie machen mit der Schlagzeile auf *BEKANNTEM PR-BERATER WIRD PLÜNDERUNG IM WALDBRANDCHAOS VORGEWORFEN*, aber als ich auf den Artikel klicke, friert das Display ein und erlischt und ich liege einsam in der Dunkelheit.

*

Dann spielt alles andere keine Rolle mehr, weil Zack bei mir liegt. Erst will ich aufstehen und eine Steckdose finden, um das Handy aufzuladen, aber der Körper fühlt sich schwer an und ich denke, dass es vielleicht besser wäre, nichts zu übereilen, die Situation in aller Ruhe zu durchdenken, bevor ich – schon wieder – mit einer Impulsivität handle, die natürlich eine sehr verständliche Folge dieser lebensbedrohlichen und traumatischen Lage ist, in der ich mich befunden habe, und ich lege mich gerade auf den Rücken und hole ein paarmal tief Luft – und dann sitzt Zack dort, zart und zerbrechlich, hat das kleine Marmeladenglas mit dem Zahn und der Münze in der Hand und ich möchte ihn nicht stören, ihn nicht mit meinen Sorgen belasten, flüstere nur *verzeih mir* in die Dunkelheit, ich denke, dass es ein Traum sein muss, aber da ist er doch, er sitzt dicht neben mir in der Dunkelheit, hat eine Decke über die Knie gezogen, das Gesicht schwach beleuchtet vom Mondschein durch das Fenster.

Verzeih mir, mein Süßer und bald werden wir schnorcheln vor der kleinen Insel in Thailand, ein Motorboot wird uns hinausbringen und ich bringe ihm bei, wie man spucken und den Speichel auf der Innenseite der Tauchmaske verschmieren muss, ich bringe ihm bei, wie man mit Flossen schwimmt draußen auf der glatten Wasseroberfläche und in der brennenden Sonne, und irgendwo dort draußen gibt es immer noch einen Teil des Korallenriffs, der lebt, ich werde meinem Jungen die Farben, die Fische zeigen. Man möchte einfach nur tiefer und tiefer in das kristallklare Wasser tauchen, durch eine Märchenwelt, die so blendend schön ist, dass es in den Augen brennt, ich jage Schwärme aus getigerten blau-weiß-rosa-smaragdgrünen Fischen durch Tunnel und unter Bögen hindurch über eine Landschaft aus glänzenden, glitzernden Farben, vielleicht schon in einer Woche, wenn wir hier wegkommen.

Ich schließe ein wenig die Augen, und als ich wieder aufwache, ist Zack immer noch da, er liegt neben mir in einem Schlafsack und ich stecke meine Nase in sein Haar hinten im Nacken, wo es lang ist, wie ein zartes, nach Rauch riechendes Garn, wir wollten mit dem Friseurbesuch warten, es hat was, so etwas in fremden Ländern machen zu lassen, ich erinnere mich an meine Eisenbahntour durch Indien, als ich jung war, wie wir bei den Barbieren Pause machten, oft war es nur ein Loch in der Wand, ihre messerscharfen Klingen und der dicke Schaum und die weichen Finger und die Stimmen, die mich *Mister* nannten, ich war noch nie so weich im Gesicht gewesen. Stell dir vor, dort draußen am Strand zu sitzen und ein kaltes Bier in der Sonne zu trinken, während zwei, drei kichernde Thailänderinnen sich mit dem Haar meines Sohns beschäftigen, und wir schlafen wieder ein und Zack dreht sich im Schlaf um und legt seinen kleinen Arm auf meinen Rücken, eine unerwartete, instinktive Bewegung, die mich mit einer Zärtlichkeit erfüllt, die ich beinahe nicht aushalten kann, *Verzeih mir, mein Süßer, verzeih mir, dass ich dich verloren habe.*

Und ich denke, dass ich Carola davon erzählen sollte, wenn ich wieder aufwache, dass ich träumte, wir seien auf der Flucht, es gab einen riesigen Waldbrand und ich versuchte, euch zu retten, ich träumte, dass alles um uns herum zusammenbrach, ich träumte, dass alles vorbei war, ich strecke mich nach dem Jungen und schließe für eine Weile die Augen – als ich sie wieder öffne, ist die Perspektive zurückgedreht worden, so dass ich nicht mehr auf dem Boden einer Campinghütte liege, jetzt ist alles, was kratzt und stinkt und juckt, verschwunden, aber die Erinnerung muss geblieben sein, denn ich kann ihr alles erzählen, was ich geträumt habe, ich kann sie warnen, sie um Hilfe bitten.

Zack hat seinen Arm bewegt, so dass ich die teure deutsche Multisport-Smartwatch sehe, die mit GPS und Karten und Höhenmesser und Barometer und Pulsmesser, auf der infrarote Ziffern zeigen, dass es 23:48 Uhr ist, sie werfen ein schwaches rosafarbenes Licht über sein glattes, blasses Gesicht, ein Fremder.

DIENSTAG, 26. AUGUST

Ein hartes Klopfen holt die Morgendämmerung herein, ich höre Stimmen. Carola steht in der Tür und spricht mit jemandem, ich denke *Bitte bitte bitte sagen Sie, dass Sie ihn gefunden haben*, sehe aber an ihrem Rücken und an ihrer müden Haltung, dass es etwas anderes ist, und sie schließt die Tür und sieht auf mich herab.

»Wir müssen los.«

Sie trägt Becka auf dem Arm, das kleine Gesicht unter das Kinn geklemmt, ihre eine Hand um den verschwitzten Nacken gelegt, die andere wiegt mechanisch den kleinen Körper.

»Kannst du aufstehen? Wir müssen in einer Viertelstunde los.«

»Wie spät ist es?«

Meine Stimme ist das heisere, kraftlose Jammern eines alten Mannes.

»Halb sieben. In einer Stunde geht ein Zug nach Stockholm. Sie brauchen die Hütten. Alle müssen raus.«

Die deutsche Familie und ihr Gepäck sind verschwunden, ich stolpere nach draußen, um zu pinkeln, und sehe sie an einem Campingtisch sitzen, es ist Morgen, aber kein Tau in der Luft, keine Vögel, nur trockenes, stickiges Schweigen, auf dem Tisch ist ein Frühstück angerichtet, auf dem Boden pfeift und blubbert ein Spirituskocher, die Jungen haben sich in Decken gewickelt und essen Butterbrote und der Vater nickt entspannt zur Begrüßung, als er mich erblickt.

»Sollt ihr auch nach Stockholm?«, frage ich auf Englisch.

»No. Kebnekaise«, er betont es richtig, spricht es allerdings mit stimmhaftem statt stimmlosem s aus, *Kebnekaisse*.

»Aber … das Feuer?«

Sein Gesicht verzieht sich zu einem frisch rasierten Lächeln und er deutet auf die beiden Jungen, auf ihre schicken neuen Trainingsanzüge, die Wanderstiefel und die Rucksäcke, die auf dem Boden stehen, neben dem Zelt und den Schlafsäcken.

»Sie wünschen es sich schon seit vielen Jahren«, sagt er auf Englisch. »Vielleicht die letzte Chance, einen Gletscher zu sehen. Und die Feuer hier oben sind ja die größten in Europa. In der Schule haben sie zwar die *polare Amplifikation* durchgenommen, aber es ist etwas anderes, wenn man sie mit eigenen Augen sieht.«

Er betrachtet stolz seine Söhne, als er die letzten Worte sagt, *wiss your own eyes*, und sie heben ihre blonden Häupter, der jüngere lächelt schüchtern, der ältere spitzt verlegen die Lippen.

In der Hütte haben Carola und Vilja unsere Sachen zusammengepackt, ohne den Rollkoffer und die Ikeatüte und den Kinderwagen haben wir nicht mehr so viel, ich nehme meinen Fjällräven und die Wickeltasche, Carola ihre Handtasche und Becka im Tragetuch und Vilja den Spiderman und wir gehen los, ich trage dieselben, schmutzigen Shorts und dasselbe Lacoste-Hemd wie am Tag zuvor, wir alle tragen dieselbe Kleidung wie gestern, außer Becka, die noch eine neue Garnitur in der Wickeltasche hatte.

Wir marschieren auf einer Straße, von der ich annehme, dass sie zu einem Bahnhof führt, niemand hat gesagt, wo wir hinsollen, aber wir bewegen uns in einem dünnen Strom von Menschen, nicht gerade ein Volksmarsch, sondern eher ein paar vereinzelte Familien, die durch die Morgensonne trotten. Vor uns geht ein groß gewachsener, bärtiger Mann mit einem Baby auf dem Arm und einem Bollerwagen, in dem ein Kind von etwa fünf Jahren zwischen Kissen und Taschen sitzt, dem Gespann folgt die Mutter mit einem Rucksack und einem Verpflegungsbeutel, ich frage mich träge, was Becka wohl auf der Fahrt essen soll, vermute aber, dass Carola schon daran gedacht hat, dass sie unten in der kleinen Küche der Hüttensiedlung war und Wasser und Flaschen vorbereitet hat, sie beschäftigt sich dauernd damit. Die Scham darüber, dass ich keine

Kontrolle mehr über irgendeines meiner Kinder habe, sickert zusammen mit der Scham, dass ich nicht mehr vorangehe, so wie gestern, sondern zwei Schritte hinter ihr, und sie zwei Schritte hinter Vilja, ich fühle mich wie eine zusätzliche Bürde, wie Ballast, ich will etwas sagen, ich will etwas tun, damit sie mir in die Augen sieht, irgendetwas.

»Zack«, sage ich lahm, »was machen wir mit Zack?«

»Ich bin schon seit vier Uhr wach«, sagt sie, ohne sich umzudrehen. »Niemand weiß etwas. Wir sollten noch einmal die Polizei anrufen. Kannst du das mit deinem Handy machen?«

»Es ist tot«, sage ich und schäme mich auch dafür. »Der Akku.«

Sie reagiert nicht, geht einfach weiter, flüstert Becka etwas zu, sie schreit erneut, vielleicht hat sie den ganzen Morgen schon geschrien oder zumindest gequengelt.

Wir erreichen einen Bahnhof, der Parkplatz ist voll mit Leuten, ein paar schlafen auf Campingmatten, einige direkt auf dem Boden, andere stehen oder sitzen, allein oder in Gruppen, irgendetwas an ihnen ist anders, ich kann zuerst nicht den Finger darauf legen, aber sie sehen nicht aus wie Menschen, die unterwegs sind, nicht wie auf einem Bahnsteig mit Rollkoffern, Rucksäcken und Aktentaschen, keine kleinen Lunchpakete oder Thermosflaschen. Ein Mann in einem zerknitterten grauen Anzug hockt mit seinem Handy auf der Bordsteinkante, eine alte Dame im Mantel liegt ausgestreckt im Schatten und hat einen Arm über ihr Gesicht gelegt, im Gras sitzen fünf Kinder mit gelben Sicherheitswesten, auf denen vorne und hinten VOGELBEERGRUPPE mit schwarzem Stift geschrieben steht, und starren uns mit großen Augen an, und überall um sie herum liegen Plastiktüten, schwarze Müllbeutel, Koffer, ein Fernsehapparat, ein Fahrrad, ein etwa zwanzigjähriges Mädchen hat eine Sporttasche unter den Arm geklemmt und trägt eine Plastiktüte, in der sich eine Topfpflanze zu befinden scheint, freiwillige Helfer haben einen Tisch aufgeklappt und ein Junge mit rosafarbener Sicherheitsweste gibt Wasserflaschen aus und pumpt Kaffee aus

Thermoskannen, hinter dem Tisch, in einer abgeschirmten Ecke, warten neben einem einsamen Pfleger vier Jugendliche in Rollstühlen.

Was ich zuerst für ein paar Dutzend Menschen auf einem Parkplatz gehalten habe, wird immer mehr, je näher wir herankommen, ich sehe sie auf der Treppe, die zum weißen Bahnhofsgebäude hinaufführt, vor dem Kiosk ringelt sich eine lange Schlange, obwohl der Laden geschlossen zu sein scheint, im Bahnhof selbst kauern und liegen sie auf dem Fußboden, überall sind Leute, wir gehen um das Haus herum und sehen, wie dicht sie sich auf dem Bahnsteig drängen, wie sie Schutz im Schatten des Bahnhofs suchen, jemand hat Decken und Matratzen ausgebreitet. Ich erinnere mich, wie ich als Teenager auf einem verregneten Musikfestival in der Provinz war, wie der kleine Ort plötzlich überflutet wurde von johlenden Jugendlichen mit Bierkästen und kaputten Zelten und Gitarrentaschen, ein wimmelndes Chaos aus verschwitzten, nassen Körpern aus dem Nirgendwo, aber das hier ist anders und Vilja wendet sich an Carola und mich, ist plötzlich wieder Kind und flüstert beunruhigt *Wollen die auch alle zurück nach Stockholm?*

Carola schüttelt stumm den Kopf und ich möchte etwas sagen, wir müssen über die Körper steigen, wir waten durch das Menschenmeer, eine silberhaarige Dame mit rosarotem Wollpullover und Seidenschal und weißen Turnschuhen, ein Mädchen im Fußballtrikot, noch mehr Rollstühle, Kinderwagen, Carola murmelt *Jetzt weiß ich, wozu sie die Hütten brauchten*, ich wollte eigentlich zu unserer Tochter sagen, dass alles gut wird, dass sie nur ein bisschen Pech gehabt hätten, sie sind verreist und am falschen Ort gelandet.

»Sie wollen nicht nach Hause«, sage ich. »Sie haben keines mehr.«

*

Es kommt kein Zug. Becka schreit und wir finden eine leere Stelle auf dem Bahnsteig, ich mische ihre Nahrung in einer Flasche und setze mich mit ihr auf dem Schoß hin, das gibt es immer noch, die Zufriedenheit, das eigene Kind essen zu sehen, die kleinen Lippen, die sich um den Sauger schließen, die Augen, die intensiv ins Nichts starren, getrieben von dem uralten Instinkt zu überleben, einfach nur überleben, zu jedem Preis, die Sonne brennt in meinen Nacken, es wird ein schöner Tag.

»Und was ist mit Zack?«, fragt Vilja plötzlich.

»Sobald wir zu Hause sind, werden wir nach ihm suchen«, sagt Carola. Versucht zu lächeln. »Vielleicht ist er ja schon dort? Hat sich irgendwo mit einem Buch eingeigelt.«

Sie schneidet eine Grimasse, macht Zack nach, so haben wir es immer gemacht, als die Kinder jünger waren, wir haben einander nachgemacht, *Wer bin ich jetzt?*, es war das Lustigste, was sie sich vorstellen konnten. Carolas Zack sitzt mit einem dämlichen, aber irgendwie seligen Lächeln irgendwo herum und liest in einem Buch und singt leise vor sich hin und Vilja lacht über ihre Vorführung, das Lachen ist wie beim Backen von Zimtschnecken, wenn man mit der Butterzuckerzimtmischung gegeizt hat und ein bisschen schummeln muss, damit sie bis zu den Kanten reicht.

»Und dann können wir heute Abend vielleicht zum Essen in den Sushiladen gehen, das mag er doch?«, schlägt Vilja vor und ihre Mutter beißt an und redet davon, dass wir auch eine Zeit an dieser Kletterwand buchen sollten, die alle so spannend gefunden haben, Zack war zu Beginn ganz ängstlich, aber in der letzten Viertelstunde fing er an zu klettern *wie ein Schimpanse auf Steroiden*, sie lässt ihre Hände wie kleine Klauen durch die Luft kratzen und Vilja lacht erneut auf und sagt, dass wir eine Kletterwand zu Hause aufbauen sollten, vielleicht im Garten, oder eine Maschine kaufen könnten, die genauso schnell nach unten rollt, wie du sie hinaufkletterst, dann passt sie in ein normales Haus, Tyra hat so eine und die ist echt krass und dann braucht man auch keine Seile, Carola hält das für eine lustige Idee, warum haben wir so etwas nicht, wir werden gleich nach so etwas suchen, wenn wir zu Hause sind, und schließlich halte ich es nicht mehr aus, ich kann nicht von noch mehr Luxuswaren auf einem Bahnsteig voller Klimaflüchtlinge hören, es juckt und brennt unter meinem Verband, ich sage *Was heißt zu Hause?*

Sie sehen mich an.

»Zu Hause?«, sagt Carola nur. »Ja, einfach … zu Hause.«

»Aber wir haben unser Haus vermietet, mein Schatz. Wir wollten in einer Woche nach Thailand reisen. Wir haben jede Krone, die wir besitzen, in einen Urlaub gesteckt, der nicht zustande kommen wird. Und unser Sohn ist verschwunden.«

»Dann müssen wir wohl …«, sie sieht mich verunsichert an, »… dann müssen wir wohl bei Freunden fragen, ich habe schon Nachrichten an Lisa und Calle geschickt und an Henny und Staffan, und sie …«

»Was willst du denn damit sagen«, ich spreche mit leiser Stimme, um Becka nicht zu stören, die noch etwa eine halbe Flasche übrig hat, »sollen wir bei deinen Freunden aus der Muttergruppe einziehen, ist das etwa *der Plan*?«

Wir hätten natürlich schon gestern darüber reden sollen, irgendwie ist es ein Gespräch, das wir schon vor langer Zeit hätten führen müssen, noch vor den Waldbränden und dem Chaos, aber wir sollten es absolut nicht vor Vilja tun, absolut nicht an diesem Ort, ich verstehe ja kaum mein eigenes Wort.

»In solchen Situationen sind die Menschen füreinander da«, sagt Carola lahm. »Man hilft einander.«

»Und wem haben wir geholfen, mein Schatz? Wenn wir ehrlich sind? Wir stecken jetzt seit einem Tag in dieser Scheiße, und haben wir einem einzigen Menschen geholfen?«

Vielleicht suche ich nach einem Riss, nach einem Weg in sie hinein, nach einer Sekunde der Ehrlichkeit.

»Ich habe dir geholfen«, sagt sie. »Ich habe Martin gezwungen, stundenlang herumzufahren und nach dir zu suchen. Weil du auf dem Motorrad eines fremden Menschen den Helden spielen wolltest.«

»Auf einem Quad«, korrigiere ich sie. »Es war ein Quad.«

Sie lacht auf, kurz, heiser.

»Ein Quad. Das ist so verdammt lächerlich, was hast du dir eigentlich dabei gedacht?«

Es ist nicht mehr der Schmerz am Kopf, nicht die Scham, sondern Carola will mir den letzten kleinen Augenblick der Würde nehmen, den kurzen Moment in dem Geräteschuppen, in dem ich mich auf die glänzende, neue Maschine setzte und den Schlüssel drehte und spürte, wie sich die Vibrationen durch den Unterleib kneteten, wie sie unter mir schnurrte, das Gefühl, auf dem Weg zu sein, zu handeln, aus Freiheit, o mein Gott, ich kann mich nicht erinnern, wann ich mich das letzte Mal so frei gefühlt habe, und ich erinnere mich, dass ich schrie, unfreiwillig, ekstatisch, es klang nicht wie ich, es klang wie derjenige, der ich mit ihr war und der vor Lust brüllte, es klang, wie wenn ich schrie, als ich in ihr kam, ich schrie ihren Namen, die Muskeln in ihrem Arm, der Duft ihres Schweißes und ich will, dass es jetzt kaputtgeht, ich will es.

Ich lächele meine Frau breit an.

»Es war sehr schön, darauf zu fahren.«

Sie starrt mich an, die Augen schwarz vor Wut, alles hält inne, es beginnt mit einem Zittern im Mundwinkel, eine Furche in der Stirn und dann die einsame Träne, die ihre rechte Wange hinunterläuft, ich hasse es, wenn sie weint, kann es nicht ertragen, wenn ich Becka nicht im Arm halten würde, würde ich versuchen, sie zu umarmen, fest zu drücken, ihre Schultern zu streicheln und *verzeih mir* zu sagen, aber jetzt kann ich nur ein bisschen entschuldigend lächeln und über die Situation den Kopf schütteln.

»Ich bin müde, Carola. Ich habe Schmerzen. Verzeih mir. Wir reden jetzt nicht mehr davon.«

»Wann wolltest du es denn erzählen?«, sagt sie leise.

Der Bahnsteig leert sich langsam, die Leute wandern auf den Parkplatz, ein Bus ist stehen geblieben und ein Junge hält ein handgeschriebenes Schild hoch, Filzstiftbuchstaben, zu klein, um sie von hier aus lesen zu können.

»Nicht mitten in diesem Mist«, antworte ich und wundere mich darüber, wie ruhig ich klinge, ich drücke meine Wange gegen Beckas flauschigen Hinterkopf, »vielleicht später.«

Vilja stellt sich direkt neben ihre Mutter, ihre Augen sind blank und erschrocken.

»Worüber redet ihr?«

»Dein Vater und ich haben einige Dinge, über die wir diskutieren müssen«, sagt Carola und klingt ebenfalls ruhig, beinahe gleichgültig. »Wir brauchen noch einen Augenblick für uns.«

Viljas Blick flackert zwischen uns und dem Bahnsteig, dem Gewimmel, den Taschen, den überfüllten Papierkörben, der blutigen Damenbinde, die jemand auf die Gleise geworfen hat, einem alten Mann mit schmutzigen Bermudashorts und einem klebrigen, quarkähnlichen Schleim in den Mundwinkeln, der allein auf dem Bahnsteig sitzt und irgendetwas Unverständliches über Idioten, Fotzen, Schwule, Flüchtlinge, Politiker und *alle meine Sachen* murmelt.

»Für euch *selbst*?« Vilja hustet ein freudloses Kichern aus. »Ihr wollt ein bisschen *privacy*?«

Ich zeige auf den Parkplatz und die freiwilligen Helfer. »Guck mal, da hinten teilen sie Wasser aus. Könntest du vielleicht hingehen und uns ein paar Flaschen holen? Es wäre gut, wenn wir im Zug welche hätten.«

Sie zuckt mit den Schultern, holt ihr Handy heraus, scrollt das Display herunter.

»Die kannst du gerne selber holen.«

Ich seufze.

»Ich füttere deine Schwester.«

»Das ist doch nicht mein Problem.«

Sie hat diese schnodderige, widerspenstige Miene, die mich regelmäßig die Fassung verlieren und mich wie einen Irren losschimpfen lässt, was natürlich genau das ist, was sie will, die ganze Situation zu einem Heimspiel zu machen, auf einem Platz, an dem sie sich sicher fühlt und alles wohlbekannt ist, aber dieses Mal ist es anders.

»Vilja«, sagt Carola müde. »Tu, was dein Vater sagt. Geh los und hol Wasser.«

Sie steht vollkommen still da, schaut erneut auf ihr Handy. Dann wieder hoch zu uns.

»Lana Del Rey«, sagt sie. Irgendetwas im Klang ihrer Stimme erinnert mich an die langen Abende, an denen sie am Klavier saß, stundenlang falscher Gesang, bis sie wie aus Zufall irgendwann den richtigen Ton fand und die Stimme dem Akkord folgte, der plötzliche Augenblick voller Reinheit, als würde ein totes Handydisplay anspringen und in deiner Hand vibrieren.

»Das Auto, das Zack mitgenommen hat. Lana Del Rey.«

Carola sieht ihre Tochter verwirrt an.

»Meine Liebe, was meinst du, was hat dieses Auto ...«, sie beendet den Satz nicht, verstummt.

»Die Buchstaben auf dem Nummernschild«, sagt sie. »LDR. Lana Del Rey. Ich habe auch versucht, mir die Ziffern zu merken, ich glaube, sie lauteten 386, aber es kann auch 368 gewesen sein, vielleicht war auch eine Vier dabei oder eine Sieben, ich habe versucht, es mir zu merken, Mama, aber er fuhr so schnell weg und ich hatte nichts zu schreiben dabei, aber mit den Buchstaben ging es, weil –«

Carola geht einen Schritt auf sie zu, Vilja weicht erst zurück, bleibt dann aber stehen, lässt ihre Mutter herankommen, sie bleiben beide stehen und zögern, aber dann legt Carola ihre Arme um sie, ich höre, wie sie weint, wie sie *Vilja-Vanilja-Petersilja* murmelt, ich möchte auch bei ihnen sein, aber Becka ist in meinen Armen eingeschlafen und ich weiß nicht, wie ich aufstehen kann, ohne sie zu wecken, ich will bei ihnen sein, aber stattdessen bleibe ich hier sitzen, während sie sich minutenlang umarmen.

Schließlich macht sich Vilja von ihr los, wischt das Gesicht mit dem Handgelenk ab, ordnet ihr Haar.

»Jetzt werde ich gehen, damit ihr in Ruhe reden könnt«, sagt sie freundlich mit ihrer Erwachsenenstimme, dreht sich um und verlässt mit schnellen Schritten den Bahnsteig, watet durch das Gewimmel, ihr geschmeidiger, junger Körper bewegt sich so zielgerichtet wie der einer Erwachsenen, sie macht kleine Sprünge und umkurvt die sitzenden und liegenden Menschen, die ausgestreckten Beine, die schlafenden Kinder, die Taschen, Decken, Fragmente der Leben, die sie einst hatten.

Carola lässt sich neben mich fallen.

»Schläft sie?«

Ich nicke.

»Sie hat fast alles ausgetrunken«, sage ich und halte die Flasche hoch, schüttele sie, der Muttermilchersatz schwappt gegen das Plastik.

»Wie schön. Sie war hungrig.«

»Wie viel Wasser haben wir noch?«

Sie hebt die Thermoskanne hoch, wiegt sie routiniert in der Hand.

»Zwei Flaschen, wenn wir sparsam sind. Und das Pulver reicht auch nur noch für zwei Flaschen. Und wir müssen sie bald wickeln. Wir haben nur noch eine Windel. Für die Zugfahrt.«

»Falls überhaupt ein Zug kommt«, sage ich.

»Hm. Ich bin sicher, dass einer kommt.«

Wir reden eine Weile weiter, einfache, alltägliche Worte über Beckas Kleidung und meine Wunde, ob es eine gute Idee wäre, zu irgendeinem Laden zu laufen und zu versuchen, ein Mittagessen zu bekommen, oder ob es vielleicht sogar eine Toilette in der Nähe geben könnte, wir sprechen mechanisch, ohne einander in die Augen zu sehen, wir verstecken uns im Konkreten, in dem, was uns am Leben hält, aber schließlich finden wir keine Worte mehr und schleichen nicht mehr um unsere zerstörte Ehe herum und schweigen und ich sehe sie an und sage *verzeih mir* und sie nickt nur.

»Wie sind wir hier gelandet?«, fragt sie und nimmt mir Becka ab, streichelt ihr vorsichtig über die Rückenwirbel, ich erinnere mich plötzlich an den Ultraschall, die Alienbilder eines Fötus, bei dem nichts außer einem Schädel und einem Rückgrat zu sehen war, das einer Perlenkette aus Silber glich, ich erinnere mich an den Duft in der Hebammenpraxis, ich erinnere mich, wie kühl und ein wenig feucht die Hand war, die ich hielt, sie hatte die Hände gerade desinfiziert, nachdem sie auf der Toilette eine Urinprobe abgeliefert hatte, ich erinnere mich an die Tränen, ich erinnere mich an alles – und dann das andere, das schwarz-weiße Bild, ein leichtes Unbehagen, eine undefinierbare, kateräahnliche Mischung aus Angst und Übelkeit, *nicht einmal ein Fötus, sondern bislang nur ein Embryo* sagte die Hebamme, *zwei Zentimeter.* Das, was ich ihr niemals werde erzählen können.

»Es fühlte sich einfach so … klein an«, sage ich mit einem Seufzen. Ich stehe auf, erschöpft davon, im Schmutz des Bahnsteigs zu sitzen, stecke die Nuckelflasche in die Tasche meiner Shorts. »Das Haus, die Kinder. Du. Es muss doch etwas Besseres im Leben geben als Süßigkeiten und Fernsehserien und Abnehmversuche und Pläne für den Urlaub und Sehnsucht nach dem Wochenende und das Surfen auf dem Handy und irgendwann jedes fünfte Jahr ein paar Experimente mit asiatischer Küche oder Weinproben oder Phantasien von einem Haus, das wir uns nicht leisten konnten, es muss doch etwas anderes geben als Pfannkuchen mit Marmelade und Pasta mit irgendeiner vegetarischen Soße und das Nörgeln über die Putzfirma und die Handwerker und die Schulen der Kinder, es reicht nicht, den Kühlschrank zu füllen, die Speisekammer zu füllen oder zu versuchen, gemeinsam Pornos zu gucken, nachdem du drei Gläser Wein getrunken hast, du findest sie ohnehin zu grob und zu eklig und willst lieber Massage ausprobieren und Kerzenbeleuchtung und sieh mal nach, ob irgendein Spa-Hotel einen Rabatt mitten in der Woche hat, das reicht nicht für mich.«

Ich hole Luft. Sie sitzt still da, drückt ihr Gesicht gegen Beckas

Wange, begräbt ihre Nase, schließt die Augen, ich sehe sie nicht richtig, ich denke, dass sie weint, schnieft, aber als sie ihren Kopf zu mir dreht, sehe ich, dass sie lächelt.

Sie lächelt.

»Didrik, nicht einmal du kannst so banal sein. Wir haben drei gemeinsame Kinder, wir sind seit fünfzehn Jahren verheiratet, und du willst mich verlassen, weil dir … *langweilig* ist? Ist das dein Ernst?«

Es schwirrt in meinem Kopf, die Bandage juckt, die Sonne steht hoch am Himmel und die Hitze auf den Steinen wird langsam unerträglich, ich brauche Wasser, Vilja sollte bald zurückkommen mit dem Wasser, ich stehe hier und entblöße mein Inneres und sie behandelt mich wie einen Idioten.

»Carola, bitte. Ich verstehe, wenn du vielleicht keinen besonderen Wert mehr auf meine Gefühle legst, aber …«

Sie lacht auf.

»Hör auf. Hör einfach auf. Ja, wir sind beide im mittleren Alter, leben ein tristes Mittelklasseleben, wir wohnen in einem Einfamilienhaus in der Vorstadt, du schnarchst, ich habe Zellulitis, was zum Teufel hattest du erwartet?«

»Mehr«, sagte ich lahm. »Ich weiß nicht. Einfach … mehr.«

Ein Paar in unserem Alter kommt ganz hinten auf den Bahnsteig, der Vater trägt eine schwere Tasche in den Armen, die Mutter schiebt einen kleinen Buggy mit einem schreienden Baby darin, ein pfeifendes, gellendes Geräusch, das Gesicht ist rot, der kleine Körper bebt, als hätte er Anfälle, es ist nicht einfach ein unzufriedenes Brüllen, sondern etwas anderes, eine Krankheit oder eine Verletzung, der Vater geht zwischen den Leuten umher und fragt etwas, geht in die Hocke, spricht mit leiser, eindringlicher Stimme, ein schlanker Körper mit guter Haltung, er sieht stark aus, als er sich aufrichtet und weitergeht, um sich ein paar Meter weiter wieder hinzuhocken, er hat etwas vage Bekanntes.

»Und dieser ganze Mist hier kommt natürlich auch noch dazu«, sage ich und deute mit einer Geste auf das Chaos auf dem Bahnsteig. »Das Leben rinnt davon, und wenn man sich wenigstens nach etwas sehnen könnte, dass du und ich uns nach fünfzig, sechzig Jahren ein bisschen Luxus gönnen könnten, aber so wird es wohl nicht kommen, oder? So ist das Leben eben heute, und es wird noch schlimmer werden. Alles. Unsere beste Hoffnung wäre wohl, dass wir sterben, bevor es überhaupt nicht mehr auszuhalten ist. Mit der Hitze, dem Wasser, den Nahrungsmitteln. Dass wir die Gesellschaft noch ein paar Jahre am Laufen halten können, bevor die nächste Pandemie alles wieder runterfährt. Dass wir keine Insekten essen müssen. Dass Rassisten und Verrückte nicht noch größere Teile der Welt übernehmen. Dass man im Seniorenheim Kaffee trinken kann.«

Das Paar mit den beiden Kindern bewegt sich über den Bahnsteig in unsere Richtung, das Baby schreit so laut, dass ich mich selbst kaum verstehen kann, obwohl sie immer noch fünfzig Meter entfernt sind.

»Eigentlich spielt es auch keine Rolle, dass die Menschheit zusammenbricht, ist ja kein Problem, jedenfalls nicht aus einer kosmischen oder evolutionären Perspektive, den Planeten wird es weiter geben, das Leben wird es weiter geben, bestimmt noch Millionen von Jahren, es sind nur wir, die keine Zukunft haben.«

Ich sehe Becka an, das geschlossene, schlafende Gesicht, die Augenlider zucken, sie träumt, ich habe gelesen, dass Säuglinge sehr viel träumen, mehr als Erwachsene, aber natürlich weiß niemand, wovon sie träumen, man kann sie nicht fragen, es bleibt eines der großen Rätsel des Lebens.

»Also will ich es genießen. Ich will das Beste herausholen. Ich will jede Krone verbrennen. Ich will keinen einzigen Tag für ein Leben verschwenden, in dem ich mich nicht wohlfühle. Es hat keinen Sinn, darauf zu warten, dass es wieder besser wird. Nichts wird besser werden. Das hier ist die Welt, die wir jetzt haben. Schäm dich nicht, ein Mensch zu sein. Sei stolz.«

Sie schüttelt den Kopf.

»Das bist nicht du, Didrik. Es ist jemand anderes, der da gerade spricht.«

»Ja, das ist Tomas Tranströmer.«

»Du weißt, was ich meine.«

Ich will gerade eine vernichtende Antwort geben, als wir den singenden, knisternden Laut von den Gleisen hören, ein schwaches, entferntes Dröhnen und dann sehen wir den Zug von Norden heranrollen, es ist keines von den neuen Modellen, den silberglänzenden mit der stumpfen Front, sondern ein Zug der alten Sorte, groß, schwarz, viereckig, er donnert in den Bahnhof wie eine dunkle Erinnerung, die letzte Aschewolke eines erloschenen Vulkans.

»Vilja«, sagt Carola und wir drehen uns beide um und sehen zum Parkplatz, zu dem Tisch, an dem die Freiwilligen mit ihren Wasserflaschen stehen.

Sie ist nicht dort.

Ich stehe auf, folge ihrem Weg mit dem Blick, der Bahnsteig, die kleine Treppe nach unten, am Bahnhofsgebäude vorbei, hinaus auf den Parkplatz. Nichts.

Sie ist nicht dort.

Der Zug bleibt mit einem rauen, zischenden Stöhnen vor uns stehen, es riecht nach Schrott, Schmutz, altem Gummi. Hinter den Fenstern erahne ich Gestalten, Gedränge, es sieht so aus, als würden Kinder auf den Schößen der Erwachsenen sitzen, einige scheinen in den Gängen zu stehen. Die Türen werden nicht geöffnet.

»Vilja«, schreit Carola gellend, aber der Ruf ertrinkt in dem Geräusch von Hunderten von Menschen, die sich plötzlich auf den Zug zubewegen, das schreiende Kind, ein bellender Hund, das Schleifen, Rollen, Schleppen.

Ich bin schon auf dem Weg, laufe Slalom in die falsche Richtung durch die Menschenmenge, komme an dem Paar mit dem schreienden Kind vorbei, der schlanke Mann, der mir vage bekannt vorkommt, beginnt zu lächeln und sagt *hallo, Didrik!*, aber ich bremse nicht, laufe hinunter zum Parkplatz, durch eine Wand aus schmutzigen Körpern, die sich auf den Zug zubewegen, weiter zum Tisch, an dem es Wasser gab, aber dort ist niemand mehr, ich springe in die Luft, um einen Überblick zu bekommen, rufe immer und immer wieder *Vilja!*, ein paar Leute, die vorbeikommen, werfen einen zerstreuten Blick auf mich, aber die meisten scheinen kaum zu merken, dass ich dort stehe und den Namen meiner Tochter brülle, ich gehe ein paar kurze Schritte in die linke Nebenstraße, drehe mich wieder um und laufe zurück und in die rechte hinein, über die kleine Kreuzung, *Vilja!*, und ich denke, dass ich sie verpasst haben muss, dass sie auf irgendeine Weise um mich herumgegangen ist. Ich eile zurück und es geht sehr viel langsamer, sich in dieselbe Richtung zu bewegen wie die anderen, wer in die entgegengesetzte Richtung läuft, folgt seiner eigenen Spur, aber jetzt muss ich drängeln, anderen den Platz wegnehmen, mich mit Gewalt an ihren Knien, Ellenbogen, Schultern vorbeidrücken, zurück auf den Bahnsteig und hinein in eine Lücke, die auf der einen Seite entsteht, als alle sich vor dem Zug drängen, ein Streifen Luft, ich laufe zurück, wieder an dem Paar vorbei, *hallo, Didrik, kennst du mich noch?* und dort steht Carola mit Becka auf dem Arm, dem Handy in der Hand, *sie antwortet nicht*, weint sie, *sie antwortet nicht, hast du sie gesehen?* und ich schüttele keuchend den Kopf, sie ist weg, sie ist weg.

»Didrik!«

Es ist wieder der Mann, die Tasche hängt schwer in seiner Hand, hinter ihm die Frau und der Wagen mit dem Kind, das sich jetzt anscheinend beruhigt hat, das kleine Gesicht ist immer noch knallrot, die Augen der Frau trocken geweint, der Mann trägt ein zerschlissenes T-Shirt mit Bruce Springsteen und der amerikanischen Flagge, deren Farben von Rot und Blau zu Rosa und Grau verwaschen sind.

»Didrik, ich bin es, Emil.« Er lächelt freundlich und streckt mir die freie Hand entgegen, die Handfläche ist breit, ein sehniger, kraftvoller Griff. »Williams Cousin. Wir haben uns auf der Hochzeit getroffen.«

Willes Hochzeit? Das muss drei Jahre her sein, mindestens, vielleicht fünf? Ein Cousin, der den Junggesellenabschied ein paar Tage zuvor veranstaltet hat, eine herrliche Feier in einer Sommerhütte an einem See in den Wäldern von Dalarna, Sauna und Whisky bis zum Morgengrauen, keine Stripperinnen oder Kotzeimer wie früher, als die Leute um die dreißig waren, inzwischen war es einfach nur angenehm, reif, stimmungsvoll. Ein guter Mann, er war wohl Direktor einer Schule dort oben, Wille betrank sich und nannte ihn *rector rectum* und das war natürlich kindisch, aber auch ein bisschen lustig, wir saßen um ein Lagerfeuer herum und grillten ein ganzes Wildschwein, schwelgten wie Steinzeitmänner, tauchten Fleischstücke in große Töpfe mit Béarnaisesoße und aßen mit den Fingern, *rector rectum,* aber der Cousin lachte nur und holte eine Gitarre heraus *(her mit dem Plektrum, rector rectum!)* und spielte alte Songs von Bob Dylan, den Rolling Stones und U2 und wir sangen mit, während die Flasche um das Feuer herumgereicht wurde. *Tote weiße Männer*, sagte Carola und zog eine Grimasse, als ich am Sonntag nach Hause kam und nach Schnaps und Rauch stank, *tote weiße Männer*, er war auch der Toastmaster des Fests und ich erinnere mich, dass ich ihn mochte, wir waren beide derselben Meinung, als wir am Tag danach im Auto nach Hause fuhren, der Cousin war gut, unterhaltsam und ungezwungen, ohne selbst zu viel Platz einzunehmen, jemand, der *mit den Leuten umgehen* kann, die *alte Schule*, sagte Carola, *man vergisst leicht, dass es solche Männer immer noch gibt.*

»Ja, hallo, Emil. Wie geht's?«

Letzteres klingt beinahe ironisch, er deutet ein Lächeln an und rollt mit den Augen.

»Alles okay. Und selbst? Viel zu tun auf der Arbeit?«

Ich muss unfreiwillig lachen, es sticht in den Rippen. Er nickt meiner Frau zu. »Carola, richtig? Verdammt nochmal. Ihr seht echt gestresst aus.«

»Die große Tochter hat sich irgendwohin aus dem Staub gemacht«, sage ich, es in Worte zu fassen, lässt mich ein bisschen zur Ruhe kommen, es klingt plötzlich nicht mehr so gefährlich, eine vage Erleichterung rauscht vorbei, »sie sollte Wasser holen, aber jetzt ist sie weg.«

Emil rollt mit den Augen. »Das liegt wohl am Alter. Aber braucht ihr vielleicht Hilfe?«

Er und die Mutter – wie hieß sie noch, Irma, Inez? – haben sich mit ihrem Wagen neben uns aufgestellt, mitten im Strom von Leuten, die sich um den Zug drängen, obwohl die Türen immer noch geschlossen sind, jemand schreit *aufmachen!*, irgendwo klappert etwas, alles steht still.

»Ich begreife einfach nicht, wo sie hin ist«, sagt Carola mit bebenden Lippen und flackernden Augen, die Trost suchen, »Didrik und ich hatten gerade etwas ... zu besprechen und sie ist einfach los ... und jetzt ... «

»Aber meine Liebe«, sagt die Frau – Ida? – und legt einen Arm um ihre Schulter. »Hier herrscht doch überall Chaos. Wir wurden heute Nacht aus Orsa evakuiert. Das ist total verrückt.«

Emil schielt auf meinen Verband.

»Was ist denn mit dir passiert, geht es dir gut?«

»Doch, klar.«

»Das Feuer, oder?«

Ich nicke.

»Verdammter Mist.«

Es läuft eine Welle, ein Ruckeln durch die Menschenmenge, die Stimmen werden leiser und verstummen, ich strecke mich und sehe, dass eine der Türen geöffnet worden ist, und eine dicke, untersetzte Frau in dunkelblauer Uniform erscheint, sie steht auf der obersten Stufe und beugt sich hinaus, damit man sie sehen kann.

Alle, die nach STOCKHOLM wollen.

Eine kräftige, durchdringende Stimme mit sehr viel Volumen, die geduldige, gleichgültige Stimme derjenigen, die es gewohnt sind, zu wenig Informationen herauszugeben.

Alle, die nach STOCKHOLM wollen, dieser Zug ist NUR für diejenigen, die mit KLEINEN KINDERN reisen.

Sofort wird sie in einem Schauer von Fragen, Einsprüchen oder einfach nur Ablehnung ertränkt, es sind die Männer, die schreien und brüllen, aber die Frau lächelt nur und wiederholt dieselbe Mitteilung drei- oder viermal.

»Okay, welche Kleidung trägt sie?« Emils Stimme ist ruhig, effektiv.

»Wer?«

»Deine Tochter. Erzähl mir, wie sie aussieht, dann ziehen wir los und suchen sie, du und ich, die Frauen warten hier mit den Kindern, okay?«

Wir werden die Wagen jetzt öffnen und dann wollen wir wirklich NUR, dass diejenigen einsteigen, die mit kleinen Kindern reisen.

Die Türen werden geöffnet, ich beuge mich vor, um besser sehen zu können, die Wagen sind schon voller Menschen, selbst in den engen, dunklen Bereichen direkt hinter den Türen, bei den Toiletten und den Taschen, da sitzt eine Frau mit einem weinenden Jungen auf dem Schoß, ich spüre einen Hauch von Wärme aus dem Innenraum, der Junge hat einen nackten Oberkörper, die Haut glänzt vor Schweiß, die Frau starrt auf den Bahnsteig mit erloschenen Augen, in der Hand hält sie ein Glas mit Marmelade und einen Löffel, sie sitzt dort und füttert ihr Kind mit Marmelade, ich sehe weg.

»Also das wäre wirklich nett, Emil, aber ihr wollt doch bestimmt auch mit diesem Zug fahren?«

Er lächelt und zuckt mit den Schultern.

»Keine Sorge. Wir helfen gerne.«

Die Frau seufzt, lässt den Blick wandern, es sieht beinahe so aus, als würde sie meinen Schritt betrachten.

»Wir werden keinen Zug nehmen«, sagt sie steif. »Wir sollen anscheinend in ein paar Campinghütten unterkommen.«

»Da hinten am See?«, sagt Carola aufmunternd. »Da haben wir heute Nacht gewohnt, es ist ganz okay eigentlich.«

Es wird seltsam still, sie sagt nichts, ich sage nichts, wir sehen sie fragend an, die Frau nimmt das Baby aus dem Buggy, es hat wieder angefangen zu schreien.

»Er ist erst drei Monate alt«, sagt sie, die Stimme ein bisschen lauter, um die Schreie zu übertönen. »Ich stille ihn nicht. Und wir haben keinen Milchersatz mehr. Unten am Camping sagen sie, dass sie den nur an Kinder herausgeben, die ohne Eltern ankommen.«

Emil lächelt entschuldigend.

»Wir haben versucht, ihnen zu erklären, dass Isa Brustkrebs hatte und das alles, aber sie sind wirklich *krankhaft* bürokratisch. Der Laden ist offensichtlich auch geschlossen, weil heute Nacht jemand versucht hatte, ihn zu plündern.«

Die Frau sieht erneut auf meinen Schritt, aus reinem Reflex ziehe ich die Hose hoch, taste hastig den Reißverschluss ab.

Nein. Sie sieht nicht auf meinen Schritt.

Sie sieht auf meine Tasche. Mit der Nuckelflasche.

»Ihr habt nicht zufällig etwas?« Emils Stimme ist immer noch entspannt, als würde er nach einer Serviette fragen. »Sie haben uns gesagt, dass wir zum Bahnhof gehen und fragen sollen, *vielleicht findet ihr jemanden, von dem ihr etwas leihen könnt*, sagten sie«, er gluckst und schüttelt den Kopf, als würde er selbst kaum glauben, was er gerade sagt, »und ich nur *was zum Teufel ist denn hier los, sind wir bei Herr der Fliegen oder was* und sie sagten, dass die Leute bestimmt nett sind.« Er gackert erneut, rollt mit den Augen. »Jetzt sind wir also hier. Was für eine verdammte Mühsal.«

Carola drückt Becka fest an sich.

»Wir haben Pulver für zwei Flaschen«, sagt sie. »Und das muss bis nach Hause in Stockholm reichen.«

Die Frau sieht sie mit stummen, blanken Augen an.

»Sie schreit ja noch nicht mal«, sagt sie. »Wilmer schreit seit gestern Abend. Wir haben es mit normaler Milch versucht, aber die erbricht er sofort wieder.«

Das Kind in ihren Armen brüllt, ein knallrotes Gesicht mit starren Augen, keine Tränen, der Mund weit aufgerissen, ein tierisches, durchdringendes Schreien, das ist ja genau das, was ein Baby eigentlich ist, purer Instinkt in süßer Verpackung.

»Das ist doch kein Problem, oder, Didrik?«, sagt Emil und legt den Kopf schief, streckt eine Hand aus und packt meine Schulter, ich denke daran, wie ich ihn vorhin noch gesehen habe, wie sie den Bahnsteig entlanggingen und bettelten, an einem solchen Ort herumzugehen und bei Fremden um Essen für das eigene Baby zu betteln, ich denke an die Wickeltasche, an vier Esslöffel Pulver, die man in heißem Wasser auflöst und hundertfünfzig Milliliter Muttermilchersatz dabei herauskommen.

Ich hole tief Luft.

»Wenn wir euch die Hälfte von dem geben, was wir haben …«

»Meinst du das wirklich, Didrik, o Mann, wie nett, dann kann Isa Wilmer hier füttern, während wir nach der großen Tochter suchen, oder, das ist doch perfekt«, sagt er schnell, versucht, durch die Sätze hindurchzusprinten, aber ich sehe es jetzt, den Funken der Verzweiflung in seinen Augen, die Stimme, die eine Ahnung schriller geworden ist, wie eine Gitarrensaite, die langsam gespannt wird, überall um uns herum treten Leute auf der Stelle, sie drängeln, drücken, um noch an Bord des überfüllten Zugs zu kommen, ich schüttele den Kopf.

»Hör zu. Wenn wir euch die Hälfte von dem geben, was wir haben, könnt ihr eurem Kind jetzt etwas geben, aber er wird in vier Stunden wieder hungrig sein. Und wir werden in diesem Zug festsitzen und in vier Stunden auch nichts mehr zu essen haben.«

Emil starrt mich an, immer noch lächelnd.

»Okay, du meinst also, es ist besser, wenn dein Kind pappsatt im Zug nach Stockholm sitzt, wo ihr in den nächsten Laden gehen könnt, und mein Kind hier sitzt und vor Hunger schreit? So sehen deine Gedankengänge aus?«

Ich seufze. »Ihr müsst einfach versuchen, es auf irgendeine Weise zu lösen. Er wird ja wohl nicht sterben.«

Carola steht dicht neben der Frau, versucht, das Kind in deren Armen zu trösten, sie hat eins von Beckas Spielzeugen herausgeholt, ein Ding in Rosa und Orange aus kompostierbarem Bioplastik, das pfeift und miaut, wedelt mit ihm vor dem weinenden Gesicht, die Mutter starrt sie mit schwarzen Blicken an.

»Wollt ihr Geld haben? Sachen?« Emil steckt die Hand in die Hosentasche und holt eine Uhr heraus, das Armband ist aus schwarzem Leder, das Ziffernblatt silbrig, ich habe keine Ahnung von Uhren, sie könnte ein Vermögen wert sein oder Trödel, ich schüttele erneut den Kopf.

»Emil, es ist wirklich schrecklich, aber in dieser Situation muss jeder die Verantwortung für seine eigenen Kinder übernehmen, so läuft das eben.«

Er kommt einen Schritt näher heran, er ist groß, bestimmt zehn Zentimeter größer als ich, hinter dem weißen Lächeln ist das Gesicht müde, schmutzig, verwüstet, er nimmt das brüllende Baby in seinen Arm und hält es mir entgegen.

»Didrik, verdammt nochmal.« Seine Stimme stockt. »Verdammt, sieh doch hin. Komm schon. Du hörst doch, wie er schreit.«

»Ihr hättet besser planen sollen«, sage ich lahm.

»Komm, Emil, wir gehen«, sagt die Frau, aber er scheint sie nicht zu hören, sondern beugt sich zu mir herunter, der Fuß des Kindes berührt meinen Bauch.

»Du weißt, was über dich im Netz steht, oder?« Die Stimme trieft vor Verachtung. »Du fährst rum und plünderst Sommerhäuser. Herzlichen Glückwunsch. Ehrlich.«

Die Wunde juckt, meine Füße tun weh, ich versuche, ihn zu ignorieren, schaue auf den Bahnsteig hinter Emil, sehe plötzlich den schmalen Körper, das dicke blonde Haar, den Spiderman-Rucksack, sie hat uns den Rücken zugewendet, sie sieht uns nicht im Gedränge, versucht voranzukommen, sie denkt vielleicht, dass wir ohne sie in den Zug gegangen sind, dass wir sie allein in diesem Chaos zurückgelassen haben, *o meine geliebte Kleine,* und ich öffne den Mund, um zu schreien, als sie sich umdreht und ein halbwüchsiger Junge mit Bartflaum ist, der seinem Vater etwas zuruft, der neben ihm steht, und ich breche erneut zusammen.

»Halt's Maul«, sage ich und kämpfe, um die Tränen zurückzuhalten. »Du kommst hierher und tust so, als wolltest du uns helfen, obwohl ihr eigentlich nur Kindernahrung braucht. Das ist echt erbärmlich.«

»Emil«, sagt die Frau erneut und das Baby schreit, heiser, durchdringend. »Es ist okay, Emil, wir finden jemand anderen.«

Er drückt sein Gesicht gegen meins. Der Atem stinkt nach Brandrauch und Energydrink.

»Ich hoffe wirklich, dass deine Tochter vergewaltigt wird.«

Ohne auf eine Antwort zu warten, geht er mit dem schreienden Kind im Arm weiter.

Carola ruft ihm etwas nach, ich verstehe nicht, was, vielleicht ist es nur ein Aufheulen, ein Laut, ich strecke den Arm nach ihr aus, sie hält Becka im Arm, wendet sich mir zu, *Hast du gehört, was er gesagt hat, Scheiße, hast du gehört, was er über Vilja gesagt hat* und ich nicke und flüstere *psssst, er ist weg, vergiss sie einfach*, aber sie bebt noch von dem Schock, sucht mit ihren Blicken unter den Fremden, die um sie herumstehen, nach Vilja, nach Zack, ich halte sie fest an meiner Seite, *vergiss ihn einfach, er hat die Kontrolle verloren, das passiert eben manchmal, sie sind jetzt weg.* Wir bleiben so stehen, mit Becka in unserer Mitte, der kleine, schlafende Körper, die kurzen Geräusche ihres Atems und sie schluchzt *Bitte, Didrik, es soll nicht so furchtbar schrecklich sein, Didrik, bring uns weg von hier, jetzt Didrik, verdammt verdammt, ich will nicht mehr, ich kann nicht mehr, bitte, Didrik, was sollen wir bloß tun?*

»Wir werden den Zug von hier nehmen«, sage ich unbeholfen. »Becka muss weg von diesem Ort.«

»Und Zack und Vilja?«

»Sie sind noch da draußen. Wir werden sie finden. Aber Becka kommt ohne uns nicht zurecht.«

Sie heult Rotz und Wasser, wortlos, die Lippen berühren sanft Beckas Wange, küssen die Ohrmuscheln, das weiche Läppchen.

»Ich kann nicht«, sagt sie hilflos. »Ich kann meine Kinder nicht zurücklassen.«

Ich nicke.

»Wir haben das Kennzeichen des Wagens, der Zack mitgenommen hat. Zumindest das halbe. Und Vilja kann ja nicht so weit weg sein. Wenn du Becka nimmst und mit ihr nach Hause fährst, kann ich hierbleiben und die beiden Großen einsammeln. Heute Nachmittag geht bestimmt auch noch ein Zug, und dann sehen wir uns heute Abend zu Hause. Dann packen wir irgendwie ein bisschen Kleidung für Thailand, oder wir kaufen etwas, wenn wir da sind.«

Sie zieht eine Grimasse, schnieft.

»Jetzt fängst du auch noch damit an.«

»Womit fange ich an?«

»So zu sprechen, als wäre alles ganz normal. Du sagst, dass wir nach Hause kommen. Redest vom Sushiladen. Der Kletterwand. Thailand.«

Ich seufze.

»Man muss es doch wenigstens versuchen. Zu hoffen, meine ich. Zu denken, dass alles gut wird.«

»Oder man sollte es gerade nicht tun«, sagt sie, plötzlich ganz ruhig. »Unsere Kinder sind verschwunden. Du hast uns da reingeritten. Du bist eingebrochen und wirst verhaftet. Wir können nirgendwo wohnen und wir werden auf gar keinen Fall nach Thailand fliegen. Alles ist nur noch Chaos.«

Das Gedränge auf dem Bahnsteig lässt nach, die meisten haben keine Kleinkinder und versuchen auch nicht mehr, in den Zug zu kommen, und diejenigen, die mitwollen, haben sich in die Wagen gedrängt, wir können miteinander sprechen, ohne die Stimmen zu erheben, das Gewimmel hat nachgelassen und ich merke, wie erschöpft ich bin, so unendlich erschöpft von alldem hier, ich deute mit einem Nicken auf den Zug.

»Becka«, sage ich. »Wir müssen uns um Becka kümmern.«

»Ja«, antwortet sie. »Du hast recht. Das müssen wir.«

»Soll ich mit euch in den Zug gehen? Euch helfen, einen Platz zu finden?«

Sie schüttelt langsam den Kopf.

»Nein, Didrik.«

»Okay, aber du solltest darauf gefasst sein, dass es verdammt eng im Zug sein wird, versuch, mit jemandem zu reden, damit Becka vielleicht …«

»Nein«, sagt sie erneut. »Didrik. Hör mir zu. Ich werde nicht mitfahren.«

Ich starre sie an, sie weicht meinem Blick aus, starrt auf einen Punkt hinter mir, unsicher, was sie als Nächstes sagen soll.

»Ich kann Vilja und Zack nicht hier zurücklassen. Und du … Ich denke, es wäre besser, wenn …«

Der Satz bleibt in der Luft hängen, während das, was sie gesagt hat, langsam einsinkt. Irgendwo höre ich einen Hund bellen, ist das derselbe wie eben oder ein anderer?

»Du kannst das nicht«, fährt sie fort. »Das ist dir klar, oder? Du kriegst das nicht hin. Dieser ganze Mist ist zu viel für dich.«

Ich will protestieren, öffne den Mund, schließe ihn wieder, denke daran, wie wir gestern gegangen sind, die Stunden in der brennenden Sonne auf dem Weg nach Östbjörka oder Ovanmyra oder nirgendwohin, ich denke an das Quad, das glänzende, orangefarbene Ding, denke an den Rauch, die Panik, den Schrecken in Zacks Augen, als ich ihn auf die Rückbank zu zwei fremden Jungen warf und sie wegfahren ließ, *großer Gott, wie konnte ich sie meinen Sohn mitnehmen lassen, was zum Teufel hat mich da geritten, warum hat mich niemand aufgehalten?*

»Nein«, sage ich nur. »Nein, das schaffe ich wohl nicht.«

Dann geht es schnell, sie packt die Taschen um, nimmt meinen Fjällräven und steckt mechanisch alle Sachen, die zu Becka gehören, in die Wickeltasche, zeigt mir, wo sie die letzte Windel untergebracht hat, die Waschlappen, die Salbe, mit der sie ihren Unterleib eincremt, die Ersatzkleidung, den gelben Zettel mit ihren Wachstums- und Gewichtskurven und dem Impfschema, und wie immer wundere ich mich darüber, wie wenig ich weiß, wie schlecht ich mich auskenne, es ist mein Kind und ich betrachte mich selbst als einen gleichberechtigten Vater, aber die Details in der Babypflege gehören zu ihrem Gebiet, so war es auch früher, aber beim dritten Kind dachte ich, dass es sich ändern würde, aber so kam es natürlich nicht und irgendwie habe ich das wohl akzeptiert, es ist eben, wie es ist, wir sind, wer wir sind.

Sie hält Becka, drückt ihre Wange an ihre, unsere Tochter windet sich, wacht auf und Carola gibt sie schnell weiter an mich, sagt die gewohnten beruhigenden, tröstenden Worte, sagt mir, dass sie von sich hören lässt, sobald sie etwas Neues erfährt.

Dann hängt sie die Wickeltasche über meine Schulter, lächelt ein bisschen steif und streichelt mit der Hand sanft über meine Bandage, ich warte auf einen Kuss, der nicht kommt, und sehe ein, dass es jetzt so ist, wir sind nicht mehr zusammen, es passiert genau jetzt, sie sagt tschüs und dreht sich um und geht, aufrecht, zielstrebig, voller Entschlossenheit und ich habe sie noch nie so bewundert wie jetzt, bin nie so stolz darauf gewesen, dass sie zu mir gehört, wie in diesem Augenblick, in dem ich einsehe, dass sie nicht mehr zu mir gehört, und ich rufe ihr *nur eine Autobombe!* nach, aber sie dreht sich nicht um, vielleicht hat sie es nicht gehört, ich hoffe, dass es so ist, dass es daran liegt, dass sie mich nicht hört.

Ich stehe einsam auf einem Bahnsteig in Rättvik, es ist immer noch Morgen, die Hitze steigt dampfend aus dem trockenen Schotter, dem Beton, den Metallen um uns herum. Ich spanne mir das Babytuch um und befestige Becka vor meiner Brust, der weiche Körper krabbelt und jammert an meiner Schulter, ein nackter Fuß tritt gegen meinen Bauch, *jetzt sind es nur noch wir, meine Kleine,* flüstere ich und steige in den Zug, in das Gedränge, den Gestank, die Hitze, die kleine, klauenhafte Hand reißt an meinem Haar, ein

Fleck, wo die Verbrennung nicht von der Bandage bedeckt ist. *Jetzt sind es nur noch du und ich.*

*

Aus einer Nachhaltigkeitsperspektive ist es das Schlechteste, was man tun kann – schlimmer, als Nahrungsmittel zwei Tage nach dem Mindesthaltbarkeitsdatum wegzuwerfen, schlimmer, als dreimal im Jahr nach Australien zu fliegen, schlimmer, als Kleidung nur aus purer Eitelkeit und Langeweile zu kaufen –, nämlich Kinder zu bekommen. Jeder Mensch stellt eine enorme Belastung dar, ein Körper muss neunzig Jahre lang ernährt, gewärmt, transportiert, repariert und versorgt werden. Man kann argumentieren, dass Kinder für das Überleben der Menschheit gebraucht werden, aber der Planet ist bereits überbevölkert und es herrscht kein Mangel an Kindern, die man adoptieren, pflegen oder als Gesellschaft haben könnte, wenn man das Bedürfnis verspürt.

Sich als Einwohner Europas zu reproduzieren und ein eigenes Kind zu zeugen bringt nur weiteren Kohlendioxidausstoß, der unmöglich zu begründen ist, wenn man nicht von einer Art sentimentaler Familiennorm ausgehen möchte.

Und zwei Kinder zu zeugen? Das ist nichts als reiner Egoismus.

Und drei? Grotesk. Irrsinn. Purer Klimasadismus. Jede Woche ertrinken Kinder im Mittelmeer, wenn ihre verzweifelten Eltern voller Panik versuchen, der kochenden Hitze in der Wüstenhölle Nordafrikas zu entkommen, Babys wachsen in den Flüchtlingslagern in Griechenland, Italien und der Türkei auf, Babys werden lebendig begraben in der Barbarei des Nahen Ostens, Babys werden langsam zu Tode erstickt vom Smog in Peking und New Delhi, Babys werden mit Macheten erschlagen von zugedröhnten Kindersoldaten im Kongo, damit das Coltan weiterhin billig genug bleibt, damit die Autohersteller den Preis von Elektro-SUVs niedrig halten können, und du willst drei *eigene* Kinder haben?

Aber ich liebte es. Hemmungslos, schamlos. Nach all den Mühen während der Jahre mit Vilja und Zack, den knappen Finanzen, den erniedrigenden Krediten, der Lohnsklaverei und dem ständigen schlechten Gewissen, weil ich nicht der geworden bin, der ich werden wollte, nachdem unsere Ehe gestorben war, nach der Pandemie, nach allem, was wir durchgemacht hatten, standen wir plötzlich da mit einer Schwangerschaft, mit der wir nichts anzufangen wussten, mit einem Kind, mit dem niemand von uns gerechnet hatte, in einer Welt voller Abgründe und Dunkelheit, einer Welt, in der das Böse, die Dummheit und die Hässlichkeit überall ihr klebriges Lächeln zeigen, was kostet heutzutage eigentlich eine Packung Windeln?

Also sagten wir *ja*. Wir sagten *ja* zu einem dritten Kind, was hatten wir schon zu verlieren, es war zwar ein Kind, das laut aller Voraussagen der Wissenschaftler in einem apokalyptischen, albtraumhaften Chaos altern wird, dessen Dimension wir uns nicht einmal vorstellen können, aber der Mensch hat zu allen möglichen Zeiten Kinder bekommen, trotz Hunger und Krieg und Epidemien. In Simbabwe beträgt die Lebenserwartung fünfunddreißig Jahre und sie bekommen trotzdem Kinder, vor Neuguinea gibt es Inselgruppen, die gerade vom Meer verschluckt werden, und auch dort bekommen sie Kinder, und ihre Generation soll die fossilfreie Generation werden, das lernen sie schon im Kindergarten, sie fliehen nicht vor ihrer Verantwortung und ihr ganzes Leben wird ein einziger langer Kampf dafür werden, unsere Zivilisation so gut wie möglich zu bewahren, und wir konnten sie darauf vorbereiten, so dachten wir wirklich, wir konnten sie zu einer klugen, anständigen, verantwortungsvollen und solidarischen Staatsbürgerin erziehen.

Wir glaubten vielleicht, dass sie älter werden würde.

Ich sitze zusammengekrümmt auf dem Boden des Eisenbahnwaggons, zwischen den Sitzbänken, überall drängen sich die Leute, zwei, drei auf jedem Sitz, die Toiletten sind überschwemmt und die Pisse sickert unter den Türen hervor, ich habe Becka auf meinen Knien und versuche, Singspiele mit ihr zu spielen, das Einzige, worauf ich gekommen bin, *eine kleine Spinne krabbelt an der Wand*, ich merke, wie sich der alte Zug vorwärtsbewegt, langsam, ruckelig, wenn ich nach oben sehe, kann ich ein schmales Stück Himmel durch das Fenster erkennen, mehr nicht, trotzdem ist es eine herrliche Erleichterung, endlich auf dem Weg zu sein.

Um uns herum ist die Luft dick von jammernden, schreienden Kindern, ein Zweijähriger tapst herum mit einer Windel, die ihm fast zu den Knien herunterhängt, direkt neben mir versucht eine Frau mit Migrationshintergrund, ihre Augen schreckgeweitet, sich hinter einem Schal zu verstecken, während sie ihr Kind stillt, dicht neben ihr ein ebenso nervöser kleiner Mann mit dicken Brillengläsern, der in einer Plastiktüte herumstochert, ein paar Fünf- oder Sechsjährige spielen, klettern über die Sitzlehnen mit der Hutablage als Griffstange, als wäre der Zug ein Hindernisparcours, ein Märchenland, die Erwachsenen protestieren halbherzig und ohne Erfolg, die Kleinen jagen einander, rufen und heulen, wenn der Wagen sich in den Kurven neigt, ich denke, wenn Zack einer von ihnen wäre, würde er spielen, dass der Zug zum Himmel unterwegs wäre, zur Unterwelt, nach Hogwarts.

Ich überlege, in den Speisewagen zu gehen, aber ein mürrischer alter Mann, vermutlich irgendein Großvater, verkündet im selben Augenblick, dass es *hol mich doch der Teufel* weder Essen noch Getränke in diesem *verfluchten* Zug gebe, er werde an die Regierung schreiben, er werde die Regierung anzeigen, er werde einen Leserbrief schreiben und *dann gnade ihnen Gott.*

In dem Gedränge zwischen Körpern, die auf dem schmutzigen, abgewetzten grauen Teppichboden hocken, versuche ich, mein Kind anzulächeln, ich puste Luft auf den nackten Körper, um Becka ein bisschen Erfrischung zu bereiten, ich wippe sie auf meinem Knie, während ich die Lieder singe, lasse die Spinne mit meinen Fingern hinauf- und hinunterklettern, der Daumen der rechten Hand am Mittelfinger der linken Hand und dann anders herum, immer und immer wieder, ich lasse den Regen fallen, die Spinne wird weggespült, die Sonne geht auf, die Spinne klettert wieder nach oben, immer wieder dieselbe Geschichte, lustig, dass ich vorher noch nie darüber nachgedacht habe, dass dieses Lied vom Optimismus handelt, dass man niemals aufgibt, dass man weggespült wird und wieder hinaufklettert, weggespült wird und wieder hinaufklettert in einem ewigen Kreislauf aus Tod und Wiederauferstehung. Die schaukelnden Bewegungen des Zuges haben die Pfütze mit den Exkrementen aus der Toilette in das Abteil rinnen lassen, ich höre das angeekelte Flüstern der Erwachsenen hinter mir, stelle mir vor, wie der Teppichboden die Pisse und die Scheiße Zentimeter für Zentimeter aufsaugt, *bald sitze ich in der Scheiße*, denke ich und kichere ein bisschen über meine eigene Formulierung, *bald sitze ich wirklich in der Scheiße, aber das macht nichts, bald steigt die Sonne auf und trocknet den ganzen Regen weg.*

*

»He, Sie.«

Ich sehe auf.

»Ja, Sie.«

Wie lange habe ich geschlafen?

»Hallo. Sie. Mit dem Baby.«

Es ist ein groß gewachsener Mann mit grauem Haar an den Schläfen, glatt rasiert, Brille, gelbe Sicherheitsweste, an der Hüfte ein Walkie-Talkie, das pfeift und rauscht, er hat sich über mich gebeugt und drückt einen stumpfen Finger in meine Schulter, die Geräusche haben sich verändert, die Leute bewegen sich, mehr Stimmen in der Menge, der Zug hat angehalten.

»Sie müssen jetzt aussteigen.«

»Sind wir schon in Stockholm?«

Er schüttelt freundlich den Kopf.

»Nein, aber Sie müssen hier umsteigen. Wir machen es jetzt so, Sie mit den ganz kleinen Kindern, jünger als drei Jahre, heißt es, aber die Grenze ist eher fließend, wir müssen Sie jedenfalls in einen anderen Zug bringen.«

Ein schwacher Duft nach Rasierwasser geht von dem Mann aus, die Stimme ist weich, aber daran gewöhnt, dass man sich nach ihr richtet, ich will nach dem Grund fragen, aber um uns herum erheben sich andere Eltern mit Säuglingen von ihren Plätzen, ein langer Mann, dessen Kind in einem Tragetuch auf dem Bauch schläft, eine schmutzige Frau, die ihr schreiendes Baby in ein gestreiftes Laken gewickelt hat, die Frau mit Migrationshintergrund starrt beunruhigt ihren Mann an, er wirft mir einen besorgten Blick zu und ich versuche, zu lächeln und etwas Beruhigendes zu brummeln, wir stehen auf, folgen dem Rasierwasser, drängen uns aus dem schweißfeuchten, unangenehmen Wagen und sehen einen Bahnsteig. Es riecht hier anders, mehr nach Asphalt, Schotter, Schmutz, mehr nach Stadt, ich gerate ins Taumeln, als ich hinuntersteige, versuche, mich mit der Schulter abzustützen, Becka windet sich in meinen Armen, ich drohe das Gleichgewicht zu verlieren, aber der große Mann streckt den Arm aus, und dann stehe ich da und blinzele in das Licht.

»Hallo! Darf ich ein paar Fragen stellen?«

Sie ist ein Mittsommertraum mit blonden Zöpfen, hübsch, trägt ein Kleid, jede Menge Schminke, hohe Absätze, sie streckt mir ein Mikrofon mit dem Logo ihres Medienunternehmens entgegen, hinter ihr steht ein Kameramann.

»Sie kommen direkt aus Rättvik, richtig?« Ein warmes, sympathisches Lächeln. »Wie würden Sie die Stimmung unter den Leuten beschreiben, die vor den Waldbränden geflohen sind?«

Ich starre sie an. Auf dem Bahnsteig herrscht Gedränge und Chaos, Journalisten und Fernsehkameras, ein oder zwei von ihnen kommen mir bekannt vor, aber auch ganz gewöhnliche Menschen, die mit ihren Handys herumstehen und filmen, weinende Kinder, Leute, die handgeschriebene Schilder hochhalten, *PERNILLA SVENSSON, JUANITA KANDINSKY, HAMPUS HJORT, Wer hat*

MARSTON, 7 JAHRE gesehen???, die Blicke bohren sich in mein Gesicht, suchen nach etwas, an dem sie sich festbeißen können, die Mittsommerfrau lächelt einladend, sie kommt mir nicht bekannt vor, bestimmt nur eine Urlaubsvertretung.

»Ich frage mich einfach, wie es sich *anfühlt*, wie es einem *geht*, wenn man diesem Feuer so nahe gewesen ist, das also …«, sie ändert die Tonlage, von intim zu feierlich, »… das also in diesem Augenblick als *die schlimmste Brandkatastrophe ALLER ZEITEN in Nordeuropa* bezeichnet wird.«

»Ja …« Ich räuspere mich. »Ja, das ist wirklich ganz schrecklich.«

Becka sieht sie an, lallt, die Sommervertretung lächelt mit glitzernden Augen zurück und streichelt ihr mit einem Fingerknöchel vorsichtig die Wange.

»Wie heißt sie?«

»Becka.«

»Mein Gott, ist sie süß.«

»Wo zum Teufel bin ich überhaupt?« Meine Stimme klingt, als würde sie jemand anderem gehören.

»Borlänge«, sagt sie. »Borlänge. Haben Sie die Information nicht bekommen?«

Ich schüttele den Kopf.

»Sie haben nur gesagt, dass wir aussteigen müssen.«

»Die Regierung hat eingegriffen und Züge aus Deutschland angefordert, um die Evakuierung bewältigen zu können, was sagen Sie dazu?«

»Ich will einfach nur nach Hause.«

»Das ist nötig geworden, nachdem gestern ein Zug vor Östersund vier Stunden lang in der Hitze liegen geblieben war und drei Kinder ins Krankenhaus gebracht werden mussten, und jetzt kam gerade die Meldung, dass zwei von ihnen gestorben sind, was sagen Sie dazu?«

Der linke Arm tut weh, ich nehme Becka auf den rechten.

»Ja, was soll man dazu sagen. Furchtbar.«

Sie nickt eifrig, aber ich sage nichts weiter, ein vages Desinteresse fällt wie ein Dämmerlicht auf das hübsche Mädchengesicht, um die geschminkten Lippen herum faltet sich die Haut zu einer schwachen Furche der Enttäuschung.

»Ja, damit sind jetzt mehr als zweihundert Menschen bei dieser schrecklichen Brandkatastrophe gestorben, welche Gedanken machen Sie sich über die Betroffenen, was sollte die Gesellschaft tun?«

»Tun?«

»Ja? Wie könnten wir uns besser schützen?« Sie hat langsam genug von mir, wippt auf den Füßen, sieht sich nach jemand anderem um, den sie interviewen könnte. »Ich denke, Sie müssen ja unheimlich enttäuscht sein?«

Ich lache auf, lege den Kopf schief, damit man die Bandage besser sehen kann, drücke Becka fest an mich, das hier ist gutes Fernsehen.

»Enttäuscht? Wieso, weil mein Auto verbrannt ist und meine Familie weg und die Hälfte meiner Haare und … *enttäuscht*, meinen Sie? Ja, verdammt, das geht nicht an einem vorbei, ohne dass man ein bisschen *sauer* wird, ehrlich gesagt, finde ich es ein bisschen betrüblich, dass halb Schweden ein riesiger Waldbrand ist, wollen Sie das vielleicht hören, nein, das ist *wirklich nicht okay*, wir sind mittlerweile einige, die sehr *unzufrieden* damit sind, dass aus der ganzen Welt ein einziger, verrückter Albtraum geworden ist, wollen Sie das hören?«

Sie sieht mich an, ihr Blick glitzert erneut und das ist genau das, was ich will, ich will ihr Interesse haben, ich will liefern, Content anbieten, *durch den Bildschirm steigen*, wie mein erster Chef es nannte, ich kann dem Sog nicht widerstehen, dem Rausch, dem Hunger.

Hallo? Didrik? Eine Stimme drängt sich durch das Gewimmel. Die Frau ist klein, mit schwarzer Pagenfrisur, olivgrünen Shorts und einem einfachen schwarzen T-Shirt, wir arbeiteten vor ein paar Jahren in derselben Agentur, *Didrik? Verdammt, das bist ja du*, ein magerer, kleiner Körper, der Geruch nach Schweiß, *Scheiße, wie geht es dir?*

»Jossan. Das ist aber lange her.«

»Ich bin jetzt bei den Nachrichten. Klimaredaktion.« Sie ignoriert die Sommervertretung, stellt sich einfach vor sie. »Verdammt, du weißt, dass sie überall von dir reden, oder?«

»Entschuldigung«, sagt die Reporterin verschnupft, »ich war zuerst hier.«

»Didrik und ich sind alte Freunde, wir waren mal Kollegen.«

»Didrik?« Die Sommervertretung runzelt die Stirn.

Ich nicke.

»Ja.«

Jossan richtet ihr Handy auf mich, redet schnell, versucht, sie zu übertönen.

»Didrik, wollen wir uns über das unterhalten, was passiert ist, ich glaube, viele fragen sich, wie es sich anfühlt, wir haben ja zusammen gearbeitet und haben dieselbe Perspektive auf diese Fragen, wenn wir also …«

»Mein Gott, *Didrik*?« Die Sommervertretung macht sich auf ihren hohen Absätzen ganz lang, türmt sich hinter der kleinen, älteren Frau auf.

»Ja?«

»Das sind Sie?«

Sie drückt die Hand an ihr Ohr, zieht die Augenbrauen hoch, holt tief Luft, »ja, ja …«, ich höre an ihrem Tonfall, dass sie mit jemand anderem spricht, sie dreht sich schnell um und spricht mit dem Kameramann, der den Daumen nach oben streckt.

»Ja. Also los. Didrik. Ich stehe hier also mit Didrik von der Esch, der gerade zusammen mit seiner Tochter Rebecka in Borlänge eingetroffen ist, Didrik, darf ich Sie fragen, was Sie zu den Beschuldigungen zu sagen haben, dass Sie in ein Haus eingedrungen sind und geplündert haben?«

Jossan hat einen Kameramann zu sich herangewinkt, der sich nur wenige Zentimeter neben seinem Konkurrenten aufstellt, sie stellt eine Frage, die ich nicht höre, sie reden jetzt gleichzeitig, auch andere Reporter strecken ihre Mikrofone nach vorn, Kameras werden auf mich gerichtet, Handys wie kleine, geschlossene Fenster zu einer anderen Welt, ich halte ihnen Becka entgegen, ein Anflug von Scham darüber, wie ich sie benutze, aber die Wut ist größer.

»Sehen Sie dieses Kind? Sie war draußen auf der Straße, im Rauch, es brannte überall, wir waren stundenlang gelaufen. Ich bin eingebrochen, um ihr Leben zu retten. Was sind denn das für *Beschuldigungen*? Dass ich versucht habe, mich um meine Familie zu kümmern, dass ich einfach nur überleben will in einer Krise, deren Existenz die Gesellschaft für Jahrzehnte zu leugnen versucht hat? Und für die sich Leute wie Sie erst interessieren, wenn Menschen sterben, wenn der ganze Scheiß in Flammen aufgeht, wenn es eine krasse Geschichte zu erzählen gibt, und in einer Woche ist das alles hier wieder vergessen und Sie berichten von einem Schusswechsel in Göteborg oder von Afghanen, die irgendeinen Laden in Blekinge übernommen haben, und das hier, dieser totale Kollaps, ist dann nicht mehr als ein … ein …«, meine Stimme versagt, ich huste, das Rippenfell zuckt zusammen vor Schmerzen.

Es entzündet sich etwas in ihren Augen, eine Schärfe, etwas Spitzes und Giftiges, das es dort die ganze Zeit schon gegeben hat, unter der Schminke, unter dem Sommerkleid, es ist heiß, ich sehe einen Tropfen Schweiß auf der flaumigen Schläfe glänzen.

»Aber, Didrik«, sie hebt die Stimme ein wenig, die anderen sind verstummt, sie beherrscht die Bühne, trotz ihrer Jugend und Unerfahrenheit oder vielleicht gerade deswegen hat sie die Situation im Griff, Jossan richtet schweigend ihr Handy auf mich, läuft jetzt mit der Herde, »es geht trotz allem um strafbare Handlungen, so ist es ja nicht nur in Ihrem Fall, sondern aus der ganzen Region werden etliche Fälle von Plünderungen und Diebstahl und Sachbeschädigung gemeldet, was würden Sie all den Privatpersonen sagen, die davon betroffen sind?«

Ich zucke mit den Schultern.

»Gewöhnt euch dran.«

Die Antwort bleibt ein paar Sekunden lang in der Luft hängen, ich bin kurz davor, noch mehr zu sagen, aber ein neuer Hustenanfall ist im Anmarsch, der Bahnsteig scheint zu schwanken, es sollte eigentlich ironisch klingen, aber niemand um mich herum lacht, vielleicht habe ich zu dick aufgetragen?

»Didrik«, sagt Jossan mit einem gequälten Gesichtsausdruck, »wäre es nicht besser, wenn wir …«

»Ich muss jetzt weiter nach Stockholm«, sage ich, »wir können uns dort weiter unterhalten. Ciao.« Ich zwinkere ihr zu, drücke meine Lippen gegen die schmutzigen Finger und winke, so machten wir es damals im Homeoffice während der Corona-Epidemie bei unseren Zoom-Meetings, und nachdem wir wieder zurückgekommen waren, machten wir einfach weiter, warfen einander stattdessen Handküsse zu, daraus wurde eine lustige Tradition, eine Art Zusammengehörigkeitsgefühl, ich lächele und warte auf ein Zeichen des Wiedererkennens in ihrem Gesicht, aber es kommt nicht, nur eine abwesende, fragende Leere, also drehe ich mich um und dränge mich durch die Menschenmenge auf dem Bahnsteig.

Ganz hinten steht der große Mann mit seiner gelben Sicherheitsweste neben etwas, das wie ein Kampfjet aussieht, ein futuristischer Traum aus schimmerndem Weiß mit einem scharfen roten Streifen, der an den Wagen entlang bis zur Spitze läuft, er ist von Leuten mit Rucksäcken und Rollkoffern und Plastiktüten umringt und überall sind Kinder, Teenagermädchen, die ihre kleinen Geschwister tragen, weinende Jungen mit schwarzem Schnodder, ein Mädchen in Zacks Alter schreit *MAMA MAMA MAMA* direkt in die Luft, ohne dass sich jemand um es kümmert, *nur mit ganz kleinen Kindern* sagt der Mann ruhig, *nur ganz kleine Kinder, die noch nicht laufen können*, als er mich sieht, kommt er einen Schritt auf mich zu, teilt das Menschenmeer mit der Hand und winkt mich zu sich heran, ein Lächeln, das in die Sonne blinzelt.

»Jetzt ist es Zeit, nach Hause zu kommen, Didrik«, sagt er und drückt auf einen Knopf.

Zwei Türen gleiten zischend auseinander und ich steige ins Paradies, der Unterschied zu dem Schrotthaufen, in dem ich eben noch gesessen habe, ist so überwältigend, dass es in den Zähnen zieht, reines und neues Kunststoffmaterial in Buttergelb und Nougatbraun, keine Gerüche außer einem leichten Duft nach Sterilität – wie der weiche, kaum hörbare Basslauf in einem zärtlichen Popsong –, alles ist glänzend rein, funkelnagelneu, große, offene Flächen mit Schildern, die sagen, dass man hier sein Fahrrad oder seinen Kinderwagen abstellen kann, wo aber einige jetzt Decken und Schlafsäcke ausgebreitet haben und die Babys auf dem Boden herumkrabbeln lassen. Ansonsten steht oder sitzt niemand in den Gängen, nicht einmal alle Sitze sind belegt, etwa jeder dritte ist von einem Elternteil oder einem Baby besetzt, viele haben die Armstützen hochgeklappt, um sich hinlegen zu können.

Und die Kühle. Erst eine Weile nachdem sich die Türen hinter mir geschlossen haben, spüre ich sie. Ein scharfer, frostiger Hauch, ich war so lange in der schweißtreibenden Hitze unterwegs, dass ich mich kaum daran erinnere, wie sich Frieren anfühlt, als würde man auf einer dampfenden Straße in Bangkok oder Madrid herumlaufen und dann einen Starbucks betreten, man kann genauso gut in ein Eisloch springen, als wäre man in einem Landhaus, wo die Kinder schreien und die Frau ständig schlechte Laune hat, und man setzt sich in sein warmes, stickiges Auto und schaltet die Klimaanlage auf eiskalt und das Gebläse auf Maximum und lehnt sich zurück in das Lederimitat, ein erotisches Frösteln, wenn man die Augen schließt und an sie denkt.

Ich setze mich mit Becka hin, wickele sie in eine Decke, schiele zu den anderen hinüber, die Erleichterung in unseren Gesichtern, jemand grinst mir ermutigend zu, der Vater mit Migrationshintergrund aus dem vorigen Zug erkennt mich wieder und streckt den Daumen mit einem kleinen Lächeln nach oben, überall dieses diskrete, zufriedene Lächeln, wir sind hier, wir sind die Auserwählten, zwei Mädchen in Pfadfinderkluft gehen durch den Zug und verteilen Wasserflaschen, Obst und sorgfältig eingeschlagene Butterbrote, man hat die Wahl zwischen Hummus und irgendeiner Paste mit gerösteter Paprika, und dann rollt der Zug los, ohne zu ruckeln oder zu zittern, als würde man langsam durch einen Strohhalm gezogen, die anderen bleiben auf dem Bahnsteig stehen, weinen, schreien, winken mit ihren Schildern und wir zoomen immer schneller davon. An der Vorderwand des Wagens ist ein Bildschirm angebracht, der brennende Häuser, rauchende Wälder, den Ministerpräsidenten bei einer Pressekonferenz, eine Demonstration an irgendeinem Ort überträgt, neben den Nachrichtenbildern zeigt eine Uhr 10:22 an und ich frage mich, was Carola macht, will sie anrufen und ihr erzählen, wie gut es für Becka und mich gelaufen ist, aber dann müsste ich zuerst das Handy laden und dann würde ich auch alles andere sehen, die Mails von den Journalisten, die SMS von der Arbeit, die Kommentare auf Social Media, und warum sollte ich sie überhaupt anrufen, es ist vorbei zwischen uns, wir sind kein Paar mehr, und dann ein Ziehen im Schritt bei dem Gedanken daran, wohin ich auf dem Weg bin, an das Abenteuer, das auf mich wartet.

Vielleicht sitze ich lieber ein Weilchen hier in dem lautlos beschleunigenden deutschen Hochgeschwindigkeitszug und bin stolz auf alles, was ich geleistet habe, *ich habe mein Kind von dort weggebracht,* werde ich erzählen, *es herrschte Chaos, es war schlimmer, als man es sich jemals vorstellen konnte, die Leute starben um uns herum, aber ich habe sie von dort weggebracht, ich habe keine Ahnung, wie ich es geschafft habe, aber da steckt etwas in einem drin, das einen antreibt, man wird wieder zu einem Höhlenmenschen, das war nicht ich, der Becka nach Hause gebracht hat, das war meine DNA*, das am Ende klingt richtig gut, damit kann ich arbeiten.

*

Es gibt eine Stelle an dir, die ich liebend gerne küsse, zwischen der glatten Haut an der Wange und am Ohr und dem Scheitel mit dem schon jetzt ganz kräftigen, dunklen Haar, ein flauschiges, unabgrenzbares Zwischengebiet, das manchmal in die Schläfe wandert oder hinter das Ohr oder die Fontanellen – die im Nacken wächst gerade schon zu, aber die mitten auf dem Kopf ist immer noch ein weiches, zähes Fell – ein Ort, in den ich meine Nase hineinbohren und wo ich den Duft von haariger, sanfter Haut und süßer, eingetrockneter Milch spüren kann, das ist mein Trost, meine Beschwörung.

In der Zukunft, wenn du mich fragst, werde ich sagen, dass wir so gesessen hätten. Ich wechselte deine Windel, gab dir die Flasche, ließ dich ein Bäuerchen machen, redete mit dir, sah aus dem Fenster und erzählte dir von der Welt, die wir sahen.

Das Handy lud und ich versuchte zu vermeiden, alles zu lesen, was zum Vorschein kam, aber mehrere Arbeitskollegen hatten einen Link zu einem Film geschickt, von dem sie wollten, dass ich ihn mir ansehe, es hatte eine Überwachungskamera im Haus gegeben, die Files waren geleakt und jetzt konnte die ganze Welt Zeuge werden, wie ich durch das zerschlagene Fenster hineinkletterte, wie ich in der Küche stand und mit Mineralwasser duschte, mich am Kühlschrank bediente, außerdem hatte jemand mein Interview auf dem Bahnsteig genommen und es mit der Sequenz vom Einbruch zusammengeschnitten und alles zu einer Cowboyparodie gemacht, meine Stimme *gewöhnt euch dran* über den Soundtrack eines klassischen Wildwestfilms, *gewöhnt euch dran* und die zugeworfenen Handküsse und ein verdrehtes Lächeln in irgendeine Handykamera und dann hatte eine andere Kamera in der Garagenauffahrt noch eingefangen, wie ich mit dem Quad losfuhr und dann mein Name in einem schreienden rot-gelben Wildwest-Schriftbild *DIRTY DIDRIK – OUTLAW FOR LIFE.*

Es war beinahe ein bisschen lustig, ich schmunzelte, bevor ich es wieder ausschaltete.

Wir fuhren Zug, wir sahen aus dem Fenster, es waren du und ich, meine Tochter, und ich dachte, ganz egal, welches Bild die Umgebung von mir hatte, niemals konnte sie mir diesen Augenblick nehmen, diese Stunden, in denen ich dich nach Hause brachte.

Der Zug hielt in Hedemora an und anschließend, beinahe eine halbe Stunde später, auch in Avesta. Es kamen mehr Menschen an Bord, mehr Babys, anscheinend hatte man Angst davor, dass das Feuer sich nach Süden ausbreiten könnte, alle wollten nach Stockholm, bald war der Zug voll. Es kamen keine Pfadfinderinnen mit Wasser und belegten Broten mehr, die neuen Passagiere waren hungrig und durstig. Es gab lange Schlangen vor den Toiletten und vor dem Speisewagen und dann, kurz nachdem wir eine Stunde in Uppsala stillgestanden hatten, sagte jemand, dass das Essen und das Wasser im Zug verbraucht seien, das Einzige, was es jetzt noch gebe, sei Bier.

Wir waren ein paar Dutzend Kilometer von Stockholm entfernt, vielleicht nur noch fünfzehn Minuten Fahrzeit, als der Zug stehen blieb. Zu diesem Zeitpunkt waren wir bereits fünf Stunden unterwegs gewesen, und der Zug hielt mitten auf einer gelben, verdorrten, schmutzigen Grasfläche, ein paar hundert Meter entfernt sahen wir die Autobahn, eine Tankstelle, einen McDonald's, weiter hinten ein Einkaufszentrum, Taxis, lange Autoschlangen auf den Fahrspuren nach Stockholm, die sich nicht bewegten, und im Zug wurde es totenstill, erst jetzt hörte ich, dass es in den Wagen tatsächlich ein Geräusch gegeben hatte, ein äußerst schwaches elektrisches Summen, das jetzt verschwunden war.

Und dann die Hitze, schleichend, erst ein paar Grade, eine angenehme Zimmertemperatur, dann ging es schneller. Und der Schweiß. Und der Durst. Und die Gerüche.

Auf den Bildschirmen wurden nach wie vor Brände und Politiker gezeigt, Hubschrauber, Rettungswagen, Demonstrationen, die jetzt angewachsen waren, es sah aus wie Hunderttausende von Menschen, es waren Unruhen ausgebrochen, Leute hatten Blut im Gesicht, berittene Polizei und Wasserwerfer, und ich brauchte eine Weile, bis ich begriff, dass es mitten in Stockholm war, es war nicht in einer Großstadt in irgendeinem gottvergessenen Arschlochland, sondern bei mir zu Hause, und ich hörte die anderen im Zug flüstern, dass die Demonstrationen eskaliert seien und dabei sei irgendwie die Elektrizität in der Stadt ausgefallen, was dafür sorgte, dass keine Züge in den Hauptbahnhof einfahren konnten.

Nach zwei Stunden mit unterschiedlichen Stimmen und Erklärungen und Entschuldigungen in den Lautsprechern kam schließlich die Nachricht, dass der Zug umkehren würde, wir bewegten uns in die entgegengesetzte Richtung, wieder nach Uppsala und dann zurück in den verbrannten Wald und die Wildnis und dann Stillstand auf irgendeinem staubigen Acker und dann südwärts nach Västerås und Enköping, die Stunden vergingen und die Temperatur stieg, ich schlief eine Weile ein in der stickigen Hitze und wachte davon auf, dass du schriest, du hattest Durchfall und es war durch die Windel gesickert und hatte sich auf dem Körper und der Kleidung und der Decke und dem Sitzplatz verteilt, auf den ich dich gelegt hatte.

Södertälje.

Ich zog mein verschwitztes T-Shirt aus und wischte die Kacke mit dem feuchten Baumwollstoff ab, wir rollten langsam auf Stockholm zu und die Hitze war mittlerweile unerträglich, jemand schrie um Hilfe, es waren sechzig Grad, wie in der Sauna, es gab nichts mehr, ich sah eine Mutter, die die Stirn ihres Babys mit Bier kühlen wollte, die goldgelben Blasen zerplatzten und rannen durch das rot geweinte, angeschwollene Gesicht, wir blieben erneut stehen, in Flemingsberg. Wir schrien, dass sie ein Fenster öffnen sollten, aber ihnen fehlte irgendein Code, diese deutschen Züge waren an ein anderes Datensystem angepasst, oder war es vielleicht ein anderes Signalsystem oder vielleicht ein bestimmter Schlüssel, von dem niemand wusste, wo er lag, und die Person, die sich darum kümmern sollte, war ausgestiegen und mit dem Auto zu einem anderen Zug geschickt worden, der vor Ludvika oder Fagersta liegen geblieben war oder wie auch immer.

Ich blies Luft auf dich, als du nackt dort lagst und schriest, die Windeln waren verbraucht, es fühlte sich pervers an, Luft zwischen die rundlichen Beine zu blasen, auf die Oberschenkel, auf die Falten in deinem Unterleib, aber ich scherte mich nicht um dieses Gefühl, ich hatte keine Angst, war nicht wütend, ich hatte mich entschieden, und überall stank es nach Kacke und Schweiß und Bier, Mütter weinten, Väter schrien, du erbrachst Schleim und Muttermilchersatz und ich zog mir die Shorts aus und wischte es auf.

Es war sieben Uhr am Abend, als wir weiter nach Stockholm rollten, jetzt von Süden kommend, über die Liljeholmsbrücke, durch den Tantolunden und dann hinunter in die Tunnel, und auf der Brücke über dem Riddarholmen blieb der Zug erneut stehen, alle Lampen erloschen, in der Stadt um uns herum erloschen die Werbetafeln und die Straßenlaternen und die Luft wurde allmählich schwer zu atmen, ein kitzelndes Gefühl im Gehirn, wir sahen Leute in den Straßencafés sitzen, hübsche junge Menschen, die lachend am Kai entlangwanderten, wir sahen Leute durch den lauen Sommerabend joggen, ein Motorboot mit einem Fest an Bord, Mädchen in Badeanzügen und mit Champagnerflaschen in den Händen, während die Jungen im Wasser tauchten, Demonstranten, die mit ihren Schildern auf den Schultern gingen, ein paar von ihnen humpelten, andere skandierten immer noch ihre Parolen *WAS SOLLEN WIR TUN? – DEN PLANETEN RETTEN! – WANN? – JETZT! – WANN? – JETZT! – WANN WANN WANN? – JETZT JETZT JETZT!*

Wir blieben stehen, wir hörten erstickte Schreie und Rufe aus einem der Wagen hinter uns, ein Baby war ohnmächtig geworden und *Gibt es einen Arzt an Bord*, zwei betrunkene Männer schlugen sich um den letzten Apfel, den die Pfadfinderinnen zurückgelassen hatten, es kam ein Befehl über die Lautsprecher, dass wir uns ruhig verhalten sollten, *Ansonsten ergreifen wir rechtliche Maßnahmen* und wir schrien und brüllten und streckten unsere Mittelfinger aus und jemand warf eine leere Bierflasche auf den Bildschirm, der zersprang und knisterte und erlosch, alle wurden still, erschrocken davon, wozu wir in der Lage waren.

Erst da stand ich auf. Ich stand in der Unterhose da, mit dir auf dem Arm, nackt im Tragetuch, und hatte die Wickeltasche über die Schulter gehängt

»Jetzt reicht es«, sagte ich ruhig. »Das hier ist nicht akzeptabel.«

Ich sah das Wiedererkennen in ihren Augen, hörte das Flüstern, die gemurmelte Unterstützung, die erschrockenen Proteste, ohne auf eine Antwort zu warten, ging ich zu der Wand, ein Text auf Deutsch, *ACHTUNG!* und *VERBOTEN!*, ich drückte das Glas mit dem Ellenbogen ein und holte den Nothammer heraus.

»Zur Seite bitte«, sagte ich zu denjenigen, die am Fenster saßen.

Sie nahmen ihre Kinder, krochen aus der Gefahrenzone und ich schwang den Nothammer gegen die Scheibe, mit dem stumpfen Ende zuerst, die Scheibe war erstaunlich hart und mit dir vor dem Bauch konnte ich mich nur unbeholfen bewegen, es kam nur ein kleiner Sprung dabei heraus, härter, mitten auf den Sprung, und er wurde größer und ich spürte dich an meiner nackten Brust und schlug erneut und schlug erneut und hörte jemanden schreien, mehrere, ein verschwommener, kehliger Laut, es klang wie ein *JAAA* oder *WÖÖÖ* oder nur ein *ÄÄÄÄÄÄ*, aber es trieb mich weiter an und ich schlug immer und immer wieder, bis die Scheibe nach außen gedrückt wurde und ein paar Stücke sich lösten, es blutete aus ein paar Schrammen am Ellenbogen, aber ich merkte es kaum, und der Duft nach Stockholm und einem Spätsommerabend.

»Didrik.«

Es war der groß gewachsene Mann, er war durch die Wagen geeilt und verschwitzt und rot im Gesicht, durch eine Lücke in der Sicherheitsweste konnte man große Flecken auf seinem weißen Hemd unter beiden Achseln erkennen, der Duft nach Rasierwasser hatte sich verdünnt und ein bitteres Aroma dazugewonnen.

»Hören Sie sofort damit auf.«

Ich schüttelte den Kopf.

»Das ist nicht akzeptabel«, sagte ich erneut. »Die Leute können nicht atmen.«

»Wenn Sie das jetzt tun, kann der Zug nicht mehr weiterfahren«, sagte er keuchend und streckte den Arm nach dem Nothammer aus. »Es ist dann wie eine Notbremsung. Wir werden dann niemals ankommen.«

Ich hob den Hammer, wog die beruhigende Masse in der Hand.

»Ihr hattet dreißig Jahre lang Zeit, für diese Katastrophe zu planen, und wir haben noch nicht einmal einen funktionierenden Zug«, sagte ich. »Warum um alles in der Welt sollte sich jemand um das kümmern, was Sie sagen?«

Er zog sein Walkie-Talkie aus dem Gürtel, aber jemand streckte seine Hand aus und nahm es ihm weg, es war der Vater mit der Brille, er schrie etwas in seiner Sprache, ein anderer packte den Mann in der Sicherheitsweste am Arm und zog ihn fort von mir, noch mehr Hände und Arme wurden ausgestreckt, halb nackte, verschwitzte Körper, der Sicherheitsmann schrie auf, als eine Frauenhand mit kirschroten Fingernägeln und Goldringen in sein ergrauendes Haar griff, ich drehte mich wieder zum Fenster, schlug zu und entfernte die letzten Reste der Scheibe mit der spitzen Seite des Hammers, deine nasse Schwere an meinem Körper.

Es wurde etwas von gefährlichen Stromleitungen geflüstert, aber ein paar mutige junge Väter kletterten zuerst nach draußen und ließen sich auf die Gleise herunter, sie standen unten und sahen auf die Schienen und einer von ihnen stupste vorsichtig mit der Spitze seiner Turnschuhe dagegen und nichts passierte, also kletterten wir alle nach draußen, halfen einander, hielten die Kinder der anderen, während wir uns auf die untere Brücke evakuierten, ein Rettungswagen kam, um die Säuglinge abzuholen, die das Bewusstsein verloren hatten, um uns herum gruppierten sich Streifenwagen und Sicherheitspersonal, zuerst sah es so aus, als wollten sie eingreifen, aber wir waren zu viele und es gab TV-Kameras und Demonstranten und über uns kreiste ein Hubschrauber.

Die Journalisten schrien ihre Fragen heraus, jemand hüllte uns in eine Decke, ich hörte eine Stimme, die meinen Namen rief, aber die Dämmerung hatte bereits eingesetzt und in dem Blinken und den Sirenen und den Blitzlichtern und dem Tumult aus schreienden Kindern und weinenden Müttern verschwanden wir.

Wir verschwanden einfach.

Und ich ging mit dir in die Stadt hinaus.

*

Als ich klein war, träumten wir von der Zukunft. Im Kindergarten gaben wir damit an, dass wir Polizisten oder Feuerwehrleute werden würden, auf dem Schulhof konnten wir Krankheiten heilen oder Sachen erfinden oder Brücken und Straßen und Häuser bauen, oder wir wurden einfach reich, konnten uns leisten, nach Thailand zu fliegen, so unendlich viele Möglichkeiten, so viele Wege hinaus in die Welt.

Aber das ist jetzt vorbei.

»Du wirst fliehen«, flüsterte ich dir in das Tragetuch zu.

»Ich werde dir beibringen, wie man es macht. Du wirst jemand werden, der fliehen kann.«

Wir gingen an den Straßencafés vorbei, in denen die Leute um brennende Kerzen herum saßen, Liebespaare standen in Treppenhäusern und knutschten, Menschen suchten sich ihren Weg mit ihren Handys als Taschenlampen und ich erinnerte mich, wie ich eine Nacht mit ihr hier herumgelaufen war, wir hatten ein romantisches Abendessen in der Nische eines kleinen Touristenrestaurants und anschließend hatten wir uns durch die Gassen geschlichen, hinein und hinaus aus den Schatten, lachend, küssend, wir streichelten einander, indem wir uns unanständige Wörter zuflüsterten, und als ich jetzt, tausend Jahre später mit dir dort ging, spürte ich einen Hauch von Eifersucht auf alle, die so sorglos voranglitten, so schwebend leicht, als würde der Albtraum sie gar nicht umfassen, als lebten sie auf einem Planeten, auf dem man immer noch leben konnte.

Dann vergaß ich, dass es die Zukunft überhaupt gab. Alles war im Jetzt, in diesem Augenblick, ich trug dich wie einen Schild, uralte Pflastersteine unter meinen nackten Füßen, du warst in das Tragetuch gewickelt und hattest eine Decke um die Beine, ich lief in Unterhosen herum und die Wickeltasche schlug gegen meinen Rücken, der Nothammer hing in meiner rechten Hand, alles war gut, alles war so, wie es sein sollte.

Für die meisten war ich nur ein weiterer Körper, der vorüberging, aber einige wenige sahen mich, und ich starrte weiter in ihre Gesichter, auch wenn sie ihren Blick bereits abgewandt hatten, ich wollte ja, dass sie mich sahen, mich wiedererkannten, mich willkommen hießen, ich wartete auf eine Belohnung, aber es kam keine Belohnung.

2

DAS CHINESISCHE ZEICHEN FÜR KRISE

MELISSA

Vor dem großen Kaufhaus liegt ein schöner Park mit einer Allee aus japanischen Kirschbäumen, und wenn sie blühen, verwandelt sich die ganze Allee in eine Wolke aus herrlichen hellrosafarbenen Blüten. Meistens geschieht das im April, aber in dem Winter, als ich nach Stockholm zog, blühte es bereits im Januar; wahrscheinlich war es einfach wärmer als üblich, die Bäume irrten sich, sie glaubten, der Frühling sei schon da. Ich war auf dem Weg zum Café, hatte aber noch Zeit, deshalb schlenderte ich durch den Park und genoss das rosa-, fast schon magentafarbene Wunder, das die Natur in diesem trostlos grauen Regenwinter darbot. Es sah nicht aus wie in Schweden, es glich Bougainvilleas oder Frangipani oder ähnlichen Blüten, wie man sie in den Feeds der Leute sieht, wenn sie in der Karibik oder auf Sansibar im Urlaub sind. Ich machte ein paar Fotos, wollte diesen Moment einfangen, meine erste Zeit in der Großstadt, ich gönnte mir einen Latte macchiato, der selbst mit Personalrabatt absurd teuer war, hauptsächlich um meine trotz der milden Witterung eiskalten Hände zu wärmen. Ich wollte ein Teil des Kunstwerks sein, ich wollte mich zu Hause fühlen.

Als ich nach Schichtende die Spülmaschine ausgeräumt, sauber gemacht und abgeschlossen hatte und nach Hause zu meinem Schlafsofa in der Vorstadt gekommen war, schaute ich lange die Fotos an, bevor ich das schönste davon hochlud; das war, bevor ich anfing regelmäßig zu posten, ich fotografierte hauptsächlich für mich selbst, aber die Kirschblüten waren so phantastisch, dass ich diesen Augenblick mit anderen teilen wollte.

Die Reaktionen kamen prompt.

Scheiße wie krank

Weinende oder zornesrote Emojis.

RIP schwedischer Winter, du wirst mir fehlen

Grüne Emojis, die sich übergeben.

Das ist echt nicht normal

Meine Bilder waren nicht schön, sie kündeten vom Weltuntergang. Die Kirschbäume verkörperten keine Natur, die ihre farbenprächtige Schönheit entfaltete, sondern eine gestresste, verzerrte, zerstörte Natur.

Ich kam mir so dumm vor. Mir war nicht klar gewesen, dass man traurig zu sein hatte.

Dann wurde ich wütend. Mit welchem Recht glaubten andere, über meine Gefühle bestimmen zu dürfen? Was half es dem Klima, wenn sich jemand wegen eines Fotos von rosafarbenen Blüten übergab? Sie existieren jedes Jahr für eine Woche, manchmal nur für wenige Tage, wie sollen wir leben, wenn wir uns nicht am Schönen erfreuen können, am Feinen, Filigranen, Flüchtigen? *Warum* sollen wir überhaupt leben, wenn wir stur darauf beharren, immer und überall nur Tod und Verderben zu sehen?

Am nächsten Tag ging ich in der Mittagspause wieder zu den Bäumen und machte noch mehr Bilder, experimentierte mit der Bearbeitung, probierte verschiedene Hashtags aus, postete. Wieder hagelte es wütende Kommentare und Kotz-Emojis. Dasselbe Spiel am Tag darauf. Bis zum Wochenende war es schon fast viral gegangen, die Leute machten Screenshots und teilten die Fotos von mir, wie ich glücklich lächelnd unter dem kaugummirosa Blütengewölbe stand, unter ein Bild hatte ich geschrieben *Seht nur, wie schön es trotz 1,5 Grad geworden ist* und dazu ein Herz und eine strahlende Sonne und jemand schrieb *Dreckige klimaleugner hure hältst dich wohl für ganz toll,* und da wurde mir mulmig, natürlich wollte ich ein bisschen provozieren, aber diese Wut, dieser abgrundtiefe, humorlose, quasi fundamentalistische Hass hatte etwas Erschreckendes.

Am Samstagmorgen bekam ich eine Mail von einem Typen namens Vitas, einem Profifotografen, der fragte, ob er mich ablichten dürfe, ich fuhr den ganzen Weg in die Stadt und Vitas erschien in Begleitung eines süßen, ziemlich schwulen Stylisten, er fotografierte und filmte, bis es dunkel wurde, wollte keine Bezahlung, er nahm sie für sein Portfolio, eigentlich war er ja noch gar kein Profi, wollte es aber werden und ich durfte seine Bilder benutzen, wie ich wollte.

Am Sonntagmorgen postete ich sie zusammen mit einem Kurzfilm, den ich unter dem Hashtag *#waehlefreude* zusammengeschnitten hatte, danach hatte ich eigentlich vor, den Rest des Tages mit meinen Serien auf dem Schlafsofa zu verbringen, nachdem ich die ganze Woche in die Stadt gefahren war, aber da riefen sie von der Arbeit an, und ich hatte schon begriffen, dass man nicht lange blieb, wenn man eine *bad attitude* hatte – also todmüde ein weiteres Mal in die Stadt zu verkaterten Wochenendbummlern, die Lattes mit extra Shots wollten, und ihre plärrenden Kinder wollten Muffins und Cheesecake und Schokotorte, und die andere, die mit mir hätte Schicht haben sollen, tauchte nie auf, weshalb ich wohl oder übel zehn geschlagene Stunden am Stück hinter dem Tresen stand und einhielt, bis ich beim Milchschäumen die Beine überkreuzen musste. Zum Schluss hielt ich es nicht länger aus, ich holte das Schild mit der Aufschrift GLEICH ZURÜCK hervor, das nur in äußersten Notfällen, so von der Größenordnung Terroranschlag, verwendet werden durfte, und rannte zur Minipersonaltoilette, und während ich meinen gesamten Darminhalt entleerte, checkte ich mein Handy und bekam einen derartigen Schock, dass ich es fallen ließ, um ein Haar wäre es in die Kacke geplumpst, aber zum Glück prallte es gegen mein Knie und landete auf dem dreckigen Boden.

Das Beste waren nicht die Likes oder die Kommentare oder die Shares, es waren nicht die Anfragen für Gastauftritte in Podcasts und sogar im Radio, nicht mal die japanische YouTuberin mit acht Millionen Followern, die nach Stockholm fliegen wollte, nur um mich zu treffen, auch nicht die Einladung eines Luxushotels in

Lappland, dort oben ein Fotoshooting mit mir zu machen, Reise und Hotelaufenthalt inklusive.

Das Beste war ein Mann, der Geld schicken wollte. Kein Widerling, keine schmierigen Kommentare über mein Aussehen oder das Angebot, mir Unterwäsche zu kaufen, nichts dergleichen. Ein ganz normaler Mann mittleren Alters, auf seinem Profil hatte er Bilder von Frau und Kindern, der mich freundlich fragte, ob er mich nicht irgendwie sponsern könne.

Gott, ist das schön, wenn jemand es wagt, inmitten dieser ganzen Untergangsrhetorik ein bisschen Freude zu finden. Glücklich zu sein ist heutzutage das Radikalste, was man tun kann, es ist allen Ernstes extremer als Nazi, Kommunist oder sonst was zu sein. Mach weiter so! Darf ich dir als Dankeschön einen Taui schicken?

Ich wusch mir die Hände und ging zurück zu den Espressomaschinen und der Schlange mies gelaunter, ungeduldiger, undankbarer Leute, die mit den Nasen in ihren Smartphones steckten, und ich war noch nie so stolz auf mich wie in dem Moment, als ich die nach saurer Milch stinkende Schürze auszog und in die Spüle schmiss und geradewegs aus dem Café marschierte, ohne einen Blick zurück, ohne ein Wort, ohne einen anderen Gedanken als den, dass ich die Blüten noch mal sehen wollte, ein letztes Mal, bevor sie von den Zweigen fielen und fortgeweht wurden und verschwanden.

DIENSTAG, 26. AUGUST

Ich muss nur die Nacht überstehen.

Die Hitze hat sich gelegt und ich atme langsam durch und merke, wie mein Körper schwerer und gleichzeitig leichter wird, sinkend und schwebend, alles um mich herum wird hell, lau, behaglich und ich werde von dem Gefühl erfüllt, endlich, endlich einzudösen.

Meine Dachterrasse ist ein tropisches Paradies mit großen Topfpflanzen: eine Palme, ein Zitronenbaum, Heckenrosen, ein weiterer Baum mit großen runden Früchten, Papaya oder vielleicht Mango oder beides, kann es beides sein, wohl eher nicht, oder? Der Strom ist wieder mal ausgefallen, aber das macht es nur gemütlich, ich habe Kerzen angezündet und ein paar hübsche Petroleumlampen aus Messing, die ich in einem Schrank entdeckt habe. In Jogginghose und BH sitze ich entspannt zurückgelehnt auf dem superbequemen Outdoor-Sofa, vor mir auf dem gläsernen Tischchen ein Glas mit noch immer eiskaltem Rosé, ich schlucke gern mit Rosé, irgendwie fühlt sich das ein bisschen *glamorous* an, überhaupt ist alles herrlich, ich liebe mein Leben, ich habe gerade im Lotto gewonnen, ich habe die große Liebe getroffen und er wollte mich, Weil Ich Bin, Wie Ich Bin.

Meine Finger gleiten über die Tastatur, versuchen sich an einem Satz, ohne groß nachzudenken:

Mein ganzes Leben lang habe ich mich geschämt.

Acht Wörter auf dem Bildschirm, ein blinkender Strich hinter dem Punkt, pochend, pickend, ein hungriger Vogel, der mehr will.

Mehr. Noch eine.

Nein. Nicht noch eine.

Zurück zum Text.

Für die Luft, die ich atme. Für die Lebensmittel, die ich verbrauche. Für den Platz, den ich in der Welt einnehme.

Ein Schluck Rosé zur Belohnung.

Die Scham zu existieren verfolgt mich seit meiner Kindheit in der Provinz, hat mich all die Jahre als Influencerin und Speakerin hindurch nicht losgelassen und bringt meine Wangen selbst jetzt, da ich diese Zeilen schreibe, zum Erröten.

Ich streiche mir eine feuchte Strähne aus der Stirn, ändere die Position auf dem Sofa. Unten auf der Straße tönen Martinshörner, bestimmt hat es mit dem Stromausfall zu tun, irgendein neues Chaos.

Ein Schluck Wein. So, jetzt. Lass es aus den Fingern fließen.

Dieses Buch handelt von meiner Reise weg von der Scham. Davon, im modernen Schweden der Gegenwart in Armut aufzuwachsen, aber auch vom Stolz darüber, dem arbeitenden Volk anzugehören, das dieses Land aufgebaut hat. Von meinem Weg durchs Leben, einem Weg, der holprig und verschlungen und alles andere als selbstverständlich war. Und von meiner Sicht auf die heutige Gesellschaft, in der Intoleranz und Cancel Culture um sich greifen und die Schwarzseher jeden Funken Freude ersticken.

Stelle den Laptop weg, lehne mich auf dem Sofa zurück, nippe am Rosé. Gehe durch, was ich geschrieben habe. Der Ton gefällt mir irgendwie noch nicht ganz, hat etwas Oberflächliches, das ich gern überwinden würde. … *und die Schwarzseher jeden Funken Freude ersticken*, wie gut klingt das wirklich? Ich will, dass es elegant wirkt. Exzeptionell, ekstatisch, elektrisierend.

Lese es noch mal durch, ach was, eigentlich ist es perfekt.

Dieses Buch ist in allererster Linie für dich. Vielleicht hast du mich in den sozialen Medien gesehen oder einen meiner Vorträge gehört und möchtest wissen, wer sich hinter der kessen Fassade verbirgt. Und vielleicht wünschst du dir ein paar Ratschläge für deine eigene Reise durchs Leben.

Vielleicht hast du es satt, ständig nur zu hören, dass du dies nicht kannst, das nicht darfst, jenes nicht schaffst. Vielleicht hast du es satt, von klein auf zu lernen, dass der Mensch schwach ist.

Denn der Mensch ist ganz im Gegenteil ein Überlebenskünstler, schon von unserem allerersten Atemzug an. Wir sind niemals stärker als im Moment unserer Geburt.

Ein Blick auf die Uhr. Drei Stunden hat es gedauert, aber jetzt bin ich im Flow! Geht das so weiter, habe ich in drei Monaten ein Buch.

Ich greife zu meinem Smartphone, es hat den ganzen Abend auf lautlos mit dem Display nach unten gelegen, sonst hätte ich mich unmöglich konzentrieren können. Ein Blitzlichtgewitter aus Push-Nachrichten, Meldungen und Textnachrichten, Threads, Angeboten, Anfragen und verpassten Anrufen, es plingt und bimmelt und vibriert, ein digitaler Zuckerschock, aber ich bin ein braves Mädchen und drücke alles weg, jetzt ist arbeiten angesagt, Content liefern, keine Zeit, auf dem Handy rumzudaddeln.

Das Display leuchtet auf, unbekannte Rufnummer, ich drücke sie weg. Es klingelt wieder, ich drücke weg. Komisch. Normalerweise rufen sie nur einmal an.

Es klingelt wieder, ich blockiere die Nummer. Fuck you.

Dann gehe ich nach drinnen, hole den Milchkarton aus dem Kühlschrank, dazu ein hübsches Glas, schenke ein und stelle es neben den Computer in den Schein der Petroleumlampe, experimentiere ein bisschen mit Umgebung und Beleuchtungswinkel, um die richtige Stimmung zu erzeugen. Auf dem Sofakissen ist eine süße orangefarbene Katze abgedruckt, die ich gern im Hintergrund hätte, Anders hat erzählt, sie war das offizielle Maskottchen bei den Olympischen Spielen in Seoul 1988, damals war Tennis erstmals seit Paris 1924 als offizieller Sport wieder mit dabei.

Es klingelt weiter, eine andere Nummer, ich blockiere auch sie. Nach einer halben Stunde bin ich zufrieden, bearbeite das Bild ein bisschen, damit das Weiß der Milch und das Firmenlogo auf dem Karton und die schönen Farben auf dem Sofa im Licht der Lampe besser rauskommen. Schreibe:

BIG NEWS! An einem derart märchenhaften Abend in Stockholm will man einfach nur sagen: Scheiß drauf, ich fang was völlig Neues mit meinem Leben an. Erstens: Ist euch auch aufgefallen, wie glücklich es macht, richtige Milch zu trinken, mit reduziertem Fettgehalt und dabei unverändert natürlich gutem Geschmack?!? Jetzt könnt ihr bei #zerofatmilk direkt nach Hause bestellen und euch dabei 10 % Rabatt sichern, klickt einfach auf ANGEBOT und gebt den Code MELLIMILK ein! Zweitens: In Zusammenarbeit mit dem Verlag Döbeln & Rehn werde ich meine Autobiographie veröffentlichen – Wahnsinn, The Story of My Fucking Life! Es wird ein schonungslos ehrliches und verrücktes Buch, in dem ich unter anderem darüber reflektiere, in welche Richtung wir uns bewegen und wie wir unser einziges Leben hier auf Erden voll auskosten können – und gerade, um 00:00 in dieser epischen Sommernacht, habe ich mein erstes Kapitel geschrieben! Ich danke allen, die mir diese phantastische Chance gegeben haben – ein Traum wird wahr. Wenn der Stromausfall weiterhin anhält, muss ich wohl zum Federkiel greifen, denn aufhalten kann mich nichts! HERE I COME. #doebeln&rehn #zerofatmilk #waehlefreude

Und dann Herzen und Sternchen und die Nummer, an die man Geld schicken kann. Eine Stunde habe ich nur gebraucht. Geht doch, oder?

TEILEN.

Und das war's. Ich lege das Handy weg und lehne mich auf dem Sofa zurück. Ein sanftes Wohlbehagen breitet sich in mir aus, es ist traumhaft, alles ist gekommen, wie ich es wollte, wie ich es mir vorgenommen hatte. Eine Sommernacht erfüllt von Luxus und Schreiben. So habe ich mir als Kind das Erwachsenenleben vorgestellt. Ein Ort wie dieser, hoch über Stockholm, weit weg von der Kleinstadt und der beengten Wohnung und meiner Mutter.

Daisy und ich haben mal einen Sommer lang im Konferenzhotel am See gejobbt, ich die Zimmer geputzt, sie Geschirr gespült, es war ein ziemlich lockerer Job, das Hotel hatte fast keine Gäste und stand kurz vor der möglichen Schließung. Abends feierten wir oder hingen bei ihrem oder meinem Freund ab und schauten Serien. An einem warmen Abend trafen wir uns alle unten am Strand und grillten und schwammen bis spät in die Nacht und Daisy war high von irgendwas und wedelte mit ihrem Schlüssel und schlug vor, im Hotel weiterzufeiern, und dann waren wir auf einmal alle dorthin getorkelt und hatten einen der Flügel aufgeschlossen und eines der vielen leeren Zimmer in Beschlag genommen. Die Leute lagen auf dem Bett und kifften und jemand kotzte ins Klo und zwei der Jungs wollten den anderen imponieren und schlichen runter in die Hotelbar und holten Wodka und Bananenlikör und dann kam der große Absturz: Daisy fuhr ihre übliche Deprischiene und heulte rum, dass es scheißegal sei, wenn sie diesen Job verlor, weil sie nach dem Sommer ohnehin an die Uni gehen würde, und außerdem seien alle Typen Schweine und ich ihre einzige Freundin, diesmal sei es Ernst, nichts dürfe uns stoppen, weil wir *besser sind als das hier*.

Irgendwann wurde mir das Ganze zu blöd, ich fror in meinem Bikini und zog mir einen der Bademäntel aus dem Schrank über und ging in den schönen Garten mit Blick auf den See, es war ein klarer, kühler, sonniger Sommermorgen und ich ließ mich auf eine Bank fallen und zündete meine letzte Zigarette an und versuchte, an nichts zu denken. Eine gut aussehende blonde Frau, um die vierzig, mit vollen, rot geschminkten Lippen, die sich vom leicht gebräunten Teint abhoben, kam vom Hotelgebäude in meine Richtung, sie trug ein Tablett mit einem Glas Saft und einem Teller Weintrauben, unter dem Teller lag eine Zeitung und sie setzte sich an den Tisch neben mir und lächelte freundlich, sagte jedoch nichts, aß bloß ihre Weintrauben, eine nach der anderen, während sie über die blanke Wasseroberfläche blickte, und dann nahm sie die Zeitung und blätterte geruhsam durch die ersten Seiten.

Ich war vorhin joggen, bemerkte sie zerstreut in die Luft, zeigte zum Badestrand. *Da gibt's 'ne tolle Runde am Wasser entlang.* Ich fuhr zusammen, redete sie mit mir? Als würde ich die Laufstrecke nach fünfundzwanzig Jahren, nach Ausflügen und Schulorientierungsläufen und peinlichen Versuchen, mit dem Joggen anzufangen, nicht kennen. Sie stand auf und ging zurück zum Restaurant, *ich hol mir schnell einen Kaffee, soll ich dir einen mitbringen?* und mir dämmerte, dass sie mich mit jemandem verwechseln musste, was an sich nicht weiter verwunderte, ich war ungeschminkt, die Haare noch vom nächtlichen Schwimmen zerzaust, und trug den exakt gleichen weißen Frottébademantel wie sie, also sagte ich nur *ja* und nach kurzer Zeit war sie mit zwei Tassen und einem Teller Minimuffins zurück und bot mir davon an und lächelte verschmitzt, ein bisschen wie ein kleines Mädchen mit der rosafarbenen Zungenspitze zwischen den Zähnen, sagte *na, spät geworden gestern Nacht?* und setzte sich, ein Blatt Papier in der Hand, wieder hin – ich schielte darauf und sah, dass es eine Art Programm war – und lächelte erneut und sagte *der Typ, der heute Nachmittag den Vortrag hält, ist irre heiß* und ich murmelte *eher nicht so mein Fall* und sie lachte auf und sagte *nee, DAS kann ich mir denken, ein Hottie wie du.*

Und dann saßen wir einfach beide da mit unserem Kaffee und hatten den See und den warmen schönen Morgen für uns allein, und ich wurde von dem Gefühl erfüllt, jemand zu sein, der so lebte, eine Frau, die am Wochenende in einem Konferenzhotel wohnt und am frühen Morgen friedlich im Bademantel mit einer Tasse Kaffee in einem herrlichen Hotelgarten sitzen und in einer Zeitung blättern kann, statt anderer Leute Klos zu putzen oder Joghurt und Sahnesoße und Ketchup von anderer Leute Geschirr zu waschen. Die Frau stand auf und sagte *na dann, wir sehen uns später drinnen* und verschwand. Ich ging nach Hause, Daisy und ich wurden noch am selben Tag gefeuert, aber das machte nichts, denn sorry, aber was für ein Scheißjob.

Einfach nur frei sein. Kreativ. Unabhängig.

Ich wollte sie sein.

Und jetzt bin ich sie.

Ich checke mein Handy. 782 Likes. Total okay, dafür dass es

Nacht ist, vor allem mit Stromausfall und allem. Morgen wird der Beitrag explodieren. Über 10 000, locker.

Und natürlich haufenweise Nachrichten im Chat, klicke sie nicht an, bloß DrSverre74, er ist süß wie immer und schreibt *Freut mich sehr, dass du deine Nacht genießt, meine schöne Melissa* und Herzen. Ich habe keine Lust zu schreiben, sondern filme mich stattdessen ein paar Sekunden, wie ich lächelnd die Beine spreize und eine Hand zum Schritt führe und sie wieder wegnehme und ihm eine Kusshand zuwerfe, flüstere *Noch schöner wär's, wenn du hier wärst, Baby,* klicke senden, das muss reichen, sie wollen immer mehr.

Immer. Mehr.

Nein. Nicht mehr.

Ich muss nur die Nacht überstehen.

Ding-Dong-Ding-Dong-Ding-Dong-Ding-Dong

Mein erster Gedanke sind Kirchenglocken, allerdings zartere, silbrigere als das Dingdong hier zu Hause, wie in einem Schweizer Bergdorf, ich war noch nie in der Schweiz, aber so stelle ich es mir vor, weiß-braun gefleckte Kühe vor schneebedeckten Bergen und ein Mädchen namens Helga mit blonden Nazizöpfen, aber es hört nicht auf und es hallt nicht nach, nur *Ding-Dong-Ding-Dong-Ding-Dong-Ding-Dong* und ich denke an Gefahr, Evakuierung, Notfall. Eine Warnung. Eine letzte Chance zu fliehen.

Ich befinde mich mitten in Stockholm, in einer warmen Sommernacht, der Strom funktioniert offenbar wieder und es gibt keinen sichereren Ort als diese Dachterrasse.

Ding-Dong-Ding-Dong-Ding-Dong-Ding-Dong

Ich drehe mich zur Wohnung und höre das schrille, elektrische Geräusch, *Ding-Dong-Ding* immer und immer wieder, es schneidet durch den Wein und das Morphium und die Dunkelheit, ich tappe nach drinnen und hoffe, dass es irgendein kaputtes Gerät ist, *Ding-Dong-Ding* ein Wecker, den jemand vergessen hat auszuschalten, aber das ist nur Wunschdenken, tiefer hinein in die Dunkelheit, an der Küche und den großen Zimmern vorbei, durch den Flur, zur Eingangstür, *Ding-Dong-Ding*, da ist es. Es ist dahinter.

Ding-Dong-Ding-Dong-Ding-Dong-Ding-Dong

Jemand klingelt um zwei Uhr nachts an meiner Tür.

Ich öffne den Mund, um zu rufen *Wer ist da*, schließe ihn aber wieder, solange ich nichts sage, weiß niemand, dass ich hier bin, solange ich schweige, bin ich in Sicherheit, die Tür hat ein doppeltes Schloss und eine Kette auf der Innenseite, es gibt Überwachungskameras und eine Hightechalarmanlage, die ich über eine App auf meinem Handy steuere, in zehn Minuten wären sie hier.

Außerdem ist es garantiert nicht für mich, warum sollte er der ganzen Welt erzählen, dass er mir seine Wohnung geliehen hat. Es sind irgendwelche Kumpels von ihm, die saufen waren und jetzt hier weiterfeiern wollen, oder eine von seinen Bräuten, die Bock auf Sex Slash Alk Slash Koks hat und die Lage abchecken will, er ist seit dreißig Jahren Stammgast in den Stockholmer Nachtclubs, die ganze Promi-Elite hat den Türcode.

Ignorieren. Abblocken.

Ding-Dong-Ding-Dong-Ding-Dong-Ding-Dong

Aber ich bin kein Kind mehr, ich bin kein kleines Mädchen, das sich verstecken muss, kein schmutziges Geheimnis, keine, die beim Einchecken den Ehering ihrer Mutter tragen muss, ich bin eine Karrierefrau, die während des Sommers für ein paar Wochen die Wohnung eines guten Freundes hütet und jedes Recht der Welt hat, hier zu sein, keine Ausflüchte, keine Heimlichtuerei, kein Verstellen mehr.

Also festige ich meine Stimme ein wenig, eher pikiert als verängstigt, eine vierzigjährige Frau mit Papilotten in den Haaren, Nachtcreme im Gesicht, bequemen Pantoffeln, einem Negligé, das eher in Richtung Bademantel geht, weltgewandt, wichtig, würdevoll.

»Wer ist da?«

Die Klingel verstummt. Danke, lieber Gott.

Atmen auf der anderen Seite. Eine dumpfe Stimme. Männerstimme.

»Hallo, wer ist da?«, rufe ich erneut, meine Stimme hallt in dem leeren Flur.

Wieder die Stimme, höher, näher am Türrahmen:

Melissa? Bist du da?

Erst Erleichterung. Dann ein Schauer entlang der Wirbelsäule.

Mein Magen krampft sich zusammen.

Scheiße.

»Didrik?«

Melissa? Melissa Stannervik?

Und an dieser Stelle würde man den Film gern pausieren, mitten im Satz unterbrechen und erst mal überlegen, wie es weitergehen soll, ich könnte Fragen durch die Tür stellen, Erklärungen fordern, alte Rechnungen begleichen, ich könnte zurück auf meine Terrasse gehen, ein bisschen Club Music in der Anlage auflegen und Rosé nachschenken und noch eine Oxycodon einschmeißen und beobachten, wie die Morgendämmerung ihre Glut auf die Dächer der Kirchtürme und der viel zu wenigen Wolkenkratzer in Stockholm verteilt, während ich die Situation in Ruhe analysiere und auseinanderpflücke.

Melissa? Bitte, mach auf.

Ich bin keine impulsive Person, das ist das häufigste Fehlurteil in Bezug auf mich. Mein Äußeres verleitet zu dieser Annahme. Dabei bin ich ruhig, introvertiert, philosophisch. Jemand, der im stillen Kämmerlein sitzen und nachdenken, schreiben, Kommas hin- und herschieben will. Ich war gut in der Schule, kein Mensch glaubt mir das, aber so war es, immer alles richtig.

Melissa?

Mit jeder Sekunde, die verstreicht, ohne dass ich die Tür öffne, geht etwas mehr und mehr kaputt, und während meine Hände am Schloss und an der Kette herumfummeln, sehe ich wieder den Badestrand vor mir, an den meine Mutter und ich in den Sommerferien immer fuhren, ein großer Plastikkanister voll selbst gemischtem Sirupsaft, Weißbrot und ein Glas Erdbeermarmelade und vielleicht eine Packung Kekse oder Zwieback, sie seufzte und sagte, es sei herrlich mit der Wärme, warum sollte man zur Verwandtschaft fahren, wenn man es daheim so schön haben konnte, ihr Bauch runzelig und teigig, die Krankheit hatte sie bereits steif und unbeweglich gemacht und das Tattoo über dem Steißbein war nicht mehr lesbar, aber ich wusste trotzdem, dass es mein Name war, der dort in verschnörkelter Schrift geschrieben stand – und auf der vertrockneten Wiese beim Strand breiteten die Familien ihre Decken aus, die Väter mit ihren Bierbäuchen und Klappstühlen und die Mütter, die herumrannten und ihre Kinder mit Sonnencreme und sandverkratztem Plastikspielzeug unter Kontrolle hielten, und sie drehte sich zu mir um, kurz bevor sie sich mit einem genüsslichen Stöhnen ins warme Wasser sinken ließ, und sagte auf Serbisch *Verschwende dein Leben nicht an irgendeinen Kerl, Milica, Männer nehmen nur, du gibst, und sie nehmen und nehmen.*

MITTWOCH, 27. AUGUST

Didrik sitzt, die Beine auf den Couchtisch gelegt, auf dem Sofa und trinkt ein kaltes Bier, das ich im Kühlschrank gefunden habe, neben ihm schläft das Baby unter einer Designerdecke. Es ist immer noch ein Schock, ihn zu sehen, hier bei mir und dann in so einer Verfassung: die Verletzungen im Gesicht und am Oberkörper, die blutunterlaufenen Augen, die eklige Wunde an seinem Kopf (ich habe ihm schnell ein nasses Handtuch zum Drüberlegen gegeben, damit ich sie nicht sehen muss) und das ganze Chaos, das wie ein WLAN-Signal aus dem verschwitzten, stinkenden Körper pulsiert.

»Sie haben mir gesagt, dass du hier bist«, erklärt er. »Ich habe Matilda angerufen, oder nein, Elli, zum Schluss hat mir eine von ihnen verraten, wo du bist, und dann stand ich draußen, bis jemand kam, und ich hatte ja Becka und hab was erzählt von wegen dringend und Notfall und Diabetes«, er grinst in sich hinein, »das war so eine spontane Eingebung, das mit der Diabetes, also haben sie mich ins Haus gelassen und dann stand ich Ewigkeiten vor deiner Wohnung und habe geklingelt, o Gott ist das schön, Liebling, Liebling, endlich, Mann, was für ein Albtraum das alles, aber jetzt sind wir ja zusammen.«

Ich trinke Rosé und scrolle am Handy, er sagt, dass es Clips gibt, Videos, haufenweise Gerüchte über ihn und das, was er als *Flucht* bezeichnet, aber ich finde nichts Nennenswertes, das meiste davon wurde schon vor Stunden hochgeladen, heute Nacht stehen andere Nachrichten im Fokus, das Feuer hat auf die zentralen Teile von Åre und Duved übergegriffen, ein Tagungszentrum steht in Flammen, das norwegische Gebirgsregiment hat in der Nacht die Grenze überquert, um die Kräfte vor Ort zu unterstützen, gleichzeitig aber werden mehrere Gebiete in Norwegen von Bränden bedroht sowie, nach der extremen Schneeschmelze im Sommer auf der Hardangervidda, von Erdrutschen; in der Nähe von Geilo wurde dadurch eine Straße zerstört, ein Reisebus voller Touristen ist umgestürzt und man befürchtet zweiundvierzig Tote, darunter mindestens acht Schweden, Dirty Didrik ist News von gestern und offen gestanden in erster Linie eine Witzfigur.

»Was … was hast du jetzt vor?«

Er trinkt von seinem Bier, wischt sich den Mund mit dem Handrücken ab und unterdrückt mit Müh und Not einen Rülpser. Lässt den Blick über die Terrasse gleiten.

»Was für ein Palast. Wie kommt es, dass du bei ihm wohnst?«

Ich zucke mit den Achseln. »Eigentlich kenne ich Anders nicht wirklich, wir haben uns auf einer Party gesehen, und er hat gefragt, ob ich im Juli und August hier wohnen will.«

»Also gibt er dir die Wohnung einfach so?«

Seine Stimme klingt schroff und gereizt vor Müdigkeit, ich merke, wie er trotzdem versucht, sie neutral zu halten, ohne Implikationen, irgendwie ärgert mich das, frag doch einfach, wenn du's wissen willst, du Feigling.

»Er wollte nach Paris und London und irgendwelche Tennismatches anschauen, und ich glaube, anschließend geht er segeln, aber was weiß ich, wahrscheinlich wollte er einfach nett sein.«

Didrik nickt und sagt nichts weiter und sogar das regt mich tierisch auf, als müsste ich mich rechtfertigen, als müsste ich, was, mich für ihn *aufheben*, als hätte ich nicht das Recht, einen Freund zu haben oder einen Lover oder Gruppensexorgien mit irgendwelchen fremden Typen live im Internet, wann immer mir danach ist, und am ALLERMEISTEN regt mich auf, dass der Ärger kratzt und nagt und beißt an dem schönen Gefühl, das ich eben noch hatte, an der Daunendecke aus Ruhe, Leere, Vorfreude, der kribbeligen Anspannung eines Kindes, wenn es weiß, dass das größte Paket unter dem Weihnachtsbaum seins ist.

»Du hast mir nicht geantwortet«, sage ich und höre, dass ich leicht nuschle. »Was hast du jetzt vor? Erzählst du mir, was los ist?«

»Keine Sorge«, sagt er steif. »Morgen verschwinde ich, brauche nur eine Verschnaufpause.«

Ich seufze.

»Didrik, werd bitte nicht sauer. Aber ich muss wissen, was Sache ist.«

Das Baby – stimmt ja, Becka heißt es, ich habe Fotos gesehen, aber nicht erwartet, dass sie schon so groß ist, irgendwie dachte ich, sie wäre immer noch ein schreiendes rosafarbenes Bündel, als er die Bilder gepostet hat, sagte ich mir, dass es jetzt endgültig vorbei ist, er hat ein drittes Kind mit einer Frau gekriegt, die er angeblich nicht mehr liebt und von der er sich trennen wollte, endlich ist es vorbei – rekelt sich, grunzt, legt sich, wie nur Babys es tun, wenn sie schlafen, platt auf den Rücken, mit breiten Beinen, die speckigen Arme gerade wie ein Kreuz zu den Seiten ausgestreckt. Bis auf ein Handtuch, das Didrik ihr wie eine Windel um die Hüfte gebunden hat, ist sie nackt.

»Ich habe mich von Carola getrennt«, sagt Didrik langsam, mit einem Ausatmen. »Das steht jetzt fest. Ich habe eine Weile gebraucht, herzukommen. Aber jetzt bin ich hier.«

Er beugt sich mit einem schweren Seufzen zum Boden, fummelt an einer Tasche herum, zuppelt einen Reißverschluss auf, holt eine Tablettenpackung heraus und drückt zwei Stück aus dem Blister.

Citodon.

»Meine Wunde tut so sauweh«, murmelt er. »Die haben mir die hier gegeben.«

Er steckt sie sich in den Mund und spült sie mit Bier runter, verzieht das Gesicht.

Ich schweige, weiß nicht, was ich sagen soll, aber Didrik fährt fort, scheint eine kleine Rede einstudiert zu haben, flüstert, dass er alles verloren hat, die Kinder sind weg, seine Karriere ist zerstört, er kommt zu mir *mit leeren Händen, alles, was ich habe, ist meine Liebe zu dir, diese gewaltige Leidenschaft, diese verzweifelte Sehnsucht nach dir, Melissa, alles, was ich habe, ist die Hoffnung, dass du mit mir zusammen sein willst.*

Genau das hatte ich so an ihm gemocht, die Art, wie er sich verletzlich zeigte, dass ein älterer Mann mit Geld und Macht und Status in meiner Gegenwart zu einem zitternden Schuljungen wurde, einer needy bitch, die vor mir kniete und um meine Liebe bettelte. Den Mut zu haben, so jämmerlich zu sein, so verloren. Die Dackelaugen mit den kleinen niedlichen Runzeln.

»Es war so ein Wahnsinnschaos da oben«, schluchzt er, »ich kann das alles immer noch nicht richtig fassen, Zack und Vilja sind verschwunden und jetzt erreiche ich auch Carola nicht mehr und es ist einfach alles zu viel, bitte, lass mich hier mit Becka ein bisschen verschnaufen, ich weiß, du willst mich rausschmeißen, aber lass uns einfach … ich meine, es ist … ich kann nicht … nur heute Nacht, wenn es okay ist, bitte, bitte, ich weiß, ich habe …«

»Zweieinhalb Jahre sind vergangen«, sage ich. »Zweieinhalb Jahre, seit du gesagt hast, dass du mit mir zusammenleben willst. Zweieinhalb Jahre, seit du mich verlassen hast.«

»Verlassen habe ich dich nie.«

Ich starre ihn fragend an.

»Und dafür schäme ich mich«, fügt er hinzu. »Ich schäme mich, weil ich allem folge, was du tust, weil ich dich pausenlos google, jeden einzelnen Podcast anhöre. Weil ich weiß, welche Musik du beim Joggen hörst, in welches Café du am liebsten gehst und was du dort bestellst, welche Apps du benutzt, welche Serien du nachts schaust, wenn du nicht einschlafen kannst. Ich schäme mich, weil ich weiß, dass die MS deiner Mutter sich zunehmend verschlechtert, dass du sie immer seltener besuchst, und wenn du dort bist, sitzt du meistens an ihrem Bett und hilfst ihr, Kreuzworträtsel und Sudokus zu lösen und Puzzles zu machen, die einfachsten, die, die eigentlich für Kinder sind.«

Seine Stimme klingt belegt.

»Ich schäme mich, weil ich dich niemals loslassen konnte, ich schäme mich, weil kein Tag vergeht, ohne dass ich davon träume, wie es wäre, wenn wir beide zusammen wären. Ich schäme mich, weil ich dir nachtrauere, weil die Trauer nie verschwindet, ich schäme mich für jede Gelegenheit, bei der ich dachte, dass ich alles opfern würde, meine Familie, Becka, alles, was ich habe, nur um neben dir aufwachen zu dürfen, das ist das Einzige, was ich will, eines Morgens aufwachen und mit dir zusammen sein.«

Der Rotz blubbert aus seinem einen Nasenloch.

»Einschlafen und … aufwachen und … und du bist da.«

Seine Lippen beben. Die Situation ist so traumartig und ersehnt und schön und hässlich und absurd, dass ich daran vorbeiscrollen will, mich ausloggen, das Display wegdrehen, als würde es jemand anderem passieren.

Oh, Didrik.

»Ich schäme mich, weil ich immer noch in dich verliebt bin, Melissa. So ist es wohl. Ich schäme mich für die Liebe.«

»Liebster«, flüstere ich und koste das Wort, lasse es in meinen Körper. »Mein lieber Liebster.«

Ich stehe vom Sessel auf, gehe zum Sofa und setze mich neben ihn, er riecht nach Dreck und Rauch und ein bisschen nach Bier, sein Oberkörper ist weniger muskulös als beim letzten Mal, da, wo man sich früher mit Zucker-Detox und sechzehnwöchigem Workout ein Waschbrett zumindest noch vorstellen konnte, sind jetzt Wampe und Männerbrüste, er weint und ich trockne seine Tränen, es ist schön, wenn er weint, es ist schön, wenn ich seine Tränen trockne.

*

Wie geht es meiner süßen Melissa Stannervik heute? schreibt DrSverre74 und schickt ein Bild von seinem Badesteg, das Glitzern der Sonne auf dem Wasser, das alte Holzboot, auf das er so stolz ist und das er Pettersson nennt, die schwedische Flagge, die im Hintergrund weht, der dicke Schwanz, bleich gegen seinen sonnengebräunten Bauch. *Denke an dich, Hübsche.*

Ich muss kichern und klicke weg. Hey, wo ist das »Guten Morgen« geblieben?

Es ist neun. Cappuccino, Croissant. Mein Laptop und ich, der hohe Bartisch in der Ecke am Fenster, mein Lieblingsplatz, versteckt, während ich gleichzeitig alles sehen kann, was draußen passiert. Schöne Musik aus den Lautsprechern, zwei mittelmäßig attraktive Hipstertypen hängen jeweils an einem Tisch über ihren Bildschirmen, ein älteres Touri-Paar aus den USA, er mit Schmerbauch, sie mit aufgespritzten Lippen, schauen auf ihren Stadtplan und unterhalten sich lautstark über Schlösser und Kirchen und Museen. Draußen kommen die Menschen vorbei, die der Stadt ihren Puls geben, die Straßenkehrer, die Müll und zerbrochenes Fensterglas von der gestrigen Demo aufsammeln, die morgendlichen Jogger, die im Zickzack um Haufen von Pflastersteinen und aufgebrochenen Asphalt laufen, E-Bikes, E-Scooter, E-Autos, die lautlos vorbeiswischen, die goldigen Vorschulkinder, die in Reih und Glied zu ihrem Ausflugsziel wandern, blonde, dunkelhäutige, schwarze, Hand in Hand. Es ist genau wie das Schild, das über dem Bartresen hängt, beschriftet mit großen, gut gelaunten Buchstaben:

HIER ARBEITEN KANAKEN, LATINOS, MUSLIME,
JUDEN, HINDUS, BUDDHISTEN, CHRISTEN,
ATHEISTEN, SCHWULIS, LESBEN, TRANSEN,
HETEROS UND WEISSBROTE.
DAS KLAPPT SUPER!

Keine perfekte Gesellschaft, nicht im Ansatz, aber eine Gesellschaft, die es wert ist, geschützt zu werden. Vielleicht liebe ich deshalb Polizisten? Weil sie, wenn es ums Ganze geht, als Einzige zwischen uns und der Barbarei stehen?

Mein Kaffee ist kalt geworden; ich habe den Becher kaum angerührt. Denke an Didrik und sein Baby da oben im Bett. Wir haben ein paar Stunden auf dem Sofa auf der Terrasse geschlafen, wurden aber von den ersten Sonnenstrahlen geweckt, plötzlich war er total gestresst, lieh sich ein paar Klamotten aus dem Kleiderschrank – ein weißes Hemd und Designerjeans, in die er nur mit Ach und Krach hineinpasste – und ging in die Stadt. Kaum war er weg, wachte das Baby auf und schrie, schrie und brüllte und verkrampfte den ganzen kleinen Körper und ich versuchte, Becka zu beruhigen, wiegte sie, streichelte sie, zeigte ihr Videos auf dem Handy, aber sie schien meine Anwesenheit nicht mal zu bemerken. Ich habe mich noch nie um ein so kleines Kind gekümmert und begann sie anzuschreien, dann fing ich selber an zu heulen und dann bekam ich wie üblich Durchfall und musste mit dem Kind auf dem Arm ins Bad rennen, hockte auf dem Klo und ließ es aus mir rauslaufen, während sie schrie und schrie und schrie, und es war wie damals, als ich im Sommer in einem Heim für Demenzkranke jobbte oder als Vitas eine seiner Haschpsychosen hatte. Mir fiel ein, dass ich mal gelesen hatte, man könne Babys in eiskaltes Wasser tauchen, und hatte gerade den Hahn aufgedreht, als Didrik zurückkam, die Arme voller Babybrei und Windelpakete, und da merkte ich erst, dass ich klatschnass geschwitzt war, und wollte ihm Vorwürfe machen, brachte aber nur ein Schluchzen heraus und er sah mich erstaunt an, *ich war zwanzig Minuten weg?*

Nachdem sie ihr Fläschchen getrunken und die Windel vollgekackt und gereihert hatte, schlief sie ein wie ein Murmeltier und er legte sich mit ihr in das große Bett im *Master Bedroom* und ich schlich zu der Tasche und warf schnell seine beiden letzten Painkiller ein, das geschah ihm nämlich nur recht, nachdem er seinen Sprössling bei mir abgeladen hatte.

Außer Milch, Joghurt und Butter ist der Kühlschrank leer, ich hatte gedacht, Didrik würde uns vielleicht was Leckeres zum Frühstück holen, aber er hat nichts für uns gekauft, nur einen Haufen

Zeug für sie, also ging ich runter und frühstückte in meinem Lieblingscafé.

Ich habe die frühen Morgenstunden schon immer gemocht, die kristallklaren Gedanken, bevor sich das Rauschen des Tages ins Hirn frisst. Manchmal frage ich mich, was passiert wäre, wäre ich dem Rat der Lehrer gefolgt und an die Uni gegangen und hätte Jura studiert oder so, dann wäre ich jetzt eine Staranwältin, ich würde topmotiviert morgens um sechs auf der Arbeit erscheinen und hätte den ganzen Case fertig, wenn die anderen gegen neun eintrudeln, Nadelstreifenkostüm, Brille und strenger Dutt, Bitchy-Lehrerinnen-Look. Die Morgenstunden sind die beste Zeit am Tag. Das glaubt mir auch keiner.

Das Schreien eines Babys lässt mich aufschauen. Direkt vor dem Fenster steht ein Mädchen um die achtzehn, schwarzer Hijab und ein zerschlissenes Kleid in einer undefinierbaren schwarzbraungrünen Farbe, neben einem Einkaufswagen, darin liegen Plastiktüten und Pfanddosen und ein plärrendes nacktes Baby auf einem schmuddeligen Schlafsack. Mühsam kniet sie sich hin und nimmt ein fleckiges Stück Karton aus dem Einkaufswagen, ein paar in Plastikfolie gewickelte Fotos und eine leere Konservenbüchse, in der mal Krabbenmayonnaise war und in die man Geld werfen soll. Zwei schon etwas ältere Kinder hocken sich scheu neben es, der Junge hat kohlschwarze dreckige Haare, das Mädchen trägt einen Hijab in derselben Farbe wie seine Mutter, es wirft einen kurzen Blick über die Schulter zum Fenster und ein Paar erschrockene braune Augen begegnen meinen.

»Fuck«, flüstere ich und wende den Blick ab, will ihn irgendwo anders hin richten, schließe für eine Sekunde die Augen.

Warum eigentlich?

Der Gedanke kommt mir wie ein frischer Minzgeschmack, ich schreibe ihn sofort auf.

Du siehst eine Mutter mit ihren Kindern auf der Straße betteln und denkst »Fuck, wie ungerecht«, aber warum eigentlich?

Ich schaue durchs Fenster, auf den krummen Rücken, den Nacken, der schamvoll über die falsch buchstabierte Botschaft in grünschwarzer Farbe auf dem Kartonfetzen gebeugt ist.

Woher willst du wissen, dass sie das Betteln nicht okay findet? Was hat sie gemacht, bevor sie hierherkam? Vielleicht war sie eine Sexsklavin in einer islamischen Terrorsekte? Oder mit einem Neunzigjährigen verheiratet, der sie jeden Tag misshandelt hat? Oder vielleicht hat sie mit ihren Kindern in Trümmern gelebt und wie alle anderen unter Hungersnot und Krieg gelitten? Wie kannst du so sicher sein, dass das hier nicht das reinste Paradies für sie ist? In einem Land sein zu dürfen, wo sie die Freiheit hat, zu betteln und im Müll zu wühlen?

Die Bedienung bringt mir einen Teller, es ist eine Art Fitnesssalat mit Avocado, Passionsfrucht, Feta, magerem Prosciutto und kleinen Blättern, bei denen es sich vermutlich um Thaibasilikum handelt.

Würde ich an ihrer Stelle dort sitzen wollen? Auf keinen Fall. Aber ist das ein Argument? Ich tue jede Menge Dinge, die vielen Frauen auf der Welt zuwider wären, ich esse Bacon, ich trinke Alkohol, ich habe Sex mit wildfremden Männern, die ich per Handy aufreiße, während ich auf dem Klo sitze.

Ich probiere einen Bissen Avocado, sie ist perfekt weich, an der Grenze zu cremig, ein Hauch von grobem Meersalz und Zitronensaft.

Warum gehen wir immer davon aus, dass alle dasselbe wollen wie wir? Wo es doch genauso gut sein kann, dass die geflüchtete Frau, die du siehst, diese Stadt liebt, es liebt, morgens hier zu sitzen und die skandinavische Luft einzuatmen, vielleicht ist es ein Riesenabenteuer, nach dem sie sich ihr ganzes Leben lang gesehnt hat, vielleicht ist sie in diesem Moment glücklicher, als du und ich es je waren?

Der Punkt ist, wir wissen es nicht. Weder du noch ich wissen es.

Ich nehme die Hände von der Tastatur und wölbe sie unter dem Kaffeebecher, schaue aus dem Fenster, versuche, so eine Frau zu sein, die voll konzentriert ist, kein Getippe am Handy, kein Rumgescrollc, keine Bestätigungsheischerei, sondern nur hier, im Augenblick.

Ich schreibe:

Dieses Buch wird zu einem nicht geringen Teil von mir selbst handeln und davon, wie mich die Dinge, die ich um mich herum beobachte, beeinflussen. Meine Mutter lebt in einem Pflegeheim, und seit der Pandemie bestehen weiterhin etliche Einschränkungen, die Pflicht zum Tragen von Mund-Nasen-Schutz, Plastikhandschuhen etc. Meine Mutter liebt Katzen, darf aber keine Katzen haben. Sie liebt Coca-Cola, darf aber keine Softdrinks trinken. Und sie bekommt nur veganes Essen. Die Kommune verweist auf ihre Klimapolitik. Man könnte meinen, nachdem unsere Alten ein Leben lang gearbeitet haben, hätten sie gelegentlich ein Stückchen Rinderfilet verdient!

Mir wird klar, dass ich meine Mutter seit mehr als einem halben Jahr nicht gesehen habe. Das letzte Mal war, als ich über Weihnachten nach Hause fuhr und für ein schönes Essen im Konferenzhotel bezahlt hatte und sie dorthin mitnahm, aber sie sich weigerte zu essen. Schinken, Würstchen, Fleischbällchen. Nichts. »Ich bin mitverantwortlich für den Planeten«, sagte sie über ihrem Rollator hängend. Obwohl das Essen schon dalag. Obwohl die Tiere schon geschlachtet worden waren.

Ich schreibe:

Am besten helfen wir anderen Menschen, indem wir aufhören empathisch zu sein. Denn der Empathie wohnt stets Verachtung inne. Die Auffassung, dass du ein schlechteres Leben hast als ich, dass du hilflos bist, schutzlos, ein Opfer.

Ein Schluck Kaffee zur Belohnung.

So habe ich es mir ausgemalt. Morgens dazusitzen, allein, und die Gedanken schweifen zu lassen. Philosophieren. Träumen. Kreativ sein. Und jetzt tue ich es.

Draußen vor dem Fenster hat die Mutter ihr Kind hochgenommen und angefangen, es zu stillen, die Augen in der Morgensonne geschlossen. Der Junge hat ein Smartphone aus der Tasche gezogen und scrollt darauf herum, wischt mit seinem schmutzigen Finger auf dem Spinnennetz des gesprungenen Displays durch die Bilder.

*

Zurück in meinem *Girl Cave* – so habe ich das Zimmer getauft, das kleinere (aber immer noch riesige) der Wohnzimmer, das einzige Zimmer, das keine Fenster hat, dunkel und kühl, ein abgewetztes, schön altes Ledersofa, ein gut gefüllter Barschrank, ein großer Flachbildfernseher. Mit superflauschigen, aber trotzdem kühlen Kaschmirdecken und Kissen und Plaids ist es total gemütlich, eine eigene Schreibhöhle, isoliert vom Rauschen der Stadt draußen auf dem Dach. Ich bin es nicht gewohnt, so viel Platz für mich allein zu haben, die meiste Zeit ist es himmlisch, aber zwischendrin bekomme ich fast ein bisschen Platzangst, das Gefühl einer nahenden Bedrohung. Einmal bin ich abends durch alle Zimmer gerannt und habe sämtliche Lampen eingeschaltet, um zu kontrollieren, dass ich wirklich allein war.

Hier ist mein Refugium. Hier drinnen bin ich die Königin.

Ich weiß nicht, warum ich zu dem Mittsommerfest eingeladen wurde, ich bekomme viele Einladungen, aber hauptsächlich zu Vernissagen, Events, Premieren, nichts derart Extremes. Riesige Motorboote mit Personal an Bord, frische Orchideen, die mit dem Hubschrauber eingeflogen wurden, Austern und Hummer auf Eiswürfelbett, Champagnerflaschen ohne Gläser, weil sie nicht getrunken, sondern verspritzt werden sollten. Ich war wahrscheinlich einfach auf irgendeine Liste geraten, eine Art Quotengast. Ein paar der anwesenden Mädels kannte ich flüchtig, und wir lagen auf den Felsen in der Sonne und schwammen im Meer, es war herrlich warm, obwohl wir erst Ende Juni hatten.

Nein, tatsächlich hatte ich keine Ahnung, wer er war, den Namen hatte ich wahrscheinlich schon mal gehört, ohne ihn mit einem Gesicht verbinden zu können, und er war wirklich nichts Besonderes, einfach ein braun gebrannter, durchtrainierter Typ mit vollem grauem Haar. Manche Männer markieren ihren Status durch Armbanduhren, Schuhe, Sonnenbrillen, andere durch Gestik, Haltung, ihre Art zu sprechen, die Blicke, die sie einem zuwerfen. Er tat das Gegenteil, war still und zurückhaltend und schaute nicht in meine Richtung, seine Kleidung war schlicht, aber stilbewusst, weiße Jeans, weißes Hemd, weiße Sandalen, alles weiß. Sein Status manifestierte sich in dem Vakuum, das um ihn herum entstand, seiner Aura, den Modelgirls in Designerkleidern mit ihren riesigen Lippen, den Männern, die in seiner Altersklasse waren, nur mit etwas mehr Bauch, etwas modischerer Kleidung, etwas hungrigeren Augen. Er selbst war bloß ein halbwegs attraktiver, etwas schmächtiger Sechzigjähriger, und ich verstand die Welt nicht mehr, als eines der Mädchen mir zuflüsterte *Scheiße, er kommt her, ich dreh durch, der Mann ist eine Legende.*

Erst dachte ich, er wollte mich anmachen, dann schnallte ich, dass er sich ernsthaft mit mir unterhalten wollte, er hatte einen Podcast gehört, in dem ich als Gast über Konsum gesprochen hatte, über *die drei Ls Luxus, Liberalismus und Lebensquali*, und schien sehr beeindruckt von meinen Ideen. Mehr passierte nicht, er betrank sich oder wurde high und verschwand mit ein paar Russen, und eines der Mädels hatte Tramadol, also schloss ich mich ihr auf einem Motorboot in die Stadt an.

Am Tag darauf aber meldete sich eine Frau, die sich als seine *Assistentin* vorstellte und mich in Anders' Namen zum Mittagessen einlud, und als ich erfuhr, dass ich ihn hier in seiner Dachwohnung treffen sollte, war ich mir vollkommen sicher, dass er mich anbaggerte, ich kam mir fast ein bisschen gedemütigt vor, weil er glaubte, ich wäre so einfach zu haben, aus reinem Protest zog ich meine hässlichste Unterwäsche an, den ausgeleierten türkisen Tanga. Aber wieder war er supernett, wir saßen auf der Dachterrasse, ein weiterer herrlicher Frühsommertag mit wolkenlosem Himmel, er schien sich einfach nur unterhalten zu wollen, serviert wurde ein einfacher, aber sehr leckerer Salat mit Eiern und Thunfisch, den hatte er schätzen gelernt, als er in Monaco wohnte. Wie schon auf dem Fest sagte er, ich hätte spannende Ideen, aber jetzt wirkte es aufgesetzt, als würde er versuchen, mir zu schmeicheln, aber nachlässig, lustlos, der Charme eines Mannes, der noch nie jemandem schmeicheln musste.

Also begann ich an meinem Handy herumzufummeln und sagte, wir müssten ein Selfie machen, weil mein Freund jedes seiner Matches im Fernsehen schaue und mir nie im Leben glauben würde, dass ich hier gewesen war, wenn ich kein Bildmaterial als Beweis vorlegen konnte, *pics or it didn't happen*. Er lachte und sagte, es tue ihm leid, dass ich so einen alten Freund hätte, sein letztes professionelles Match habe er nämlich 1992 gegen Andre Agassi gespielt. Dann schwieg er eine Weile, bevor er wissen wollte, ob mir seine Wohnung gefalle, und ohne eine Antwort abzuwarten, erkundigte er sich, wo ich aktuell wohnen würde, und ich sagte es, wie es war, nirgends. Er nickte mitleidig und fragte, mehr so nebenbei, ob ich den restlichen Sommer hier verbringen wolle. Acht bis zehn Wochen, während er verreist war. Die Pflanzen auf der Terrasse gießen, die Post auf einen Stapel legen. *Gratis natürlich*, fügte er schnell hinzu, als er mein erschrockenes Gesicht sah.

Dann führte er mich herum, zeigte mir die beiden Wohnzimmer, das Gästezimmer, das Zimmer seines Sohnes, das Bad und die Küche mit derart glänzendem Edelstahl und blitzblanken Kacheln, wie es nur in einer Küche möglich ist, in der noch nie jemand eine Mahlzeit zubereitet hat. Er zeigte auf die Vorratskammer und den Kühlschrank und sagte, es gäbe jede Menge Essen und Bier und Wein und was nicht alles und ich könne mich frei bedienen. Zum Schluss gingen wir in den *Master Bedroom*, wie er ihn nannte, ein helles, traumhaftes Zimmer, in der Mitte ein gigantisches Bett mit Kopfteil aus dunklem Holz, Spiegelschrank, Balkon und Fenster in drei Himmelsrichtungen und sogar ein Dachfenster, das sich öffnen ließ, und auf einmal sah er verlegen aus, fast schon beschämt, und ich dachte *Dein Ernst, du alter Sugar-Daddy, willst du jetzt etwa den Schüchternen spielen?*

Es gibt nur eine Bedingung, begann Anders, und ich zwang mich, den Blick nicht abzuwenden, sondern ihm in die Augen zu schauen; was auch immer passierte, was auch immer er verlangte, ich würde nein sagen, und falls ich doch darauf einging, würde ich mich nicht dafür schämen.

Was dann kam, war so unerwartet, dass ich beinahe losprustete, es klang wie ein schräger Witz. Aber er meinte es vollkommen ernst und ich sagte ja, natürlich, die Wohnung ist schließlich ein Traum, und erst nachdem ich Elli und Matilda davon erzählt und ihre Reaktionen gesehen hatte, begriff ich richtig, wie eklig seine Bedingungen eigentlich sind, und da war ich schon eingezogen, es ging so schnell, als Elli und Matilda zur Einweihungsparty herkamen, kreischten sie bloß, mindestens eine halbe Stunde lang gingen sie umher und kreischten.

Aber in tausend Jahren werde ich nicht dadrinnen schlafen. Nachdem ich die Schlüssel und den Alarmcode von der Assistentin bekommen hatte und endlich allein in meinem Zweihundert-Quadratmeter-Penthouse war, suchte ich als Allererstes sämtliche Decken und Kissen aus den anderen Zimmern zusammen und richtete mein *Girl Cave* ein.

Als Zweites schaute ich in den Medizinschrank, und als ich die Schachteln mit Oxys sah, wurden meine Knie weich und ich legte mich auf den Boden und heulte einfach nur noch und liebte mein Leben.

Checke mein Handy. *Wie läuft's, Schönheit? Lust herzukommen und dich ein bisschen abzukühlen? Bin einsam so unter der Woche hier draußen auf Dalarö und das Wasser ist soooooo herrlich.*

Die Wirkung des Citodon lässt nach, viel zu früh, und ich bin kurz davor, ein Nacktfoto zu machen und es ihm zu schicken, um ihn warmzuhalten, aber ich will ja sowieso versuchen aufzuhören, außerdem glaube ich, dass in der Tasche, die ich am Samstag benutzt habe, noch 40 mg Reserve sind, ich bin mir fast sicher und ich werde sie ja sowieso nicht brauchen, also balle ich die Hand um mein Handy, schließe die Augen und versuche, die Übelkeit wegzuatmen.

Ein bisschen Zahnschmerzen, das war alles. Ein bisschen Schmerz in einem Zahn.

Gott, bin ich armselig.

»Ah, hier bist du also?«

Didrik steht mit einem Becher Kaffee in der Tür, Becka ist wach und starrt mich träge an, sie hält ein gelbes Spucktuch, das anscheinend Schnuffsi heißt und bis hierher stinkt, sie sitzt oder hängt in einer Art Tragegurt, der irgendwann vermutlich mal hellgrau war, jetzt aber dreckschwarz ist und vollgesaut mit irgendwas, das aussieht wie Kacke und es dem Geruch nach zu urteilen auch sehr gut sein könnte.

»Hab dich gesucht. Mann, ist die Bude groß.«

Er kratzt sich am Bauch, er hat sich ein Tennisshirt ausgeliehen, eins von diesen weißen mit einem kleinen Kragen, es ist ihm zu eng, so dass eine Speckrolle hervorquillt, genau zwischen dem Bund der Unterhose und dem Rand des Tragegurts.

»Fühlt sich total unwirklich an, oder? Dass wir hier zusammen sind? Ich meine, hier, ausgerechnet?«

Ich nicke.

»Ja, keine Frage. Damit hatte ich nicht gerechnet.«

Seine Miene verrät, dass er mehr erwartet hatte, Enthusiasmus, Energie, Euphorie, was weiß ich, ich umklammere mein Handy, als würde ich versuchen, ein Katzenjunges zu erwürgen.

»Gute Nachrichten von Carola«, sagt er mit Erwachsenenstimme. »Vilja ist zurück und Zack wurde gefunden, aus irgendeinem komischen Grund ist er in Hedemora gelandet … Jetzt müssen wir also besprechen, wie es laufen soll, mit den Kindern und dem Haus und allem, oben in Dalarna herrscht immer noch Chaos, aber früher oder später wird sich die Lage wohl beruhigen und wieder Alltag einkehren und ich muss mit meinem Bankberater reden«, und ich schalte ab, während er weiterquatscht, von unserer Zukunft und der Wohnung, die wir mieten werden, drei Zimmer oder wenigstens zwei, seine Kinder haben ihre Sachen in einem Schubkasten unter dem Bett und jede zweite Woche sind sie bei uns und jede zweite Woche sind er und ich allein, ausgedehnte Frühstücke, Museen und Theater, zwar hat er nach der Sache mit der *Flucht* Stress wegen der Arbeit, aber er hat schon eine Mail an die Gewerkschaft geschrieben und in jedem Fall haben wir ja einander und wer braucht schon kleinbürgerliche klimaschädliche Sicherheit, wenn man von Luft und Liebe leben kann.

Die in der Handtasche, das sind keine 40 mg, fällt mir jetzt ein, es sind 80 mg oder 160 mg, stimmt ja, ich hatte sie mir für Extremsituationen wie diese aufgespart. Er faselt weiter und nach einer Weile erkenne ich es wieder, ich hab es schon mal irgendwo gehört und zum Schluss komme ich drauf, es ist *Fräulein Julie*, der Monolog am Ende, als Julie die hoffnungslose Wunschvorstellung hat, dass sie und Jean und Kristin zusammen fliehen und ein Hotel am Comer See eröffnen, derselbe herzzerreißende Versuch, in einer ausweglosen Situation optimistisch zu bleiben, bis ihr nach der Hälfte des Monologs selber dämmert, wie naiv und needy sie klingt und lauter Pünktchen Pünktchen Pünktchen zwischen den Wörtern folgen. In der Schule schrieb ich einen Aufsatz über *Fräulein Julie*, die Stelle war meine Lieblingsszene, meine Lehrerin war total happy, weil ich mich so für den Stoff interessierte, und sorgte dafür, dass ich mit dem Bus nach Stockholm fahren und das Stück sehen durfte, als es im Nationaltheater gespielt wurde, ich glaube, sie hat es aus eigener Tasche bezahlt, ich galt als große Begabung, Unimaterial, das glaubt mir keiner.

Ich bekomme Lust, Didrik davon zu erzählen, von der Tragik, wenn der Liebe die Luft entweicht und sie erschlafft und zu einem seichten klischeehaften Tagtraum wird, aber ich merke, wie ich

Bauchschmerzen kriege und mein ganzer Körper anfängt weh zu tun und die Kopfhaut schwitzt und juckt, und außerdem wird er immer so gereizt, wenn man ihn unterbricht, er würde garantiert sagen, die Szene spiegele Strindbergs frauenfeindlichen schwanzvergleichenden wahnsinnigen Antisemitismus wieder und ob ich überhaupt schon mal am Comer See oder überhaupt nur in Italien gewesen sei, er nämlich schon.

Stattdessen frage ich leise: »Wie lange bleibst du hier?«

Er ist mitten dabei, mir seinen Rentenfonds zu erläutern und *die Möglichkeit, sich Teile des Kapitals schon vorzeitig auszahlen zu lassen*, er tut, als hätte er mich nicht gehört, ich wiederhole meine Frage, in etwas schärferem Ton.

Becka grummelt und reibt sich mit der kleinen Hand das Auge.

»Sie muss schlafen«, sagt Didrik sanft. »Kommst du mit uns ins Schlafzimmer?«

Also klappe ich den Laptop zu und wir gehen durch die riesige Wohnung ans andere Ende, zum *Master Bedroom* mit dem warmen Licht und der durch das offene Dachfenster entstehenden Weite, das Lüftchen, das vom Balkon hereinweht, jetzt, wo Becka mal kein rot geweintes, schreiendes Ding ist, sondern ein warmes und müdes kleines Menschlein, das süß nach dieser Fakemilch duftet, hat es etwas sowohl Abstoßendes als auch Niedliches, Didrik dabei zuzuschauen, wie er Becka wickelt, den Schnuller hervorzaubert und rasch die Windel wechselt, die Finger bewegen sich um das nackte Baby, streicheln, nesteln, puffen den Windelpo, bis der kleine zappelnde Körper zur Ruhe kommt.

Ich wusste, dass ich einen Vater datete, aber die Kinder waren bloß Bilder in seinem Feed, Phantasiefiguren, er sprach selten von ihnen, und obwohl ich wusste – hoffte –, dass ich eines Tages ihre Stiefmama werden würde oder Bonusmama oder Ersatzmama oder wie man es auch nennt, war es so ähnlich wie eine Postkarte anzuschauen und sich zu denken »an dem Strand möchte ich auch gern liegen«, verglichen damit, Geld zu sparen und Reise und Hotel zu buchen und eingequetscht im Flieger zu sitzen und dann anzukommen und den Sand zwischen den Pobacken zu spüren.

Aber jetzt schläft sie zwischen den ägyptischen Baumwolllaken in dem Riesenbett der alten Tennislegende, Didrik drückt auf eine Fernbedienung, woraufhin die Rollos runtergelassen werden und das Dachfenster geschlossen und verdeckt wird, eine zweite Fernbedienung schaltet die Klimaanlage ein, innerhalb kürzester Zeit wird das Zimmer kühl und dunkel und behaglich und Didrik liegt neben dem kleinen halb nackten Körper, die Lippen auf dem flaumigen Kopf, streichelt Becka und flüstert und summt ein Lied, an das ich mich vage aus den alten Astrid-Lindgren-Filmen erinnere, die meine Mutter immer auf DVD in der Bibliothek auslieh.

Später setzen wir uns auf den Schlafzimmerbalkon, kleiner als die Dachterrasse natürlich, dafür aber intimer, hübsche kleine Metallstühle und ein französisches Tischchen in verschnörkeltem Design, es sieht aus wie in diesen Schwarz-Weiß-Filmen aus Paris oder Rom, ein heimliches Stelldichein in einem gemütlichen kleinen Bistro, Baden in einem Springbrunnen, Tauben, die in der Dämmerung über eine Piazza flattern. Unten auf der Straße fahren zwei Polizeiautos und ein Feuerwehrwagen über die Kreuzung, irgendwo gibt es wieder eine Demo, heißt es im Newsflash, eine Menschenmasse hat sich spontan versammelt und ist auf dem Weg zur US-Botschaft oder war es die chinesische, das ist nicht ganz klar, vielleicht sowohl als auch, sie liegen ja sowieso beide in derselben Straße, weitere Polizeiautos und Feuerwehr und ein Krankenwagen rasen unten vorbei, aber hier oben, auf Höhe der Hausdächer, verschmelzen die heulenden Sirenen und blinkenden Blaulichter mit dem übrigen Rauschen der Stadt, der Musik der Straßencafés, dem Glitzern des Wassers, den Kirchtürmen, dem Schloss, einem Touristenbus mit grellen Farben und plärrenden Lautsprechern und Menschen, überall Menschen, die die Bürgersteige entlangschlendern und Kreuzungen überqueren. Manchmal, oft, wünschte ich, ich würde in einem Wolkenkratzer wohnen, einem richtigen Wolkenkratzer, so einem, wie man sie auf Bildern von New York oder Dubai sieht, aber das hier ist auch nicht schlecht, die Kühle aus dem Schlafzimmer weht durch die dünnen weißen Gardinen zu uns heraus.

»Die sollten lieber zum Schwedischen Fernsehen marschieren«, sagt Didrik. »Das Medienversagen überschattet alles. Warum bekommt die Umwelt kein eigenes Segment in jeder Nachrichtensendung, zum Beispiel in Verbindung mit dem Wetterbericht? Warum war der Klimawandel nicht in jeder politischen TV-Debatte seit den Achtzigern das Hauptthema?«

»Wie lange bleibst du?«

»In Schweden herrscht allgemein großes Vertrauen in den öffentlich-rechtlichen Rundfunk«, fährt er fort und nickt bedächtig zu seinen eigenen Worten. »Hätte der seiner Verantwortung entsprechend gehandelt und die Bevölkerung informiert, sähe unser Energiesystem heute vielleicht anders aus. Diesen Punkt sollte man unbedingt vorbringen.«

»Didrik? Wie lange bleibst du?«

Sein Mund bekommt einen festen Zug.

»Wir können verschwinden, sobald sie aufwacht. Gar kein Problem.«

Ich seufze, reiße mich zusammen, unterdrücke den Impuls, aufzuspringen und die Handtasche zu holen.

»Es sind mehr als zwei Jahre vergangen. Du hast nicht mal gefragt, wie es mir geht, stiefelst einfach mit einem Baby und einem Haufen Chaos hier rein, wo ich gerade versuche …«

»Schön«, schnauzt er. »Schön. Erzähl mir, wie es dir geht, Melissa.«

Die Sonne ist gewandert und die ersten Strahlen scheinen durch sein schütteres Haar, direkt auf die verletzte Kopfhaut, als wäre er durchsichtig. Wir schweigen.

»Ich habe dich vermisst«, sage ich schließlich. »Sehr, um genau zu sein. Und … ich habe nachgedacht.«

Wieder diese Dackelaugen. Verdammt.

Ich muss es erzählen, denke ich. *Unbedingt. Vielleicht kann er mir helfen.*

»Und dann habe ich Zahnschmerzen gekriegt«, fahre ich leise fort.

Er hebt die Augenbrauen.

»Zahnschmerzen? Oje, das kann richtig übel sein. Becka wird bald anfangen zu zahnen, das ist eigentlich das Stressigste mit Kleinkindern, Vilja hat wochenlang gebrüllt und nicht geschlafen, wir wären fast durchgedreht und …«, er wirft mir einen Blick zu und lächelt, »… na ja, wie auch immer, also du hattest Zahnschmerzen, zu viel genascht, oder was?«

Ich schüttle den Kopf.

»Nein, also, ich hatte kein Loch oder so, sondern eine Fraktur, ein Riss quasi«, ich zeige ihm die Stelle im Mund, »anfangs war es nicht so schlimm, aber nach ein paar Monaten hat es angefangen weh zu tun, wenn ich Eis gegessen oder Kaffee getrunken habe, so eine Art Stechen, irgendwann hatte ich irrsinnige Schmerzen«, ich rede schneller, merke, wie mir die Tränen kommen, der Schweiß ausbricht, gleich kommt der Durchfall, scheiße, »es war so schrecklich«, fahre ich fort, »du kannst dir nicht vorstellen, wie schlimm, ich bin zur Zahnärztin gegangen, aber sie wollte ihn rausziehen, und das hätte mein Aussehen total ruiniert, zu der Zeit hatte ich einen Haufen Schulden und kein Geld für Zahnersatz, und die Schmerzen waren wie ein einziger langer Albtraum, ich konnte weder essen noch trinken noch schlafen noch sonst was.«

Didrik schaut mich mitleidig an.

»Mann, du Arme, das klingt ja furchtbar. So kann man ja nicht leben. Warum hast du dich nicht gemeldet?!«

Er will noch etwas sagen, doch ein abgehackter, wimmernder Laut dringt durch die wogende Gardine und er springt auf und eilt nach drinnen; sie hat höchstens eine halbe Stunde geschlafen und er hat mir schon erklärt, dass sie mindestens anderthalb Stunden Mittagsschlaf braucht, *wenn wir einen geregelten Tagesrhythmus für sie bekommen wollen*, ich höre gedämpft, wie er singt und mit ihr schwatzt, und denke, das dadrinnen ist Liebe, das hier draußen ist etwas anderes, ich habe keinen Schimmer, was.

Die Handtasche ist leer, ich schüttle sie, reiße daran, schleudere sie an die Wand und sinke auf den Boden. Das Oxy ist alle, der Vorrat im Bad schon seit Wochen aufgebraucht.

Ich ziehe mein Handy heraus. DrSverre74 hat wieder geschrieben, als wüsste er Bescheid, natürlich weiß er Bescheid, es gehört wohl zu seinem Job, den Überblick zu haben.

Hey, hübsche Melissa, sitze hier bei Windstille fest und hab nen Steifen (hehe), denke an dich, meine Süße! Wäre so schön, nackt hier mit dir zu baden. Wie sieht's aus, brauchst du vielleicht bald mal wieder ein kleines Rezept? Bin heute Nachmittag am Laptop und kann dir gerne eins schicken.

Ich schreibe schnell eine Antwort, lösche sie aber, als ich sehe, dass er offline ist, zuletzt war er vor einer Stunde online, das ist Didriks Schuld, er hat mich mit seinem Scheiß vom Antworten abgehalten, jetzt kann es Stunden dauern, bis der Dr. wieder auftaucht, ich schluchze, es ist so schrecklich, als würde man ersticken, ich will nicht ich will nicht ich will nicht.

Schalte mein Handy ein, brauche unbedingt einen Kick. Mein letzter Post hat 32 459 Likes bekommen und ich starre aufs Display, völlig geflasht von der Zahl. Mein Post von heute Nacht ist nicht explodiert – er ist *eruptiert*. Klar hatte ich Erwartungen, klar war ich neugierig, welche Reaktionen die Neuigkeit von meinem Buchprojekt auslösen würde. Aber *über 30K Likes*? Außerdem Kommentare und Nachrichten, Medienanfragen, Angebote für neue Kooperationen, ein Agent von einem Streamingdienst will Ideen für ein TV-Format besprechen und ich kann einfach nicht anders, meine Finger agieren eigenständig, ich muss mein Konto checken und *simsalabim*, das Geld ist die ganze Nacht und den ganzen Morgen geflossen, mehr Geld, als ich sonst in einem ganzen Monat von meinen Fans kriege.

Mir schießen Tränen in die Augen, ich bin so stolz, es gibt nichts Schöneres, als wenn gewöhnliche Menschen, Leute, die ich noch nie getroffen habe, die Kreditkarte zücken, um ausgerechnet mich und meine Ideen und Projekte zu unterstützen. Meine Träume. Der Entzug wird ein wenig gemildert und ich gehe hinaus auf die Terrasse, lege mich aufs Sofa, beginne einen neuen Beitrag zu verfassen, in dem ich meine enorme Dankbarkeit zum Ausdruck bringe, schreibe aber nicht mal eine Zeile, ehe ich alles wieder lösche, die Dankbarkeit ist zu groß, um sie in Worte zu fassen, außerdem sind vielleicht noch nicht alle dazu gekommen, mir Geld zu schicken. Besser, ich warte noch ein paar Tage.

Didrik kommt nach draußen, mit roten Augen und Becka auf dem Arm, er isst Blaubeerjoghurt aus einem kleinen Becher, was derzeit so ziemlich das einzig Essbare in meinem Kühlschrank ist. Eine Stunde ist verstrichen, er muss dadrinnen eingeschlafen sein.

»Wir müssen …«, er sieht mich an. »Oder, ich überlege … ein neues Video wurde hochgeladen.«

Ich habe es schon gesehen, Matilda hat mir sofort den Link zugeschickt. Es ist ein Überwachungsvideo aus dem Zug, ohne Ton, aber man sieht ihn halb nackt mit einer Axt in der Hand und dem Baby im Tragegurt bedrohlich auf einen Schaffner zugehen, die Zeitung, die den Clip gebracht hat, hat Beckas Gesicht unkenntlich gemacht, aber Didriks Profil ist messerscharf.

»Was, glaubst du, passiert jetzt?«, frage ich und bin selbst erstaunt, wie ruhig meine Stimme klingt.

»Es gibt wahrscheinlich … vielleicht eine Anzeige oder so, keine Ahnung, oder die Sache verläuft im Sand, gerade ist so viel anderes los, hast du von Malung gehört? Und all den Leuten, die in dem Tagungszentrum waren? Total irre.«

»Aber echt«, sage ich. »Total irre.«

»Es war so eine Brandaxt«, murmelt er und blinzelt in die Sonne. »*Im Notfall Scheibe einschlagen.* Die Leute in diesem Zug waren in

Lebensgefahr, ich bin schließlich nicht wie irgend so ein Bekloppter in einem Horrorfilm rumgerannt und habe die Axt geschwungen, es war bloß ein Werkzeug. Man sollte meinen, es gäbe aktuell größere Sorgen, als dass jemand ein Zugfenster einschlägt.«

»Oder aber es sind genau solche Dinge, wegen denen wir uns Sorgen machen müssen«, höre ich mich sagen.

»Hä?«

»Ich meine nur … na ja, Brände, Überschwemmungen, Stürme und all das, eigentlich ist das ja nur die Art der Natur, die Gesellschaft auf die Probe zu stellen. Uns zu testen, zu sehen, ob wir funktionieren. Ob wir uns an die Regeln halten können, die wir gemeinsam festgelegt haben. Gesetz und Ordnung. Keep calm and carry on.«

Didrik kratzt sich die Wunde am Kopf, scheint etwas sagen zu wollen, verzieht das Gesicht.

»Tut sauweh grade. Hast du meine Schmerztabletten gesehen? Ich dachte, ich hätte sie hier irgendwo hingelegt.«

Ich zucke mit den Achseln.

»Nee, keine Ahnung.«

»Ich hab noch ein Rezept für mehr«, gähnt Didrik. »Es ist nur so blöd, dafür in die Apotheke zu müssen. Jetzt, wo einen alle kennen und so.«

»Wolltet ihr jetzt eigentlich gehen?«, frage ich und versuche krampfhaft, mich zu entspannen. »Oder wie hast du's dir gedacht?«

»Also eigentlich hatte ich überlegt … vielleicht ein Hotel oder so, nur …« Er ringt mit den Worten. »Ich hab mein Konto gecheckt und es scheint, als ob …«

»Kein Problem«, sage ich schnell. »Ihr könnt bleiben, alle beide. Das ist okay. Ein bisschen Gesellschaft ist super.«

Becka scheint munterer geworden zu sein, lächelt mich vorsichtig an, reckt ihren kleinen speckigen Arm und greift nach Didriks Kinn. Dann verändert sich ihr Ausdruck plötzlich, sie spannt den Körper wie eine Feder, das kleine Gesicht wird rot, konzentriert, eine Mischung aus Verwunderung und übermenschlicher Anstrengung, es sieht fast schon unheimlich aus.

Und dann der Gestank. Der Gestank.

»Wir müssen andere Windeln kaufen«, sagt Didrik und streicht dem Baby mit den Fingerspitzen über die Wirbelsäule, während sie grunzend auf seinem Arm presst. »Die, die ich heute Nacht gekauft habe, waren zu klein, sie ist über den Sommer gewachsen, man kommt gar nicht mit, so irre schnell, wie das geht.«

»Ich gehe einkaufen«, sage ich und füge beiläufig hinzu: »Ich kann auch gern deine Tabletten holen, wenn du mir deinen Ausweis mitgibst?«

»Oh, das wäre toll, du bist ein Schatz«, sagt er und kramt gähnend seinen Führerschein aus der roten Wickeltasche. »Darf ich übrigens noch von dem Joghurt haben, der war superlecker.«

»Klar. Was mein ist, ist dein.«

*

Auf dem Weg zu dem großen Kaufhaus gehe ich durch den Park mit den Kirschbäumen und lächle bei der Erinnerung an den Winter damals, die rosafarbenen blühenden Bäume, es ist echt eine klasse Geschichte, ich habe sie regelmäßig bei meinen Vorträgen erzählt und sie wurde mit jedem Mal besser. Meine alten Freunde sind schön wie immer, als sie ihr Dach über meinen Kopf wölben, heute sind ihre Blätter gelb und rostrot, der Herbst steht vor der Tür.

Der knisternde Tablettenblister in meiner Jeanstasche bedeutet Reichtum, die kleinen Mulden aus Kunststoff bedeckt mit Alufolie pures Glück, allein schon, gelegentlich den Finger in die Tasche zu stecken und zu spüren, dass sie dort liegen, erfüllt mich mit Freude und Ruhe. Die in der Apotheke hat sich angestellt und wollte mir für Didrik die kleinste Packung geben, die mit sechzehn Tabletten, aber man kann natürlich Nachschub holen, außerdem habe ich

DrSverre74 als Back-up, alles ist gut, ich habe nur zwei genommen, es gibt noch jede Menge!

In der Kinderabteilung im obersten Stock ist es ruhig und menschenleer. Ich bin noch nie hier gewesen, kann mich nicht entsinnen, überhaupt je schon mal Kinderkleider gekauft zu haben, ich wusste nicht, dass es Markenklamotten für Kinder gibt, supersüße rosafarbene Blüschen von Ralph Lauren, Gucci-Kleidchen, eine ultragoldige französische Marke namens Petit Bateau, von der ich noch nie gehört habe, weiße Seidenstrümpfchen, fast muss ich kichern, so niedlich ist das alles, Kinder sind echt was Schönes.

»Hallo, kann ich behilflich sein?«

Ein hübsches Mädel, dunkel, adrett gekleidet in weißer Bluse und schwarzen Jeans, mit wahnsinnsroten Lippen und tollen Highlights unter den Augen und auf der Stirn.

»Danke, ich schaue bloß … oder das heißt, eigentlich brauche ich ein paar Kleider. Für ein vier Monate altes Mädchen.«

Breites Lächeln, schöne weiße Zähne.

»Ach wie reizend, ist es Ihr Baby?«

Ich nicke unsicher, ein bisschen enttäuscht, weil sie mich nicht erkennt.

»Genau.«

»Suchen Sie nach etwas Bestimmtem? Wir haben nämlich gerade eine *ganz entzückende …* «

»Nein, eher … ein bisschen gemischte Kleidung. Damit sie für drei, vier Tage was zum Anziehen hat.«

»Wo wollen Sie hinfahren?«

Ich winde mich.

»Nirgendwohin. Sie braucht sie einfach.«

Für einen Moment herrscht Stille, die schönen Augen mit den künstlichen Wimpern schauen auf einmal ratlos drein, ich hatte sie für älter gehalten, aber jetzt sehe ich durch die Schminke, dass sie eigentlich in meinem Alter ist, sie ist es gewohnt, reiche Trullas zu umgarnen, die gerade ein Enkelkind bekommen haben, oder mit älteren Pärchen zu flirten, die zu einer Taufe eingeladen sind, ich mit meinen Flipflops, den zerschlissenen Jeans und dem ausgewaschenen schwarzen Top passe hier nicht rein.

»Hier haben wir hauptsächlich exklusivere Markenkleidung«, sagt sie unsicher. »Wenn Sie eher ein paar Basics brauchen, ist es besser, Sie gehen …«, dunkle Finger mit silbernem Nagellack machen eine vage Geste, weg von hier, nach unten, »irgendwo anders hin.«

»Es hat gebrannt«, sage ich, ohne nachzudenken. »Wir wurden von diesem Feuer in Dalarna erwischt, all unsere Sachen sind zerstört. Die Kleine ist jetzt bei ihrer Oma, und ich muss neue Kleider besorgen.«

Ihre Miene erhellt sich, als hätte ich auf einen Schalter gedrückt, ein schwesterlicher Ausdruck bestürzten Mitleids, sie schlägt die schlanke Hand vor den Mund, wie es Leute aus der Oberklasse tun, wenn sie lachen oder schockiert sind.

»O mein Gott, wie furchtbar! O Gott! Sie Arme, wie geht es Ihnen damit? Wo wohnen Sie jetzt?«

»Mir geht es gut«, sage ich freundlich. »Wir wohnen in einem Hotel. Alle sind wohlauf, wir brauchen wie gesagt nur ein paar neue Kleider.«

»Aber Sie bekommen bestimmt Geld von der Versicherung, oder? In den Nachrichten hieß es, dass noch nicht sicher ist, ob alle alles zurückbekommen, inzwischen sind über eine halbe Million Haushalte betroffen, ein Sprecher hat gesagt, sie können so hohe Summen nicht zahlen, der Staat müsste einspringen und ein Hilfspaket schnüren, wie in der Pandemie.«

Ich antworte nicht, gehe an ihr vorbei, sie folgt mir durch die leere Abteilung, greift unterwegs einige Bügel, bei Burberry bleibe ich stehen und betrachte entzückende beige karierte Röckchen und Kleidchen, es gibt auch Kuscheltiere und flauschige Decken, ich will alles anfassen, ich will alles haben.

»Es ist völlig verrückt, was gerade passiert«, sagt die Verkäuferin im Flüsterton, »mein Vater hat ein Exportunternehmen in Nigeria und verkauft Fisch, aber er wird verkaufen und nach Schweden ziehen, weil der Fisch zur Neige geht, die Sardinen sind nur noch halb so groß und bald sterben sie aus, weil es anscheinend kein Plankton gibt.«

Ich zucke mit den Achseln.

»Gut, dass ich keine Sardinen esse. Oder Plankton.«

Sie schaut mich verwirrt an.

»Aber es beeinflusst ja auch alles andere. Wenn es keine Sardinen gibt, wirkt sich das auf die größeren Fische aus oder auf die Möwen, und …«

»Ich esse auch keine Möwen.« Meine Finger streichen über ein weiches Burberry-Plaid. »Wissen Sie, aus welcher Wolle die sind?«

»Aus welcher … Wolle?«

Anfangs war sie mir eigentlich ganz sympathisch, aber jetzt geht sie mir langsam auf die Nerven, schöne Menschen ohne Grips gehören zu den schlimmsten Dingen überhaupt, das bekümmerte dunkle Gesicht, der Flunschmund, die unnatürlich seidenglatte Mähne.

»Na, Wolle. Sie liebt es, mit solchen Decken zu kuscheln, aber sie müssen aus dem richtigen Material sein.«

Für einen merkwürdigen Moment scheint es, als würde sie direkt durch mich hindurchsehen. Dann glätten sich die Runzeln, wie wenn man Luft in einen Ballon bläst.

»Merino müsste es sein. Oder *Cashmere*«, sie spricht es auf Englisch aus, »eins von beidem. Merino hält länger und lässt sich leichter waschen, aber *Cashmere* ist natürlich weicher und wärmer.« Sie lächelt strahlend. »Aber traumhaft sind sie alle beide.«

Es fühlt sich so gut an, die zwei gefüllten Papiertüten mit dem edlen Markenlogo durch die Gegend zu tragen, deshalb mache ich einen Schlenker am Parfüm und der Spitzenunterwäsche vorbei, nicht um etwas zu kaufen, sondern hauptsächlich um noch ein bisschen auf dem luxuriösen Gefühl weiterzusurfen. Dann mache ich einen schnellen Abstecher in den Supermarkt und kaufe Windeln, Feuchtpapier, Milchpulver, Schnuller, alles auf der Liste, die Didrik mir gegeben hat, und dann weiter zu der Abteilung mit dem kleinen schicken Café, wo eine komplette Wand mit großen Dosen voll Tee und Kaffee bestückt ist, und daneben eine Küchenlandschaft mit japanischen Kochmessern, dänischem Glas, portugiesischem Porzellan, Schneidebrettern aus massivem Teakholz, Eiche und Akazie, Espressomaschinen, die aussehen wie Raumfahrzeuge. Als ich im Café gearbeitet habe, kam man sich vor wie in einer zischenden, dampfenden Fabrik, aber hier in dieser Umgebung sehen die Maschinen wunderschön aus, es ist wie eine Kunstausstellung mit den blitzblanken, glänzenden Oberflächen aus Chrom und Stahl, wie die Verheißung gemütlicher Sonntagmorgenstunden auf dem Land, in einen Bademantel gehüllt, ein interessantes und lehrreiches Gesellschaftsprogramm im Radio und Croissants im Ofen, alles, was mein Leben mit Didrik hätte beinhalten sollen, alles, was er mir versprochen hatte.

Ich habe mir seine Bilder ebenfalls angesehen. Vor allem am Anfang, im ersten Jahr, nachdem er mich wie eine ausgediente Gummipuppe weggeworfen hatte. Es waren Bilder von Zacharias und Vilja, ihre Geburtstage und Sommerferien und manchmal seine bescheuerte Frau im Badeanzug mit diesem *zufriedenen* Lächeln im Gesicht und einmal ein Foto von exakt so einem Morgen, ein Haus auf dem Land, ein handbemalter Holzstuhl, zwei Latte mit Milchschaum in Herzform, genau wie ich es ihm beigebracht hatte, ein Korb mit frisch gebackenen Croissants, und ich war fast gelähmt vor Ekel und Traurigkeit und dachte *widerlich, wie er sich anstrengt.*

Ich gehe nach unten in die Markthalle, gleite hinaus in den schimmernden Marmor und die cremefarbenen Fliesen und kleinen Läden, bei denen Preise und Angebote mit Kreide auf Schiefertafeln geschrieben stehen, überall drängen sich Leute an Bartischen und trinken und plaudern, während weiß gekleidete Muskelpakete mit Tattoos und großen Bärten ein paar Zentimeter weiter Wurst aufschneiden und Fisch filetieren oder Fleischstücke rausschmeißen – *Wagyu*, steht auf einem Schild, *Iberico*, *Ayam Cemani* auf einem anderen – und große glitschige Fische auf Eisblöcken, es riecht nach Meeresfrüchten, Blauschimmelkäse, rohem Fleisch und frisch gebackenem Brot, ich knuffe mich mit den Ellbogen an einer Gruppe Typen in pastellfarbenen Hemden vorbei, die sich lautstark über die Preise von verschiedenen Hummersorten unterhalten, man kommt sich vor wie in Barcelona oder Mailand, ich wusste nicht, dass es solche Orte noch gibt, dass es sie die ganze Zeit über gegeben hat.

Ein etwas affektierter Kellner mit langen Koteletten steht hinter einem Tresen und lächelt mich an, ich erinnere mich vage von irgendeinem Event an ihn.

»Melli? Kennst du mich noch?« Seine sorgsam kajalgeschminkten Augen, das bewundernde Lächeln, es hat etwas Hundehaftes, als würde er mit dem Schwanz wedeln. »Ich kommentiere immer deine Storys, ich bin ein Riesenfan! Darf ich dir etwas anbieten, du bist eingeladen?«

Ich nicke froh und setze mich an einen freien Tisch. Genau, was ich jetzt brauche, ein Drink, ein bisschen lästern, nicht nach Hause gehen müssen, ich lasse ihn ein Glas Champagner für mich füllen.

»Und du warst powershoppen, wie ich sehe«, flötet er, »nice!« Er schielt in die Papiertüten. »Aber du hast ja kein Baby, oder? Sind die Sachen für eine Babyparty?«

Ich schüttle geheimnisvoll den Kopf.

Er zwinkert mir zu.

»Ein Typ?«

Ich nicke.

»So was in der Art. Oder, ich weiß nicht genau.«

»Uuuh, so was liebe ich«, schnurrt er, »wer ist er und wie heißt er und wann wie wo?«

Ich koste das perlende Getränk und kichere, es bitzelt in der Nase.

»Wir haben uns vor Jahren kennengelernt. Er wollte jemanden für einen Seitensprung und ich hatte wohl einfach das Bedürfnis wegzukommen.«

Keine Ahnung, warum ich auf einmal so freimütig über mein Privatleben plaudere, ich kenne den Typen nicht wirklich, aber der Champagner und die wohlige Müdigkeit nach dem Shoppen machen mich irgendwie redselig.

»Es war nie geplant, dass mehr daraus wird, aber dann hat er sich in mich verliebt und ich mich wohl auch in ihn, ausgerechnet bevor es zu Ende ging. Er hat gesagt, dass wir zusammenziehen, aber dann kam Corona und das große Chaos und er ist bei seiner Frau und seinen Kindern geblieben. Ich habe mich getrennt und alles ist den Bach runter.«

»Nach der Pandemie bist du einfach verschwunden«, sagt er und legt den Kopf schief. »Ich habe nie richtig verstanden, warum. Du hattest ja die Bilder, den Podcast. Die Kooperationen. Ich habe mich immer gefragt, was passiert ist.«

Ich nicke.

»Er ist passiert.«

Ich trinke noch ein paar Schlucke und erinnere mich daran, wie Didrik anfangs immer Champagner mitbrachte, wie er die Minibar im Hotelzimmer öffnete und all die Fläschchen mit Alkohol und Cola- und Fantadosen herausholte, um stattdessen seine Flasche hineinzulegen, ich fand es süß, wie er alles für mich vorbereitet hatte, mit Duftkondomen und Gleitmittel, roten Rosen und Schaumbad, er hatte sogar gefragt, welche Süßigkeiten ich am liebsten mag. Und dann lagen wir dort nackt mit je einem Glas Champagner und er war so nervös, dass er die ganze Packung Pralinen futterte (Zitronentrüffel mit Lakritz), und ich bekam Kohlensäure in die Nase und fing an zu lachen, weil es so himmlisch war, so schön. Seine Frau war bei irgendeinem Mädelslunch, Vitas arbeitete und wir hatten Marathonsex in einer Juniorsuite, die er von seinen Prämienpunkten gebucht hatte, totale Nähe, nach nur drei Wochen

Chat und ein paar hastigen Gesprächen in versteckt gelegenen Cafés hatten wir den Abstand zwischen uns überwunden, bis es nichts mehr voreinander zu verheimlichen gab und wir uns in einer Freizone befanden, wo nichts, aber auch gar nichts mehr hässlich oder eklig oder zu intim war, alles, was wir taten, war verboten und das Beste, was wir je erlebt hatten.

Als ich auf dem Weg zu diesem Zimmer den Gang entlang bin, hatte ich das Gefühl, meiner eigenen Hinrichtung entgegenzugehen sagte er leise und ich antwortete *In deinem Alter ist ein Herzinfarkt definitiv ein Risikofaktor, wenn wir so weitermachen.*

Melissa, fuhr er mit ernster Miene fort, *was auch immer passiert, ich werde dich immer respektieren, ich werde mich niemals für meine Gefühle für dich entschuldigen, niemals diesen magischen Moment bereuen.*

Dann trank er den letzten Rest aus der Flasche und fragte, ob wir Analsex probieren könnten, bevor er Vilja vom Sport abholen musste.

»Er ist passiert«, wiederhole ich, etwas lauter, etwas entschiedener.

»Und jetzt?«

Ich zucke mit den Achseln.

»Jetzt hat er seine Familie verlassen und sich in meiner Wohnung einquartiert und alles ist wie früher und gleichzeitig doch nicht und ich kann ihn nicht rausschmeißen.«

»Warum nicht?«

»Weil er ein vier Monate altes Baby dabeihat.«

»Und was willst du?«

Die Fragen des Kellners kommen schnell, ruhig, beinahe mechanisch, wahrscheinlich hat er wie alle anderen eine Therapie gemacht; hat man erst mal ein paar Jahre beim Psychologen gesessen und Frage um Frage beantwortet, wird das für einen wohl zur selbstverständlichen Form, so ein Gespräch zu führen.

»Ich will glücklich sein«, sage ich, und mir ist bewusst, wie dürftig das klingt, kann es aber nicht besser ausdrücken. »Ein spannendes Leben haben. Arbeiten, kreativ sein, reisen, tolle Leute treffen. Geld verdienen, es verprassen. Einfach glücklich sein. Und nicht mehr so übelst Selbstmitleid mit mir haben, dass ich nicht mal aus dem Bett komme, nicht mehr das Gefühl haben müssen, dass mein einziges Leben niemals anfängt, nicht mehr die ganze Zeit ...«

»Schmerzen haben«, sagt er ausdruckslos und füllt mein Glas, und dann geht er mit zwei Flaschen zu einer größeren Gruppe und sagt *Passt auf, jetzt habe ich einen superlimitierten südafrikanischen aus Swartland, den ihr unbedingt* – und der Rest geht im Umgebungslärm unter.

Dieses Gefühl von innerlicher Leere kehrt zurück, ich ziehe den Blister aus der Tasche und drücke zwei weitere Tabletten heraus, spüle sie mit einem großen Schluck Champagner runter und in der Sekunde, als ich das Glas auf den Tisch stelle

ertönt

ein Krachen

wie von einem umstürzenden Baum, langsam brechende Zweige, trockene Blätter, die im Wind rascheln

und Schreie

Es ist eigenartig, schießt es mir durch den Kopf, egal, wie viel Trubel und Stimmengewirr an einem solchen Ort herrschen, eine Lautstärke, dass man kaum die eigenen Worte versteht, hört man dennoch, wenn jemand ernsthaft die Stimme erhebt, sie als Waffe gebraucht statt als Mittel zur Kommunikation, wie wenn ein Junkie in der U-Bahn rumbrüllt.

raus hier

ihr dreckigen Schweine, sitzt hier rum und

ich hab gesagt RAUS HIER verfickte SCHEISSE

ey halt dein beschissenes MAUL

Barsche Männerstimmen, eine schrille junge Frauenstimme, weitere Stimmen, sie kommen von draußen, auf dem Weg nach drinnen, wütend, triumphierend, skandierend.

WAS SOLLEN WIR TUN? *DEN PLANETEN RETTEN*

WANN? *JETZT*

WANN WANN WANN? *JETZT JETZT JETZT*

Der Kellner ist auf einmal verschwunden. Ich denke nicht mal nach, stehe einfach auf und ziehe in derselben Bewegung mein Handy heraus, lasse die Kamera schweifen und schaue durch das rechteckige Auge auf die Gestalten, die sich zwischen den Bartischen bewegen, wo gerade noch lauter Nachmittagsflaneure saßen, die jetzt aber allesamt leer sind. Die Gestalten ziehen irgendwelche Wagen, die über den Steinboden holpern, schwenken Pappschilder und Stoffbanner, ein menschlicher Brei aus Bärten, Zöpfen und schwitzigen Achseln.

Ich weiche zur Wand zurück und filme die Tische um mich herum: eine Frau, das Gesicht zu einer überraschten Grimasse erstarrt. Ein Mann, die Haut aschgrau, die Brieftasche mit eisernem Griff umklammert. Der flirty Kellner hat sich wie ein Handballtorwart vor einem der Tische positioniert, trippelt unruhig hin und her, die Hände vors Gesicht gehoben, die Knie gebeugt.

was zur Hölle ist hier

Scheißdemo

glaubt ihr, die denken

Einer der bärtigen Männer hinter der Fleischtheke hat sein Fleischermesser erhoben, hält es wie ein schweres, blitzendes Schwert aus einer Fantasy-Serie, starrt die Eindringlinge unsicher an.

haut ab, verdammt, warum seid ihr hier, kapiert ihr nicht, dass alle

Ein kleiner, stämmiger Kerl mit Dreadlocks und nacktem Oberkörper baut sich, die Hände in die Hüften gestemmt, vor der Fleischtheke auf.

und warum zum Teufel stehst du selber hier, auf welchem Planeten wohnst du eigentlich, verkaufst hier Fleisch, als ob

Ein Schrei, noch lauter als die vorherigen, gellt durch den Raum, und Polizeisirenen, die ich erst jetzt wahrnehme, heulen ganz in der Nähe. Ich ziehe meinen Stuhl heran und stelle mich darauf, um die Markthalle überblicken zu können, filme die Menschen, die sich zusammengekauert unter Tischen und Stühlen verstecken, die Aktivisten, die johlend und grölend auf einen der Tresen gesprungen sind und eines ihrer Banner hochhalten, und dann der Schrei: Auf der anderen Seite ist eine Fischabteilung, die ich noch gar nicht gesehen hatte, mit einer Art großem Aquarium, und davor steht eine Teenagerin mit einem Barstuhl, den sie KLONK gegen das Glas schwingt, HÖR AUF schreit jemand, ein uniformierter Mann rennt herbei und versucht, sie zu packen, rutscht aber aus oder wird zu Fall gebracht und das Mädchen springt zur Seite und dann zurück mit dem Stuhl, stürmt wie ein Stier mit den Stuhlbeinen voran aufs Glas zu und abermals KLONK und dann das Klirren von zerspringendem Glas und das Geräusch von schwappendem Wasser, das auf den Fliesenboden klatscht, es spritzt nicht durch einen Riss, so wie in Filmen immer, es strömt einfach heraus, fließt wie Wasser aus einem kaputten Eimer und das Mädchen jubelt, hüpft, patscht mit den Füßen darin herum, die Arme triumphal erhoben, HÖR AUF schreit eine andere Stimme und dann der Knall, wie ein Peitschenschlag

die flackernden Lampen

und dann die Dunkelheit und der kurze Moment von Stille

jemand stößt gegen den Stuhl, auf dem ich stehe, und ich rudere in der Luft, bevor

der Boden hart und kühl

dann die Schreie

und dann die Hand, die mich sanft zuerst auf die Knie und dann auf die Beine zieht, geduckt in der Dunkelheit

kannst du gehen?

er nimmt mich an der Hand und ein stechender Schmerz im Handgelenk lässt mich aufschreien, ich reiße die Hand weg, *schhht*, macht er und nimmt meine andere Hand und zieht mich vorsichtig nach unten, weg, er will, dass wir still sind und kriechen, es ist ein Versteckspiel, über uns wütende Stimmen, die blaffen und dröhnen, und das Aufblitzen von Smartphones wie kalte Sterne, ich erahne die Umrisse eines Bartresens, schnell über den nassen Boden, der sauer nach Wein und muffig nach Fisch riecht, hinter einen weiteren dunklen Schatten, *warte hier* sagt die Stimme und jemand fällt über mich und schreit *Scheiße* und jetzt höre ich, dass die Polizei hier ist. Ihre gebieterischen, kommandierenden Stimmen an einem der Ausgänge und es zieht mich dorthin, zur Sicherheit und dem Licht ihrer Taschenlampen, aber die Hand *komm* fasst mich wieder und wir krabbeln, geduckt, stehlen uns dorthin, wo die Dunkelheit am finstersten ist, *hier* und dann das Geräusch einer Tür und wir richten uns auf und rennen durch einen stockdunklen Tunnel und dann eine weitere Tür und ein trockener Geruch nach Dreck und Schmutz.

»Hi«, sagt der Kellner und ich schaue mich im Parkhaus um.

Er zupft seine kleine schwarze Fliege zurecht und streicht mir vorsichtig über den Arm, es tut weh.

»Ich muss sie mir verstaucht haben, als ich gestürzt bin«, sage ich. »Ich stand auf einem Stuhl, um besser filmen zu können.«

Erst jetzt wird mir bewusst, dass ich immer noch die Einkaufstüten in der Hand halte. Sie fühlen sich schwerer an, doppelt so schwer wie vorher, ich gehe zu einem Aufzug und drücke auf den Knopf, ein stechender Schmerz schießt durch meinen rechten Arm.

Nimm noch ein bisschen mehr.

Seine Stimme ist sanft, eine Wohltat in meinem Ohr.

Zwei kannst du auf jeden Fall noch nehmen. Du hast ja Schmerzen. Du sollst keine Schmerzen haben müssen.

*

Obwohl ich Didrik während der Monate, die er inzwischen als *unsere erste Zeit* bezeichnet, häufig habe sagen hören, er wäre ein guter Koch, habe ich es nie wirklich geglaubt. Ich habe ihn niemals in einer Küche gesehen, nur in Restaurants, und dort bestellte er immer – nach langem Hadern, denn *eigentlich sollte man ja besser etwas Vegetarisches bestellen, aber okay, dieses eine Mal ausnahmsweise, und man muss ja sowieso und zu Hause esse ich nie* – das zweitteuerste Hauptgericht, immer, er hatte eine Theorie, die besagte, dass es sich bei dem Dry Aged Steak oder dem Renkalbsfilet um vulgäre Angebergerichte für Russen oder Amerikaner handelte, während das Lammkarree, der gekochte Dorsch mit Buttersoße und Meerrettich oder die Kalbsleber englischer Art mit Kapern und Speck das Beste auf der Speisekarte wären. Er gab sich gern als Gourmet, hielt passionierte Vorträge darüber, dass nur Idioten ihr Rinderfilet *well done* bestellen, wo doch alle wissen, dass es *rare* oder allerhöchstens noch *medium rare* sein muss, nicht nur weil das Fleisch natürlich am besten schmeckt, wenn es bei niedriger Ofentemperatur, keinesfalls über fünfundfünfzig Grad, zubereitet wird, sondern auch weil die Restaurants geizen, indem sie die schlechtesten und sehnigsten Stücke des Filets beiseitelegen, das Endstück, welches das Verfallsdatum vielleicht schon überschritten hat oder gar in all dem Stress auf den Boden gefallen ist, und bei achtzig Grad braten, um es den dummen Touristen zu servieren, die sowieso nichts von Essen verstehen und willig das geschmacklose und graue *Well-done*-Steak verschlingen.

Wenn er in einem der kleinen Restaurants saß, in eine Ecke gequetscht mit dem Rücken zum Gastraum, lauschte er mit genüsslichem Lächeln, wie die Leute am Tisch hinter uns mit der Bedienung sprachen, ihre Hilflosigkeit angesichts der Weinkarte, wie sie fragen mussten, was *Emulsion* bedeutet, wie sie Entrecôte bestellten und es *antrekoo* aussprachen anstatt richtig *antrecot*, und um ehrlich zu sein, zeigte sich damit seine unsympathischste und definitiv unsexieste Seite, denn das da am Nebentisch hätte genauso gut meine Mutter sein können; wäre sie nicht schon lange zu krank für die Fahrt nach Stockholm, hätte ich sie liebend gern in ein Restaurant eingeladen, wo sie nach Herzenslaune Ketchup über ihr verbranntes Rinderfilet spritzen und es mit Rum-Cola runterspülen konnte.

Elitismus, das ist seine schlechteste Charaktereigenschaft. Genau wie das eine Mal, als er mich auf dem Rücksitz eines Ubers lecken wollte und ich ihn bat aufzuhören und er sagte *Was ist denn los?* und ich sagte *hallo* und zeigte zum Vordersitz und er schaute vom Boden hoch und kicherte *Was denn, ist doch bloß'n Taxifahrer* und ich fühlte mich ungefähr so erregt wie ein tiefgefrorener Alaska-Seelachs, weil die Person da am Steuer genauso gut Vitas hätte sein können oder mein Onkel oder ich.

Aber das hier ist anders. Das hier ist gemütlich. Ich sitze mit dem Laptop am Küchentisch und schreibe, Becka hängt an seinem Bauch in diesem Tragegurt (den er übrigens im Waschbecken abgeschrubbt hat) und ist goldig, während er in seinen zu engen Klamotten an der riesigen Kücheninsel mit einem großen marmorierten Stück Rinderfilet hantiert, in einer Ecke der Dachterrasse hat er frische Kräuter gefunden, die er jetzt in das Fleisch reibt, aus dem Barschrank in meinem *Girl Cave* hat er mehrere Flaschen von einem besonderen amerikanischen Rotwein geholt, angeblich ein *richtiger Killer*, er pfeift, scheint gut gelaunt.

»Gestern waren wir noch in diesem Höllenzug gefangen, jetzt sind wir hier bei dir«, sagt er und gibt Becka einen Kuss auf die Stirn, streicht ihr über die knubbeligen Beinchen, die aus dem Gurt heraushängen. Er wirft mir einen langen, liebevollen Blick zu und nippt an seinem Rotwein. »Im Ernst, Melissa. Danke. Du glaubst gar nicht, wie gut es tut, hier sein und durchatmen zu dürfen.«

Morgen will er sich eine neue Bleibe suchen. Carola – *meine Ex*, wie er sie inzwischen bezeichnet – hat angerufen, während ich weg war, und anscheinend ist da oben in Dalarna jetzt alles geregelt, bald können sie Zack aus Hedemora holen und dann werden sie versuchen, sich nach Stockholm durchzuschlagen. Außerdem hat sich sein Kumpel William gemeldet und Didrik angeboten, ein paar Nächte mit Becka bei ihm zu schlafen, bis sich *alles beruhigt hat*, und obwohl ich schnell gesagt habe, dass es kein Problem ist, sie hierbleiben können, solange sie möchten, scheint Didrik möglichst zügig von hier wegzuwollen, morgen hat er ein Meeting wegen der Arbeit, sie müssen eine *Strategie* entwerfen, und ich kann mir schon denken, dass ich darin nicht vorkomme.

»Heute ist unser Abend, lass ihn uns genießen«, sagt er. »Alles Weitere müssen wir dann schauen. Hast du eigentlich meine Tabletten geholt?«

»Oh, Shit, tut mir leid, hab ich total vergessen. Aber ich kann sie morgen holen?«

Er zuckt mit den Achseln.

»Ach, egal. Von diesem Zeug sollte man sowieso die Finger lassen. Carola hat sie nach der Geburt von Becka verschrieben bekommen, aber sie hat nur ein paar davon genommen, dann hat sie 'ne Riesenangst gekriegt und aufgehört.«

»Hatte sie … Schmerzen?«

»Es war was mit einer Uterusruptur nach dem Kaiserschnitt bei Zacks Geburt. Nachdem wir mit Becka nach Hause gekommen waren, hatte Carola auf einmal höllische Schmerzen in der alten Wunde. Es war furchtbar, ich musste mich die ganze erste Woche um Becka kümmern.«

Meine Stimme klingt fremd, wie von einem anderen Planeten: »Was hat sie bekommen?«

»Oxycodon, meine ich. Heftiges Zeug, richtig übler Scheiß.«

»Hat sie es im Klo runtergespült, oder …?«

Er schüttelt den Kopf.

»Es ist gefährlich für die Umwelt, Arzneimittel wegzuschmeißen. Man muss sie bei der Apotheke abgeben. Aber ich glaube, sie hat sie einfach in irgendeine Schublade geworfen.«

Ich schreibe am Laptop, während Didrik Essen macht, mein Verband schrappt über die Tastatur, es tut ein bisschen weh, aber nicht so, dass es stört. Mir kommt eine Idee und ich versuche, ein seitliches Foto davon zu machen, es ist schwer mit links, aber nach ein paar Versuchen habe ich ein schönes Bild von meiner rechten Hand, dem Verband ums Handgelenk, dem erleuchteten Bildschirm, der Text darauf deutlich zu sehen, zum Lesen aber zu verschwommen. Tolle Nägel, bordeauxrot, hübsch neben dem Teller mit Blaubeerjoghurt.

UPDATE: Ein gemütlicher Nachmittag mit guten Freunden in der Markthalle verwandelte sich in einen Albtraum, als eine Horde sogenannter »Klimafreunde« entschied, dass ich der Feind bin.

Das Ergebnis seht ihr hier. Ich bin wohlauf und habe nicht vor, den Hass gewinnen zu lassen. Dafür bin ich überzeugter denn je, dass die Untergangspropheten die Menschheit niemals retten werden. Jetzt schreiben ich und mein armes gebrochenes Handgelenk weiter –

glaubt nicht, Krawallmacher und Terroristen könnten mich jemals stoppen! HERE I COME! Und denkt daran, dass Joghurt gut für den Magen und die Nerven ist! Jetzt könnt ihr bei #zerofatmilk direkt nach Hause bestellen und euch dabei 10 % Rabatt sichern, klickt einfach auf ANGEBOT und gebt den Code MELLIMILK ein! #waehlefreude #zerofatmilk

Ich lege das Bild von meinem Handgelenk neben einen der Clips, die ich während des Angriffs aufgenommen habe, dieser fette Kerl mit Dreads und nacktem Oberkörper steht bei der Fleischtheke, erst überlege ich, ob ich sein Gesicht unkenntlich machen soll, aber die Wirkung ist stärker, wenn man die brüllende Fratze sieht, den starren weißen Blick, die schweißglänzende Stirn, etwas, das wie Speichel in dem bärtigen Mundwinkel aussieht. Im Hintergrund Chaos, Banner, Wachpersonal, rennende oder kriechende Leute, man könnte meinen, es sei Krieg.

Und dann Herzen, glückliche Emojis, geballte Fäuste, Champagnerflaschen, Sonnen und die Nummer, an die man Geld schicken kann.

Teilen.

»Mann, Süße, das ist ja ein richtig edler Tropfen!«

Ich schaue vom Handy auf. Didrik hält die Champagnerflasche hoch und studiert mit breitem Lächeln das Etikett. Es ist das erste Mal, dass er mich *Süße* nennt.

»Ich hatte keine Ahnung, dass du dich so gut mit Schampus auskennst. So was findet man heutzutage nur noch selten.«

»Du hast früher immer Champagner mitgebracht. Ich dachte, jetzt bin ich mal dran.«

Er verstummt, schaut weg, die Erinnerung scheint ihn verlegen zu machen.

»Ich war … ich wusste nicht richtig, was ich tue. Das Einzige, was ich wusste, war, dass ich dich haben musste. Wieder und wieder.«

»Es kommt mir vor, als wäre seitdem ein ganzes Leben vergangen«, sage ich leise.

»Na ja, so lange ist es doch auch noch nicht her, oder?«

»März 2020, Didrik.«

Er schaut mich mit gefurchter Stirn an. Diese Furche beinhaltet ein Vierteljahrzehnt, sie beinhaltet Hitzerekorde und Terroranschläge und im Mittelmeer ertrunkene Flüchtlinge, sie beinhaltet Staatsstreiche und Regierungskrisen und Pandemien, sie beinhaltet meine Trennung und Erschöpfung und Depression und seinen Chefposten und frisch gebackene Croissants und das Kind, das an seinem Bauch hängt, und das Schmerzmittel in meiner Hosentasche.

»O Mann«, sagt er mit einer Grimasse. »Ich bin so ein Trottel.«

»Was ist?«

»Soße.«

Er dreht sich schnell zum Kühlschrank um.

»Wir können doch kein niedriggegartes Rinderfilet essen und so einen Rotwein trinken ohne eine schöne Soße dazu, das wäre eine Sünde. Du hast nicht zufällig auch ein bisschen Chilibea mitgebracht?«

»Chilibea?«

»Sauce béarnaise mit Chili. Damit es ein bisschen brennt. Noch nie probiert?«

Ich schüttle den Kopf.

»Ich hab sonst nichts gekauft. Nur die Kleider für Becka. Und … das Rinderfilet und den Champagner.«

Seine Miene hellt sich auf.

»Stimmt, die hab ich mir noch gar nicht angeschaut. Du musst mir sagen, was ich dir schulde!« Die Tüten stehen neben dem Kühlschrank und er steckt die Hand hinein und zieht eine winzige rosafarbene Bluse heraus *ist die süüüß* und einen Schlafanzug mit lila Elefanten *ach, perfekt!* und das Burberry-Plaid *aber Süße, das wär doch nicht nötig gewesen* und dann ein längliches Paket, es sieht aus wie eine zusammengerollte Zeitung, nur wesentlich länger, und er schaut mich an und lacht, *äh, und was ist das?*

»Ich dachte …«, setze ich an und weiter komme ich nicht, weil ich absolut keine Ahnung habe, ich dachte, das Fleisch und die Flasche wären alles gewesen, was der Verkäufer eingepackt hat, das hier muss ganz am Rand der Tüte gesteckt haben.

Didrik legt das Paket auf die Arbeitsplatte, zieht die Tesastreifen ab, rollt das Papier aus und weicht *ach du Scheiße* mit einem Satz zurück und steht dann wie versteinert da und starrt auf die Wurst.

Oder was auch immer es ist. Schwarz, widerlich stinkend, schmal und lang. Er dreht seine Schulter ein wenig, woraufhin das Licht darauf fällt und ich den Kopf sehe. Eine Schlange?

»Melissa, was zum …?«

Er dreht sich um, stiert mich an, als hätte ich gerade etwas Kriminelles getan, etwas Krankes und Zynisches und absolut Verwerfliches, wie Drogen an Schulkinder verkaufen oder Katzenbabys foltern.

»Was ist das?«

»Was das *ist*? Du hast ihn doch gekauft! Einen verdammten *Aal.*«

Aal? Das Wort sagt mir nichts. Oder doch, klar, irgendein schleimiger Fisch, den es früher mal gab, draußen auf dem Land, in Norrland oder so? Kommt der nicht in irgendeinem Roman von Strindberg vor? Oder war's Astrid Lindgren?

»Ich fand, er sah … lecker … aus …«, sage ich und kämpfe gegen den Impuls, mir die Nase zuzuhalten, als sich der beißende, faulige Fischgestank in der Küche ausbreitet.

»*Lecker?* Hallo, der ist doch ausgerottet, oder so gut wie.«

Und das ist vielleicht auch besser so, denke ich, besinne mich aber schnell.

»Aber Schatz, wie kann der Aal ausgerottet sein, wenn ich gerade einen gekauft habe?«

Er schüttelt bloß wütend den Kopf.

»Okay, ausgerottet vielleicht nicht, aber es besteht definitiv in ganz Europa ein Fangverbot.«

»Aber der hier ist ja gezüchtet«, erwiderte ich ruhig. »Responsible Fishing. Gemäß dem Nachhaltigkeitsprogramm von WWF und EU, all so was.«

»Woher weißt du das?« Er kruschtelt mit dem Papier, in das der Aal eingewickelt war. »Ich sehe keine Beschriftung.«

Ich könnte weiterlügen, aber manchmal ist es überzeugender, einfach die Wahrheit zu sagen.

»Ehrlich gesagt habe ich keine Ahnung, aber er würde wohl kaum verkauft werden, wenn er nicht in Ordnung wäre, oder? Und er war jedenfalls tot und lag hinter einer Theke, als ich ihn gekauft habe.«

Didrik glotzt den Fisch an, als wäre er das letzte Exemplar auf Erden.

»Magst du das überhaupt?«, fragt er. »Weißt du überhaupt, wie Aal schmeckt?«

»Du etwa?«

Er geht zur Arbeitsplatte und fasst den Aal am Schwanz oder der Flosse oder wie man es nennt, hebt ihn hoch, lässt ihn vor seinem Gesicht baumeln.

»Ich glaube, als Kind habe ich so was ein paarmal gegessen«, murmelt er. »Bei meinem Großvater. Räucheraal oder *Aal auf Stroh* hieß es, glaube ich, er hat immer so ein traditionelles Fest namens *Ålagille*, ein Aalgelage, ausgerichtet. Sehr spezieller Geschmack, gewöhnungsbedürftig.«

»Es ist nie zu spät«, sage ich und rümpfe die Nase, weil der Gestank immer heftiger wird. »Man muss die Gelegenheit nutzen. Wir haben nur zwei Möglichkeiten, wegwerfen oder essen. Für mich ist die Entscheidung leicht.«

Didrik wendet sich mir zu, wechselt den Griff am Aal, zeigt damit auf mich, das Ding ist steif und gleichzeitig elastisch, ein schwarzer, stinkender Zauberstab.

»Jetzt erkenne ich dich wieder«, sagt er langsam. »Jetzt erinnere ich mich.«

»Was meinst du?«

Er lächelt.

»An dich. An die Frau, in die ich mich verliebt habe. Die uns aufgefordert hat, Freude zu wählen. Das Leben zu genießen, solange es geht.«

Der Aal nähert sich. Ich könnte ihn wegwedeln, aber erstens möchte ich ihn möglichst nicht berühren, zweitens birgt dieser Augenblick etwas, das ich brauche, das wir beide brauchen.

»Ich erkenne dich auch wieder«, sage ich ruhig, ohne mich einen Millimeter zu rühren. »Den Mann, in den ich mich verliebt habe. Den Vorstadtpapa, den ich entführt habe. Den netten Jungen ohne Grenzen.«

Er streckt mir grinsend den Aal entgegen, lässt ihn meine Wange streifen. Er ist kalt, feucht, ledrig, wie ein über die Feder eines Seeadlers gezogenes Kondom.

»Zu so was muss man Hochprozentiges trinken«, sagt er. »Das Teil ist so fettig, anders ist es nicht essbar.«

Ich strecke die Zunge heraus. Lecke an dem kleinen Kopf, küsse ihn. Er schmeckt nach Tang, Salz, Rauch.

»Ich glaube, irgendwo im Kühlschrank habe ich eine Flasche Wodka gesehen«, flüstere ich. »Der sollte es tun.«

*

Auf dem Klo schmeiße ich zwei Tabletten ein und denke, dass ich morgen ja auch noch aufhören kann, denn jetzt will ich das Maximum herausholen, ich muss das hier ultimativ auskosten. Diesen Abend, dieses Gefühl. Mit Didrik auf dem Dach sitzen, ein bisschen beschwipst vom Champagner, geräucherten Aal essen, mit eiskaltem russischem Wodka anstoßen, im Schein der niedlichen Petroleumlampen, singen, lachen, sich zusammen einen antrinken. *Es gibt nichts Romantischeres, als sich langsam mit jemandem, den man liebt, zu besaufen*, hat Daisy mal gesagt, wahrscheinlich hatte sie es auf irgendeiner Beziehungswebsite gelesen, nachdem die Sache mit Neo auseinandergegangen war, in ihrem Fall bedeutete das vor allem, einen Haufen Kartonweintypen zu daten, aber ich fand, es klang schön, denn genau genommen ist Liebe wohl genau das: Tropfen für Tropfen die Kontrolle zu verlieren, die Verantwortung, das Urteilsvermögen und sich zum Schluss kopfüber in einen Wirbel aus Zuckerwatte und Hilflosigkeit fallen zu lassen.

Der Aal schmeckt gleichermaßen pervers und köstlich, als könnte der Geschmack von Fisch konzentriert und gespeichert werden, gewürzt mit Salz, verbrannter Butter, und genau wie Didrik sagt, füllt er den Mund und die Speiseröhre mit einer dicken Fettschicht, die nur der eiskalte, scharfe Geschmack von Alkohol auflösen kann. Wir essen, prosten uns zu, er versucht, sich an einige der Trinklieder aus Unizeiten zu erinnern, und ich erzähle, wie ich um ein Haar Jura studiert hätte, und er sagt all die schönen Dinge darüber, wie cool und tough und wahnsinnig sexy ich gewesen wäre, und wir gleiten in das Nahtlose, Fließende, so wie früher immer während *unserer ersten Zeit*, ein Rollenspiel, bei dem er der wütende Klimakämpfer ist und ich die steinharte, kühle, unnahbare Staranwältin, die von der Regierung oder einer Ölgesellschaft oder einem Kernkraftwerk beauftragt wurde, und wir wurden in irgendeinem Wolkenkratzer mit einer Flasche Sprudel und zwei Clementinen in einem Konferenzraum eingeschlossen. Und wir phantasieren abwechselnd, was wir alles Schmutziges in diesem Zimmer anstellen würden, keiner darf unterbrechen und anfangen von etwas anderem zu reden, aber auch nicht zu schmalzig werden und keinerlei praktische Details, so lautet die Regel, nur reiner, roher Sex. Erst er, dann ich, dann wieder er, ein pornographisches Tennismatch, bei dem wir den Ball aus immer unmöglicheren Winkeln übers Netz bringen, die Phantasie fließt, pulsiert im Takt mit unserem Blut und keiner darf loslassen, das ist die zweite Regel; ich halte wie hypnotisiert seinen Blick, während er langsam sagt, was er mit meinem Körper machen will und wie er es machen will, und dann bin ich dran und seine Augen sind glasig vor Geilheit, das Stuhlkissen unter mir ist feucht, der Genuss Millimeter von Ekel entfernt und meine Stimme rau, als sie zitternd Handlungen beschreibt, von denen ich mir kaum vorstellen kann, wie sie aussehen würden, geschweige denn schmecken, riechen, sich anfühlen.

Dann verebbt der Strom und wir keuchen einfach nur noch auf unserer jeweiligen Seite des Tisches, übrig gebliebene Hautfetzen und kleine Gräten auf unseren Tellern und der Gestank von fettigem Fisch in der Sommernacht.

»Scheiße, Liebling«, stöhnt er zum Schluss. »Scheiße, hab ich dich vermisst.«

»Ich mag es«, sage ich mit einem Lächeln.

»Du *magst* es?«

»Den Aal, meine ich. Saulecker.«

Er schüttelt den Kopf über mich.

»Das ist wirklich eine *extrem* bedrohte Spezies«, sagt er düster.

»Eben.« Ich kichere, der Wodka brennt. »Fickphantasien und der fucking letzte Aal der Welt. Besser wird's nicht.«

Das Rinderfilet ist perfekt geworden, sagt er, außen leicht verbrannt und knusprig, innen hellrosa am Rand, blutig in der Mitte. Ich denke daran, wie selten man Fleisch wirklich *schmeckt*, meistens sind Salz, Pfeffer, Knoblauch oder Ketchup die vordergründigen Komponenten und das Fleisch spielt quasi die zweite Geige, aber hier ist die Würze nur außen und was ich schmecke, als meine Zähne ins Fleisch sinken, ist nichts anderes als das Tier, die Muskeln, der Körper, wie mir der Lebenssaft in die Kehle rinnt, *ich bin eine Höhlenfrau*, denke ich und höre mich stöhnen vor Genuss, *ich bin ein hungriges Säugetier*, ich kaue das weiche Gewebe, zermalme es zwischen den Zähnen, der Geschmack ist säuerlich, leicht fade, das Fleisch so zart, dass es wie eine matschige Fleischmasse im Mund schmilzt.

»Prost, Liebling«, sagt Didrik und leert sein Weinglas. Er steht auf und geht um den Tisch, um mir nachzuschenken, stolpert aber und hält sich kichernd an der Tischplatte fest und sinkt neben meinem Stuhl in die Knie.

»Was würdest du dir wünschen, Melli?«, fragt er, kindlich feierlich. »Wenn du könntest? Was wünschst du dir mehr als alles andere auf der Welt?«

Ich blinzle, versuche, den Blick auf ihn zu fokussieren, aus so naher Distanz sehe ich ihn nur verschwommen.

»Dich«, sage ich und lächle.

Er nimmt meine Hand, küsst sie, saugt am kleinen Finger, dann am Zeigefinger, seine weichen Lippen ein Ringmuskel bis ganz zu den Knöcheln und ein kribbelndes Ziehen im Schritt.

»Weiter«, flüstert er. »Was noch? Mich hast du schon.«

»Okay, dich …«, kichere ich, das hier ist auch eines unserer Spiele, jetzt erinnere ich mich daran, »… und eine Woche auf Barbados. Im Fünf-Sterne-Hotel, wir haben eine große Terrasse mit Meerblick, vollkommen blickgeschützt, und da sitzen wir im Sonnenuntergang und schauen zu, wie sich der Himmel rot und rosa und lila färbt, und du streichelst sanft meinen Fuß und …«

»Melli«, murmelt Didrik, seine Zunge kreist um meinen Daumen.

»Und wir bestellen Cocktails und … und die Bedienung, die mit dem Tablett kommt, ist superheiß, groß und muskulös, mit breiten schönen roten Lippen und weißen Zähnen, und sie ist enttäuscht, als sie kein Trinkgeld bekommt, und fragt, ob wir nicht zufrieden sind mit dem Service im Hotel, und du sagst doch, doch, sehr zufrieden, aber wir haben kein Geld … und sie meint, hm … sie sagt, dass sie das Geld braucht, weil sie … eine Strandbar aufmachen will, und dann sieht sie, wie du sie ansiehst, und da fragt sie, ob sie sonst noch etwas für uns tun kann, weil sie wirklich, wirklich dringend das Geld …«

»Melli, nein«, sagt er und nimmt den Mund von meiner Hand. »Ich möchte es wissen. Ernsthaft.«

»Was?«

Er schaut zu mir hoch.

»Was wünschst du dir?«

Ich schließe die Augen und versuche es. Meine Gedanken hüpfen, wie in so einem Flipperspiel in alten amerikanischen Filmen. Die Gerüche der Nacht, die Geräusche von der Straße. Die Musik aus der Wohnung unter uns. Martinshörner in der Ferne. Ein weinendes Kind.

Dass Mama gesund wird.

Dass Papa zurückkommt.

Eine Wohnung, es muss nicht gleich eine wie die hier sein, aber ein eigenes Zuhause, vier Zimmer mit Balkon und Waschküche und begehbarem Kleiderschrank.

Geld, damit ich verreisen und mindestens ein Jahr lang weg sein kann.

Alles ist so eintönig. Alles ist so gewöhnlich.

»Einen Lesekreis«, sage ich zum Schluss und öffne die Augen.

Er ist nicht mehr da. Ich schaue mich im Dunkeln auf der Terrasse um, aber ich bin allein mit einem Tisch voll schmutzigem Geschirr und leeren Gläsern und Flaschen und dem flackernden, einsamen Schein der Petroleumlampen.

Die Finger, die er geleckt hat, fühlen sich kalt und feucht an, ich wische sie an der Jeans ab.

*

Die von Leere beherrschten Tage. Aufstehen, versuchen, daheim zu trainieren, dieselben ewigen alten Serien und Podcasts. Vitas' Scheiß zusammenräumen und wegwerfen. Im Internet surfen, nur noch vage die Nachrichten zu Todeszahlen registrieren, Mutationen, zweite Welle, dritte Welle, der niemals endende Albtraum, die sich ständig verzögernde Impfung, die Inkassoforderungen, die sich auf der Fußmatte im Flur stapelten. Wissen, dass Didrik in Sicherheit mit Frau und Kindern in seinem Haus saß und dasselbe fette Gehalt wie sonst auch verdiente, indem er in Jogginghose vom Homeoffice aus arbeitete. Gelegentliche Telefonate mit Daisy, der einzigen Person, die sich meldete; meist rief sie um Viertel vor drei an, während sie darauf wartete, von der Arbeit auszustechen, »ich will nur eben die Stempeluhr ausrauchen«, sagte sie immer und lachte über ihren eigenen Witz und dann fragte sie, ob ich nicht bald zurück nach Hause ziehen wolle, statt einsam in Stockholm zu hocken und Däumchen zu drehen.

Duschen, vielleicht baden, die Nägel lackieren, mich für nichts und wieder nichts schick machen, einfach nur des Gefühls wegen. Vielleicht ein Bild posten, bloß um Likes zu bekommen und zu spüren, dass ich noch nicht tot war. Eine Nahaufnahme von meinen Lippen, während ich mich schminkte. Von meinen Zehen, die aus einem Schaumbad lugten. Ein Foto im Spiegel, wenn ich mit meinem Theraband trainierte.

Die üblichen Kommentare natürlich, *mega hot* und *wow, krasser body* und *uff, lecker* oder einfach ein Haufen Flammen und Herzen. Je mehr Haut ich zeigte, desto mehr Kommentare und Likes gab es und es wurde zu einer Art Sport, auf wie viele konnte ich kommen, ein neuer Slip, schon war ich bei fünfhundert Likes, ein verschwitztes Trainingsfoto, auf dem ich den Unterarmstütz im BH machte, damit der Spalt zwischen den Brüsten perfekt wurde, brachte fast zweitausend. Und dann natürlich ihre Direct-Nachrichten, mit ihren bescheuerten Dickpics oder Filmchen, auf denen man sie beim Wichsen sah, verheiratete Männer und einsame Männer, bekannte Männer und Nobodys. Schrieben sie etwas, war es vom Niveau her meist à la *magst du's hart, Baby*? oder *22 cm gehörn dir wenn du lieb darum bittest*. Nur einige wenige schrieben einleitungsweise etwas, was ehrlich wirkte, von Herzen kam, etwas mehr von ihnen preisgab als ein verirrter Schwanz. Die schaute ich mir näher an und zwei oder drei von ihnen sahen recht gut aus, daher schrieb ich ihnen *hi*.

Und dann begann eine andere Art von Wettstreit, nämlich sie

dazu zu bringen, mir zu schreiben, wie schön ich war, wie sehr sie auf mich standen, was sie mit mir machen wollten, ich gab ihnen mit kleinen Hinweisen zu verstehen, dass ich keine derben Sprüche von ihnen wollte, sondern ihre Bewunderung, ihre Anbetung. Schrieben sie richtig schön und gefühlvoll, bekamen sie vielleicht ein Foto, ich hatte ein schönes Guten-Morgen-Bild von mir, wie ich nackt im Bett lag, aufgenommen von oben, die Brüste hoben sich hübsch vom weißen Laken ab, das schickte ich ihnen und ein Pobild mit rosafarbenem Tanga, es konnten Wochen vergehen, ohne dass ich ihnen antwortete, und dann, unvermutet, nahm ich einen kleinen Duschfilm als Belohnung auf, nur um den Effekt zu sehen, Nacktbilder sind das reinste Heroin für Kerle.

Ein paar wurden des Spielchens überdrüssig und verzogen sich, andere kamen dazu, und zum Schluss hatte ich einen stabilen Trupp von etwa fünf im Homeoffice arbeitenden Männern, die daheim in ihren Häusern saßen, es war, als wären sie er, unterschiedliche Versionen von ihm, ich brachte sie dazu, mir ihre intimsten Geheimnisse zu erzählen, sie wollten das Poloch geleckt kriegen, wünschten sich Spanking und Golden Showers, wollten Sex mit mir und einem anderen Mann gleichzeitig, in unseren Phantasien war er groß, dunkel und stumm, und mit einigen wenigen Herzen und Worten brachte ich sie dazu, vor ihm zu kriechen, Schwanz zu lutschen, penetriert zu werden, beschmutzt, erniedrigt, alles, was sie mit mir hatten machen wollen, alles, was er mit mir gemacht hatte.

Und dann war zum Schluss nur noch einer übrig. DrSverre74, mit Sommerhaus auf Dalarö und zwei erwachsenen Kindern, sein Sexting hatte nichts von der Hitzigkeit oder Verzweiflung der anderen, die Phantasien, die er beschrieb, waren zwar heiß und lustvoll, doch er verlor nie die Beherrschung, ging niemals zu weit. Seine Art, den Tag mit einem *Guten Morgen, hübsche Melissa* oder *Hallo Schönheit, wie geht es dir heute?* zu beginnen, gab mir ein Gefühl von Sicherheit. Gelegentlich schrieben wir über andere Dinge, ich erzählte von der Einsamkeit in der Wohnung, er arbeitete auf der Intensivstation und schrieb, dass unsere Phantasien ihn während der endlosen Stunden mit Intubationen, Beatmungsgeräten und sterbenden Patienten aufrecht hielten, er schickte ein Bild von sich mit Visier und Mundschutz, Handschuhen, Plastikanzug über dem Arztkittel, einzig seine ernsten dunkelblauen Augen waren zu sehen. *Schick mir ein Foto, meine Göttin*, bat er, *etwas Schönes, das du niemand anderem zeigst, fünf Tote heute Nacht, schick mir etwas, das mir durch den Rest dieser schrecklichen Schicht hilft.* Also tat ich, worum er mich bat, filmte mich selbst, es lag eine Art Stolz darin, mein Körper diente in der Krise einem Zweck, ich leistete einen gesellschaftlichen Beitrag, indem ich um seinetwillen meine Grenzen weitete.

Und schließlich, nach einigen Monaten, als die Kurven wieder nach unten zeigten, fragte er, ob ich irgendetwas bräuchte. Irgendetwas, was er mir geben könne.

Ich habe so furchtbare Zahnschmerzen, schrieb ich. *Du kennst nicht zufällig einen guten Zahnarzt?*

Nein, schrieb er. *Aber bekommst du Schmerztabletten?*

Nur rezeptfreie.

Ein paar Stunden vergingen. Dann schrieb er:

Du hast mir durch die Hölle geholfen. Lass mich dir helfen. Liebe, schöne Melissa, lass mich dir helfen.

Ich schaue auf und Didrik steht wieder vor mir, die dünnen Haare zerzaust, das Hemd verknittert, Becka auf dem Arm.

»Kacke«, murmelt er, »guck dir das mal an, sie scheint von einer Mücke gestochen worden zu sein oder so, keine Ahnung.« Er zieht die Windel hoch und zeigt mir Beckas Pobacke, eine Perlenschnur aus üblen roten Punkten auf der samtweichen Haut. »So was hab ich noch nie gesehen.«

»Oje«, sage ich. »Komisch. Vielleicht ein Ausschlag?«

Die Kleine wimmert, reibt ihr Gesicht an seiner Schulter. Er zieht einen Stuhl heran und sinkt darauf, das Kind fest an sich gedrückt.

Die Bisse. Ich kann da nicht hinsehen.

»Einen Lesekreis«, wiederhole ich und konzentriere mich darauf, normal zu atmen. »Mit vier, fünf Freunden, immer abwechselnd bei jemand anderem zu Hause, wir würden uns einmal im Monat treffen und darüber reden, was wir gelesen haben. Neuerscheinungen oder Klassiker oder vielleicht einen spannenden Artikel zu neuesten Forschungsergebnissen. Wir würden ausgiebig zu Abend essen und über Kunst sprechen, über intellektuelle Fragestellungen, über den Sinn des Lebens.«

Didrik schaut mich steif an, mit einer Hand streichelt er mechanisch das halb schlafende Kind.

»Das wäre toll«, fahre ich fort. »Davon habe ich schon immer geträumt. Wie eine Universität, aber mit Liebe. Oder wie eine Familie, aber für den Geist.«

»Wovon redest du?« Sein Blick ist leicht verwirrt, es sieht aus, als sei er weggenickt.

»Was ich mir wünsche. Deine Frage.«

Ein schwacher Funke erglimmt in seinen Augen, er nickt beipflichtend, schnalzt mit der Zunge, die Lippen sind fleckig vom Wein.

»Gut. Verdammt gute Antwort, Melli. Ein Lesekreis.«

Becka grunzt, er gähnt.

»Man sollte mehr lesen.«

»Liest du im Augenblick etwas Spezielles?«, frage ich.

Er schaut mich blinzelnd an, als verstünde er die Frage nicht.

»Ob ich etwas lese?«

»Ja?«

Er grinst, hüstelt.

»Ernsthaft, Melli? Ich bin ein Klimaflüchtling, sehe ich aus, als hätte ich Zeit, einen Haufen Bücher zu lesen?«

Ich zucke mit den Achseln.

»Hörbücher gibt's doch wohl noch?«

Er schüttelt beleidigt den Kopf. Gerade hat er noch neben mir gekniet und an meinen Fingern geleckt. Ich versuche angestrengt, mich an das Gefühl zu erinnern. Ich muss mich daran erinnern.

»War ja nur eine Frage«, sage ich. »Ein paar Buchtipps sind immer gut.«

Er stemmt sich ächzend hoch.

»Ich glaub, ich muss sie jetzt ins Bett bringen. Kommst du mit?«

Ich nicke.

»Gleich.«

»Dann sehen wir uns im Bett.«

Er legt mir die Hand auf die Wange, ich sehe in seinem Blick, dass er nach mir sucht, nach dem Gefühl, das wir hatten, der Intimität, es ist so merkwürdig, wie sie kommt und geht, von der kompletten Selbstentblößung und Hemmungslosigkeit hin zu dem hier, auf einmal kommt er mir so spannend vor wie ein x-beliebiger Typ im Chat.

»Lesekreis«, sagt er und lächelt. »Mann, wie erwachsen. Du bist die Erwachsene von uns beiden, das hab ich immer schon gedacht. Du bist die Erwachsene und Schlaue.«

Ich küsse seine Handfläche.

»Und du bist meine needy Bitch.«

Er nickt und streichelt mir vorsichtig über die Stirn, dann nimmt er seine Tochter und geht zurück ins Schlafzimmer. Ich schenke mir noch ein Glas Rotwein ein, checke mein Handy.

119K Likes.

Checke mein Konto. Die Zahlen sind unfassbar. Ich kapiere gar nichts mehr.

Ich trinke einen Schluck Wein und schlucke die letzten Tabletten, denke an Beckas Hintern, diese fiesen Stiche. Ich bräuchte einen Plan, eine Strategie, aber es ist, als würde alles einfach geschehen, eine Katastrophe oder ein Terroranschlag irgendwo anders, ein Haufen Hashtags im Feed, an denen man vorbeiscrollt, denn ich verstehe ja, dass es groß und schlimm und wichtig ist, aber ich bin nicht dabei, ich bin immer noch hier. Es ist wie an all den Tagen, an denen ich nicht aus dem Bett kam, die stumpfsinnigen Fernsehserien und das vor meiner kleinen Wohnung schwindende Tageslicht, als wäre man versunken in einem tiefen Gewässer, Grotte, Grube, Grab.

DONNERSTAG, 28. AUGUST

Heute sitzt sie wieder bettelnd am Straßenrand. Dieselben schmutzigen, zerschlissenen Kleider, derselbe Müll im Wagen. Das kleine Mädchen strahlt, als es mich sieht, hebt schüchtern die Hand zum Gruß. Ich lächle und nicke ihm zu, forme ein stummes *Hallo* mit den Lippen. Der Junge hält etwas silbrig Glänzendes in der Hand, länglich, metallisch, instinktiv denke ich *Messer* und erstarre, doch da höre ich die pfeifenden, schrillen Töne. Eine Mundharmonika. Er lässt sie zwischen den Lippen hin- und hergleiten, atmet durch das Instrument, kostet den Klang. Seine Schwester – bestimmt sind die beiden Geschwister? – schaut mich an und verdreht die Augen. Ein Bruder. Ich hätte auch gern einen Bruder gehabt.

Mein Lieblingscafé ist so gut wie leer, die Leute bleiben zu Hause, anscheinend gab es Krawalle heute Nacht, dreiundzwanzig Tote nach Zusammenstößen zwischen Polizei und Demonstranten in einem Vorort, heißt es im Newsflash, oder waren es dreiundzwanzig Verletzte oder Verhaftete, ich hab nur vorbeigescrollt. Die Straßen sind ebenso ausgestorben wie zu Corona-Zeiten, damals habe ich die Hysterie auch nicht verstanden. Jeder eingesperrte Tag war ein Tag weniger zu leben. Passt euch an oder tut was Konstruktives, aber hört auf euch zu beschweren, hört auf euch zu verstecken, hört auf euch gegenseitig alles kaputtzumachen. Wasch dir deine Scheißhände und leb dein Leben, du hast nur das eine.

Damals war ich wütend. Dann wurde ich deprimiert. Jetzt bin ich einfach nur ausgelaugt.

Der einsame Typ hinter dem Tresen nimmt meine Bestellung entgegen und ich setze mich auf meinen Lieblingsplatz und starre auf den Bildschirm.

Das Klima

Das Wort hängt einsam auf dem Bildschirm, dahinter blinkt der schwarze Strich, gefolgt vom hellen leeren Nichts.

hat sich schon immer gewandelt und schon immer für Chaos gesorgt

Löschen.

ist für manche zur Religion geworden

Löschen.

ist rätselhaft, trotz all unserer Kenntnisse und hochentwickelter Technologie wissen wir nicht einmal, wie das Wetter morgen wird, wie sollte sich da das Wetter in einhundert Jahren vorhersagen lassen?

Löschen.

Ich bekomme einen Salat mit kleinen grünen Blättern, ein paar Scheiben Prosciutto, einigen kümmerlichen Stückchen Avocado und Fetakäse und einer halben, trockenen Passionsfrucht. Gedankenverloren stochere ich im Grünzeug. Stupse mit der Gabel gegen die Avocado, sie fühlt sich hart an, ich spieße sie auf und knabbere daran, sie ist nicht ansatzweise so schön cremig und fettig wie gestern, ich schmecke rein gar nichts, da könnte ich auch in ein Stück kaltes Plastik beißen. Besten Dank auch. Ich seufze und schiebe den Teller weg.

scheißt auf uns, warum scheißen wir also nicht auch aufs Klima

Löschen.

Ich schaue auf die Uhr auf meinem Laptop. Eine Stunde ist vergangen, bald muss ich wieder hoch zu Didrik und Becka, sie hat heute Nacht schlecht geschlafen, es liegt an den Bissen. Er hat gefragt, ob ich auf sie aufpassen kann, während er seine *Angelegenheiten regelt*, ich habe gesagt, ich würde nur schnell einen Kaffee holen gehen.

Ich will frohe Gedanken haben, kluge Gedanken, die Kreativität soll sprudeln, aber es ist Stunden her, seit ich zuletzt etwas genommen habe, und alles, was mir bleibt, ist der leere geistlose Bildschirm und mieses Essen. Vor dem Fenster hat die Bettlerin ihr

Baby fertig gestillt und es zurück in den Einkaufswagen gelegt, wie einen Kinderwagen schuckelt sie ihn langsam auf dem Bürgersteig hin und her, sagt etwas in ihrer Sprache zu dem Jungen – kaum hörbar durchs Fenster, aber es klingt wie ein *Still jetzt* –, woraufhin er aufsteht und sich mit seiner Mundharmonika trollt, die schrillen Klänge verschwinden in der Peripherie.

Ich muss davon loskommen, schreibe ich. *Den Tabletten, Didrik, allem. Ich kann so nicht leben.*

Die Mutter lehnt sich auf ihrem schwarzen Schlafsack und dem Deckenhaufen zurück, ruht sich in der Morgensonne aus, hält das Gesicht ins Licht, vielleicht will sie die Wärme auskosten, vielleicht weiß sie, dass ein Herbst kommt, ein schwedischer Winter, Regen, Modder, Schneematsch, vielleicht weiß sie nichts, vielleicht will sie nichts wissen, nur leben, von einer Stunde zur nächsten.

Löschen.

*

Wenn Didrik sauer ist, putzt er. Die wenigen Male, die wir uns zofften, machte er das Hotelbett, spülte Weingläser, räumte Kondompackungen weg und warf die verschmierten Handtücher ins Bad, in die Ecke unter dem Waschbecken. Ich hatte es vergessen, aber jetzt fällt es mir wieder ein. Als ich heute Morgen gegangen bin, standen die Gläser mit Wodka- und Weinresten in der Küche und draußen auf der Terrasse schrien die Möwen über den Überresten des Aals, die wir auf dem Tisch zurückgelassen hatten. Becka brüllte in dem Teil der Wohnung, den ich gedanklich zunehmend als *ihren* Bereich verbucht habe, mit dem großen Wohnzimmer und dem Bad und dem *Master Bedroom*, ich halte mich in meinem *Girl Cave* und in der Küche auf.

Aber jetzt herrscht Stille und der Boden sowie sämtliche Edelstahloberflächen in der Küche glänzen, es riecht durchdringend nach Putzmittel und frisch gekochtem Kaffee, die Sonne strahlt von der Dachterrasse herein und er hat eine Art Nachrichtensendung auf der Stereoanlage eingeschaltet, und als er mich sieht, zuckt er zusammen, er sitzt in seinen zu engen Tennisshorts mit einem weißen Frottéhandtuch über den Schultern am Bartisch, der Blick starr und wütend.

nach einer Sondersitzung der Regierung teilte die Justizministerin nun mit, dass ein Verstoß gegen das nationale Feuer- und Grillverbot mit einer Freiheitsstrafe von bis zu fünf Jahren geahndet werden kann. Das Verbot gilt weiterhin überall, das heißt auf öffentlichen Grillplätzen und in Grünanlagen sowie selbst auf dem eigenen Grundstück oder Balkon

»Allmählich bekommen sie die Lage in Dalarna in den Griff«, murmelt er und steht ruckartig auf. »Endlich. Der Wind ist heute Nacht etwas abgeflaut, so dass sie löschen konnten, zumindest dort. Weiter nördlich herrscht anscheinend immer noch das totale Chaos. Es hat jetzt auch weiter oben in Norrland angefangen.«

»Wobei es da oben ja eigentlich immer schon gebrannt hat, oder?«

Er klappert mit irgendwelchen Babybreiutensilien auf der Arbeitsplatte.

»Was redest du da?«

per Telefon ist uns nun Katarina Bergström zugeschaltet, die sich in Ytterhogdal befindet, einem der Orte, die

»Ich meine ja nur, es ist nicht das erste Mal in der Geschichte der Erde, dass ein Wald brennt«, sage ich und höre, wie müde und zittrig meine Stimme klingt. »Die Wälder haben seit jeher in regelmäßigen Abständen gebrannt. Ganz Schweden ist abgebrannt, von Fluss zu Fluss. Das hat man rausgefunden. Durch Pollenanalysen und so was.«

Er schüttelt seufzend den Kopf.

»Vorhin kamen neue Zahlen, zweihundert Tote oder Vermisste *allein seit gestern.*«

»Aber irgendeinen Tod müssen die Leute doch sterben?«

Der Blick, mit dem er mich bedenkt, ist nicht neu, so hat er mich auch beim ersten Mal angeschaut, mit einer Mischung aus Verliebtheit und Misstrauen, als wäre ich ein vor langer Zeit ausgerottetes Säugetier, das Publikum um ihn herum lachte entweder oder verzog das Gesicht, sie waren amüsiert oder gekränkt oder beides, aber er starrte mich einfach nur mit gläsernem, verzaubertem Blick an und nach dem Vortrag kam er zu mir nach vorn und sagte *Laut neuesten Prognosen wird die Schweiz innerhalb der nächsten hundert Jahre sämtliche Gletscher verloren haben* und ich zuckte mit den Achseln und sagte *Ich glaube, die Schweizer werden schon klarkommen* und er lächelte nur und fragte *Meinst du das alles wirklich ernst oder willst du bloß Aufmerksamkeit?* und ich lächelte zurück und sagte *Kommt drauf an, wer fragt* und das war natürlich eine unfassbar lahme Antwort, die genau deshalb funktionierte. Anschließend kamen wir überein, dass es meine nervöse Erwiderung gewesen war, die ihn ein bisschen entspannen ließ, dass er, hätte ich etwas Spöttisches oder Herablassendes oder sexy Intellektuelles gesagt, so wie eine hübsche Frau in einer mittelprächtigen amerikanischen Serie, sich nie getraut hätte, mich zu fragen, ob ich später noch Lust auf einen Drink an der Bar hätte.

Dieser Blick, bevor er erlischt und Didrik wieder eine saure Miene aufsetzt und hustet, dieses heisere, trockene Husten, das er vernehmen lässt, wenn er von mir bemitleidet werden will.

»Melissa, das ist kein Spaß. Ich war dort. Die Bäume haben nicht gebrannt. Sie sind *explodiert.*«

die Opposition fordert nun einen klaren Aktionsplan und entschlosseneres Handeln vonseiten der Regierung, allerdings ist der Versuch möglicherweise riskant, in einer Situation punkten zu wollen, in der sich viele stattdessen Kooperation und Zusammenhalt wünschen sowie Politiker, die Verantwortung übernehmen

»Carola hat vorhin angerufen«, fährt er fort, »Zack ist noch nicht aufgetaucht. Und sie können nicht herkommen, anscheinend fahren keine Züge. Also müssen sie im Lager bleiben.«

»Wo ist das?«

»Rättvik.«

»Ist das quasi ein Lager für … Klimaflüchtlinge?«

Ich versuche, das letzte Wort zu sagen, ohne sarkastisch zu klingen, scheitere aber, er starrt mich wieder an und dann schaut er weg, hört dem Radio zu, jetzt redet irgendein Chef von irgendeiner Behörde von *Krisenmanagement* und *vorausblickend* und *für die Zukunft gewappnet*, es kommt mir vor, als hätte in den letzten zehn Jahren jedes Mal, wenn ich das Radio eingeschaltet habe, derselbe Typ dieselbe Leier abgespult, wie zur Hölle kann eine Pressekonferenz zehn Jahre lang dauern, wer zur Hölle will sich das noch anhören?

»Das Haus hat nicht gebrannt«, murmelt Didrik. »Wo ich das Quad mitgenommen habe.«

Mein Bauch beginnt zu rumoren, gleich fängt der Durchfall an, und ein warmes Gefühl von Ekel durchströmt mich, als mir klarwird, dass er tatsächlich enttäuscht ist, dass er gedacht, gehofft hat, das Haus würde bis auf die Grundmauern abbrennen, nicht nur um sein idiotisches Handeln in irgendeiner Form zu legitimieren, sondern auch weil er sich insgeheim nach Zerstörung sehnt. Leute wie er leben in Erwartung der Katastrophe, der Ruinen und Massengräber, ganz egal, Hauptsache, sie können anschließend tönen *Hab ich's nicht gleich gesagt*.

»Ein Glück«, sage ich tonlos. »Ein Glück, dass es glimpflich ausgegangen ist.«

»Der Eigentümer hat anscheinend versucht, mich bei der Arbeit zu erreichen«, sagt Didrik. »Der Rauch ist durch das kaputte Fenster eingedrungen, dementsprechend … tja, Möbel, Teppiche, Spanplatten, Isolierung, der wird mich natürlich nach Strich und Faden ausnehmen, jetzt hat er die Gelegenheit, seinen beschissenen vulgären Protzbau auf meine Kosten zu renovieren.«

die Behörden warnen vor einer erhöhten Ansteckungsgefahr mit der neuen Virusvariante, wenn große Menschengruppen aus Brand-

gebieten evakuiert und auf engem Raum transportiert oder untergebracht werden

Er sitzt gebeugt, lässt den Kopf hängen, wodurch die Wunde zu sehen ist, zwischendurch vergesse ich es, aber es sieht wirklich grässlich aus, wie lange es wohl dauert, bis sie verschwindet, vielleicht müssen erst die Haare wieder wachsen, oder vielleicht wachsen sie an der Stelle nie wieder, vielleicht wird es für immer sichtbar bleiben. Ich schiele über seine Schulter zu der Digitaluhr auf der Mikrowelle. Damals in den Hotelzimmern habe ich nie auf die Uhr geschaut, kein einziges Mal, die Zeit hatte keine Bedeutung. Jetzt tue ich es andauernd. Als würde ich auf etwas warten, irgendetwas – darauf, dass etwas anfängt, auf jemanden, der niemals kommt.

»Es tut bestimmt weh«, höre ich mich sagen, hauptsächlich, um dieses Schweigen zu brechen. »Deine Wunde. Wir müssen dir mehr Medikamente besorgen.«

Er hört nicht zu, stiert nur mit zusammengepressten Lippen auf die Tischplatte.

»Sie hat den Film aus dem Zug auch gesehen.«

Sie und alle anderen mit Internetverbindung, will ich sagen, aber ich beiße mir auf die Zunge und murmle nur *okay* und lasse ihn fortfahren.

»Sie hält mich für komplett geisteskrank, weil ich diese … Axt genommen habe. Obwohl Becka dabei war. Ich habe versucht, ihr zu erklären, dass der Zug stillstand, den ganzen Tag hatte er stillgestanden, ein Baby, das etwas kleiner war als Becka, hat das Bewusstsein verloren und wäre fast gestorben, aber sie versteht es trotzdem nicht.«

Seine Stimme wird schriller, überschlägt sich fast, er ist kurz davor, die Kontrolle über sie zu verlieren.

»Keiner, der nicht dabei war, kann es verstehen. Es war wie im Krieg. Ich habe mein Kind beschützt, unser Kind, ich habe es durch den *Beton* geschleppt. Verdammt, was ist nur los mit den Leuten? Kapieren sie nicht, dass wir uns in einer globalen Notsituation befinden?«

stellt sich die Frage, welche Lehren wir als Gesellschaft aus einer solchen

Mir wird schwindelig, ich muss mich an der Tischplatte festhalten.

»Also … habt ihr euch auf etwas geeinigt, oder …?«

»Sie droht damit, die Polizei anzurufen. Und … das Jugendamt. Wenn ich nicht … mit Becka zu ihrer Mutter fahre.«

Er funkelt mich wütend an.

»Verstehst du? Carola will mir mein Kind wegnehmen. Will, dass ich es ihrer Mutter überlasse, bis ich *meine Angelegenheiten in Ordnung gebracht habe*«, er malt wütende Anführungszeichen in die Luft, »sie will, dass ich *meine Angelegenheiten in Ordnung bringe.*«

Ein Schrei gellt durch die Wohnung und Didrik steht mit einem tiefen Seufzen auf, um nach Becka zu sehen. Langsam gewöhne ich mich daran, Babys schreien nach dem Aufwachen, so ist es wohl einfach, während sie schlafen, ist es für ein paar Stunden ruhig und schön und man vergisst beinahe, dass sich das richtige Leben um einen gefräßigen, strampelnden, immerzu fordernden Schreihals dreht, herzlichen Glückwunsch.

Didrik kommt aus seinem Zimmer zurück, Becka an die Brust gedrückt, an die gesunde Seite, auf der er keine Schmerzen hat, plötzlich tut er mir wieder leid.

»Was können wir … was kann ich tun?«

»Wenn wir doch …«, er schüttelt den Kopf. »Ach, vielleicht ist es auch egal. Vielleicht bin ich nur egoistisch, weil ich nach dem ganzen elenden Chaos versuche …«, seine Augen füllen sich mit Tränen und er schaut auf das kleine Bündel in seinem Arm, »… weil sie ja eigentlich auch zum Lungenröntgen muss … vielleicht wäre es doch das Beste für sie, wenn …«

O Didrik.

»Aber wolltet ihr heute nicht zu deinem Kumpel ziehen?«

Er antwortet nicht, vergräbt das Gesicht in Beckas Hals, kratzt an einem neuen Mückenstich.

»Didrik?«

»Also, ach Mann … Carola weiß nicht, dass ich hier wohne, das heißt, sie kann nicht …«

»Moment. *Wohnst* du hier?«

»Also … was ich meine, ist, dass die Polizei und das Jugendamt und weiß der Teufel wer sonst noch keine Zeit haben, nach Becka zu suchen, solange wir uns bedeckt halten, deshalb wäre es vielleicht das Beste, wenn wir einfach … eine Weile unter dem Radar fliegen.«

Seine Unterlippe bebt. Gleich fängt er bestimmt wieder an zu husten.

»Na klar«, sage ich schnell.

»Und könntest du meine Tabletten holen?«

»Ach, stimmt ja«, antworte ich hastig, als hätte ich es vergessen. »Natürlich, du Armer. Ich gehe gleich zur Apotheke.«

Er macht eine ausholende Geste, versucht zu lächeln. Seine tränenfeuchten Augen schimmern im Sonnenlicht von der Terrasse und dem Glanz des vielen Edelstahls.

»Immerhin habe ich ja geputzt.«

*

»Hallo?«, sagt eine unbekannte, jungenhafte Stimme am Telefon.

Die Sonne steht hoch am Himmel und der Asphalt glüht. Ich stehe seit Stunden in der Schlange vor der Apotheke, sie lassen immer nur eine begrenzte Anzahl Personen hinein.

»Hallo? Ist da Melissa?«

»Ja?«, antworte ich. »Ja, hier ist Melissa, wer ist da?«

Ich stehe auf einem Parkplatz vor irgendeinem Einkaufszentrum, keine Ahnung, wo genau, der Taxifahrer hat mich hier einfach abgesetzt. Es war ein gestresster Somalier, der auf Radwegen und Bürgersteigen fuhr, um am stockenden Verkehr vorbeizukommen, erst war es der doppelte Preis, dann der dreifache, dann funktionierte sein Kartenlesegerät nicht mehr, weshalb er mich stattdessen zu einem Bankautomaten fahren wollte, damit ich dort Geld abhebe, aber die Automaten sind auch nicht mehr benutzbar, er fragte, ob ich Schmuck trage, aber den habe ich komplett verscheuert, als ich pleite war. Um das Taxi begannen sich Leute zu scharen, sie wollten in die Stadt gefahren werden oder raus aus der Stadt, ganz egal, irgendwohin, sie wedelten mit Scheinen und schlugen ans Fenster und zum Schluss schmiss er mich einfach raus und ließ eine Gruppe einsteigen, die zum Flughafen wollte, und verschwand.

Die U-Bahn fährt nicht mehr, sie haben Angst vor Stromausfällen. Und auf den Straßen stadteinwärts herrscht irgendein Verkehrschaos mit Absperrungen wegen der vielen Leute, die aus den Brandgebieten evakuiert worden sind, und in einem der Migrantenvororte haben sie Autos abgefackelt und die Feuerwehr mit Steinen beworfen und die Polizei fordert alle auf, zu Hause zu bleiben und selbst kurze Fahrten zu vermeiden, sofern nicht unbedingt notwendig.

»Hier ist André, der, der in der Wohnung wohnt. Haben Sie die Pflanzen gegossen?«

Ich stehe total auf dem Schlauch, welcher André? Hieß der Typ, der mir die Wohnung geliehen hat, nicht Anders?

»Sie müssen sich verwählt haben«, blaffe ich und drücke ihn weg, für so was hab ich jetzt echt nicht den Nerv.

Laut Internet sind die Apotheken in der Innenstadt aus Sorge vor eskalierenden Plünderungen geschlossen, die Apotheken gehören zu den Ersten, die ausgeraubt werden, die Juweliere und Uhrengeschäfte und Designerboutiquen haben gestern schon dichtgemacht, sie sind an so was gewöhnt, das Sicherheitspersonal ist bereits postiert, aber Apotheken haben keine derartigen Routinen und die Polizei hat anderes zu tun, als Kondome und Zahnbürsten zu bewachen. Nur ein paar wenige haben weiterhin geöffnet und alle befinden sich außerhalb der Stadt.

Der Mann vor mir sieht aus wie ein Bauarbeiter, die schlabberigen Khakishorts sind voller Farbflecke, die Turnschuhe zerschlissen und ausgelatscht, das karierte Hemd ist ungebügelt. Er starrt mich durch seine billige Sonnenbrille an und lässt ab und an Kommentare fallen wie *Mann, wie lange dauert das denn noch* und *was ist das hier eigentlich für ein verdammtes Entwicklungsland?*

Es ist zwölf Stunden her, seit ich Didriks letzte Citodon genommen habe, und ich habe hämmernde Kopfschmerzen, die mit Schweißausbrüchen und Fieberschüben einhergehen. Ein Gefühl von Einsamkeit, Elend und Leere, ich will nicht mehr mitmachen, ich weigere mich, das hier zu akzeptieren, mir wird schlecht und ich laufe zu einem verlassenen Einkaufswagen, beuge mich darüber, räuspere mich, spucke, stöhne, aber nichts kommt, die Räder bewegen sich, schrappen über den rauen Asphalt. Ich wiege mich langsam vor und zurück, hänge über meinem knirschenden Einkaufswagen und denke, das hier ist nicht mein Leben, nicht mein richtiges Leben, ich muss nur diesen Tag überstehen, und der Mann mit den Khakishorts und der billigen Sonnenbrille glotzt mich an und grinst.

Eine Ewigkeit vergeht, unerträgliche Minuten, vielleicht eine halbe Stunde, endlich stehe ich am Schalter und halte Didriks Führerschein hoch, und die Tussi hinter dem Schalter hat die misslungenste Haarfärbung, die ich je gesehen habe, der Ansatz ist gelb und die alten Strähnchen sind grün oder grau geworden, sie schaut nicht mal auf, starrt nur in ihren Bildschirm und sagt *Ich sehe hier, dass Sie gestern auch schon Tabletten geholt haben, mit demselben Rezept.*

»Wir wollen wegfahren«, antworte ich und versuche zu lächeln. »Aufs Land. In unser Sommerhaus auf Dalarö.«

»Die Menge, die Sie gestern geholt haben, soll für eine Woche reichen.«

»Ja schon, aber jetzt wollen wir wie gesagt aufs Land fahren.«

Die Tussi seufzt.

»Auf Dalarö gibt es auch eine Apotheke.«

»Aber wir fahren mit dem Boot weg. Soll mein Freund etwa auf dem Meer sitzen und Schmerzen haben?«

Sie sieht müde aus, ihre Mundwinkel hängen schlaff wie zwei olle Gardinen in dem faltigen Gesicht herunter, der Friseur, der ihr das angetan hat, gehört nach Guantanamo geschickt, aber ich vermute, sie wollte Geld sparen und hat sich zu Hause irgendeinen Billigscheiß in die Haare geschmiert.

»Die Arzneimittelbehörde hat empfohlen, die Ausgabe von rezeptpflichtigen Medikamenten zu begrenzen, um Hamsterkäufen entgegenzuwirken«, sagt sie gestelzt, als würde sie aus einem Leitfaden vorlesen. »Da die Lage momentan etwas unruhig ist«, fügt sie mit ihrer ordinären Stimme und dem Ansatz eines Lächelns hinzu.

Ich winde mich, verlagere das Gewicht von einem Fuß auf den anderen, verstehe kaum, was sie sagt, das Einzige, was ich begreife, ist, dass sie nicht vorhat, sich umzudrehen und zu dem circa zwei Meter entfernten Regal zu gehen und mir das zu holen, was diesem Albtraum ein Ende bereiten würde.

»Kommen Sie schon«, flüstere ich.

»Vielleicht kann er ja mit seinem Arzt sprechen und sich ein weiteres Rezept geben lassen? Oder Sie kommen nach dem Wochenende noch mal wieder?«

»Verstehen Sie's nicht«, ich höre meine Stimme schriller werden, »er ist gerade mit schweren Brandverletzungen aus Dalarna gekommen, er hat furchtbare Schmerzen, es ist wirklich akut.«

Sie schaut von ihrem Bildschirm auf.

»Wenn es so akut ist, sollte er vielleicht nicht in den Schärengarten fahren.«

Ich starre sie an. Versuche, meine Atmung unter Kontrolle zu kriegen.

»Dann schauen Sie, ob ein Rezept auf meinen Namen hinterlegt ist. Melissa Stannervik.«

Ich rassle meine Personenkennnummer herunter und die Schnepfe tippt sie in den Computer.

»Für den Namen bekomme ich kein Ergebnis.«

Ihre Augen werden schmaler.

»Milica, meine ich«, meine Stimme kaum mehr als ein Flüstern. »Milica Stankovic.«

Sie tippt nicht mal auf der Tastatur, weiß schon Bescheid, scrollt nur durch die Liste, Dolatramyl, Nobligan, Tradolan, Gemadol, Tiparol, an diesen Teil bin ich ja gewöhnt. Junge Typen sind am besten, ihr Blick wird mitleidig und sie holen mir hastig das Gewünschte, Mädels sind schlimmer, die schämen sich und wenden den Blick ab, versuchen, so zu tun, als würde ich nicht direkt vor ihnen stehen, aber am allerschlimmsten sind Erziehungstanten wie die hier, das kleine Zucken um die Mundwinkel, die subtile Verachtung, *reiß dich zusammen, du Göre.*

»All Ihre Rezepte sind leider abgelaufen. Sie müssen sie erneuern lassen, bevor ich Ihnen weitere Medikamente aushändigen kann.«

Sie senkt die Stimme leicht.

»Aber das sollte ja kein Problem für Sie sein, Milica.«

Die Zeit, die ohnehin nur zäh vergeht, erstarrt wie ein Klecks kalte eklige Soße auf einem ungespülten Teller, ich schaue mich vorsichtig um, ist die Welt etwa stehen geblieben, starren mich alle an, Khakishorts steht ein Stück weiter an einem anderen Schalter und fummelt an seinem Handy herum, filmt er mich gerade?

Die Tussi schaut über meine Schulter.

»Haben Sie sonst noch einen Wunsch, andernfalls muss ich den Nächsten in der Schlange drannehmen?«

Ich schnappe mir Didriks Führerschein, wirble herum und marschiere zurück nach draußen in die gleißende Sonne, stolpere wie eine Statistin in einem Zombiefilm über den heißen Asphalt, stoße gegen einen Einkaufswagen, der mit einem wahnsinnigen Scheppern davonrollt, ich sinke im Schatten vor dem Einkaufszentrum zu Boden, checke mein Handy, die Likes, die Kommentare, das Geld strömt nur so auf mein Konto, aber alles ist wertlos und sinnlos, weil DrSverre74 nicht online ist, er war seit gestern Morgen nicht online. Hätte ich ihn gestern gebeten, mir ein Rezept auszustellen, wäre alles in Ordnung, alles wäre perfekt und ich würde irgendwo sitzen und es mir gut gehen lassen und Champagner trinken und an meinem phantastischen Buch weiterschreiben, wäre Didrik nicht, mit seinem ganzen verdammten Durcheinander und seinen Brandwunden und seinem Baby und allem anderen, was er in mein Leben gebracht hat, es ist Didriks Schuld und auf einmal klingelt wieder mein Handy und ich gehe ran *Hallo?* Eine gestresste Frauenstimme stellt sich vor und fragt, ob ich Melissa Stannervik sei, und ich habe kaum geantwortet, da schwallt sie schon etwas von einer Klimakundgebung zum Thema FOSSILFREIE ZUKUNFT, die morgen in der Innenstadt stattfinden soll, und jetzt müssen sie kurzfristig Leute finden, die ein paar Worte sagen, es braucht auch nicht lang zu sein, das Wichtigste ist Sichtbarkeit, ich versuche, mich zu sammeln und bitte sie, mich zurückzurufen, und lege auf. Zwei Sekunden darauf klingelt es wieder und ich denke, dass sie es ist, und nehme wütend ab, aber es ist wieder dieser Typ.

»Hallo, hier ist André Hell«, sagt er und versucht, erwachsen zu klingen, »Sie wohnen zu Hause bei mir und meinem Vater, Anders Hell«, und ich brumme etwas als Antwort.

»Sie haben doch daran gedacht, die Pflanzen zu gießen? Auf der Dachterrasse. Sie gehen ein, wenn sie bei dieser Hitze kein Wasser bekommen.«

Ich muss etwas in der Handtasche haben, muss, ich wühle schluchzend zwischen Münzen, Plastikkarten, Quittungen von der Reinigung.

»Es ist wirklich wichtig, dass sie Wasser bekommen. Vor allem ein frisch gepflanzter Rhododendron.«

Ich spüre etwas Kühles, Schmales, Dünnes, ziehe die Hand aus der Tasche und werfe alles auf den Boden, aber nichts, nur ein alter Schlüssel, der klirrend auf den Asphalt fällt, und ich friere, friere so sehr, dass ich zittere.

»Nur die Heckenrosen nicht«, fährt diese eintönige Stimmbruchstimme fort, »die kommen auch mit Extremwetter klar.«

»Alter, glaubst du vielleicht, mich interessieren irgendwelche

Scheiß*blumen*«, brülle ich ins Telefon, »gibt es wirklich nichts Wichtigeres als das Scheißwetter, glaubst du, das Leben besteht darin, vor irgendeiner Scheiß*natur* zu katzbuckeln, sollen wir Menschen etwa so tun, als wären wir was, beschissene *Gärtner* auf dieser Erde, das ist doch total krank, kapierst du nicht, dass es Menschen gibt, die einfach nur versuchen zu überleben und *andere* Probleme haben als dein Scheißunkraut?«

Aber er ist weg, die Verbindung wurde unterbrochen. Ich wische mir ein paar Tränen weg und rufe zurück, ich muss mich entschuldigen, versprechen zu gießen, fragen, ob er weiß, wo es noch mehr Schmerzmittel gibt, aber ich komme direkt zur Mailbox.

»Kein Netz?«

Direkt gegenüber von mir sitzt eine von denen, die immer an solchen Orten sitzen, dunkelhäutig, klein, schmutzig, ein eingeschweißtes Schild mit verpixelten Bildern von Kindern, die Leukämie haben oder HIV oder eine Augenoperation brauchen.

»Kein Netz«, wiederholt sie und zeigt auf ihr eigenes Handy. »Alle verlieren gerade. Netz verschwindet.«

Sie nickt mir zu und lächelt mit fleckig braunen Zähnen.

»Du brauchen Hilfe? Eine Platz für schlafen?«

In mir wächst ein Brüllen und ich krieche weg und hebe den kleinen silbernen Schlüssel auf und balle die Faust darum, na gut, dann halt so, das ist nur gerecht.

*

Er hat ihn immer KGB-Schlüssel genannt, das fanden wir beide witzig. Das Haus, in dem Didrik wohnte – in dem er immer noch wohnt –, hat ein Codeschloss und er erklärte mir umständlich, wie es mit einer App verknüpft war, die jedes Mal, wenn jemand die Tür mit dem Code öffnete, eine Benachrichtigung schickte. Fuhr die Frau Gattin zum Beispiel übers Wochenende mit dem Nachwuchs ins Sommerhaus ihrer Mutter und er wollte sich ein bisschen diskreten Hotelsex gönnen und erst am nächsten Tag nach Hause kommen, konnte er daher sicher davon ausgehen, dass seine Frau misstrauisch werden würde, wenn die App an einem Sonntagvormittag pling machte.

Aber, erklärte er und hielt triumphierend den kleinen Schlüssel hoch, es gab eine Garagentür, zu der nach wie vor ein gewöhnlicher Schlüssel gehörte, sie hatten sich nicht die Mühe gemacht, in ein Codeschloss dafür zu investieren, und wenn er stattdessen diesen Weg nahm, wurde aus dem Codeschloss statt unliebsamem Beweismaterial *schwups* das perfekte Alibi. *Ich war den ganzen Tag daheim und habe an meinem Pitch gearbeitet*, sagte er mit einem breiten Grinsen und schenkte Champagner nach. *Hab keinen Fuß vor die Tür gesetzt*. Ihm gefiel das, die Heimlichtuerei, zu leben wie ein Geheimagent mit verschlüsselten Nachrichten und Chats über Fakekonten mit Zwei-Faktor-Authentifizierung, all das wurde Teil seines großen Abenteuers, ich selbst war weniger interessiert daran. Wenn Vitas nicht gerade Taxi fuhr, kiffte er, und wenn ich sagte, dass ich jetzt losmüsse und einen Vortrag auf irgendeiner Konferenz halten, schaute er kaum von der Konsole auf, sein letzter Fotoauftrag lag Monate zurück.

Eines Morgens, es war einer der letzten, als ich mich fertig machte, um allein runter zum Frühstück zu gehen – inzwischen war ich es, die bezahlte, und es gibt nichts Besseres als Hotelfrühstücke –, und meinen Slip vom Boden aufhob, klirrte es und da lag er, silbern glänzend, erst dachte ich, es sei eine Münze oder vielleicht ein Ring, manchmal bekam er ein schlechtes Gewissen und nahm seinen Ehering ab, aber es war der Schlüssel, er musste ihm aus der Hosentasche gefallen sein. Ohne nachzudenken, steckte ich ihn in meine Handtasche und dann vergaß ich, ihm den Schlüssel zurückzugeben, er erwähnte nie, dass er verschwunden war, vielleicht weil das KGB-Kapitel zu diesem Zeitpunkt abgeschlossen war, er ging nicht mehr ins Bad, um ans Handy zu gehen, wenn sie anrief, wählte nicht mehr den verstecktesten Tisch im Restaurant und saß nicht mehr mit dem Rücken zum Fenster, so wie er auch aufgehört hatte, Duftkondome oder Gleitmittel oder rote Rosen mitzubringen und Cava statt Champagner kaufte, *der schmeckt genauso*. Wir hatten angefangen, über eine Wohnung zu sprechen, die er vielleicht von einem Freund mieten konnte, und ich hatte eine Tasche unters Bett gelegt, in die ich ab und zu frische Kleidung packte, die Kleider, von denen ich wusste, dass er mich gern darin sah, sozusagen gleichzeitig trashig und elegant, die Sachen, die ich später tragen würde, wenn wir richtig zusammen wären.

Manchmal fühlte ich das dünne Metallstück am Boden der Handtasche und wurde daran erinnert, wie jämmerlich ich war und wie ekelhaft sich alles anfühlte, und war drauf und dran, ihn wegzuwerfen, besann mich aber und legte ihn zurück.

Vielleicht, weil es das Letzte war, was mir blieb.

Vielleicht, weil ich so schreckliche Zahnschmerzen hatte.

Ich habe keinen Schimmer, wo ich bin, aber laut Navi auf meinem Handy ist es gar nicht so weit, nur ein paar Kilometer. Am Einkaufszentrum gibt es einen Radweg, dem folge ich, er führt unter einem Viadukt hindurch und dann an ein paar tristen Hochhäusern vorbei, einem Baumarkt, einem Spielplatz ohne Kinder, einem geschlossenen McDonald's, mir wird bewusst, dass es das erste Mal in meinem Leben ist, dass ich einen geschlossenen McDonald's sehe. Es ist, als würde die Luft summen, oder vielleicht ist es nur in meinem Kopf, eine Art dumpfer, erstickter, vibrierender Ton, ich versuche, Schatten zu finden, gehe neben dem Radweg, durch das raschelnde braune Gras, ein paar Teenager fahren auf ihren Skateboards vorbei, ihr Johlen und Schreien schneidet wie ein Messer durch mein Gehirn.

Eine schmutzige Treppe führt hoch zu einer Brücke, meine Füße tun weh, die Hitze liegt schwer wie ein gusseiserner Deckel auf mir, die Strecke ist zu weit, um zu laufen. Auf der Karte sah es näher aus, aber in Wirklichkeit sind es unzählige verschlungene Wege kreuz und quer durch Wohnviertel, die Vororte sind nicht für Fußmärsche angelegt, ich stolpere auf der Treppe und falle auf die Knie und krieche die letzten Stufen hoch, und von hier oben habe ich Aussicht über die Autobahn und schnappe nach Luft.

Alles steht still. Ein Meer aus stillstehenden Autos, so weit das Auge reicht, derart bewegungslos, dass ich unmittelbar das Bild von Konservendosen in den Kopf bekomme, die sich vor einem übervollen Recyclingcontainer häufen. Offene Türen, Menschen sitzen im Straßengraben oder unterhalten sich stehend und schütteln die Gliedmaßen aus oder hängen einfach nur rum, einige scheinen ihre Fahrzeuge aufgegeben zu haben und wandern zwischen den Autos die Straße entlang, Männer mit Rucksäcken und Frauen mit Kinderwagen, ein Bus versucht, sich hupend den Weg zu bahnen, ein Krankenwagen manövriert neben der Straße im Zickzack um Autos herum, die verlassen auf Schotter und ekligem Gras stehen.

Ich klammere mich ans Brückengeländer, blicke über die Karawane, versuche zu begreifen, was ich da sehe. Der Verkehr kommt von Norden. Aus den Gebieten, wo es brennt. Die Leute wollen in die Stadt. Und die Stadt hat die Wege dichtgemacht.

Ich taumle über die Straße und eine weitere Treppe hinunter und dann krabble ich unter dem Geländer durch und eine mit Unkraut überwucherte Böschung hinab und klettere über einen Zaun, und dann bin ich auch da unten, inmitten der Menschen, wandere zwischen den glänzenden Autos in die entgegengesetzte Richtung. Die Straße ist flach und überraschend breit, ein Fluss aus gleichmäßigem, glattem Asphalt, der sich zwischen den gelb werdenden Bäumen, den Einkaufszentren, den toten Betonkörpern hindurchschlängelt.

Eine Frau trägt ein schreiendes Baby, hinter ihr geht ein Junge um die dreizehn und spielt auf seinem Handy, ein älteres Paar schleppt schwere Plastiktüten, ein kleines Mädchen läuft mit einer schwarz-lila Star-Wars-Tasche hinter seinen Eltern her, auf der Vorderseite Darth Vader und so ein Laserschwert, und fragt, wie weit es noch ist bis heim zu Oma. Einige halten ihre Smartphones hoch und filmen beim Gehen, sprechen in die Kamera, beschreiben, was sie sehen. Manche von ihnen mit einem gewissen Pathos, als wären sie im Begriff, den Ozean zu überqueren, einen neuen Planeten zu betreten, der Stolz des Entdeckungsreisenden darüber, den Fuß auf Terrain zu setzen, das bis dahin nicht nur unbekannt, sondern geradezu unvorstellbar war.

Ich gehe hinüber zum Seitenstreifen, die Fahrbahn ist voll, Hunderte, Tausende Menschen bewegen sich auf die Stadt zu, ein endloser Strom, und einige, denen ich begegne, sehen aus, als würden sie schon seit Stunden wandern, seit Tagen, ein Schimmern am Horizont, wo die Sonne die Autos brät. Die Luft ist dick von Schmutz und Abgasen, manche Wagen haben den Motor laufen, durch dreckige Fenster sehe ich verängstigte, müde Gesichter und überall die flimmernde staubige Hitze.

Sobald man die Autobahn erreicht, geht es ruck, zuck, betonte er gern. *In zehn Minuten ist man in der Stadt, wenn nicht gerade Berufsverkehr ist.* Laut Navi sind es nur achtzehnhundert Meter, bis ich von der Autobahn runtermuss, ich kämpfe gegen das Ekelgefühl an, schleppe mich in der Hitze weiter, versuche, mir vorzustellen, dass ich nicht hier bin, ich sitze in Vegas am Poolrand und schlürfe einen Cocktail, ich bin am Strand in Rio, ich bin irgendwo anders, aber es klappt nicht, es ist zu heiß, die Luft zu stickig, also versuche ich, so zu tun, als wäre es ein Stau in Kalkutta oder Nairobi, ein zufälliger Besuch in einem gottverlassenen Höllenpfuhl, ein Abenteuer, eine Geschichte, von der ich später erzählen kann.

Thailand, denke ich. Didrik hat erzählt, dass sie nach Thailand fliegen wollten. Die Frau Gattin hätte am Strand liegen und eine Massage bekommen sollen, Blumen im Haar und Kokosöl zwischen den Pobacken und ein süßes kleines Baby, das im Schatten auf einem rosafarbenen Sarong schlief, ich stelle mir ihr Gesicht vor, wie sie dort liegt, sie sieht so verdammt *zufrieden* aus, während ich hier wie ein durchgeknallter Junkie durch die Gegend laufe, und obwohl die Reise natürlich ins Wasser gefallen ist und Frau Gattin irgendwo im Wald festsitzt, ist es eine so himmelschreiende Ungerechtigkeit, dass es mir den Atem raubt, so was sollte verboten sein. Und um dem Ganzen die Krone aufzusetzen, hat sie Tabletten bekommen, die sie nicht mal einnimmt, weil die Frau Gattin zu sehr Frau Gattin ist, um etwas so Törichtes zu tun, wie Schmerzmittel zu schlucken, ich hasse, hasse, hasse sie.

Ich hebe den Blick und ein großes Schild zeigt nach rechts. Im Graben liegt ein Haufen Leitkegel und rot-weißes Plastikband, Reste einer Absperrung, vielleicht von heute Morgen, vielleicht von letzter Woche. Die Ausfahrt wird von einigen verlassenen Autos blockiert, bei einem sind die Scheiben eingeschlagen, ein anderes ist ausgebrannt. All die wütenden Gedanken haben meinen geistigen Nebel ein wenig gelichtet, mir kommt eine Idee und ich mache ein Foto von dem ausgebrannten Wagen, es sieht klasse aus, das verrußte Metallskelett, das in den rosafarbenen Himmel ragt, ein Filter ist nicht nötig.

EIN PAAR WORTE AN EUCH HATER. So sieht es gerade unweit von Stockholm aus. Chaos, Zerstörung, ein Land in Angst. Im Augenblick gibt es nur zwei Sorten Leute: die einen, die das Land aufbauen wollen, und die anderen, die es abreißen wollen mit ihrem Opferdenken, ihrer Untergangsrhetorik, ihrem hysterischen Alarmismus, mit dem sie bloß denen in die Hände spielen, die nach Spaltung und Polarisierung in der Gesellschaft trachten. In welche Kategorie gehörst du?

Und dann ein paar Emojis mit der schwedischen Flagge und traurigen Gesichtern, das Foto von dem ausgebrannten Auto zusammen mit einem kurzen Video, das ich vorhin von der Autoschlange aufgenommen habe, unscharf und ruckelig mit super Livefeeling, Kinder, die im Graben spielen, eine weinende alte Oma mit Rollator. Überlege, ob ich noch was mit der Milch dazuposten soll, aber das kommt vielleicht nicht so gut. *Teilen.*

Ich gehe an dem Autowrack vorbei und verlasse die Autobahn, über ein Viadukt, vorbei an einem Gebrauchtwagencenter mit eingeschlagenen Scheiben, dann über einen stinkenden Schotterplatz, auf dem mehrere übervolle grüne Recyclingcontainer in der Sonne glänzen, an einem Wäldchen vorbei, und schließlich wandere ich die Kryddgatan hinauf, die durch das Wohnviertel führt. Stoppelige Rasenflächen, tote Blumenbeete, ein paar Kinder, die lustlos auf einem Trampolin springen. Ein halb fertiges Dach, ein Baugerüst, ein großer grüner Container und Stapel mit Dachziegeln, eine Renovierung, die unterbrochen oder ganz aufgegeben wurde. Gesichter, die hinter Gardinen hervorlugen. An Laternenpfählen schreien große handbeschriftete Schilder PARKEN VERBOTEN! und NACHBARSCHAFTSHILFE! und WARNUNG VOR DEM HUNDE!

Einen Hügel hoch, nach rechts in die Saffransgatan, dann links in die Currygatan. Vor einem der größeren Häuser parkt ein Wagen mit dem Logo einer Security-Firma, ein junger Mann mit kurz geschnittenen Haaren starrt mich misstrauisch durch die Scheibe an, er hält ein Walkie-Talkie an den Mund und seine Lippen bewegen sich. Ich fische den kleinen Schlüssel aus meiner Handtasche und balle die Faust darum, ich gehöre hierher, ich habe Zutritt. Auf dem Grundstück zu meiner Rechten steht ein räudiges Reh und trinkt Wasser aus einem Swimmingpool, das Wasser ist milchig und grün vor Algen, ich biege in die Chiligatan ein, zähle die Ziffern auf den Briefkästen ab, 8, 12, 18. Da.

Das Herz rutscht mir in die Hose, ich möchte heulen, meine Füße fühlen sich an, als würden sie jeden Moment zu bluten anfangen. Ich muss in der falschen Straße sein, es kann nicht hier sein, nicht dieses Haus. Wenn er von seinem Haus geredet hat, klang er immer so stolz, so zufrieden, ich hatte mir etwas … keine Ahnung, etwas anderes vorgestellt, nichts Protziges natürlich, keinen Marmorpalast oder eine amerikanische Prunkvilla mit Säulenattrappen und Plastikspringbrunnen. Sondern etwas Charmantes, ein bisschen wie die Villa Kunterbunt, ein herrlich verwilderter Garten mit Pflaumenbäumen, eine gemütliche Veranda mit morschen Brettern, ein altes kaputtes Gewächshaus, wenigstens eine kleine Gartenlaube, irgendetwas mit ein bisschen Charakter. Jetzt stehe ich vor einem niedrigen, rechteckigen roten Backsteinhaus, Flachdach, ein platter Rasen, eine weiße Holzgarage. Ein paar Gartenmöbel aus Rattan. Ein kleiner Balkon mit blauer Markise. Direkt hässlich ist es nicht, nicht so, dass es auffallen würde, es sieht aus wie alles andere hier, es ist mehr, dass es so … gewöhnlich ist. So anonym. Ein Haus für jeden x-Beliebigen. Kein Mensch ist zu sehen.

Ich gehe zur Garagentür, leiere stumm eines von Mamas Gebeten auf Serbisch herunter, ich weiß kaum, was es bedeutet, aber die Worte spenden Geborgenheit und machen Mut, *du schaffst das, geh einfach schnell rein* und dann der Schlüssel im gut geölten Schloss, dreht sich lautlos und die Tür gleitet auf, schnell hinein in die Dunkelheit und hinter mir schließen, so, alles klar, *Frau Gattin, wo hast du deine Tabletten?*

Betonboden, kein Auto. Werkzeug und anderer Krempel, der Geruch von Öl und Gummi. Eine weitere Tür, ebenso leise, der Geruch von Reinigungsmitteln und steuerlich absetzbarer Putzhilfe und selbstzufriedener ekelhafter Mittelklasse, zwei Türen, von denen ich weiß, dass sie zu den kleinen Zimmern der Kinder führen, sie schlafen unten, dann eine Treppe hoch, ich wundere mich flüchtig, dass keine Fotos an den Wänden hängen, keine Bilder von Zack und Vilja, bloß langweilige Kunstdrucke und Aufnahmen vom Schärengarten.

Eine kleine unrenovierte Küche mit weißen Kacheln und schwarzen Plastikküchenbänken, ein Tisch mit rot karierter Decke an einem Fenster, durch das man direkt ins Nachbarhaus schaut. Hier saß er oft, *sitze am Küchenfenster und denke an dich*, schrieb er, *warte darauf, dass das Brot fertig gebacken ist, träume davon, wie es wäre, wenn du herkämst, frisch geduscht und im Bademantel, könnte ich stattdessen doch nur mit dir frühstücken*. Ich versuche, mir Didrik an diesem Tisch vorzustellen, den Geruch von gebackenem Brot und von Kaffee, eine Schale mit Zitronen, aber es gelingt mir nicht, er ist hier nicht präsenter als anderswo.

Ein Wohnzimmer mit Sofa und Fernseher. Und dann die Tür zu

ihrem Schlafzimmer, es hat ein eigenes Bad, weiß ich, meine Beine zittern, ich bin so nah dran. Renne hinein, ein Doppelbett, Raufasertapete und je ein Nachttisch aus hellem Holz, eine Tür, ein schönes weiches Licht von den Spots an der Decke, das schimmernde weiße Porzellan, das glänzende Chrom, mir wird ganz schwummrig von den vielen Eindrücken, ich knie mich vor den weiß gestrichenen Schrank und ziehe die Schubladen auf. Zahnbürsten, Rasiererhobel. Ziehe die nächste heraus, Binden und Wattepads, die nächste, ein paar Schminksachen und Öle und Sonnencremes, verdammte Scheiße, wühle einen leeren Kosmetikbeutel hervor, Nagelscheren, ein Rasierer, wo zur Hölle hat sie meine Tabletten versteckt?

Oder gibt es mehrere Schlafzimmer? Einen zweiten *Master Bathroom* oder wie auch immer das heißt? Hier sind keine Windeln, Becka braucht ja Windeln, aber hier ist nicht mal ein Wickeltisch, die Tabletten sind natürlich da, wo sie Becka wickeln, und ich stürme die Treppe hinunter und in ein weiteres Bad, Duschkabine, ein kleiner Schrank, aber auch hier keine Windeln.

Im Flur steht eine Handtasche auf dem Boden, die Marke sagt mir nichts, aber sie sieht teuer aus, ich zerre den Reißverschluss auf und stülpe die Tasche um, schüttle sie, Schlüssel, Kundenkarten, und *Yes!* eine kleine weiße Packung, ich studiere sie, kneife die Augen zusammen, um den winzigen Text zu lesen, da steht was von Allergie, der Name PESHA HOROWITZ und ein Haufen Ziffern. Ich schaue auf eines der Plastikkärtchen, derselbe ausländische Name, ich kapiere gar nichts mehr, bin ich überhaupt im richtigen Haus?

Dann trifft es mich wie ein Schlag, die Frau Gattin wohnt im Augenblick ja gar nicht hier, Didrik hat es mir doch erzählt, sie haben ihr Haus vermietet, und wenn man ein Haus vermietet, räumt man natürlich seine privaten Sachen weg, keine Familienporträts an den Wänden, keine Unterwäsche in den Schubladen, keine intimen Utensilien im Badezimmer wie Dildos und Windeln und Morphium, ich durchsuche gerade die Sachen einer anderen Person statt die der Frau Gattin, Gott, wie bescheuert ich bin, sie haben ihre Sachen natürlich irgendwo in einem Zimmer eingeschlossen! Ich beginne an Türklinken zu rütteln, um zu sehen, ob eine von ihnen abgeschlossen ist, renne durch die Zimmer und öffne Schranktüren, die Küchenschränke, einen Putzschrank, laufe zurück in die Garage und halte Ausschau nach allem, was verschlossen sein könnte. Irgendwo haben sie ihre persönlichen Sachen versteckt, ich werde sie finden, wenn ich nur überlege, wenn ich mich nur zusammenreiße, ich versuche zu denken, die Trägheit im Gehirn ist, wie wenn man ins Waschbecken gekotzt hat und es partout nicht abfließen will, man versucht, mit Wasser zu spülen, aber es funktioniert nicht, man muss Essensreste wegpulen und mit den Fingern darin herumstochern, keine Ahnung, warum mir so ein ekelhaftes Bild in den Kopf kommt, das letzte Mal, dass ich in ein Waschbecken gekotzt habe, war mit vierzehn bei einer Schuldisco.

Auf einmal stehe ich wieder im Schlafzimmer, falle aufs Bett, kauere mich zusammen, schließe die Augen, blättere durch die Aufnahmen in meiner Erinnerung. Die ausgedehnten Weinlunches. Die Chats. Der Sex.

Mein Magen zieht sich zusammen, als müsste ich mich noch mal übergeben.

Der Sex.

Er hatte Sachen für den Sex dabei.

Wir liegen nackt im Bett. Gleich werden wir vögeln. Er holt Gleitmittel und Duftkondome hervor.

Kaufst du das jedes Mal extra?

Er lächelt verlegen.

Nein, ich habe einen Aktenschrank im Arbeitszimmer, da guckt sie nie rein.

Ich schieße wie eine Rakete aus dem Bett, das Arbeitszimmer ist ganz am Ende des Flurs, glaube ich, ich muss es ausgelassen haben, fast stolpere ich über das verstreut auf dem Boden liegende Zeug aus der Handtasche, reiße die Tür auf, ein Gästebett, ein Schreibtisch mit einem Monitor, ein großer grauer Metallschrank und ein rosafarbenes Post-it mit dem Wort PRIVATE; ich schluchze vor Freude und ziehe am Griff.

Aktenordner.

Bloß ein paar Fächer voller Ordner, sorgfältig beschriftet mit STEUER und VERSICHERUNG und ZEUGNISSE und RENTE, ein paar Schnellhefter, mehrere alte Handys, ich schleudere alles auf den Boden, brülle *nein nein nein*, öffne sicherheitshalber die Ordner und reiße Papiere heraus, Quittungen, Kontoauszüge, ärztliche Atteste, alte Ausweise, ein ganzes Leben sortiert in einem grauen Metallkasten, taste in dem leeren Schrank, da muss eine kleine Schachtel sein oder ein Tablettenblister oder wenigstens eine einzige Scheißpille, die mich von hier wegbringen kann.

Nichts.

Doch.

Etwas.

Eine Plastiktüte. Eingeklemmt zwischen den Fächern. Fast unmöglich zu sehen, obwohl die Ordner, die sie verdeckt haben, weg sind, ich erahne nur einen Fitzel des weißen Plastiks, zupple daran, bekomme das dünne, labbrige Material gelockert, es ist eine stinknormale Plastiktüte von einer großen Supermarktkette, ich ziehe sie ans Licht und leere alles vor mir auf den Boden.

O Didrik.

Eine halbe Packung Kondome mit Lakritzgeschmack.

Dicke Stapel A4-Papier, er hat unsere Chats ausgedruckt, all unsere E-Mails, die Bilder, die ich gemacht habe, in Farbe.

Quittungen von den Hotels und den Restaurants.

Ein Pröbchen aus einem Hotelbadezimmer.

Der Korken von einer Champagnerflasche.

Ein Stück Klopapier, auf das ich einen Lippenstiftabdruck geküsst habe.

Das Programm von der Konferenz, auf der wir uns kennengelernt haben, *Schäm dich nicht, ein Mensch zu sein – Impulsvortrag von Melissa Stannervik*, neben den Programmpunkt hat er mit Kuli geschrieben *KEINE PRIO?*

Meine Visitenkarte, mein Gott, warum habe ich überhaupt Visitenkarten drucken lassen, Mama hat mir das eingeredet, *alle wichtigen Leute haben Visitenkarten.*

Eine schwarze Haarklammer.

Meine rosafarbene Strickmütze, die ich in diesem Winter immer aufhatte, ich dachte, ich hätte sie verloren, der Gedanke, dass er vor diesem langweiligen Schrank gesessen und am Duft meiner Haare geschnuppert hat, ist einfach zu erbärmlich.

Und zum Schluss ein kleines, blankes Blatt, glatt unter den Fingern, erst denke ich, es ist ein Passfoto aus einem Automaten, aber das haben wir doch nie gemacht, oder ein Polaroid, aber daran kann ich mich auch nicht erinnern.

Nein.

Bitte Didrik, das hast du nicht getan.

Wir hatten es uns doch versprochen.

Ein quadratisches Schwarz-Weiß-Bild. Ein grauer Schatten. Eine große dunkle Blase und darin ein weißer Strich.

Ich öffne den Mund, um das Heulen oder den Schrei oder was auch immer Wahnsinniges da in mir aufsteigt, herauszulassen, aber nichts kommt, ich starre nur auf das Bild, merkwürdige Ziffern am Rand, das Graue, das Dunkle, das Weiße, von dem sie gesagt hatte, es sei das Herz.

Wir hatten uns versprochen, es zu vergessen.

Der Verrat ist so immens, die Trauer so unfassbar, Herzklopfen, Panik, ich muss hier raus muss weg muss haben, springe auf und stürme aus dem Zimmer, in die Küche, reiße die Schränke auf, eine Flasche mit einer durchsichtigen Flüssigkeit, lasse sie einfach in mich hineinlaufen, es brennt in der Kehle, aber ich zwinge mich zu schlucken, lasse es laufen, denk nicht nach denk nicht nach, noch ein paar Schlucke und ich werfe die Flasche weg und zum Sofa, kauere mich zwischen Kissen und Decken zusammen.

Du hast mir das Foto abgenommen und gesagt, du würdest es wegwerfen, noch nicht mal ein Fötus, nur ein Embryo, hat die Hebamme gesagt, nur zwei Zentimeter groß.

Das Wohnzimmer flimmert vor Hitze und stickiger Luft, die Wände drehen sich.

Du hast es aufbewahrt. Du hast uns aufbewahrt.

In der Ferne durchschneiden Sirenen die erstickende Stille.

Du hast unseren Schatz in einer Plastiktüte versteckt.

Das Sofa schaukelt unter mir, mein Magen krampft sich zusammen und ich stütze mich auf den Ellbogen. Das Gefühl, ein schmutziges, schwitzendes, stinkendes Tier zu sein, sich in Muskeln und Fett und Fleisch zu verwandeln, es ist wie Sex, wie wenn man einen Orgasmus bekommt, eine unaufhaltsame Woge ihn mir und die Reste von Rinderfilet und Aal und Rotwein in zähen, schimmernden Schlieren, das herrliche Gefühl, endlich leer und frei zu werden, ich wische mir den Mund mit einer sandfarbenen Mohairdecke ab und verkrieche mich in mir selbst und bleibe dort.

*

Jemand hat von meinem Brei gegessen.

Die Stimme ängstlich und gleichzeitig wütend, schrill und durchdringend und piepsig. Ich liege in meinem Schlafanzug im Bett und Mama erzählt das Märchen, sie liest es in gebrochenem Schwedisch vor, macht es aber lustig, übertreibt an den richtigen Stellen.

Jemand hat auf meinem Stuhl gesessen.

Blinkende Lampen, zornige Stimmen, lasst mich in Ruhe, ich schlafe doch.

Harte Hände rütteln an meiner Schulter. Ja, ja, ist ja gut, ich wollte nur für einen Moment die Augen zumachen, ein Powernap, ihr werdet kaum merken, dass ich da gewesen bin.

Das gibt's ja nicht. Wie ist sie reingekommen?

Schwere Schritte. Eine über mich gebeugte Gestalt. Ich kneife die

Augen noch fester zusammen. *Es war wegen der Zahnschmerzen,* will ich sagen, aber meine Lippen gehorchen mir nicht. *Das kann jedem passieren.*

Mama macht ihre Stimme tief und grollend.

Jemand hat in meinem Bett gelegen.

Der Bär legt den Kopf schief, streicht mir das Haar aus dem Gesicht.

Wie fühlen Sie sich? Hier können Sie nicht liegen.

»Haben Sie was?«, höre ich mich flüstern, meine Stimme krächzend und trocken. »Ich brauche was.«

Wie sind Sie reingekommen?

»Ich habe einen Schlüssel. Ich … dachte, dass –«

Können Sie sich aufsetzen?

Die Hände ziehen an mir und ich komme langsam auf dem Sofa hoch, blinzle in das grelle Licht, jemand leuchtet mich mit einer Taschenlampe an, es ist dunkel.

Der Mann hat kurz geschnittene Haare und trägt eine Uniform, am Gürtel hängen ein Schlagstock und andere Gegenstände, ein paar Meter hinter ihm steht eine Frau mit verschränkten Armen und starrt mich zornig an, *die Frau Gattin,* schießt es mir durch den Kopf und ein eisiger Schauer läuft mir über die Wirbelsäule, sie steht da mit ihrem Fahrrad in der Dunkelheit, *tut mir leid tut mir leid lasst mich,* aber dann sehe ich, dass diese Tante hier bestimmt zehn Jahre älter ist, kurze graue Haare und einen kleinen Hund auf dem Arm, *Ask if she's alone* faucht sie und der Mann fragt *Sind Sie allein?*

»Ja«, murmle ich. »Ich bin eine Freundin der Familie. Von Didrik und … Carola. Tut mir leid, ich wusste nicht, dass das Haus vermietet ist.«

»Hier können Sie nicht liegen«, wiederholt der Mann, er klingt bestimmt, aber seine Augen sind nett, er hält mich an den Schultern und hilft mir auf die Beine, »kommen Sie, wir gehen nach draußen zum Auto.«

»Who's gonna clean up this mess?«, herrscht die Tussi uns an, als wir in den Flur stolpern.

»Call your insurance«, erwidert der Wachmann.

»Stupid junkie.«

»Welcome to Sweden«, antworte ich und fange beinahe an zu kichern, die Tür schlägt hinter uns zu und die Taschenlampe leuchtet über den Wagen des Sicherheitsunternehmens, derselbe, den ich vorhin vor dem Haus habe stehen sehen, der Wachmann öffnet die Tür zur Rückbank und lässt mich einsteigen.

»Stimmt das mit dem Schlüssel?«, fragt er und wendet sich mir zu. Es ist dunkel draußen, und die Straßenbeleuchtung brennt nicht, ich sehe auf der Uhr am Armaturenbrett, dass es später Abend ist.

»Ja«, antworte ich. »Ich habe etwas gesucht. Dann wurde mir schlecht. Kann ich ja wohl nichts dafür.«

»Wo wohnen Sie?«

»In der Innenstadt.«

Er nickt und lässt den Motor an und wir rollen langsam durchs Wohnviertel.

Als es so toll mit Didrik lief, dachte ich, dass ich den Führerschein machen sollte, denn bald würden wir ein anderes Leben führen, ein Leben, in dem ich Auto fahren können musste, natürlich nicht weil wir in irgend so einem langweiligen Vorort wohnen würden, aber manchmal würde ich Zacharias und Vilja fahren, sie abholen und bringen, am Anfang würde es schwer für sie sein, aber mit der Zeit würden sie sich wohl an die neue Situation gewöhnen und vielleicht wäre es leichter, wenn wir zusammen im Auto säßen, Musik anmachten, Radio hörten, Mama hatte natürlich kein Auto, aber die Eltern meiner Freunde schon und die fuhren mit dem Auto in den Urlaub, die Kinder auf dem Rücksitz und Mama Papa vorn und ein Ordner mit alten CDs und Tüten mit Süßigkeiten, mit dem Auto in die Berge, mit dem Auto zu Oma, mit dem Auto nach Dänemark und schauen, wo wir landen, und Mama seufzte und packte ihren Korb und mischte ihren Sirupsaft.

Auf der Autobahn herrscht immer noch vollkommener Stillstand, eine unendliche Karawane, es nimmt kein Ende, es ist unglaublich. In einem Shoppingcenter ein paar Kilometer weiter ist ein Feuer ausgebrochen und das Heulen von Sirenen erfüllt die Nacht, im Radio berichten sie, auf den Straßen in die Stadt herrsche Chaos, *drehen Sie nach Möglichkeit um und wählen Sie eine andere Strecke*, also warum versuchen sie es trotzdem weiter, aber dann wird mir bewusst, dass man das halt so macht, es ist wie mit allem anderen auf dieser Welt: Ist man unterwegs in eine Richtung und jemand erzählt, dass da vorne ein Stau kommt, fährt man trotzdem weiter, denn was wäre die Alternative, stehen bleiben oder rückwärtsfahren ist nicht und man denkt sich, dass es *so* schlimm schon nicht sein wird und außerdem hat sich der Stau bestimmt aufgelöst, bis ich da bin, und es ist am einfachsten, immer dem Strom zu folgen und das, was passiert, geschehen zu lassen, und sollte der schlimmste Fall eintreten und ich sitze in der Scheiße, bin ich wenigstens nicht allein.

»Wie lange … geht es dir schon so?«, fragt der Wachmann leise da vorn am Steuer, während wir über die Autobahn gleiten, er hat ein Blaulicht aufs Dach gesetzt und die meisten machen uns Platz, er fährt im Zickzack über die Straße, neben der Straße, hupt Leute an, die uns im Weg stehen, scheint geübt darin, das Chaos zu ignorieren.

»Ein Jahr etwa«, murmle ich. »Aber nur, was ich in der Apotheke gekriegt habe.«

»Wann hast du zum letzten Mal was genommen?«

»Letzte Nacht. Vor fast vierundzwanzig Stunden.«

Er nickt.

»Es dauert vier, fünf Tage«, sagt er behutsam. »Dann ist das Schlimmste überstanden.«

Erst ist das Summen nur ein Summen, dann treten die Diskante hervor, das Heulen der Polizeiautos oder was auch immer für Sirenen es sind, vielleicht Krankenwagen oder Feuerwehr oder alles zusammen und dann, nach einigen Minuten, wie eine dunkle Basslinie unter dem Summen, das kompakte Dröhnen Tausender Menschen, die sich an einem Ort gesammelt haben, brummende Motoren, schepperndes Metall, bellende Hunde, wütende Stimmen, die schimpfen schreien skandieren, die Autoschlange ist zu einer Stadt angewachsen, erleuchtet von Scheinwerfern.

»Meine Freundin«, sagt er sachlich, ohne mich anzuschauen, »sie hatte so merkwürdige Bauchschmerzen, bekam eine Rektoskopie, eine Koloskopie, das ganze Programm, und dann Tabletten, und innerhalb von ein paar Wochen war sie abhängig. Das Gesundheitssystem hat sie wie eine Drogensüchtige behandelt, kein Mensch hat geholfen. Aber sie ist davon losgekommen.«

Sie haben eine Art Rampe gebaut, umsäumt von Absperrband und orangefarbenen Hütchen, um den Verkehr von der Autobahn zu leiten, auf der Rampe stehen Polizisten mit Schilden und Helmen, unter ihr sind weitere Polizisten positioniert, mehrere von ihnen beritten, rundherum ein Meer aus Menschen und stillstehenden Autos verteilt über die Fahrspuren in beide Richtungen, die Seitenstreifen, die Straßengraben, den verbrannten Wald, sie haben die ganze Straße bis zum Wasser hin abgesperrt, überall stehen Rettungsleute mit roten Decken und Wasserflaschen und Männer mit gelben Reflexwesten und Walkie-Talkies und eine Frau liegt umgeben von Sanitätern auf dem Boden, Blut läuft ihr aus den Ohren.

»Wie hat sie es geschafft aufzuhören?«, frage ich.

»Meine Freundin?«

Ich nicke.

»Wir haben ein Kind bekommen«, antwortet er und lächelt schwach in den Rückspiegel. »Ich glaube, man braucht etwas, das einen motiviert. Sonst klappt es nie.«

Ein junger Polizist schlendert auf uns zu, er trägt Mund-Nasen-Schutz und eine Strähne seines langen Haares ist aus der Mütze geschlüpft und hängt ihm in die Stirn, der Wachmann zeigt seinen Ausweis vor, der Polizist winkt uns weiter und wir fahren vorbei und dann sind wir durch und drüben herrscht eine andere Art Chaos: Polizeiautos, Krankenwagen, eine brüllende Menschenmenge mit Plakaten und Bannern, sie schreien WAS SOLLEN WIR TUN? DEN PLANETEN RETTEN!

Überall eingeworfene Schaufenster, zerbrochene Pflastersteine, im Augenwinkel brennende Autos und maskierte Gestalten mit Metallrohren, Hämmern, Hockeyschlägern, ich sehe alles nur schemenhaft, es geht zu schnell, wir fahren zwischen den großen Betonklumpen durch oder was auch immer da mitten auf der Straße liegt, um die Durchfahrt für den Verkehr zu sperren, vernagelte Fenster, zersplitterte Straßenlaternen, Schmierereien, Müll, jemand versucht, sich dem Auto in den Weg zu stellen, und der Wachmann bremst und reißt das Lenkrad herum und dann ein Knallen, als jemand mit dem effektiven, präzisen Schwung eines Golfschlags den Seitenspiegel abschlägt, wie er quasi abgeschnitten wird, ich schreie auf und der Wachmann reißt erneut das Lenkrad herum und drückt das Gaspedal durch und dann das über die Motorhaube schrappende Geräusch und dann gegen die Heckklappe und wir fahren in etwas hinein und ich fliege gegen den Vordersitz, der Gurt strafft sich über meiner Brust und wir stehen still.

»Alles okay bei dir dahinten?«, fragt er. »Wir müssen …«

Etwas Hartes prallt gegen die Frontscheibe und ein Spinnennetz bildet sich, Kreis um Kreis aus gesplittertem Glas, ich schreie wieder und ein weiterer Stein kommt geflogen, ein neues, größeres Sonnensystem erwächst neben dem alten, der Wachmann brüllt WAS ZUR HÖLLE und ein Gesicht taucht vor dem Fenster auf seiner Seite auf, RAUS AUS DEM AUTO schreit eine Frauenstimme durch die Scheibe RAUS, BEVOR WIR DICH ABFACKELN, DU WICHSER, der Wachmann brüllt etwas zurück und ich habe das Gefühl, in einer Konservenbüchse zu stecken, Schatten, die sich um uns herum bewegen, Tritte, Schläge, Steine gegen Metall, noch mehr Stimmen, RAUS AUS DEM AUTO, DU DRECKIGER BASTARD, ich höre mich schreien *stopp stopp stopp hört auf* und fummle am Schloss auf meiner Seite herum und bekomme die Tür auf und taumle hinaus in die warme Nacht, knie auf allen vieren auf dem Asphalt, *hört auf hört auf*, jammere ich, *lasst mich gehen.*

Es sind an die zehn Leute, die meisten von ihnen jünger als ich, einige tragen Masken und halten improvisierte Schlagwaffen in den Händen, es ist dunkel, aber ein Stück entfernt brennt ein Auto, die Flammen werfen ihren Schein auf uns, ich schreie *Lasst mich nach Hause gehen* und einer der Maskierten fragt *Scheiße, was machst du in seinem Auto,* ich denke nicht mal nach, sage *Wir haben vor dem Flughafen demonstriert.*

»Wo sind die anderen aus deiner Gruppe?«, fragt eine heisere Männerstimme.

»Ich glaube, die sind weggerannt. Dieser Security-Pisser hat sie vertrieben.«

Hinter mir haben sie den Wachmann aus dem Auto gezerrt, sie schreien ihn an, einer prügelt mit einer Eisenstange auf das Auto ein, der Wachmann klingt respektgebietend und wütend und ich höre, wie die Stimme eines jungen Typen zu kieksen beginnt, als er antwortet, die sind nervös, merke ich, sie haben Angst vor der Situation, die sie geschaffen haben, und nichts ist gefährlicher als verängstigte Menschen. Ich muss hier weg, die Übelkeit meldet sich wieder und ich muss abermals würgen, ein Kerl ohne Maske tritt nach vorn und zeigt auf mich.

»Du bist doch Melissa, wenn mich nicht alles täuscht?«

Klein. Stämmig. Dreadlocks.

Er lächelt.

»Du warst das, du hast das Video von mir gepostet. Über fünf Millionen Klicks.«

Ich zucke mit den Achseln.

»Kein Plan, wovon du redest.«

»Meine Mutter hat Krebs«, sagt er. »Vielleicht ist das ihr letzter Sommer. Sie und meine Schwester wollten in die Berge zum Wandern. Jetzt sitzen sie in einem Flüchtlingslager fest. In Schweden.«

Er macht einige Schritte auf mich zu, bleibt in gerade mal zehn Zentimetern Entfernung von mir stehen.

»Wie hast du mich genannt?«, zischt er. »Untergangsprophet?«

Eine pummelige Hand hält einen langen, schwarzen, geringelten Wurm hoch und ein Bild zuckt vor meinem inneren Auge auf, Didrik, dieser Aal. Aber nein. Es ist eine Fahrradkette.

»Meinst du nicht, du schuldest mir wenigstens eine Entschuldigung?«

Ich erwidere seinen Blick, der Typ ist wirklich klein, ich muss zu ihm hinunterschauen. Mache meine Stimme glatt, kalt, glänzend.

»Seit wann bin ich irgendwem etwas schuldig, du Penner?«

Dreadlocks wedelt mit seiner Kette, lässt sie zwischen uns in der Luft baumeln.

»Gewöhn dich dran.«

Mehrfaches scharfes Knallen durchlöchert die Nacht und ich höre jemanden aufschreien. Der Wächter steht breitbeinig neben dem Auto, einen Arm zum dunklen Himmel gereckt. VERSCHWINDET schreit er, HAUT AB, BEVOR ICH und es knallt erneut, ich sehe, dass sein Arm in etwas schwarzem Viereckigem endet, irgendwie hat er eine Pistole gezogen und die Terroristen schauen unschlüssig drein, aber mehrere von ihnen sind bereits weggerannt wie die Ratten und ich sehe, wie Dreadlocks sich umschaut, und dann hastet auch er auf schnellen Füßen in die Dunkelheit und ich höre sie skandieren WAS SOLLEN WIR TUN? DEN PLANETEN RETTEN! WAS SOLLEN WIR TUN? DEN PLANETEN RETTEN!, in dem Schrei hallt etwas Euphorisches mit, eine Art Erleichterung.

»Und du hau auch ab«, sagt der Wachmann zu mir. »Du musst zusehen, wie du allein nach Hause kommst.«

Er atmet schnell, steht in einem merkwürdigen Winkel über das Auto gebeugt, als hätte er Schmerzen.

»Es wurde ein bisschen …«, setze ich an, aber er wedelt nur mit der Hand.

»Hau ab.«

Durch die Nacht tönen Sirenen, das flappende Geräusch von Helikoptern, Stimmen, die viel zu laut in Megaphone sprechen.

»Und versuch, etwas zu finden, das dir wichtig ist. Etwas anderes als du selbst.«

FREITAG, 29. AUGUST

Es ist ein kleines Krabbeltier, wie ein gelbbrauner Käfer, ich habe es schon tausendmal gegoogelt, aber in echt ist das Vieh dermaßen eklig, dass ich beinahe laut aufkreische. Es flitzt über das weiße Laken, schnurgerade und furchtlos, wie ein Kind, wenn es über den Strand zum Meer rennt. Becka schläft tief und fest, Schnuffsi an die Wange gedrückt, in dem rosafarbenen Schlafanzug, den ich ihr gestern gekauft habe, oder war es vorgestern, die Tage fließen ineinander, das widerliche Krabbelviech steuert zielsicher und ohne Eile auf den kleinen Fuß zu, ich denke an die Bisse auf ihrem Hintern, vielleicht ist es dorthin auf dem Weg, um frisches Blut zu saugen? Oder suchen sie sich jedes Mal eine neue Stelle, gehen sie an die Kniekehlen oder an die Leisten oder ans Poloch? Oder lassen sie Becka diese Nacht in Ruhe und lassen sich stattdessen Didrik schmecken, der nackt auf dem Rücken liegt und schnarcht, mit einem halben Ständer, fühlt sich das nicht creepy an, so mit einem Baby neben sich dazuliegen?

Es krabbelt auf Beckas Fuß, die Kleine regt sich im Schlaf, bleibt aber in derselben Position liegen und die Wanze huscht über ihre Zehen und die Fußsohle in Richtung der weißen, glatten Wade, ich sehe den Spalt zwischen Haut und Schlafanzugbund, direkt am Fußknöchel, sehe, wie das Insekt unter den Stoff krabbelt und die Wade hinauf verschwindet, mir wird ganz anders, ich betrachte das friedliche, schlafende Gesicht und versuche, mir zu sagen, dass man zumindest nicht davon stirbt, früher gab es die Biester in allen Wohnungen, sie gehörten zum Alltag, man musste damit leben und die Menschen schrieben trotzdem Bücher und malten Bilder und zettelten Revolutionen an. Dann begann man mit Blausäure und DDT und bekam die Plage langsam in den Griff, aber später wurden die Mittel verboten und die Viecher entwickelten eine Resistenz, und ab den Neunzigern verbreiteten sie sich wieder, erst durchs Reisen, dann durch die Wärme. Bei minus achtzehn Grad sterben sie, früher reichte es also vermutlich, im Winter die Fenster aufzumachen, aber so kalt wird es ja inzwischen nicht mehr.

Trotzdem hat es etwas Tröstliches. Die Welt geht unter, aber die Wanzen bestehen weiter. Wenn alles im Chaos versinkt, ist der kleine Krabbler in Beckas Schlafanzug vielleicht das einzig Normale.

»Hey.«

Seine Stimme ist belegt und kieksig, die Art Stimme, die Männer nur benutzen, wenn sie gerade aufgewacht, verzweifelt oder in dieser panikartigen Ekstase sind, die über sie hinwegrollt, wenn sie kurz vor dem Orgasmus sind. Didrik schaut mich mit halb geschlossenen Augen an, reflexartig zieht er das Laken über seinen nackten Unterleib.

»Hey. Da bist du ja.«

»Ja.«

Er lächelt schwach, hebt schlapp die Hand, um mich zu begrüßen.

»Ich … dachte schon, du kommst gar nicht wieder.«

Ich antworte nicht, sitze auf der äußersten Kante des Bettrandes, hat man sie erst mal gesehen, lässt sich das Gefühl schwer abschütteln, dass sie von überallher angekrabbelt kommen, ich spüre es am ganzen Körper kribbeln, muss mich zwingen sitzen zu bleiben, ich muss das jetzt tun, jetzt oder nie.

»In der Nacht, als du hergekommen bist, hast du gesagt, du wünschst dir nichts anderes, als zusammen mit mir aufzuwachen.« Ich klinge gefasst, ruhig, überlegt, die Übelkeit ist einer merkwürdig knisternden Schärfe gewichen.

»Jetzt bin ich hier. Und du bist wach.«

Didrik nickt, streckt die Hand aus, legt sie auf meine, verschränkt unsere Finger miteinander.

»Aber du hast noch etwas gesagt.« Ich räuspere mich, schlucke. »Du hast gesagt, du würdest dich schämen, weil du mich nicht vergessen konntest.«

Die Sonne ist über den Dächern aufgestiegen, die Strahlen tauchen den Balkon in ein warmes Licht, wir sollten da draußen frühstücken, er und ich, Kaffee und Croissants und der ganze Tag vor uns, um zu vögeln reden lesen trinken zusammen zu sein, aber diese Welt ist verschwunden, sie ist unser Pompeji, unser Regenwald, unser Zwei-Grad-Ziel.

»Ich muss … ich will, dass du weißt, dass ich mich auch schäme. Mich geschämt habe.«

Didrik reibt sich die Augen, richtet sich halb im Bett auf, die Hand immer noch auf meiner.

»Ich schäme mich, weil ich mich in dich verliebt habe und dachte, du und ich hätten eine Zukunft. Ich schäme mich, weil ich deinen ganzen Versprechen geglaubt habe, als du behauptet hast, deine Liebe wäre nicht bloß eine armselige Midlife-Crisis, sondern dass du dich entschieden hättest, ein anderes Leben zu wollen, dass du beschlossen hättest, mit mir zu leben.«

Ich merke, wie ich anfange zu zittern, ich schaue weg, kann ihn nicht ansehen, muss die Ruhe bewahren. Besonnen, bedacht, bestimmt.

»Ich habe mich von Vitas getrennt und ihm seinen Anteil unserer Wohnung abgekauft und dann kam Corona und ich hatte keine Aufträge und kein Geld mehr, aber ich habe weiter an dich geglaubt und saß in meinem schweineteuren Ein-Zimmer-Apartment und habe darauf gewartet, dass du dich meldest, ich dachte, du müsstest bloß noch alles mit Carola regeln und ein paarmal zur Paartherapie gehen und dann würdest du mit deinem Koffer im Flur stehen, aber die Tage vergingen und wurden zu Wochen und weißt du, was das Schlimmste war, Didrik, das Schlimmste war nicht, dass du mich verraten hast, sondern dass du dich nicht mal getraut hast, mir zu sagen, dass du es nie ernst gemeint hast.«

Becka murmelt im Schlaf und dreht sich auf den Rücken. Vielleicht wacht sie jeden Moment auf, aber ich mache mir nicht die Mühe zu flüstern.

»Ich war am Boden und du hast mich sitzenlassen. Und jetzt bist du zurück, als wäre nichts gewesen.«

Jetzt hat er diesen steifen Zug um den Mund bekommen.

»Nichts gewesen? Nichts *gewesen*? Schau dich doch um, verdammt, glaubst du, ich würde … Mann, *kapierst* du es nicht? Wir stehen an der Schwelle zu etwas, was die Menschheit noch nie erlebt hat.«

Ich zucke mit den Achseln.

»Ach ja? Warum fühlt es sich dann so verdammt vertraut an?«

Der Gedanke hat mich noch nie zuvor gestreift, aber auf einmal scheint alles so selbstverständlich, wie wenn ein Flugzeug abhebt und man plötzlich über allem schwebt und Autobahnen und Gebäude und Menschen so winzig wie Ameisen da unten sieht und begreift, wie die Welt zusammenhängt und wie klein sie ist.

»Weil Männer wie du immer eine Ausrede finden. Du hast Corona als Entschuldigung benutzt, um bei Carola zu bleiben, und jetzt benutzt du die Klimahölle, um zu mir zurückzukommen, dabei nimmst du dir auf diese Weise einfach nur, was du willst, du nimmst und nimmst und nimmst und Leute wie ich müssen geben. Aber diesmal nicht.«

Didrik seufzt.

»Melissa, ich weiß nicht, was du …«

»*Meine Mutter bekommt kein Fleisch*. Leute wie du bringen die Kommunen dazu, das Fleisch zum Wohle des Klimas vom Speiseplan zu streichen, und dann sitzt du hier und schlingst Rinderfilet in dich rein wie ein verdammter … verdammter …«

»Ich verstehe nicht, was deine Mutter damit …«

»Weil ich ihr von dir erzählt habe.«

Ich spüre Tränen meine Wangen hinablaufen. Ich habe gar nicht gemerkt, dass ich weine, wie lange tue ich das schon?

»Dafür schäme ich mich am allermeisten. Dass ich zu diesem beschissenen Pflegeheim gefahren bin und meiner Mutter von dir erzählt habe, ich habe ihr Bilder von dir und von Vilja und Zacharias gezeigt und gesagt, dass ihr bald meine Familie werdet und sie dann Bonusoma ist, und nachdem du mich sitzengelassen hattest, hat sie nach ihnen gefragt und ich konnte es ihr nicht sagen, ich habe behauptet, sie müsse alles geträumt haben. Weil ich mich geschämt habe, ich habe mich so geschämt, dass ich es nicht mal meiner Therapeutin erzählen konnte.«

Ich habe das Bedürfnis, mein Handy zu halten, nicht weil ich jemanden anrufen oder etwas nachschauen möchte oder so, es würde sich einfach schön anfühlen, es in der Hand zu spüren, aber es hängt am Ladekabel.

»Ich verstehe, dass du in Erinnerung behältst, was wir hatten«, sage ich ruhig. »Dass ich ... Spuren bei dir hinterlassen habe. Dass du mich wie einen kleinen Schatz irgendwo aufbewahrst. Aber ich habe mich verändert. Alles hat sich verändert. Und du bist ein abgeschlossenes Kapitel für mich. Du erinnerst mich an alles, was ich nicht sein will. Alles, was ich einfach nur vergessen will.«

Er scheint etwas sagen zu wollen, verstummt jedoch und starrt hinunter aufs Bett. Ich konzentriere mich auf meine Atmung, fahre fort: »Pack deine Sachen und such dir eine andere Bleibe. Hier könnt ihr nicht länger schlafen.«

Didrik nickt hastig.

»Ich verstehe. Es ist nur, Wille hat sich nicht gemeldet, ich denke über ein Hotel nach, aber mein Konto scheint nicht mehr ...«

»Du verstehst nicht.«

»Doch, doch, absolut, hätte ich Becka nicht, könnte ich ... aber wenn wir nur noch eine Nacht hierbleiben können, bis ...«

»Nein, Didrik. Du verstehst nicht. Ich meine, ihr *könnt* hier nicht länger schlafen.«

Ich deute auf Beckas Fuß und es ist total krank, denn in diesem Moment kommen zwei kleine ekelhafte Krabbeltiere aus ihrem Schlafanzug und wuseln über das weiße Laken zum Kopfende. Sie halten sich bevorzugt am Kopfende auf, wie ich weiß.

»Dieses Zimmer ist voller Wanzen. Sie sind im Bett und unter den Dielen und vielleicht hinter den Wänden, das weiß keiner so wirklich. Jede Nacht kommen sie raus und saugen bei dir und Becka, daher die Bisse.«

Didrik starrt Becka fasziniert an, dann das Laken, dann mich.

»Sie sind resistent gegen jegliche Art von Gift«, fahre ich ruhig fort. »Das Einzige, was hilft, ist ein Pulver aus zerstoßenen Kieselalgen, das man entlang der Wände und im Bettgestell ausstreut, das trocknet ihre Skelette innerhalb von wenigen Wochen aus und dann sterben sie, aber das alles dauert eine Weile und während dieser Zeit muss jemand hier im Zimmer liegen und sie anlocken. Das ist der Grund, warum ich hier kostenlos wohnen darf. Als Köder sozusagen.«

Er kratzt sich sachte am Bein, ich weiß, wie er sich fühlt; weiß man erst mal Bescheid, juckt es einen plötzlich überall.

»Ursprünglich wolltet ihr ja nur eine Nacht bleiben«, füge ich hastig hinzu, »ich habe gar nicht daran gedacht. Und dann wusste ich nicht, was ich sagen sollte. Aber jetzt ist es genug. Ihr müsst ausziehen.«

»Das heißt also, wenn wir hier wohnen, helfen wir dir sozusagen, die Miete zu bezahlen?«

Ich weiß nicht, was ich erwartet hatte, einen Wutanfall mit Sicherheit oder vielleicht einen Vortrag darüber, dass Wanzen eine weitere Folge des Klimawandels sind, aber er gähnt nur.

»Perfekt, dann können wir es bestimmt noch ein paar Wochen aushalten. Das kriegen wir hin, Wanzen sind ja ein Erste-Welt-Problem. War sonst noch was?«

Als ich nicht antworte, kuschelt er sich neben Becka und zieht das Laken über sie beide. Mädchen, die sagen, dass Väter süß sind, haben noch nie die Kombi Morgenlatte und rosafarbener Schlafanzug gesehen, so viel ist sicher.

*

Den Laptop unter den Arm geklemmt stehe ich da und betrachte stumm die Zerstörung. In der ganzen Straße das gleiche Bild: Die Fenster wurden eingeschlagen und dann haben sich Einzelne oder mehrere über die Einrichtung hergemacht; mein Lieblingscafé ist noch glimpflich davongekommen, bei mehreren anderen Lokalen wurden Tische und Stühle herausgerissen und zertrümmert, manche scheinen als Schlagwaffen benutzt worden zu sein oder um irgendwelche Barrikaden zu bauen oder aber sie wurden einfach auf einen Haufen geworfen und angesteckt. In meinem Café scheint man sich damit begnügt zu haben, alle Sachen hinter dem Tresen runterzureißen und den Großteil der Gläser kaputt zu schlagen. Es muss während der Öffnungszeiten passiert sein, denn Platten mit Sandwiches und Zimtschnecken und Muffins liegen in den Fächern, die heil geblieben sind, und auf einem der Tische stehen immer noch ein Teller und ein halb getrunkener Latte.

Ich öffne die schiefe, kaputte Tür und betrete das Elend. Der Gestank von Verwüstung und Abfall schlägt mir in der dunstigen Vormittagshitze entgegen. Didrik sagt immer, dass man es auch prima ohne Klimaanlage aushalten könnte, wir hätten uns daran gewöhnt, dass sie überall volle Pulle aufgedreht ist und in sämtlichen Cafés eisige Temperaturen herrschen, aber das sei eine gigantische Energieverschwendung; schalte man sie ab, gewöhne sich der Körper unerwartet schnell an die Hitze und das mag ja alles sein, aber an den Geruch könnte ich mich nie gewöhnen, wie alles zu miefen anfängt, sobald man die Wärme hereinlässt, alles Gärende und Faulende und Organische, es ist, als würde die Barbarei ihren Schatten über den Ort werfen, es ist, als würde man auf einem Plumpsklo sitzen und wissen, dass einen Millimeter unter deinem Hintern ein Abgrund aus ekelerregenden Exkrementen schwappt.

Eine Gestalt spiegelt sich in den chromglänzenden Überbleibseln zertrümmerter Espressomaschinen hinter der Bar. Ein dumpfes Flüstern.

»Hallo?«

Keine Antwort. Vor ein paar Tagen hätte ich es mich nie getraut, aber jetzt ist mir alles egal, ich durchquere den Raum, hüpfe über eine stinkende graue Pfütze verschütteter Milch, trete in knirschende Glas- und Porzellanscherben und umrunde den Tresen, da sitzt die Bettlerin, ihre Kinder zusammengekauert wie Katzenjunge neben sich, erschrocken starrt sie mich an, ohne sich vom Fleck zu rühren.

»Hello?«

»Hello«, antwortet sie und macht eine ausholende Geste um sich herum. »Broken.«

Ihr Junge schielt unter dem schmutzigen schwarzen Pony zu mir, seine Finger sind voller Kekskrümel, Hagelzucker klebt im Flaum über seiner Oberlippe, und als ich nicht reagiere, schmatzt er und leckt seine Hand ab und lächelt scheu. Seine Schwester spielt mit den Kaffeebohnen, hält sie in den zur Schale geformten Händen, wirft sie in die Luft, lässt sie mit einem Lachen zu Boden fallen. Ich schaue wieder zur Mutter, wie sie ihr schlafendes Kind im Arm hält, den Einkaufswagen mit ihrem Müll hat sie mit hereingebracht, er steht in der Ecke mit der zertrümmerten Registrierkasse, jemand scheint sie allen Ernstes kaputt geschlagen zu haben, obwohl es in dem Café keine Barzahlung gibt.

»Here«, sagt die Bettlerin und hält mir eine Platte mit Käse- und Schinkensandwiches hin. »Here. You eat.«

»No«, sage ich. »You go.«

Sie sagt etwas in ihrer Sprache.

Ich zeige auf die Straße.

»You go.«

Die Frau starrt mich trotzig an und reckt das Kinn. Sie stellt die Sandwiches ab und drückt ihr Kind an sich.

»Police?«, fragt sie hämisch. »No. No police.«

»Police come soon.«

Sie lächelt schmierig.

»Stupid girl. No police come.«

Ich drehe mich um und will zur Tür, stolpere aber über etwas. Im Dreck auf dem Boden liegt ein Schild. Heitere, warme, runde Buchstaben.

HIER ARBEITEN KANAKEN, LATINOS, MUSLIME,
JUDEN, HINDUS, BUDDHISTEN, CHRISTEN,
ATHEISTEN, SCHWULIS, LESBEN, TRANSEN,
HETEROS UND WEISSBROTE.
DAS KLAPPT SUPER!

Ich bücke mich und hebe das Schild auf, das Glas ist gesprungen, es ist ein billiger Rahmen. Ohne nachzudenken schleudere ich es mit der Ecke voran auf den Boden, mit voller Wucht, es scheppert und das Glas löst sich vollends und ich hebe es wieder auf und zerre an den weiß gestrichenen Rahmenleisten, sie werden von schmalen Nägeln zusammengehalten und ich knalle das Schild abermals auf den Boden und jetzt halte ich einen langen weißen Holzsplitter in der Hand und gehe zur Bettlerin und schlage einen Millimeter über ihrem Kopf gegen die Schranktür, reflexartig hebt sie den Arm zum Schutz und ich haue neben ihr auf den Boden, schlage erneut, härter, gegen die Wände, gegen alle Regale, gegen alles, was noch ganz ist und mit einem ohrenbetäubenden Krachen und Klirren kaputtgehen kann. Die Frau weicht mit ihrem Säugling auf dem Arm zurück und ich steige über sie hinweg, zerschlage den Teller mit Sandwiches, den sie mir angeboten hat, und sie sind stumm, schweigen, kauern sich zusammen, ich höre einen Haufen Schreie, aber sie kommen aus meinem Mund, ich bin es selbst, die schreit

GO, Vitas *GO* steht bei den Müllcontainern und sagt *Du Hure, was glotzt du so* Didrik *GO* stöhnt *Du kannst doch die Pille danach nehmen, bitte, es ist so schön* Mama *GO* hat Geld vom Amt bekommen und kauft Geleebonbons und Himbeerboote und saure Schnuller und lädt die Nachbarn ein *GO*.

Ich schaue in den Einkaufswagen. Darin liegen ein paar Plastiktüten und zwei leere Konservendosen. Die Bettlerin und ihre Familie sind weg. Der Holzsplitter ist abgebrochen, ich fuchtle mit einem Stumpf.

In der einen Plastiktüte schimmert etwas Rosa-Orangefarbenes, ich beuge mich vor und strecke die Hand aus und nehme die Tüte hoch, löse den einfachen Knoten.

Eine Tablette. Kein Citodon, keine Oxy und kein Tramodal, nichts, was ich je gesehen hätte.

Mein Herz klopft. Mein Magen zieht sich zusammen.

Das Gefühl, dass gleich etwas Schönes passiert.

Ich fische eine kleine Flasche teuren Ingwer-Guavensaft aus den Trümmern, schlucke.

So.

Ja.

Sinke zu Boden, in den Schatten, in den Geruch von Kaffeebohnen und verschütteter Milch.

So.

Ich werde herrlich schläfrig.

So. Ja. Jetzt.

Endlich.

So.

Hottie.

Eine kühle Hand in meinem Haar.

Hottie?

*

Die Frau von der Konferenz trägt ihren weißen Bademantel, das blonde Haar ist feucht, wir schweben über der zerstörten Stadt, durch Viertel um Viertel mit verwüsteten Cafés und Restaurants, geplünderten Modeboutiquen, an Autowracks und liegen gebliebenen Einsatzfahrzeugen vorbei, während sie unentwegt von dem schnuckeligen Typen quatscht, der den Nachmittagsvortrag hält, ihr Bademantel verwandelt sich in ein Prinzessinnenkleid und mit ihren schönen roten Lippen glitzert und funkelt sie wie eine Disneyfigur.

An einer Kreuzung hat die Polizei eine Straßensperre mit Hilfe von großen Containern errichtet, die jetzt mit Graffiti übersät sind, CLIMATE JUSTICE NOW und NO PLANET B und man kann sich gerade so mit Ach und Krach an den Hauswänden entlang vorbeiquetschen. Auf der anderen Seite stehen Soldaten oder so was in der Art mit Tarnkleidung und Baskenmützen auf dem Kopf, ein muskulöser Polizist vom Nachrichtendienst mit langen Koteletten tastet meine Kleider ab und dann dürfen wir weitergehen, *Was für ein heißer Kerl* flüstert die Konferenzfrau deutlich vernehmbar *Red nachher mit ihm über du weißt schon was* und wir lachen wieder. Durch eine weitere Absperrung kommen wir auf einen Platz und überqueren eine breite Allee, es dauert eine Weile, bis ich die Umgebung wiedererkenne, die Stadt ist völlig verändert, sie wurde aufgebrochen und geteilt und kaputt geschlagen, Straßen und Häuser sind wie Fremde, die sich auf einer Party begegnen und so tun, als wüssten sie den Namen des anderen, nichts hängt mehr zusammen, aber dann schaue ich zum Himmel hinauf und sehe die Bäume, meine schönen verbrannten Bäume, die nie wissen, wann die richtige Zeit zum Blühen ist, und da erkenne ich, wo wir sind, im Park vor dem Kaufhaus.

Wir gehen um den Park, es gibt eine Bühne hier, fällt mir ein, vor der Pandemie fanden dort Konzerte und Festivals statt, und wenn Sportler bei irgendeinem Wettkampf erfolgreich gewesen waren, durften sie auf der Bühne stehen und sich von den Leuten bejubeln lassen, Tausende Menschen, die sich in einen kleinen Park quetschten, ohne dass jemand bestimmte, wie viele es sein durften oder wie viel Abstand zueinander sie einhalten mussten, es klingt wie ein Traum.

Wir kommen an eine weitere Polizeikontrolle und ich sage, was die Frau mir zuflüstert, dass ich sagen soll. Dann gehen wir durch eine Türöffnung, ein Treppchen führt zu einer Art Plattform, aus dem Augenwinkel sehe ich ein grelles weißes Licht, Lautsprecher; ein Popsänger, der einen Hit gelandet hat, als ich klein war, spielt auf einer Akustikgitarre und singt etwas langsames Singer-Songwriter-Feierliches, fordert das Publikum auf, den Refrain mitzusingen, aber außer ein paar grölenden Männerstimmen ist die Resonanz dünn.

Wir drängen uns neben die Bühne, verborgen hinter einer Mauer, aber dennoch mit freier Sicht auf das Publikum. Der Park ist spärlich besucht und fast jede zweite Person sieht aus wie Polizei oder irgendeine Art von Security, über uns knattert ein Helikopter und übertönt den Großteil der Musik. Ein paar Leute schwenken schwedische Flaggen und um die Bühne herum sind Banner mit gelben und blauen Smileys und dem Text FOSSILFREIE ZUKUNFT zu sehen.

Nach dem Künstler betritt ein Gospelchor die Bühne, schwarze Frauen mit weiten bunten Kleidern und langen Tüchern singen zu einer Instrumentalbegleitung vom Band, wiegende Hintern und klatschende Hände, ich dämmere ein bisschen weg und nicke fast im Stehen ein, letzte Nacht habe ich höchstens zwei Stunden geschlafen. Als ich aufschaue, steht ein Mann auf der Bühne, ich glaube, er war Parteivorsitzender oder Außenminister oder vielleicht auch beides, das war vor meiner Geburt, er ist alt, aber die Sorte alter Mann, der die Leute immer noch zuhören, er hält das Mikro und bewegt sich gewandt über die Bühne und redet mehrere Minuten über *die Wichtigkeit von Zusammenhalt* und *schwere Zeiten, aber Schweden ist stark* und *Ich habe mit eigenen Augen gese-*

hen, wie Konflikte ein Land spalten können, es ist zu gleichen Teilen kleinjungenhaft und landesväterlich und alles klingt so wahr und schön.

»Sehen wir die Situation nicht als Katastrophe, sondern als Chance«, sagt er, »eine grüne Wende, welche die Zukunft für schwedische Unternehmen und den Arbeitsmarkt vollkommen neu gestalten wird! Vergesst nicht, das chinesische Zeichen für Krise bedeutet sowohl Gefahr als auch Chance.«

Eine Frau mit Walkie-Talkie und gestresster Miene kommt zu mir und stellt Fragen, ich merke, wie ich erneut wegdämmere und schiele zu meiner Freundin aus dem Konferenzhotel, auf einmal sieht sie klein aus, irgendwie durchscheinend, sie gleitet nach vorn und nimmt meine Hand und sie ist leicht wie Luft, als sie flüstert *Jetzt geht's los, Hottie.*

*

Ich mache ein paar Schritte nach vorn, und während ich mich langsam zur Mitte der Bühne bewege, erinnere ich mich daran, wie ich bei der Brücke stand und wartete, an einem Vormittag im März, der kalte klare Regen rieselte auf mich herab und ich hielt meinen kleinen schwarzen Schirm, wie in einem romantischen Schwarz-Weiß-Film von Woody Allen in Manhattan mit Klarinetten im Hintergrund. Er war auf dem Weg, er hatte zwei Flugtickets nach Thailand gebucht, wir wollten abhauen von allem, unsere gemeinsame Zukunft planen, und während ich zusah, wie der Regen die glatte graue Wasseroberfläche in einen brodelnden Kochtopf verwandelte, dachte ich, dass ich eines Tages selbst die Flugreisen buchen würde, eines Tages wäre er stolz, mein Mann zu sein. Und die Minuten vergingen, aber ich wollte mich nicht umdrehen, um nach ihm Ausschau zu halten, das würde die Stimmung kaputtmachen, ein bisschen wie in dieser Geschichte in der Bibel, die Frau, die sich umdreht und zur Salzsäule erstarrt, also hielt ich den Blick weiterhin abgewandt und sah die Regentropfen aufs Wasser platschen und es zum Kräuseln bringen und dachte, dass es ein Publikum war, es waren Augen, die mich sahen. In meiner kleinen neuen Handtasche vibrierte es und ich zog mein Handy heraus, um seine Nachricht zu lesen, aber es war ein Veranstalter, die Podiumsdiskussion, an der ich hätte teilnehmen sollen, war wegen eines Virus abgesagt worden, ob sie in ein paar Wochen eventuell auf mich zurückkommen dürften? Ich konnte kaum glauben, dass das ihr Ernst war, ein Virus, so was von lächerlich, ich dachte, das muss ich Didrik erzählen, wie absurd ist das bitte, am Polarkreis hat es vierzig Grad plus, in Australien sind gerade eine halbe Milliarde Tiere verbrannt und ihr macht euch Sorgen wegen eines verdammten *Virus*, wir würden darüber lachen und dann würden wir Champagner bestellen und Schwedens dunkle Wälder unter uns verschwinden sehen.

Die Lautsprecher schrillen und das Publikum schaut zu mir hinauf.

Ich habe keine Probleme, sage ich. *Ich kann jederzeit aufhören.*

Eine kleine Wohnung für den Anfang, seine Kinder jede zweite Woche, ein Schubkasten unter dem Bett, Stockbetten kriegt man billig im Internet und dann Sex, reden, gemeinsam nachdenken, in Cafés sitzen und schreiben, wäre das so unmöglich?

Ihr seid die mit den Problemen. Ihr seid die, die nicht aufhören können.

Ich zeige auf die belagerte Stadt.

Ihr redet von Gemeinschaft und Solidarität, all diesen hehren Begriffen, als würde … ich halte inne, wie um nach Worten zu suchen, dabei weiß ich genau, was ich sagen will … *als würde um uns herum kein Krieg herrschen. Ein Krieg zwischen uns, die wir versuchen, das Leben so gut wie möglich zu genießen, und denen, die uns absolut alles nehmen wollen.*

Es kam mir vor, als hätte ich eine Ewigkeit im Regen gewartet, als ich mich schließlich umwandte und in die nasse, leere Dunkelheit blickte, die Straße war ausgestorben, nur eine einzelne Frau mittleren Alters kam mit dem Fahrrad auf mich zu und bremste und blieb ein paar Meter entfernt von mir stehen.

»Du bist Melissa«, sagte sie und ich wusste sofort, wer sie war, und nickte.

»Didrik hat erzählt, dass ihr euch hier treffen wolltet.« Sie lächelte steif. »Er hat mir alles erzählt.«

Sie starrte mich mit kalten Augen an.

»Was auch immer du dachtest, dass da zwischen euch läuft, ist jetzt vorbei. Es bringt nichts, hier rumzustehen und auf ihn zu warten. Du kannst nach Hause gehen.«

»Wo ist er?«, hörte ich mich fragen.

»Bei uns zu Hause natürlich. Mit Zack und Vilja. Wie es aussieht, wird er das ganze Frühjahr im Homeoffice arbeiten, wegen des Virus. Ich auch.«

Sie zog eine Grimasse.

»Wir werden also Zeit haben, um … zu heilen. Das, was du und er zerstört habt.«

Ich trat einen Schritt auf sie zu, sie sah bemitleidenswert aus mit ihrem roten Fahrradhelm und dem nachlässigen Make-up, ich hatte das Bedürfnis, den Arm um sie zu legen, keine Ahnung, warum.

»Carola, ich verstehe, wenn …«

»Fass mich nicht an!«, schrie sie und wich mit dem Fahrrad zur Seite aus, ihre dicken Waden verfingen sich in den Pedalen, ich versuchte, den Gepäckträger zu greifen, und sie verlor das Gleichgewicht und fiel gegen mich, das plötzliche, unerwartete Gefühl ihres schwerfälligen Körpers und der Geruch der nassen Funktionskleider, die sie trug, dann der Reifen, der gegen mein Bein schrammte, und wie ich meinerseits versuchte auszuweichen, aber stattdessen stürzte ich ebenfalls, wie ein Besoffener in einem alten Fernseh-Sketch, sie lag halb über ihrem Fahrrad mit mir unter sich und die Kante des Helms traf mich im Gesicht und in meinen Zähnen blitzte es auf, die Welt explodierte vor Schmerz und ich schrie und schlug mir die Hand vor den Mund.

»O nein, tut mir leid«, sagte Carola, ihre Stimme klang ängstlich, sie kam auf die Beine und hob vorsichtig das Fahrrad von mir herunter, »tut mir leid, Melissa, Gott, wirklich, das wollte ich nicht.«

»Schon okay«, murmelte ich und rappelte mich auf und klopfte ein paar Steinchen ab, fühlte mit der Zunge, keiner der Zähne saß locker, es tat bloß irrsinnig weh, als hätte ich versucht, einen Ehering durchzubeißen. »Geschieht mir wahrscheinlich recht.«

Da standen wir im Regen bei der Brücke, sie und ich, eine lange Weile schwiegen wir beide, ich lehnte mich ans Geländer und hielt mir den Mund und spürte den Schmerz langsam abklingen.

»Okay, dann werde ich mich mal auf den Weg machen«, sagte sie schließlich. »Ich wollte ... ich weiß auch nicht. Er weiß nichts davon, dass ich hergefahren bin, aber es hat mir leidgetan, dass du hier umsonst auf ihn wartest.«

»Wollte er sich gar nicht melden?«, fragte ich mit wurstdicken Lippen.

»Nein. Vielleicht später.«

»Aber es tut ihm überhaupt nicht ... leid?«

»Doch, ein bisschen schon. Aber zum Glück kriegt er das Geld von der Fluggesellschaft zurück. Sie canceln gerade sowieso alles, die Hotels schließen, alles macht zu.«

Sie seufzte und sah mich mit so einer betulichen, mütterlichen Miene an, die ein weibliches Hach-ja-hach-ja-Einvernehmen über die Dummheit der Kerle ausdrücken soll.

»Aber jetzt vergiss ihn«, fuhr sie fort. »Du bist jung und hübsch. Du kannst alles haben, was du willst. Nur nicht meinen Mann. Oder meine Kinder. Versuch trotzdem, zufrieden zu sein.«

Sie legte mir einen Arm um die Schulter.

»Wähle Freude.«

Ich sehe das Publikum nicht mehr, nehme es nur noch schemenhaft als graue Masse wahr, ihre in die Höhe gehaltenen Smartphones wie schillernde Seifenblasen. Spreche weiter, höre meine Worte aus dem Lautsprechersystem hallen, aber die Worte sind aufgebraucht, ich will noch etwas sagen, es sollte mehr geben, über die Moral darin, Verantwortung für das eigene Leben zu übernehmen, über die Pflicht, entgegen aller Widrigkeiten glücklich zu sein, über meine Mutter und das Weihnachtsbuffet, aber da, ganz vorne im Publikum, wie in einem Spalt aus Licht in dem grauen Wirrwarr, steht er, endlich, am Ende ist er doch gekommen, all das Kaputte und Hungrige in seinen Augen sammelt sich in einem Punkt knapp unter meinem Bauchnabel und rinnt schwer nach unten. Er ist stolz auf mich und seine Lippen bewegen sich, formen stumm meinen Namen, aber es reicht nicht und ich sehe, dass sie, meine Konferenzfreundin, immer noch neben mir steht und ihr strahlendes frisch geduschtes Lächeln lächelt und ich erinnere mich daran, dass ich früher einmal davon geträumt habe, eine solche Frau zu sein, selbständig, unabhängig, mit der Freiheit, in Ruhe zu lesen und nachzudenken und an einer Tasse Kaffee zu nippen, ohne um jemand anderes willen loseilen zu müssen. Und mir wird bewusst, dass auch das nicht genug ist, es reicht mir nicht mehr. Sie schiebt auf ihre kokette Kleinmädchenart die Zungenspitze zwischen die Zähne, und ich lasse ihre Hand los, und sie verblasst, verklingt wie der Ton eines Silberglöckchens, und der Schmerz ist für immer fort.

*

Er weint, als ich nach Hause komme, liegt in diesem ekelhaften verwanzten Bett und weint mit dem Handy in der Hand und ich setze mich vorsichtig auf die Bettkante und streiche ihm über den Kopf (in einigem Abstand zur Wunde) und sage das Übliche, das wird schon alles, was wir hatten, war schön.

»Ich muss wieder da hoch«, schluchzt er. »Er ist wieder verschwunden. Ich kann nicht, aber ich muss.«

Erst verstehe ich nicht, wo er hinmuss oder wer verschwunden ist, er stammelt es in langen, abgehackten Schniefern hervor. Carola hat angerufen, Zack ist nicht in Hedemora, das Ganze war bloß Fake.

»Was sind das für kranke Leute, die so was tun«, schluchzt er. »Was passiert nur mit uns?«

»Wo ist Becka?«, frage ich leise und er zeigt mit zitternden Fingern zur Dachterrasse.

Sein Handy klingelt und er geht ran, und es scheint irgendeine Behördenperson zu sein, denn er räuspert sich und seine Stimme wird schrill und fordernd, ich lasse ihn allein.

Ich schenke mir ein Glas Wein ein und gehe nach draußen und gieße alle Pflanzen auf der Dachterrasse, dieser Typ hatte recht, langsam sahen sie tatsächlich ein bisschen schlapp aus. Becka schläft auf dem Sofa. Die Abendsonne lässt die Hausdächer und den Kirchturm glühen. In der Ferne höre ich Sirenen, klirrendes Glas, heisere Schreie, aber hier oben auf meiner Dachterrasse ist die Dämmerung womöglich schön wie noch nie. In meiner Einfältigkeit dachte ich, dieser magische Sommer wäre vorüber, aber er geht einfach weiter und weiter.

Ein Schluck Rosé zur Belohnung.

Zerstreut checke ich mein Handy, der Clip wurde innerhalb weniger Stunden über zweihunderttausendmal angeklickt und jetzt hat außerdem jemand englische Untertitel dafür erstellt. Mein Handy bimmelt und piept, Nachrichten, Mitteilungen, SMS, allein während ich es in der Hand halte, rufen vier unterschiedliche Nummern an, ich drücke sie allesamt weg, habe nicht den Nerv.

Ein schwaches Wimmern. Ich stehe auf und gehe mit dem Glas in der Hand zum Sofa und flüstere beruhigend.

Ding-Dong-Ding-Dong-Ding-Dong-Ding-Dong

Die Klingel schneidet durch mich wie ein Messer durch ein Stück Fleisch, ein *antrecot*, und ich spüre weder Scham noch Angst, bloß Erleichterung. Es ist der Typ vom Nachrichtendienst, das Muskelpaket mit den Koteletten, in Begleitung von zwei gewöhnlichen Polizisten.

»Was möchten Sie zur Anzeige bringen?«, fragt er und späht forschend in die Wohnung.

»Sie sind doch für Terror zuständig?«

Er nickt stumm.

»Und was fällt alles unter Terror?«

Der Polizist hebt mit einem müden Lächeln die Arme.

»Heutzutage?«

Ich nuschle etwas von der Axt und dem Zug und zeige zum Schlafzimmer, wo Didrik ist, und gehe schnell wieder nach draußen auf die Terrasse und schließe die Tür.

Becka wimmert wieder. Vielleicht sollte ich mich jetzt mal mit dieser Milchersatzpampe beschäftigen? Es ist ein Pulver, das man mischen und dann in der Mikrowelle auf lauwarme Temperatur erwärmen muss, ich habe ihm dabei zugesehen, wie schwer kann das sein? Aber was, wenn sie sich weigert zu trinken? Was, wenn sie bloß weint und schreit, bis ich die Beherrschung verliere und sie schüttle, obwohl man das nicht darf?

Wütende Stimmen aus der Wohnung. Didrik, der einen Aufstand macht, die Polizisten, die ihn anherrschen, bei den Geräuschen zieht sich mein Magen zusammen.

Didrik schreit nach mir, brüllt etwas von Becka, von Zack, ich rufe den Clip auf und stelle auf lauter, um das andere nicht hören zu müssen.

Die Leute, die Autos abfackeln, Geschäfte plündern und in unserer Stadt vandalisieren, glaubt ihr ernsthaft, die interessieren sich für Eisbären oder Thunfisch oder die sibirische Tundra?

Ein amerikanischer Fernsehsender hat den Clip gepostet, ich stehe allein auf der Bühne, meine Stimme gespannt und dünn, nervös, als würde ich auf einem Seil balancieren.

Ihr einziger Antrieb ist Hass. Weil wir falsch essen, falsch reisen, falsch denken, falsch lieben, falsch träumen. Die Klimabewegung hat sich zu einem Todeskult entwickelt, einer Gewaltmaschine, die uns zurück in die Höhlen treiben will.

Zwei Stunden hat sie geschlafen, vielleicht sollte ich sie demnächst wecken, wenn ich einen geregelten Tagesrhythmus für sie bekommen will? Oder ist es besser, wenn ich sie ausschlafen lasse? Ich habe keine Ahnung.

Und dort werden wir letztlich wohl ohnehin landen. Ich leugne nicht, dass alles den Bach runtergeht, dass Technik und blumige Versprechen uns nicht retten können.

Mein Magen zieht sich erneut zusammen. Und mein Handgelenk hat angefangen weh zu tun, komisch, gestern habe ich es überhaupt nicht gespürt. Zehn Stunden, seit ich was genommen habe, der Durchfall meldet sich. Ich schenke mir Wein nach. Diesmal wird es gehen. Es muss gehen.

Wir sind die letzten Menschen. Aber mein Leben gehört immer noch mir, und sie haben meinen Möglichkeiten, es so zu leben, wie ich möchte, den Krieg erklärt und in einem Krieg, in einem Krieg, da redet man nicht von Solarpaneelen oder Laborfleisch, man verteidigt sich, man leistet Widerstand, man vernichtet den Feind und bittet nie wieder um Entschuldigung.

Der Lärm drinnen ist verstummt. Sie sind gegangen.

Ich hole das Ultraschallbild hervor. Das Dunkle, der graue Sack, der weiße Strich, der das Herz war. Ich küsse es und lege es zwischen Schnuffsi und Beckas schlafenden Kopf aufs Sofa.

»Ihr müsst mir helfen«, flüstere ich. »Ihr zwei müsst mir helfen. Wir müssen nur die Nacht überstehen.«

Sechs stahlglänzende Militärflugzeuge fliegen in Formation über die Stadt. Ein Dröhnen, eine halbe Sekunde nachdem sie am rosa gestreiften Himmel vorbeigejagt sind, und in dem Moment, als ich die Hand ausstrecke, um sie wie Mücken zu zerquetschen, erlöschen alle Lichter.

3

WIR HABEN DIE ERDE NICHT GEERBT

ANDRÉ

Sie haben meinen Vater zum König gewählt.

Ich hatte gerade erst lesen gelernt, und die Kiste stand bei meinen Großeltern im Keller in einer Ecke, hinter einem verschlissenen braunen Cordsofa auf dem Teppich, wo es nach Schimmel roch, muffig und alt. Ein stahlgrauer Karton, unter meinen Fingerspitzen trocken und rau, unauffällig, von einer Staubschicht bedeckt, und an der Seite war eine Klarsichthülle mit einem Zettel darin angebracht, auf dem mit schwarzer Tinte in ordentlichen Buchstaben der Name *ANDERS!* geschrieben stand. Wenn man die Kiste öffnete, hatte man lauter schwarze Aktenordner vor sich, die mit den harten Kanten und den Metallbügeln, an denen man sich die Finger aufriss, wenn man versuchte, sie zu öffnen, solche Ordner, die Großvater aus dem Büro mitnehmen durfte. Darin befanden sich Pappseiten, von Hand zugeschnitten und gelocht, und sogar die waren mit Aufschriften versehen, *ANDERS!* und die Jahreszahlen, und dann hatte Großmutter alles, was mit *ANDERS!* zu tun hatte, aus der Zeitung ausgeschnitten und auf die Pappen aufgeklebt.

Zwei dreckige, längliche Fenster unter der Decke, auf Höhe des Erdbodens draußen, im Schatten von Heckenrosen und einer Holztreppe; die Sonne, die sich hindurchzwängte, malte ein Rechteck auf den Boden, einen körnigen Schleier Licht, genau da, wo ich hockte und mit den Fingern über den großen, dunkel gelockten, schwarz-weißen Jungen strich, mit diesem Zahnlückengrinsen und dem Schläger in der Hand. Die anderen Jungs neben ihm schienen mindestens einen Meter kleiner zu sein. Die Zahnlücke verschwand, doch das Grinsen blieb Jahr für Jahr dasselbe, es tauchte über eingerahmten Urkunden und Blumensträußen auf, neben kleinen, später größeren Pokalen und riesigen Preisgeldschecks, während die Bilder größer und größer wurden und die Zeitungsartikel länger und länger, erst die Lokalzeitungen, mit den Anzeigen für die Karlskrona-Pizzerien und Lampengeschäfte und Jeansschlussverkauf und dann die überregionalen Morgenzeitungen mit Annoncen für Pauschalreisen und Pornokinos und die Sozialdemokraten. Schließlich waren es die Aufmacher auf den Titelseiten und ausführliche Interviews und Starporträts mit riesigen Farbbildern, keine Schwarz-Weiß-Fotos mehr, und Papas hübsches Lächeln überall, während in dem Gerümpelkeller, wo ich mich auf dem alten Cordsofa verkroch, die Luft stillstand und ich versuchte, etwas zu fühlen, irgendetwas zu fühlen für meinen altersgrauen und vom Klebstoff gewellten Papa.

Die Ordner lagen ganz oben in der Kiste, darunter befand sich eine Art prähistorischer Abfallhaufen von Zeitungsausschnitten, Großmutter hatte es wohl irgendwann nicht mehr geschafft, alles fein säuberlich einzukleben. Noch immer waren es überwiegend Papierschnipsel mit Turnierergebnissen und Spielberichten, allerdings auch Ausschnitte aus Boulevardblättern, in denen es um Vaters Familienleben mit Monica und den Kindern ging, unscharfe Schnappschüsse von Flughäfen und Hotelbars, von Sandstränden, aus weiter Entfernung fotografiert, Papa Filmstar-like mit seinen langen schwarzen Locken, Jakob und Karolina blass und schüchtern im Hintergrund. Und als ich mich durch alle Schichten bis zum Boden des Kartons hindurchgegraben hatte, fand ich einen grauen Umschlag in fast derselben Farbe wie die Kiste, man hätte ihn leicht übersehen können. Ich fummelte an den Kanten herum und öffnete ihn schließlich, und darin war eine Doppelseite, in der Mitte von den Heftklammern, mit der sie in der Abendzeitung befestigt gewesen war, ein bisschen zerrissen. Sie stammte aus dem Sommer 1986, dem Jahr, in dem Papa die Australian Open gewonnen hatte und bei den French Open und Wimbledon so weit gekommen war, dass er nun als *Favorit* in die US Open ging, ich hatte keinen Schimmer, was das für Turniere waren, ich wusste nur, dass ihr Name fiel, wenn all das Große und Schöne aufgezählt wurde, was Papa erreicht hatte oder demnächst erreichen würde.

Aber ich begriff, was sie mit dem Artikel gemeint hatten. Da stand HELL WÄRE KÖNIG – WENN DAS SCHWEDISCHE VOLK WÄHLEN DÜRFTE. Die Zeitung hatte die Leser dazu aufgerufen, Vorschläge einzureichen, wer in Schweden König werden sollte, und auf den Bildern waren alte Männer zu sehen, die sich mit Politik beschäftigten oder für Zeitungen schrieben oder Musik machten oder im Fernsehen auftraten und ganz oben, über allen, war Papa und hob einen Tennispokal hoch in die Luft. Sie hatten ihm eine goldene Krone über den Kopf gezeichnet und in der Bildunterschrift stand: *Tenniskönig? (Das Foto ist eine Montage.)*

Sie hatten meinen Vater zum König gewählt, und auch wenn der Artikel Formulierungen enthielt, die mir zu verstehen gaben, dass es eher ein Spaß gewesen war, dass die Leute einfach nur einen Zettel aus der Zeitung gerissen und auf die gestrichelte Linie einen Namen geschrieben und das Stück Papier dann eingeschickt hatten, um bei der Verlosung der drei Luftmatratzen dabei zu sein, dass man einen neuen König gar nicht wählen *konnte*, denn es gab doch bereits einen alten, griesgrämigen Mann im Anzug, der den komischen Namen Carl XVI. Gustaf trug, so war Papa bei der einzigen Abstimmung, die es je gab, immerhin auf Platz eins gewählt worden.

Einst war mein Vater von Menschen gefeiert worden, die ihn gar nicht kannten, die ihm vielleicht nie begegnet waren oder irgendwo anders als im Fernsehen gesehen hatten. Von Fremden, von einem ganzen Land. Schwedens renommiertester, berühmtester und beliebtester Mann.

Als ich ein bisschen älter war, vielleicht sieben, acht Jahre alt, drehten sie eine Reportage, das war zu der Zeit, als wir schon nach Uppsala umgezogen waren. Mama meinte, wenn sie dabei sein durfte, hinter der Kamera, nicht sichtbar, sei es okay, dass sie mich auch interviewten. Als die Reporterin mich fragte, wann ich begriffen hätte, wie berühmt mein Papa ist, da erzählte ich ihr von der alten Kiste da unten im Keller, ich musste sie dann immer wieder erzählen, diese süße Kindergeschichte, die den Erwachsenen so gut gefiel. Ich erzählte, dass mir diese Spiele, die Turniere, die Namen und Zahlen ja gar nichts gesagt hatten, aber dass ich auf den Zeitungsartikel gestoßen war und es mir da klarwurde, mit der großen Doppelseite über meinen Papa, den König.

»Da musst du aber mächtig stolz gewesen sein«, sagte die hübsche Frau in der engen weißen Jeans dann und ich wusste gar nicht, was sie damit meinte, und murmelte nur leise irgendwas und da bat sie mich, ihre Worte zu wiederholen, *da wurde ich mächtig stolz auf ihn,* und ich gehorchte, weil ich so überrumpelt war.

Denn ich bin nie auf die Idee gekommen, dass ich stolz auf ihn sein müsste. Es ist mir wirklich nie eingefallen, dass das, was ich für ihn empfinden müsste, Stolz sein sollte oder Freude, als ob mein Vater etwas sein könnte, mit dem ich angeben konnte, so als ob die Liebe, die das schwedische Volk ihm entgegenbrachte, auf irgendeine Art und Weise auf mich abfärbte.

Das kribbelige Gefühl in meiner Brust, das immer stärker brannte, als ich da auf dem braunen Cordsofa hockte und mich Buchstabe für Buchstabe durch diese lächerlichen Zeitungsartikel arbeitete, während das Licht, das durch die Kellerfenster rieselte, immer spärlicher wurde, war Neid. Obwohl ich noch ziemlich klein war, wusste ich doch: Wenn Papa König war, dann musste ich Prinz sein, denn so war das in den Märchen, Könige und Königinnen, Prinzen und Prinzessinnen, und doch war ich nur ein kleiner Junge mit pissefleckigen Unterhosen, der sich seit Beginn der Sommerferien die Zähne nicht mehr geputzt hatte und sich die Zeit damit vertrieb, in einem Reihenhaus am Stadtrand von Karlskrona in altem Kram zu wühlen. Ich fühlte mich übers Ohr gehauen, regelrecht beklaut. Ich war niemand, obwohl er alles war.

Und das war nicht mein Fehler, das beschloss ich da im halbdunklen Keller. Ich war zu spät auf die Welt gekommen, das war alles. Mein Vater ist zum König gewählt worden, doch schon lange bevor ich geboren wurde, war es mit dem lustigen Leben vorbei gewesen.

FREITAG, 29. AUGUST

Das Wasser ist grau, hier und da ein Hauch von Silber. Der alte Mann sitzt nackt neben mir, tropft noch, und isst kalte Ravioli direkt aus der Dose. Er hat Hunger und futtert so gierig, dass etwas von der geleeartigen Tomatensoße vom Löffel fliegt und auf seiner linken Schulter landet; gelassen wischt er etwas von dem Klecks mit seinem Stoppelbartkinn weg, der Rest stürzt ab auf seinen Brustkorb.

Der Horizont verblasst langsam in der Dämmerung.

Die *Martina* schaukelt in der leichten Abendbrise.

»Das Leid«, antworte ich schließlich.

Vater nickt gelangweilt.

»Das menschliche Leid«, schiebe ich schnell hinterher, um mich präziser auszudrücken. »Würde man das Leid der Tiere auch hinzurechnen, wird es total unübersichtlich, denn für domestizierte Tiere ist Leiden ja seit der Revolution der Landwirtschaft bis heute der Normalzustand. Wusstest du, dass für die Produktion unseres Fleischbedarfs täglich zweihundert Millionen Schlachtungen durchgeführt werden, quasi ein Holocaust pro Stunde, das bedeutet Leid in einem Ausmaß, das man sich fast nicht mehr vorstellen kann, das ist …«

Er hört gar nicht zu, seufzt nur, blickt hinaus aufs Meer.

»Aber wenn man sich mal rein auf den Menschen konzentriert. *Homo sapiens*, genauer gesagt, denn die anderen menschenähnlichen Arten haben wir natürlich auch ausgerottet, und das unter Umständen, die nur wir uns vorstellen können. Diejenigen, die wir mit Steinen und Knüppeln noch nicht totschlagen konnten, haben wir in den sicheren Hunger- oder Kältetod gezwungen, haben die Kinder ausgesetzt, damit sie von den wilden Tieren im Wald zerlegt werden, nachdem wir ihre Mütter vergewaltigt haben, DNS-Tests belegen ja, dass wir teilweise von den Neandertalern abstammen.«

Er hebt eine buschige graue Augenbraue.

»Im Ernst?«

Ich nicke.

»Und alle gleich viel?«

»Na ja … manche vielleicht mehr als andere. Rein genetisch.«

Er gluckst.

»Was so einiges erklärt.«

»Aber das Leid«, fahre ich fort, »so wie wir es dokumentiert finden, seit Menschen über ihr Leben berichten. Und ich meine gar nicht mal die großen Katastrophen, die Pest, die Kriege, die Spanische Inquisition, all diese Ereignisse, sondern das tägliche Leid, das selbstverständliche. Die Gebrechen. Die Traumata. Der andauernde Hunger. Die Züchtigung von Kindern, die Sklaverei, ein Rechtswesen, bei dem Folter und Sadismus an der Tagesordnung waren. Unsere Geschichte ist auch eine Geschichte des Leids, früher hat es ein Ausmaß an Leid gegeben, das sich die Menschen der modernen Industriegesellschaften nicht einmal vorstellen können. Hast du zum Beispiel gewusst, dass …«

»Obwohl ich es mir durchaus vorstellen kann«, sagt Vater trocken. »Kannst Rafael Nadal fragen. Die ganze Karriere lang fürchterliche Schmerzen. Der Fuß, die Handgelenke, die Schulter, das Knie, einmal rauf und runter. Hat unter Spritzen gespielt, fünf Stunden gegen Federer, vollgepumpt mit Schmerzmitteln.«

Ich nicke heftig.

»Genau, und früher war das nicht nur bei den Sportlern so, sondern betraf *alle* Menschen, die Körper wurden in der Grube oder im Wald oder bei Geburten regelrecht verschlissen, im Zusammenhang mit Krieg oder Verbrechen oder sexuellen Übergriffen waren sie gröbster Gewalt ausgesetzt, da hatte man Beinbrüche, die nie heilten, infizierte Wunden, Phantomschmerzen nach verlorenen Gliedmaßen, Gonorrhö, Feigwarzen, Syphilis.«

Vater wiehert.

»Wie gesagt, musst nur Rafa fragen, haha.«

Die *Martina* schwoit in einer Bucht, die Insel heißt Nåttarö, der südlichste Ort der Stockholmer Schären. Die Hitze schmort auf der See wie ein Bügeleisen, und wir sind beide nackt, hängen jeder auf einer Seite der Plicht, jeder eine Dose Bier in der Hand und eine Dose Ravioli. Vater findet, das muss so sein, direkt aus der Dose essen, keinen Aufwand mit Gläsern und Tellern treiben, die man nur wieder abwaschen muss, wenn *wir Jungs* zusammen unterwegs sind.

Es ist kaum auszuhalten, hier zu hocken. Ich nehme die Cap ab und wische mir den Schweiß von der Stirn.

»Die Geschichte des Leids schlechthin. Denn in dem Zusammenhang stellt sich eine äußerst interessante Frage: Sind die Menschen früher weniger glücklich gewesen? Hätte ich beispielsweise so viel Zucker gegessen, dass meine Zähne nach und nach vergammeln, dann hätte ich pausenlos schreckliche Schmerzen gehabt, und das hätte mich *unglücklich gemacht*, es hätte meine Lebensqualität enorm verringert. Als man Gustav Vasas Grab geöffnet hat, hat man festgestellt, dass er massive Zahnprobleme hatte, Entzündungen, Löcher im Kieferknochen, er muss jahrzehntelang abartige Schmerzen gehabt haben. Kann man daraus schließen, dass die Schmerzen ihm das Leben vermiest haben? Oder hat er sie auf gewisse Art und Weise akzeptiert, weil es den meisten Menschen im 16. Jahrhundert so ging und einem sowieso keiner helfen konnte? Außerdem hat er vielleicht gar nicht gewusst, woher die Schmerzen kamen? Ist dein Leid weniger schlimm, wenn alle anderen um dich herum auch leiden? Ist dein Leid weniger schlimm, wenn du die Ursache nicht kennst?«

Vater seufzt noch einmal und kratzt sich an der nass glänzenden Stirn. Ein schleimiger Tropfen Tomatensoße hängt immer noch in den Haaren an seiner linken Brustwarze, er glitzert im Sonnenuntergangslicht.

»Weißt du«, sagt er dann, »Rafa hat so fürchterliche Schmerzen gehabt, dass er versucht hat, seine Gegner psychisch fertigzumachen, normalerweise sitzt man ja vor dem Match zusammen und redet sich gegenseitig gut zu, tauscht Trainingstipps aus, aber Rafa nicht. Total nervöser Typ. Robin hat da mal was von Paris erzählt …«, und er beginnt wieder, eine Anekdote zu erzählen, die ich schon tausendmal gehört habe, davon, wie Nadal versucht hat, Söderling mit Psychoterror kleinzukriegen, indem er ihn von der Umkleidekabine bis auf den Centercourt verfolgt hat. Ich esse die restlichen gummiartigen Ravioli auf, die nach nichts schmecken, und spüle sie mit lauwarmem Bier hinunter. Ich hasse Bier; wenn es schon Alkohol sein muss, dann trinke ich am ehesten Alcopops oder Cider, doch Vater besteht darauf, wenn *wir Jungs* unterwegs sind, gibt es Dosenessen und Dosenbier.

Die letzte Woche im Sommer gehört immer uns beiden. Es fing eigentlich mit einem Joke an, das ist typisch für ihn, aus seinen ständigen Ausreden und seinem schlechten Gewissen Witze zu machen. Als ich klein war, verbrachten wir manchmal eine Alibiwoche zusammen in Monte Carlo, die letzte Woche meiner Sommerferien, wenn sie sich nicht länger hinausschieben ließ oder er keine neuen Ausreden mehr vorbringen und meiner Mutter oder meinen Großeltern erzählen konnte, dass er für unsere gemeinsame Woche noch darauf warte, *dass der Sommer endlich in Gang käme*. Dann kaufte er die *Martina* und in den letzten sechs, sieben Jahren sind wir segeln gegangen, meist in den Stockholmer Schären, und ich weiß noch, als ich kleiner war, wie wir Witze über das Wetter rissen, dass es ja typisch sei, von wegen *Sommer in Gang kommen* in dieser kühlen, windigen Herbstwoche, aber jetzt hocken wir hier und schmoren, das Wasser hat seidenweiche fünfundzwanzig Grad, und unter Deck ist es tagsüber sengend heiß, da kann man sich nicht aufhalten.

»Willst du noch ein Bier?«, fragt er. »Ich habe auch tschechisches, das hast du doch beim letzten Mal so gemocht?«

»Vielleicht haben wir was zum Knabbern?«, frage ich vorsichtig und zeige runter zu unserer kleinen Kajüte. »Waren da nicht noch ein paar Chips?«

»Aber wir haben doch gerade erst Abend gegessen.«

»Schon, aber …«

Ich bemerke, wie mein Vater zu mir rüberschielt, zu meinem rosa geröteten, rundlichen Körper, den Speckröllchen um die Taille, der Fettschicht auf meiner Brust, ich wünschte, ich hätte ein Handtuch.

»Iss lieber eine kalte Kartoffel«, sagt er und wendet den Blick ab.

»Was meinst du?«

»Eine kalte Kartoffel. Ich meine, wenn du Hunger hast. Haben wir vom Mittagessen noch übrig.«

»Aber … ich habe keinen Bock auf Kartoffel.«

Er gluckst.

»Du willst Chips, hab ich recht? Das sind doch wohl Kartoffeln? Allerdings mit massenweise Fett und Salz. Außerdem wissen wir nicht, wann wir das nächste Mal in der Nähe eines Ladens sind. Also lieber Reste essen als was Neues aufmachen.«

Normalerweise kommen diese Sprüche schon viel früher. Als ich klein war, hat er sie schon auf dem Flughafen von Nizza losgelassen, mit Bemerkungen wie: Es sei mir anzusehen, dass ich zu Hause bei Oma im Sommer so viele Zimtschnecken bekommen hätte, oder dass wir shoppen gehen und neue Kleider für mich kaufen sollten, denn seit dem letzten Mal hätte ich offensichtlich ein paar Größen zugelegt. In diesem Sommer hat er sich am Riemen gerissen oder es zumindest versucht, es hat zwei Tage gedauert, das ist immerhin etwas.

Er kippt sich den Rest Bier in den Rachen und rülpst laut, er hängt sich mit dem ganzen Körper rein, man kann zusehen, wie sich seine Bauchmuskulatur anspannt, ein blökender, brüllender Laut, dessen Echo in der leeren Bucht widerhallt. Er lächelt vergnügt, wie nach bestandener Kraftprobe.

»Also, wie war das noch mal, Kumpel, wovon hast du erzählt, vom Leid?«

Ich nicke.

»Wir werden sehen, ich bin mir noch nicht sicher, ob es eine wissenschaftliche Abhandlung werden soll oder eher ein populärwissenschaftliches Buch oder möglicherweise sogar eine ganze Buchreihe.«

»Bücher?«, sagt er. »Lesen die Leute denn heute noch Bücher?«

»Man könnte sich das auch als TV-Format vorstellen, ich hab schon überlegt, bei Netflix nachzufragen, ob Interesse bestände, die Menschen lieben doch Dokumentarfilme, und historische Stoffe boomen im Moment voll.«

Er nickt nachdenklich.

»Was sagst du dazu?«, frage ich ihn. »Könnte das was werden?«

Ein Graureiher hebt aus dem Wald ab und fliegt in niedriger Höhe weit über die Bucht, der unnatürlich gekrümmte Hals ruft in mir das Bild von Menschen mit Halswirbelverletzungen hervor, mit diesen riesigen Halskrausen aus Kunststoff und Stahl, die ihnen eine Art künstliche Würde verleihen. In der abendlichen Flaute ist es so still, dass wir die rhythmischen, sich langsam beschleunigenden Flügelschläge hören können. Die ruhige Wasseroberfläche fängt das Geräusch ein, überträgt und verstärkt es.

»Du bist neunzehn«, sagt Vater vollkommen ruhig.

Er erhebt sich und klettert aufs Vordeck. Stellt sich an die Reling, fasst mit einer Hand ans Seil, mit der anderen um seinen Schwanz. Ich sehe weg. Irgendwo verläuft eine Grenze, wie viel *wir Jungs* aushalten können.

Das feine, perlende Geräusch der Pisse, wenn sie die Wasseroberfläche durchstößt.

»Wenn du studieren willst, unterstütze ich dich«, fährt er fort, dazu ein genussvoller Seufzer. »Und falls du noch ein paar Kurse belegen musst, um einen Studienplatz zu bekommen, dann kriegen wir das auch hin.«

»Jakob hat ein Start-up gegründet«, sage ich und versuche, meine Stimme ruhig und tief zu halten, so wie seine. »Er hat Unterstützung in Sachen Startkapital, Geschäftswagen, Büro und Computer bekommen. Kontakte auch.«

»Jakob war anders. Kennst du die Geschichte von der Konfirmandenfreizeit auf Värmdö? Die mit den Bonbons?«

»Ja.«

Bei der Erinnerung daran muss Vater lächeln.

»Er hat für die Freizeit ja eine Menge Süßigkeiten mitbekommen, du erinnerst dich, das war bei euch Kindern so üblich, aber nach einer Woche rief er an und wollte Nachschub, also bin ich mit der nächsten Ladung Schokoladentafeln und einer Tüte Lakritz, glaub ich, rausgefahren und dann …«

»Papa. Ich kenne. Die Geschichte. Schon.«

Er beugt sich leicht vor, damit er die letzten Tropfen nicht auf die Zehen bekommt. Das Boot beginnt von seiner Bewegung leicht zu schaukeln.

»Du hast jedes Jahr einen neuen PC bekommen, seit du, sagen wir, fünf Jahre alt warst? Und ständig neue iPads und Handys, meine Güte, ich kann mich noch an die vielen leeren Verpackungen erinnern, diese Kartons haben bei euch zu Hause alles zugemüllt. Und sobald eine neue Playstation rauskam, hat sie bei dir im Zimmer gestanden.«

»Ich rede doch nicht von Spielsachen! Ich meine es jetzt ernst.«

Vater schüttelt seinen Schwanz, wischt die Hand an seinem nackten Oberschenkel ab, dreht sich wieder um.

»Als ich so alt war wie du«, sagt er eintönig, »bin ich rund um die Welt geflogen. Ganz allein, ohne Trainer, nichts. Ich bin nach Monaco gezogen, als ich zwanzig war. Keine Hilfe, von niemandem. Hab mich um Papiere, Wohnung alles selbst gekümmert.«

Er steht immer noch an der Reling, irgendwas Besonderes muss es mit Sportlern und Nacktsein auf sich haben, diese unzähligen Jahre Körperlichkeit, die Duschen, die Umkleidekabinen, die Massagen, die Krankenhäuser. Tritt deinen Feinden nackt entgegen, juble nackt, hasse nackt. Verschaff dir Respekt, auch wenn du nackt bist.

»Obwohl ich natürlich nie zu Hause war. Hab aus dem Koffer gelebt. Im Hotel.« Er lächelt. »Oder bei der ein oder anderen Braut, haha. Das war die beste Zeit meines Lebens, aber damals habe ich das noch nicht geahnt.«

Das Schamhaar im Schritt grauschwarz und kraus, die Eichel blassblau am Schenkel.

»Ich glaube, dass deine Mutter dich ein bisschen viel verhätschelt hat. Und ich natürlich auch«, schiebt er schnell hinterher, »ich will nicht sagen, dass das nur Malins Fehler war. Ich muss auch Verantwortung übernehmen, selbstverständlich, jetzt ganz besonders und … und ich habe mir meine Gedanken gemacht. Jetzt ist es an der Zeit, dass du dich abnabelst. Und allein zurande kommst.«

Er klettert langsam übers Deck, umrundet den Mast, sammelt einen der Tampen ein, schiebt mit dem Fuß etwas zur Seite. Kommt zurück und setzt sich seufzend wieder in die Plicht.

»Ich werde dir kein Geld mehr überweisen. Wie gesagt, Unterstützung für den Lebensunterhalt während eines Studiums ist eine Sache, aber wenn du nur zu Hause rumhängst und chillst, hab ich nicht länger vor, für dich aufzukommen. Ist nur zu deinem Besten.«

Aufmunternd lächelnd, eine starke, sehnige Hand auf meinem Knie.

»Verstehst du, was ich sagen will, Kumpel? Du bist neunzehn und es ist wundervoll, dass du so viele Ideen und Träume hast, das hatte ich in deinem Alter auch, aber manche Dinge im Leben muss man alleine tun. So I'm cutting you off.«

Die letzten Worte sagt er auf Englisch, das ist seine Marotte, wenn er etwas unterstreichen will oder es teilweise scherzend gemeint ist, dann wechselt er in sein Hollywoodenglisch, das klingt immer so, als wolle er Harrison Ford imitieren.

»Ich habe dich nie um Almosen gebeten«, höre ich mich sagen. »Ich bin nie gekommen und habe um irgendwas gebettelt. Ich lebe ja in der Wohnung, daher ist alles, worum ich dich bitte, etwas Geld, damit ich ein paar Reisen machen und Material zusammenstellen kann, denn es gibt in Florenz und Rom wirklich phantastische Sammlungen aus dem Mittelalter, und in London natürlich auch.«

»Ach ja«, sagt Vater und schnalzt. »Die Wohnung. Gut, dass du sie erwähnst. Über die Wohnung müssen wir auch noch sprechen. Wenn diese verfluchten Bettwanzen weg sind, werde ich einen Makler kontaktieren, den ich kenne.«

Es ist langsam dunkel geworden, vom Wald am Rande der Bucht sieht man nur graublaue und schwarze Silhouetten. Draußen im Fjord bemerke ich das erste Leuchtturmblinken.

»Ich bin Stockholm leid, Sohnemann. Und dieses Land ist am Ende, oder? Schießereien, Bandenkriminalität, unkontrollierte Einwanderung, der Wohlfahrtsstaat bricht zusammen, und wir zahlen immer noch die höchsten Steuern der Welt.«

»Das ist doch jetzt ein rechtspopulistisches Narrativ.«

Er seufzt.

»Masha hat ein kleines Weingut in der Nähe von Adelaide ausfindig gemacht. Diesen Sommer sind wir dort gewesen, nach den Aufnahmen fürs Fernsehen. Unglaublich schöne Gegend. Sie kann malen, Kurse geben. Ich kann mir einen eigenen Tennisplatz bauen und Privatstunden geben, die Leute bezahlen mir ja jeden Preis, da unten bin ich eine Legende. Biken, wandern, angeln. Wein anbauen. Was bleibt mir noch, vielleicht fünfzehn gesunde Jahre? Die werde ich auskosten.«

Er lächelt durch die Dunkelheit, leuchtend hellblaue Augen, perfekt weiße Zähne.

»Du kannst *Martina* übernehmen, wenn du versprichst, dich gut um sie zu kümmern. Die Jungswoche findet natürlich weiterhin statt.«

*

Er ist in seiner Kabine im Achterschiff verschwunden und ich liege in meiner Bugkoje und surfe mit dem Handy wahllos im Netz, checke, was Douglas und Toffe jetzt machen, like Bilder, sehe mir einen witzigen Clip mit einem bescheuerten Typen an, der mit einem Baby in einem Zug steht und Leute mit einer Axt bedroht, dann ein paar alte Outtakes und dann ein paar Tiktoks, dann einen Mitschnitt von einer Demo, die heute in der Stadt war. Offenbar ist diese dämliche Schnitte, die Vater bei uns zu Hause wohnen lässt, dort gewesen, es gibt einen Clip, in dem sie spricht, der Ton ist ausgeschaltet, doch sie wirkt mit dieser unerreichbaren Oberstufenmädchenart ganz schön sexy, und ich werde geil und wechsele automatisch auf die Pornoseiten, das Handy in der linken Hand, während die rechte nach unten gleitet, dann rufe ich schnell die härteren Clips auf, Seiten, die ich hinterher versuche, wieder zu vergessen, und meine Hand wird schneller und ich werde immer geiler und meine linke Hand sucht immer neue Clips und mit einem Mal merke ich, wie das Boot zu schaukeln beginnt. Nur leicht, kaum wahrnehmbar, aber trotzdem. Es schaukelt.

Ich lasse es sofort wieder sein, und die Bewegung hört zeitverzögert ein paar Sekunden später auf. Dann versuche ich es erneut. Das Gleiche. Sobald ich anfange, rhythmisch zu onanieren, beginnt das Boot, im selben Takt mitzuschunkeln. Vater wird garantiert wach, wenn ich so weitermache. Er wird denken, dass sich der Anker gelöst hat, dass das Boot abtreibt, er wird aufstehen und nachsehen, und dann wird er es kapieren.

Mein erster Gedanke ist, ich muss an Land kommen, irgendwo ein Klo auftreiben, die Sache zu Ende bringen. Mein Kopf wird langsam klarer, im Takt mit der nachlassenden Erregung. Wir schwoien genau in der Mitte einer Bucht. Die einzige Möglichkeit, an Land zu kommen, ist das Schlauchboot, oder wie soll das sonst gehen?

Ja? Wie soll das sonst gehen?

Ist das nicht immer mein Problem? Dass ich sofort aufgebe, bevor ich es überhaupt versucht habe?

Ich lege das Handy zur Seite, gehe hoch auf die Knie und schiebe die Luke auf. Es ist diesig, keine Sterne, aber die Laterne beleuchtet das Deck und ich kann das Schlauchboot sehen, wo es am Relingdraht festgezurrt ist. In den vergangenen Jahren haben wir es kaum benutzt, dafür früher, als ich klein war, wenn wir vor einem Felsen ankerten und Vater meinte, ich sollte *mal auf Entdeckungsreise an Land gehen*, während er von Fremden auf ein paar Drinks eingeladen wurde. Es müsste ganz einfach sein, die Schlingen loszubinden, das Schlauchboot ins Wasser zu lassen, die zwei blauen Plastikpaddel reinzuwerfen und dann ganz vorsichtig einzusteigen. Die Trosse losmachen. Abhauen. Warum habe ich das eigentlich nie gemacht?

Wer hat dich daran gehindert, du ewiger Loser?

Die Stimme in mir ist kalt, trocken. Vernichtend. Am besten lege ich mich einfach wieder schlafen. Eigentlich muss ich gar nicht wichsen, nicht wirklich. Am ehesten will ich irgendwas schnökern.

Ich krieche wieder in die Bugkoje, schließe die Luke und öffne ganz vorsichtig die Tür, die in die kleine Kajüte führt, schleiche am Sofa vorbei und am Esstisch und dann weiter in die Küche, suche im Regal neben den Dosen mit dem Instantkaffee, ob da vielleicht noch ein Kaba steht, ein paar Löffel Schokopulver direkt in den Mund sind auch nicht schlecht, aber dieses Jahr hat Vater keinen Kaba mehr gekauft, vielleicht findet er, dass ich inzwischen zu groß dafür bin. Also öffne ich stattdessen mit einem routinierten Handgriff die kleine Holztür der Speisekammer, greife ganz vorsichtig mit Daumen und Zeigefinger an die Ecke der Chipstüte, damit sie bloß nicht raschelt.

Iss lieber eine kalte Kartoffel.

Ich lasse die Tüte los.

Iss lieber eine kalte Kartoffel, denn wenn du es nicht mal schaffst, mit einem kleinen Schlauchboot an Land zu rudern, hast du auch keine Chips verdient.

Durch die Tür ist Vaters Schnarchen zu hören. Früher haben wir abends noch lange zusammengehockt, Fernsehserien angeschaut oder Karten gespielt. In einer Woche hat er mir mal beigebracht, wie man Seekarten liest, hat mir die Unterschiede zwischen verschiedenen Leuchttürmen und Signalen erklärt, wir haben uns Segeltörns ausgedacht, die wir unternehmen würden, wenn ich ein bisschen größer wäre, nach Kroatien oder in die Karibik oder wenigstens bis zu den äußeren Schären, vielleicht sogar bis zu den Svenska-Högarna-Inseln, ganz weit draußen im Osten.

Jetzt bin ich älter. Und wir unternehmen gar nichts. Sitzen nur da und unterhalten uns eine Weile, und dann geht jeder in seine Kabine und schaut sich vor dem Schlafengehen eine Stunde lang Serien an.

Das liegt daran, dass du in seinen Augen wertlos bist. Du bist die pure Enttäuschung. Schlimmer noch. Du langweilst ihn.

Ich greife wieder zu der Tüte. Crispy Bacon & Sourcream. Habe eine Idee und öffne behutsam den Kühlschrank, nehme eine Dose Bier heraus. Staropramen. Tschechisch.

*

Es plätschert sanft unter mir, ein wohliger Sommerlaut, der sich auf meinen Körper überträgt, ich sitze nackt direkt auf dem Gummi, es ist ein einfaches, billiges Schlauchboot, fast eher eine Art Spielzeug, die Ruder haben Spiel in den Dollen, doch ich bewege mich ruckartig und patschend vorwärts. Dort, wo sich die Bucht zum Meer hin öffnet, habe ich eine hübsche felsige Landzunge gesichtet, da sehe ich mich selbst bereits sitzen und mit Bier und Chips chillen (und schön Pornos schauen). Cool. Typische Teenie-Aktion.

Im Segelboot war es mir zu warm und zu stickig, aber hier draußen auf dem Wasser weht eine frische, fast kühle Brise, erst wollte ich noch meine Jogginghose und ein T-Shirt anziehen, doch dann hätte sich das alles nicht mehr so spontan angefühlt. Jetzt bereue ich, dass ich es so eilig hatte, denn unter den Pobacken ist es feuchtkalt und an meinen Armen bildet sich eine Gänsehaut. Ich versuche, das Boot im Auge zu behalten, um beim Rudern nicht vom

Kurs abzukommen, doch in der Dunkelheit verblasst es schnell zu einer Art Spukschiff, funzelig beleuchtet von dem einsamen Ankerlicht.

Ich drehe den Kopf und halte nach dem Felsen Ausschau. Ein Schatten, noch immer weit, weit weg. Als es noch heller war, erschien er mir viel näher, ist die Bucht tatsächlich so groß?

Es spritzt ein bisschen und ich nehme mein Handy und schiebe es mir zwischen die Oberschenkel, da darf kein Wasser rankommen. Jetzt bloß keine Faxen machen, nicht mit den Rudern platschen. Beweg deinen Rücken, nicht die Arme. Gleite durchs Wasser. Mittlerweile friere ich richtig, zittere fast. Doch mit der Kälte kommt auch der Stolz, *das habt ihr mir nicht zugetraut*. Der Typ rudert nackt raus aufs Meer, mitten in der Nacht, und das nur, um in Ruhe wichsen zu können. Voll *wyld*.

Wenn wir morgen den Anker lichten, werde ich auf diese Landzunge zeigen und Vater davon erzählen, *Ach, übrigens, ich bin heute Nacht losgerudert, rüber zur Insel, wollte nur ein bisschen chillen, hab auch ein Bier mitgenommen, man muss diese Sommerabende doch auskosten* und vielleicht wird er wieder wiehern, *Sag das nächste Mal Bescheid, dann komm ich mit* und vielleicht holt er dann ein Kartenspiel raus oder fragt mich, ob wir uns nicht eine Serie zusammen anschauen wollen.

Oder wird er mir das gar nicht glauben? Ich könnte ja irgendwas zurücklassen, die Dose oder die Chipstüte, unter einem Stein, so dass man sie vom Wasser aus sehen kann. Einfach darauf zeigen, *Ach, Shit, ich hab heute Nacht ganz vergessen, den Abfall mitzunehmen*. So in der Art, cool jedenfalls. Und dann fragt er nach und ich nur so *Ach so, ich bin einfach mal 'ne Runde an Land gerudert, hab ein bisschen auf dem Felsen abgehangen.*

Unter mir schabt etwas, ein Stein. Ich fahre herum, der Schatten ist zu einem grauen, rissigen Felsen angewachsen. Noch zwei Züge, dann lasse ich die Ruder los und drehe mich um, will mich mit der Hand festhalten. Der Stein schroff und kalt an meinen Fingern, ich taste am Felsen entlang, brauche etwas zum Festhalten. Ein scharfer Vorsprung taucht auf, ich lege die Hand darauf, finde Halt. Ich greife nach der Bierdose und der Chipstüte und werfe sie vor mich ins Dunkel. Dann setze ich mich im Schlauchboot auf in den Kniestand, den Tampen schon in der Hand, und mir ist, als bestände ich aus zwei Menschen: einem, der sich mit der rechten Hand auf den Felsen hievt und dann geschmeidig einen nackten Fuß auf die Klippe setzt, darauf einen Sprung vor in die Dunkelheit macht, und einem anderen, der spürt, wie das verdammte instabile Fuckschlauchboot zurücktreibt, sobald er sich nach vorn drückt, und dann für den lächerlichen Bruchteil einer Sekunde wie eine Comicfigur horizontal zwischen Felsen und Schlauchboot hängt, bevor das Gesetz der Schwerkraft in Zusammenarbeit mit der fehlenden Bauch- und Rückenmuskulatur seinen Job macht und die Hand zwangsläufig den Stein loslässt und dieser zweite Typ mit dem Oberkörper direkt ins Wasser platscht, eine Sekunde bevor seine Beine das Schlauchboot zum Kippen bringen.

Das Wasser ist eine Beleidigung, ein dunkles, muffiges Gelee, das mir in Mund und Nase und Rachen eindringt. Die Füße haben sich in irgendwas verheddert und es braucht ein oder zwei panische Sekunden, bis ich mich vom Schlauchboot freigestrampelt habe und die Beine wieder unter meinem Körper sind, so dass ich mich nach oben abstoßen kann, und in der Finsternis bin ich mir nicht einmal sicher, wo die Wasseroberfläche genau ist, alles steht kopf, Luftblasen, Schatten und Albträume. Ich huste, pruste, keuche, fuchtele mit den Armen und weit, weit entfernt sehe ich das Segelboot und die Laterne, wie einen einsamen Stern oberhalb der spiegelblanken Wasseroberfläche und ich höre schwarze Pferde durch meine Stimmbänder galoppieren, als ich aus voller Kehle brülle PAPA.

SAMSTAG, 30. AUGUST

Es ist ja auch schon ein beschissener Sommer gewesen. Eigentlich hätte ich nach der Schule jobben sollen, na ja, was heißt schon jobben, aber Douglas und Toffe haben unten in Båstad ein Restaurant übernehmen können und hatten mich schon im letzten Winter gefragt, ob ich mit ihnen da runtergehe. Natürlich keinen Scheißjob, haben sie sofort dazugesagt, für Küche und Service gebe es massenhaft Leute, die darum bettelten, da rummanschen zu dürfen, und Douglas würde sie beaufsichtigen, während Toffe sich um das ganze Betriebswirtschaftliche kümmern wollte. Für mich war keine spezielle Aufgabe vorgesehen, es hieß, ich solle die Gäste an der Tür begrüßen und mich nett mit ihnen unterhalten, vielleicht auch mal ein bisschen an der Bar stehen und spaßeshalber ein paar Drinks mixen. Der Lohn wäre natürlich nicht besonders, aber cash auf die Hand, Essen umsonst und Party und ich könnte auch bei ihnen in dem Haus wohnen, das sie gemietet hatten, mit einem ultracoolen Garten, wo wir tagsüber abhängen könnten.

Du sollst dem Laden nur ein Gesicht geben, brachte Douglas es auf den Punkt, und da begriff ich, was sie meinten. Vater hat mir schon in jungen Jahren beigebracht, dass man sich dafür nicht schämen müsse, das sei nichts Peinliches, so was müsse man einfach mitnehmen. Seine beste Anekdote stammt aus der Zeit, in der er in Melbourne ordentlich abgefeiert hat, das war schon Jahre nach seiner Tenniskarriere, er hatte natürlich Freikarten für alle Australian-Open-Spiele und ein Trupp Frauen kam auf ihn zu und fragte, ob er vielleicht am folgenden Wochenende zu einem Junggesellinnenabschied kommen wolle.

Businesstussen, richtige Donnas, weißt du, die Kleider und die

Handtaschen und die Schuhe, alles vom Feinsten, sie wollten eine Party in einer Villa am Meer feiern, wo sie auch einen eigenen Hartplatz hatten, und da sollte ich mit nacktem Oberkörper erscheinen und ihre Freundinnen beeindrucken und ein paar Bälle spielen, how do you like these balls, haha.

Douglas meinte, es würde völlig ausreichen, wenn ich im Restaurant jeden Abend nur ein paar Stunden anwesend wäre, aber es sei wichtig, dass mein Name in jedem Zusammenhang, bei dem das Restaurant erwähnt werde, auftauche, auf allen Pressemitteilungen und Fotos und beim VIP-Umtrunk, *André Hell, jüngster Sohn der Tennislegende Anders Hell, ist Teilhaber des neuen, angesagten Restaurants, gemeinsam mit seinen Freunden Douglas Merithz und Christoffer Petraeus.*

Vater erzählt dann immer mit breitestem Lächeln *Ich war damals gerade frisch mit Malin zusammen und sie war stinksauer. Ach ja,* macht er ihre schrille Stimme nach, *und dann hätten sie vielleicht auch noch gern, dass du strippst? Also hab ich natürlich nein gesagt.* An dieser Stelle wechselt sein Mienenspiel und er setzt ein ernstes, motziges Gesicht auf. *Und mir den ganzen Spaß entgehen lassen. Champagner, im Pool baden, stellt euch mal vor, als einziger Mann bei einem Junggesellinnenabschied mit einem Haufen sexuell ausgehungerter Oberklassen-Milfs, die schon ein paar Gläser intus haben? Warum soll man sich das nicht gönnen? Man lebt doch nur einmal!*

Als der Sommer immer näher rückte, fing Douglas an herumzuheulen, dass noch viel zu wenig über das Restaurant *geredet* werde, schon zwei Wochen vor der Eröffnung und noch immer so viele freie Tische, und obwohl sie die Einladungen zu VIP-Umtrunk und Promi-Event schon vor Ewigkeiten rausgeschickt haben, waren kaum Antworten gekommen und die meisten nur von Freunden und bald mussten sie die Werbeagentur bezahlen und die erste Miete fürs Restaurant war auch noch nicht abgebucht und dann das tolle Haus mit dem ultracoolen Garten und natürlich die Löhne, auch wenn alle nach Stunden abgerechnet wurden.

Ich sagte, dass ich nicht noch mehr Geld reinstecken kann. Douglas war eine Weile still und dann sagte er *und dein Vater* und ich antwortete ausweichend, schob Konten und Fonds und langfristige Investments vor, an die man nicht einfach so rankäme, aber er fiel mir ins Wort, *Nein, nein, so meine ich das nicht, ich meine, könnte dein Vater nicht mal runterkommen? Ein paar Freunde mitbringen? Sich blicken lassen? Oder wenigstens mit der Presse sprechen?*

Es dauerte drei Tage, Vater zu erreichen, er machte bei einer Fernsehshow mit, bei der Promis einmal quer durch Australien radeln, und er befand sich gerade mitten in der Wüste. *Werd morgen in Alice Springs mit Journalisten reden! schrieb er. Bis dahin sind es noch 200 km! Kümmere mich um PR!* Und eine Sonne und ein Smiley und ein praller Bizeps.

Ein paar Tage später meldete sich Nathalie, die Schwester meiner Mutter, und teilte mit, dass sie vorübergehend in einem Haus in San Francisco wohnen würde, mitten in der Stadt mit Terrasse und Garten und sogar einem kleinen Pool. Ich war da schon häufig gewesen, es war eine von Mutters Lieblingsstädten, wir haben uns immer verschiedene Airbnbs gemietet. Eine Freundin aus Nathalies Modelzeiten war mit einem Silicon-Valley-Millionär verheiratet und hatte sich ein Haus in Pacific Heights zugelegt, in dem Nathalie wohnen konnte, während die Freundin auf einem Meditationsretreat in Kathmandu war.

Hast du nicht Lust, herzukommen und mich zu besuchen? fragte sie mich. *Das wäre so schön.* Natürlich müsse ich nicht pausenlos bei meiner Tante wohnen, *aber das Haus könnte doch dein Basislager sein* sagte sie am Telefon, *für deine … Abenteuer?* Mutter hatte wohl mal zu ihr gesagt, ich sei schwul. Davon war sie überzeugt, egal, was ich dazu sagte, egal, ob ich auf ihrem Computer eine Pornoseite nach der anderen aufrief, ohne die Chronik hinterher zu löschen oder ob ich am Esstisch laut pupste, für sie stand fest, dass ich schwul war, seit ich acht Jahre alt war und mich nicht nur weigerte, Tennis zu spielen, sondern auch Fußball, Hockey und Golf.

Wir können nach Alcatraz rüberfahren und das Gefängnis besichtigen, sagte Nathalie, *oder runter nach Monterey, wo das Aquarium ist.* Ich sagte nein und erinnerte sie daran, dass ich doch nach Båstad wollte, um dort mit ein paar Freunden in einem Restaurant zu arbeiten. Ein paar Sekunden blieb es still, und dann fragte sie mich, ob ich nicht gelesen hätte, was im Internet stand.

Douglas und Toffe haben sich nie mehr gemeldet. Vater schob die Fahrradstrecke und die Hitze vor, er kam völlig entkräftet in Alice Springs an, und das Fernsehteam hatte ihn nicht einmal duschen und ein Päuschen machen lassen, sondern die Journalisten direkt auf ihn gehetzt, um die ganz große Wirkung zu erzielen, *das echte Reality-Feeling,* wie sie es nannten, ein schweißnasser, ausgepumpter, alter Tennisstar, im Hintergrund der ausgetrocknete Busch, und zu alledem hatten die Sponsoren auch noch darauf bestanden, dass er während des gesamten Interviews ein Bier in der Hand haben sollte, *Und dann,* sagte Vater lachend am Telefon, *kann es schon mal passieren, dass man es runterkippt und noch eins bestellt, es war kalt, also wirklich eiskalt, und dann haben sie mich auf dieses Restaurant angesprochen, das ihr aufmachen wollt, und ich weiß selbst nicht, was in mich gefahren ist.*

Also hat Nathalie mir Geld überwiesen und ich habe einen Direktflug gebucht und klar, als ich im Taxi auf dem Weg in die City saß – an einem Junimorgen, ganz früh, die Luft flimmerte noch über dem Highway, die Reklameschilder, der Geruch nach Kunststoff im Wagen, den Starbucks-Kaffee und eine pappsüße cinnamon roll in der Hand und der schillernde, schwindelnde Anblick der Stadt, wenn man über die Kuppe kommt und einem auf einmal alles auf dem Silbertablett serviert wird: die Brücke nach Oakland rechts, Golden Gate vor einem, die sanften Hügel, die Wolkenkratzer, die schmale Transamerica Pyramid, das kreideweiße Dächermeer wie ein dreckiger Schneeberg umgeben von dem grauen, glitzernden Wasser. San Francisco ist echt klein und schnucklig, wenn man überlegt, fast wie Monte Carlo, doch es ist längst nicht so eng – da dachte ich, das wird hier schon ganz gut.

In dem Sommer, als ich neunzehn war, lebte ich in San Francisco, sagte ich zu meiner Zimtschnecke und dachte mir, so was sagt man eigentlich nicht, wenn man ein Loser ist, das könnte sogar der erste Satz in einem echt guten Roman sein.

Die ersten Tage war das in Ordnung, ich machte ausgedehnte Spaziergänge die Hügel rauf und runter, versuchte, meine Kondition zu verbessern, ein Eis oder eine Dose Cola in der Affenhitze als Belohnung, oder streunte durch Chinatown. Wurde es mir zu warm, hockte ich mich in ein runtergekühltes Café oder streunte durch die Kaufhäuser. Ich machte Unmengen von Fotos, überall in San Francisco ist es so, als würden deine Augen dich anschreien, JETZT musst du das Handy rausholen und fotografieren, völlig egal, ob du in einer schmuddeligen Gasse im Rotlichtviertel in North Beach stehst oder ganz oben auf dem Telegraph Hill und einen sensationellen Blick auf die ganze Stadt hast, es ist wie ein riesiges Kunstwerk, du wirst nicht satt, obwohl ich später, als ich die Bilder posten wollte, nie wirklich zufrieden war. Abends sah ich mir mit Nathalie Serien an, manchmal gingen wir auch essen, doch meist bestellten wir uns Essen nach Hause, Pizza oder Thaiküche, und aßen dann auf der Terrasse neben dem Pool.

Eines Abends, da waren vielleicht zwei Wochen vergangen, war ich gerade auf dem Weg ins Bett, als sie mich rief und fragte, ob ich was rauchen wolle. Ich taperte rüber in den kleinen Garten, wo sie ausgestreckt auf einer Sonnenliege lag und in die Sterne blickte, da draußen standen unzählige tote Pflanzen in rotbraunen Terrakottatöpfen, und der Geruch von Marihuana mischte sich unter den Duft der trockenen Erde und der verwelkten Gewächse, dieser Mix wiederum vermengte sich mit dem Essensgeruch und den Abgasen und dem Asphalt und dem Müll und all dem anderen Gestank, den eine heiße, dreckige Stadt nachts so absondert.

Sie hatte einen kleinen Joint in der Hand und zog daran und während sie auf diese lächerliche Art, so mit zusammengepressten Lippen, die Luft anhielt, reichte sie ihn mir.

»Wirklich, nur wenn du willst.«

Ich nahm einen Zug und inhalierte tief und spürte den süßlich verbrannten, irgendwie feuchten Rauch im ganzen Gesicht.

In dem Sommer, als ich neunzehn war, lebte ich in San Francisco.

»Deine Mum hat es geliebt, hier zu sein«, sagte sie und lächelte leicht. »In dem Sommer, bevor sie Anders kennenlernte, ist sie hier gewesen, wusstest du das eigentlich? Hat auf der anderen Seite der Bucht gewohnt, oben in den Bergen. Zum Golfen, nur eine Woche, aber sie hat geschwärmt, wie magisch das war.«

»An ein Golfturnier kann ich mich erinnern«, sagte ich, »aber von Gras hat sie nichts erzählt.«

Nathalie kicherte.

»Doch, sie hat sich da mit einem amerikanischen Mädchen angefreundet und keine von ihnen hat den Cut geschafft, deshalb haben sie einen kompletten Nachmittag da gehockt und geraucht und auf die Stadt runtergeschaut.« Sie lächelt und ahmt die Stimme meiner Mutter als junge Frau nach, klingt mit einem Mal ganz hell, naiv, mädchenhaft, *»man konnte beobachten, wie der Nebel vom Meer angekrochen kam und quasi da lauerte wie eine riesige grauweiße Miezekatze! Und wie er langsam die Golden Gate gefressen hat und die Häuser und … sich wie eine alte Wolldecke über die Berge gelegt hat, und dann sind wir high gewesen und die Stadt war weg, er war fast zum Greifen nahe, das hat total maaagisch ausgesehen!«*

Nathalie streckte die Hand aus, ohne mich anzusehen, und ich gab ihr den Joint zurück. Ein tiefer Zug, den Blick hinauf in die Sterne. Das Ausatmen ein dünner Streif würziger, süßer Dreck.

»*Wenn ich mein Leben noch mal leben könnte,* hat sie immer gesagt, *dann als ein Hippie in Haight-Ashbury oder als Beatnik in North Beach. Oder ich hätte an der Berkeley Uni studiert. Und dann hätte ich ein Haus, weit oben in den Bergen und einen Balkon zum*

Meer, und da würde ich nachmittags hocken und zusehen, wie der Nebel hereingekrochen kommt, und wäre stoned, das wäre so maaagisch!«

Sie reichte mir den Joint noch einmal und ich rauchte, zwei Züge, drei. Mein Kopf fühlte sich an wie Sirup.

»Malin hat es geliebt«, wiederholte sie sich. »Ich bin heute dorthin gefahren, als du unterwegs warst. Ich hatte die Adresse noch, sie stand auf einem ihrer alten Briefe, in der Zeit haben wir Briefe geschrieben, weißt du, sie war immer unterwegs, auf irgendwelchen Golfturnieren, und immer wollte sie, dass man ihr überallhin Briefe schickt. Ich hatte also die Adresse noch, aber das Haus gibt es nicht mehr, den Golfplatz auch nicht, letzten Sommer hat es in den Bergen gebrannt oder war es der vorletzte, das Gebiet war abgesperrt, eine Baustelle und ein Schild, auf dem etwas von einem Development stand, aber es schien niemand da zu sein, da waren nur … Container und Zäune und …«

Ich beugte mich vor, um ihr den Joint zurückzugeben, doch sie reagierte nicht, schien mich kaum noch wahrzunehmen.

»Dann bin ich weiter zu einem Aussichtspunkt gefahren und habe unter einem Baum ein schattiges Plätzchen gefunden und hatte einen Blick auf einfach alles. Da dachte ich mir, versuch doch mal, alles so zu sehen wie deine Sis. Ich hatte extra Gras gekauft … und dann habe ich da gehockt und auf den Nebel gewartet. Ich wollte es genau so machen wie sie … ihr auf die Art irgendwie näherkommen. Total lächerlich. Aber ich hab da jedenfalls gehockt. Wenn der Nebel kam, wollte ich den Joint anzünden und dann high werden und dann würde meine Sis vielleicht irgendwie … im Nebel würde sie dann …«

Sie verstummte, nur ihre Lippen bewegten sich noch. Ich wusste nicht, was ich sagen sollte, also nahm ich noch mal einen Zug und hielt den Atem so lange wie möglich an, bevor ich den Rauch wieder aus meinem Mund entweichen ließ.

»Doch er kam nie«, sagte meine Tante schließlich. »Den ganzen

Nachmittag lang hat die Sonne geschienen, der Himmel war strahlend blau. Bullig heiß, kein einziges Wölkchen, kein bescheuerter Nebel, nichts. Ein paar Leute sind gekommen und haben Picknick ein paar Meter entfernt gemacht, und ich hab sie darauf angesprochen, als ich zum Wagen zurücklief. *No more fog*, haben sie gesagt. *There's no more fog.*«

Alles drehte sich in meinem Kopf, und ich wusste immer noch nicht, was ich erwidern sollte, also gab ich ihr den Joint zurück und jetzt nahm sie ihn auch, laut schluchzend.

»Malin hat sich viele Gedanken gemacht«, fuhr sie fort. »Sie hat es geliebt, draußen in der Natur zu sein, sie liebte das Golfen, aber einmal hat sie mir erzählt, dass sie Schiss bekommen hat, weil sie im Fernsehen eine Dokumentation über die Dürre hier gesehen hat und dass die Golfplätze mehr Wasser verbrauchen als alle Hotels und Restaurants und Krankenhäuser zusammen, dass ein einziger Golfplatz in Palm Springs an einem Tag so viel Wasser verschlingt wie ein afrikanisches Dorf in zehn Jahren, und da draußen gibt es über hundert Golfplätze, das ist total krank, bei fünfzig Grad Hitze, und sie …«

In der Dunkelheit sah ich die Glut ihres Joints, wenn sie rauchte. Er warf ein spärliches Licht auf ihr Gesicht und den Glanz der Tränen, ich dämmerte eine Weile davon und grinste, als ich bemerkte, dass es möglich war, meine Sinne runterzuregeln, als ob mein Kopf ein Computer wäre, an dem man ganz einfach den Ton leiser drehen, das Licht dimmen und in einen flaumigen Flaum versinken konnte. Die Stimme meiner Tante war wie dieses Dazwischengelaber in der Stereoanlage in einem Uber-Taxi, wenn man weder versteht, wer da spricht, noch worüber oder welcher Werbesender da zufällig gerade läuft und alles ist total belanglos und ans Ziel kommst du trotzdem.

»André?«

Die Stimme schnitt mitten durch meinen Milchschaum, und ich zuckte zusammen.

»André? Hörst du noch zu? Das kam immer öfter vor, als sie krank wurde.«

»Ja, klar. Immer öfter.«

»Deine Mum hat sich *schreckliche* Sorgen gemacht, André. Sie hat von alldem gesprochen, von all dem, was wir jetzt erleben. Wie du das überstehen würdest. Sie hat immer gesagt, es gibt ein altes indigenes Sprichwort, das geht *Wir haben die Erde nicht von unseren Vorfahren geerbt, wir haben sie von unseren Kindern geliehen.* Ich meine, die Regenwälder am Amazonas werden immer mehr in eine üble Savanne verwandelt, nicht erst in hundert Jahren, sondern *genau jetzt*, es passiert *genau jetzt*, André, und …«

»Das ist doch ein Märchen«, sagte ich.

Doch das klang gar nicht wie meine eigene Stimme, es war eher ein müder alter Mann, der irgendwo im Schlaf redete.

»Was?«

»Dieses Sprichwort oder wie immer man das nennen will. Das hat sich ein amerikanischer Umweltaktivist in den siebziger Jahren ausgedacht. Und dann hat man sich überlegt, dass es doch mehr hermacht, wenn es heißt, es stammt von den Natives.«

Nathalie sah mich mit halb offenen Augen an.

»Ist das wahr?«

Langsam erhob ich mich aus dem Liegestuhl. Dieses Gefühl, als wäre ich ein Gespenst in einem Film, so eine Szene, in der der Körper noch da ist, auf einem Stuhl zusammengesackt, während die nebulöse Seele sich träge erhebt, oder ein Zombie, der in einem Katastrophenfilm erwacht und beginnt, sich schwerfällig in die Welt zu bewegen, zurück zu den Lebenden. In meinem Kopf drehte sich alles, und ich suchte Halt an der Wand.

»Man denkt, die Native Americans seien so supergute Menschen gewesen, obwohl sie Unmengen von Säugetieren ausgerottet haben, als sie eingewandert sind. Riesenschildkröten, Mammuts, fleischfressende Vögel. Bären, die fast eine Tonne wogen. Alle weg. Schönen Dank fürs Leihen, sozusagen.«

Ich wollte noch mehr dazu sagen, aber ich musste pissen, und als ich von der Toilette zurück war, war sie ins Bett gegangen.

*

Der Felsen ist unter meinem Körper so hart und kalt, dass ich das Gefühl im Hintern komplett verloren habe. In der Dunkelheit ist es totenstill, so still, dass ich mein Herz rattern höre wie eine Nähmaschine.

Ich kann noch immer nicht fassen, dass ich noch am Leben bin. Überall, wo meine Hand entlangtastete, war die Felsplatte glatt und steil, dazu rutschig vom Seetang. Das Schlauchboot ist abgetrieben ins Dunkel. Das Handy weg, logisch. Ich hab mich hochgestemmt, bin abgerutscht, wieder untergegangen. Noch mal. Noch mal. Und noch mal. Ich hab geschrien. Ich hab gebrüllt. Noch mal. Noch mal. Und noch mal. So verging eine Ewigkeit, bestimmt mehrere Minuten, ich dachte, ich würde sterben und hatte mich schon damit abgefunden. Ich machte noch ein paar letzte, halbherzige Versuche, streckte mich mit steif gefrorenen Fingern dem Felsen entgegen und strampelte mit meinen Beinen wie Spaghetti im Wasser und versuchte, mich hochzustemmen, und spürte für den Bruchteil einer Sekunde die raue Oberfläche unter meinem nackten Brustkorb, bevor ich erneut ins Rutschen geriet und wieder nach unten ins Dunkel gezogen wurde.

Jetzt sitze ich hier, wo der Felsen abfällt, vielleicht einen Meter oberhalb des Wasserspiegels. Ich schlage die Augen auf, hebe eine zittrige Hand vor mein Gesicht, nehme sie wie einen Schatten vor dem dunklen Himmel wahr. Beginne zu winken, kann ahnen, wie die Glieder sich bewegen. Das ist echt. Ich bin am Leben.

Versuche, den Mund zu öffnen, die Lippen zu bewegen.

»Scheiße.«

Mein Hals brennt vom Meerwasser und dem ganzen Geschrei, meine Stimme klingt heiser. Aber ich bin tatsächlich der, der spricht.

»Bepisster verfluchter Fuckscheiß.«

Ich bin nackt, ich friere, trotz des lauwarmen Wassers. Mir kleben die Haare auf der Stirn, ich streiche sie aus dem Gesicht, spüre meine eiskalten Fingerspitzen auf der Haut.

Ich kapiere es wirklich nicht, aber irgendwie muss es mir gelungen sein hochzukommen, wahrscheinlich habe ich Panik bekommen, hat mich die totale Verzweiflung gepackt, und ich habe Kräfte entwickelt, von denen ich gar nicht wusste, dass ich sie habe.

Ich bin nicht gestorben. Ich habe überlebt.

»Verdammt verfickt nochmal.«

Ich will lachen, doch ich muss husten, und dann fange ich an, vor Kälte zu zittern. Ziehe die Beine an, halte mich mit den Händen am Felsen fest und richte mich unbeholfen auf. In der Ferne sehe ich die Laterne leuchten. Vater.

Gehe auf die Knie, schleppe mich kriechend am Felsen entlang. Irgendwas glitzert da vor mir, in einer Aushöhlung neben einem Stein. Ich robbe vor, strecke die Hand aus. Eine Dose.

Staropramen.

Ich setze mich wieder auf den flachen Felsen, schlinge die Arme um die Knie, pule mit zitternden, schmerzenden Fingern am Metall, bis es mir gelingt, einen Nagel unter die Lasche zu schieben und die Dose zu öffnen. Das Zischen klingt fremd, ein Echo aus einer anderen Welt. Ich kippe mir die Flüssigkeit in den Mund, spüre die Tropfen über mein Kinn laufen, mein Körper ist so kalt, dass sich das Bier auf der Haut warm anfühlt. Der herbe Geschmack ist eklig, aber ich zwinge mich, es hinunterzuwürgen, ich will, dass mein Körper etwas anderes zu fühlen bekommt, was auch immer. Ich trinke, große Schlucke, *Das ist Brot*, rede ich mir ein, *Bier trinken ist wie Brot trinken, Energie, Kalorien, Wärme.*

Vater, wie er mit seinem Bier in der australischen Sonne sitzt, eine Kappe von seinem eigenen Label auf dem Kopf, und sein zerknittertes, spöttisches Grinsen in die Fernsehkameras hält. *Der Junge und sein Restaurant, ach ja, genau … das war unten in Båstad, stimmt's … ja, genau … haha, das sind so ein paar Parasiten von der Schule, mit denen er da unterwegs ist … solche typischen Papa-bezahlt-das-schon-Jungs, haha.*

Dann kann man Sie im Sommer da also antreffen?

Vater verdreht die Augen und lächelt wieder, er hat sich neue Zähne machen lassen, große, weiße, er sieht im Abendlicht wie ein ausgebuffter alter Hollywoodstar aus, hält das Sponsorenbier mit dem Etikett voll in die Kamera.

Ja, ja, schon, natürlich, das kann man, das heißt, wenn es in der Pizzeria gegenüber schon voll ist, ansonsten habe ich nicht vor, meinen Fuß in dieses Lokal zu setzen und mich da reihenweise von blöden Schlampen belagern zu lassen. Ich würde mal sagen, ich habe ihm schon genug Bräute organisiert.

Ich schrecke zusammen und blicke auf. Unter meinen Arschbacken ist der Stein rau, ein kleiner Kiesel will sich dazwischenschieben, mein Sack ist taub geworden, die Zehen auch. Nachdem ich tagelang auf dem Boot nur geschwitzt habe, ist diese Kälte absurd, unnatürlich, als bekäme man Zahnpasta in die Augen. Wie spät es wohl ist, ein Uhr? Zwei? Es ist Ende August, es wird noch Stunden dauern, bis die Sonne aufgeht.

Ich kann hier nicht bleiben. Ich kann nicht hier hocken und darauf warten, dass Tag wird. Das geht wirklich nicht.

Ich stehe auf, schüttele meinen Körper, stampfe mit meinen bloßen Fußsohlen auf den Felsen, ohne Rücksicht auf den Schmerz, strecke die Arme aus und schlinge sie wieder um den Leib, rubble, um die Durchblutung anzuregen und warm zu werden, rufe, stöhne, fülle den ganzen Brustkorb mit Luft und brülle aus vollem Hals. Es tröpfelt aus der Bierdose, ich nehme noch ein paar Schlucke und werfe die Dose dann mit Gebrüll weit hinaus ins Niemandsland. Sie kommt mit einem armseligen, kaum vernehmbaren Platschen auf der Wasseroberfläche auf. Dann taste ich nach der Chipstüte, suche überall, doch werde nicht fündig.

Ein nasskalter Wind kommt von Osten her auf. Jetzt friere ich so sehr, dass es sich anfühlt, als hätten meine Eingeweide Gänsehaut.

Papa! brülle ich wieder in Richtung Segelboot und muss husten, mein Hals fühlt sich entzündet und wund an. Nichts.

Ich drehe mich zum Fjord um, da muss es doch irgendetwas geben, da draußen auf den Inseln, irgendwer macht doch immer gerade ein Krebse-Essen oder feiert Spätsommerhochzeit oder hockt einfach nur schlaflos in seinem Schärensommerhäuschen. Ich kann doch nicht der Einzige auf der Welt hier sein, und ich rufe *Hallo*, und das kratzt in meiner Kehle, und jetzt erst sehe ich es.

Es ist wirklich sonderbar, dass ich es jetzt erst sehe, es ist schließlich die ganze Zeit schon da gewesen.

Denn hier draußen gibt es Häuser, das weiß ich, große Villen am Wasser, mit kleinen Bootshäusern und Steg und Sauna, die Leute, die sich Häuser im Schärengarten anschaffen, die basteln und schreinern gern. Ich drehe mich in die Richtung um, wo sich Stockholm befinden müsste, Großstädte geben enorm viel Licht ab, sie strahlen nach außen, Lichtglocken, die sich zum Weltall recken. In der Nähe von Siedlungen kann es niemals ganz dunkel werden. Dafür gibt es sogar eine Bezeichnung, sie heißt Lichtverschmutzung.

Doch jetzt ist es das. Dunkel-dunkel. Alle Lichter aus. Es ist nicht grau, wie normalerweise, sondern kohlrabenschwarz, keine Abstufungen. Als hätte jemand einen schweren, schwarzen Stoff über die Welt geworfen, und jetzt siehst du nicht einmal mehr ihre Umrisse.

Ich schließe die Augen. Ich öffne die Augen. Ich schließe sie wieder. Kein Unterschied.

Hallo, rufe ich erneut, doch jetzt mit verhaltener Stimme, eher um zu bekunden, dass ich noch existiere.

Hallo, flüstere ich. *Wo seid ihr hin?*

Ich hatte keine Angst mehr im Dunkeln, seit ich zwölf war. Es war in Karlskrona, ich war über die Herbstferien bei meinen Großeltern, das war nach meiner Mum, und ich bin nachts heimlich rausgeschlichen, allein, und durch die verlassenen, stillen Villenviertel gewandert, ihren alten Elektroclash in den Ohrhörern. Mit einem Mal überkam mich die Angst vor der Dunkelheit, den Gespenstern und Pädophilen, sie bohrte sich mir in den Magen und ich fing an zu rennen, wollte davor einfach abhauen, rannte an den nassen Obstgärten und den nackten Hecken vorbei, auf Kopfsteinpflaster, quer über einen ekligen Spielplatz, ich meinte, durch die Drumcomputer in meinen Ohren Schritte zu hören, ich gelangte zu einem Bootslager und rannte auf den Schotterplatz, Segelboote auf Stützböcken aufgetürmt wie Bautasteine. Mein Atem dampfte aus meinem Mund, und ich glaubte, ich hätte jemanden zwischen den Schiffsrümpfen gesehen und kein Versteck war wirklich gut, es gab keinen Winkel, keine Nischen, keine Türen, die man hätte schließen können, die Straßenlaternen warfen ihr Licht auf den Platz und der kalte Lichtschein und die schwarzen Schatten drangen durch ein endloses Labyrinth aus weißen Booten und langen grauen Kielen unter dunkelgrünen Abdeckplanen.

Ich geriet in Panik, griff nach der erstbesten Badeleiter, bekam den Fuß auf einen Holzschemel und hievte mich hoch und mit einem Mal befand ich mich darunter, unter der Schutzplane, in einer Plicht. Das merkwürdige Gefühl, in einem abgetakelten Segelboot zu sein, es hatte etwas Verstümmeltes, seines Wassers beraubt war es einfach nur ein enger Verschlag aus Plastik. Ich duckte mich und schlich runter in die kleine Kajüte, hockte da in dem fremden Segelboot, nahm den Duft von Textilien, Öl, Propangas wahr, von alten Abenteuern und unwiederbringlichen Sommerferien, und überall war diese massive, tierische Finsternis.

Und da habe ich aufgehört, Angst zu haben. Ich begriff, dass die Dunkelheit mir Geborgenheit verschaffte, denn wenn ich nichts sah, konnte mich auch keiner sehen. Ich tastete die Auflage ab. Da war ein Werkzeugkasten, der Bootseigentümer hatte wohl noch etwas repariert. Ein Messer, ein Schraubenzieher, genau weiß ich es nicht mehr, etwas Scharfkantiges, ich hielt es fest in meiner Hand. Niemand würde in meine Nähe kommen können, ohne dass ich es bemerkte. Langsam spürte ich, wie der Kloß im Hals Platz machte und die Anspannung nachließ. Ich war derjenige, der gefährlich war. Ich war der, der im Dunkeln wartete.

Einen kleinen Schnitt in die Auflage. Eine kleine Kerbe in die Holzverkleidung. Nur zum Spaß, quasi um zu testen, ob das Messer oder der Schraubenzieher oder was es nun war, ihren Dienst taten, dass sie *angriffen*. Noch ein paar Kerben. Messerstiche. Ich zog die Füllung heraus, säbelte sie klein. Mehr Werkzeug, eine Säge, eine Axt. Das Armaturenbrett. Schranktüren. Küchengerät und alte Packungen Reis und Nudeln und Müsli.

Mums harte, donnernde Musik in meinen Ohren.

Muss pissen. Muss kacken. Scheiße. Keiner kann mich sehen. Keiner weiß, was hier los ist.

Geschieht ihnen recht.

Ich hole tief Luft, sauge die frische, kühle Meeresluft ein und schreie frei heraus ins Nichts.

Schreie.

Schreie.

Drehe mich um und sehe die *Martina* vor mir. Wie weit kann es sein bis zum Boot, zweihundert Meter, vierhundert? Plötzlich sind Kälte und Müdigkeit wie weggeblasen.

Jetzt ist es an der Zeit, die Angst abzuhaken, sich nicht mehr im Selbstmitleid zu suhlen. Ich werde zurückschwimmen, aufs Boot klettern, in meinen gemütlichen, warmen Schlafsack krabbeln.

Im Dunkeln kann mich keiner sehen. Im Dunkeln kriegt mich keiner.

Ich werde meinen Unterschlupf in der Dunkelheit finden.

Und da werde ich einen Plan aushecken, wie ich ihn umbringen kann.

Aber vorher werde ich mir doch noch einen runterholen, denke ich und schon wandert meine Hand ganz automatisch nach unten, bis mir einfällt, dass das Handy ja weg ist, und dann wird es in der Kälte hier Ewigkeiten dauern, es ist also reine Zeitverschwendung, und von Osten her schimmert der Himmel schon leicht rosa.

*

Sie hatten meinen Vater zum König gewählt und er wohnte in einem Königreich am Mittelmeer, wo alle Straßen nach Prinzen und Prinzessinnen benannt waren, *Rue Princesse Caroline, Rue Princesse Florestine, Rue Princesse Antoinette* oder einfach nur *Rue des Princes* las ich auf den Schildern, während wir mit seinem roten BMW durch die Straßen glitten. Über uns stürzte sich der Berg auf den Strand und die Häuser lagen wie Legosteinchen an glänzenden weißen Treppen, so steil, dass ich das Gefühl hatte, gleich würde alles auf uns herabfallen. Er parkte den Wagen in einer Tiefgarage, die so sauber und steril wie ein Krankenhaus war, und als wir in den Fahrstuhl zu seiner Wohnung stiegen, lächelte er und sagte *hundert Quadratmeter, Junge!* Es roch fremd, nach Putzmittel, und alles glänzte wie Silber. *Plus dreißig Quadratmeter Terrasse mit Meerblick!* Ich wusste nicht richtig, was eine Terrasse war, ganz zu schweigen von einem Quadratmeter, doch Papa schien es sehr glücklich zu machen, daher lächelte ich und sagte *superduper* und im Fahrstuhl befand sich ein Spiegel über eine ganze Wand und darin konnte ich sehen, wie er auf mich runterschaute mit so einem Blick, wie jemand, der ein niedliches Tierchen betrachtet, das versucht, ein Kunststück zu machen, und scheitert.

Seine Wohnung bestand aus zwei dunklen Schlafzimmern und einem riesengroßen offenen Raum, in den das Licht durch die bodentiefen Panoramafenster geradezu hineinfloss, und ich lief gleich vor und wollte hinausschauen. Es war Morgen und Monte Carlo badete in einem weißen Dunst, die Wolkenkratzer der Stadt und die unzähligen Häuser und dann ein weißer Himmel über weißem Wasser, voll blendend weißer Yachten, alles zusammen verschiedene Nuancen von Weiß, die in den milchigen, kaum erkennbaren Horizont übergingen.

»Ist alles künstlich angelegt«, sagte Vater und wuschelte mir durchs Haar. »Siehst du, dass sie da hinten bauen?« Er zeigte auf einen leeren Fleck im Hafen, wo Kräne wie eine Dinosaurierfamilie mit ihren Hälsen beieinanderstanden, das schwache Geräusch von Bohrhämmern schnitt durch das Rauschen des Verkehrs.

»Da hat ein Hotel gestanden, das einen Wasserrohrbruch hatte, es drohte ins Meer abzusinken, jetzt haben sie künstlich produzierte Erde daruntergeschaufelt, damit es hält. Sie haben vor, hier auch künstliche Inseln zu bauen, es gibt kein Land mehr, die Menschen haben keinen Platz, so wie in Dubai. Bist du da schon mal gewesen?«

Ich schüttelte den Kopf.

»Die neue Innenstadt und der Beach sind supercool, und dann haben sie sogar eine Indoor-Skipiste, unglaublich geil! Ich kann da immer in der Bude von meinem Freund wohnen, wenn ich dort bin, wir müssen das mal organisieren, dass du mitkommst.«

Ich stand auf Zehenspitzen am Geländer und sah hinunter auf die tollen Boote im Hafen, halbwüchsige Jungs in Jeans und T-Shirt saßen auf dem Vordeck und unterhielten sich lauthals von Boot zu Boot über den Pier.

»Sind das deine Freunde?«, fragte ich ihn.

Erstaunt schüttelte er den Kopf.

»Also … nein, nicht wirklich. Das sind Typen, die bei anderen auf den Booten arbeiten. Die sind alle auf den Caymaninseln registriert.«

»Wollen wir dann ein Boot leihen und zu dieser Kaimaninsel mal rüberfahren?«

»Ich kenne niemanden, der so eins hat.«

»Kennst du den mit dem Boot nicht?«

»Nein, André«, sagte er und ich spürte wieder seine Hände auf meinem Kopf. »Ich kenne wirklich keinen, der ein Boot hat. Das haben nur die, die wahnsinnig reich sind.«

Ich starrte ihn mit weit aufgerissenen Augen an.

»Bist *du* nicht wahnsinnig reich?«

Vater musste lachen.

»Komm, Junge, wir schauen mal, was es zum Mittagessen gibt.«

Ich ging mit ihm in die Küche, die war ziemlich klein, fast eng, und auch da wieder dieser komische, chemische Geruch nach Putzmittel, als wäre gerade erst jemand da gewesen und hätte sauber gemacht. Er hatte noch ein paar Stücke von der Pizza vom Vorabend übrig, *die magst du bestimmt?* und er legte sie auf einen Teller und schob ihn in die Mikrowelle, es gab Milch und Limonade für mich, er selbst nahm sich ein Bier. Vater stapelte alles auf ein großes Tablett und ich bekam zwei einfache, weiße Porzellanteller, *ich hab nur Ikea, weißt du, das ist was Grundsätzliches, ich bin nicht der Mensch, der Dinge unnötig kauft, nur weil es schick ist,* und dann gingen wir wieder hinaus auf die Terrasse, er hatte sich wegen der Sonne eine Cap aufgesetzt.

»Genau so habe ich deine Mama kennengelernt«, sagte er, als wir eine Weile Pizza gegessen und hinaus auf das milchige Meer geblickt hatten. »Hat sie dir das mal erzählt?«

Ich schüttelte den Kopf.

»Ich meine, beim Resteessen. Du weißt ja, ich war vorher mit Jakobs und Karolinas Mama verheiratet, davon hast du gehört, nicht wahr, die Monica? Aber dann habe ich mich Hals über Kopf in Malin verliebt und ich habe damals alleine gewohnt und eines Abends hat sie bei mir übernachtet, du weißt ja, wie Erwachsene das machen, wenn sie verliebt sind, und am Morgen hat sie mich gefragt, ob ich was zu essen im Haus hab, denn sie wollte gern … na ja, noch ein paar Tage bleiben. Also hab ich mich in die Küche geschlichen …«

Vater trank einen Schluck von seinem Bier und nickte enthusiastisch über seine eigene Geschichte, als wolle er sich selbst motivieren weiterzuerzählen.

»… ja, weil, verstehst du, ich hatte ja alles am Vortag eingekauft, superteures Brot und Käse und Wurst und all so was, was Frauen mögen, ABER« – er hielt einen warnenden Zeigefinger in die Luft –, »aber dann wurde ich ein bisschen nervös, weil es den Eindruck erwecken könnte, als hätte ich das gemütliche Frühstück gleich mit *eingeplant,* denn weißt du, Frauen mögen es nicht, wenn Männer zu viel planen, die haben es lieber, wenn man beschwipst ist, ein bisschen spontan, ein bisschen Ach-kannst-du-mir-mal-helfen.«

Unter dem Mützenschirm lächelte er, und dann legte er seine Hand ganz sanft auf meine Schulter. Ich trug noch immer die Jeansjacke, die ich schon auf dem Flug angehabt hatte, zu Hause war der Sommer ja schon seit Wochen vorbei.

»Du bist jetzt acht, es ist langsam Zeit, dass du solche Dinge lernst. Frauen mögen aufmerksame Männer, das schon, aber nicht so auf die peinliche Art. Es soll romantisch sein, aber bitte nicht einschleimend. Verstehst du den Unterschied? Weißt du, was *romantisch* bedeutet?«

Ich nickte eifrig, während ich kaute. Ich hatte einen unglaublich guten Wortschatz, das haben sie schon in der Kita gesagt.

»Also habe ich mich wie gesagt in die Küche geschlichen und raus mit dem Käse und dann in Windeseile die Hälfte weggehobelt und weggeworfen und dann hab ich das Brot durchgeschnitten und damit dasselbe, ab in den Müll und dann hab ich mir die halbe Wurstpackung vorgenommen und hab die Saftflasche halb ausgekippt und ich war voll beschäftigt damit, und als sie dann in die Küche kam, war totales Chaos und überall Krümel und ich nur *Ich glaube, ich kann noch ein paar Reste zusammenkratzen … schau doch mal, ob das vielleicht reicht,* und aus dem ganzen Herumwirtschaften konnte ich das auftischen, was übrig war, wunderbares Brot, Prosciutto, Cheddar, Marmeladen, eine Menge Gourmetkram, aber alles waren quasi … Reste.«

Ich nahm mir noch mal Pizza, es war mein fünftes Stück und er runzelte die Stirn, aber sagte nichts, wollte lieber bei seiner Geschichte bleiben.

»Ich habe deine Mama zum Resteessen eingeladen«, sagte er leise, fast wehmütig. »Später hat sie mir erzählt, dass sie sich in dem Moment in mich verliebt hat.«

»War das hier?«

»*Hier?* Nein, nein, Junge, wir haben uns doch in Stockholm kennengelernt, in meiner Wohnung da, die habe ich übrigens immer noch, die hat eine Dachterrasse mit einer superschönen Aussicht, in etwa so wie hier, wir müssen das organisieren, dass du mal mitkommst! Da wohne ich, wenn ich in Schweden bin, wusstest du das gar nicht?«

Vater hat eine Wohnung in Stockholm. Er hat da eine Wohnung. Und ich durfte ihn da noch nicht einmal besuchen.

Es war, als stockten wir beide gleichzeitig. Wir sahen weg, jeder von seiner Art Schamgefühl absorbiert, ich von der Erniedrigung, er von seinem schlechten Gewissen.

Doch er war ziemlich schnell damit fertig. Er nahm noch einen Schluck Bier und schluckte es quasi runter.

»Ich bin da total selten«, schob er schnell hinterher. »Im Grunde fast nie. Aber du bist jederzeit willkommen.«

Er nahm seine Kappe ab und hielt sie mir hin. Sie war hübsch, ein sattes Dunkelblau, mit einem rot-gelb-orangefarbenen Band und SERGIO TACCHINI MONTE-CARLO in weißen Buchstaben und mit zwei überkreuzten Tennisschlägern darauf.

»Kennst du die schon? Das ist meine Glücksbringer-Cap, ich hab sie getragen, als ich die Australian Open gewonnen habe.«

Ich nahm sie, ließ sie durch meine Finger gleiten, der Stoff überraschend weich, fast wie Seide unter den Fingerspitzen.

»Setz mal auf!«, rief er begeistert.

Sie fühlte sich an wie ein viel zu großer, schwarzer Hut, die Kanten reichten mir über Augen und Ohren, er lachte und schob die Blende hoch, damit mein Gesicht wieder zum Vorschein kam.

»Schau mal! Damit siehst du total cool aus!«

Ich sah seinen Blick, der Schirm blendete die ganze Welt aus, nur ihn nicht, ich kam mir vor wie so ein Pferd, das schwarze Klappen über den Augen hat.

»Willst du sie haben? Jetzt ist sie noch zu groß, aber du kannst sie doch aufheben, bis du älter bist!«

»Superduper«, sagte ich und sein sonnengebräuntes Gesicht lächelte wieder so irritiert, wie über ein unwichtiges, putziges kleines Tier, einen Hund, der im Wasser vergeblich einem Stöckchen hinterherschwimmt, das Stöckchen verliert und irritiert kläffend immer im Kreis herum planscht, und man findet den Hund schon süß, aber am liebsten würde man einfach nur nach Hause gehen.

»Jetzt weißt du es jedenfalls«, fuhr er fort. »Deine Mama hat dir das sicher nicht erzählt, aber ich werde dir all diese Dinge beibringen. Alles, was mit Männlichkeit zu tun hat, mit echten Kerlen, ohne Schnörkel oder so. Frauen mögen Männer, die sich trauen, sie selbst zu sein.«

Er denkt kurz nach.

»Eine Ausnahme gibt es: die Toilette, genau da verläuft die Grenze. Vergiss das nie. Keine Pinkel- oder Kackeflecken, keine alten Handtücher, die eklig stinken. Auf dem Klo *muss* es sauber sein. Ist extrem wichtig.«

Jetzt war auf der Platte nur noch ein letztes kleines Stück Pizza übrig. Eigentlich war es eher ein Teigrand mit ein bisschen eingetrocknetem Käse obendrauf.

»Was hast du denn dann mit dem Essen gemacht?«, fragte ich ihn.

»Dem Essen?«

»Mit dem, was du weggeschmissen hast.«

Er runzelte die Stirn.

»Aber … das hab ich doch weggeworfen? In den Müll?«

»Aber man darf Essen doch nicht wegwerfen.«

Vater zuckte mit den Schultern.

»Nee, stimmt. Dann iss auf jetzt.«

Ich nahm mir das letzte Stück. Er seufzte und blickte hinaus aufs Meer.

»Hast du schon mal davon gehört, was passiert ist, als Jakob bei der Konfirmandenfreizeit auf Värmdö war? Er hatte eine Riesenmenge Süßigkeiten dabei, und dann haben wir plötzlich von den anderen Eltern gehört, ihre Kinder würden ihm Geld schulden!«

Ich nahm die Mütze ab und legte sie mir auf den Schoß, fuhr mit den Fingerspitzen über die weißen Buchstaben, die auf dem Stoff aufgeflockt waren und ein bisschen abstanden. MONTE-CARLO. Die Symmetrie im Namen, fünf plus fünf Buchstaben. MONTE-CARLO MONTE-CARLO MONTE-CARLO, ich probierte aus, wie es rückwärts klang OLRAC-ETNOM OLRAC-ETNOM.

»André?«

Dann probierte ich aus, ob es ging, andere Buchstaben hineinzumischen, neue Worte zu kreieren, CELAT-MONOR ONT-RECLOMA, mitunter konnte man neue Worte in den alten finden, manchmal gab es solche Tüftelaufgaben in der Zeitung, neben den Kreuzworträtseln, CARL-MONTEO MARTEN-COOL, dabei kam nichts Besonderes heraus.

»André?«, sagte Vater noch einmal. »Junge?«

Ich blickte ihn an und sagte:

»Wo soll ich wohnen, wenn Mama tot ist?«

*

Das Erste, was mich willkommen heißt, ist der babyblaue Himmel, eingerahmt von der Dachluke in der Bugkoje. Der Schlafsack ist schweißnass, und ich stelle mich auf die Knie, schiebe mit den Handgelenken die Luke auf und dann hoch und raus aufs Deck, unbarmherzige, beißende Sonnenstrahlen, die vom Wasser reflektiert werden, doch es weht, es ist windig, ich sehe die Wellenkämme draußen vor der Bucht, auf dem Fjord, dicht aufeinander übers Wasser peitschen. In der Plicht hockt Vater und ist mit irgendwas beschäftigt, ohne ein Wort stelle ich mich nackt ganz nach vorn auf den Bug und spüre, wie mir die Sonne den Nacken brutzelt.

Dann tauche ich ins Wasser ein. Obwohl mein Körper noch nie besonders gut laufen oder springen oder werfen konnte, war mein Kopfsprung, seit mein Großvater ihn mir in einem der Sommer in Karlskrona beigebracht hat, immer technisch einwandfrei und ganz ansehnlich. Ich genieße es, wenn der Schock und die Angst der ersten Millisekunde in ein Gefühl von Geborgenheit und innerer Ruhe übergehen, öffne die Augen, sehe, wie das Wasser von hellen Sonnenschleiern durchzogen ist, ein paar Beinschläge und dann durchstoße ich die Wasseroberfläche wieder, atme, pruste, streiche mir die Haare hinters Ohr, und dann schwimme ich langsam am Boot entlang, umrunde das Achterschiff und greife an die Badeleiter, und von oben lächelt mich mein Vater an und hält mir schon einen Plastikbecher mit dampfendem Kaffee hin und mit einem Mal fällt es mir wieder ein.

Mein Gott.

Ich schaue hinüber zum weißen Felsen. Der ist wirklich nur einen Steinwurf entfernt, war es wirklich so weit zu schwimmen? Dadrüben hab ich gestanden und mir die Kehle aus dem Hals gebrüllt? Er fühlt sich jetzt noch gereizt an, und als ich mich an der Leiter hochziehe, spüre ich auch einen komischen Schmerz in den Fingern, wie wenn man stark gefroren hat.

Wie peinlich.

»Guten Morgen, Kumpel«, sagt Vater und reicht mir die Kaffeetasse und ein altes, verschlissenes Frottéhandtuch mit irgendeinem Tennisemblem darauf. »Megawetter heute. Ich hab mir gedacht, wir segeln rüber nach Sandhamn, vielleicht so vier Stunden, sind rechtzeitig zum Essen dort. Wir sollten ein bisschen bunkern.«

»Die Chips sind aus.«

Er wiehert.

»Waren da vielleicht Seeräuber an Bord?«

Ich nicke.

»Richtige Chipsmonster. *Pirates of the Crispy Bacon and Sourcream.*«

Er wiehert wieder, so dass seine Schultern beben, und wuschelt mir durchs Haar und sagt *mein Kleiner*, und da macht sich wieder dieses warme, wohlige Gefühl in meinem Bauch breit.

Ich trinke den Kaffee aus und ziehe die Unterhose von gestern an, Vater setzt sich mit seinem alten Skipperhut an die Pinne und stellt das Boot in den Wind, und ich setze das Großsegel, während er munter *A-HOI A-HOI* ruft, und ich spüre, wie es im Rücken sticht, als ich mein ganzes Körpergewicht einsetzen muss, um das Großfall dichtzuholen, ich werfe mich aufs Deck, immer und immer wieder, *A-HOIII A-HOIII* und es wird immer, immer schwerer, es brennt schon an den Handflächen, und am Ende schlage ich die Tampen mehrmals um die Winschkurbel und drehe das letzte Stück, *noch ein bisschen*, sagt Vater mit dem Blick zum Mast und noch ein paar anstrengende Umdrehungen mit der Winsch, und er nickt *gut so* und steuert vorsichtig aus dem Wind, und dann das euphorische Gefühl, wenn es still wird, das Segel aufhört zu killen und sich langsam krümmt und dann das leichte Knacksen in der Takelage, wenn der Wind sich unsere *Martina* schnappt und wir sanft, fast unmerklich aufs Meer hinausgesaugt werden. Sich einfach den Elementen überlassen, wie ein Blatt, das mit dem Sturmwind treibt, und ich lichte den Anker, hier das Gleiche, anfangs ein Kinderspiel, dafür am Ende kräftezehrend, während Vater uns aufs offene Meer hinaussteuert, und die Bucht, in der wir eben noch geschwoit haben, ist verlassen und still und leer, als hätte es uns nie gegeben. Wir rauschen an der nackten Landzunge vorbei, wo ich in einer anderen Welt gehockt und gefroren habe, kürzlich gab es sie noch, nun ist sie fort.

Er hat dich nicht rufen hören. Natürlich hat er es nicht gehört. Er hatte die Ohrhörer auf und Musik an oder seine Schlaftabletten schon genommen. Papa hätte dir geholfen, wenn er dich schreien gehört hätte.

»Wir haben Stromausfall«, sagt er nach einer Weile, als wir die Meerenge kreuzen. »Kann möglicherweise dauern, bis sie das wieder im Griff haben.«

Er nickt zu einem weißen Leitfeuer, das mitten im Fjord steht.

»Man kann nur hoffen, dass das Ding funktioniert, ansonsten haben wir heute Nacht ein Problem. Dann müssen wir im Hafen bleiben.«

»Woher kommt denn der Stromausfall?«

»Hast du die Newsflashs nicht gesehen?«

Ich schüttele den Kopf. Heute Nacht ging alles so schief, dass ich total verdrängt habe, dass zu allem Übel nun auch noch mein Handy weg ist, und heute Morgen habe ich mir gesagt, dass es bestimmt von allein wieder auftauchen wird. Oder wir schon irgendwo vorbeikommen werden, wo ich mir ein neues besorgen kann. So in der Art.

»In der Stadt tobt das Chaos«, sagt Vater. »Menschen, die vor den Bränden im Norden geflohen sind, und dann die ganzen Flüchtlinge, und als wäre das noch nicht genug, sind jetzt diese Klimaidioten auf der Straße und randalieren und demonstrieren. Das Militär ist im Einsatz. Und jetzt ist offenbar der Strom weg.«

Er beugt sich vor, seufzt und holt das Focksegel an.

»Was für ein Glück, dass wir hier draußen sind, dann müssen wir uns damit nicht befassen. Auf einem Boot kommt es einem immer vor, als würde der Rest der Welt verschwinden.«

»Ich habe mal etwas über einen reichen Kaufmann gelesen, der hat es genauso gemacht«, sage ich. »Als im 18. Jahrhundert die Pest über Stockholm hereingebrochen ist. Da wusste man schon, dass sie ansteckend ist, also hat er sich ein Schiff gemietet und seine ganze Familie hineinverfrachtet. Dann sind sie auf der Ostsee herumgesegelt, bis die Seuche überstanden war.«

»Im 14. Jahrhundert.«

»Was?«

Vater lächelt mit halb geschlossenen Augen.

»Das war im 14. Jahrhundert. Ich meine, die Pest. Das weiß ja sogar ich.«

»Aber im 18. Jahrhundert gab es noch mal einen Pestausbruch.«

Er runzelt die Stirn.

»Bist du sicher?«

Ich nicke.

»Die Hälfte der Stockholmer Bevölkerung ist gestorben. Überall Massengräber. Flüchtlinge. Man hat weiße Kreuze auf die Türen gemalt.«

Vater zuckt mit den Schultern.

»Hab ich nie was von gehört.«

»Weil die meisten, die gestorben sind, sehr arm waren«, rufe ich aufgebracht. »Das ist typisch für die Geschichte des Leids, wenn die Oberschicht nicht betroffen ist, wird es gar nicht registriert. Die Leute, die auf engstem Raum gehaust haben, im Dreck, bei den Ratten, und deren Arbeit es war, die Leichen zu verbuddeln, die sind krank geworden und gestorben. Wer es sich leisten konnte, die Städte zu verlassen und sich auf dem Land in Isolation zu begeben, der hat überlebt. Die Königsfamilie ist nach Falun in Quarantäne gefahren und hat über alle die Todesstrafe verhängt, die versucht haben, in ihre Nähe zu kommen.«

Er räuspert sich und spuckt auf die Wellen.

»Klingt eher unwahrscheinlich. Das hast du bestimmt im Internet aufgegabelt.«

»Was soll daran unwahrscheinlich sein? Reiche Leute sind vor Katastrophen immer geflüchtet. Die Welt war immer schon ungerecht.«

Vater nickt nachdenklich. Dann lüftet er die Arschbacken und furzt müde, erhebt sich ganz gemächlich von seinem abgenutzten, blauen Kissen und winkt mich heran, ich soll das Ruder übernehmen, *Halte auf das rote Haus da vorne,* murmelt er und zeigt auf ein Sommerhäuschen auf der anderen Seite des Fjords. Ich stelle mich an die Pinne, habe so gern dieses weiche Holz unter den Handflächen, mag die Vibrationen, die sich vom Wasser, das unter dem Boot strömt, aufs Ruder übertragen. Er geht zu seiner gewohnten Stelle auf dem Vordeck und pisst, eine Hand am Seil, den Blick nach vorn gerichtet, dann lässt er das Seil los und schüttelt seinen Schwanz mit beiden Händen ab, kommt dabei ins Schwanken, doch fängt sich sofort wieder.

Ob er es merken würde, wenn ich das Ruder loslasse? Und hinter ihn schleiche? Einen Faustschlag in den Rücken, mit all meiner Kraft? Und dann? Ohne Rettungsweste? Wird er trotzdem schwimmen. Stimmt. Funktioniert also nicht.

Der Augenblick ist verpasst, denn er dreht sich um, wischt sich die Hände an seinen ausgewaschenen Trainingsshorts trocken, der Körper ist immer noch geschmeidig, seine Balance perfekt, als er sich routiniert übers Deck bewegt und zurück in die Plicht gleiten lässt.

»Das glaube ich nicht«, sagt er gelassen.

»Aber Papa, das ist doch gewissermaßen … anerkannte Historie«, entgegne ich und schäme mich ein wenig für seine Ignoranz Tatsachen gegenüber. »Aus dieser Zeit sind doch offizielle Dokumente überliefert. Gedichte. Lieder. Pestfriedhöfe.«

»Nein. Ich hab gesagt, *das glaube ich nicht*. Nämlich das, was du zuletzt gesagt hast. Dass die Welt ungerecht ist.«

Jetzt hat er wieder dieses arrogante Gesicht aufgesetzt, wie er es gern tut, wenn er eine seiner kleinen Reden hält. Er ist es gewohnt, im Mittelpunkt zu stehen, die Leute hängen ihm an den Lippen, von Kindesbeinen an war er umringt von Sportjournalisten oder Sponsoren oder Nachwuchsspielern oder einfach x-beliebigen stinkreichen, alten Typen, die ihm eine Stunde seiner Zeit abkauften, um auf dem Tennisplatz an ihrer Rückhand zu feilen. Jedes Wort, was er sagt, ist wichtig, ist es wert, gehört und bewahrt zu werden wie ein Schatz.

»Du meinst, dass die reichen Leute der Pest entkommen sind? Okay. Und wie sind sie reich geworden? Sie haben hart gearbeitet. Sie hatten gute Ideen. Sie haben alles gegeben.«

»Aber zu der Zeit haben viele ihr Vermögen doch geerbt und die Klassenunterschiede und …«

Er hebt einen knochigen Zeigefinger hoch.

»Du hast doch gesagt, das war ein Kaufmann, nicht wahr? Also der, der seine Familie auf ein Schiff verfrachtet hat, um sie vor der Pest zu bewahren? *So you tell me,* wie ist man im 18. Jahrhundert als Kaufmann zu Geld gekommen? Genau, in dem man *Risiken* einging. Da gab es Kriege, die deine Handelsbeziehungen lahmlegten, und Stürme, die deine Schiffe versenkten. Da musste man alles auf eine Karte setzen. Ist es da nicht mehr als recht und billig, dass man auch bessere Lebensumstände hatte? Höhere Überlebenschancen? War das wirklich so *ungerecht*?«

»Nur weil einige wenige das Glück hatten, in die oberen Schichten hineingeboren zu werden …«

»Du musst ein bisschen mehr abfallen«, unterbricht er mich und zeigt nach oben, »die Fock killt schon, du stehst zu sehr im Wind.«

»Du hast gesagt, ich soll Kurs auf das rote Haus halten.«

»Du musst ein bisschen abfallen und dich nach dem Wind richten. Steuere mit Blick auf das Segel.«

Ich verstumme und tue, was er sagt. Jetzt hat er wieder dieses selbstverliebte Glitzern in den Augen, das manchmal aufblitzt, wenn er sich für besonders clever hält. Der Junge, der nicht einmal die Hauptschule beendet hat, aber jeden neunmalklugen Reporter in den Schatten stellen konnte.

»Ich glaube auch nicht an Glück«, sagt er voller Überzeugung. »Glück ist etwas, das man selbst erschafft. Habe ich dir schon mal erzählt, wie ich den Schaukampf gegen Ivan Lendl spielen sollte?«

»Ja«, sage ich still, doch er ignoriert mich.

»Der fand in Tokio statt, und ich war am Abend vorher hingeflogen und irgendwie hatte ich die Tasche mit meinen Schuhen vergessen. Meine Schläger waren in der anderen Reisetasche und all mein anderer Kram auch, nur die Schuhe nicht. Wir haben versucht, das Problem zu lösen, doch wir hatten keine Chance, normale Menschen können so was nicht verstehen, aber es ist wirklich komplett unmöglich zu spielen, wenn man nicht genau die Sachen hat, die man braucht, Socken sind möglicherweise noch grenzwertig, aber falsche *Schuhe*?« Vater verzog das Gesicht. »Mission impossible. Count me out.«

Ich hefte meinen Blick an den Horizont, während er seine Erzählung fortsetzt, vereinzelte Motorboote sind auf dem Wasser, näher am Land ein kleines türkis-gelbes Segel, wohl von einem Windsurfer, aber am ganzen Vormittag sind uns nur zwei, drei Segelboote begegnet. Wir segeln ostwärts, fort von der Stadt, und als ich mich umdrehe und zurückschaue, sehe ich einen klaren Himmel und einen verdorrten Wald; es fällt schwer, sich vorzustellen, dass dieser Spätsommertag nicht wie jeder andere sein sollte. Dann wären doch sicherlich Hubschrauber in der Luft und Boote von der Küstenwache aufgetaucht, Korvetten oder wie auch immer man die hier in den Schären nennt? Aber hier haben wir keinen Ausnahmezustand, keine Demonstrationen, auch keine Flüchtlinge, es ist nur ein weiterer, viel zu heißer Tag, eine unnatürliche, abnorme Hitze, die nur mit der Abkühlung im Meer erträglich ist.

»Und es ging ja gar nicht um Preisgelder oder ATP-Punkte, denn es war wie gesagt nur ein Schaukampf und ich habe zu Lendl in der Umkleidekabine gesagt, *Listen, Ivan, I don't have my shoes, so let's just have a good time, okay?* und er nur *Shoooore, Andööööörs.*« Wenn Vater Lendl nachmacht, dann lässt er ihn immer wie einen Vampir in einem alten Horrorstreifen klingen.

Der Wind erstirbt in der Mittagshitze und wir sind langsamer geworden, noch mit maximal zwei, drei Knoten unterwegs. Leeseitig kommen wir vor einer hügeligen Landzunge in einen windstillen Gürtel und treiben schläfrig durch einen blaugrünen Schleim von Blaualgen, eine eklige Suppe, die auf der stummen Wasseroberfläche lange Schlieren zieht. Innerhalb weniger Generationen hat sich die Ostsee in eine überdüngte, stinkende Lache verwandelt. Früher konnte man in den meisten Buchten noch bis auf den Grund sehen, eine Sichttiefe von zehn Metern. Jetzt ist das Wasser trübe, grau, tot.

»Und dann macht er mich fertig! Peng, peng, 6–0, 6–0, ich

humple in diesen Latschen, die wir in irgendeiner Sportklinik aufgetrieben haben, herum, bin an jedem Ball zu spät, er erniedrigt mich total, du weißt ja, Japaner sind höfliche Menschen, aber wenn die dich schon ausbuhen, wenn die an dem Punkt angekommen sind, wo sie ihre Verachtung offen zeigen, wenn sie erwarten, dass du an der Grundlinie Harakiri begehst, dann ist es weiß Gott kein Zuckerschlecken, da auf dem Platz zu stehen. Scheiße, ich war kurz davor, mich mit Rückenproblemen aus dem Match zu entschuldigen, aber das war so eine Wohltätigkeitsveranstaltung für Erdbebenopfer, also hab ich die Zähne zusammengebissen.«

Wir passieren eine rote Pricke, eine grüne Pricke und wieder eine rote. Vater liebt diese Geschichte, manchmal spielt sie sich in Wien ab, manchmal auch in Mailand, und die Wohltätigkeitsveranstaltung ist entweder zugunsten von leukämiekranken Kindern oder für den Kampf gegen Prostatakrebs. Jetzt hat er alles mit einer Veranstaltung nach dem Erdbeben in Kobe 1995 durcheinandergebracht, in seinem Kopf geht es drunter und drüber, die Jahreszahlen und die Orte, doch nie sein Gegner, der heißt in jeder Version Ivan Lendl und es sind auch immer die Schuhe.

»Und später in der Umkleidekabine gehe ich zu ihm hin und sage *What happened, man?*, denn in solchen Matches ist es ja Usus, dass jeder einen Satz gewinnt und man sich dann im dritten voll ins Zeug legt, damit das Publikum für sein Eintrittsgeld was zu sehen bekommt, und *außerdem* hatte ich ihm das mit den Schuhen ja gesagt. Und weißt du, was er geantwortet hat?«

Ich nicke und lächele, das ist wirklich eine nette Geschichte, eine seiner guten.

»*Well, Andööörs, zatz juzt who I äääám …*«

Er lacht, ein breites, zerknittertes, sonnengebräuntes, feixendes Lachen. Dann wird er wieder ernst.

»Und mein erster Gedanke war, *Shit, was für ein Schwein*, aber später, als ich meine Karriere beendet hatte und mich um den Nachwuchs gekümmert habe, um die Leistungssportprogramme der Junioren und all die Events, bei denen sie mich dabeihaben wollten, da hab ich erst kapiert, dass uns *genau* solche Typen wie Lendl in Schweden fehlen. Solche Siegertypen. Bei uns gibt es viel zu viel Heiteitei und Motivationsgelaber und Genderkram, aber beim Tennis geht es einfach nur darum, die richtigen Bälle *präzise* zu schlagen. Ein Typ, der zwei Meter misst und Linkshänder ist, der braucht keine geldgeile Tennisakademie, er braucht einen Container voller Bälle und jemanden, der ihn an der Grundlinie ankettet, bis er es gelernt hat, wie ein Monster aufzuschlagen.«

Dieser Part gefällt mir weniger und ich blicke hinaus aufs Meer, auf die Segel, schiele hinauf zum Verklicker, um festzustellen, woher der Wind kommt.

»Und diese Mentalität ist uns ja *total* abhandengekommen. Als ich anfing zu spielen, waren wir vierzehn Schweden im Hauptfeld der US Open. Stell dir vor, vierzehn Jungs plus Trainer, wir hatten echt einen eigenen Bereich in der Umkleidekabine, nur wir Schweden, Stefan und Mats natürlich, aber überleg mal, *so viele*, dass so viele gleichzeitig so gut waren, Micke Pernfors war die Nummer zehn in der Weltrangliste, doch er durfte nicht mal zum Davis Cup! Alles spielte sich zwischen uns und den Amerikanern ab, die Spanier waren nur Idioten, die kannte man kaum, wenn ESP neben dem Namen stand, ging man einfach raus und machte sie platt. Heute bist du verloren, wenn ein Spanier auf den Sandplatz kommt.«

Er zieht ein Gesicht, verdreht die Augen.

»Obwohl, die einzigen beiden Guten, die wir gerade haben, sind zwei äthiopische Flüchtlingskinder. Das verwirrt die anderen Spieler ja total, die denken, sie werden auf einen *Schweden* treffen und dann kommt da so ein N-«

»Papa, bitte …«, setze ich an.

»Ja, gut, *'tschuldigung*, dann eben Schwarzer, Afrikaner, wie man dazu heute sagen soll, ich bin nicht so, du weißt das, André, ich habe *nicht das geringste* Problem mit Ausländern, aber die Leute glauben doch verdammt nochmal, sie haben das Ticket für den falschen Platz gekauft! Und die Frauen, die heute spielen, die sind doch entweder Schwarzbräute oder Lesben, hast du diese Williams-Schwester gesehen, als sie da herumgehüpft ist und sich mit dem Schiedsrichter angelegt hat, solche …«

»Ungerechtigkeit«, sage ich und versuche, das Thema zu wechseln.

»Was?«

»Du wolltest eigentlich etwas zu Ungerechtigkeit sagen. Dass es die gar nicht gibt.«

Er runzelt die Stirn.

»Ach, wollte ich das? Ja, gut. Ja … es wird zu viel gejammert, das ist eigentlich das, was ich sagen will.«

Wer ist hier derjenige, der jammert? denke ich, aber halte den Mund.

»Die Menschen in diesem Land müssen sich mal am Riemen reißen. Nicht immer glauben, dass Vater Staat einem in jeder Lage unter die Arme greifen wird. Wenn ich genug Geld habe, dass ich mich freikaufen kann, mir ein Boot organisieren und vor der ganzen Scheiße abhauen kann, dann ist das etwas, was ich verdient habe. Ich gedenke mich nicht zu entschuldigen, nur weil ich ein Siegertyp bin. Ich habe mir meine Erfolge erkämpft. Ich habe sie ausgekostet. Ich hatte ein wunderbares Leben.«

Der Wind lässt weiter nach und die Segel beginnen einzufallen. Es ist kochend heiß, um diese Jahreszeit kühlt sich das Meer normalerweise ab, in den vergangenen Jahren kam es nicht selten vor, dass wir mit Pullover, Mütze und Wollsocken dasaßen. Aber heute sind wir halb nackt und schwitzen uns trotzdem halb tot.

»Begrab mich in Melbourne«, sagt Vater und blinzelt in die Sonne. »So schnell wie möglich. Ich hab keine Ahnung, was für verrückte Ideen Masha hat, sie ist ja russisch-orthodox, und die wollen die Leichen im offenen Sarg aufbahren und verbuddeln und all so einen Kram, das musst du verhindern. Sorgt einfach dafür, dass ich auf schnellstem Wege nach Melbourne befördert werde, und dann macht ihr im Flinders Park ein richtig geiles Fest und dann fahrt ihr raus aufs Meer und verstreut meine Asche vor der Great Ocean Road im Wasser.«

Er holt die Fock dicht, damit die Segel nicht mehr killen, fährt mit dem Rücken zu mir fort:

»Ich habe es Jakob auch schon gesagt. Das ist eine Anweisung, Kumpel. Do it.«

Ganz hastig, als ob die Vorstellung, nicht mehr am Leben zu sein, zu unangenehm ist, unerträglich wird, springt er auf und geht runter in die kleine Kajüte, murmelt dabei, es sei nie zu früh für ein Bier.

Ich betrachte nachdenklich sein schmales Rückgrat.

Etwas Schweres, Hartes. Der Bootshaken, nein, besser der Anker. Vielleicht wenn er schläft. Und es dann so hindrehen, dass es aussieht, als seien wir vor dem Wind gefahren und hatten ihn plötzlich von der Leeseite im Segel und haben so eine Patenthalse gemacht und ihm schlug der Großbaum gegen den Kopf und der hat seinen Schädel zertrümmert. Oder er hatte schon ein paar Biere intus und war auf dem Weg nach unten, um Nachschub zu holen, und ist auf der Treppe gestolpert und in das Hellegatt gestürzt und kam mit dem Kopf auf den Metallkufen des Klapptisches auf. Aber so was durchschauen die wohl in null Komma nichts? Die obduzieren die Leiche und untersuchen diese Kopfverletzung und dann gute Nacht.

Lass dir was Besseres einfallen.

Es war bei einem Endspiel zwischen Federer und Nadal, wir hockten zu Hause in der Wohnung und schauten es im Fernsehen an, Vater war stinksauer, dass er auch in diesem Jahr keine VIP-Tickets für das Spiel in Paris bekommen hatte, und ich sah die zwei Männer über den roten Sand tanzen.

Er ist ein Tier, sagte Vater. *Im Grunde unschlagbar. Das hat Agassi schon gesagt, Roger ist total krank. Jeder hat seine Schwäche: McEnroe hatte keine Lust zu trainieren. Weder Connors noch Edberg hatten eine besonders gute Vorhand. Becker hatte eine peinlich schlechte Rückhand und außerdem noch diesen Tic, dass er immer mit seiner Zunge in die Richtung gefahren ist, in die er aufschlagen wollte, als wir das kapiert hatten, waren seine Aufschläge kein Problem mehr. Björn konnte überhaupt keinen Aufschlag und hatte einen miserablen Rückhandreturn. Alle hatten irgendeine Schwäche.*

Er zeigte auf den Fernseher.

Aber Federer nicht. Ganz im Gegenteil, er ist enorm gut darin, die Schwäche seiner Gegner ausfindig zu machen. Und sie gnadenlos auszunutzen. Auszubeuten.

Ich reckte mich nach der Chipstüte.

Was war deine Schwäche, Papa?

Er lächelte und wuschelte mir durch die Haare.

Das wirst du noch feststellen, mein Sohn.

*

In Sandhamn einzulaufen, ist immer wieder eine Art Höhepunkt. Im ganzen Stockholmer Schärengarten hat es am ehesten Ähnlichkeit mit einer Ortschaft und ich kann mich noch an das Gefühl von früher erinnern, wie es war, wenn man schon von weitem die großen, gelben und roten Holzhäuser sah, die hohe, weiße Kapelle, den Leuchtturm, die schwedische Flagge auf dem Seglerhotel und hinter alldem einen Mastenwald, dicht an dicht standen sie im Gästehafen. Dieses Gefühl, nach Hause zu kommen, anzulegen und an Land zu gehen, der Steg so vertraut und einladend, die Holzdielen warm von der Sonne, der Genuss, als Erstes wieder ein richtiges Klo anzusteuern, während Papa sich beim Hafenmeister ums WLAN kümmert, und dann gemeinsam zum Tante-Emma-Laden zu traben und etwas Leckeres einzukaufen und ein Stückchen weiter, den Hügel hinauf, gibt es eine Bäckerei, zwischen den alten Villen, mit frisch gebackenem Brot, Hefeteilchen und Croissants. Dann ein schöner, schattiger Garten, ein Pool, ein toller Sandstrand und überall Leute, die Vater kennen, die zu uns kommen und ihm die Hand geben wollen, ihm auf die Schulter klopfen – keine Mund-Nasen-Masken, kein Abstand, nicht mal in dem Sommer, als es am allerschlimmsten war – oder die fragen, ob er zu den Tennisplätzen rüberkommen mag, oder versuchen, ihn zu einem Fest einzuladen, und ich stehe daneben, eine kalte Limo in der Hand, und Papa lächelt und sagt *ruhig Blut, ich lass es langsam angehen, wir haben doch unsere Jungswoche.* In einem Sommer sind wir in den Souvenirshop gegangen, und Papa hat uns jedem so einen kuscheligen Hoodie mit Reißverschluss und den Worten SANDHAMN SWEDEN gekauft, mit den geographischen Koordinaten unter dem Schriftzug, und wir haben sie angezogen und sind so zusammen über die Insel spaziert, ich trug ihn dann den ganzen Herbst und Winter lang, schlief nachts mit ihm, bis er an den Ärmeln auszufransen begann.

Keine Autos, die Schilder alle so oldschool, es ist, als habe man ein verstecktes kleines Dorf in den Schären aufgetan, einen Ort, an dem die Uhren langsamer ticken und die Zeit stehengeblieben ist.

Aber heute nicht.

Als wir die Landzunge umrunden, liegen nur ganz wenige Boote im Gästehafen. Das Wasser in den Häfen ist immer ein bisschen schal, aber jetzt, in dieser flimmernden Hitze stinkt es richtig widerlich. Nur wenige Menschen sind draußen und bewegen sich auf den Stegen. Als wir näher an den Kai kommen, fällt mir auf, dass eins der größeren Motorboote sonderbar schräg liegt, es ist zur Steuerbordseite ganz stark gekippt, hängt wie ein Fisch an der Angel, die Festmacherleine stark gespannt.

»Mist, die Tankstelle«, sagt Vater und zeigt zu dem Schwimmsteg, wo wir immer auf dem Hin- oder Rückweg tanken. Das ist auch Teil dieser Tradition, Vater wirft einem braun gebrannten Typen mit gestylten Haaren ein paar Tampen hin, der reicht uns den Benzinschlauch, die anderen Leute auf den Booten neben uns schielen rüber, versuchen, nicht allzu fasziniert auszusehen, ich springe auf den Steg und kaufe mir am Kiosk ein Eis, während die Pumpe ihre Arbeit tut, eine einfache, angenehme, wortlose Routine. Jetzt ist die Seetankstelle nur ein rußiges Wrack, das Geschäft halb niedergebrannt, die Fensterscheiben kaputt, wie zahnlos gähnende

Münder, die Tür hängt nur noch an einem Scharnier, die Tanksäulen zertrümmert oder umgeworfen. Und mitten in dem Chaos ist das Reklameschild noch da und flattert im Wind. *KAFFEEDURST? KAFFEE + GEBÄCK 30 KRONEN!* steht in rot-gelben Buchstaben neben einer Abbildung von einem Kaffeebecher und einer großen Hefeschnecke mit viel Hagelzucker.

Auf den schwarz verkohlten, kaputten Holzsteg daneben hat jemand die Worte GEWÖHNT EUCH DRAN mit roter Farbe gesprayt.

Das knatternde Geräusch eines Motorboots kommt näher. Ein Typ mit rot-schwarzer Rettungsweste und Mütze, auf der das Logo des Gästehafens gestickt ist, bewegt sich mit seinem Schlauchboot souverän im Slalom durch die Bojen und hält direkt Kurs auf uns.

»Drehen Sie um!«, schreit er und schaltet etwa zehn Meter entfernt von uns in den Leerlauf.

»Der Hafen ist geschlossen.«

»Geschlossen?«, ruft Vater. »Aber am Steg sind doch massenhaft Plätze frei.«

Der Typ schüttelt den Kopf.

»Alles zu.«

»Wie, in ganz Sandhamn?«

»Anordnung des Hafenmeisters von heute früh.«

Vater muss lachen.

»Aber Junge, du verstehst doch wohl …«

»Geschlossen!« Der Typ schreit das Wort zu uns herüber, fuchtelt mit dem langen Arm wie ein Soldat. »Drehen Sie um! Sie sind hier *nicht* willkommen!«

Ohne eine Antwort abzuwarten, schmeißt er den Motor wieder an, dreht auf engstem Raum und zieht schimpfend ab. Ich schätze, dass er in meinem Alter ist, und frage mich, wie schwer es wohl ist, ob man sich bei so einem Job unsicher fühlt oder ob es Spaß macht, ob er sich tough und mit Eiern in der Hose vorkommt oder nur Schiss hat und sich machtlos fühlt so wie ich. Würde er sich trauen?

Nächstes Mal, wenn wir irgendwo ankern und baden, dann beeile ich mich, während der Alte noch im Wasser ist, der schwere Anker, ich zeige auf etwas, um ihn abzulenken, und dann lasse ich das Teil direkt auf ihn runterdonnern.

»So ein blöder Bengel«, seufzt Vater und dreht um. »Holst du die Schoten dicht? Ich hab 'ne Idee.«

*

Der Stromausfall in der vergangenen Nacht betraf auch Städte im weiteren Umkreis von Stockholm, von Södertälje bis nach Uppsala, und in weiten Teilen der Region ist das Stromnetz noch immer außer Betrieb, inklusive der Innenstadt und des Schärengartens. Vier, fünf Halbstarke sind gestern spät abends in Sandhamn aufgetaucht. Zuerst brüllten sie nur herum und zerschmissen Fensterscheiben und sprühten Hauswände an, aber dann liefen sie zu den Anlegestellen im Gästehafen und begannen, in blinder Wut Motorboote zu zerstören. Es gelang ihnen, die Seetankstelle in Brand zu setzen, bevor ein paar Segler sie vertreiben konnten.

»Es war ein Norweger«, berichtet Kalderén aufgeregt, als wir auf dem Bootssteg zusammensitzen. »Mordskräftiger Kerl, offenbar Veteran. Alle anderen haben nur wie angenagelt in ihren Booten gehockt, typisch schwedisch halt. Aber er und seine Besatzung hatten Bootshaken und Ankerketten, wer weiß, ob nicht einer von denen auch noch eine Axt dabeihatte, und dann brüllte der nur auf Norwegisch *JETZT REICHT ES ABER!* und dann sind die Scheißkerle davongerannt.«

In Sandhamn gibt es weder Benzin noch Lebensmittel zu kaufen, und bei diesen chaotischen Zuständen in der Stadt wird es dauern, bevor jemand hier rausfährt, und wahrscheinlich noch länger, bis der Strom wieder funktioniert.

»Wie sind denn diese Idioten überhaupt hier an Land gekommen?«, fragt Vater neugierig. »Hatten sie ein Boot?«

Kalderén zuckt mit den Schultern.

»Heute Nacht waren Leute draußen und haben sich umgesehen, aber keiner hat was gefunden. Jetzt haben sie den Gästehafen jedenfalls dichtgemacht. Ein Trauerspiel, das Ganze.« Er stochert mit einer verrußten Grillzange in der Glut herum. »Ganz schön heftig, so was zu erleben. Aber wir leiden hier ja keine Not.«

»Ich meine, da sind noch ein paar kalte Flaschen Bier drin«, sagt seine Frau, eine sportliche Tussi in enganliegenden Lycrahosen, und stellt eine Kühlbox vor uns auf den Steg. »Und wir hatten ja sowieso vor, zum Mittagessen zu grillen.«

Familie Kalderén ist mit Vater befreundet, seit ihr ältester Sohn in die Juniormannschaft kam. Der Tennisclub auf Djurholm organisiert immer ein lokales Turnier zur Walpurgisnacht und Vater ist einige Male vor Ort gewesen und hat *den Promi gegeben*, wie er es ausdrückte, als wir die Landzunge umrundeten und in die schmale Bucht auf der Rückseite der Insel hineinsegelten. *Claes sagt immer, dass ich bei ihnen vorbeikommen soll, wenn ich das nächste Mal in Sandhamn bin. Du weißt ja, so einer, der immer nervt!* Vater wieherte und reffte die Fock. *Kontakte sind dazu da, dass man sie ausnutzt, haha. Ich glaube, der Anlegesteg ist der richtige. Der auf der linken Seite gehört Gyllenhoffs.*

Jetzt sind wir also da, und Claes Kalderén hat so einen lachsfarbenen Sonnenbrand, wie ihn blonde, blasse Männer bekommen, die keine Sonne vertragen, aber sich dennoch weigern, sich einzuschmieren. Wir hatten Glück, sagte er, als er den Steg hinuntergetrottet kam, schon in Alarmbereitschaft, uns wegzuscheuchen, falls wir Eindringlinge wären. Die meisten sind schon nach Hause gefahren, aber Claes und Gunilla haben sich in der letzten Sekunde noch entschieden zu bleiben. *Wir verlängern jetzt mal wieder den Sommer,* sagte er zufrieden, als er den Tampen auffing, den ich ihm zuwarf. *Durch Corona ist es so einfach geworden, vom Land aus zu arbeiten.*

Vater und ich fläzen in Gartenliegen, unter einem Sonnenschirm.

Nachdem wir mehrere Nächte geschwoit haben, ist es herrlich, unter den Füßen warme, feste Holzbohlen zu spüren, und Vater war schon baden und hat sich die Haare gewaschen. Der Steg beginnt an einem frisch gestrichenen Bootshaus, rot mit weißen Eckpfosten, und setzt sich an den Felsen entlang fort bis zu einem kleinen Plateau mit Sauna, dann geht es noch mal eine Treppe hinauf zu einem zweistöckigen Haus in den gleichen Farben. Kalderén hat es von seinem Großvater geerbt, erzählt er voller Stolz. »Alles hier draußen ist vererbt. Kein Mensch könnte sich so was sonst leisten.«

Ein Gefühl von Normalität, ganz unwirklich, Frau Kalderén kocht in der brandneuen Outdoor-Küche, schnippelt gekochte Kartoffeln vom Vortag und vermengt sie mit Olivenöl, Essig, roten Zwiebeln und Kapern, während ihr Mann routiniert zwei große Flat Iron Steaks über einem seidig grauen Glutbett wendet. Sie plaudern über das Essen, er lobt die Qualität des Grillfleisches, das sie eingekauft hat, sie fragt, wie das Rezept für den Kartoffelsalat ursprünglich gewesen sei. Einen kurzen Moment lang muss ich an meine Eltern denken, wie es gewesen wäre, wenn sie sich nicht getrennt hätten, wenn sie zusammengeblieben wären, wenn meine Mum nicht gestorben wäre, hätten sie dann auch so ein Leben geführt, irgendwo im Schärengarten, mit Steg, mit netten, belanglosen Konversationen, hätten sie das gewollt?

Um Kalderéns Grundstück herum kann ich vage ein paar andere, ebenso idyllische Schärenvillen erkennen, doch ich höre keine Stimmen, kein Gläserklirren und keine Klänge von Musik, nicht einmal Geknatter von einem Motorboot. Es ist, als hätte jemand der Welt den Stecker gezogen.

»Aber wir leiden keine Not«, sagt er eine Weile später noch einmal und schiebt sich genüsslich das gegrillte Fleischstück in den Mund. »Hier draußen ist man eigentlich viel weniger verletzlich, habt ihr darüber schon mal nachgedacht? Wenn die Toilette nicht mehr funktioniert, haben wir noch unser altes Plumpsklo, der Vorratskeller ist voll, massenhaft Konserven und trockene Lebensmittel, der Holzschuppen ist gut gefüllt, man kommt sich schon wie ein echter Prepper vor! Wir haben uns anfangs um die Kinder Sorgen gemacht, aber Filip ist bei seiner Freundin in Schonen und Evelina ist mit Freunden nach Marbella geflogen, also umgehen beide das Theater in der Stadt.«

»Mit deiner Mutter war es nicht ganz so einfach«, sagt Gunilla und verzieht kaum merklich den Mund. »Sie war mit ihrem Seniorenclub zum Malen in einer alten Grube in einem Wald in Dalarna und nur zwanzig, dreißig Kilometer entfernt hat es schon gebrannt und es war die Hölle, sie da rauszuholen. Damit hattest du ganz schön zu tun, Claes.«

»Ich musste nur ein paar Leute anrufen«, brummt er schulterzuckend. »Gestern hat sich auch die Frage des Transports geklärt. Manchmal muss man eben ein bisschen tricksen.«

»Apropos Transport, wie viel schluckt so eine Schönheit eigentlich?«, fragt Vater und zeigt auf das Motorboot, das gegenüber von unserer Segeljolle liegt, ein weißer, eleganter Daycruiser, der brandneu aussieht. »Was ist das, ein Modell von Jeanneau?«

»Ja, eine Princess Flybridge, hab ich mir vor ein paar Jahren zugelegt. Durstiges Kerlchen, zwölf Liter die Meile«, antwortet Kalderén und verdreht die Augen.

»Zwölf Liter die Meile?« Ich überschlage die Menge im Kopf. »Das ist … mehr als zehnmal so viel, wie ein Auto verbraucht?«

Er lächelt gnädig. »Nein, nein, nicht die schwedischen Landmeilen mit ihren zehn Kilometern. Die Seemeilen! Bogenminuten. Wir sind hier auf See, Junge.«

Zwölf Liter auf achtzehnhundert Meter. Ich versuche, mir diese Zahlen in der Praxis vorzustellen. *Ein Liter Benzin für hundertfünfzig Meter.*

Vater grinst. »Wieso, das weißt du doch, dass diese Yachten ordentlich schlucken?«

»Ja, schon … aber das ist ja …«, ich zögere. »Aus der Stadt hierherzufahren muss ja …«

»Hundert Liter, Pi mal Daumen«, nickt Kalderén stolz. »Ja, Shit, man holt am besten die Kreditkarte aus der Hosentasche und macht die Augen zu. Aber zu Hause, an Land, da fahre ich natürlich ein Elektroauto.«

»Nimm dir doch noch ein Stück Fleisch, du bist noch im Wachstum«, sagt Gunilla und hält mir einen Teller mit gegrillten Fleischstücken mit erkennbarem Grillrostmuster hin.

»Aber wie stellst du dir vor …«, ich schüttele den Kopf und nehme mir das größte, das mit einem wabbeligen kleinen Fettrand.

Vater ist es unangenehm, er druckst herum.

»Weißt du, Claes, der Junge ist auf seine alten Tage noch so ein Umweltkrieger geworden, haha.«

»Ich finde, man muss auch leben dürfen«, sagt der Mann. »Was soll das alles denn sonst? In so einem Teil herzucruisen, an einem Sommertag, die Kinder und ihre Freunde an Bord, das ist wie … na ja, wie Fliegen.«

»Und das macht *Spaß*?« Ich höre, wie meine Stimme sich überschlägt, schlucke, versuche, wieder tiefer zu klingen. »Das heißt, du könntest quasi immer nach hundertfünfzig Metern anhalten und einen Liter Öl abfackeln, und du willst sagen, dabei *fühlst du dich gut*? Und wenn du das Boot vor ein paar Jahren gekauft hast, hast du jetzt vor … *genau so weiterzumachen*? Nur zum Spaß?«

Gunilla schenkt Vater Bier nach.

»Ich finde, das geht andere Leute gar nichts an«, sagt sie und lächelt mich unterkühlt an. »Es ist unser Leben.«

Ich streue Fleur de Sel auf mein Steak und steche mein Messer in das mürbe, saftige Fleisch. Auf der ruhigen Wasseroberfläche kräuselt ein leichter Wind die See.

»Es ist auch meins«, sage ich und höre sofort, wie abgedroschen das klingt.

*

Wir verbringen den Tag bei Kalderéns. Ich genehmige mir eine luxuriöse warme Dusche und eine lange Sitzung auf ihrer polierten, sauberen Toilette. Vater liest die neuesten Nachrichten, sie haben eine Powerbank, so dass er sein Smartphone wieder aufladen kann, das Netz scheint nicht zu funktionieren, aber der Satellit. In der Innenstadt herrscht Chaos, eskalierende Demonstrationen an verschiedenen Orten, Vandalismus überall, sogar Geschäfte in den Einkaufsvierteln haben sie geplündert, Zehntausende Menschen sitzen auf Bahnhöfen, Flughäfen und Autobahnen fest, die Brände in Nord- und Zentralschweden haben bereits über neunhundert Menschenleben gekostet und weite Teile von Lappland sind außer Kontrolle, die Straßen nicht passierbar, die Telekommunikationsnetze außer Betrieb, *die Berichte, die uns von dort erreichen, sind besorgniserregend.*

Am Nachmittag unternehmen wir einen Spaziergang hinüber zum Gästehafen. Auf der verlassenen Dorfstraße herrscht eine gedämpfte, bedrohliche Atmosphäre. Zersplittertes Fensterglas liegt in Haufen zusammengekehrt vor den Häusern, ein Teil des Sprays ist abgewaschen, aber auf dem Schild, das die Abfahrtszeiten der Schiffe in Richtung Stadt bekannt gibt, steht noch immer fett in Rot CLIMATE JUSTICE. Der Lebensmittelladen ist geschlossen und mit Holzbrettern und braunen Pappen vernagelt. Ein Dutzend große Motorboote und ungefähr eben so viele kleinere liegen noch im Hafen, an den Stegen verteilt, doch Segelboote kann ich nur wenige entdecken. Es hängt ein ranziger, abgestandener Geruch in der Luft, die Menschen bewegen sich in der Hitze langsam, sehen irgendwie geduckt aus, stehen in Grüppchen zusammen und unterhalten sich, blicken über die Schulter, als sie unsere Schritte hören. *Hell,* höre ich jemanden sagen, schau mal, *da läuft Anders Hell.*

Vor dem Hafenamt steht ein breitschultriger Mann mit marineblauer Kapitänsmütze und fummelt an einem Walkie-Talkie herum. Vater geht zu ihm hin und spricht mit ihm, setzt sein Promilächeln auf, grinst, klopft dem Mann auf die Schulter, doch erhält als Antwort nur einen reservierten Blick. Er dreht sich um und kommt zu mir zurück.

»Keine Lebensmittel, kein Treibstoff«, sagt er finster. »Wer noch was im Tank hatte, ist schon weg.« Er fährt sich ratlos mit der Hand durchs Haar. »Die Chips müssen wohl noch warten, bis wir das nächste Mal anlegen, mein Freund. Heute Nacht soll aber Wind aufkommen, mit etwas Glück kommen wir morgen früh weiter.«

»Warum liegen die Boote denn hier, wenn es gar nichts zu kaufen gibt?«

Sein Blick streift mich.

»*Weil* es nichts zu kaufen gibt, Junge. Ihr Tank ist leer. Die kommen alle nicht mehr nach Hause.«

Eine Kinderschar in orangefarbenen Schwimmwesten rudert lachend und plappernd in einem Schlauchboot zwischen den Booten hindurch. Ein Junge sagt, *Schaut mal, wer da ist* und zeigt auf Vater. Er lächelt ihnen zu und winkt.

»Wie nett. Weißt du noch, wie du früher so herumgepaddelt bist?«

Ich war kurz davor, ihm zu sagen, dass das nie vorkam, nie so, immer war ich allein im Beiboot, nie hatte ich wen zum Spielen, aber das würde nur wie Rumgeheule klingen, und Vater kann es nicht leiden, wenn ich rumheule, also nicke ich nur stumm.

»Wo ist das eigentlich abgeblieben?«

»Was denn?«

»Unser Beiboot?« Vater sieht zu den Kindern und blinzelt, winkt noch einmal. »Heute Nacht, du bist mit dem doch gar nicht zurückgekommen?«

Mit großen Augen starre ich ihn an.

»Nein ... nein, das ist gekentert und abgetrieben, deswegen musste ich doch schwimmen.«

Er verzieht das Gesicht.

»Ach, wie blöd. Schade, dass alle Geschäfte zu sind, sonst hätten wir ein neues kaufen können. Ist doch ganz nützlich.«

Vater winkt ein letztes Mal und fährt herum.

»Aber …«, ich zögere, bin zwei Schritte hinter ihm. »Aber, sag mal … hast du mich doch gehört? Heute Nacht?«

Er antwortet nicht, wartet nicht, geht einfach weiter, sieht hoch zu einer Wetterfahne, um festzustellen, wie stark der Wind ist.

*

Abends sitzen wir wieder bei Kalderéns, diesmal auf ihrer Veranda. Claes ist nicht mehr ganz so gut drauf, es gibt Prognosen, die sagen, es könne bis zu einer Woche dauern, bis der Schärengarten wieder mit Strom versorgt ist. Claes hat eine Runde durch die Nachbarschaft gedreht und sich nach Benzin erkundigt, aber die meisten sind schon abgereist, und die, die geblieben sind, stecken im gleichen Dilemma oder haben ihren Treibstoff an andere Bootsbesitzer im Hafen verkauft. Da war eine Familie, die schnell ins Krankenhaus musste, weil der Sohn Diabetes hat, also hat ihnen jemand seine Kanister abgetreten, und dann kamen noch ein paar Beamte, die ihr Herbst-Kick-off hier veranstaltet haben und nun irgendwie in die Stadt zurückkommen mussten, und sie verwiesen auf die Sicherheit des Landes und dann tauchten noch so ein paar Geschäftsleute auf, die hohe Preise bezahlten, und dann war es aus mit dem Benzin.

»Gyllenhoff von nebenan ist nicht zu Hause, der hat bestimmt einen extra Kanister im Bootshaus stehen«, sagt die Frau hilfsbereit und stellt weitere Kerzen auf den Tisch.

»Ist abgeschlossen«, erwidert Kalderén. Er spritzt Ketchup auf eine Grillwurst, die dem Geschmack nach zu urteilen schon einige Jahre ganz unten in der Gefriertruhe zugebracht hat. »Hab schon nachgesehen.«

»Aber das könnte man doch aufbrechen?«, meint Vater. »Ich meine, wenn es sich um einen Notfall handelt?«

»Dann ist man ja auch so einer wie dieser Verrückte in Dalarna, habt ihr das Video gesehen?« Die Frau lächelt. »Dirty Dennis oder wie der hieß.«

»Hier wird keiner irgendwo einbrechen«, sagt Kalderén schroff. »Diese Option wird nicht einmal diskutiert. Genau so entstehen nämlich diese Unruhen. Als ich nach Kenia abgestellt war, begann das Chaos dort unten genau so, der eine Stamm setzte ein Gerücht in die Welt, dass der andere geklaut oder gemordet oder vergewaltigt hat, und dann wollte man sich rächen und dasselbe tun und nach zwei Tagen haben sie bereits Kinder in brennende Kirchen geworfen.«

»Wie läuft's denn eigentlich bei Filip?« Vater klingt unbeschwert. »Hat ihn seine Vorhand jetzt weitergebracht?«

»Er wird um eine Wildcard für die Qualifikation bei den Stockholm Open spielen«, sagt Kalderén. »Wenn das jetzt überhaupt stattfindet. Seine Generation hat es wirklich richtig mies erwischt. Erst hat ihn die Pandemie ein volles Jahr gekostet und jetzt dieser Scheiß.«

»Aber man kann auch viel ohne Turniere lernen. Als Jakob vierzehn, fünfzehn war, hat er draußen auf Värmdö ein Tenniscamp besucht, und das Training war sicher nichts Besonderes, aber meine Herren, was für Fähigkeiten der Junge da entwickelt hat.«

Ich esse meinen dritten Hamburger, dazu ein paar salzige Kekse, und dann stehe ich auf und gehe ins Haus. Auch auf der Toilette ist es dunkel, aber Gunilla hat sogar da Kerzen angezündet und es ist ganz gemütlich, da im Dunkeln zu hocken und zu kacken. Die Stimmen von draußen sickern leise durch die Tür:

... und nach der zweiten Woche hat Monica einen Anruf von irgendeiner Mutter bekommen, die total wütend war, weil ihr Sohn Jakob Geld schuldete. Und da stellte sich heraus, dass er die Bonbons, die ich ihm mitgegeben hatte, verkauft hatte und mit dem verdienten Geld den anderen ihre Süßigkeiten abgekauft, und dann hat er das Spiel weitergetrieben, verkauft und gekauft und verkauft und gekauft ...

Claes Kalderén fragt etwas, doch ich kann es nicht verstehen.

Nein, antwortet Vater, *aber offenbar war es ihm gelungen, einen der Betreuer dazu zu bringen, in einen Laden zu fahren und Nachschub zu holen, und dann hat er auch das noch verkauft!*

Als ich spülen will, kommt kein Wasser. Ich drehe den Hahn am Waschbecken auf. Da auch nichts. Draußen serviert Vater währenddessen die Pointe.

Als wir nach zwei Wochen also zurückkamen nach Värmdö, um Jakob abzuholen, hockt er da und ist Süßigkeitenladen, Bank und Gerichtsvollzieher in einer Person geworden! Und ich hab gedacht, dass ich seinen Freunden vielleicht, na ja, ihr wisst schon, es ist ja keine Seltenheit, dass … ein paar Autogramme oder einen Schläger signieren oder … aber die Kinder riefen nur WER SIND SIE DENN?

Das Ehepaar Kalderén lacht noch über diese Geschichte, als ich zurück auf der Veranda bin.

»Es kommt kein Wasser mehr«, sage ich.

Sie sehen mich verwundert an.

»Es ist doch immer …«, setzt Claes an.

»Zwischen 22 Uhr und sieben Uhr morgens schalten sie es ab«, erklärt Gunilla schnell, »das haben wir vielleicht vergessen zu erwähnen.«

»Aber bis dahin sind es doch noch ein paar Stunden?«

»Wir lassen abends im Keller immer einen Kanister Wasser volllaufen, dann kann man damit Zähne putzen und so, nicht wahr, Claes?«

»Das wollte ich eigentlich nach dem Essen machen«, erwidert er mürrisch.

»Wir haben auf dem Boot auch noch einen Rest Frischwasser«, meint Vater. »André, rennst du mal runter und füllst einen Kanister ab?«

Gunilla lächelt ihn an.

»Ansonsten haben wir doch auch noch eine Flasche Mineralwasser, Claes, der Junge muss doch nicht …«

»André macht das gerne.«

Ich nicke und laufe die Treppe hinunter. Sie ist schmal, direkt in die steilen Klippen gebaut. Tagsüber war noch Flaute, doch jetzt ist es richtig windig geworden, auf den Wellenkämmen sieht man Schaumkronen, wenn das Wasser gegen den Steg schlägt. Ich muss mein ganzes Gewicht einsetzen, um die Vorleinen heranzuziehen und das Boot zum Steg zu bewegen, damit ich daraufklettern kann. Das Boot schaukelt, zerrt an den Leinen, dass ich mich am Stag festhalten muss, als ich zur Plicht laufe.

Zuerst nehme ich nur einen Schatten wahr, etwas, das sich in meinem Augenwinkel bewegt. Ungefähr fünfzig Meter entfernt, auf der gegenüberliegenden Seite der schmalen Bucht, neben dem Haus, in dem kein Licht brennt. Bei Gyllenhoffs. Vom Bootssteg aus hätte man das nicht sehen können, nur aus genau diesem Winkel, von der Plicht aus, erkennt man es.

Ich erstarre. Ein Stechen durchfährt mich, als hätte mir jemand ein Bügeleisen an die Hoden gehängt. Dann bewege ich mich rückwärts, langsam, richte mich in der Plicht auf, gehe zurück an Deck, ziehe die Turnschuhe aus, um weniger Geräusche zu machen. Den Blick unablässig an die andere Seite der Bucht geheftet, dieses versteckte Eck zwischen Geräteschuppen und Felsen, das vermutlich nur von dort aus zu sehen ist, wo ich gerade gestanden habe. Ich springe so sanft wie möglich vom Boot, schleiche über den Steg, die Treppen hinauf.

… und ich hab schon im Frühjahr zu ihm gesagt, »Hör mal her«, hab ich gesagt, »was denkst du, wie dieser Sommer in zehn Jahren in deinem Lebenslauf aussehen wird?«, erst wollte er mit ein paar Kumpels so ein Ding in Båstad starten und wie gewohnt von meinem Namen schmarotzen …

Ich bleibe hinter einem Fliederstrauch stehen. Die Kerzen flackern auf der Veranda, das Licht rieselt dünn zwischen dem Blattwerk hindurch, aber ich stehe noch immer im Schatten.

… und dann wollte er nach San Francisco und bei Malins durchge-

knallter Schwester wohnen, die nur kifft und sich selber leidtut, aber dann gab's da ja die vielen Brände und er musste wieder nach Hause kommen …

Claes Kalderéns heiseres Lachen hallt über die Klippen.

… aber dann wusste er ja nicht, wo er wohnen sollte, und musste runter nach Karlskrona und den Rest des Sommers bei meinen Eltern absitzen, du weißt ja, die werden langsam richtig alt, und da sollte er einen Zaun streichen, aber daraus wurde auch wieder nichts, es ist so verdammt …

Vater senkt die Stimme.

… was soll man machen, wenn das eigene Kind ein Loser ist. What's in it for me, quasi.

Ich denke nicht einmal nach. Drehe einfach um, die Stufen wieder runter. Raus auf den Anlegesteg. Mache die Vorleinen los, springe aufs Boot und noch im selben Moment wird es von den Wellen schon raus auf die Bucht getrieben. Die *Martina* krängt, dreht sich, als das Heck herumfährt und der Bug sich zum Haus auf der anderen Seite ausrichtet.

Im Dunkeln sind die Gestalten kaum zu sehen, aber an ihren Bewegungen kann ich ablesen, dass sie mich bemerkt haben. Stimmen, die flüstern, jemand will etwas, ein anderer hält dagegen.

Das Boot bleibt stehen, in der Mitte der Bucht, hängt mit der Achterleine noch in der Boje auf Kalderéns Seite. Ich nehme einen Tampen und verlängere die Hecktampen, gleite weitere zwanzig bis dreißig Meter in Richtung Gyllenhoffs Steg. Stoße mit dem Bug an, aber nicht schlimm, ich habe das schon unzählige Male gemacht, Vater wechselt mit dem Boot gern die Anlegeplätze, er will immer den besten im Hafen.

Ich gehe runter in die Kajüte, neben den Seekarten gibt es ein Fach, ich greife nach der Taschenlampe und laufe wieder hoch. Renne vor zum Bug und leuchte sie an.

»Hallo?«

Es sind vier Personen. Zwei Typen und zwei Mädchen, denke ich anfangs, aber einer von den Langhaarigen stellt sich als männlich heraus. Abgerissene Jeans, Windjacken, Sneaker. Ein paar Rucksäcke.

Einer von den Jungs, ein großer, rotblonder Typ mit raspelkurzem Haar und langem Bart, macht einen Schritt aus dem Lichtkegel und hebt zwei nackte Handflächen hoch.

»Wir wollen uns mit niemandem anlegen«, sagt er. »Das war alles übel dumm.«

Die junge Frau kommt vor und stellt sich neben ihn. Sie trägt eine Wollmütze auf dem Kopf und ein Palästinensertuch um den Hals.

»Wir haben versucht, uns zu stellen«, schiebt sie eilig hinterher. »Wir haben die Küstenwache angerufen, aber keiner geht ran.«

»Was ist euer Plan?«, frage ich und wundere mich selbst, wie ruhig ich klinge.

Der Kurzgeraspelte macht einen Schritt vor. Ich merke, dass er ein kleines bisschen größer wird, als er sieht, dass ich kein norwegischer Hüne bin, sondern nur ein Jugendlicher, locker fünf Jahre jünger als er selbst.

»Na ja, wir wollen einfach nur weg hier.«

Dann machen wir nicht mehr viele Worte. Ich werfe die Vorleinen rüber, und er hält das Boot fest, während die anderen an Bord klettern. Sie riechen nach Rauch und festgebackenem Dreck. Keiner von ihnen stellt sich vor, sie setzen sich einfach in die Plicht, dicht nebeneinander, so wie sie da hinter dem Schuppen versteckt hockten.

Ich bin zu schwächlich. Zu feige, zu blöd.

Das muss jemand anders für mich machen.

»Kannst du segeln?«, frage ich den Kurzgeraspelten, und er nickt. »Bisschen.«

Einer von ihnen macht die Hecktampen von der Boje los, während ich zwei anderen erkläre, wie sie die Fock ausrollen. Ich stehe an der Pinne und spüre, wie der Wind sich das Boot greift. Dann gleiten wir still und zügig raus aus der Bucht, raus auf den leeren Fjord. Einer von ihnen, ich weiß nicht wer, pfeift das Thema von *Star Wars*.

»In Richtung Stadt?«, fragt der Lange und blickt nach Westen, wo die letzten Sonnenstrahlen hinter dem Wald versinken.

Ich schüttele den Kopf und setze die Cap auf.

»Raus aufs Meer.«

SONNTAG, 31. AUGUST

Die Wohnung war riesig, viel größer als die in Monaco, und der Blick von der Dachterrasse war besser; auch wenn man kein Meer sehen konnte, war es spannend, auf die Kirchtürme und die Wolkenkratzer zu blicken, das war schon etwas anderes als das Reihenhaus meiner Mutter in Flogsta. Dennoch saß ich ziemlich selten dort draußen, meist verschanzte ich mich in meinem Zimmer, Vater hatte online drei, vier verschiedene Spielekonsolen gekauft und seine Kreditkarte hinterlegt, ich musste mir also nur noch das, was ich haben wollte, herunterladen. In den ersten Jahren wohnte Margit auch bei uns und sorgte dafür, dass ich abends meine Hausaufgaben machte, und an den Wochenenden versuchte sie, mich ins Museum mitzunehmen oder auf einen Ausflug raus aufs Land in ihr Häuschen, doch als ich in die Oberstufe kam, war sie weg, und da bin ich die meiste Zeit in meinem Zimmer mit meinen Games hocken geblieben. In der Zeit davor, als ich noch bei meiner Mutter gewohnt habe, war ich ein richtiger Bücherwurm und habe meist Klassiker wie Jules Verne und Mark Twain verschlungen, *Robinson Crusoe, Die Schatzinsel.* Bei uns im Wohnzimmer in Flogsta hatten wir ein mehrbändiges Lexikon, das Mutter auf einem Flohmarkt mitgenommen hatte, weil es so kultiviert aussah, und ich habe abends immer wieder darin geblättert. Da oben in der Penthousewohnung änderte sich alles; Bücher hatten meinem Vater nie etwas bedeutet.

Es war immer irgendein Fertiggericht da, das man sich aufwärmen konnte, und jeden Freitag kam eine Reinigungsfirma und putzte. Vater kam und ging, manchmal war er wochenlang zu Hause, saß draußen auf der Terrasse oder hing im Wohnzimmer vor dem Fernseher. Manchmal wollte er mit mir über meine *Bildung* reden, schlug vor, dass wir zusammen das Angebot an Privatschulen in den USA oder die Austauschprogramme mit Australien oder Neuseeland durchgingen, ich sollte irgendwohin, *wo es warm ist, du kannst ein bisschen Sonne vertragen, Kumpel.* Ein paarmal hat er versucht, mit mir die Hausaufgaben zu machen, aber von Englisch abgesehen war er in jedem Fach eine Null, immer wenn er versuchte, mir etwas zu erklären – den Unterschied zwischen Judentum und Islam, wie man Zinsen und Prozente berechnet, was das Wort *Philosophie* bedeutet –, wurde er fahrig und begann stattdessen, alte Geschichten von sich zu erzählen, und das klang immer, als handelten sie von jemand ganz anderem. Oder er fing an, Reisen zu planen, die wir zusammen unternehmen würden, nach Dubai oder Singapur oder Miami, weiße Tiger, Latinas im Stringbikini, Business Class.

Und manchmal war er wochenlang verreist. Jakob lebte in seinem eigenen Haus, er kam vorbei und sah nach dem Rechten und füllte die Gefriertruhe mit hübsch bunten Single-Fertiggerichten auf und fragte dann, den Blick schräg oberhalb meines Gesichts, ob ich am Wochenende mal rauskommen und bei ihm und Hanna und den Kindern wohnen wolle oder ob er bei mir mal ein paar Nächte übernachten solle, und ich habe immer geantwortet, dass ich was mit meinen Kumpels vorhabe, und er nickte und grinste und nickte zur Bar hinüber und meinte, schon klar, könne er verstehen, dass ich die Wohnung lieber für mich allein hätte, *man weiß ja noch, wie das in diesem Alter war,* und dann ging er wieder.

Als das Virus kam, wurde alles einsamer. Über weite Strecken nur Home-Schooling und selbst, als die Schule wieder geöffnet war, blieb ich immer häufiger einfach zu Hause, hörte mir Podcasts an, zog mir eine Serie nach der anderen rein, meist Fantasy oder History-Dokus über Seeräuber oder Wikinger. Manchmal gab ich meine Aufgabenblätter ab und schrieb hin und wieder Klausuren mit, nur um versetzt zu werden, die Schule fiel mir leicht und ich war in den meisten Fächern gut. Vater war manchmal zu Hause, manchmal fort, die Wohnung war so groß, dass ich oft gar nicht wusste, wo er steckt.

Es war an einem Morgen im Frühling, als ich nur in Unterhosen und T-Shirt in die Küche schlurfte, da saß eine junge Frau am Esstisch und schrieb etwas auf einen Notizblock. Nach Margit hatten immer mal wieder Frauen bei uns übernachtet, aber meist schlichen die nur leise aus Vaters Schlafzimmer in den Flur, ein paar eilig zusammengesuchte Klamotten in der Hand, das Gesicht voll schmieriger Streifen vom Rest ihres Make-ups, ein süßlicher Duft nach Parfüm und dem Alkohol von gestern; es kam selten vor, dass sie richtig am Tisch *saßen*. Und diese junge Frau sah auch gar nicht so aus wie die anderen: nüchtern und ungeschminkt, in dunkelgrünen Outdoor-Klamotten, die Haare zu einem langen, schwarzen Zopf geflochten, und als sie mich bemerkte, sah sie erst überrascht aus, dann lächelte sie herzlich, legte ihren Füller beiseite und sagte *na so was, ich wusste gar nicht, dass noch jemand zu Hause ist.*

»Schau mal«, sagte sie dann und zeigte dabei auf eine Mappe, die vor ihr auf dem Tisch lag. »Wie findest du das?«

Ich machte ein paar Schritte auf sie zu, befand mich noch immer in gebührendem Abstand und sah, dass das Bilder von Bäumen, Sträuchern, Obst waren und von etwas, das wie eine Kletterpflanze aussah.

»Was würde dir davon gefallen?«

Sie hieß Jennie und arbeitete als Landschaftsgärtnerin, sie war frisch angestellt bei einem Unternehmen, das jetzt *aufgeblüht war* – sie lächelte erneut –, jetzt, da die Menschen zu Hause blieben, anstatt in den Urlaub zu fahren, und Haus und Hof verschönern wollten. Vater hatte einen Termin bei ihr gemacht und dann hatte er die Lust verloren und sie einfach sitzenlassen, das war typisch für ihn, er hatte eine Idee gehabt, wollte die Dachterrasse in einen dichten Dschungel verwandeln, mit ganz vielen, prachtvoll blühenden Orchideen und Magnolien, mit Mangobäumen und Olivenhainen und vielleicht noch einem plätschernden Wasserfall, aber dann hatte Jennie ihm erklärt, dass manche Dinge etwas realistischer seien als andere, und das hatte ihn gelangweilt und er hatte genervt gesagt, sie habe freie Hand, und war wieder ins Bett gegangen.

»Was würde *dir* denn gefallen?«, fragte sie noch einmal und blätterte durch ihre Mappe. »Ein paar grüne Zwergpalmen können wir in Töpfen aufstellen. Und ein Orangenbäumchen ginge auch, dort in der Ecke, wo die meiste Sonne hinkommt. Kocht ihr viel, dein Vater und du? Man könnte auch ein kleines Hochbeet nehmen und Thymian und Rosmarin oder andere Gewürze ziehen, wenn man will.«

»Heckenrosen«, sagte ich wie aus der Pistole geschossen. »Ich mag den Duft von Heckenrosen im Sommer.«

Sie nickte.

»Ja, Heckenrosen sind was Feines. Man kann die Hagebutten auch pflücken und Ketchup daraus kochen. Oder Chili. Ist es okay, wenn ich mir einen Kaffee mache?«

Ich hatte nie zuvor jemanden gesehen, der sich in Vaters Küche mit solcher Selbstverständlichkeit bewegte, das Putzpersonal verhielt sich mucksmäuschenstill, hatte Musik auf den Ohren und den Blick auf den Boden oder an die Wand geheftet, bei den Handwerkern, die manchmal kamen, um Küchengeräte zu tauschen oder in den Bädern irgendetwas umzubauen, war es genau umgekehrt, die gafften alles an, voller Bewunderung, sie blieben stehen vor den Fotos und Souvenirs und Tennisschlägern, in einer Vitrine neben den Pokalen aus Australien, *mit dem hab ich im letzten Satz gespielt, mit dem hab ich den Matchball geschlagen*, erklärte Vater dann immer, während sie sich die Nase an der Scheibe platt drückten. Aber diese Frau nicht. Sie kramte aus dem Schrank eine Dose mit Kaffee hervor und während die Kaffeemaschine köchelte, lief sie herum und warf einen Blick in den Kühlschrank, zog die Schubladen heraus, ging die Post durch, die auf einem Tisch im Flur lag, als sei es das Natürlichste der Welt.

»Dein Vater hat gesagt, ich soll mich wie zu Hause fühlen«, verteidigte sie sich, als sie wahrnahm, dass ich sie anstarrte. »Und es ist wichtig, dass ich ein Gefühl für ihn als Person entwickele, wenn ich einen Stil finden soll.«

Sie kicherte und zwinkerte mir zu.

»Und ein bisschen neugierig ist man ja auch. Stimmt es, dass er ein Tennisprofi war? So einer wie Björn Borg?«

Wenn Leute, die von Tennis nicht viel Ahnung haben, hören, dass mein Vater Anders Hell ist, verwechseln sie ihn fast immer mit jemand anderem. Nein, er ist nicht Björn Borg, Borg hat viel mehr Titel gewonnen als er und in den siebziger Jahren gespielt, mein Vater hat seinen Durchbruch viel später gehabt, die beiden sind sich nur wenige Male über den Weg gelaufen. Nein, er ist nicht Mats Wilander, der spielte mit beidhändiger Rückhand und war lustig und schrieb Gedichte. Nein, er ist nicht Stefan Edberg, der nur aufgrund seines perfekten Volleys so erfolgreich war, ansonsten war er ein Langweiler und hat Werbung für Zahnpasta gemacht.

»Vater war dieser andere«, erklärte ich. »Er war nur zwei, drei Jahre lang richtig gut, aber in denen hat er alles abgeräumt.«

»Und wofür ist dein Vater bekannt?«, fragte sie und goss sich Kaffee in ihre Thermoskanne. »Was war seine Spezialität?«

Ich überlegte.

»Tennis ist ja irgendwie so ein Gentlemansport und er … er war eher der rustikale Typ. Zumindest hat man ihn so gesehen, elegant war er nicht gerade. Vielleicht auch wegen des Dialekts. Er kommt aus Karlskrona, in Blekinge, bist du da schon mal gewesen?«

Sie schüttelte den Kopf und lachte.

»Nein, ich bin bestimmt schon überall auf der Welt gewesen, aber da noch nicht.«

Ein paar Wochen später stand Jennie mit einem Lastwagen voller Pflanzen vor der Tür, ich half ihr, sie auf die Dachterrasse zu tragen, sie schleppte noch säckeweise Erde hoch, schloss einen Gartenschlauch an, organisierte einen Schreiner, der ein Spalier zimmerte, die Tage wurden wärmer, sie machte sich ihren Kaffee und hockte ein bisschen in der Küche, Vater kam manchmal rüber und sagte *hallihallo*, aber sie war nicht der Typ Frau, für den er mehr Worte als *hallihallo* übrig hatte, und zu ihren Skizzen nickte er nur wortlos und verdrückte sich dann in die Stadt.

Sie war in der Gartenszene neu, erzählte sie mir. Nach der Schule war sie nach Afrika gegangen, hatte erst bei ihrem Freund in Nairobi gewohnt und war dann durch Kenia, Tansania und Uganda gezogen.

»Dann hab ich ein paar Leute kennengelernt, die für Agrarsubventionen zuständig waren, und die brauchten wen, der Swahili konnte, also habe ich denen vor Ort alles organisiert und bin mit ihnen rumgereist und dann habe ich selbst ein paar Projekte übernommen, meist mit Kleinbauern, die nachhaltig produzieren.«

In ihren Worten klang alles so einfach, sie war dreiundzwanzig und hatte bereits vier Einbrüche, drei Raubüberfälle, zwei versuchte Vergewaltigungen und ein Flugzeugunglück überlebt, sie hatte den Kilimandscharo bestiegen, war den Inka-Trail nach Machu Picchu gewandert und ihr letztes Weihnachten hatte sie allein in einer Hütte auf einer Insel vor Malaysia mit einer Flasche Bier und zwei Bananen gefeiert.

»Und diesen Job habe ich vor allem deshalb gekriegt, weil ich eine Menge Zeug geblubbert habe, ich hätte bei zahlreichen Anbauprojekten rund um den Äquator mitgearbeitet«, sagte sie und brach in Lachen aus, sie lachte viel. »Obwohl ich doch nur Geld an Kaffeebauern verteilt und versucht habe, sie davon abzuhalten, ihre Kinder als Sklaven an die Tabakproduzenten zu verkaufen.«

Dann kam sie jede Woche für ein paar Stunden zu uns, lockerte die Erde auf, goss sie und steckte Zwiebeln und setzte Samen ein, das rundliche, glatte Gesicht konzentriert unter dem Sonnenhut, der Körper war groß, stark, muskulös, oft, wenn sie ein paar Stunden gearbeitet hatte, roch sie streng nach Schweiß.

»Und du«, sagte sie eines Tages. »Was hast du vor? Wann ziehst du los, die Welt zu entdecken?«

Ich zuckte mit den Schultern.

»Vielleicht, wenn sie wieder aufgemacht wird. Nach der Pandemie. Auf jeden Fall nach der Schule. Vielleicht studiere ich auch im Ausland. Vater kann mich finanziell unterstützen, aber er sagt, zuerst muss ich einen Plan haben.«

»Oder auch nicht«, sagte Jennie und zeigte mit ihrem erdigen Finger auf die Stadt, die unter uns lag. »Die Welt liegt doch da. Du musst nur losmarschieren.«

»Vielleicht …«, ich zögerte, es war mir ein bisschen peinlich. »Wenn ich einen Freund hätte, mit dem ich zusammen reisen könnte. Aber ich habe hier irgendwie nicht so viele Leute kennengelernt.«

»Freunde braucht man gar nicht«, sagte sie, sprang auf und bürstete sich die Erde von den Knien. »Die findet man unterwegs.«

*

Die Sonne ist noch nicht aufgegangen, aber hinten am Horizont färbt die Morgenröte bereits den Himmel und das sterbende Meer. Ich sitze im Morgengrauen allein auf einem Felsen, so wie vor genau einem Tag. Aber da war der Horizont noch von bewaldeten Landmassen verdeckt, von Fichten und Kiefern, von Felsen und Häusern. Jetzt bin ich ganz weit draußen in den Schären, und das Einzige, was in meinem Blickfeld noch auftaucht, sind vereinzelte, nackte Klippen und winzige Inselchen, die in der Windstille glitzern und funkeln. Die Wasseroberfläche ist glatt und milchig und reflektiert den grauweißen Himmel und die rosa umrandeten fluffigen Wolken, die bald schon weggeglüht werden.

Die Ostsee liegt im Sterben, das ist für die Wissenschaft eine Tatsache; an die hunderttausend Quadratkilometer Meeresboden sind schon komplett ohne Sauerstoff. Wahr ist auch, dass die Ostsee paradiesisch schön ist. Eine andere Wahrheit ist, dass ich jung bin, gesund, stark und voller Leben.

Wenn ich doch einfach nur glücklich sein könnte, denke ich mittlerweile zum billionsten Mal. *Einfach nur glücklich darüber, dass es mich gibt. Dass ich hier sitzen kann, hier im hintersten Winkel des Schärengartens, allein bei einem Sonnenaufgang im Spätsommer. Dass ich dankbar sein könnte.*

Der Felsen, auf dem ich hocke, liegt hoch im Norden dieser Ansammlung aus flachen, meist ganz nackten Inselchen, die den Namen Stora Nassa tragen. Das Besondere an den Fahrten durch den Schärengarten ist, sowohl hinein als auch hinaus, dass man sehen kann, wie die Landhebung allmählich abnimmt. Erst die Landmassen, die Wälder, die Häuser, die Schilfgürtel, die felsigen Anhöhen. Dann immer weitläufiger, flacher, dünner, von größeren Landformationen hin zu Fragmenten, Galaxien zersprengter Kieselsteinchen. Und noch weiter draußen windgepeitschte Steine, die nur selten über die Wellenkämme reichen. Und dann gar nichts mehr.

Sie müssen gesehen haben, was vor sich ging. Ein paar von ihnen, diejenigen, die schon seit Generationen am Meer leben und über einen längeren Zeitraum Zeuge wurden, wie das Wasser langsam verschwand, unbekannte Felsen sich erhoben, langsam der Grund sichtbar wurde, Stellen, wo ihre Vorfahren noch Lachs und Kabeljau und Forelle gefangen haben, sind in Dreckpfützen verwandelt worden, in denen sich nur noch die Aale wohlfühlen. Die Veränderung muss vielen Angst eingejagt haben, den Menschen, die die Zauberei verfluchten, die Hexerei, die Götter, weil sie ihnen das Meer stahlen.

Andere erkannten darin ihre Chance. Die nämlich, die schlau genug waren, sich die Küste unter den Nagel zu reißen, durch Kauf, Eroberung, Heirat. Uferwiesen wurden größer, Weideland dehnte sich aus, Schären und kleine Inselchen, die zu richtigen Inseln zusammenwuchsen, auf denen man Häfen bauen konnte, denn wenn große Lagunen und Gewässer abgetrennt wurden, entstanden neue Ausweichstellen und Fahrrinnen, Landzungen und Landengen, wo man Fahrzeuge und Kaufleute zwingen konnte, Zoll zu bezahlen auf ihrem Weg von oder zu den reichen, fast sagenumwobenen Städten auf der anderen Seite der See. Und mit den Zöllen errichtete man zuerst Schleusen und dann eigene Städte, die sich wie Parasiten am Reichtum dieser fremden Städte bedienten und deren steiniger Macht nacheiferten. Man sah die Veränderungen und übernahm die Kontrolle über die Natur und über andere Menschen, machte sich selbst zu Herren und die Erde zum Untertan.

Denn die Fähigkeit des Menschen, sich anzupassen, führt zum größten Leid überhaupt. Wären wir auch eine Tierart, wären wir einfach ausgestorben, und die Angelegenheit hätte sich erledigt. Jetzt fackeln wir unsere Regenwälder ab, um Sojabohnen anzubauen, zwingen Kindersklaven hinab in Kobaltgruben, nur um billigere Batterien für unsere Elektroautos zu produzieren, quetschen uns auf unseren Müllbergen zu Gesellschaften zusammen, auf der absurden Jagd nach immer mehr Leben.

Das ist ein brillanter Gedanke, ich sollte ihn niederschreiben, aber in dem Moment, in dem ich die Worte denke, verschwinden sie auch schon wieder, und am Horizont erkenne ich die ersten Strahlen Tageslicht.

Ich bin durch einen stockfinsteren, stromlosen Archipel in den hintersten Winkel des Schärengartens gesegelt, nur mit dem batteriebetriebenen Navigationsgerät und dem Licht der Leuchttürme, die glücklicherweise mit Solarzellen betrieben werden. Die vier Aktivist:innen – so haben sie sich selbst genannt – hatten Angst, waren durchgefroren und falsch angezogen, und ich habe mich um sie gekümmert, habe ihnen das Ruder überlassen und in der Zeit belegte Brote und Kaffee gemacht und aus einer alten Packung, die ich noch gefunden habe, Blaubeersuppe gekocht. Jetzt schlafen sie, der Große und das Mädchen in Vaters Kabine, die anderen in meiner Bugkoje, und ich habe das Boot allein an einem flachen Felsen vertäut in der windstillen, hohlen Morgendämmerung und sollte eigentlich hundemüde sein, fühle mich aber auf sonderbare Weise hellwach. Durch mein matschiges Hirn sprudelt das erhebende Gefühl von Freiheit und Triumph und Abenteuer.

Wenn ich doch einfach nur glücklich sein könnte. Denn das ist jetzt sicher das Coolste, was ich je gemacht habe.

Der Jüngste von ihnen, den ich anfangs wegen seiner langen Haare für ein Mädchen gehalten habe, ist als Erster wach. Er kommt durch die Luke geklettert, blickt sich mit kleinen Augen um und springt dann mit einem unerwartet eleganten Satz vom Vorsteven auf den Felsen. Ich habe eine Thermoskanne Kaffee gekocht und ein Paket Knäckebrot mitgenommen, und der Junge – er wird älter sein als ich, aber irgendwie kommt er mir jünger vor – beißt ausgehungert davon ab.

»Ich wusste gar nicht, wie es hier aussieht«, sagt er. »Dass es in echt so schön ist.«

Das Wasser ist immer noch ruhig, seine Farbe ist ins Stahlgraue übergegangen, hier und da ein Schimmer von Silber und Blau, aber am Horizont zeichnen sich nun Gelb und Violett ab und eine ganz leichte, kühle Brise legt die Wasseroberfläche in Falten; zum ersten Mal seit langem denke ich, dass eine Jacke und eine Mütze jetzt ganz angenehm wären.

»Ich bin noch nie so weit draußen gewesen«, fährt er fort. »Ich habe immer gedacht, hier wären noch viel mehr Menschen, Anlegestege, Jetskifahrer und Kreuzfahrtschiffe überall, aber es ist ja komplett leer. Keine Sau.«

»In gewisser Weise sind wir hier in der Wildnis«, stimme ich ihm zu. »In der Einöde. Früher ist das Wasser hier draußen zugefroren, stell dir diesen Ort mal mit Schnee und Eis vor, eine Art riesige, weiße, platte Wüste.«

»Eis?« Der Typ sieht ihn fragend an. »Wie meinst du das, hier draußen auf dem Meer?«

»Hab ich auf Bildern gesehen. In großen Gruppen sind die Menschen hierhergekommen, zwanzig, dreißig Kilometer über die Fjorde gefahren, um die Inseln herum, manche hatten Segel dabei, die sie auf den Schultern trugen, etwa so wie beim Windsurfing, oder sie sind mit Eisyachten unterwegs gewesen, das sieht magisch aus.«

Er runzelt die Stirn.

»Wann soll das gewesen sein?«

Ich zucke mit den Schultern.

»Keine Ahnung. Vor hundert Jahren. Oder fünfzig. Auf jeden Fall, bevor wir auf der Welt waren.«

»Macht dich das wütend?«

»Was denn?«

Eine Böe bringt das Boot zum Schaukeln. Es wird heute stürmischer werden, Wind aus Südsüdwest.

Der Junge streicht sich eine Strähne seines langen Haares aus dem Gesicht.

»Dass es jetzt kein Eis mehr geben wird«, meint er. »Dass wir es nie erleben werden. Unsere Kinder auch nicht. Es wird zum Märchen. Wie Atlantis oder wie die Seekuh, der Dodo und der Beuteltiger. Für immer ausgestorben.«

»Nein«, antworte ich leise und sehe hinaus aufs Meer. »Nicht wütend. Eher traurig.«

Eine Möwe schreit jämmerlich in der Ferne, erst leise, dann lauter.

»Stimmt nicht, ein bisschen wütend schon«, räume ich nach einer Weile ein. »Du weißt, dieses Gefühl, wenn man jemanden bestrafen möchte.«

Einer nach dem anderen kommt aus dem Boot gekrochen und alle setzen sich um mich auf den Felsen im Kreis, die einen mit angezogenen Beinen, die anderen in der Hocke, als wäre ich ein Lagerfeuer. So läuft das also, wird mir klar, das sind solche Typen, die sich in einen Kreis hocken und Pläne schmieden, wie so eine kommunistische Terrorzelle oder eine religiöse Sekte oder eine Horde Elfjähriger beim Rollenspiel.

Ich erkläre ihnen, dass wir an Bord der *Martina* kaum noch

Trinkwasser haben, Benzin auch nicht, geschweige denn Essen, und dass der Strom irgendwann im Laufe des Tages aufgebraucht sein wird. Dann frage ich sie, was sie in ihren Rucksäcken dabeihaben und sie drucksen herum. In ihrem einzigen Rucksack befinden sich nur Sprayflaschen, ein Feuerzeug und ein paar billige Messer. Offenbar gehören sie zu einer Art Vereinigung, verschlüsselte Mitteilungen in einem Thread, verschiedene Gruppierungen, die den Plan hatten, *maximales Chaos* rund um Stockholm herzustellen, und als sie dann beschlossen haben, da mitzumachen – *ich hab bis kurz vorher noch drüber nachgedacht, sagt der Große, irgendwie ist es mir immer schon schwergefallen, Sabotage als Lösung zu betrachten, ich bin wohl doch zu sehr in der blöden Mittelklasse verwurzelt* –, waren die anderen Ziele schon vergeben, aber keiner hatte den Schärengarten auf dem Schirm gehabt. Den Schärengarten, in dem es Gourmetrestaurants, Luxusvillen, benzinsaufende Motoryachten gibt, der abgelegene Wahnsinnsspielplatz der Superreichen. Und all das völlig unbewacht, weit weg von Streifenwagen und Absperrungen, Orte, an denen sogar Hubschrauber nur schwer landen können.

»Was habt ihr dann gemacht?«

Das Mädchen ist aufgestanden und steht ein Stückchen entfernt von uns in der Sonne und veranstaltet eine Art Morgenritual, bei dem es die Hände vor dem Herzen gefaltet hat.

»Gemacht?«

Ich seufze.

»Na ja, *maximales Chaos*, habt ihr gesagt. Und ich frage, was habt ihr gemacht?«

Sie drucksen wieder herum, einer grinst leicht, sie flüstern miteinander. Schließlich gibt sich der Große einen Ruck.

»Als wir in Sandhamn angekommen sind, haben wir in einem Haus die Fensterscheiben eingeschlagen und ein paar Flaschen aus dem Barschrank mitgehen lassen. Dann sind wir rausgeschlichen und haben Benzin von einem Außenborder abgezapft und sind rüber in den Gästehafen, haben da ein bisschen gesprayt und den Anlegesteg mit der Wassertankstelle lahmgelegt. Wir hatten eigentlich noch viel mehr vor, aber …«

»Ein großer, mieser Norweger«, brummt der Kleine. »Mit einer miesen Harpune oder so.«

»Bootshaken heißt das«, sage ich und sehe hinaus aufs Meer. Die Sonne ist inzwischen kurz über dem Horizont aufgegangen.

Das knatternde Geräusch eines Motorboots schneidet durch das Brausen von Wellen und Wind. Ich blicke zu dem Mädchen hinüber, es ist immer noch mit seinem Sonnengruß beschäftigt, und genau über seiner Schulter sehe ich das schöne, glitzernde Mahagoniboot auf unsere Schäreninsel zusteuern und warte darauf, dass etwas geschicht.

*

Er wollte mir seine Stadt zeigen, den Ort, an dem wir früher einmal zusammengewohnt haben und an den ich keine Erinnerung mehr hatte, und wir fuhren runter mit dem Fahrstuhl, der nach Krankenhaus roch, liefen hinaus auf die Straße, in den Lärm und die Hitze, ich hielt mich an seiner Hand fest, Bauarbeiter mit Helm und nacktem Oberkörper, Hochhäuser, die sich Reihe für Reihe vor uns auftürmten, wie Kinder auf einem Klassenfoto, Frauen, die mit energischen Schritten und klackernden Absätzen an uns vorbeihetzten.

Es gab da einen kleinen Strand und einen Spielplatz, wo ich gern hinwollte, der Sand war grobkörnig, *wie Katzenstreu*, sagte Vater lachend und ich lächelte, und irgendwie kamen mir die Düfte vom grauen Salzwasser und dem Strand und den Abgasen von der Straße, die direkt neben dem Spielplatz lag, bekannt vor.

»Hier waren wir oft«, sagte er. »Ich und die philippinischen Kindermädchen, der ein oder andere Day-Trader vielleicht noch. Manchmal waren hier so viele Kinder, dass du kaum Platz hattest, du konntest ja gerade erst laufen. Dann bin ich zum Tennisclub hochgelaufen und habe uns einen Sandplatz gebucht, damit du dich irgendwo austoben konntest. Bälle schießen, am Schiedsrichterstuhl hochklettern.«

»Haben wir viel Zeit miteinander verbracht?«

Er nickte.

»Ein paarmal zumindest. Für dich hatte ich viel mehr Zeit als für Jakob. Als er klein war, habe ich ja noch aktiv gespielt, da konnten Monate vergehen, bis ich ihn wiedergesehen habe.«

Vater machte ein trauriges Gesicht und bohrte die Kuppe seines Turnschuhs in die Katzenstreu.

»Als er etwas größer war, wurde es einfacher, da konnten wir immerhin telefonieren. Zumindest am Anfang, später war das nicht mehr so einfach.«

»Warum?«

Er fuhr sich durchs Haar.

»Weil Monica ihm beigebracht hatte, dass er am Telefon sagen soll, dass er mich vermisst.« Er machte die nasale Frauenstimme in Babysprache nach. »*Sag, dass du Papa vermisst. Sag, dass Papa nach Hause kommen soll.* Und dann hab ich das ständig zu hören bekommen, die ganze Zeit. Allein in irgendeinem Hotel in den USA mit der ganzen Hartplatzsaison noch vor mir. *Vermisse Papa. Papa nach Hause kommen.*«

Wir liefen weiter und kamen zu einem Restaurant am Kai, ich dachte, wie sonderbar es sich anfühlte, dass niemand meinen Vater grüßte, denn wenn wir in Schweden waren, kamen immer Leute auf ihn zu, sie fassten ihn an, fassten mich an, wollten Fotos machen, Autogramme haben, aber hier war er einer von vielen. Die Mädchen trugen kurze Jacken und eng anliegende Jeans, die Männer waren älter und hatten Bierbäuche, die über den Gürtel hingen, die Kellner hatten graue Schläfen, trugen schwarze Hemden und rote Krawatten. Ein schwerer Mann in einem auftragenden schwarzen Anzug drängelte sich an uns vorbei, während er aufgebracht telefonierte, mit starkem Akzent, *things have changed, people still don't understand.*

Vater lächelte.

»Iraner. Jetzt sind so viele von denen hier. Und Russen auch. Die Zeiten wie in James-Bond-Streifen sind vorbei.«

Ich bekam Eis und eine Cola und Vater trank ein Bier und wir saßen schweigend da, während die Sonne hinter den Dächern langsam unterging. Zwei gut gekleidete Männer mit lichtem Haar sprachen laut von *distressed assets*. Der dicke Anzugmann schaufelte Pommes frites in sich hinein, kaute mit offenem Mund. Ein blondes Mädchen in einer weinroten Lederjacke saß da mit einem Glas Sekt, ohne es anzurühren, es schien gelangweilt, als warte es auf jemanden, den es eigentlich überhaupt nicht sehen wollte.

»Wie groß bist du eigentlich?«, fragte Vater mich.

»Groß?«

»Ja. Und wie schwer, wenn du das weißt.«

»Ich bin genauso groß wie Adam«, sagte ich, um ihm auf die Sprünge zu helfen. »Wir sind zusammen im Schwimmkurs gewesen.«

Seine Augen sahen mich über den Rand des Bierglases hinaus scharf an.

»Und wie groß ist … Adam?«

Beinahe hätte ich gesagt, dass er so groß wie ich ist, aber ich begriff schon, dass Vater diese Antwort nicht hören wollte.

»Wir waren die Größten im ganzen Kurs«, antwortete ich nur. »Wenn wir im tiefen Becken waren, konnten wir zwei am längsten stehen.«

Sein Blick wurde wärmer und in seinen Augen blitzte so etwas wie Stolz auf.

»Genau. Wusste ich doch. Du bist groß für dein Alter.«

Da beugte er sich zu mir über den Tisch, tat mit einem Mal ganz wichtig.

»Ich werde mal mit Malin reden, denn es ist wirklich *enorm* wichtig, diese Jahre zu nutzen. Ich war als Kind auch einer von den Größten und das war ein Grund, warum ich als Junior so überlegen war. Wenn du Glück hast, kommst du auch noch früh in die Pubertät, weißt du eigentlich, hast du …«, er sah mich fast schüchtern an, »oder … ich meine, wenn du merkst, dass du … in der Nacht … oder …«

Der Anzugmann quetschte sich an unserem Tisch vorbei, das Smartphone mit seinem Doppelkinn festgeklemmt, *there's thousands of you, they don't care … private jet and everything …*

»Denn weißt du was, ich hab einfach nur Tennis gespielt«, fuhr Vater fort, jetzt mit einem anderen Tonfall, »die anderen haben oft auch noch Feld- oder Eishockey gespielt oder Handball, im Nachhinein weiß ich, dass es schlauer gewesen wäre, ein ganzheitlicheres Training, das die Physis verbessert und Verletzungen vorbeugt, aber ich hab nur Tennis gespielt, Tennis, Tennis, Tennis, und das lief in diesen Jahren so verdammt gut, weil ich stärker und größer war als meine Gegner und einen nach dem anderen fertiggemacht habe, die haben ganz große Augen gekriegt, wenn ich auf den Platz kam, in einem Endspiel hat ein Junge sogar angefangen zu flennen.«

Wehmütig lächelte er bei dem Gedanken daran.

»Und als ich dann dreizehn, vierzehn war, holten sie mich ein, und es wurde viel, viel anstrengender, obwohl ich sie trotzdem besiegt habe, daraufhin hat mein Trainer Gegner aufgetrieben, die zwei Jahre älter waren als ich, die haben nicht rumgeheult über eine Fehlentscheidung des Schiedsrichters oder wenn sie auf dem Sand ausgerutscht sind oder sich die Knie blutig geschlagen haben, sie wurden einfach nur … still.«

Er lehnte sich auf seinem Stuhl zurück, das Gesicht mit einer verschlossenen, gleichgültigen Miene vernagelt, der Mund ein schmaler Strich, die Augen verkrochen sich in seinem Schädel, ihr Blick finster und kühl und einsam dadrinnen, eine fast unheimliche Pantomime, bis er wieder zu meinem ganz normalen Papa wurde.

»Und da habe ich gemerkt, dass ich, wenn ich sie schlagen wollte, alles andere canceln musste, ich hatte keine Freunde, war nie auf Klassenfahrten oder Partys dabei, ab der siebten Klasse begann ich, den Unterricht zu schwänzen, in der neunten Klasse hatte ich zweihundertachtzig Fehlstunden, was einfach als Spiel begann, änderte sich, ich musste Opfer bringen und hatte Gegner, die ständig älter, größer und stärker wurden, und der Spaß war nie mehr so groß wie am Anfang.«

Die Dunkelheit hatte sich über den Hafen gelegt. Die Wellen schlugen gegen die Landungsbrücke, der Schaum seines Biers schimmerte in der Dunkelheit und sackte langsam in sich zusammen. Die Boote dunkel und menschenleer, uniformierte Wachleute auf den Anlegestegen.

Er nippte an seinem Bier und seufzte.

»Weißt du, ich konnte alles vergessen, was in diesem Alter normal war, meinen ersten Rausch hatte ich mit achtzehn, und den hatte ich monatelang planen müssen, zwei Wochen lang keine Turniere, sonst hätte meine Form zu sehr gelitten. Stell dir mal vor, wie es ist, so groß zu werden. Völlig bescheuert.«

Das blonde Mädchen hatte nun Gesellschaft von zwei anderen Mädels bekommen, die fast genauso aussahen, sie lächelten und lachten laut in die Dämmerung, Vater sah zu ihnen hinüber und zog einen Mundwinkel hoch.

»Solche Mädels reiß ich für dich auf, wenn du größer bist«, sagte er und winkte einen Kellner heran, der älter aussah als mein Großvater, so einen alten Menschen hatte ich noch nie in einem Restaurant arbeiten sehen.

»Nee, das Tennisspielen hat nie wieder so viel Spaß gemacht«, fuhr er fort, während der Kellner eine neue Flasche Bier in sein Glas goss. »Aber geschlagen habe ich sie trotzdem.«

*

Das Boot ist ein Pettersson. Ich kenne diese Boote, Vater weist mich immer darauf hin, wenn wir eins sehen, denn in Karlskrona gibt es die nicht, aber im Stockholmer Raum und im Hafen von Sandhamn bekommt man hin und wieder eins zu Gesicht. Ein hübsches, längliches Holzboot, zierlich und elegant, wie gemacht für einen gediegenen Ausflug in die Stockholmer Schären. Manche Exemplare findet man in Museen, es gibt sogar Bücher über dieses Schiffsmodell, Vater hat das im Internet entdeckt, doch weiter ist er noch nicht gekommen, er hat gemeint, er wolle sich eins zulegen, wenn er älter wird, dann wurde er älter und hat seine Pläne geändert.

Der Motor wird ausgeschaltet, und das Pettersson-Boot gleitet die letzten zehn Meter auf uns zu. Es ist in einem hervorragenden Zustand, das Mahagoni blitzt und funkelt wie Karamell und eine ganz neue Flagge flattert am Achterschiff, das tiefe Blau und das leuchtende Gelb zeichnen sich fast unnatürlich stark auf dem intensiven Holzton der Lüsterfarbe ab. Der Skipper, der sportlich an Deck klettert, ist ein großer, leicht übergewichtiger Mann, etwa Mitte fünfzig, mit beginnender Glatze und einem gräulichen Stoppelbart an den Wangen, mit breitem Lächeln, schlichtem grauen T-Shirt und kurzen Jeans, allein die brandneuen Segelschuhe und die Breitling-Armbanduhr entlarven ihn.

Routiniert vertäut er mittschiffs an der Backbordseite des Segelbootes, und ich hänge ein paar Fender raus und helfe ihm, an Bord zu steigen.

»Was für ein herrliches Wetter wir jetzt noch haben, am Ende vom Sommer«, sagt er und zeigt mit ausgebreiteten Armen hinaus auf das leere, weite Meer, als sei es etwas Majestätisches oder Göttliches. »Fällt schwer, sich nicht daran zu erfreuen, trotz all dem anderen Mist.«

»Auf dem Meer wird alles einfacher«, pflichte ich ihm bei. »Alles andere verschwindet.«

Mit warmer, glatter Hand stellt er sich vor, er heiße Sverker, sei Arzt, liege mit seinem Boot in Dalarö, aber da seien ein paar Verrückte unterwegs gewesen und hätten in der Nacht randaliert, daher habe er sich überlegt, von den Siedlungen lieber wegzufahren.

»Es hat meiner Großmutter gehört«, erzählt er stolz, »das Hochzeitsgeschenk meines Großvaters. Damals hatte das Boot auch schon seine Jahre auf dem Buckel, aber er hat es nach ihr benannt, schau mal«, und er zeigt auf den Bug, wo in verschnörkelten Buchstaben *Tekla* auf der glänzenden nussbraunen Oberfläche steht.

»Über hundert Jahre mit Hingabe gepflegt, du kennst das bestimmt, so ein Klassiker kann im Prinzip Ewigkeiten übers Wasser gleiten, wenn man sich darum kümmert. Also bin ich heute Nacht damit abgehauen.« Er lächelt. »*Im Schutze der Dunkelheit*, so wie es immer in den Jungsbüchern heißt.«

Sverker betrachtet das Segelboot interessiert, dann mich und dann das kleine Grüppchen auf dem Felsen.

»Das ist das Boot meines Vaters«, sage ich rasch. »Oder besser gesagt, unser Boot. Aber im Moment bin ich mit ein paar Freunden unterwegs.«

Er lächelt warmherzig. »Ach ja. Und wo ist dein Vater gerade?«

»Er ist an Land geblieben. In Sandhamn.«

Ich bemerke, wie sein Blick das Boot mustert, die Takelage, die Vertäuung, die Knoten.

»Ihr scheint ja hervorragend allein zurechtzukommen. Es ist nicht ganz leicht, hier draußen einen Naturhafen ausfindig zu machen, da muss man schon ein erfahrener Segler sein.«

Instinktiv ziehe ich meine Kappe gerade, und Sverker betrachtet wohlwollend die überkreuzten Tennisschläger darauf.

»Spielst du Tennis?«

»Nein. Mein Vater spielt. Er hat die Cap geschenkt bekommen, in Monaco.«

Sverker entspannt sich ein wenig, weitere Fragen wird er nicht stellen, er ist nicht der Mensch, der einen ausfragt, der sich anmerken lässt, dass er beeindruckt ist. Nur sein Lächeln wird eine Spur breiter.

»Wie lange bleibt ihr hier draußen?«

»Nur für einen Tag«, sage ich. »Man traut sich ja nur selten so weit hinaus, aber der Wind ist heute genial. Und selbst?«

»Ich habe alles für eine ganze Woche gebunkert. Wenn dieses Chaos nicht aufhört, ist das nicht schlecht. Auf einem Boot hat man ja alles, was man braucht.« Dann zeigt er diskret auf die rechte Hosentasche seiner Jeans, wo er eine Toilettenrolle hineingestopft hat. »Bis auf ein Toilettenhäuschen. Ich will nur mal kurz an Land springen, dann habt ihr wieder eure Ruhe.«

»Wir sind sicherlich noch eine Weile hier«, sage ich. »Keine Eile.«

Er klopft mir väterlich auf die Schulter. Seine Hand ist schwer, sie hat offensichtlich Kraft.

»Danke, Junge. Gar nicht einfach, hier draußen Windschatten zu finden, war froh, als ich gesehen habe, dass da ein Kumpel ist zum Vertäuen.«

Sverker salutiert ironisch grinsend und schlendert zum Vorsteven, stellt sich selbstsicher auf die Vorleine, während das Boot zum Felsen hingleitet und macht dann mit erstaunlicher Wendigkeit in Anbetracht dieses großen Körpers einen eleganten, sicheren Satz. Die anderen, die ein Stückchen entfernt hocken, applaudieren und pfeifen auf zwei Fingern und er läuft an ihnen vorbei und macht einen Diener, dazu murmelt er etwas, das offenbar witzig ist, zumindest müssen sie lachen, und dann setzt er seinen Weg über das unebene bergige Gelände trittsicher fort und steuert ein kleines Wäldchen an.

Ich stehe noch da auf meinem Deck, betrachte das Pettersson-Boot, das leuchtend blaue Verdeck, das behütete Achterschiff, das zierliche, schmale Vorschiff. *Es hieß, dass das Pettersson für den schwedischen Bevölkerungszuwachs verantwortlich sei,* hat Vater immer gesagt, einer seiner Lieblingswitze. *Die Bugkoje ist bei diesem Boot so schmal, dass man da kaum nächtigen kann, ohne ein Kind zu zeugen. Ein richtiges Vögelboot, haha.*

Ein paar Sekunden stehe ich noch da auf meinem Deck. Schließe die Augen. Atme tief durch die Nase ein und sauge den Duft von heißem, sonnengebrutzeltem Firnis ein.

Ich öffne die Augen wieder, blicke hinüber zu den Felsen. Der kleine Langhaarige sitzt da und starrt zu mir herüber. Und ich nicke langsam.

Es geht schnell, einfach, sie beeilen sich, bewegen sich lautlos und geschmeidig in ihrem kleinen Rudel, das Mädchen flüstert seinem Freund zu, ihm an Bord zu helfen, flucht leise, als es ausrutscht und beinahe ins Wasser fällt, die anderen bedeuten ihm, still zu sein. Der Kleine kommt zum Schluss und macht, ohne zu fragen, die Tampen der *Martina* los, langsam lernt er es. Das Vorschiff gleitet lautlos vom Felsen weg und der Kleine wartet noch ein paar Sekunden, in denen er vortrippelt, und dann springt er an Bord, die anderen helfen ihm und dann sind wir fünf Meter, zehn Meter weit auf dem Meer draußen, das Pettersson-Boot kommt mit wie ein eigener kleiner Schwimmsteg, wiegt sich und schwappt gegen die Fender, ein gemütlich quietschendes Geräusch, als die Wellen den alten Holzkahn gegen die Vertäuung schaukeln.

»Schau mal«, ruft das Mädchen, in der Stimme eine Heidenangst und Triumph zugleich, wir blicken alle zurück zu der kleinen Schäreninsel, aus dem Wald kommt Sverker angerannt, nackt unter seinem grauen Shirt, sein Schwanz baumelt, er brüllt etwas Unverständliches und rast über die Felsen, doch es sind noch zwanzig, dreißig Meter, er hält am Ufer an, seine Körperspannung einem Bogen gleich, er will ins Wasser springen und uns hinterherschwimmen, aber jetzt sind es schon fünfzig, sechzig Meter, er schreit wieder und das Mädchen schreit GEWÖHN DICH DRAN GEWÖHN DICH DRAN und lacht nervös und einer der Jungs stellt sich an die Reling und pisst in Sverkers Richtung ins Wasser und ein bisschen von der Pisse spritzt auch ans Pettersson-Boot und Sverker heult auf wie ein Wolf mit der erhobenen Faust in Richtung Himmel und die anderen schreien und lachen abwechselnd GEWÖHN DICH DRAN GEWÖHN DICH DRAN GEWÖHN DICH DRAN GEWÖHN DICH DRAN, als wären sie bei einem Hockeyspiel.

Ich wende den Blick von dem Schauspiel ab, dem wutschnaubenden, brüllenden alten Mann auf der Insel, den jungen Leuten, die ihn anschreien, ich sehe nach vorn, dieses Gefühl von Freiheit, das sich in meinem ganzen Körper ausbreitet, hat etwas. Ich genieße die federleichten, weichen Bewegungen, die feinen Vibrationen an der Pinne, die sich durch den Schiffsrumpf und das Steuerpult bis in meine Hände fortsetzen, das Boot, das voller Leben ist und das Wasser vorsichtig, aber dennoch mit Triebkraft, beackert.

Von dem ungleichmäßigen Abschleppmanöver rumpelt es immer wieder und ich erkläre ihnen, was zu tun ist: die Tampen vom Pettersson-Boot losmachen und ins Heck einholen, der Kleine und das Mädchen tun, was ich sage, laufen mit den Tampen, als wären sie beide gerade dabei, mit ihrem ungewöhnlich teuren Rassehund Gassi zu gehen. Das Motorboot gleitet sanft hinab längs der Reling und legt sich brav wie ein Beiboot hinter uns, ich lasse es gut zehn Meter zurück, dann binde ich es fest. Sehr schön. Es bremst natürlich stark und die Bewegung des Bootes bekommt jetzt einen abgehackten Rhythmus, aber für ein paar Kilometer wird es gut gehen.

Seemeilen, korrigiere ich mich selbst und spüre mehr, als ich es sehe, wie der Wind ins Segel greift. *Jetzt sind wir draußen auf See, Junge.*

*

Die Sonne steht hoch am Himmel, die *Martina* gleitet ohne Motor ins Hafenbecken von Björkskär, südlich der Stora-Nassa-Inseln, das Meer öffnet sich wie eine große, blaue Leinwand nach Osten hin, im Westen ist das Land nur ein dunkler, lauernder Schatten. Ich bin hier noch nie gewesen, Vater fährt nicht gern so weit raus, aber bei einem Besuch in Sandhamn fiel mir eine Broschüre von Björkskär in die Hände, in der traumhafte Fotos zu sehen waren, ein kleines Fischerdorf, ein Anlegesteg, der parallel zu den Felsen verläuft, ein Grillplatz und dann das pittoreske rote Häuschen des Wärters, mit hübschem Rasen, die reinste Schärengartenidylle inmitten von Niemandsland.

»Drei Segelboote«, flüstert der kleine Langhaarige, der auf dem Vorschiff steht und Ausschau hält. »Zwei Motorboote. Fast kein Mensch.«

Sobald wir in Sichtweite sind, legen das Mädchen und er los, sie geben sich richtig Mühe, ein Improvisationstheater, bei dem sie die Anspannung und Nervosität einfach in ihr Schauspiel einfließen lassen, sie rufen sich panisch zu, die Stimmen finden über der stillen Wasseroberfläche im Becken ihr Echo, und auf einem Boot stechen mir zwei Typen mit nacktem Oberkörper ins Auge, der eine mit weißer Cap, der andere so ein Hipster mit roter Pudelmütze und großflächigen Tattoos. Mit einem Mal blicken sie auf.

»Hilfe! Bitte, helft uns!«, rufe ich und höre mit großer Zufriedenheit, wie meine Stimme sich überschlägt, und ich stelle mich total blöd an, habe noch viel zu viel Fahrt, dass wir beinahe an den Steg donnern, ich lege den Rückwärtsgang ein und jage den Motor hoch, drehe zu weit, woraufhin das Pettersson-Boot, das wir im Schlepptau haben, fast mit dem Achterschiff an eins der anderen Boote knallt, werfe einen Tampen so stümperhaft durch die Luft, dass er im Wasser landet, mache einen zweiten Versuch und da kommt er direkt vor dem Hipstertypen auf, der mich und die anderen und das Pettersson-Boot im Schlepptau mitleidig ansieht und ohne ein Wort den Tampen festmacht und vom Boot steigt und dem Mädchen auf den Steg hilft, sie lässt sich schwerfällig niederplumpsen, hilflos, wie ein frisch geborenes Kälbchen. Sie hat sich andere Klamotten übergestreift, Sachen, die sie im Pettersson-Boot aufgetrieben hat, eine rosafarbene Rettungsweste über einem viel zu großen weißen T-Shirt, das ihr bis über die Hüften reicht, dazu Flipflops, alles zusammen wirkt komisch und erbärmlich und irreführend.

»Papa«, setzt sie an, »Papa hat …«, und schon landet sie in den nackten Armen der roten Pudelmütze und wird von Heulkrämpfen geschüttelt.

»Wir haben sie auf der anderen Seite vom Sund aufgegabelt«, erkläre ich und zeige rüber zur Insel. »Das Boot und sie, wir mussten sie ins Schlepptau nehmen.«

»Was ist denn passiert?«

Ein paar Kinder kommen aus der Plicht des einen Bootes, neugierige Blondschöpfe in orangefarbenen Schwimmwesten, eine Frau – ihre Mutter? –, die mit einem Kreuzworträtsel auf einem Strandtuch auf dem Steg lag, ist aufgestanden und kommt herüber und nimmt das Mädchen in den Arm, die weiße Cap – ihr Mann? – ist auch schon da, in kürzester Zeit hat sich eine kleine Menschentraube um uns gebildet.

»Wo ist dein Vater?«, fragt die Kreuzworträtseltussi freundlich.

Das Mädchen versucht zu sprechen, doch die Worte ertrinken in ihrem Schluchzen, meine Güte, wir hatten doch abgemacht, dass sie verängstigt wirken soll, aber jetzt sehe ich jemanden vor mir, der völlig traumatisiert wirkt.

»Haben sie dir was angetan?« Die Tante starrt mich, den kleinen Typen auf dem Vorschiff und die *Martina* abschätzig an. »Haben diese Jungs was *angestellt*?«

Sie schüttelt den Kopf, das Gesicht an die nackte, behaarte Brust der Pudelmütze gepresst.

»Schuld ist vermutlich eine Gang, die sich da drüben rumgetrieben hat«, sage ich und zeige hinüber. »Die sind heute Nacht aufgetaucht, als alle geschlafen haben, und haben angefangen, Sachen abzufackeln und kaputt zu machen. Ihr Vater hat versucht, sie wegzujagen, aber dann haben sie ihn mitgenommen.«

»Ich bin weggerannt, um Hilfe zu holen …«, setzt das Mädchen an, »… aber der blöde Motor …«

»Da ist wohl was mit dem Rückschlagventil nicht in Ordnung.« Ich habe nicht die geringste Ahnung von dem, was ich da rede, aber wir haben uns darauf geeinigt, dass es wohl ein Teil gibt, das so heißt. »Das Boot ist im Wasser getrieben. Also haben wir sie hierher abgeschleppt.«

»Wir haben versucht, die Seenotrettung zu verständigen«, sagt der kleine Langhaarige und klingt geschockt und aufgeblasen zugleich. »Und die Polizei. Und … meine Eltern, die sitzen in der Stadt fest. Aber man kommt nirgendwo durch.«

Die Erwachsenen sehen sich kurz an.

»Das muss die gleiche Gang sein wie die in Sandhamn«, sagt die Tussi. »Die Typen, die die Wassertankstelle in Brand gesetzt haben. Darüber haben sie im Radio berichtet.«

»Keine Ahnung«, schluchzt das Mädchen, »es war stockdunkel, Papa hat gesagt, ich soll stillliegen, dann lassen sie uns vielleicht in Frieden, aber dann haben sie plötzlich gerufen, dass alle aus den Booten kommen sollen, eine Mutter hat versucht, auf sie einzureden, dass sie sich beruhigen sollen, und da haben sie ihr das Boot abgefackelt, obwohl sogar kleine Kinder an Bord waren …«

Die Tussi legt erneut den Arm um sie und das Mädchen verkriecht sich in ihrer Umarmung, eine andere, jüngere Mutter kommt angerannt und sie brechen auf dem Steg zusammen, ein weicher Haufen tröstender Weiblichkeit, die rote Pudelmütze steht jetzt alleine da, unschlüssig, übrig geblieben.

»Andreas?«, sagt die weiße Kappe. »Kommst du ins Internet?«

Genervt schüttelt der den Kopf.

»Kein Empfang schon seit gestern Abend. Es scheint nach wie vor nichts zu gehen.«

»Shit.« Er sieht mich scharf an. »Du, Junge, wo habt ihr gelegen, als du sie gefunden hast?«

»Ein paar Meilen nördlich von Horssten. Ich hab's auf der Seekarte markiert.«

Ein karges, anerkennendes Glimmen in seinen Augen.

»Gut.«

Dann geht alles ganz schnell, die Männer und die Jungs versammeln sich auf dem Steg, das Mädchen muss seine Story noch einmal erzählen, ich zeige ihnen die Stelle und der kleine Langhaarige verstärkt den Eindruck noch mit einer diffusen Bemerkung, dass er von einer der Inseln vor Horssten hat Rauch aufsteigen sehen (»obwohl vielleicht auch jemand ein Feuer gemacht hat, oder es war eine Wolke oder so«), sie tragen Bootshaken und Äxte und Hämmer zusammen, einer der Jungs, ein kleiner schwarzer Kerl mit krausem Haar, rennt los und reißt von einem Bootshaus ein loses altes Brett ab und wedelt damit kriegerisch durch die Luft, an einem Ende sitzt noch ein Nagel, das ist ein Abenteuer, endlich passiert hier was, das werden sie noch den Enkelkindern erzählen.

»Aber, Andreas«, sagt die Mutter, jetzt weint die auch, sie hat noch immer das Mädchen auf dem Schoß, sie haben sich in den Schatten zurückgezogen und ihm ein rot gestreiftes Handtuch übergelegt und Wasser und Kekse geholt und ihm eine Tasse Kaffee eingeschenkt, »Andreas, wäre es nicht besser, auf die Polizei zu warten, denk doch an deinen Rücken.«

»Hier raus kommt doch jetzt kein Mensch«, sagt er und zwängt sich in seine Rettungsweste und befestigt mit den energischen Bewegungen eines vernarbten Kommandosoldaten ein Fahrtenmesser an einem der Riemen, »jetzt sind wir auf uns allein gestellt, diese feigen Schweine sollen nicht glauben, dass sie uns Angst einjagen können.«

Sie nehmen das schnellere der zwei Motorboote und düsen los, ich hatte gedacht, sie würden mich auffordern mitzukommen, um ihnen den Weg zu zeigen, hatte schon ein Argument parat, um mich herauszureden, aber keiner fragt mich, vielleicht sehe ich auch zu albern aus, zu schwächlich, zu dick. Ich gehe rüber zu dem Langhaarigen, er hockt immer noch auf dem Vorschiff, alles zusammen hat maximal zehn Minuten gedauert, wir beobachten, wie das Motorboot mit den Männern und den Jungs davonrauscht, er pfeift das Motiv von *Star Wars* und klopft ans Fenster der Bugkoje, worauf die Jungs da unten mit deutlichem Pochen antworten.

*

Eine halbe Stunde später sind wir wieder auf dem Weg hinaus auf die See, haben die Insel im Rücken. Hinter uns ringeln sich Rauchsäulen in den leeren, blauen Luftraum.

Als die älteren Jungs, in schwarzen Klamotten und maskiert, aus dem Boot geklettert und dann auf den sonnenheißen Steg gestiegen waren, und dabei *WAS SOLLEN WIR TUN – DEN PLANETEN RETTEN* gebrüllt hatten, war der Schockeffekt so groß, dass die, die zurückgeblieben waren, die Mütter und die kleinen Kinder, alles stehen und liegen ließen und das Weite suchten. Wir plünderten die Boote und nahmen alles mit, was wir brauchen konnten, Essen, Treibstoff, Wasser, während das Mädchen auf dem Steg saß und Benzin aus einem Kanister in leere Limonadenflaschen umfüllte, dann riss es Seiten aus dem Kreuzworträtselheft heraus, rollte sie zusammen und stopfte sie in die Flaschen, sein konzentriertes Vorgehen hatte etwas Hypnotisierendes, wie es da auf dem Frottéhandtuch der Frau saß und den Kaffee aus seiner Tasse schlürfte, während es seelenruhig Brandbomben bastelte. Wir holten aus allen Booten die Gaskartuschen und stellten sie im Pettersson-Boot ins Hellegatt, dann machten wir die *Martina* los und bewegten uns langsam fort vom Steg, der lange Typ setzte die Benzinflaschen in Brand und warf sie in die Boote, nur eins traf er nicht, sie gingen in Flammen auf, eins nach dem anderen, das Feuer fraß sich weiter über den Steg und das Tauwerk bis über das Gras zu den Bootshäusern, zum Schluss banden wir das Pettersson-Boot los und schubsten es mit einem Paddel in Richtung Steg und Feuer. Und dann fuhren wir so schnell wie möglich aus dem Hafenbecken hinaus, *hell hell hell* schrie der kleine Langhaarige, und ich gab Gas, um noch fixer davonzukommen und dann *WHHHHHHOOOOFFF*, als alles zu einem einzigen flammenden Inferno wurde, und alle jubelten und schrien hurra und es regnete Holzsplitter auf uns herab, dem Kleinen schlug eine brennende Leiste vom Pettersson-Boot auf die Schulter und er jaulte vor Schmerz wie ein Katzenjunges, es war das perfekte Chaos und ich stand in der Plicht und brüllte einfach los, die anderen stimmten ein, sogar der verletzte Kleine, alle außer dem Mädchen, es saß still da, wie versteinert und starrte zurück auf die brennende Insel, die Bäume, die Häuser, alles stand in Flammen und ich sah, wie seine schmalen Lippen die Worte formten *gewöhnt euch dran.*

Unten in der Kajüte werfe ich einen Blick auf die Seekarte.

»Wo sind wir?«, sagt der Langhaarige, er steht neben mir und schmiert sich irgendeine Cortisonsalbe auf seinen Arm, das war alles, was wir an Bord finden konnten, eine Tube Salbe, die Vater gegen Mückenstiche eingepackt hat.

Die restliche Bande sitzt dicht gedrängt oben in der Plicht, jemand hat eine Flasche Sekt geöffnet, wir haben Chips, Bier, Süßigkeiten, wir haben Buletten und Rotwein und Konservendosen, wir haben Trinkwasser und Benzin, wir haben einfach alles.

»Hier«, sage ich und zeige auf das blaue, endlose Meer ganz weit draußen im Schärengarten. »Hier irgendwo.«

»Wo fahren wir hin?«, fragt er mich, beinahe schüchtern. »Zurück?«

Ich schüttele den Kopf.

»Aufs Meer.«

»Aber … sind wir nicht bald fertig? Wir haben doch … Ich meine, jetzt müssten sie doch kapieren, dass … ich meine, sie müssten doch kapieren, dass es jetzt Zeit ist, den Klimawandel ernst zu nehmen?«

Ich lache, erkenne mein eigenes Lachen fast nicht wieder, es klingt blechern und platt, wie die Lachkonserven in einer alten Fernsehkomödie.

»Ernsthaft? Den Klimawandel *ernst nehmen*? Menschen, die ihr Leben lang darauf sparen, sich Motorboote zu leisten, die zwölf Liter pro Seemeile schlucken, die werden niemals begreifen, worum es hier geht. Es ist sinnlos, sie überzeugen zu wollen. Sie müssen etwas ganz anderes kapieren.«

»Was meinst du?«

Das Boot fängt an zu schaukeln, und der Typ presst sich die Hand auf die Schulter, verzieht vor Schmerz das Gesicht, diese Salbe wirkt natürlich überhaupt nicht, und ich hoffe, dass einer von ihnen daran gedacht hat, bei unserer Plünderaktion auch einen Erste-Hilfe-Koffer mitgehen zu lassen, denn ansonsten befürchte ich, dass er nicht besonders lange durchhalten wird.

Ich verstaue die Seekarte wieder und hole mir ein Bier aus dem Kühlschrank. Keins von denen, die wir gestohlen haben, sondern eins von meinem Vater. Ein tschechisches.

»Wir müssen ihnen klarmachen, dass das Schlimmste nicht das sein wird, was die Natur mit uns macht. Das Schlimmste wird sein, was wir einander antun.«

*

In der Oberstufe war ich nicht mehr so allein, ich verbrachte meine freie Zeit oft mit den anderen Jungs aus meiner Klasse, aber obwohl sie alle in guten Verhältnissen lebten, hatte keiner so ein krasses Zuhause wie ich, und bei mir war außerdem nie jemand da, also brachten Douglas und Toffe an den Wochenenden gern ihre Freunde mit, und die tranken den Barschrank leer. Ich war in der Clique allerdings noch immer eine Art Außenseiter, ich war mir unsicher, wie ich jemanden ansprechen sollte, anfangs versuchte ich, mich einfach mit Alkohol abzuschießen, aber mir wurde so schlecht und ich kotzte mich so voll, dass ich lieber zu Gras überging, einer hatte immer was dabei, also hockte ich ein bisschen in der Ecke und rauchte und nach einer Weile dämmerte ich einfach in den Schlaf.

Eines Morgens war sie einfach wieder da, tauchte zwischen den leeren Flaschen und den Aschenbechern und den Take-away-Kartons auf, trank Kaffee aus ihrem gewohnten Becher und saß auf ihrem Stuhl am Küchentisch, als sei sie niemals fort gewesen.

»Du müsstest mal ein bisschen Ordnung machen«, meinte sie, als ich in Unterhosen aus meinem Zimmer kam, warum gelang es ihr eigentlich immer, mich in Unterhosen zu überraschen? »Ich helf dir dabei.«

Sie war gekommen, um einen Blick auf die Pflanzen zu werfen, erklärte sie, während wir gemeinsam aufräumten. Der Putztrupp sollte die einfachen Dinge erledigen, Blumen gießen und heruntergefallene Blätter aufsammeln, aber wenn Pflanzen geschnitten werden mussten oder etwas Neues gepflanzt werden sollte, dann war das ihre Aufgabe. Sie erklärte mir, dass sie nicht mehr angestellt sei, sondern inzwischen freiberuflich als *Landschaftsingenieurin* arbeite. Bei diesem Wort mussten wir beide kichern, ich fragte sie, *ist das so etwas wie eine Hygienetechnikerin*? und sie grinste und meinte, *eher so in der Art Fahrzeugaufbereiterin*, wir hatten irgendwie denselben Humor, als würden wir beide blicken, worum es in der Welt wirklich ging.

Ich zog einen Trainingsanzug meines Vaters an und ging mit ihr hinaus auf die Terrasse, es war ein kalter Frühlingstag, in einem Topf lagen ein paar Glasscherben und unter meinen nackten Füßen klebten die Holzbohlen von verschütteten Alcopops. Wir räumten oberflächlich auf, sie vor allem, und dann holte sie ein paar Arbeitshandschuhe aus einer Stofftasche und reihte ihre Werkzeuge liebevoll auf der Holzbank auf, kleine Scheren und Schaufeln und Harken, Samentüten, lange, dünne Holzstäbe und etwas, das wie eine Mini-Axt aussah. Dann pflanzte sie einen Rhododendronbusch und beschäftigte sich eine Weile mit dem Orangenbäumchen und den Heckenrosen und den übrigen Gewächsen, während sie mich fragte, wie es denn in der Schule laufe und ob ich jetzt einen Plan hätte, was ich danach machen wolle, ob ich mal ein paar Bücher gelesen oder immer nur gedaddelt hätte. Ich beantwortete ihre Fragen wie gewohnt, anfangs sehr ausweichend, mit zunehmender Länge des Verhörs eher triefend vor Selbstmitleid. Leute wie sie taten sich leicht, vernichtende Kommentare zu meinen geistigen Höhenflügen abzugeben, die sich angeblich auf zu niedrigem Niveau abspielten, *Denn ein Überfluss an Geld gehe nicht automatisch mit einem eben-*

solchen Überfluss an Tiefsinnigkeit einher, meine Erfahrungen gehen eher dahin, dass er häufiger mit Oberflächlichkeit und Banalität gepaart ist sagte ich säuerlich und sie grinste breit und sagte *Das hast du wahrlich sehr schön tiefsinnig ausgedrückt.*

Aus ihrer Tasche holte sie dann ein Buch mit einem roten Einband und dem Titel *Kaltblütig – Schweden unter Covid*, es war frisch erschienen, und dem Klappentext nach zu urteilen nahm der Autor die vielen Fehler der Regierung kritisch unter die Lupe, zum einen das Versagen, weil sich das Virus anfangs viel zu schnell verbreiten konnte und zum anderen alle Pannen, als der Impfstoff nicht effektiv verteilt wurde.

»Ich habe es auf dem Weg hierher gelesen«, sagte sie, »lies du es auch, dann können wir uns darüber unterhalten.«

Ein paar Wochen später schlug sie wieder bei uns auf, diesmal hatte ich irgendwie geahnt, dass sie kommen würde, und stundenlang aufgeräumt und die Wohnung geputzt, damit alles schön war, wenn sie sich mit ihrem Kaffeebecher in die Küche hockte. Ich begriff eigentlich nicht, warum ich das tat, sie war schließlich nicht meine Mutter, nur eine Aushilfe, die wir gebucht hatten, warum machte ich mir eigentlich Gedanken darüber, was sie dachte? Ich zog einen neuen, dunkelblauen Trainingsanzug an und ging hinaus auf die Terrasse, die Sonne war wärmer geworden, Jennie war hinten beim Rosmarinstrauch und entfernte abgestorbene Zweige.

»Und, hast du es gelesen?«, fragte sie mich, ohne den Blick von der Pflanze abzuwenden.

Ich räusperte mich und sagte, klar hätte ich es gelesen, aber mir hätte der Tonfall des Autors nicht gefallen. Es war doch wohl kein Beinbruch, wenn ein paar tausend Alte in Seniorenheimen, in denen sicherlich schlimme Zustände herrschten, an einer Grippe starben, Monate oder höchstens vielleicht ein paar wenige Jahre, bevor sie an irgendeinem anderen Gebrechen sowieso hopsgegangen wären? Während meine Generation, unzählige Jugendliche, gezwungen wurde, zu Hause vor den Bildschirmen zu hocken, immer einsamer und dicker wurde und eine wesentlich schlechtere Ausbildung erhielt.

Außerdem, sagte ich, während ich da mit Vaters bequemem alten Souvenirkissen aus Seoul im Rücken auf dem Sofa saß, sei es regelrecht anstößig, dass plötzlich die ganze Gesellschaft in geliehenem Geld schier ersäuft, wenn es um eine Krankheit geht, die weniger als ein Prozent der Bevölkerung dahinrafft, während es aber unmöglich ist, Geld für die Klimafrage lockerzumachen, um hundert Prozent der kommenden Generationen zu retten. Ob sie eigentlich wüsste, dass schon ein Zehntel des Geldes, das man für die Bekämpfung von Covid zum Fenster rausgeschmissen habe, reichen würde, um den Temperaturanstieg auf unter zwei Grad zu halten? Ein Zehntel!

Langsam erhob sie sich vom Pflanzkasten und bürstete sich die Erde von den Knien ihrer dunkelgrünen Arbeitshose.

»Woher willst du das wissen?«, fragte sie mich.

»Das kannst du im Internet nachlesen«, sagte ich.

»Schon, aber woher WEISST du das?« Sie grinste. »Was ist die Folge der Methangase in Sibirien oder der Brände im Amazonas, was kostet der Ausbau von Windkraft und Sonnenenergie, wie schnell können die Maßnahmen umgesetzt werden und was sollen wir in der Zwischenzeit essen, womit fahren oder wo wohnen? Wie kommt man überhaupt auf diese Zahlen?«

Ich zuckte mit den Schultern.

»Da muss man wohl denen vertrauen, die das studiert haben. Den Experten.«

Sie ging rein und holte ihren Kaffeebecher und dann hockte sie sich zu mir aufs Sofa. Als sie so dicht neben mir war, fuhr mir ihr Duft nach Sonne, Erde, ein bisschen Schweiß und alten, schmuddeligen Klamotten in die Nase.

»Oder, wenn ich es anders formuliere: Hast du eigentlich die Klimaveränderungen schon mal irgendwo gesehen? Ich meine, mit eigenen Augen?«

»In den Sommern ist es jetzt wärmer, wir haben mehr richtig heiße Tage. Und mildere Winter, nicht mehr so viel Eis und Schnee.«

Jennie schüttelte den Kopf.

»Du bist siebzehn, also ist es rein mathematisch unmöglich, du hast noch gar nicht so viele Sommer und Winter erlebt, dass du eine Veränderung feststellen kannst. Wovon du sprichst, das beruht auf den Vergleichen der Durchschnittstemperaturen, die berechnet wurden, lange bevor du auf der Welt warst. Was du WEISST, ist, dass es im Sommer heiß ist und im Winter nur noch nasskalt, aber du weißt NICHT, was normal ist und was nicht, und die Menschen haben sich im Übrigen immer schon übers Wetter beschwert.«

Eine Weile lasse ich mir ihre Einwände durch den Kopf gehen.

»Als ich geboren wurde, war der Südgipfel des Kebnekaise der höchste Punkt in Schweden, soviel ich weiß, das war er zumindest seit der letzten Eiszeit, und seit ich auf der Welt bin, ist er so stark geschmolzen, dass er das nicht mehr ist.«

Sie seufzte.

»André, bist du jemals oben auf dem Kebnekaise gewesen?«

»Nein, aber mein Vater hat gesagt, dass wir beide mal …«

»Genau«, fiel sie mir ins Wort, »da haben wir es wieder, du WEISST es nicht. Du hast es nie mit eigenen Augen gesehen.«

Wir saßen schweigend auf dem Sofa und blickten hinunter auf die Stadt, die Sonne war hinter den Wolken verschwunden und ein kühler Wind kam auf. Ein Vogel hüpfte neugierig um das Orangenbäumchen herum, mir kam die Idee, wir könnten doch einen Nistkasten bauen und aufstellen oder so eine Glocke oder eine Kugel mit Vogelfutter aufhängen, damit die Piepmätze was zu essen kriegten, das wäre doch voll niedlich. Die Frage war natürlich, ob Papa so was gut fände oder ob er dann meckern würde, aber am wahrscheinlichsten war wohl, dass er es gar nicht bemerken würde. Ich schwieg und dachte, dass sie bestimmt demnächst irgendwas Versöhnliches sagen würde, irgendwas Nettes, um die Stimmung zu retten, so machten es jedenfalls die Lehrer in der Schule, die Lehrerinnen meist, sie verpackten ihre Kritik in etwas kuschelig Weiches: *Man merkt, dass du die Sache im Grunde verstanden hast, ich möchte nur, dass du noch ein bisschen besser erklärst, was du meinst. Was ich eigentlich sagen will, ist, dass ich glaube, du kannst mehr.*

Als wir noch eine ganze Weile dagesessen und geschwiegen hatten, kippte sie schließlich den restlichen Kaffee aus ihrer Tasse in eine Topfpflanze und ging rüber zu ihrer Tasche.

»Du weißt gar nichts, André. Du hockst hier oben auf deinem Dach und tust dir selber leid und meinst, du hättest die Welt ausgetrickst.« Sie holte drei neue Bücher aus ihrer Tasche und legte sie neben mich aufs Sofa. »Lies die bis zum nächsten Mal.«

*

Auf einer felsigen Anhöhe oberhalb des Meeres steht ein roter Leuchtturm und starrt uns an. Die Insel ist überraschend groß, hier wächst dichter Wald, und hinter dem Hügel vermute ich auch ein paar Häuser. Vom Vogelschutzgebiet her höre ich die Möwen kreischen. Diese nette kleine Schäreninsel kommt mir gar nicht fremd vor, vielmehr ist es ein Gefühl wie Nach-Hause-Kommen, und erst als ich mit dem Blick einen Schwenk mache und diese offene, leere Weite um uns herum wahrnehme, da wird mir schwindelig, das ist wie bei Tolkien, ein Ort, der ganz natürlich wirkt und doch das Unbegreifliche, das Überwältigende ausstrahlt.

Die Svenska-Högarna-Inseln liegen so weit draußen, wie man in Stockholms Schären kommen kann. Jenseits der Inseln ist nur noch blanker Horizont, hinter uns kann man das Festland gerade noch als grauen, brütenden Traum erahnen.

Hier ist Schweden zu Ende.

Diese Inseln waren als Ziel unserer Segeltörns immer wieder im Gespräch gewesen, Jahr für Jahr, in jedem Sommer. Manchmal hat Vater vorgeschoben, dass wir zu starken Wind hätten, manchmal zu wenig Wind, manchmal wehte der Wind stark genug, aber aus der falschen Richtung.

Erst jetzt begreife ich, dass er sich nicht getraut hat. Vater ist nie scharf auf Abenteuer gewesen. Er wollte lieber in Sandhamn im Hafen liegen und angehimmelt werden oder zwischen den Gästehäfen auf Möja, Grinda oder Finnhamn pendeln. Vor allem aber wollte er unsere gemeinsame Woche mit so wenig Aufwand wie möglich hinter sich bringen. Und erst jetzt – da ich langsam, mit gereffter Fock die Untiefe backbords kreuze, die Besatzung mucksmäuschenstill, nur das Mädchen auf dem Vorschiff ruft mir den Kurs zu – wird mir bewusst, wie sehr ich mich immer schon danach gesehnt habe, hierherzukommen.

Ich sitze in der Badehose in der kochenden Sonne, als wir die stille Wasseroberfläche spalten und in das seichte, enge Becken gleiten. *Es ist wirklich schwierig, da draußen anzulegen*, hat Vater immer gesagt, wenn er es nicht länger auf den Wind schieben konnte, er fuhr ja meist nach Navi und dem Kartenplotter, den er auf sein iPad runtergeladen hat, die Seekarte hat er nie benutzt. Aber im Pettersson-Boot habe ich ein altes Buch gefunden, das ich mitgenommen habe, bevor wir das Boot versenkt haben, und darin befinden sich exakte Skizzen, wie man diesen nicht leicht zugänglichen Hafen ansteuert. Und hier sitze ich, das Buch wie eine Schatzkarte auf dem Schoß, *Fahrrinnen und Häfen im Stockholmer Schärengarten*, bestimmt aus den fünfziger Jahren oder noch älter, aber es bringt uns sicher durch diese labyrinthartige Passage. Sobald man sich parallel zu einem großen Stein backbords befindet, soll man steil nach Steuerbord gieren, überall nur zwei Meter Tiefe, die anderen starren auf die scharfkantigen Felsen um uns herum und dann auf mich, als wäre ich ein Zauberer, und zum ersten Mal im Leben schäme ich mich nicht für meinen Körper, lasse den Bauch entspannt hängen, schere mich nicht um die Fettwülste an der Brust oder mache mir Gedanken, ob mein Schwanz in der zu engen Badehose mickrig aussieht.

»Wollen wir …«, flüstert der große Typ und holt seine Maske raus und ich nicke und pfeife das Thema von *Star Wars*.

»Da ist kein Mensch«, sagt das Mädchen vom Vorschiff leise. »Ich sehe kein einziges Boot.«

Es hat recht, der winzige Anlegesteg ist leer, auch die schmale Bucht für die kleineren Motorboote. Drei, vier freie Bojen schaukeln auf den sanften Wellen vor uns. Die Sonne liegt wie ein Suppenterrinendeckel auf der glatten Wasseroberfläche. Langsam übermannt mich so ein Gefühl von Trägheit und Schläfrigkeit, und da erst merke ich, dass ich in den letzten zwei Nächten nicht viel Schlaf bekommen habe.

Wir legen an. Das Mädchen und die zwei älteren Jungs springen mit einer Chipstüte und einer Box Rotwein an Land, der Große pafft eine Zigarre, die er irgendwo gefunden hat, und muss husten, die anderen lachen. Der kleine Langhaarige ist in der Plicht sitzen geblieben und blinzelt in die Sonne, er hat sich seinen Arm umwickelt, die Schwellung ist vermutlich schlimmer geworden, er hat sich nicht nur verbrannt, sondern sich auch noch eine hässliche Wunde zugezogen, eigentlich müsste man ihn ins Krankenhaus bringen.

Egal. Bald ist sowieso alles vorbei.

Ich will eigentlich gar nicht vom Boot runtergehen, aber es macht auch keinen Spaß, hier hocken zu bleiben und auf das zu warten, was unvermeidlich ist. Als ich klein war, habe ich es geliebt, wenn wir neue Orte angesteuert haben, es war toll, an Land zu springen und die Strände, die Buchten, das Unterholz und die Felsblöcke zu erforschen. Aber heute nicht. Vielleicht weil ich gar nicht das Unbekannte suche.

Eine Weile, nachdem die anderen an Land längst aus meinem Blickfeld verschwunden sind, springe ich auf den kleinen Steg und laufe los. Die Svenska-Högarna-Inseln sind anders als die übrigen Inseln in den Schären, sie sind nicht flach und eben, sondern ganz im Gegenteil voller Abgründe und kleiner Anhöhen, Klammen und

Felsblöcke, man hat da extra ein System aus Brücken und Stegen errichtet, damit Besucher bequem über die Insel wandern können.

Mitten auf der Insel komme ich an einem alten Friedhof vorbei, hinter niedrigen Steinmauern, gelb verbrannter Rasen, auf der Infotafel steht, dass man hier frühere Leuchtturmwärter mitsamt ihren Familien begraben hat, aber vielleicht ist diese Grabstätte noch viel älter, die Insel ist seit dem 15. Jahrhundert bewohnt gewesen, eine Zeit, von der ich mir vorstelle, dass dieser Ort durch Stürme, Eis oder Flaute in regelmäßigen Abständen wochenlang, vielleicht sogar monatelang, von der Umwelt abgeschnitten gewesen sein muss.

In dem alten Büchlein heißt es, hier gebe es die Schwarze Krähenbeere, Heide, Wacholdersträucher, Strand-Mastkraut und Brombeeren, aber ich kann nur abgestorbene Pflanzen erkennen, vertrocknete Blätter, Erde, grau wie Asche. Auf den Inseln im Schärengarten wuchsen früher einmal Orchideen, ich habe Bilder vom Holunder-Knabenkraut gesehen, das wir Adam und Eva nennen, eine lilafarbene und eine sandweiße Blume, die nebeneinander wachsen, es sieht aus wie ein Wunder, ein wahrer Kindertraum vom Paradies, und jetzt gibt es das nicht mehr, ist vom Wacholdergehölz völlig verdrängt, von invasiven Spanischen Wegschnecken, Weißwedelhirschen und Wildschweinen verspeist.

Alles wird vergehen. Tiere und Pflanzen und Fische und Vögel, es ist alles gegen die Wand gefahren. Ich setze mich auf eine Steinmauer und heule über dieses Elend, die Wasserspiegel werden steigen, die Wälder werden niederbrennen, die Polarkappen werden schmelzen, es wird kein Ende nehmen, denn alles steuert auf sein Ende zu, mein Leben wird ein einziger langer Abschied von der Zukunft werden, die man mir vor langer Zeit schon gestohlen hat. Ich krache holprig von der Mauer und strecke mich der Länge nach auf den Friedhof aus und stiere hinauf in den toten blauen Himmel und schlafe ein.

*

Verfluchte Gören

Die Stimme ist heiser gebrüllt, voller Hass. Die Erde unter mir hart. Eine Spur kälter jetzt.

Mein Körper tut weh, unter Ächzen komme ich hoch. Das Abendlicht auf dem Strauchwerk und der Steinmauer; ich muss Stunden geschlafen haben.

Die Stimme, noch einmal:

Der Dicke, der mit der Mütze

Ich kauere mich zusammen, quetsche mich ganz dicht an die Steinmauer, in deren Schatten, ein Schauer läuft mir über den Rücken.

Schritte kommen näher, bewegen sich auf der anderen Seite an mir vorbei.

Das Haus, da oben

Das Geräusch grober Schuhsohlen auf dem Kies.

Der Leuchtturmwärter

Halte die Luft an, mache mich ganz klein, versuche quasi, mit den Steinen zu verschmelzen, instinktiv suche ich Schutz, doch ein anderer Teil meines Hirns betrachtet die Lage von außen: den lächerlichen Anblick eines großen, dicken Jungen in einer zu engen Badehose, der sich wie eine Kellerassel in einem alten Holzzaun verkriecht.

Höre, wie die Schritte sich wieder entfernen, weggehen, hinaufgehen, zum Inselinneren. Krieche genau in die andere Richtung, zurück, runter zum Hafen. Atme immer noch oberflächlich, kneife die Pobacken zusammen. Hocke mich hinter einen Busch und sehe zwei Männer und zwei Jungs, wie sie im Leuchtturmwärterhäuschen verschwinden. Der eine Mann trägt eine rote Pudelmütze, der andere ist stämmig und untersetzt, Jeansshorts, eine Glatze, die in der Sonne blitzt. Ich schleiche über die Stege in die andere Richtung, runter zu dem kleinen Gästehafen. Sehe unseren Mast schon über den Felsblöcken emporragen. Glaube, auch schon das schnelle Motorboot von Stora Nassa zu erkennen. Gehe vom Steg und klettere auf einen Felsen, bis ich mehr sehen kann.

Die weiße Cap hockt da mit zwei Jungs in der Plicht der *Martina*. Nervös blicken sie in die Richtung, in die die anderen losgegangen sind. Von dem kleinen Langhaarigen weit und breit keine Spur.

Ich krabbele noch ein paar Zentimeter weiter hoch, bis ich bessere Sicht habe, aber ich kann keine anderen Menschen entdecken und auch keine weiteren Boote und die Angst sitzt mir im Nacken.

Er ist nicht hier.

Er wird nicht kommen.

Rutsche wieder hinunter, gehe in dieselbe Richtung zurück, vorbei am Friedhof, mache einen großen Bogen nach links, glatte, heiße Steine unter den Fußsohlen, die Stimmen oben vor der roten Leuchtturmwärterwohnung, sehe gar nicht in diese Richtung, ich bin eigenartig ruhig, es ist irgendwie sinnlos, jetzt Angst zu haben, ich kann sowieso nirgendwo anders hin.

Die Stimme des Mädchens, schrill, wütend.

Aua! Alter Pisser

Sein Typ, der Große, mit zittriger Stimme, fast bricht sie.

Hey, wie könnt ihr

Ein Anflug von Angst jetzt auch in seiner Wut.

Aua! Lass mich los, Scheißkerl

Sverker. Sonor, eine gelackte Stimme, gewohnt, Befehle zu erteilen, so dass er sich nicht einmal die Mühe macht, sie zu heben.

Verfluchte Gören, da hättet ihr vorher dran denken müssen

Ich schleiche an den Stimmen vorbei und gelange auf die Anhöhe, bin jetzt hinter der zierlichen roten Stahlkonstruktion des Leuchtturms. Hier vom Sockel des Leuchtturms blicke ich von oben auf das Häuschen. Dafür, dass sich der Leuchtturmwärterwohnsitz auf einer abgelegenen Insel im äußersten Schärengarten befindet, ist er surrealistisch normal: vor der frisch gestrichenen Fassade im traditionellen Schwedenrot eine verdorrte rechteckige Rasenfläche mit buntem Plastikspielzeug, einer Schaukel, ein paar Blumenpötten aus rotem Ton. Auf der Bank vor dem weißen Gartentisch, an dem die Farbe absplittert, sitzen dicht gedrängt die zwei Typen und das Mädchen, Sverker, die rote Pudelmütze und zwei von den Jungs stehen im Halbkreis um sie herum, so als hätten sie Äpfel geklaut oder Kippen in die Blumenbeete geschmissen und sich erwischen lassen.

Und der Dicke?

Der Junge, der zu der Latte gegriffen hatte, der kleine Dunkle, die Stimme schrill und hart.

Das Mädchen brummelt leise eine Antwort. Der Lange mit dem Bart mischt sich ein.

Ist alles seine Schuld, wir haben immer gesagt, dass wir heimwollen, er hat uns gezwungen, ganz weit rauszufahren, total gestört

Über mir erhebt sich der wunderschöne, orangerote Leuchtturm wie ein blutunterlaufener Finger. Natürlich werden sie hier auch suchen, aber vielleicht kann man sich dadrinnen irgendwie verschanzen, oder es gibt eine Tür, die sich abschließen lässt.

Es riecht nach Metall und Farbe, als ich das Bauwerk umrunde, bis vor die Tür. Einen Moment lang könnten sie mich vom Garten aus sehen, ich versuche, mich im Kies ganz leise zu bewegen, aber ich weiß, dass es zwecklos ist, ich sehe mich selbst wieder wie von oben, den schwerfälligen, halb nackten Jungen, der versucht, Cowboy zu spielen, völlig klar, dass sie mich sehen, natürlich sehen sie mich, die Tür springt auf ohne einen Ton und ich bin drinnen im Dunkeln, innen drin kein Schloss, eine Wendeltreppe hinauf, ich schleiche hoch, ein Schritt, zwei Schritte auf einmal.

Dann bin ich oben, erst ein Glaskäfig und dann eine Plattform auf der Leuchtturmspitze, die sich zum Himmel und zur See hin öffnet. Ein leerer, unendlicher Horizont, nichts mehr, wo man sich verstecken könnte, kein Ort, an dem man sich einschließen kann, auf der Spitze eines Leuchtturms am Ende der Welt kann man nichts anderes tun, als die Aussicht zu bewundern. Ich sehe die Boote unten in dem kleinen Hafen, ich sehe den Friedhof, ich sehe den Garten geradeaus vor mir und dann winke ich Sverker instinktiv zu, genau in dem Moment, als er sich umdreht und mir blinzelnd ins Gesicht schaut.

Er winkt zurück, sagt etwas zu den anderen, zeigt zufrieden hoch zu mir.

Da

Ich gehe einmal im Kreis über die Plattform und blicke nach Westen, in den Schärengarten, ein unscharfer Schatten, eine traurige Erinnerung, das Festland muss irgendwo dahinten sein, aber das ist vielleicht auch nur ein Märchen, ich habe das Gefühl, als hätte ich hier draußen mein ganzes Leben verbracht, in diesem Weiten, Nackten, eine flache, tote Wildnis, durchbohrt von der unbarmherzigen geisteskranken Sonne.

Und dann das Boot, ein Skalpell, das durch die glatte Wasseroberfläche schneidet, direkt auf mich zu. Wenn ich die Luft anhalte und horche, kann ich das Rauschen des Motors hören. Eine blendend weiße Princess Flybridge, mit Kurs aufs Ende der Welt.

*

In meinem letzten Schuljahr auf dem Gymnasium kam Jennie alle paar Wochen zu mir in die Wohnung, manchmal, um etwas auf der Dachterrasse zu erledigen, aber oft auch einfach, um mit mir zu chillen, um Videospiele zu machen oder Serien zu schauen oder Kaffee zu trinken. Manchmal half sie mir bei den Hausaufgaben, Sprachen und Religion und Geschichte waren mir immer schon leichtgefallen, aber in Mathe, Chemie und Physik hatte ich riesige Lücken, und sie saß geduldig da und büffelte mit mir und gab sich Mühe, bis ich die Zusammenhänge begriff, Stunde um Stunde hockte sie am Küchentisch, sie schien alle Zeit der Welt zu haben. Wenn ich sie fragte, ob sie nicht irgendwo anders sein solle, zuckte sie nur mit den Schultern, *Ist grad eh wenig zu tun*, von Zeit zu Zeit sagte sie vage etwas über Freunde und einen Lover, aber es war unmissverständlich, dass sie diese Welt lieber ausblenden wollte.

Mitunter brachte sie Bücher mit, abgegriffene Bände, die sie in Antiquariaten erstanden oder von irgendeiner Großmutter geliehen hatte, manchmal, wenn Jennie von ihrer Familie erzählte – was selten genug vorkam –, machte sie Andeutungen, dass sie da eine Art Erbe besaß, Regale voller Bücher, Bilder, alte Klaviere – und Nachnamen, die mit derselben Andacht ausgesprochen werden mussten, wie wenn Vater von McEnroe, Borg oder Nastase sprach. In den Büchern ging es um Geschichte und Politik, meist um ernsthafte und unheimliche Themen wie Hunger und Tod, den Nordirland-Konflikt, die Arbeitslager in Sibirien (und wie sie mit dem Putin-Regime heute zusammenhängen), die Lynchjustiz in den USA (und wie das mit dem Trump-Regime und allem, was nach ihm kam, zusammenhängt), um den Holocaust, die Ausrottung der Comanchen, die Ausrottung der letzten Tasmanier, den Völkermord an den Uiguren, ich las ein bisschen in ihren Büchern und dann unterhielten wir uns darüber, wie einfach es war, den Blick von all dem Bösen, dem Schrecken, den dunklen Seiten abzuwenden und von unserer Verantwortung, die Welt zu betrachten, so wie sie heute ist.

»Es ist wichtig, dass du das verstehst«, sagte sie. »Wir brauchen mehr Menschen, die das verstehen.«

Manchmal, wenn Vater zu Hause war, kam er raus und begrüßte sie mit einem schiefen Grinsen, aber über die Bücher verlor er kein Wort. Es war seine Schuld, dass ich so hinterher war, das begriff ich, er hatte das nie gefördert, obwohl ich gerne las und nachdachte und diskutierte. Meine Mutter war diejenige gewesen, die diese Neugier in mir geweckt hatte, die mich stundenlang mit den Lexika hat sitzen und blättern lassen in unserer Wohnung in Flogsta. Dann wurde ich in der Schule besser, was sich in meinen Zeugnisnoten niederschlug. Es machte mich stolz, den Lehrern zu widersprechen, ihren Schlendrianunterricht und ihr Wikipedia-Wissen in Frage zu stellen. Als der Klimawandel auf dem Lehrplan stand, ging es darum, den Treibhauseffekt und die Auswirkungen des Kohlendioxids zu erklären, wir sollten an die erneuerbaren Energien und die Aufforstung glauben, es wurde der Nutzen von Biodiesel herausgestellt, man hielt uns die Zahlen vor Augen, die Anzahl der Quadratkilometer, um die die Eisdecke schmolz, und die Anzahl der Zentimeter, um die der Meeresspiegel anstieg, und die Anzahl der Millionen von Menschen, deren Lebensgrundlagen verschwinden würden.

Aber kein Wort fiel über die Katastrophe, die echte Katastrophe. Kein Wort, das uns, die wir träge mitschrieben, auf ein Leben vorbereitete, welches eine andauernde, chaotische Flucht vor dem Zerfall der Zivilisation bedeutete. Kein Wort über das Leid.

Es war ein warmer und sonniger Winter und ich saß draußen auf der Terrasse auf dem Gartenstuhl in der Sonne, während Jennie an der Heckenrose herumzupfte und von ihren Bauern in Afrika erzählte, von deren Überlebenswillen und der Hoffnung, die sogar noch die Familien besaßen, die seit Generationen auf ein und derselben Müllkippe in Lagos lebten, einfach solange sie denken konnten, und wenn man sie fragte, woher sie kämen, antworteten sie *von hier.*

»Das Wichtigste ist, dass man sich nicht hängenlässt«, sagte sie. »Nicht grübelnd und passiv in der Ecke hockt. Das wollen die doch nur. Dass du aufgibst, oder noch schlimmer, in Selbstmitleid ertrinkst und nur noch negativ bist. So eine Spaßbremse. Versprich mir das, André, dass du aus dem Weltuntergang keine Ausrede machst, dich zu drücken.«

Im Frühjahr ging sie wieder auf Reisen und ich feierte mit den Jungs aus der Klasse, Douglas und Toffe und den anderen, wir standen kurz vor dem Abitur und obwohl ich weder besonders cool noch gut aussehend war, durfte ich dabei sein, wir hatten Pläne für unser Restaurant in Båstad. Jennie hatte mein Selbstbewusstsein etwas aufgemöbelt, ich konnte jetzt besser reden, besonders mit Mädchen, manchmal, wenn wir uns unterhielten, gab sie mir Tipps, welche Komplimente bei ihnen besonders gut ankamen, nicht solche Tricks, die Vater mir beigebracht hatte, wie Essen wegzuschmeißen oder Socken in die Unterhose zu stopfen oder die Mädels ständig zu irgendwas einzuladen.

An einem Abend im Mai klingelte es an der Tür und da stand sie, abgemagert, verratzt, die Klamotten in verschiedenen Schmuddeltönen, dunkelgrün, grau und braun. Sie sei gerade aus Simbabwe zurückgekommen, sagte sie, sie sei planlos umhergezogen, habe in Jugendherbergen gewohnt, ihr alter, kaputter Rucksack hatte Flecken von Essensresten und Dreck.

»Kann ich mich hier ablegen?«, fragte sie leise. »Weiß grad echt nicht, wohin.«

In Vaters Schlafzimmer war das Bett gemacht, also ließ ich sie ihre Sachen abstellen und duschen und dann hockten wir wieder in der Küche, auf denselben Stühlen wie immer, sie holte sich selbst eine Flasche Wein aus dem Schrank und öffnete sie und schenkte uns zwei große Gläser voll, sie trug Vaters großen, weißen Morgenmantel, der nach seinem Deo roch, und ich hätte eigentlich mit meiner Klasse unterwegs sein sollen, wir wollten im Sommerhaus von irgendeinem Kumpel ein bisschen feiern, aber ich wusste, ich saß lieber hier mit ihr, der helle Frühsommerabend schimmerte im Edelstahl des Kühlschranks und nun waren da wieder nur wir zwei, Jennie und ich, so wie immer.

»Ich war auf dem Kilimandscharo, aber auf dem Gipfel liegt gar kein Schnee mehr«, sagte sie und schenkte noch Wein nach, »alles ist geschmolzen. Als ich vor sieben Jahren da war, war er noch bis oben hin weiß, jetzt ist alles weg.«

Dann streckte sie ihre Hand über den Tisch und griff nach meiner, ich zuckte zusammen, sie berührte mich sonst nie.

»Und dann wollte ich mir die Victoriafälle anschauen, aber die gibt es nicht mehr, hast du das gewusst? Die Dürre hat so lange angehalten, dass kein Wasser mehr da ist, das ist einer der größten Wasserfälle der Erde, man hat das Rauschen schon viele Kilometer weit gehört, wie ein Donnergeräusch, dann war da nur noch ein lächerliches, mickriges Bächlein und jetzt ist gar nichts mehr da, es ist ein Jammer.«

Sie holte eine Schachtel Zigaretten heraus und zündete sich eine an, ich hatte sie vorher noch nie rauchen gesehen, sie pustete den Rauch einfach in die Küche und ich sagte, dass Vater nicht möchte, dass man in der Wohnung raucht.

Jennie grinste und schenkte wieder Wein nach.

»Dein Vater hat bestimmt nichts dagegen, wenn ich das tue.«

Eine Minute verging, es war still. Meine Gedanken drehten sich um nichts Besonderes.

»Er bezahlt mich dafür, dass ich herkomme. Mit dir lerne und so. Das weißt du schon, oder nicht?«

Ich nickte, aber fragte sie trotzdem, seit wann.

Sie zuckte mit den Schultern.

»Von Anfang an. Weil du so schrecklich viel allein bist. Du hast ihm leidgetan.«

In dem funzeligen Licht der Zigarettenglut konnte ich erkennen, dass es in ihren tränenfeuchten Augen glitzerte.

»Und irgendwann hat er auch mal angedeutet, ob ich nicht mal übernachten könnte, André, aber das wollte ich nicht, das hat sich falsch angefühlt, André, das wär dir gegenüber echt nicht okay, das hast du auch nicht nötig.«

Sie zuckte mit den Schultern.

»Aber jetzt weiß ich wirklich nicht mehr weiter. Ich bin in meinem ganzen Leben noch nie so abgebrannt gewesen.«

Es gibt eine ganz besondere Art von Schamgefühl, das hab ich schon als kleiner Junge begriffen, du schämst dich nicht für etwas, was du *getan* hast, sondern dafür, wie du *bist*. Du schämst dich, dass du zu einem Kindergeburtstag nicht eingeladen bist, obwohl alle anderen Kinder, die du kennst, hingehen, oder du schämst dich, weil du eingeladen bist, obwohl du gar keinen da kennst, aber die Eltern gute Menschen sind, Verantwortung übernehmen und sich um andere kümmern, und während du dein Geschenk überreichst, die Legopackung, hörst du, wie jemand flüstert *Seine Mama liegt im Krankenhaus*. Du schämst dich, weil du in den großen Ferien allein bei den Großeltern sitzt und weißt, dass da gleichaltrige Kinder sind, die im Haus und im Garten und auf den Felsen und am Strand spielen, aber du hockst da und kramst in einem alten Karton voller vergilbter Zeitungsausschnitte und liest, was die Sportjournalisten vor vierzig Jahren über einen Vater geschrieben haben, den du jedes Jahr eine Woche lang siehst.

Und es war dieses Schamgefühl, dann doch etwas betreten Jennie in Vaters Schlafzimmer zu folgen und mich schweigend auf die Bettkante zu setzen, während sie sich vor meinen Augen auszog, ich hatte noch nie ein nacktes Mädchen in echt gesehen, und obwohl sie dicker und flacher und haariger war als die, die ich von den Pornos kannte, war sie auf sonderbare Weise doch viel, viel schöner, denn ich konnte ihr Atmen hören, hatte den Geruch von Tabak und Wein und Erde und Dreck in der Nase. Und da verstand ich, dass das, was Sex vom Masturbieren zu Pornos unterscheidet, was Sex zu Sex macht, gerade dieses Schämen ist, dass man sich aussetzt, das Schämen, dass der Schwanz zu mickrig ist, der Körper zu hässlich, der Atem zu eklig, dieses Schämen, nicht perfekt zu sein. Ich schämte mich, weil ich mich blöd anstellte, als ich ihr den BH auszog (sie musste mir schließlich dabei helfen), und ich stellte mich blöd an, als ich die Kondome rausholte und keinen Schimmer hatte, in welche Richtung man die ausrollen musste, und dann ließ meine Erektion nach und sie zog mich zu sich ins Bett und sagte einfach *scheiß drauf* und wir küssten uns und sie machte irgendwas Merkwürdiges mit ihrer Zunge in meinem Mund und ich versuchte, dasselbe zu machen, und ihr Speichel schmeckte scharf und dann lagen wir beide einfach nackt da und taten gar nichts und ich schämte mich, ich schämte mich für alles.

Und im Dunkeln legte sie ganz still ihre Hand auf meinen schlaffen Schwanz und dann sagte sie *Mensch, André, jetzt strengen wir uns mal ein bisschen an* und schließlich verstand ich, dass man die echte Geilheit genau da, ganz tief in diesem Schamgefühl findet, nicht auf dem Bildschirm mit Lippen und Titten und Fotzen und allem, was da rein- und rausgeht und sich entleert, sondern in genau diesem, stillen, geleeartigen Moment, wenn du dich so sehr schämst, dass du auf die andere Seite gelangst und das Schämen zur Freiheit wird, zur Geborgenheit, ein Ort, an dem es nichts mehr zu verlieren gibt, vor jemand anderem ganz nackt zu sein ist so peinlich, dass man auch einfach losvögeln kann, um es hinter sich zu bringen, und sie zog routiniert mit schwieligen Fingern an mir, griff mir in den Schritt, nahm meine Hoden in die Hand, als ob ich Unkraut oder eine tote Pflanze wäre, die mit den Wurzeln ausgegraben werden muss, und ich verspürte mit einem Mal eine große Ruhe, als ich herumrollte und mich auf sie legte und es ihr überließ, ihn reinzuschieben, es war ganz überraschend nass und heiß und nicht besonders bequem, aber trotzdem begann es schon nach ein paar Sekunden durch den ganzen Schritt zu ziehen und ich musste daran denken, wie ich zum allerersten Mal onaniert hatte und es ein Gefühl war, als hätte ich mich eingepisst, und wie ich gegrübelt hatte, wie man das denn mit einem Mädchen macht, das muss sich doch megaunangenehm anfühlen, sich einzupissen, wenn man in einem Mädchen drin ist, und ich begriff, dass genau dieses unangenehme Gefühl der Schlüssel war. Darin lag alles: die Angst und der Genuss und die Trauer und dieses starke Schamgefühl, ein Mensch zu sein. Und sie streichelte mir über den Rücken und flüsterte *na also*.

Eine Woche später kam Vater aus Australien zurück und er hatte in der Wohnung gerade mal ein paar Nächte geschlafen, als er eines Morgens auf die Terrasse trat, mit seinen grauen abstehenden Haarbüscheln und roten Striemen um die Augen, er zog sein T-Shirt hoch und drehte sich um und zischte *Sieht man da was*? Am nächsten Tag kam eine Firma für Schädlingsbekämpfung und stellte fest, dass das ganze Schlafzimmer voller Wanzen war und selbst wenn man das Doppelbett rausschmiss (und das war neu und hatte ein Vermögen gekostet), saßen die noch hinter den Sockelleisten und in den Ritzen in der Wand und den Tapeten, die einzige Methode, die nachweislich funktionierte, war, das Zimmer mit einem Mittel einzusprühen und dann einen ganzen Monat lang noch in diesem Bett zu schlafen.

»Da bleibt wohl nur, sich über den Sommer einen Untermieter zu holen«, sagte Vater und verzog das Gesicht, während er sich in der Achselhöhle kratzte, »ich werde mich mal umhören, ob jemand eine Wohnung sucht. Hast du Jennie dadrinnen schlafen lassen? Mit all ihrem Zeug?«

Ich nickte.

»Das erklärt alles. Diese verfluchten, ekelhaften Entwicklungsländer, und sie ist da überall rumgereist, pfui Teufel, wenn dieses räudige Luder noch einmal seinen Fuß hier in die Tür setzt, dann …«

Er stockte, als er meinen Gesichtsausdruck sah, und dann legte er mir die Hand auf die Schulter.

»Hey, sorry. War nicht so gemeint. That came out wrong, ha ha. Hau du am besten nach San Francisco ab, dann organisiere ich jemanden, der hier wohnt. In ein paar Jahren ist das eine echt gute Geschichte. So wie die Story, als ich meine Schuhe vergessen habe und gegen Lendl spielen musste, hab ich die schon mal erzählt?«

*

An dem Tag, nachdem wir zusammen Gras geraucht hatten, saß meine Tante, als ich runterkam, frisch geduscht und ungeschminkt am Küchentisch, die Haare zurückgekämmt, und hielt einen großen Becher Kaffee in der Hand. Sie hatte einen bestimmt zehn Jahre alten Lonely-Planet-Reiseführer neben meine Müslischüssel gelegt.

»Hab ich gefunden«, sagte sie beschwingt. »Inzwischen hat sich zwar viel verändert, aber da sind auch massenhaft Tipps für Museen und Bibliotheken und historische Stadtführungen und so was drin.«

Ich betrachtete das Buch, dann nahm ich es in die Hand. Das Cover zierte ein Bild einer in grellen Farben frisch lackierten Straßenbahn, ich hatte Touristen unten an der Market Street gesehen, die da standen und auf so eine Bahn warteten. Ich schlug den Reiseführer einfach irgendwo auf. Farbfotos vom Transam-Tower, die Haarnadelkurven der Lombard Street, Chinatown, die Golden Gate Bridge, die durch weiße Nebelschwaden hindurchstach.

Ich öffnete die Cornflakespackung, eine Art Schoko-Crispies mit Minze, ich hatte immer noch Lust, in den Läden an den Regalen vorbeizuschlendern und diese überzuckerten Fertigprodukte der amerikanischen Junkfoodkultur zu erforschen. Ich füllte meine Schüssel fast voll, kippte noch Milch darüber und erfreute mich an dem typischen Knuspergeräusch beim Essen.

»Warum behandelst du mich wie ein Kind?«, fragte ich vorsichtig und schob ihr das Buch zurück über den Tisch.

Nathalie seufzte.

»Du bist neunzehn. Du arbeitest nicht, du studierst nicht, jetzt hast du einen ganzen Sommer in San Francisco nur so zum Spaß, und da hab ich mir gedacht, du könntest doch vielleicht die Gelegenheit nutzen … na ja, irgendwie *voranzukommen*? Nicht nur herumzuspazieren und Kaffee zu trinken? Nur weil du André Hell heißt, wird sich dir die Welt künftig nicht auf dem Silbertablett präsentieren. Wie soll dieser Sommer in deinem CV in zehn Jahren aussehen, was stellst du dir vor?«

Ich war kurz davor loszulachen, so komisch fand ich die Situation.

»Hast du im Auftrag meines Vaters noch mehr zu sagen?«

Sie zog ein beleidigtes Gesicht.

»Anders? Mit dem habe ich seit Jahren nicht mehr gesprochen.«

»Ich habe noch nie gehört, dass du das Wort *CV* benutzt. Nie im Leben. Ich frage mich ernsthaft, ob du überhaupt weißt, was diese Abkürzung zu bedeuten hat.«

Ihre farblosen Lippen gerieten unter Spannung. Sie sprang auf, griff nach dem Buch und knallte es direkt vor mir auf den Tisch.

»So. Raus.«

So versuchte ich also mein Glück. Ich streunte durch Haight-Ashbury, stieg in die U-Bahn nach Berkeley und wanderte den Telegraph Hill auf und ab, ich spazierte durch Chinatown und durch North Beach und in eine Buchhandlung, die den Namen City Lights trug und in Nathalies Buch als *intellektueller Hotspot* und *Epizentrum der Beat-Literatur* erwähnt wurde, ich war an der auffällig schönen Fassade mehrmals vorbeigeschlichen, hatte aber nie Lust verspürt hineinzugehen.

Die Klimaanlage schien kaputt zu sein und es roch muffig nach alten Büchern. Da kam mir der Gedanke, dass es Jahre her war, dass ich zuletzt eine Buchhandlung besucht hatte, die Schulbücher hatte ich mir einfach nach Hause bestellt oder aus dem Netz runtergeladen. Ein grauhaariger Pferdeschwanztyp stand hinter der Theke, neben ihm eine Punktussi mit Nasenring, die mich abschätzig anstarrte. Der Laden war die reinste Bibliothek, Regale voller Bücher zu allen möglichen Themen, *Politik der USA, Anthropologie, Kino, Literatur von Menschen lateinamerikanischer Herkunft*, ich ging ins Obergeschoss und stieß dort auf *Geschichte, Umwelt, Kulturwissenschaften,* betrat dann ein kleines Nebenzimmer ohne Fenster und da stand auf dem Regal einfach nur *Leid.*

Davor blieb ich stehen. Ein Buch über die Hungersnot in Äthiopien in den achtziger Jahren, auf dem Cover ein Säugling mit Fliegen in den Augen. Daneben ein Buch über die Pest im 14. Jahrhundert, ein Bild von Hieronymus Bosch. Die Hungerkatastrophe in der Ukraine unter Stalin. Die Arbeitslager in Sibirien. Die Brutalität der japanischen Soldaten im Zweiten Weltkrieg, das Massaker von Nanking, der Todesmarsch von Bataan.

»Das ist neu«, erklärte die Punktussi förmlich, als sie mit einem Bücherwagen vorbeikam. »Seit letztem Winter ist das Leid eine eigene Kategorie.«

»Warum?«

»Es wird zunehmend über vergessene und verschwiegene Atrocities geforscht« – ich hatte dieses Wort noch nie gehört und musste es später nachschlagen, es bedeutet *Grausamkeiten oder Gräueltaten* –, »die erst jetzt ans Tageslicht kommen, seit uns bewusst ist, wozu Menschen in der Lage sind.«

»Okay, aber das müsste doch unter … Geschichte gehören oder …«

»Wir haben ein Regal für *Religion*, was hat ein jüdischer Millionär in Amerika heute gemeinsam mit einer jüdischen Sexarbeiterin in Palästina vor zweitausend Jahren?«

Mit Gepolter stellte sie Bücher roboterhaft zurück ins Regal.

»Aber warum … warum habt ihr das gerade jetzt eingerichtet?«

Sie verzog das Gesicht.

»Hast du dir mal angeschaut, in welchem Zustand sich unsere Welt befindet?«

Sie schob ihren Wagen wieder zurück. Ich blieb allein vor dem

Bücherregal stehen. Das Massaker auf dem Platz des Himmlischen Friedens. Der Völkermord an den Uiguren. Ein halbes Regal allein über den Vietnamkrieg.

Ich zog ein Buch über Deutschland im Jahr 1945 heraus, zerbombte Häuser und ausgemergelte, rußige Kindersoldaten auf dem Titel, das sah spannend aus, Bücher über den Zweiten Weltkrieg waren immer interessant, ich nahm es mit zu einem Sessel, der zwar staubig, aber ganz bequem wirkte. Ich wollte gern etwas über Hitler im Bunker lesen, dieser Film ist so cool, wo er in einem Keller hockt und sich über alle Betrüger und Spielverderber und alle Ungerechtigkeiten auf der Welt beklagt, aber in dem Buch schien es vor allem um die Zivilbevölkerung zu gehen und die Frauen, die vergewaltigt wurden, und so viel anderes, was echt schlimm gewesen war. Nachdem ich ein paar Seiten überflogen und dann schnell den restlichen Teil durchgeblättert hatte, legte ich das Buch enttäuscht auf den Schoß und dann kam mir der Gedanke, wie dieser Moment wohl aussehen könnte, diese Sekunde, in der du begreifst, dass es vorbei ist. Wenn die Hoffnung aus dir rinnt wie der Durchfall nach einer schlechten türkischen Pizza.

Ein Verlierer sein. Die meisten Erzählungen von Verlierern handeln davon, wie sie zu Gewinnern werden, der Dummerjan, der am Ende die Prinzessin bekommt und dazu das halbe Königreich, oder wie sie *erst* Gewinner werden und *dann* wieder Verlierer, Hitler ist ein Niemand und erobert Europa, als mächtigster Mann der Welt bringt er einen ganzen Erdteil dazu, vor ihm auf die Knie zu fallen, und dann endet er wie eine Ratte in einem Berg qualmender Ruinen.

Aber was ist mit denen, die Verlierer sind und Verlierer bleiben? Von Anfang bis Ende, ohne Chance, hilflos, sinnlos. So ist das bei den meisten Menschen, warum schreibt keiner über die?

Leid. Das ganze Leben besteht daraus. Verschiedene Grade von Leid und verschiedene Facetten, klar. Aber alles ist nun mal Leid.

Am Tag danach kam ein Gewitter.

Ich hatte schon etwas von *dry lightning* gehört, dieses eigenartige Phänomen, wenn es blitzt, aber nicht regnet, das gibt es in Landstrichen, in denen es so trocken ist, dass Regen verdunstet, bevor er die Erdoberfläche erreicht. Aber die Nacht von Stroboskopblitzen erleuchtet zu sehen, wie der Himmel in Richtung Osten, über Berkeley, Oakland und weiter im Landesinneren wie ein abgerissenes Stromkabel Funken sprühte, das war etwas anderes.

Die Wälder in Washington, Oregon und im Norden Kaliforniens brannten seit April, man erklärte mir, der Boden sei derart ausgetrocknet, dass sich das nicht so schnell regulieren werde, und der Fichtenborkenkäfer habe sich in den weiten Wäldern ausgebreitet und mache die Bäume kaputt und sorge dafür, dass sie noch leichter in Brand gerieten. Alle hätten Angst vor der trockenen Asche, dass sie den Küstenregionen näher käme, den Großstädten, den Autobahnen, den Orten, wo mehr als nur ein paar tausend Menschen wohnten.

Und da begann ich zu begreifen, was Jennie gemeint hatte. Dass es ein Unterschied ist, ob ich etwas über den Weltuntergang lese oder ihn mit eigenen Augen sehe, ein Königreich, das vor Zucker und Jugendkult und Hippienostalgie und Reality Soaps und Pornoträumen und Hollywoodlügen nur so trieft, vertrocknen und zerfallen zu sehen, so wie Alexandria und Konstantinopel und Rom und Athen auf einmal, wie sie zerfallen und zu Asche werden. Die Armut, die sich ausbreitete. Die Möbelfuhren, die jedes Jahr ins Landesinnere gingen, wenn sich die Arbeitslosigkeit und die Entwurzelung und die Hoffnungslosigkeit an der Westküste wie ein Gift ausbreiteten, durch eine Gesellschaft, die sich von der Pandemie nicht erholt hat. Und obendrein die Waldbrände, die nun immer früher auftraten, und es dauerte immer länger, bis man sie unter Kontrolle hatte, früher kamen sie von Juni bis September vor, aber mittlerweile von April bis November. Ganze Teile von Kalifornien waren jetzt mehr oder weniger unbewohnbar, es gab Gegenden, da weigerten sich die Versicherungsgesellschaften, Verträge mit Hauseigentümern zu unterzeichnen oder bestehende zu verlängern, und so viel weiß ich, wenn das Geld einen Ort verlässt, dann wandern die Menschen hinterher.

Die Blitze hatten an der Nordostseite des Berges Mount Diablo eingeschlagen, etwa fünfzig Kilometer östlich von San Francisco, im Contra Costa County. Auf den Fernsehbildern sah es dort richtig nett aus, wunderschöne Aussichten von endlosen Wanderwegen und traumhafte Abgeschiedenheit, obwohl die nächsten Siedlungen gar nicht weit entfernt waren. Die Fläche des Brandes war zunächst etwa tausend Acres, dann fünftausend Acres, mir sagte dieses Flächenmaß gar nichts, Hunderte von Feuerwehrleuten kämpften gegen das Feuer, einige tausend Anwohner, die in einem kleinen Ort namens Blackhawk lebten, wurden gebeten, sich auf dem Parkplatz vor einem Supermarkt zu versammeln, um evakuiert zu werden.

Es wurde stürmisch, ein trockener, heißer Wind, wie ich ihn nicht kannte, ich stellte mir vor, dass das ein Wüstenwind sei, es donnerte wieder und der Wind drehte und trieb das Feuer von Mount Diablo in Richtung Küste. Golfclubs, Luxushotels, Schulen brannten, das Feuer griff auf den Highway 680 über und vereinte sich mit ein paar kleineren Bränden in einem anderen Naturreservat, Las Trampas Regional Wilderness Park, da gab es einen großen See, der Upper San Leandro Reservoir hieß, und viele glaubten, dass er der Ausbreitung des Feuers in westliche Richtung ein Ende setzen würde, doch der See war ausgetrocknet und das Feuer griff über, lief weiter und kam zum nächsten Park und zum nächsten Golfclub, und jetzt tauchten die Menschen da, wo ich war, auf, sie kamen aus Städten, die Danville, San Ramon, Alamo und Walnut Creek hießen, sie wohnten in ihren Autos und zelteten am Strand, Geschäfte und Cafés stellten ihnen Wasser und Lebensmittel zur Verfügung, die Kinder bekamen überall Eis und Süßigkeiten umsonst, sie waren gesund, neugierig und verspielt, wie amerikanische Kinder so sind, doch die Erwachsenen hatten starre, leere Blicke und scrollten verunsichert auf ihren Smartphones hoch und runter.

Und dann die Asche. Die Asche, die wie dünnes Puder auf ganz San Francisco fiel, auf alle Straßen, auf Autos, Hausdächer, die grünen Rasenflächen, die natürlich längst nicht mehr gewässert, sondern mit Spray eingefärbt wurden, ein feiner anthrazitfarbener Staub. Und der Himmel ein gelbbrauner Schleier, der orangefarben glänzte, wenn die Sonne ihren Höchststand erreicht hatte, dieselbe Farbe wie Morgenurin.

Eines Morgens wanderte ich hinaus in den zähen Nebel, die Luft dick, das Atmen fiel schwer, die meisten trugen eine Mund-Nasen-Maske, seit der Pandemie war das zur Gewohnheit geworden. Anstelle meines üblichen Streifzugs nach North Beach und City Lights ging ich in den Norden, zu dem Strandabschnitt, der vor der Golden Gate lag. Die Menschen standen da wie verhext und blickten hinüber auf die andere Seite, Marin County, die Wälder da oben brannten, es brannte im Landesinneren, ein neuer Großbrand breitete sich nun rund um die Stadt Vacaville aus und oben in Napa und Petaluma und Mendocino, die Weingüter, die Urwälder, Yosemite, das Skiparadies in Tahoe, den ganzen Weg zur Wüste hin stand das Land in Flammen.

Wir befanden uns vorn am Ufer einer Halbinsel, einer der reichsten Gegenden der Welt, und sahen zu, wie sie niederbrannte. Die Golden Gate Bridge setzte sich majestätisch von dem sepiagetönten, anhaltenden Dämmerlicht ab und ich beobachtete Leute, die Fotos machten, Selfies, Gruppenbilder. Einer verkaufte Würstchen. Einer verkaufte T-Shirts und Ansichtskarten und Gesichtsmasken mit der Skyline der Stadt vor dem gelbbraunen Dunst.

Ich stand da noch eine ganze Weile, nicht um den Rauch zu beobachten und die vergiftete Luft, sondern um die Menschen anzuschauen, die Zeuge wurden, wie ihre Zivilisation dem Ende entgegenging, und die nicht brüllten, keine Revolution machten, keine Schaufenster einwarfen oder Autos abfackelten oder gegen die Propagandamaschinerie der Fernsehsender Amok liefen oder Politiker und fossile Kapitalisten und die Lobbyisten hinrichteten, denen wir es zu verdanken hatten, dass ein halbes Jahrhundert mit Leugnen, Lügen und Korruption verstrichen und dass es nun so weit gekommen war.

In dem Sommer, als ich neunzehn war, lebte ich in San Francisco und sah Menschen vom Untergang der Menschheit Fotos machen.

Dass der Berg ausgerechnet Mount Diablo hieß. Der Berg des Teufels. Und mein Nachname, *Hell*, das war ein Soldatenname, der im 18. Jahrhundert aufkam und dessen Bedeutung entweder *Licht* oder *Glück* gewesen sein soll, woran die Menschen aber in erster Linie denken und worüber sie ihre Witze reißen, ist natürlich das englische Wort für *Hölle,* und als ich klein war, phantasierte ich wild über diesen Ort, wo die Sünder ihre Strafe bekommen und am Ende für alle Schuld bezahlt werden musste. Aber je älter ich werde, desto mehr kapiere ich, dass die Hölle nur ein Märchen ist und uns die Gerechtigkeit nur vorgaukelt, denn es kommt ja keine Strafe, es gibt keine Abrechnung, der Jüngste Tag ist die kollektive Lebenslüge der Menschheit, denn die Uhr dreht sich weiter, selbst wenn alles endet.

*

»Was für ein verrücktes Chaos überall, oder?«, sagt Vater und lacht laut. »Die Menschen sind auf einmal so sonderbar. Im Radio habe ich gehört, dass ein paar Samen ein Berghotel in Lappland besetzt haben, sie haben ihre Rentiere dabei und verlangen jetzt ein Gespräch mit der Regierung. Habt ihr das mitgekriegt? Eine Horde läppischer Lappen!«

Die anderen starren ihn wortlos an. Es wird langsam dunkel und ich hocke da bei den anderen Aktivisten, eng an eng auf dieser Holzbank. Vater scheint sich mit ein paar Gläsern von Kalderéns finnischem Whisky gestärkt zu haben, denn er ist ungewohnt poltrig und aufgedreht, klopft der roten Pudelmütze auf die Schulter, fast hätte er Sverker noch umarmt, als der ihn erkannt hat – *ich habe Sie beim Davis-Cup-Finale in München gesehen, Sie haben alles abgeräumt*, sagte der Arzt etwas steif und Vater *nein, nein, das war Stefan, der abgeräumt hat* und lächelte sein breites Wolfsgrinsen.

Jetzt steht er da an die Hauswand gelehnt und blinzelt in die Abendsonne, er strahlt eine Art Triumph aus, endlich hat er es hier hinausgeschafft, *auch wenn das etwas unplanmäßig war, haha, musste in so ein Bootshaus einbrechen, um noch Sprit zu besorgen, ist echt der Wahnsinn, was so eine Kiste schluckt.*

»Habt ihr diesen Clip auch gesehen, der vorhin gesendet wurde? Eine Kindergärtnerin hat ein ganzes Lager übernommen und hält jetzt Brandreden vorm schwedischen Volk?! Völlig durchgeknallt.« Vater schnalzt und gluckst selbst über seinen Witz. »Eine drollige Kindergärtnerin. Mit einem riesengroßen Hund.«

»Tekla«, sagt Sverker unterkühlt.

Vater sieht ihn fragend an. »Tekla?«

»Mein Boot. Ein Erbstück von meiner Großmutter. Über hundert Jahre mit viel Mühe in Schuss gehalten.«

Vater nickt ernst. »Ja, Mist. Solche Boote sind ja wirklich großartig. Schrecklich traurig, dieses Unglück. Aber wie gesagt, das Wichtigste an der Sache ist doch, dass niemand verletzt worden ist. Alles andere kann man ja ersetzen.« Er zuckt mit den Schultern. »It's just money.«

»Unglück?«, sagt die rote Pudelmütze.

»Na ja, wie auch immer wir das nennen wollen, die Dinge sind ja trotz allem versichert und alle Jugendlichen haben sich entschuldigt und jetzt müssen die Herren doch nur noch Adressen und Telefonnummern notieren und dann melden wir uns und finden eine Lösung.«

»Meine Kinder sind gejagt worden.« Die Stimme der roten Pudelmütze bricht. »Meine Frau ist um ihr Leben gerannt, mit unserem Baby im Arm. Aber die hier … diese *Jugendlichen* haben geschrien und gelacht und unseren ganzen Besitz angezündet.« Mit zittrigem Finger zeigt er direkt auf mich. »Und der da ist der Schlimmste von allen.«

»Wie gesagt«, setzt Vater mit ruhiger Stimme an, »es tut André schrecklich leid, dass alles so dumm gelaufen ist.« Dann nickt er zu seinen eigenen Worten. »Wirklich der Wahnsinn, was für einen Tag wir alle hatten.«

Er geht in die Hocke, nie wirkt er so sehr wie ein alter Sportler, wie wenn er sich hinhockt, seine Art, zwischen Oberschenkel- und Gesäßmuskulatur derart würdelos zu balancieren hat etwas Sportliches, wie jemand, der sich hinhockt und kackt. Er fährt mit der Handfläche durch das leblose Gras, sieht auf zu den anderen Männern.

»Ich finde aber, man muss die Dinge ins rechte Licht rücken. Überall Chaos, Militär auf den Straßen, nationaler Ausnahmezustand. Ist doch kein Wunder, dass unsere Jugend ein bisschen austickt.«

Vater erhebt sich, steht wieder in voller Größe da, lässt einen Seufzer los.

»Und da müssen wir Erwachsenen mit gutem Beispiel vorangehen. Zeigen, dass Regeln Regeln sind. Immerhin befinden wir uns noch in Schweden.«

Sverker und die rote Pudelmütze sehen sich an, blicken auf die zwei Teenie-Jungs, auf den kleinen schwarzen Jungen. Erschöpft nicken sie einander zu.

»Also«, brummt Sverker. »Dann fahren Sie los, bevor es dunkel wird, dann klären wir alles Weitere, wenn wir wieder zu Hause in der Stadt sind.«

»Hervorragend«, sagt Vater lächelnd, »kommt mit, ihr habt alle Platz im Motorboot.«

Die Aktivisten stehen schweigend auf, bewegen sich in seine Richtung, keiner sieht dem anderen in die Augen.

»Und die Polizei lassen wir natürlich aus dem Spiel«, schiebt er mit ganz neutralem Tonfall hinterher, quasi beiläufig.

Die Szenerie gefriert.

Der Leuchtturm erhebt sich weit über uns wie ein prähistorisches

Raubtier, erinnert uns daran, wo wir uns befinden, am weitesten draußen, am weitesten fort. Mutterseelenallein.

»Ich dachte, Sie hätten was von Regeln gesagt«, erwidert Sverker mit geleckter, leerer Stimme.

Vater zuckt mit den Schultern, gibt keine Antwort, geht weiter, versucht, so zu tun, als hätte er es nicht gehört.

Die rote Pudelmütze legt mir eine harte, schmale Hand auf die Schulter.

»Dieser Kerl hier hat eine Strafe verdient.«

Vater dreht sich um, verzieht das Gesicht und verdreht die Augen, als ob gerade einer etwas schrecklich Peinliches gesagt hätte, wie damals, als er noch gespielt und sich über eine falsche Schiedsrichterentscheidung beschwert hat, schließlich hat doch jeder sehen können, dass der Ball nicht im Aus war.

»Eine *Strafe*? Was denn, zehn Peitschenhiebe? Den kleinen Finger abhacken? Sind wir jetzt plötzlich in Saudi-Arabien oder was?« Er schüttelt den Kopf. »Der Junge hat sich entschuldigt. Soll es jetzt noch einen Eintrag in seinem Führungszeugnis geben? Wegen ein paar Booten, die ein paar Kratzer abbekommen haben? Jetzt reißt euch mal am Riemen.«

Er geht weiter, mit durchgestrecktem Rücken, zielstrebig in Richtung Hafen. Die Hand hebt sich von meiner Schulter, ich bin frei.

»Allerdings hab ich das gar nicht«, sage ich.

Das ist das erste Mal, dass ich den Mund aufmache, seit Vater hergekommen ist, und es hat exakt die Wirkung, die ich mir davon versprochen habe. Alle erstarren. Der schwarze Junge blickt zu den Erwachsenen, zu mir, als würde er ein Tennisspiel verfolgen, den Mund wie ein schmaler Strich erwartungsvoll angespannt.

»Ich entschuldige mich überhaupt nicht dafür, dass ich dein lächerliches Vögelboot zerstört habe«, sage ich zu Sverker. Richte dann meinen Blick zu der roten Pudelmütze. »Oder dass deine verwöhnten Rotzjungen mal einen Schuss vor den Bug gekriegt haben. Mit dem Geld für diese Boote, die ihr nur zum Angeben habt, hätte man sauberes Wasser, Impfstoff, Solarzellen und Lebensmittelpakete für hungernde Familien im Jemen kaufen können. Ihr habt echt jeden Scheiß verdient. Ihr alle, weil ihr das viele Leid einfach ignoriert.«

Sverker starrt mich an. Ich lächele.

»Wenn man sich mal die Geschichte solch eines Bootes vorstellt. Wirklich mächtig, es brennen zu sehen. Schade, dass du nicht dabei sein konntest. Sorry. Hätte es filmen sollen.«

Unter seiner Glatze geht etwas vor sich, unter all den Schichten Studium und Karriere und Umfeld, da ist die Erinnerung an die langen Wintertage mit dem Sandpapier in der Hand, mit Schaben und Schleifen, an Sommertage und planschende Kinder und klare, blaue Himmel und den Duft nach Lack, es ist die Geschichte eines Bootes, das mehr war als das, eine Geschichte mit einem Ende, das er für den Rest seines Lebens ertragen muss, das weiß er, und ich sehe, wie seine Fäuste härter werden und sich heben und sich wieder senken und seine Augen immer schwärzer werden, und ich mache mich bereit, jetzt, endlich.

Der Arzt schnappt nach Luft, schüttelt den Kopf.

Droht leise flüsternd:

»Mach, dass du wegkommst. Ich will dich nie wieder sehen.«

Die rote Pudelmütze brüllt etwas, die Teenies brüllen etwas, ich höre gar nichts, ich weiß nur, ich habe es wieder nicht geschafft, mein Vorhaben, einen Wutanfall zu provozieren, einen Angriff, der Vater zwingen würde, mich zu verteidigen, das war natürlich vollkommen naiv und lächerlich und peinlich, genau wie mein ganzes Leben eine einzige Serie von peinlich missglückten Versuchen ist, etwas anderes als der Loser zu sein, der ich nun mal bin, und ich wende mich ab und trotte Vater und den anderen hinterher.

Da höre ich Schritte, es ist der kleine schwarze Junge, der mit seinem Brett wedelt und ruft *Fahr nach Hause, du Memme, fahr doch nach Hause, fahr nach Hause zu deiner Mama, du Fettkloß* und vielleicht ist es die Enttäuschung, dass mein Plan nicht aufgegangen ist, vielleicht auch, dass er das Wort *Mama* ausgesprochen hat, vielleicht auch alles zusammen, auf jeden Fall drehe ich mich um und stelle mich mit verschränkten Armen hin und sage *Halt die Schnauze, du mieser –*

er brüllt etwas,

schwingt das Brett wie einen Tennisschläger auf mich, ich mache einen Schritt zurück, stolpere, falle auf die Knie,

die Erwachsenen schreien, ich sehe die rote Pudelmütze auf uns zurennen,

Hör auf Alex hör auf Alex hör auf

das Brett ist wieder in der Luft, das Gesicht des Jungen vor Wut verzerrt,

und Vaters Hand an meinem Arm, er versucht, mich hochzuziehen,

und das kranke, stumpfe Geräusch von Holz gegen Fleisch und Knochen

und die Zeit, die fast stillsteht, als ich Vater auf diesem schmalen Weg liegen sehe, das Blut, die Wunde am Kopf,

der Junge hält das Brett immer noch in der Hand,

der Nagel ganz vorn

MistMistMist Alex

Mist Anders wie ist das passiert das war doch keine

Sverker ist bei ihm, die Hände an Vaters Kopf, der finstere Klinikblick

Mist, das muss genäht werden, Gott, wenn der Nagel durch seinen Schädel durch ist, weiß ich auch nicht, ob er

und Vater öffnet die Augen und sieht mich an und sagt leise

weg hier

und ich weiß nicht, was das zu bedeuten hat, ob ich wegsoll oder er oder wir beide, aber ich kann ihn auf die Beine stellen, seinen Arm um meinen Hals, und brülle *Lasst uns in Ruhe! haut ab!* und wir humpeln gemeinsam weg von diesem Ort, lassen die anderen stehen.

Mein Dad und ich.

*

»Hast du Schmerzen?«, frage ich ihn.

Vater brummelt eine Antwort, stolpert, schlägt fast hin, ich blicke auf die Wunde an seiner Stirn, das Blut läuft nicht einfach heraus, es pumpt in kleinen Mengen, er ist ganz weiß im Gesicht.

»Sie haben mich geschlagen«, murmelt er.

»Ja, Shit. Sie haben dich geschlagen. Du musst kämpfen, Papa.«

Wir wanken über einen Steg, dann über einen runden Felsen, dann über den nächsten Steg. An dem kleinen Friedhof vorbei. Jetzt können wir den Mast der *Martina* endlich sehen.

Er hat einen Schlag an den Kopf bekommen, weil er versucht hat, mich zu beschützen. Wir sind gemeinsam geflohen.

Sein Körper lehnt schwer an meinem, er atmet oberflächlich, das Blut klebt an meiner nackten Schulter.

Wir sind gemeinsam geflohen, aber wir waren im äußersten Schärengarten und da war niemand, der uns hätte helfen können, und er lag im Sterben.

Noch ein paar Felsplatten, dann der kleine Hafen. Im Augenwinkel sehe ich, dass sich an Bord der *Martina* immer noch Leute aufhalten, ein Stückchen weiter liegt das Motorboot, Kalderéns Princess Flybridge. Super. So ein Boot habe ich noch nie gesteuert.

Er lag im Sterben und ich hab versucht, ihn an Bord zu bringen, aber ich war zu schwach.

Jetzt erklingen Stimmen hinter uns, die anderen haben sich zusammengerottet, werden versuchen, ihn zu retten, ich muss mich beeilen.

Ich führe ihn weiter zum Motorboot, spüre ein bisschen Wehmut, als ich Vaters saubere Vertäuung erkenne, Rundtörn mit zwei halben Schlägen.

Aber ich war zu schwach und er zu benommen. Und dann ist er ins Wasser gestürzt und ertrunken.

Er hört mich nicht, reckt sich nach der Reling des Motorboots, stöhnt, zieht sie zu sich heran, tastet unsicher, versucht, sich hinüberzubewegen.

Er ist ins Wasser gestürzt und ertrunken. Und ich konnte ihm nicht helfen, weil ich zu ungeschickt und zu dick und zu feige bin.

Gerade, als er den Schritt macht, greife ich an seinen Gürtel, halte ihn fest. Das Boot gleitet vor und er steht mit einem Fuß auf dem Vorschiff und dem anderen auf der Brücke, wieder fallen mir die Comicfiguren ein, wie sie immer aussehen, wenn sie quasi in die Länge gezogen werden und plötzlich horizontal in der Luft balancieren, genau wie ich, als ich den Fuß auf diese kleine, felsige Insel setzen wollte, mein Vater bleibt fast im Spagat stehen und jammert, und als ich spüre, dass er die Balance verliert, lasse ich den Gürtel los.

Lasse ihn fallen.

Fast rufe ich um Hilfe, der Impuls ist stark, und es wäre vermutlich sogar schlau, denn wenn mich später jemand fragt, könnte ich sagen, ich habe es versucht, ich habe wirklich alles getan. Aber natürlich besteht das Risiko, dass Sverker und die anderen ihm zu Hilfe kommen.

Dann fällt mir ein, dass ich eigentlich erzählen kann, was ich will, ich kann sagen, ich hätte gerufen, um Hilfe geschrien, würden die anderen behaupten, dass ich lüge? Warum sollte ich? Es hat doch jeder gesehen, was passiert ist.

Also halte ich den Mund und beuge mich vor und sehe ihn im Wasser wild mit den Armen rudern, seine ruckartigen, wortlosen Bewegungen, Hände, die an dem rutschigen Felsen Halt suchen, den Bug, der gegen seine Schultern donnert, das Blut, wie es sich mit dem Seewasser mischt, die weißen Augen, das schwarze Wasser, die nassen grauen Haarsträhnen, die an seinem Kopf kleben.

»Ich bin zu ungeschickt und zu dick und zu feige«, flüstere ich. »Zatz juzt who I äääām.«

*

Meine Großeltern hatten von Vater Geld bekommen, um ihr Haus zu renovieren und so auszubauen, dass der Teil, der ursprünglich mein Schlafzimmer war, sich nun in eine kleine Gästewohnung mit eigener Küche verwandelte. *Das ist prima,* meinten sie, *dann können wir das als Apartment vermieten und ein bisschen was dazuverdienen.* Aber ich könnte ja jederzeit auch im Keller übernachten, wenn ich wollte, das alte braune Cordsofa stand ja noch an seinem gewohnten Platz, ein bisschen in die Jahre gekommen, schon, aber ganz bequem zum Schlafen.

Ich war früher als geplant von San Francisco zurückgeflogen, durch den Brandgeruch in der Luft war es unmöglich gewesen, sich im Freien aufzuhalten, und so hatte ich meinen Rückflug umgebucht. Aber da unsere Wohnung untervermietet war und auch noch von den Wanzen befreit werden musste, wusste ich nicht wohin, es blieb nur das alte – inzwischen umgebaute – Haus in Karlskrona.

Es war heiß, und ich kannte niemanden in der Stadt. Ich lieh mir Großvaters Fahrrad und machte mich auf in die Innenstadt, holte mir ein Eis oder einen Hamburger, spazierte am Wasser entlang. Manchmal ging ich zu einem Badefelsen in der Nähe und legte mich in die Sonne. Großvater ist ein unverschämt fitter Achtzigjähriger und redete auf mich ein, ich solle doch früh morgens mal mit ihm angeln gehen, es sei gar nicht lange her, da hatte man noch Kabeljau, Hecht und Barsch gefangen, und Aal natürlich auch, aber uns ging nichts an die Angel, die Buchten und Schilfgürtel waren fischleer, alles war öde, tot, still, nur Großvaters alte Kurbel war in Betrieb. Ich spielte mit dem Gedanken, irgendwas Neues anzufangen, Windsurfen sah cool aus, Kraulen gefiel mir auch. Aber die Wochen verstrichen und ich hockte da mit ein paar Büchern, die ich von City Lights mitgebracht hatte. Jennie war wieder in Afrika, ich schrieb ihr in verschiedenen Chats, und obwohl ich wusste, dass sie auf diesen Kanälen kommunizierte, antwortete sie mir nie.

In dem Sommer, als ich neunzehn war, lebte ich unten in Blekinge bei meinen Großeltern im Keller und mein Leben war erbärmlich.

Da es den Anschein hatte, als wäre ich nicht allzu sehr beschäftigt, fragte meine Großmutter behutsam nach, ob ich vielleicht den Zaun streichen könne? Das würde wohl schon eine Woche in Anspruch nehmen, aber ich hätte möglicherweise dafür Zeit? Mir fehlte die Erfahrung mit handwerklichem Arbeiten, aber die Vorstellung, den Zaun zu streichen, gefiel mir, das hatte so was Bodenständiges und Handfestes, so was Tom-Sawyer-Mäßiges und ich fuhr mit Großvater los, um Pinsel und Rollen und Farbe einzukaufen, ich plante und nahm Maß und die Sonne schien ordentlich, es war perfektes Wetter zum Streichen.

Hol dir vorher mal die Arbeitshandschuhe aus der Garage, damit du dich nicht so vollschmierst, sagte Großvater, als wir alles parat hatten, und in der Garage waren Unmengen Gerümpel, Werkzeug, Schrauben und Muttern, ein altes Fahrrad, Rettungswesten, ein kaputter Außenborder, ein uralter Röhrenfernseher, mehrere längliche Kartons mit Dias, die kein Mensch mehr anschauen wird – die fast entwürdigende Unfähigkeit des Alters, nutzlose Dinge einfach wegzuwerfen.

Und die Kiste. *ANDERS!* mit schwarzer Tinte. Ich hatte fast vergessen, dass es die auch noch gab. Es musste zehn Jahre her sein, dass ich sie zuletzt geöffnet hatte.

Ohne viel nachzudenken, öffnete ich die Ordner, blätterte die Zeitungsausschnitte durch, fuhr mit einem Finger über ein goldenes Zeitalter schwedischer Tennisgeschichte. Die Berichte der englischen Boulevardzeitungen hatte ich früher nicht lesen können, jetzt musste ich über die Überschriften schmunzeln, wenn Vater eine erfolgreiche Woche hinter sich gebracht hatte, hieß es *The Week from Hell*, wenn er gut aufgeschlagen hatte, war es *The Serve from Hell*, wenn ein Gegner im Viertel- oder Halbfinale oder im Finale selbst auf ihn traf, schrieben sie *Welcome to Hell*, und wenn der Gegner ihn erledigt hatte, stand da *Back from Hell*.

Der Duft der alten Zeitungsseiten, des Leims, der Druckerschwärze.

Und dann ein roter Plastikordner, an den ich mich gar nicht erinnern konnte. Ich nahm ihn heraus, blätterte darin. Es waren ausgedruckte Mails.

In den achtziger Jahren gab es noch keine Mails. Vater hat seine Karriere beendet, bevor das Internet die Welt eroberte.

Ich ließ mich auf dem Boden nieder und las. Der Absender war info@kfbc.nu. Der Empfänger war team_hellofficial@gmail.com. Anfangs waren die Mails noch in einem recht höflichen Tonfall verfasst, was sich bald ändern sollte.

Sie stammten vom Kungliga Flottans Båtklubb Carlskrona, auf dessen Überwachungskamera aufgezeichnet worden war, wie ein Junge spät in einer Oktobernacht bei ihnen eingebrochen war. Mit Hilfe von IT-Experten hatte man das Bild so scharf stellen können (siehe Anlage), dass man das Logo auf der Kappe des Jungen eindeutig erkannte. Anhand der Cap und weiteren Merkmalen hatte man darauf schließen können, dass es sich bei dem Jungen auf dem Foto um André Hell handeln musste, man wusste auch, dass der Junge sich in den Ferien in der Stadt aufhielt, die lokale Presse hatte mehrfach Reportagen über Anders Hells Eltern und Kinder gebracht und deren Verbindung zu Karlskrona war hinreichend bekannt.

Wir haben versucht, Sie telefonisch und über Ihren Agenten zu erreichen, leider erfolglos, darum versuchen wir es jetzt per Mail, schrieb der Bootsclub. *Der Grund, warum wir Kontakt zu Ihnen suchen, ist, dass in derselben Nacht ein Boot beschädigt wurde und wir guten Grund zu der Annahme haben, dass André der Täter war.*

Vater hat geantwortet, erst ausweichend, er sei sehr beschäftigt, werde sich aber in Kürze noch einmal melden, was er natürlich nicht tat und der Kungliga Flottans Båtklubb Carlskrona hatte erneut geschrieben, daraufhin fertigte er sie kurz und knapp ab: *Ich kann mir nur sehr schwer vorstellen, dass André das auf dem Bild ist, solche Caps gibt es überall.* Dann, nachdem der Kungliga Flottans Båtklubb Carlskrona weitere Beweise aufgelistet hatte, wesentlich arroganter: *Das kann wirklich jeder gemacht haben, ich kann mir beim besten Willen nicht vorstellen, dass André das, was Sie da schreiben, getan hat, und überhaupt finde ich es sehr eigenartig, dass Sie sich mit so einer Bagatelle so ausführlich befassen.*

Aber dann, als er sich nicht mehr herausreden konnte und der Kungliga Flottans Båtsklubb Carlskrona damit drohte, das Beweismaterial der Polizei zu übergeben, schlug Vater einen neuen Ton an.

André ist sehr sensibel, schrieb er. Seine Mutter ist erst kürzlich gestorben. Der Junge hat es nicht leicht.

Der Kungliga Flottans Båtklubb Carlskrona verlangte einen Schadensersatz, der vermutlich über dem Wert des Bootes lag. Vater bat um die Kontonummer.

Meine einzige Bedingung ist: Lassen Sie André aus dem Spiel. Keine Polizei, keine Mitteilung an Schule oder Jugendamt. Lassen Sie ihn einfach in Frieden.

Der Kungliga Flottans Båtklubb Carlskrona teilte daraufhin mit, dass der Besitzer des Bootes neben der Entschädigung gerne Kontakt zu dem Jungen aufnehmen würde.

Lassen Sie ihn in Ruhe. Er soll sich nicht auch noch mit Ihnen herumschlagen müssen.

Der Kungliga Flottans Båtklubb Carlskrona fand, dass es pädagogisch sehr wertvoll sei, einen Jungen in Andrés Alter mit den Konsequenzen seines Handelns zu konfrontieren.

Was kapieren Sie daran eigentlich nicht? Hören Sie auf mit diesem Schwachsinn. Sie lassen André da raus, ansonsten übergebe ich diese Angelegenheit meinen Anwälten und dann können Sie lange betteln, bis Sie sich IHR KLEINGELD IN DEN ARSCH SCHIEBEN KÖNNEN.

Der Kungliga Flottans Båtklubb Carlskrona blieb eine Antwort schuldig.

Die letzte Mail schrieb er paar Monate später. Vater entschuldigte sich für sein hitziges Temperament, jetzt würde er das Geld – zuzüglich eines kleinen Bonus – anweisen, diesen Schriftverkehr würde er ausdrucken und in einem geeigneten Archiv deponieren, für den Fall, dass man die Sache noch einmal aufgreifen müsse. Die Mail war sonderbar und unzusammenhängend geschrieben und zudem voller irrelevanter Informationen und Links auf verschiedene kinder- und jugendpsychologische Foren; ich nehme an, er hat sie im Suff geschrieben.

Schließlich, schrieb Vater, *will ich mich bei Ihnen BEDANKEN, dass Sie in dieser Angelegenheit so entgegenkommend und diskret waren. André ist sensibel, ihm fehlt das Selbstbewusstsein, er ist mir kein bisschen ähnlich. Er heißt André, weil ich mein letztes Match gegen Agassi gespielt habe, Agassi hat mich 3:0 geschlagen, und manchmal glaube ich, dass das der Grund dafür ist, dass er so ein Loser geworden ist, weil ich ihn nach einer Niederlage getauft habe, nach dem Augenblick, when it was all over.*

Und weiter:

Er war mein Wunschkind, er ist alles, was mir von Malin geblieben ist. Ich schäme mich für meinen Sohn, aber ich werde nie aufhören, ihn zu beschützen. Niemals.

*

»Da drüben hat er gewohnt«, sagt mein Dad, seine Stimme ist dünn und wabbelig wie Gelee.

Wir fliegen vorwärts auf unserer geborgten Princess Flybridge. Er liegt auf dem großen weißen Sofa hinter dem Steuerpult, nass, blutig, kreideweiß im Gesicht.

Wir sind schon an Sandhamn vorbei, jetzt halten wir Kurs auf die Stadt. Um uns herum wird es sehr schnell dunkel in dieser stromlosen Nacht im August, aber das Motorboot hat ein Navigationssystem und Radar und Kameras, die es ermöglichen, bis in Stockholms Innenstadt hinein mit Autopilot zu navigieren. Trotzdem stehe ich hier am Steuer. Zum ersten Mal in meinem Leben fahre ich ein Motorboot, zumindest eins, das so schnell ist, es ist ein erhabenes Gefühl, Wind im Haar, die röhrenden Motoren, mit denen das Boot durch die Wellen schneidet, die höher gelegene Kommandobrücke, wenn ich herausbekäme, wie man die Stereoanlage bedient, würde ich versuchen, Wagner aufzulegen.

»Wer?«

Mein Dad antwortet nicht, seufzt, schließt die Augen, wimmert.

Er wird nicht überleben, denke ich.

Er muss überleben.

Er darf nicht überleben.

Dann:

Vielleicht ist das jetzt sogar egal. Wichtig war zu zeigen, dass ich es gebracht habe.

»Wer?«, frage ich noch einmal.

»Wie wer?«

»Wer hat hier gewohnt?«

»Borg. Hier draußen, auf Ingarö.«

Ich blicke auf die dunklen Schatten, auf den Bildschirm, auf die Seekarte. Ingarö liegt gar nicht hier, mein Dad irrt sich, das passiert ihm im Schärengarten eigentlich nie, er kennt sich hier überall aus, ich kann mir gerade noch verkneifen, ihm das zu sagen, doch dann wird mir klar, dass es jetzt gut ist. Es gibt nichts mehr zu beweisen. Lass den guten Mann alt werden. Lass ihn sterben. Lass mich vergessen. Lass mich verzeihen.

Damit ich aufhöre, mich zu schämen, dass ich dieser Mensch geworden bin, der ich bin.

»Bist du da schon mal gewesen?«

»Ja«, röchelt mein Dad. »Klar. Als er fünfzig wurde, Riesenparty.«

»Und wie ist er so?«

Er antwortet nicht, dreht sich auf die Seite, atmet flach. Soviel ich weiß, nimmt er ein blutverdünnendes Medikament ein. Ist das jetzt gut oder schlecht?

»Dad«, sage ich ein bisschen lauter, und mit einem Mal bekomme ich Angst, was soll ich Jakob und Karolina erzählen? Masha? Der Polizei, dem Krankenhaus, den Journalisten?

»Ja?«

»Wie ist er so?«

»Wer?«

»Na, Björn Borg.«

Die Stimme nur ein Flüstern:

»Keine Ahnung.«

Ich sehe auf der linken Seite, dass vereinzelte Lichter angehen. Erst eins, dann noch eins, dann ganze Lichttrauben. Die Inseln haben wieder Strom. Weiter vorn, da, wo die Stadt liegt, hat eine Lichtkuppel unter dem dunklen Himmel Form angenommen.

Die Lichtverschmutzung. Eine ökologische Katastrophe, deren volle Tragweite wir noch längst nicht überblicken.

»Aber du sagst doch, du bist ihm begegnet.«

»Wem?«

Ein kalter Wind zieht durch die Stille. Ein paar Regentropfen landen in meinem Gesicht, das ist so lange her, dass ich von dem ungewohnten Gefühl zusammenzucke.

Ich setze mir die Cap auf, ziehe sie in die Stirn.

Gut so.

»Wem denn?«

»Ach, komm schon, Dad. Björn Borg.«

»Ja, begegnet schon.« Er seufzt, stöhnt ächzend, atmet jetzt schwerer. »Aber man *quatscht* doch nicht mit Björn.«

»Tut man nicht?«

»Nee.«

4

ALLE MENSCHEN, DENEN DU BEGEGNEST

VILJA

Das erste Mal, als mir bewusst wurde, dass die Erwachsenen sich Sorgen um das Wetter machen, war der Sommer, in dem mein Bruder Zack richtig lesen gelernt hatte. Schon bevor die Ferien begonnen hatten, war es so krass heiß, wir mussten jeden Tag mit Sonnencreme und Wasserflaschen zur Schule, unsere Lehrerin riss während des Unterrichts die Fenster auf und zu Hause stopfte Mama die Gefriertruhe mit Eis voll. Ein paar Wochen später, als wir die Ferien in einem Haus auf Gotland verbrachten, hörte ich, wie Papa Mama mit ernster Stimme irgendwas erzählte, was er im Internet gelesen hatte, ich weiß nicht mehr, worum genau es ging, erinnere mich nur noch an ein Wort.

Notschlachten.

Zwei gruselige Wörter zusammen: *Schlachten* bedeutet, Tiere zu töten, um sie zu essen, *Not* bedeutet, dass man Hilfe braucht. Was war *Notschlachten*? Ich stellte mir eine niedliche Kuh vor, mit einer Axt im Nacken, die neben einem großen roten gefährlichen Knopf stand. Mama sah mir irgendwie an, dass mich das beunruhigte, und begann zu erklären, was Papa meinte, aber ich wollte es nicht wissen, wollte nichts von den Tieren hören, die sterben müssen, denn draußen war es so herrlich warm und sonnig.

Das war nämlich ein wunderbarer Sommer, das weiß ich noch, ich hab in diesem Sommer endlich richtig schwimmen gelernt, ohne Probleme bis zur Badeinsel und zurück, hab Kopfsprünge vom Steg geübt, über Nacht standen die Fenster weit offen und ließen Vogelgezwitscher und Blumenduft rein und jeden Morgen saßen wir draußen unter dem Apfelbaum und haben lange gefrühstückt, es gab Erdbeeren und Milch und Papas selbstgebackenes Brot, auch spät abends war es draußen warm und schön und ich hab barfuß in meinem Schlafanzug im trockenen Gras gespielt, während die Sonne unterging wie eine große Blutorange.

Dann mussten wir wieder nach Hause, in wenigen Tagen sollte die Schule wieder losgehen, und Papa hat sich überlegt, dass wir am letzten Urlaubsabend etwas Schönes zusammen unternehmen sollten, also gingen wir zum Meer hinunter, nur er und ich und Zack. Neben der Joggingstrecke gab es einen kleinen Kiesstrand, an dem wir manchmal saßen, und Papa hat unten am Ufer ein Feuer gemacht und eine Tüte Marshmallows und ein Messer rausgeholt, *Jetzt grillen wir mal ein paar Marshmallows, das haben wir immer gemacht, als ich klein war*. Er schickte mich in den Wald, um ein paar lange Stöcke zu holen, und zeigte mir, wie man sie so schnitzt, dass sie zu langen Spießen wurden. Wir sammelten noch mehr Zweige, Rinde und trockenes Laub, Papa baute daraus eine kleine Pyramide und hielt ein brennendes Streichholz unten ans Holz und wir sahen zu, wie die Flamme sich daran hochzüngelte und ein kleines Feuer zu brennen begann.

Eigentlich ist es gerade verboten, ein offenes Feuer zu machen, sagte Papa etwas verlegen, *aber wir sind so nah am Wasser, ich glaube, da kann nichts passieren.*

Zack saß im Sand und las *Harry Potter*, Mama und Papa waren so stolz, dass er sich nicht durch so ein Babybuch durchstotterte, so eins mit leichter Sprache und mit vielen Bildern, sondern direkt dazu übergegangen war, dicke Bücher zu lesen, die schon fast für Erwachsene waren. Wir hatten eine schöne Zeit, die Abendsonne leuchtete, das Feuer knackte und knisterte. Ich durfte einen kalten Marshmallow probieren, während wir darauf warteten, dass das Feuer groß genug war, um daran zu grillen, als ein warmer, trockener Wind vom Meer hereinblies, der die Wellen aufpeitschte und mit dem Feuer am Strand spielte und die Funken hoch in die Luft stieben ließ. Plötzlich sah ich, wie ein paar Meter hinter uns Rauch aufstieg und Papa rief *Scheiße* und sprang auf und stampfte und trampelte auf den Flammen herum, *bring mir die Thermoskanne,* rief er, wir hatten eine Thermoskanne mit heißer Schokolade dabei und ich schraubte sie auf und goss den Kakao auf das brennende Gras, aber verglichen mit der Größe des Feuers war es nur ein kleiner Schluck, Papa riss mir die Kanne aus der Hand und lief ins Wasser und füllte die Kanne und lief zurück zu den Flammen, die inzwischen doppelt so hoch schossen und sich gegenseitig über das Gras jagten, *verdammte Scheiße verdammte Scheiße diese beschissene Dürre,* rief Papa und versuchte wieder, die Flammen auszutreten.

Und plötzlich stand ich bis zu den Knien im Meer und fischte Algen aus dem Wasser. Es war trüb und stank ziemlich durch die Sommerhitze, um mich herum dümpelte schwarz-weiße Entenkacke an der Wasseroberfläche und im Wasser trieben Algen und Seegras, es war braun und gelb und grün wie Zacks Schnodder, als er noch ein Baby war und immerzu krank wurde, ich steckte meine Arme tief in den schlickigen Schlamm und nahm einen ganzen Armvoll Algen und stand auf und lief den Strand hinauf und ließ alles über das Feuer fallen. Der nasse Schleim lag auf dem brennenden Gras, es zischte und vom Boden stieg dicker Rauch auf, aber die Flammen waren an dieser Stelle nicht mehr zu sehen, Papa stampfte mit dem Fuß um die Algen herum und dort erlosch das Feuer. Verwirrt starrte er mich an und dann brüllte er *mach weiter, verdammt* und eilte hinunter ans Ufer und fischte mehr Grünzeug aus dem Wasser, ich folgte ihm, holte einen Schwung dreckige, labberige Algen nach dem nächsten aus dem trüben Wasser und warf alles auf die Flammen und stampfte sie mit den Füßen aus, immer und immer wieder, und nach einigen Minuten waren da nur noch Rauch und glitschige Algen und Entenkacke.

Das Feuer, an dem wir die Marshmallows grillen wollten, brannte noch immer und erst jetzt sah ich Zack dort sitzen und in die Flammen starren, er hatte Harry Potter zur Seite gelegt und hockte reglos im Sand und grinste irgendwie, und ich wollte ihn gerade anbrüllen, was für ein nutzloses Kleinkind er war, das nie mithalf, aber

Papa warf mir einen strengen Blick zu und setzte sich neben ihn und legte seinen Arm um Zacks Schultern, *Alles okay, Kumpel*? fragte er, *hast du einen Schreck gekriegt?*

»Wisst ihr, warum Pferde in die falsche Richtung laufen, wenn es brennt?«

Zack schaute uns ganz begeistert an, als würde er uns eine lustige Rätselaufgabe stellen.

»Bevor sie zahm wurden, haben sie als Wildtiere in der Natur gelebt und konnten sich nur vor Bränden retten, indem sie durch sie hindurchgesprungen sind, auf die andere Seite, wo es dann schon nicht mehr gebrannt hat.«

Papa nahm einen Marshmallow, spießte ihn auf seinen Stock und hielt ihn ins Feuer.

»Lasst uns grillen«, sagte er müde. »Lasst uns grillen und dann gehen wir heim.«

»Aber ich weiß es genau«, fuhr Zack fort, »wenn in einem Stall ein Feuer ausbricht, ist es ziemlich schwer, die Pferde zu retten, weil sie sich aufbäumen und zurück ins Feuer springen wollen.«

Papa sah mich an, mein schmutziges Hemdchen, meine nassen Hosen.

»Das kannst du in die Wäsche tun, wenn wir nach Hause kommen. Und kein Wort zu Mama.«

»Warum nicht?«

Mit der freien Hand spießte Papa einen weiteren Marshmallow auf einen zweiten Stock und reichte ihn Zack und zeigte ihm, wie er ihn in die Glut halten sollte.

»Warum nicht?«, fragte ich noch einmal.

Papa seufzte.

»Dieses verdammte Wetter«, sagte er nur mit belegter Stimme. »Es ist so verrückt. Ich bin es so leid. Dass ihr in diesen Zuständen aufwachsen müsst. Dass es mit jedem Jahr nur noch schlimmer wird. Weißt du, heute stand in der Zeitung, dass dies der wärmste Sommer seit Beginn der Wetteraufzeichnungen ist, aber dass er immer noch erträglicher ist als jeder Sommer, den du und Zack in Zukunft erleben werdet.«

Er drehte seinen Stock, so dass sein Marshmallow von allen Seiten goldbraun wurde.

»Eines Tages wirst du all das hier vermissen«, sagte Papa. »Du wirst die Zeit vermissen, in der man so wie jetzt leben konnte, als alles noch einfach war.«

»Nur dass es mir nicht so einfach vorkommt«, sagte ich.

Danach haben wir nicht mehr so viele Worte gewechselt. Zack ließ seinen Marshmallow in die Asche fallen und fing an zu heulen, aber Papa tröstete ihn und gab ihm seinen. Mein kleiner Bruder und ich aßen, bis unsere Bäuche zu kleinen Ballons aus weißer, klebriger Zuckermasse aufgeblasen waren, dann gossen wir Wasser auf die schwachen Reste unseres Feuers und gingen nach Hause und erzählten Mama, ich wäre ausgerutscht und ins Wasser gefallen.

DIENSTAG, 26. AUGUST

In meinem Lieblingsvintageladen gibt es ein paar rote Boots, die wie Biancas Docs aussehen, aber sie sind irgendwie noch mehr retro, oben etwas schmaler, wie Cowboystiefel, außerdem haben sie so eine amerikanische Baseballjacke reinbekommen, aus grünem Leder und mit weißen Buchstaben und dann noch eine kleine gelbe Handtasche mit einer silbernen Schnalle. Wenn wir wieder zu Hause sind, muss ich da mal wieder vorbeigehen und gucken, es stresst mich total, dass es dadrin all die schönen Dinge gibt, während ich hier draußen in dieser verdammten Schlange stehe und vor lauter Wut gleich anfange zu heulen, wie damals, als ich klein war und GhettoGäriz um sechs Uhr abends neuen Merch launchen wollte und es galt *Wer zuerst kommt, mag zuerst* und Papa war noch bei der Arbeit und Mama musste Zack ins Bett bringen und niemand kapierte, dass der Merch bald ausverkauft sein würde. Papa kam irgendwann nach Hause und meinte, dass er nicht irgendeinen verdammten Hoodie kaufen würde, bevor ich mein Zimmer aufgeräumt hatte, und ich konnte ihm anhören, dass er getrunken hatte, und Mama knallte mit der Tür und ich kroch heulend um mein Bett herum und sammelte Socken und Unterwäsche und Papiertaschentücher und alte Einkaufstüten und Bonbonpapier auf und schließlich nickte Papa mit seinem schwammigen Blick und sagte, das sei so genehmigt, und ich heulte und schrie, es gelte *Wer zuerst kommt, mag zuerst* und er brüllte *Es heißt, wer zuerst kommt, mahlt zuerst, du wirst doch wohl wissen, was mit mahlen gemeint ist, lernst du eigentlich irgendwas in dieser beschissenen Schule* und ich bettelte, ich tu alles, putzen kochen mich um Zack kümmern Wäsche zusammenlegen mit euch auf dem Sofa sitzen und Dokus über Greta und das Klima anschauen, *bitte bestellst du, bitte bitte* und schließlich setzte Papa sich vor den Computer, die Kreditkarte in der Hand, und gab so ein schwermütiges, müdes, irgendwie klammes Stöhnen von sich vor lauter Genervtheit und zitternd rief ich die Ghetto-Gäriz-Webseite auf und klickte auf den Merch und alles war weg.

Weg.

Alles, was ich haben will, verschwindet. Alles, was ich liebe, kriegen andere.

Will man etwas haben, sollte man es sich sofort nehmen. Ohne zu zögern. Ohne zu warten.

Vor mir in der Schlange stehen immer noch ziemlich viele Menschen, ganz vorne sind Holztische aufgeklappt worden, darauf Plastikflaschen mit Wasser, ich drehe mich um und sehe zum Bahnsteig, nichts, aber Papa trägt ein lilafarbenes Lacoste-Shirt, es leuchtet in dem Getümmel von schmutzigen, schwitzigen, jammrigen Menschen, sein Shirt und Beckas kreischend rote Wickeltasche, ich werde sie sicher entdecken, die Leute nehmen ihre Flaschen und gehen, aber einige von ihnen stellen ziemlich viele Fragen, auf die der Typ da vorne selbstverständlich nicht antworten kann, oder sie jammern und beschweren sich über Busse Züge Lunchpakete Ärzte, die es jetzt geben sollte, aber nichts davon gibt es, bald bin ich dran, frag mich, wie viele Flaschen man wohl nehmen darf, einige nehmen drei, vier Stück, packen sich den ganzen Arm voll, auf dem Tisch stehen nur noch ein paar wenige Flaschen, aber sie haben sicher irgendwo noch Nachschub. Eine alte Oma, die nach verwelkten Blumen und Pisse riecht, kommt auf mich zu und sieht mich mit traurigem Blick an, *Ich werd gleich ohnmächtig*, flüstert sie, *ich werde ohnmächtig, ich hab seit gestern nichts getrunken*, sie stützt sich auf einen Golfschläger, sieht aber so aus, als würde sie jeden Augenblick umkippen, Schweiß und Schminke laufen ihr über das runzelige Gesicht und ich sage, dass sie sich anstellen muss wie alle anderen, aber kann an meiner Stimme hören, dass es nicht überzeugend klingt, sie steht dort mit ihrem Golfschläger und starrt, diese traurigen, mascaraverschmierten Augen und ihre zitternde Lippe und das Alte-Tanten-Parfüm und der Pissegeruch und so eine kleine hübsche rosafarbene Mulberry, es ist süß, wenn alte Omas Mulberry-Taschen haben, denke ich und lasse sie vor. Die Schlange bewegt sich ruckartig nach vorn, jetzt sind bald nur noch zehn Personen vor mir dran, ich schaue noch einmal zurück zum Bahnsteig, es sind noch mehr Menschen gekommen, aber kein Zug, bestimmt kommt überhaupt kein Zug, nichts funktioniert mehr, ich scrolle noch mal durch meinen Feed, Adeline ist in Miami, Stella in Portugal, Bianca im Haus ihrer Familie in Skåne, sie hat sich die Haare geschnitten, zu so einer raspelkurzen Pixiefrisur, und sie hat sie schwarz gefärbt, es sieht echt krass aus, ich vergrößere das Bild, um etwas Positives daran zu erkennen, auch etwas Nettes zu kommentieren, aber es ist einfach unmöglich, mir fällt nichts ein, was nicht total fake klingt, also like ich es einfach nur und dann schaue ich wieder auf und stelle fest, dass ich die Erste in der Schlange bin und der Tisch vor mir leer ist.

»Wasser«, sage ich zu dem Typen.

»Alle«, sagt er und zeigt zur alten Oma, die auf ihren Golfschläger gestützt überraschend schnell davoneilt. »Sie hat die beiden Letzten bekommen.«

Mit leerem Blick starre ich auf den Tisch, dann zu ihm, dann wieder auf den Tisch.

»Aber du hast doch bestimmt noch irgendwo Nachschub?«

»Nee.«

»Aber … im Laden?«

»Siehst du hier irgendwelche Läden, die noch geöffnet sind?«

Ich sehe der alten Oma nach, sie verschwindet seltsam munteren Schrittes in der Menschenmenge, die sich den Bahnhof hinaufdrängt, die rosafarbene Mulberry blitzt noch einmal auf, wie ein letzter Gruß, und dann ist sie weg. Ich drehe mich wieder zu dem Typen um und er erwidert meinen Blick mit seinen ruhigen blauen Augen.

»Ach, das ist doch Scheiße«, sage ich.

»Ja.« Er lacht. »Scheiße.«

Wir bleiben so stehen und sehen uns einfach nur an, er ist vielleicht fünfzehn oder sechzehn, sein dickes Haar ist dunkelblond, er trägt Mittelscheitel und auf seiner Oberlippe und an seinen Wangen wächst ein feiner heller Flaum, sieht so aus, als hätte er Snus im Mund, unter der gelben Reflexweste trägt er ein weiß-blaues T-Shirt, sieht aus wie ein Trikot, seine Schultern sind kantig, er scheint einer von den Typen zu sein, die viel trainieren und doch immer schmal bleiben.

»Biste allein hier?«, fragt er und mir gefällt sogar sein Dialekt, die meisten Leute hier oben nerven mich, sobald sie nur die Klappe aufmachen, aber bei ihm klingt es wie eine Melodie, überhaupt nicht trottelig, einfach nur schön.

»Nee, bin mit meinen Eltern hier. Und mit meiner Sis, aber die ist noch ein Baby.«

Ich überlege, ob ich auch Zack erwähnen sollte, aber warum eigentlich, der ist ja sowieso nicht hier, ich denke an Lana Del Rey und daran, wie ich gestern mit ihm geschimpft habe, geschimpft und beschissene Sachen gesagt, dass sein Fuß ganz blutig war, und jetzt ist er verschwunden und seitdem haben Mama und Papa nur gestritten und das ganze Chaos von gestern ballt sich in mir zusammen, wie dieses eklige Gefühl, wenn man bei einer Übernachtungsparty zu viel Popcorn und Chips und Cheezdoodles gegessen hat. Ich schäme mich für alles, ich wünschte, ich wäre eine andere, die jetzt hier vor diesem cuten, unbeholfenen Provinzjungen steht, mit seinem freundlichen, breiten Lächeln und so niedlichen Grübchen, dass ich den Reflex unterdrücken muss, meine Hand auszustrecken und ihn mit meinen Fingerspitzen zu berühren.

»Wenn du Durst hast, kannst du was von meinem Wasser haben«, sagt er und hält mir seine blaue Flasche hin. Ich nehme sie und trinke hastig ein paar lauwarme Schlucke, ich spüre etwas Raues unter meinen Fingern und sehe mir die Flasche, aus der ich gerade getrunken habe, genauer an, dort klebt ein großes Stück weißes Gaffa Tape, darauf hat jemand mit einem Edding die Buchstaben PUMA geschrieben, und ich sehe ihn an und runzle die Stirn und grinse fragend und er wird rot.

»Also, ein Typ aus meinem Verein hat irgendwann angefangen, mich Puma zu nennen, weil ich als Einziger solche Schuhe hatte, und dann haben alle anderen aus der Mannschaft mich auch so genannt und irgendwann auch meine Kumpel aus der Schule und inzwischen nennen mich alle so, aber eigentlich heiße ich Robban«, er ist so süß, wenn die Wörter so aus seinem Mund hervorpurzeln, »aber so nennt mich nur meine Mutter, also Robert, aber sonst werden mich wohl immer alle Puma nennen, außer ich heirate irgendwann mal.«

»Ich heiße Vilja«, sage ich, »beschissener Name, ich weiß.«

»Kommst du aus Stockholm?«

Ich nicke.

»Auf dem Heimweg?«

Ich zucke mit den Schultern.

»Vielleicht. Denk schon. Ich weiß es nicht. Was ist mit dir?«

»Wir sollten eigentlich noch ein Match gegen Lima spielen, aber das ist wegen der Brände abgesagt worden, also haben uns die Trainer hier zum Freiwilligendienst geschickt, damit wir uns um die Leute kümmern.«

»Cool?«

»Nicht wirklich. Die Leute drehen echt am Rad.«

Er hält mir erneut die Flasche hin und ich will gerade noch einen Schluck trinken, als ein Sirenengeheul die Leute, die sich noch immer vor dem Bahnhof drängen, in alle Richtungen auseinandertreibt, wir schauen gleichzeitig in die Richtung, aus der der Lärm kommt. Ein Krankenwagen bahnt sich seinen Weg durch die Menge, ich sehe einen alten Mann in einem Permobil, oder wie diese elektrischen Rollstühle heißen, panisch aus dem Weg rollen und muss an die alte Oma mit dem Golfschläger denken, ob sie wohl angefahren wird oder ob sie noch mal davonkommt, irgendwie hoffe ich ja, dass sie davonkommt, auch wenn es überhaupt nicht cool von ihr war, die Flaschen abzuzählen und sich so in die Schlange zu stellen, dass sie noch etwas kriegt, aber ich nicht.

Der Krankenwagen kommt in unsere Richtung gefahren, als er den Tisch erreicht hat, an dem wir stehen, hält er an und ein Wagenfenster wird heruntergelassen und ein Mann in Uniform schaut heraus.

»Du bist doch Vilja, oder?«

Zack, denke ich, *jetzt haben sie ihn gefunden*, ich schaue in Richtung Bahnsteig, halte nach Mama und Papa Ausschau, aber sie sind nirgends zu sehen, die Angst gleitet wie eine eiskalte Schlange durch mein Inneres Richtung Magen, »Lebt er?«, frage ich mit leiser Stimme und der Typ im Krankenwagen sieht angespannt aus.

»Wir bringen ihn jetzt ins Krankenhaus, wir haben versucht, die Angehörigen zu erreichen, weißt du, ob er noch andere Verwandte hier in der Nähe hat?«

»Also … andere Verwandte?«

»Ja? Das ist doch dein Großvater, oder nicht? Wir haben auf dem Campingplatz nach dir gesucht.«

Alles steht still. Großvater?

»Wir fahren ihn jetzt jedenfalls ins Krankenhaus«, sagt der Sanitätertyp gestresst. »Wenn du mitfahren willst, dann jetzt. Meld dich, wenn dir noch jemand einfällt, den wir benachrichtigen sollten … wenn noch jemand Bescheid wissen sollte, meine ich … dass er … dass Martin nicht mehr viel Zeit bleibt.«

»Ist das dein Opa?«, fragt Puma.

Ich winde mich.

»Also, tja, ich weiß nicht …«

»Du weißt nicht, ob es dein Opa ist?«

Der Krankenwagentyp sagt noch irgendwas und kurbelt sein Fenster wieder hoch und fährt weiter. Ich sehe dem Wagen nach, ich denke daran, wie es auf dem Land war, als ich klein war, an die

Hunde, mit denen ich Gassi gegangen bin, wie ich ans Meer spaziert bin, denke an den Alten, der gestern mit uns durch den Rauch gefahren ist, wie er mit mir und Mama gesprochen hat und gesagt hat, dass alles wieder gut wird, er hätte überall gesucht, würde alle Wege kennen, die Brände wären nichts, worüber wir uns Sorgen machen müssten, und *Dein Papa hat sich sicher nur verlaufen*, ich spüre, wie die Tränen über meine Wangen laufen.

»Vilja«, fragt Puma und nimmt meine Hand. »Alles okay?«

Ich schüttele den Kopf.

»Nein«, sage ich. »Überhaupt nicht. Gar nichts ist okay.«

»Aber willst du nicht mitfahren?«

Der Krankenwagen biegt auf die Straße ab und verschwindet hinter einem Haus.

»Komm«, sagt Puma. »Mein Moped steht da drüben, ich fahr dich.«

»Aber … ich soll den Zug nach Stockholm nehmen.«

»Da kommt kein Zug, und wenn doch, dann wird der gerammelt voll sein, du kannst doch eine Nachricht schreiben und Bescheid sagen, dass du ins Krankenhaus gefahren bist. Komm, wir hauen hier ab. Ist doch klar, dass du zu deinem Opa musst.«

»Aber musst du nicht hierbleiben und helfen?«

Puma zuckt mit den Schultern.

»Kein Wasser mehr, nichts mehr zu tun. Außerdem haben unsere Trainer gesagt, wir sollen Leute unterstützen, die unsere Hilfe brauchen.«

Die Grübchen, verdammt, so süß. Ich frag mich, wie ich wohl gerade aussehe, meine Wimpernzange ist in der Hütte geblieben, typisch, sie ist wohl mittlerweile verbrannt.

»Also will ich dir gern helfen. Wenn ich darf.«

Seine Augen sind blaugrün wie das Meer und sie sehen mich an, als wäre ich der wichtigste Mensch auf der Welt.

Sein Moped steht ein paar Blocks entfernt, eine relativ neue Maschine von Peugeot, blau und silbern. *Ich fahr mit Martin ins Kran-*

kenhaus! schreibe ich an Mama und schicke ihr ein Herz-Emoji und ein trauriges Emoji und dann stecke ich das Telefon weg und mit ihm die Sorge um Zack und Mama und Papa und Becka und Martin und meine Angst vor all dem Widerwärtigen, das gestern passiert ist, und ziehe die Gurte meines Rucksacks stramm und setze mich hinter Puma und lege die Arme vorsichtig um seinen Bauch, meine Wange ruht an seinem schmalen Rücken, *halt dich fest*, sagt er und wir fahren davon. Nachdem ich tausend Jahre geschwitzt habe, tut es so wunderbar gut, wie der Fahrtwind mein Haar zerzaust, und das Chaos und die müden, matten Menschenmassen ziehen unscharf an uns vorbei, hier sind nur noch er und ich und das hier ist mein Leben, nur meins, und jetzt hat es endlich begonnen.

*

Das Krankenhaus ist klein, viel kleiner als das Krankenhaus in Stockholm, glaube ich, ich bin erst einmal im Krankenhaus gewesen, zu Beckas Geburt, aber das war riesig, wie eine Stadt mit mehreren Hochhäusern und einer Markthalle mit Restaurants und Shops und unterirdischen Gängen, dort bekam man ziemlich fancy Kaffee und Kuchen, man konnte Blumen und Süßigkeiten kaufen und die hatten superschnelles WLAN. Das Krankenhaus hier ist wie eine alte Schule und alles ist chaotisch, Leute sitzen oder liegen auf dem Parkplatz neben einem Krankenwagen mit kaputter Windschutzscheibe, einige mit zerrissener Kleidung und Verbänden an den Händen, ein Kind brüllt nach seiner Mutter, Journalistinnen warten mit ihren Kameras vor dem Gebäude und rufen den Leuten Fragen zu, eigentlich darf niemand unbefugt das Gebäude betreten, aber wir schlüpfen an einem Polizisten vorbei, der sich mit einem alten Mann streitet, drinnen laufen Leute durch die Gänge, aber die Mutter eines Spielers aus Pumas Fußballmannschaft arbeitet hier als Krankenschwester und sie kommt zu uns und begleitet uns zum Empfang, wo wir uns ganz vorn in die Schlange stellen dürfen – überall diese langen Schlangen – und ich schreibe etwas auf ein Stück Papier und dann fahren wir mit einem Fahrstuhl nach oben und betreten eine Station. Es riecht eklig und chemisch, ich weiß natürlich, dass es irgendein Reinigungsmittel oder Spray ist, das so riecht, aber ich verbinde damit nur Angst und Krankheit und Tod. Den ganzen Korridor entlang sind Betten aufgereiht, in denen Menschen liegen, die meisten von ihnen alt, in einem der Betten liegt jemand mit dem ganzen Gesicht voller Blut und ich kann einen Schrei nicht unterdrücken, in einem anderen eine alte Oma, die obenrum nackt ist, ihre Titten hängen wie zerknitterte schlaffe Säcke herab, wir biegen rechts ab und betreten einen Raum und da liegt er.

Da liegt er.

Martin sieht klein und schmal aus unter dem Gewirr der grässlichen Schläuche in Mund und Nase, sie scheinen an seinen Wangen festgeklebt worden zu sein. Sein Haar ist verschwitzt, in Strähnen über seiner kahlen Halbglatze, ihm sind grauschwarze Bartstoppeln gewachsen. Seine Augen sind geschlossen, der Mund steht halb offen, zur Grimasse verzogen, und ich muss an Weihnachten denken, als Bianca zum Girlsabend eingeladen hat und nachgeahmt hat, wie Jungs aussehen, wenn sie einen Orgasmus haben (als ob sie das so genau wüsste), und wir haben uns totgelacht, Emelie hat so losgeprustet und dabei die Chips auf dem ganzen Sofa verteilt und bei dem Gedanken muss ich wieder kichern und bei dem Anblick auch, er sieht so blöd aus, leer, seelenlos und dann schäme ich mich und es tut mir leid.

»Hey, Martin«, sage ich und schlucke die Tränen runter. »Hey. Ich bin's, Vilja.«

Er reagiert nicht, nicht einmal ein Zucken in den runzligen Augenlidern, nichts.

»Ich bin jetzt da, ich bin bei dir.«

Nichts.

»Kommen … kommen deine Eltern auch her?«, fragt Puma

vorsichtig, er steht dicht neben mir am Bett, das Zimmer ist klein und trotzdem liegen hier noch zwei andere Alte, mit Kabeln und Schläuchen an Maschinen angeschlossen, beide scheinen nicht bei Bewusstsein zu sein. Beutel mit durchsichtigen Flüssigkeiten hängen an Stativen und auf Bildschirmen leuchten Ziffern.

»Nee«, sage ich. »Nee, ich glaub nicht.«

Er nickt.

»Willst du mir erzählen, was passiert ist?«

Ich denke an gestern, wie wir da an der Straße standen, ich und Mama und Becka, nachdem Papa einfach so weggelaufen war, ohne uns zu sagen, wohin. An Becka, wie sie geschrien und gehustet hat, an Mama, die an ihrem Handy herumgefummelt und durch ihren Mundschutz geschluchzt hat. Die Hitze, der Rauch. Manchmal sehe ich Hunde, die vor Geschäften angeleint sind, wie sie mit dem Hintern in der Luft und dem Kinn auf dem Boden daliegen und aus den Augenwinkeln alle anschauen, die den Laden betreten und verlassen, dieser Anblick hat so etwas furchtbar Trauriges, ich kann es jedes Mal nicht fassen, wie diejenigen, denen die Hunde gehören, ihren Tieren so etwas antun können, und so hat Mama gestern ausgesehen, verlassen, einsam, erbärmlich. Wie wir dann das Hupen gehört und uns umgedreht haben, als Martin mit seinem eckigen alten Auto um die Kurve kam, wie die Luft über dem heißen Asphalt flimmerte und vibrierte. Die Erleichterung, als er anhielt, als wir ihn durch die schmutzigen Scheiben wiedererkannten, als wir die Taschen in den Kofferraum geladen haben, der voller alter Werkzeuge und Plastiktüten war und nach Benzin und Gummi roch. Wir sind ins Auto gestiegen, und die Luft im Wageninneren – es kam kaum Rauch von draußen herein und obwohl es keine Klimaanlage gab, war es wieder möglich, tief Luft zu holen, ohne dass es in der Lunge brannte. Becka auf den Sitz legen, ihr Gesicht mit Feuchttüchern abwischen, ihr die Tränen wegküssen, fühlen, wie der Schock nachlässt, wie wir über diesen Wahnsinn beinahe lachen mussten, als der Alte brummte, dass er für das Auto keine Zulassung hatte,

Weil es im Leerlauf zu viele Abgase produziert, was meint ihr, hab ich unserem Klima jetzt den Rest gegeben, hab ich alles nur noch schlimmer gemacht? Wie wir bestimmt eine Stunde im Schatten standen, den Wagen im Leerlauf, oder ich weiß nicht wie lang, ich muss eingeschlafen sein. Mama saß mit Becka auf der Rückbank, ich saß vorn, neben Martin, auf dem Beifahrersitz, er hatte sich sein rotes Halstuch übers Gesicht gezogen und er redete unablässig davon, dass alles gut werden würde, *Das wird schon alles wieder, Papa* (er sagte *Papa*, nicht *Didrik*) *wird schon bald wieder auftauchen*, Mama rief an, ich rief an, aber er war weg, er hatte uns alleingelassen.

Wir können uns ja mal umsehen, hat Martin irgendwann gesagt und klang beinahe fröhlich, als er den Gang einlegte und zurück auf die Straße fuhr. *Bist du eigentlich schon alt genug?*

Ich stutzte, was für eine merkwürdige Frage. Alt genug wofür?

Um den Führerschein zu machen. Meine Tochter hat hier draußen den ganzen Sommer über Fahren geübt, das muss '91 gewesen sein.

Ich erklärte ihm, dass ich gerade erst vierzehn war, aber bald den Mopedführerschein machen wollte, und dann fing er an, auf alle Schilder zu zeigen und mich zu fragen, ob ich wüsste, was sie bedeuten, Hauptstraße, Vorfahrt gewähren, in welche Richtung man zuerst schauen soll, wie man blinkt, wenn man abbiegen will, was zu beachten ist, wenn es rutschig oder nass oder einfach nur dunkel wird. Und er klang gar nicht entrüstet, wenn ich etwas nicht wusste, und stellte keine Fragen, die zu schwer waren, und benutzte keine merkwürdigen Wörter wie Rondell oder Sicherheitsabstand oder Bussonderfahrstreifen, sondern sprach einfach ganz normal weiter, und als er merkte, dass ich nicht mehr antwortete, hörte er auf zu fragen. So saßen wir einfach da und fuhren, Becka hatte wieder angefangen zu schreien und über den Wäldern hingen die Rauchschwaden wie stille schwarze Gewitterwolken.

»Er hat uns gerettet«, sage ich an Puma gewandt. »Meine Eltern waren total lost und da kam er einfach mit seinem Auto und hat sich um uns gekümmert.«

Er nickt und sieht so aus, als wollte er noch etwas fragen, als die Tür aufgeht.

»Seid ihr die Enkel?«

Es ist eine Migratante mit hässlicher Brille und einem zerknitterten blaugrünen Kittel, sie starrt auf ein Blatt und dann auf Martin und dann ins Nichts und dann auf den Bildschirm und dann zu Puma, der auf mich zeigt.

»Nur sie.«

Sie seufzt.

»Ist deine Mutter hier oder dein Vater?«

Ich schüttele den Kopf. Sie seufzt noch mal und sieht sich um, sucht wohl nach einem Stuhl, auf den sie sich setzen kann, aber es gibt keinen, also setzt sie sich auf Martins Bettkante und nimmt die Brille ab und reibt sich die Augen.

»Tja, wie du weißt, war Martin giftigem Brandrauch ausgesetzt, der seine Atemwege gereizt und nun eine sogenannte chemische Lungenentzündung verursacht hat. Er hat seit gestern Nacht akute Atemprobleme, weshalb er nicht genug Sauerstoff bekommt, deshalb haben wir ihn hierhergebracht.«

»Wird er es schaffen?«, fragt Puma, seine Stimme klingt angespannt, aber gefasst, er hält meine Hand, Gott, ausgerechnet jetzt muss ich aufs Klo.

»Das ist doch mal eine echt gute Frage«, sagt ein Mädchen, das in der Tür steht, sie ist um die zwanzig, ich hab sie bis eben nicht bemerkt, sie trägt einen Krankenhauskittel und hat blonde Strähnen im Haar und lächelt steif. »Wirklich eine *echt gute* Frage«, wiederholt sie und man hört, wie einstudiert das klingt. »Ich *wünschte* mir, dass es eine ebenso gute Antwort darauf gäbe.«

»Es ist gut, dass ihr hier seid«, sagt die Migratante mit einer Spur Wärme in der Stimme. »Gut. Normalerweise müssen wir uns hier auf Station an Besuchszeiten halten, aber die Lage momentan ist …«, sie lässt einen dicken Finger in der Luft rotieren, »… nicht normal.«

Seufzend erhebt sie sich von der Bettkante und geht Richtung Waschbecken und sprüht sich Desinfektionsmittel auf die Hände.

»Keine Reanimation«, murmelt sie ihrer jüngeren Kollegin zu, die leicht nickt. »Wir sehen uns sicher später«, sagt sie an mich und Puma gewandt und unterdrückt ein Gähnen und dann verlassen beide das Zimmer.

*

Ich will, dass er bleibt, und doch sage ich ihm wohl fünfmal, dass er gehen kann, mir wäre es egal, und trotzdem bleibt er. Wir wissen beide, dass wir uns, wenn er geht, nie wiedersehen werden, dieses stickige Zimmer ist der einzige Ort, den wir haben, die alten Männer in den Betten, die piepsenden Maschinen, der Geruch des Todes.

Sie rollen die anderen beiden Alten raus und dann sind nur noch wir und Martin hier. Wir reden über Bands, die wir mögen und was wir normalerweise zocken und was wir in den Sommerferien gemacht haben, er scheint jemand zu sein, der im Sommer die meiste Zeit Fußball spielt und mit Freunden rumhängt, ich erzähle ihm, dass ich am Montag nach Thailand fahre, er erzählt, dass seine Eltern immer davon reden, mal dorthin zu reisen, er ist noch nie dort gewesen, aber er war einmal in Griechenland, als er klein war, dort war es so heiß, dass sie kaum zum Strand laufen konnten, die Hitze brannte durch die Schuhsohlen.

Am Fußende des Bettes liegt ein schwarzer Plastiksack auf dem Boden und wir schauen kurz hinein, es sind eklige Klamotten, sie stinken nach altem Mann und Schweiß, die graue Jacke und der Schal, den Martin mir gezeigt hatte, ein Fanschal von seiner Eishockeymannschaft, die er anfeuert, seit er klein ist. Puma nimmt den Schal und raunt *Guck mal, wie saucool dieser Alte ist*, und legt ihn behutsam neben den sterbenden Mann, ich weiß nicht, ob man das überhaupt darf, aber es sieht schön aus, LEKSAND EISHOCKEY SV in großen weißen Buchstaben auf blauem Grund.

Puma fragt, wie es ist, in Stockholm zu leben, und ich antworte, dass es wohl so ist wie hier, nur ziemlich viel Druck am Gymnasium, aber im Sommer spielen viele Bands und ich liebe es, mich in all den Läden umzusehen, der beste Vintageladen, in dem ich je war, ist im East Village in Manhattan, da war ich mal mit Papa, die hatten echt kranke Klamotten, bisschen wie in den *Orten*-Hoods, nur cooler, und er fragt nach den *Orten*-Hoods, kein Plan, wie ich ihm das erklären soll, halt diese Hochhäuser in den Vororten von Stockholm, mit Gangs und Hip-Hop, und ich zähl ihm ein paar Songs auf, die er zu kennen scheint, und während wir uns über solche alltäglichen Sachen unterhalten, denke ich, am liebsten möchte ich in seine Arme kriechen und ihm einen Kuss auf den Kopf geben und mit meinen Fingerspitzen über seine Grübchen streichen. Am liebsten wäre ich ganz allein mit ihm auf einer großen Tanzfläche mit blinkenden Lichtern in Rot-Weiß-Gold und wir würden uns drehen wie eine Discokugel, ich würde gerne mit ihm schwimmen gehen, in einem tiefen See an einem Sommertag und auf einem Steg liegen und ihm all meine schlimmsten, skurrilsten Geheimnisse anvertrauen oder einfach nur einen ganzen Abend bei Mäcces sitzen und YouTube-Videos feiern, ganz egal, was, Hauptsache nicht auf dem Boden eines langweiligen Krankenzimmers hocken. Nach ein paar Stunden stehe ich auf und trete wieder an Martins Bett und sage zum zehnten Mal zu Puma, dass es wirklich in Ordnung ist, wenn er gehen will, als Martin die Augen öffnet und meinen Namen flüstert. *Vilja.*

Das passiert so plötzlich, dass ich beinahe geschrien hätte, vorsichtig lege ich meine Hand auf seine, unter meinen Fingern fühlt sie sich seltsam klein und weich an. *Martin*, flüstere ich und beuge mich über ihn. Du bist im Krankenhaus. *Alles wird gut, das versprech ich dir.*

Seine Augen sind wässrig, sein Blick verschwommen, als würde er mich durch ein schmieriges Fenster hindurch ansehen, aber das Leuchten ist noch zu erkennen, das kleine Funkeln, das bedeutet, dass irgendwo dadrin noch Leben ist.

»Es hat gebrannt.«

Ich nicke.

»Ja, Martin, es hat gebrannt und du hast uns alle gerettet, mich und Becka und Mama und Papa.«

Er nickt und lächelt mit einer Gesichtshälfte.

»Schön.«

Seine Hand rührt sich, ich spüre, wie sich seine Finger sanft um mein Handgelenk schließen. Die schmalen Lippen bewegen sich lautlos, er hat weißen Schleim in den Mundwinkeln. Ein Röcheln.

»Martin? Was ist?«

»Die Hunde.«

Sein Lächeln wird breiter und er streicht mit einem Finger über meinen Handrücken. Ich versteh null.

»Kümmerst du dich um die Hunde?«

Ich nicke, ohne zu wissen, warum, oder doch, natürlich weiß ich's, denn plötzlich ist wieder einer dieser langweiligen verregneten Tage und Mama hat Sirup gemacht und einen Film angestellt und Zack hat gerade krabbeln gelernt und Ella kommt vorbei, mit einem großen schwarzen Hund an der Leine und zusammen mit dem Hund gehen wir runter ans Wasser und neben uns geht ein großer, schweigsamer alter Mann, der irgendwann sagt, wie gut wir mit Ajax klarkommen, *richtige Experten, richtige Profis*, und wir stehen am Strand und werfen einen Stock und Ajax schwimmt raus und holt ihn, er wird niemals müde, wir auch nicht, immer und immer wieder schwimmt er raus und mit dem Stock wieder zurück und lässt ihn vor unsere Füße fallen und steht da und hechelt, die lange rote Zunge hängt heraus. Und der alte Mann sitzt auf einer Bank und schaut hinaus aufs Meer und scheint sich nicht darum zu scheren, dass der Regen auf uns niederprasselt, Tropfen wie Nadelstiche auf der blanken Wasseroberfläche, der besondere, erdige Geruch von Sommerregen – und da begegnen sich unsere Blicke, und ehe ich antworten kann, ist es, als würde Martin sein eigenes Gesicht verlassen, und seine Augen werden zu großen Glaskugeln und sein Atem klingt ganz merkwürdig und dann schließt er die Augen und sein Gesicht verzerrt sich wieder zu so einer hässlichen Grimasse mit offenem Mund.

»Hallo?«, sage ich. »Martin?«

Erst jetzt spüre ich Pumas Atem, unbemerkt hat er sich herangeschlichen und sich hinter mich gestellt und jetzt legt er seine langen schmalen Arme um meine Schultern und es ist ein magischer Augenblick, wie Weihnachten und Geburtstag zusammen, dass ich mich so in seine Arme schmiegen darf und mein Gesicht in sein T-Shirt drücken, und er streicht mir übers Haar, doch schleichend kommt das Gefühl der Trauer zurück und ich drehe mich zurück zum Bett und sehe, wie Martin ruckartig atmet, als würde er nach Luft schnappen.

Plötzlich beginnt eine der Maschinen zu piepen, eine Lampe blinkt und in Fernsehserien ist das der Moment, in dem die Leute in weißen Kitteln angerannt kommen, mit Wägelchen und technischem Zeug und irgendjemand schreit CLEAR, aber es passiert gar nichts. Die Maschine piept, die Lampe blinkt und langsam ändert sich die Farbe von Martins Haut, wird bleicher, wie schrumpeliges, altes Papier, *soll ich jemanden holen*, flüstert Puma, aber ich schüttele nur den Kopf und umklammere seine Hand, so doll ich kann, *ist schon okay, ich kann loslaufen und jemanden holen* und ich schmiege mich an seinen Körper und sage *geh nicht geh nicht geh nicht*, die Lippen verfärben sich von rosa zu lila, *Martin*, sage ich und strecke meine Hand nach ihm aus und streife das alte Gesicht. Es muss doch irgendjemanden geben, der ihn geliebt hat und jetzt gern bei ihm wäre, nicht irgendein verdammter Hund, ich weigere mich, mich mit dem Gedanken abzufinden, dass ich diejenige sein soll, die jetzt hier steht, wo sind all seine Kinder und Enkel und Geschwister und Freunde oder irgendwelche random alten Männer, mit denen er Schach gespielt hat oder was auch immer.

Aber hier bin nur ich, ich und Puma. Ich nehme meine Hand von Martins Stirn, Puma nimmt meine Hand und dann legt er den

Eishockeyschal in Martins kühle Hand und wir legen unsere Hände obendrauf, plötzlich schnappt der alte Mann röchelnd nach Luft, der schmale Brustkorb hebt und senkt sich, *er lebt*, stöhnt Puma, *guck doch mal, er lebt noch* und er legt sich im Bett zurecht, ich spüre, wie seine Hand unter dem abgenutzten Schal zuckt und dann still liegen bleibt und wie Martin dann ganz seltsam ruhig wird.

»Ich hole jemanden«, sagt Puma und dreht sich zur Tür um. »Das hier ist doch total krank, er stirbt doch«, aber ich halte seine Hand fest.

»Es wird niemand kommen.« Ich spüre, wie die Tränen über mein Gesicht laufen, das ist merkwürdig, denn ich bin gar nicht traurig. »Hast du das nicht begriffen? Es wird niemand kommen.«

Sein Blick flackert über die Bildschirme, dieses Ding, das Jungs immer mit Technik haben, dass sie immer erst begreifen müssen, wie ein System funktioniert, er will die Zahlen und Kurven decodieren, will, dass das Display eine Sprache spricht, die er versteht, ich drehe mich wieder zu Martin um und sehe das Licht von draußen durch die schmutzigen Fenster kriechen, seine Lippen sehen gruselig aus, so lila oder fast schon blau, seine Haut kühlt langsam ab unter meinen Fingern.

»Hast du das schon mal gesehen?«, flüstert Puma.

»Was denn?«

»Wie jemand stirbt?«

Ich denke an Opa, als sie ihn nach seinem Tod in einem Zimmer neben dem Krankenhaus aufgebahrt hatten, damals war ich noch echt klein, Mama und Papa waren auch da, Papa trug Zack auf dem Arm und Mama zeigte auf Opa, der still und reglos in seinem schwarzen Anzug und dem weißen Hemd dalag. Sie haben Kerzen angezündet und sein Haar war gekämmt, der Pfarrer sagte zu Mama, dass ich ja so tapfer wäre, ich wirke so *stabil* und Mama berührte Opas Stirn und sagte zu mir *Fühl mal, wenn du willst, wenn wir sterben, werden wir kalt*, aber ich wollte nicht und auf der Beerdigung haben sie die Beatles gespielt.

Ich schüttele den Kopf.

»Nein. Nein, nicht so. Und du?«

Er schüttelt auch den Kopf und beißt sich auf die Unterlippe und ich kapier, dass er kurz davor ist zu weinen, ich hab einen Jungen in meinem Alter nicht mehr weinen sehen, seit ich ganz klein war, ich streiche ihm durchs Haar und flüstere *ssschhh, ist schon okay, alles wird gut, ist alles nicht so schlimm.*

Dann stehen wir da, unsere Hände auf Martins und sehen zu, wie das Leben aus seinem Gesicht entweicht, als würden wir vor einem Abgrund stehen und hinabschauen, vor einem fremden Kontinent, vor einer Naturkatastrophe, so extrem, wie sie sich niemand vorzustellen gewagt hat, und ich denke, ein solches Erlebnis sorgt dafür, dass man zusammenwächst, unzertrennlich wird: ein Erlebnis, das uns niemand mehr nehmen kann, *Wir waren zusammen und hielten uns in den Armen, als wir zum ersten Mal einen Menschen haben sterben sehen,* und in einer Welt voller Fake kann nichts echter sein als das.

Puma räuspert sich und singt, mit tiefer, zittriger Stimme:

Oh, LSV, lässt uns nie im Stich
Oh, LSV, für das blau-weiße Wappen

Tränen kullern über seine Wangen und seine Hand krallt sich um den Schal

Oh, LSV, die Nordkurve singt
Leksands SV bringt den Pokal nach Haus

Ich habe einen Typen in meinem Alter auch so etwas noch nie tun sehen und es ist, als würde mein Herz, meine Lunge, all meine inneren Organe dahinschmelzen, während er die Fanhymne singt, langsam, immer und immer wieder, hochkonzentriert, wie einen Psalm von einem Imam oder wie das im Islam heißt, so schön, so würdevoll. Ich denke an Mama, wie sie abends Bilder auf ihrem Computer sortiert, um Fotoalben zu erstellen, wozu sie jedoch nie kommt, denke an Papa in der anderen Ecke des Sofas, der sich die Fotos von irgendwelchen Influencern anguckt und das Handy mit dem Display nach unten weglegt, wenn ich mich neben ihn setze, aber so fühlt es sich an, jetzt weiß ich es, endlich weiß ich, wie es sich anfühlt.

*

Erst als Martins Körper steif und kalt ist, kommt Puma auf die Idee, die Mutter seines Fußballkumpels anzurufen. Nach einer Weile eilt sie mit großen Schritten ins Krankenzimmer, gefolgt von zwei anderen, sie sehen verärgert und erschöpft aus, als sie erfahren, dass wir die ganze Zeit allein mit Martin waren, *So kann das verdammt nochmal nicht weitergehen,* sagen sie, *Was zur Hölle ist denn hier los, wenn erst die Zeitungen davon Wind bekommen, wir sind hier immer noch in Schweden*, aber ich sage, dass wir niemandem davon erzählen werden, dass ich es war, die so lange genervt hat, bis man uns auf die Station gelassen hat, dass es gut war, dass er nicht einsam gestorben ist, sie sagen, dass wir gehen sollen und dass sich vielleicht jemand bei unseren Eltern melden würde, *sobald die Lage sich etwas beruhigt hat.*

Wir verlassen das Krankenhaus am späten Nachmittag. Ich muss mich wirklich bei Mama und Papa melden, ich hatte sie und ihr Rumgestreite so satt, vielleicht bin ich auch deshalb heute Morgen einfach so abgehauen, ohne um Erlaubnis zu fragen. Mein Akku ist tot, und als wir wieder am Bahnhof sind, sind sie immer noch nirgends zu sehen, es sind nicht mehr so viele Leute da, nur ein paar Grüppchen besorgter Menschen, vor allem alte, und sie wirken nicht so, als würden sie auf irgendetwas warten. Ein Polizist redet mit einer alten Schachtel, die ziemlich außer sich zu sein scheint und immer wieder zu ihrem Auto zeigt. Puma erfährt von jemandem, dass der Zugverkehr eingestellt wurde, weil Probleme mit mehreren Waggons aufgetreten sind, die in der Hitze stehen geblieben waren. Eine plötzliche, ekelerregende Panik, *Sind sie ohne mich nach Hause gefahren? Warum sind sie nicht zum Krankenhaus gekommen und haben mich abgeholt?*

Ich klettere vom Moped, stehe bestürzt vor dem Bahnhof, auf dem Asphalt liegen einige graue Plastiktüten und ein alter Schlafsack. In meinem Kopf dreht sich alles, die Hitze ist unerträglich, ich stütze mich an der Hauswand ab.

»Alles okay?«, fragt Puma.

Ich nicke.

»Ja. Ich sollte vielleicht … irgendwas essen. Und mein Handy laden.«

»Komm mit zu mir«, sagt er, »da werden wir schon was auftreiben.«

Er fährt mich auf seinem Moped durch die kleine Stadt zu sich nach Hause, jetzt sind wieder mehr Leute draußen unterwegs, sie laufen die Straßen entlang, sitzen auf den Bürgersteigen, angestrengte, stressige, hektische Stimmung, zerbrochene Schaufenster, eine Tankstelle, die aussieht, als hätte jemand versucht, sie in Brand zu stecken, die Büsche davor sind schwarz vom Ruß und ein Auto ausgebrannt, es ist nur noch ein rostiges Skelett übrig. Pumas Haus ist eines von vielen langweiligen, gleich aussehenden Häusern, alle von großen flachen Rasenflächen und albernen Bäumchen umgeben.

»Sie haben hier alles neu gebaut«, erklärt er. »Meine Eltern halten nicht so viel davon, ein altes Haus zu renovieren.«

Er stellt das Moped ab und wir gehen hinein, gehen in die Küche und er kocht Wasser, während ich mein Telefon auflade. Siebenundfünfzig verpasste Anrufe, wahrscheinlich zwanzig SMS, die meisten von Mama, nichts von Papa, und während ich all diese Nachrichten durchgehe, verstehe ich zunächst nicht, warum sie so völlig durchgedreht zu sein scheint, sie glaubt vermutlich, ich liege vergewaltigt unter einem Betonmischer oder so, aber dann entdecke ich die Nachricht, die ich ihr heute Morgen geschickt habe, *Ich fahr mit Martin ins Krankenhaus!* und sehe, dass sie so merkwürdig rot markiert ist und unten drunter steht *Nachricht konnte nicht gesendet werden*, ich rufe *Scheißescheißescheiße* und rufe direkt zurück, mein Anruf geht durch, das Freizeichen ertönt, aber niemand nimmt ab, ich rufe Papa an, aber sein Telefon ist komplett tot, schließlich versuche ich es bei Oma, die sofort rangeht und anfängt zu weinen, als sie meine Stimme hört. Ich versuche, sie zu beruhigen, und erzähle ihr, dass ich nur im Krankenhaus gewesen bin, und lese ihr die Adresse, an der ich mich gerade befinde, von einer Postkarte vor, die am Kühlschrank hängt.

Ich lege auf und sehe, dass Puma eine Schüssel Nudeln mit einem Pulver verrührt und mich dabei nicht aus den Augen lässt.

»Ich mag eigentlich nur Hühnchengeschmack«, sage ich und versuche, es ein bisschen ironisch klingen zu lassen.

»Wer war das?«

»Oma.«

»Deine Oma?« Er schaut mich an, als hätte ich gerade etwas Dummes gesagt.

»Ja?«

»Und sie hat … einfach total cool drauf reagiert, dass dein Großvater gestorben ist?«

Ich versuche, mir eine schlaue Antwort zu überlegen, aber das ist unmöglich, wenn er mich so ansieht, vorwurfsvoll und enttäuscht.

»Also … sie und mein Großvater standen sich nicht mehr so nah. Sie waren geschieden und so.«

»Aha. Verstehe.«

Scheiße, ich kann echt so schlecht lügen.

»Oder, also … er war eigentlich mehr wie ein Bonusgroßvater.«

Misstrauisch sieht er mich an. Er ist schlauer, als ich dachte.

Wenn man lügt, sollte man seine Story nicht mit so verdammt vielen Details ausschmücken. Wer die Wahrheit sagt, braucht überhaupt nichts auszuschmücken, sondern geht davon aus, dass man ihr glaubt.

»Du warst also gar nicht wirklich seine Enkelin?«

Ich nuschele irgendetwas vor mich hin und gieße noch ein Glas Wasser ein. Er steht an der Spüle in der langweiligen staubigen Küche und sieht irgendwie verächtlich aus, als hätte ich etwas Peinliches getan. Dann schaut er aus dem Fenster und lächelt, ich folge seinem Blick.

Eine süße Brünette lehnt ihr Rad ans Gartentor und überquert mit raschen Schritten den Rasen. Blaue Jeansshorts, ein dunkelblaues Shirt, hochgekrempelte Ärmel, ein merkwürdiger Anblick bei der Hitze, ich muss sofort an irgendeine skurrile Uniform denken.

»Das ist nur Linnea«, sagt Puma rasch, ohne mich anzusehen. »Also meine Freundin. Sie mag auch Hühnchengeschmack am liebsten.«

Sie geht direkt auf die Tür zu, tippt den Code ein und betritt das Haus und er geht hinaus in den Flur mit einem Lächeln im Gesicht, das mein Herz in tausend Teile springen lässt, und dann höre ich Kussgeräusche und das zarte helle Flüstern und so fühlt es sich also an zu sterben, nein, so fühlt es sich an, in einem Meer von Regenwürmern zu ertrinken und zu spüren, wie sie langsam in deinen Mund eindringen und sich dein gesamtes Inneres mit kriechendem, windendem Ekel füllt.

Sie betreten die Küche, Hand in Hand, und sie ist echt schön, das muss man ihr lassen, nur ein Hauch von dunklem Hass in den blauen Augen.

»Das ist Vilja«, sagt er beiläufig, »von der ich dir geschrieben habe.«

Geschrieben habe?

»Er hat mir alles erzählt. Scheiße, wie schrecklich das für dich sein muss.« Sie sieht Puma an. »Und wie toll, dass du bei ihr warst und sie unterstützt hast. Du Held!«

Stellt sich auf die Zehenspitzen und küsst ihn aufs Ohr, zieht seine Hand zu sich, und zwar so, dass sie wie zufällig über ihren Oberkörper streicht.

Regenwürmer fressen. Kauen, dicke, fette Klumpen unter der

Zunge, zwischen den Zähnen, runterschlucken, wie ein glitschiger kalter Teig aus sich windender, wimmelnder Scheiße.

»Linnea ist heute auch eine Heldin gewesen«, sagt Puma und räuspert sich. »Sie hat mit den Pfadfindern Obst und Butterbrote verteilt.«

»Wir sind bis nach Borlänge gekommen«, sagt sie bescheiden, »sind durch den Zug gegangen, einige Menschen hat es wirklich hart getroffen. Wir hoffen, dass wir wenigstens einen kleinen Beitrag leisten konnten.«

»Natürlich habt ihr das.« Er grinst albern. »Niemand kann alles tun, aber alle können ein bisschen tun.«

»Das ist doch alles krass, oder Vilma?«, sagt sie an mich gerichtet. »Mit den Bränden und allem. Dass sie einfach so das Zwei-Grad-Ziel aus den Augen verloren haben und es so hinnehmen, dass wir die Toleranzwerte überschreiten, dass es unsere Generation ist, die das alles ausbaden muss?«

»Aber echt«, sage ich, ohne richtig zu kapieren, was zur Hölle sie da überhaupt von sich gibt, was für Grad-Ziele, was für Toleranz? »Echt krass.«

Ihre Engelsaugen lächeln mitfühlend und sie setzt sich an den Küchentisch, legt ihr Handy mit der Schutzhülle nach oben, ein babyrosafarbenes Case mit verschnörkelten Buchstaben, da steht *Alle Menschen, denen du begegnest, kämpfen einen schweren Kampf, von dem du nichts weißt … Sei gütig. Immer …* Das ist so cringe, dass ich mich totlachen würde, wenn die ganze Situation nicht so schrecklich wäre.

»Du … äh … du bist also Pfadfinderin?«

Sie verdreht die Augen.

»Nee, das sind einfach nur meine Leute, mit denen ich rumhänge, seitdem wir Kids waren, manchmal gehen wir zelten oder bauen im Wald Unterstände aus Holz, im Winter fahren wir in die Berge zum Skifahren und probieren aus, wie es ist, im Biwak zu übernachten, das ist echt ziemlich fett.«

Ich versuche, mir ins Gedächtnis zu rufen, was ich über die Pfadfinder weiß, ist das irgendwas Religiöses? Oder haben die was mit dem Militär zu tun? Als ich mal Pädophile gegoogelt habe, kamen ziemlich viele Einträge über Pfadfinder und mich überkommt plötzlich ein Impuls, Linnea zu fragen, ob es Spaß macht, mit einem Haufen beschissener faschistischer Pädos in einer verdammten Schneewehe zu liegen, schlucke die Frage aber runter, wie man nach saurem Aufstoßen schluckt, bevor einem die Magensäure in den Mund kommt. Sie streicht sich das Haar aus der Stirn und bindet es zu einem Dutt zusammen, mit hoch erhobenen Ellbogen, damit ihre Brüste in dem engen Shirt richtig zur Geltung kommen, und lächelt ein breites Zahnspangenlächeln.

»Machst du auch was in deiner Freizeit, Vilma?«

Ich schüttele den Kopf.

»Hab bis vor kurzem Leichtathletik gemacht, aber das war mir dann zu langweilig.«

Ich esse meine Nudeln, während die anderen beiden über gemeinsame Freunde und Pläne für irgendeine Strandparty sprechen, die heute Abend stattfinden soll, sie sitzen mit ihren Handys da und lesen sich gegenseitig Flash News vor, Chaos in Stockholm, Züge, die stillstehen, Kinder, die ums Leben gekommen sind, seine Hand liegt auf ihrem Knie. Regenwürmer. Kauen und schlucken. Kauen und schlucken.

Mama ruft an und ist hysterisch und ich beschreibe ihr den Weg zum Haus und dann verabschiede ich mich und gehe raus und warte im Garten, sitze im Schatten an der Hauswand und denke an nichts. Nach einer Weile höre ich sie rufen und sehe sie die Straße heraufkommen, eine einsame Mama, die sich irgendwie ruckartig bewegt, als hätte sie Schwierigkeiten beim Gehen, und alles, was gestern passiert ist, kommt wieder hoch, Mamas und Papas Streit, Zack, der in einem Auto verschwunden ist, und die schreiende Becka, ganz rote Augen, und ich schaue durch das Fenster ins Haus und sehe Puma und Linnea wie verpixelt in der Küche, sie schaut mir über seine Schulter hinweg direkt in die Augen und lächelt kalt, und ihre Hand liegt auf seinem Rücken und sie ballt sie zu einer Faust und zeigt mir den Finger, ich drehe mich um und laufe über das Grundstück, durch das Tor, auf Mama zu, die mir schreiend entgegenkommt, der Blick erschöpft und stumpf vor Kummer, ich werfe mich in ihre Arme und weine, und so stehen wir zwischen den tristen Häusern am Rande von Rättvik und weinen wie zwei sterbende Schwäne, ich weine, als würde mir das Herz aus der Brust springen und in einem schleimigen Klumpen auf den brennend heißen Asphalt fallen, ich wimmere *Bring mich hier weg Mama bitte bring mich hier weg sofort.*

*

Ein großer Hund trottet am Strand entlang. Er ist zottelig und aus der Ferne sieht er schwarz aus, doch als er näher kommt, sehe ich die große weiße Blesse am Bauch und die rostbraunen Abzeichnungen an den Pfoten. So einen Hund wollte ich immer haben, als ich klein war und Mama und Papa manchmal darüber sprachen, einen Pudel oder Chihuahua anzuschaffen, und ich unterbrach sie und sagte sehr bestimmt, dass ich einen *Teddyhund* wollte. Sie lachten über mich und fanden mich süß, weil ich ständig um den Teddyhund bettelte, und im selben Jahr bekam ich einen Bernhardiner als Plüschtier zu Weihnachten. Wir haben uns dann nie für einen Hund entschieden, aber Zack war vielleicht auch allergisch und Papa hat irgendwas darüber gelesen, dass Haustiere einen *furchtbar unnötigen ökologischen Fußabdruck* hätten, und so haben wir stattdessen eine kleine Schwester bekommen.

Wir sitzen vor der Hütte, sie ist kleiner als die, die wir letzte Nacht hatten, und wir müssen sie uns mit einer Familie aus Mora teilen, aber Mama scheint das nicht weiter zu stören, sie starrt nur auf ihr Handy, als würde sie jederzeit einen Anruf von Gott erwarten. Zack ist immer noch verschwunden, Papa hat Becka mitgenommen und ist mit ihr in den Zug nach Stockholm gestiegen, und mit ihr und Papa, erklärt Mama mit zitternder Stimme, sei es *im Augenblick ein bisschen schwierig.* Sie hat mich ausgeschimpft und immer wieder geweint, weil ich verschwunden war (»so unglaublich egoistisch«), weil ich mich nicht gemeldet habe (»so *furchtbar* egoistisch«), weil ich jetzt wieder da bin, weil einfach alles Scheiße ist.

Wir haben kleine gelbe Schaumstoffpäckchen mit ekligem Pfadfinderweißbrot bekommen, ein hart gekochtes Pfadfinderei, einen schlaffen Pfadfinderschinken, eine Pfadfinderbanane und ein Päckchen plörrigen Pfadfindersaft und ich habe absolut keinen Appetit, aber Mama zwingt mich, alles bis auf den letzten Krümel aufzuessen, und dann sitzen wir da am Campingtisch, nur einige Häuser entfernt von dort, wo wir heute Morgen gesessen haben, und starren uns an. Es ist ein glühend heißer windstiller Abend und ich würde am liebsten im See baden gehen, aber ich habe meine Badesachen nicht dabei und wüsste auch nicht, wo ich mich umziehen sollte, und vor allen Klos müsste man stundenlang anstehen. Papa hat sich noch nicht gemeldet, aber er und Becka sollten schon vor einer ganzen Weile in Stockholm angekommen sein.

»Hier ist es auf jeden Fall schön«, sagt Mama tonlos und starrt auf den See. »Das muss man ihnen lassen, das hier ist ein schöner Ort zum Campen.«

Das Handy klingelt und bringt den ganzen Holztisch zum Vibrieren und Mama zuckt zusammen und wirft sich auf das Telefon, als müsste sie eine Handgranate entschärfen, aber ihr Blick wird ganz matt, als sie auf das Display blickt, *Pernilla* murmelt sie und kauert sich zusammen, die Knie angezogen, die Haare fallen ihr ins Gesicht. Das Gespräch dauert nur wenige Minuten, aber sie fängt wieder an zu weinen, antwortet mit *nein* und dann *nein, nichts*, dann erzählt die Freundin am anderen Ende etwas und es scheinen schlechte Nachrichten zu sein, denn Mama flüstert *Verdammte Scheiße … also was für eine Scheiße* und dann das Übliche, *Wir hören uns* und *Nein, es wird wahrscheinlich alles bald wieder in Ord-*

nung sein und *Meine Güte, dass einem so etwas passiert* und dann versetzt es mir einen Stich, als sie sagt *Gott sei Dank ist Vilja wieder hier, jetzt sind wir immerhin zu zweit.*

Nachdem sie aufgelegt hat, sitzt sie wie betäubt da und starrt auf die abgenutzten Holzplanken.

»Sie will ein paar Dinge nachgucken und noch mal zurückrufen … Sie meinte eben, dass es mit den Zügen nach Stockholm viel Chaos gegeben haben soll. Züge, die in der Hitze stillstehen. Mehrere Kinder wurden ins Krankenhaus gebracht, zwei Kinder sind kurz vor Östersund gestorben. Und dann ist da … Stromausfall und Pernilla sagt, dass niemand weiß, wo man überhaupt hinsoll … Und es ist ziemlich ungewiss, ob Didrik es überhaupt schafft, mit Becka nach Stockholm zu kommen.« Sie schüttelt den Kopf. »Dieser ganze Scheiß hier ist ja noch schlimmer als die Pandemie, wirklich nichts, absolut *gar nichts* funktioniert noch in diesem beschissenen Kackland und …«, ihre Stimme bricht und sie schlägt mit der flachen Hand ein paarmal auf den Tisch, die andere Hand legt sie über die Augen und schluchzt *fuck fuck fuck*.

Ich würde ihr so gern etwas Gutes tun, ihr ein Glas Wein einschenken, ihr eine ungezogene Nein-ich-sollte-besser-nicht-Zigarette geben, die ich sie am Mittsommerabend habe rauchen sehen, irgendeine random Folge von den *Simpsons* anmachen und gemeinsam mit ihr gucken und dabei rumkichern. Aber ich hab nichts, nur mich selbst, also gehe ich zu ihr und nehme sie in den Arm und sie heulflüstersingt *mein großes Mädchen, Vilja-Vanilja-Petersilja, Mamas großes Mädchen*, wie damals, als ich klein war, und dann sitzen wir irgendwie einfach nur da und schluchzen, bis es anstrengend wird, und dann schauen wir stattdessen wieder auf unsere Handys.

Nach einer Weile spüre ich etwas Weiches an meinem Knie. Ich schaue runter und da ist der Hund, er ist so unglaublich süß mit seiner hübsch gezeichneten Schnauze, schwarz und braun und ein perfekter symmetrischer weißer Fleck, der von der Mitte der Stirn hinunterläuft und sich um die schwarze Nase herum zu einem Tropfen formt. Er stupst mich erneut an, die lange rosafarbene Zunge hängt ihm aus dem Maul, seine Augen sehen mich flehentlich an. Ohne groß nachzudenken, nehme ich den ekligen Schinken aus meinem Fresspaket und lasse ihn dem Hund vor der Nase baumeln, er bellt, setzt sich auf die Hinterbeine, hebt die Vorderpfoten, gut erzogene Hunde sind so herrlich, ich lasse das Stück Schinken los, seine Kiefer öffnen sich blitzschnell und mit einem dumpfen Knurren schnappt er zu.

»Das war doch so einer, den ich haben wollte, oder?«, frage ich Mama.

»Du wolltest einen Bernhardiner«, sagt sie und schaut den Hund gleichgültig an. »Der sieht ja ein bisschen aus wie einer. Ist vielleicht nicht so schlau, dass er hier herumläuft und bettelt, wo wohl der Besitzer ist?«

Wir schauen uns um, sehen aber niemanden nach einem Hund suchen, die meisten anderen Camper scheinen in ihren Hütten oder Zelten zu sein, auf der Wiese unten am Strand. Das Telefon klingelt und Mama nimmt ab und sagt *Pernilla?* und dann erstarrt sie.

Ihr Augen weiten sich. Sie steht auf, den Rücken kerzengerade.

»Ja? Ja, das bin ich. Hallo? Hier ist Carola, mit wem spreche ich?«

Eine ruhige, raue Männerstimme erklärt etwas. Sie schließt die Augen, nickt, *ja, er hat braunes halblanges Haar, Zack, Zacharias, von der Esch, habt ihr …* Die Stimme fährt in derselben ruhigen Tonlage fort, während Mama sich in die Hocke setzt, sich mit der Hand im Kies abstützt, sie zittert, ich setze mich neben sie und lege meinen Arm um ihre Schultern. Der Hund schnüffelt an meiner Achselhöhle und ich lege den anderen Arm um seinen pelzigen Kopf.

»Östra Silvberg … okay, das ist ein Stück von Hedemora entfernt? Aber wie ist er … Habt ihr das Auto gesehen, war es ein weißer Toyota?«

Das Gespräch dauert noch ein paar Minuten länger und dann diktiert sie mir eine Telefonnummer, die ich in mein Handy eintippe und den Namen Klas Kall irgendwas und dann schluchzt sie unzählige Male *danke* und legt auf und weint bitterlich, weint an meinem Hals, denn Zack ist in Sicherheit, er wurde im Wald gesehen, einige Stunden südlich von hier, in der Nähe eines Ortes, der Östra Silvberg heißt, das klingt wunderschön, einige Rentner wären dort unterwegs, um in der Natur bei einem alten Bergwerk zu malen, sie hätten ihn dort gesehen, oder vielleicht war es auf einem Parkplatz, als ein Auto ihn dort abgesetzt hat, es sei alles etwas unklar, aber ein Junge, der genauso aussieht wie Zack, scheint jedenfalls dort zu sein, wir sollen morgen zurückrufen, wenn möglich, die Telefonverbindung sei ja ziemlich schlecht.

»Jetzt nur noch Daumen drücken«, schnieft Mama, »hoffen wir mal, dass das stimmt, stell dir vor, er ist es wirklich, er findet Bergwerke so spannend.«

»Aber der Typ, der angerufen hat, hat er mit Zack gesprochen?«

»Nein, nicht direkt, aber er hat mit seiner Mutter gesprochen, die dort ist und malt, und sie glaubt, einen Jungen gesehen zu haben.«

»Wie hat er deine Nummer rausgefunden?«

Sie wischt sich Tränen und Schnodder aus dem Gesicht.

»Er hat wohl meine Vermisstenanzeige auf Facebook gesehen.«

Ich überlege.

»Die Typen in dem Auto, warum sollten sie in den Wald gefahren sein und ihn dort abgesetzt haben?«

»Die haben sich wohl verfahren, da draußen auf den Landstraßen herrscht absolutes Chaos, der Mann meinte, es ist unmöglich vorwärtszukommen, wenn man keinen Geländewagen hat.«

»Aber die Typen, die Zack mitgenommen haben, hatten doch ein ganz normales Auto?«

Mamas Blick wird traurig.

»Vilja, das ist alles, was wir momentan haben. Das ist der einzige Hinweis. Warum willst du mir die Hoffnung zunichtemachen?«

Der Hund schmiegt sich an meine Beine.

»Ich … hab mich nur gewundert.«

Ihr Blick ändert sich erneut, von traurig zu hart.

»Sowohl ich als auch dein Vater hätten weiter nach Zack gesucht, wenn du heute nicht abgehauen wärst. Es wäre also sehr zuvorkommend von dir, wenn du ein bisschen zum Allgemeinwohl beitragen könntest, statt so *rechthaberisch* zu sein.«

Die Scham brennt auf meinen Wangen und ich nicke und sinke in ihre Arme und wir flüstern einander zu, dass alles gut werden wird, dass wir morgen noch mal dort anrufen werden, und ich versuche, mich zu beruhigen, zu erkennen, dass Mama die Lage unter Kontrolle hat.

Ein älteres Paar kommt den Kiesweg entlang, sie unterhalten sich miteinander und trinken aus ihren Kaffeebechern, ich vermute, dass der Hund zu ihnen gehört, aber er liegt immer noch neben unserem Tisch.

»Dort drüben gibt es Kaffee«, sage ich und versuche, munter zu klingen. »Da ist sicher keine Schlange, soll ich dir einen holen?«

»Kaffee?« Mama wischt sich über die müden, roten Augen und sieht mich fragend an. »Woher weißt du das?«

Ich zeige auf das Paar.

»Die trinken doch Kaffee.«

»Ja, aber den haben sie vielleicht selbst mitgebracht?«

»Sie haben die gleichen Pappbecher, solche Take-away-Dinger, nur billiger. So wie man sie an der Tankstelle kriegt. Sonst hätten sie doch Tassen oder so. Außerdem, wer läuft denn einfach so mit Kaffeebechern durch die Gegend? Mit Kaffee läuft man nur herum, wenn man ihn sich irgendwo geholt hat.«

Mama runzelt die Stirn.

»Und woher willst du wissen, dass da keine Schlange ist?«

Ich zögere.

»Na, weil … weil sie so entspannt aussehen. Menschen, die lange anstehen müssen, werden sauer. Außerdem laufen sie alleine den Weg lang, wenn es eine Schlange gegeben hätte, würden doch jetzt mehr Leute in dieselbe Richtung gehen.«

Sie lächelt, Gott, wie schön ist es, sie ein wenig glücklich zu sehen.

»Kannst du von hier aus sehen, ob sie auch frische Croissants haben?«

Ich erwidere ihr Lächeln.

»Nee, aber bestimmt Schokobrötchen.«

»Na dann. Beeil dich.«

Sie wuschelt mir durchs Haar und starrt dann wieder auf ihr Handy, jetzt liest sie Updates zu den Zügen nach Stockholm und ihr Lächeln verschwindet, ich bin kurz davor zu fragen, ob sie ihren Latte mit Hafer- oder Sojamilch will, aber das gute Gefühl ist bereits verflogen, also mache ich mich auf den Weg, in die Richtung, aus der die beiden Alten gekommen sind, und ich höre das Tapsen und das leise Hecheln hinter mir und denke *Ajax, ich werde dich Ajax nennen.*

*

Niemand steht Schlange vor dem Holztisch mit der großen Thermoskanne, aus der ein paar Freiwillige Kaffee pumpen, und es gibt tatsächlich Kuhmilch und Hafermilch und außerdem eine Packung Zuckerstückchen. Um mich herum erstreckt sich der Campingplatz, hier die Langhäuser und Hütten, dort große grüne Militärzelte in Reih und Glied, hier und dort kleinere blaue, orangefarbene oder rote Zelte, Zelte, die die Leute selbst mitgebracht haben oder die die lokale Bevölkerung den Flüchtlingen geschenkt hat.

Ich stopfe meine Tasche mit Zuckerstücken voll und pumpe zwei Tassen Kaffee aus der Kanne – ich trinke keinen Kaffee, aber jetzt ist wahrscheinlich ein guter Zeitpunkt, damit anzufangen – und mache gerade kehrt, als ich den Schrei höre. Er kommt aus einer der Hütten, einem rot gestrichenen Gebäude, etwas größer als die anderen, das ist wohl eine Art Treffpunkt oder Verwaltungsraum, der Schrei schneidet wie ein rostiges Pfadfindermesser durch die spätsommerliche Dämmerung, ich bleibe stehen, Ajax knurrt und tänzelt um meine Füße herum. Es ist ein schreiendes Kind, nicht das übliche Gequengel am Abend, sondern ein brutales, schrilles Gebrüll aus Angst und Verzweiflung, für einen kurzen Moment taucht Becka vor meinem inneren Auge auf, aber es kann nicht sein, natürlich ist sie es nicht, ich mache ein paar Schritte auf das Haus zu und ein Paar kommt mit einem schreienden Baby heraus. Sie sind ungefähr so alt wie Mama und Papa, er ist groß und schlank und trägt ein verwaschenes T-Shirt von irgendwelchen alten Rockmusikern mit den Farben der amerikanischen Flagge, seine Hand ist bandagiert, sie ist ganz verkrampft und starr im Gesicht und bewegt sich ganz langsam, als wäre in ihr irgendeine Sicherung durchgebrannt.

Rechts und links neben ihnen auf der Treppe stehen ein männlicher und eine weibliche Freiwillige in gelben Westen und reden in diesem effektiven, empathischen, aber unpersönlichen Tonfall, den Erwachsene manchmal haben, wenn sie dir eigentlich nicht helfen können, auf die beiden ein, sie klingen wie die Tante im Krankenhaus, *keine Reanimation*, was bedeutet das eigentlich? Ich trete ein paar Schritte näher, der Mann sagt *Die einzige Lösung ist, ihn nach Borlänge zu bringen*, und die Frau *Wenn ihr niemanden hier findet, der noch stillt und etwas für ihn abpumpen kann* und der Vater des Kindes spricht mit schallender und zorniger Stimme *Es kann doch nicht sein, dass ihr nicht für die Versorgung von Kleinkindern vorbereitet seid, die Muttermilchersatz brauchen, dieses beschissene Land, wie zur Hölle kann es sein, dass es für solche Fälle keine Notfallpläne gibt*, und man kann ihm anhören, dass er das heute mindestens schon hundertmal gesagt hat, ohne dass es einen Scheiß geholfen hat, aber er sagt denselben Spruch immer und immer wieder, wie ein Mantra oder wie zum Schutz, alles, was ihm noch geblieben ist. *Borlänge* sagt der Freiwillige, seinen blonden langen Bart hat er zu Zöpfen geflochten, wie einer, der in einer Fernsehserie einen Wikinger darstellt oder gerade bei einem Mittelalterrollenspiel mitmacht, seine Freiwilligenfreundin hat hennafarbene Locken, *Borlänge, da haben sie alles, soweit ich weiß,* und die Mutter sagt mechanisch *Aber WIE soll Wilmer nach Borlänge kommen?* und die Freiwilligenfrau sagt hilfsbereit, dass *morgen früh vielleicht ein Transport möglich wäre*, und die Mutter fällt irgendwie in sich zusammen und fängt an zu weinen und das Kind schreit wieder und der Vater sagt noch einmal *dieses beschissene Land.*

»Braucht ihr so einen Milchersatz?«, frage ich.

Die vier vor der Hütte glotzen mich an. Ich nehme meinen Rucksack ab, ziehe den Reißverschluss auf und hole ein Päckchen heraus, es ist groß, vielleicht ein Kilo, auf dem Päckchen ist ein glückliches, sattes Baby abgebildet, ich reiche es ihnen.

»Hier.«

Der Vater kommt auf mich zu, die Mutter klappt hinter ihm zusammen, schreit irgendetwas Wirres, das fast wütend klingt, aber der Vater streckt seine langen Arme aus und zwei große starke Hände greifen nach dem Päckchen, an der bandagierten Hand ist Blut durch die Mullbinde gesickert, an den Knöcheln, am Handrücken, und sein Mund fragt, *Was willst du dafür haben?,* aber seine Augen sind Raubtieraugen, die sagen, dass es egal ist, was ich haben will, weil es nicht zur Debatte steht, was ich in der Hand halte, ist bereits in seinem Besitz, also sage ich *nichts, nimm's* und er nickt und stottert irgendetwas zum Dank und dann reißt er mir das Päckchen aus der Hand und verschwindet mit der Mutter und dem Baby in der Hütte, ich nehme an, dass sie dort Wasser und eine Kochplatte haben.

Der blonde Bartzopf starrt seine Kollegin erschrocken an und dann mich und dann den großen Hund neben mir.

»Wie zur … wie kommt's, dass ausgerechnet du so etwas mit dir rumträgst?«

Weil meine Eltern so verdammt unfähig sind, denke ich, *weil ich mich nicht darauf verlassen kann, dass sie sich um meine Schwester kümmern können, weil sie keine Kontrolle über dieses Chaos haben.*

»Ich muss los«, sage ich nur, »mein Kaffee wird kalt.«

Der Freiwillige geht noch ein paar Schritte auf mich zu und ich sehe, dass die Buchstaben *STAB* mit Edding auf seine gelbe Weste geschrieben worden sind, an ihr ist auch ein laminiertes Schild angebracht, mit einem Stempel und einigen Ziffern und dem Aufdruck *AKUT-TEAM*.

»Woher hast du das Päckchen?«, fragt er und beäugt meinen Rucksack, er sieht freundlich, aber entschlossen aus, er hat eine sanfte Autorität in seiner Art, wie er auf mich zugeht, und ich stelle mir vor, wie er Busladungen mit Babys hin und her schickt, Leute dazu bringt, Zelte aufzustellen, zu kochen, Wasser zu verteilen, es sind Leute wie er, die hier das Sagen haben, in der Dämmerung erkenne ich graue Strähnen in seinen Bartzöpfen, wenn ein Mann über vierzig ohne sichtbare Behinderungen akzentfrei spricht, hat im Grunde immer er das Sagen, egal, wo du bist, vergiss das nicht.

»Ich geh auf die Berufsschule«, sage ich zögernd. »Erziehung und Freizeit. Ich hab gerade ein Praktikum gemacht. Das Päckchen konnte ich bei dem ganzen Chaos gerade noch mitnehmen.«

Er starrt mich fragend an und ich bin kurz davor, dem Reflex nachzugeben, mein Lügenkonstrukt weiter auszuschmücken, etwas über eine Kita oder vielleicht irgendein Krankenhaus zu sagen, ein Brand, eine Flucht, aber ich kann mich zusammenreißen, man soll nicht zu viel ausschmücken.

»Wie alt bist du?«

»Achtzehn.« Dieses Mal lasse ich meine Antwort platt klingen, beinahe gleichgültig, besser.

»Wo wohnst du?«

»Da drüben«, sage ich und zeige vage in die Richtung, aus der ich gekommen bin. »In einem Zelt, ich und mein Freund.« Ich setze ein Lächeln auf. »Und Ajax natürlich.«

Er nickt.

»So wie die Lage jetzt ist, würden wir gerne alle, die Erfahrungen mit …«

»Mein Kaffee wird kalt«, sage ich erneut. »Also wirklich.«

Ich drehe mich um und gehe zurück.

»Wie viel frisst so ein großer Hund?«, höre ich ihn mir hinterherrufen. »Ich habe ein paar Futtersäcke. Die sind in erster Linie für unsere Rettungshunde, aber wir finden schon eine Lösung.«

Ich antworte nicht, gehe einfach weiter. Dieses beschissene Land.

*

Es ist Nacht und es fällt mir schwer, in der stickigen Hütte zu schlafen, neben der erst lauten, dann weinenden und jetzt schnarchenden Familie aus Mora, also gehe ich raus, es ist eine sternenklare, heiße Nacht und ich gehe runter und setze mich an den See, der Hund entdeckt mich und legt seinen großen pelzigen Kopf in meinen Schoß, während ich mich durch meinen Feed scrolle. Da sind die üblichen DMs von Bianca und Stella mit Herzen und wütenden oder besorgten oder weinenden Emojis und ich schreibe ihnen fix, dass mein Bruder immer noch vermisst wird, aber ihn vielleicht jemand gesehen hat und wir auf einem widerlichen Campingplatz übernachten und einfach alles scheiße ist, ich aber einen superniedlichen Typen getroffen habe. Ich überlege kurz und dann streiche ich *Typen* und schreibe stattdessen *Hund* und mache ein Foto von Ajax und schicke es ihnen und ein Herz hinterher.

Lotte aus meiner alten Klasse ist fünfzehn geworden und hat von ihrem Vater ein Rollermobil bekommen, so eins, das aussieht wie ein schwarzer Jeep mit weißen Lederpolstern, das Auto steht unten am Strand und sie lehnt mit dem Rücken am Auto, den einen Fuß mit den hohen Absätzen auf dem Rad, und sie schaut hinauf in den Himmel, die Sonne spiegelt sich auf dem Blech und im Meer und in ihrem Lipgloss wie in einem Werbespot. *Mein kleines Monster* hat sie darunter geschrieben und Flammen-Emojis und Herzen. Ich scrolle weiter und sehe, dass mein Vintageladen Neues von Michael Kors reinbekommen hat, sowohl Sonnenbrillen als auch Taschen, kaum benutzt, ich habe Taschen, aber nicht so eine wunderbare kleine Clutch mit Silberzeugs drauf, die würde super mit meinem breiten schwarzen Gürtel von Gina Tricot matchen und dazu vielleicht ein paar schwarze Docs oder vielleicht welche in Ochsenblut. Ich sehe, dass Papas Influencerin ein Foto von einem Glas Milch und einem Laptop hochgeladen hat und damit angibt, jetzt ein Buch zu schreiben, und ich like es erst, aber dann unlike ich wieder, denn es fühlt sich so an, als würde ich Mama hintergehen, ich scrolle zurück zu den Klamotten und stelle mir eine Garderobe zusammen, wir werden am Montag nach Thailand reisen und ich brauche einen neuen Bikini, denn mein alter ist verbrannt.

Ich klicke mich noch mal in meine Nachrichten und sowohl Bianca als auch Stella finden natürlich, dass Ajax der süßeste Hund ist, den sie je gesehen haben, *OMG!!!* Herzchen Herzchen und ich setze ein Herz unter ihre Herzen und dann mache ich ein Foto von dem stillen, schwarzen See und dem Sternenhimmel und den blinkenden Lichtern am anderen Ufer, blau und weiß von den Rettungsfahrzeugen, gelb und rot von den Flammen der Waldbrände in der Dunkelheit und ich poste das Bild.

Streichle dem Hund über seinen hübschen Kopf, kraule ihn unterm Kinn, berühre die weichen, kuscheligen Ohren. *Solche Hunde kann man dressieren*, schreibt Stella, ihre Eltern haben schon immer Hunde gehabt, *Schau mal, ob er Sitz macht oder Pfötchen gibt.* Ich stecke das Handy weg und versuche es, sage *gib Pfötchen* und er setzt sich auf die Hinterbeine und streckt mir seine Vorderpfote entgegen. Und *Roll* und er liegt sofort im Sand und rollt sich zweimal herum und dann setzt er sich wieder auf und schüttelt sich den Sand ab. Ich überlege kurz und dann sage ich *bell*, aber nichts passiert, er keucht und sabbert einfach nur. *Bell schon!*, aber immer noch nichts. Ich hole mein Handy wieder hervor und google Hundekommandos, aber das ist öde, ich merke plötzlich, wie müde ich bin, döse fast ein, ich hätte viel lieber hier draußen geschlafen, aber dann würde sich meine Mutter wieder Sorgen machen, checke stattdessen Insta, mein Bild wurde von den üblichen Leuten gelikt, scrolle noch mal durch meinen Feed, schaue noch mal in meine DMs und da:

eine Kontaktanfrage. Eine Mitteilung von Unbekannt.

Ich klicke auf Akzeptieren.

PumaRobban07

Mein Herz schlägt schneller. Ich öffne seine Nachricht. Sie ist nur eine Zeile lang.

Ich sehe, was du siehst.

Keine Bilder, keine Herzen, nur diese Zeile und ich will vor Freude laut aufschreien, einerseits, weil er nach mir gesucht hat, aber vor allem, weil er so gechillt ist, wenn er schreibt. Ich tippe eine kurze Antwort, lösche sie aber sofort wieder und lege das Handy weg. Nein. Warte. Starre hinaus auf den See, eine Viertelstunde lang, bevor ich wieder aufs Handy schaue.

Alles okay bei dir?

Wie hast du mich gefunden? schreibe ich.

1,35. Nicht schlecht.

Für eine Sekunde steht alles um mich herum still, dann fällt mir der Hochsprungwettkampf wieder ein, das muss drei Jahre her sein. Leichtathletik, mehr wusste er nicht über mich, aber das hat schon gereicht. Ich will ihn fragen, wie lange er gebraucht hat, um mich zu finden – aber bevor ich die Frage stellen kann, antwortet er mir schon.

Drei Stunden hat's gedauert. Shit, wie viele Vereine ihr da unten habt.

Ich scrolle mich schnell durch sein Profil, vor allem Fußballkram, Boote, Wald, Hamburger, Videoclips von einem Stadion, Werbetafeln, die irgendwo im Süden zu sein scheinen, vielleicht Spanien, und Typen mögen normalerweise Fußballclubs, die irgendwas mit Barcelona oder Madrid zu tun haben, es muss also irgendwo dort sein. Und dann ein Foto von ihr. Nur ein einziges, aber Scheiße, sie ist keine leichte Konkurrenz, Gegenlicht, Strand, dieses süße

Lächeln mit einem schelmischen Funkeln im Augenwinkel. Keine Zahnspange und längere Haare, also muss es letzten Sommer gemacht worden sein. Linnea_bp_forever ist in dem Foto getaggt und natürlich hat sie das Bild mit drei Herzen kommentiert. *Sie sind einfach schon krass lange zusammen*, brüllen die Emotionen und mich durchzuckt ein stechender Schmerz, bevor mein Hirn eiskalt zu dem Schluss kommt, *dass das ja kein Problem sein muss, vielleicht ist es sogar ein Teil der Lösung.*

Er schreibt:

Ich komm nicht drauf klar, dass du gesagt hast, er ist dein Großvater.

Antworte sofort:

Ich komm nicht drauf klar, warum du mir nicht gesagt hast, dass du eine Freundin hast.

Er ist schnell:

Ich hab nicht gesagt, dass ich KEINE Freundin hab.

Denke nach.

Schon. Aber das macht die Sache komplizierter.

Jetzt habe ich ihm den Ball zugespielt. Was auch immer er jetzt antwortet, ist ausschlaggebend. Ich habe ihm ein krass offenes Tor angeboten, auf das er einfach nur schießen muss, er kann so tun, als würde er es nicht kapieren, er könnte dumm spielen oder unsensibel, könnte mir ein lachendes Emoji schicken, so tun, als ob er den ganzen Abend damit verbracht hat, sich durch alle Zweige aller Jugendwettkämpfe aller Stockholmer Leichtathletikvereine zu arbeiten, bis er meinen Namen bei der einzigen Bezirksmeisterschaft, an der ich je teilgenommen hab, gefunden und mich bei Google-Bildersuche abgeglichen hat, ohne dass das auch nur irgendetwas zu bedeuten hätte. Es gibt tausend Möglichkeiten für ihn, das hier sein zu lassen, bevor es überhaupt angefangen hat, es im Keim zu ersticken.

Aber er antwortet:

Wie lange bleibst du?

Ich muss grinsen.

Solange es dauert.

Der grüne Punkt, der mir zeigt, dass er eingeloggt ist, verschwindet. Er zieht sich zurück, schafft Distanz. Klar. Jungs mögen es nicht, sich eingeengt zu fühlen, ich geb ihm seinen Space.

Ich bleibe noch eine Viertelstunde mit meinem Handy in der Hand sitzen, nur sicherheitshalber, und dann steh ich auf, Ajax schüttelt sich den Sand aus dem Fell, der fliegt in alle Himmelsrichtungen, wir gehen ein paar Schritte den Hang hinauf zu den Hütten und all die anderen Dinge holen mich wieder ein, Mama wird mit ihrem Handy auf dem Boden liegen, vielleicht hat sie wieder angefangen zu weinen, ich spüre es, wenn sie weint, auch wenn ich nicht da bin.

Ein Knistern, Zischen hinter mir, als würde Nudelwasser überkochen. Ich drehe mich um und sehe die Funken über den See fliegen, weit weg, vielleicht einen Kilometer von hier entfernt, im Dunkeln schwer zu bestimmen. Der Hund winselt und versteckt sich hinter meinen Beinen, während ich versuche zu kapieren, was ich sehe, denn es scheint, als würde jemand mit einer großen Propanlampe rotes Feuer über dem See versprühen, es erinnert mich an etwas, das ich bisher nur ein einziges Mal gesehen habe, im Fernsehen, als ich klein war, es war ein Fußballspiel und Papa wurde wütend, weil das Feuer das Spiel störte, *verdammte Hooligans, man sollte nur noch vor leeren Tribünen spielen lassen.*

Ein bengalisches Feuer.

Es erleuchtet das gesamte Universum.

FREITAG, 29. AUGUST

Das Auto vom Rettungsdienst ist rot und gelb und war vor zwei Wochen bestimmt noch fresh, aber jetzt ist es dreckig und verbeult, mit kaputten Lichtern, einem großen Riss in der Windschutzscheibe und tiefen Kratzern an einer Seite. Trotzdem liebe ich das Gefühl, damit über die Waldstraßen zu fahren, die verrauchte, vernarbte Natur vor dem Fenster vorbeirauschen zu sehen, die holprige Straße, die das Lenkrad und so auch meine Hände vibrieren lässt. Aber das Rückwärtsfahren ist immer noch tricky, meinen Blick und die Lenkung mit allen Spiegeln zu koordinieren und auf den, wie ich gerade gelernt habe, *toten Winkel* zu achten und das Gefühl zu haben, dass das Hinterteil des Autos hinter mir ausschwenkt, das braucht Übung und dafür bleibt keine Zeit. Allerdings habe ich festgestellt, dass Erwachsene, insbesondere alte Männer, sehr geringe Erwartungen an meine Fähigkeit zum Autofahren haben, obwohl ich sofort vorgetreten bin, als sie beim Morgenmeeting gefragt haben, wer einen Führerschein hat. Niemand erwartet von einer achtzehnjährigen Berufsschülerin, dass sie einen Wagen durch das vom Feuer verwüstete Gelände manövrieren kann, und sie grinsten, als ich zuerst Mühe hatte, den Motor zu starten und dann gegen einen Baum fuhr. *Ich hab eigentlich nur Erfahrung mit Automatik*, sagte ich, ich bin mir nicht sicher, was Automatik bedeutet, aber das ist es, was die Leute normalerweise sagen, wenn sie schlecht Auto fahren können. *Und Papas neues Auto natürlich, mit Rückfahrkamera und Sensoren und dem ganzen Kram, oder was?*, sagte der Bartzopf freundlich und ich nickte den Tränen nahe. Sie haben mir gezeigt, wie die Kupplung funktioniert und wie man schaltet, und dann konnte ich fahren. Zumindest vorwärts.

Aber es gelingt mir, rückwärts auf den Kiesplatz vor dem Kindergarten in Skålmo zu fahren, einem niedrigen, weißen Holzgebäude am Waldrand, wo jetzt kein Wald mehr ist. Emil und ich steigen mit jeweils einer Ikeatasche aus, Ajax springt von seinem Platz auf der Rückbank und hält die Schnauze ängstlich in die Luft. Der Hof liegt in Schutt und Asche, abgesehen von ein paar geschmolzenen grauen Klumpen, von denen ich annehme, dass das mal Plastikspielzeug war, einem ausgebrannten Klettergerüst und den Überresten einer Schaukel, die in den Himmel hinaufragt, die leeren schwarzen Ketten rasseln im Wind, aber das Haus an sich ist intakt, bis auf die verrußte Fassade und einige Fenster, die durch die Hitze zerborsten sind. Die Behörden haben die Tür mit einem Klebeband versiegelt, das Emil aus irgendeinem Grund abpult, bevor er die Feuerwehraxt herausholt und mit zusammengebissenen Zähnen beginnt, mit der linken Hand auf den Rahmen einzuhacken. Mit einer Hand geht es nur langsam voran, aber nach zehn Minuten hat er einen Spalt geschlagen, der groß genug ist, um die Spitze eines Brecheisens hineinzudrücken, er lehnt sich mit der linken Schulter dagegen, bis das Holz aufbricht und sich das Schloss vom Türrahmen löst. An vielen Gebäuden sind die Türen alarmgesichert, aber hier draußen war der Strom so lange weg, dass die Batterie, die bei Stromausfall automatisch eingeschaltet wird, bereits leer ist. Wir treten direkt in den dunklen Flur, hier hängen die Klamotten der Kinder aufgereiht, über jedem Haken ein Namensschild. Ajax tappt glücklich vor uns her, trotz Dunkelheit und Schmutz, er hat keine Angst vor dieser Umgebung, der Geruch von kleinen Kindern ist für ihn vielleicht der Geruch von Wärme und Geborgenheit, von Essen und Familie.

Wir haben Taschenlampen dabei, aber das Tageslicht, das durch die zerbrochenen Fensterscheiben hereinfällt, ist hell genug. In manchen Regalen haben fürsorgliche Eltern kleine Fläschchen oder Tuben mit Sonnenölen oder Sonnensprays liegen gelassen und Emil wischt alles wortlos von den Holzbrettern in seine Tasche. Ich gehe in die Wickelstube und fülle meine Tasche mit Windeln, Plastikbeuteln und Feuchttüchern sowie einigen großen Lotionsspendern mit Hautcremes für Kinder. Ich finde auch eine ungeöffnete Packung Plastikhandschuhe.

»Was brauchen wir von hier?«, höre ich Emil halblaut rufen und ich folge seiner Stimme, durch ein Spielzimmer, in dem Regale und Boden von einer feinen Schicht Asche überzogen sind, bis in eine Küche. Die kleinen Stühle sind auf niedrige runde Tische hochgestellt worden. Er hat einen Schrank geöffnet und ich zeige auf die Päckchen: Haferflocken, Haferschleim, Breipulver und ein paar kleinere Gläser laktosefreies Zeug für Kinder mit Kuhmilchallergie. Schließlich nehmen wir eine Erste-Hilfe-Tasche und Desinfektionsmittel, und auf dem Weg nach draußen schnappt Emil sich noch einige Päckchen Kaffee und Kekse aus der kleinen Speisekammer.

Ajax bekommt einen Keks und hüpft wieder auf den Rücksitz und wir fahren weiter zum nächsten Ort auf der Karte. Emil summt ein paar alte Rocksongs vor sich hin und popelt sich mit seiner gesunden Hand in der Nase, wenn er denkt, dass ich gerade nicht hinschaue. Er ist hier oben im Wald aufgewachsen, erzählt etwas von einem Sommerhäuschen, das sein Onkel nördlich von hier besaß, an einem der Seen, wo er früher mit seinen Freunden rumhing, dort haben sie sich zum Saufen getroffen und sind in die Sauna gegangen und haben am Feuer gesessen und Gitarre gespielt und er fragt sich, ob es das Häuschen immer noch gibt oder ob es mit allem anderen in Rauch aufgegangen ist, und er versucht, einen »kleinen Abstecher« in die Richtung vorzuschlagen, aber es ist ziemlich weit weg und wir haben wichtigere Aufgaben als Nostalgietrips in die Wildnis.

Wäre seine rechte Hand nicht verletzt, wäre er gefahren, das sagt er heute nun schon zum dritten Mal. Ich hab bereits kapiert, dass er nicht darüber sprechen will, wobei er sie verletzt hat, sie scheint aber gebrochen zu sein, er verzieht immerzu das Gesicht vor Schmerzen und gibt darauf Acht, nur mit seiner linken Hand zu heben und zu tragen. *Ist passiert, als Wilmer so geschrien hat,* hat er mir schwerfällig geantwortet, als ich ihn fragte. *Wir haben eine Frau gefunden, die ihn stillen konnte, damit er wenigstens ein bisschen zu trinken kriegt. Aber dann kam ihr Typ und es wurde ein bisschen …* Er schüttelte den Kopf. *Die Leute sind wie Tiere.*

Er ist Grundschulsenator, ehemaliger Schuldirektor. Das sei der Plan, das sei wichtig, hat der Bartzopf gesagt, was wir erzählen, wenn wir gefragt würden. Er ist gemeinsam mit einer Praktikantin unterwegs, um in einigen der regionalen Vorschuleinrichtungen Ausrüstung und Proviant abzuholen *(sagt gerne akquirieren)*, für die ad hoc organisierten Kinderbetreuungsgruppen an der temporären Sammelstelle in Rättvik (*Sag nicht Lager*, hatte der Bartzopf betont, *das hört sich so negativ an mit Lagern, so was haben wir in Schweden nicht*). Wichtig sei, dass es Emil ist, der die Türen aufbricht, das könne man im Nachhinein rechtlich absichern, wenn nötig *(sonst könnte jemand ganz schnell auf die Idee kommen, dass wir auf einem Plünderungszug sind).*

Es ist unser erster Tag auf der Straße. Gestern und vorgestern wurde auf dem Campingplatz eine Kinderbetreuung organisiert, zusammen mit einem pensionierten Lehrerehepaar (Spanisch und Werken), das aus seinem Ferienhaus evakuiert wurde, einigen Freizeitpädagogen, die ein Semester in den Bergen verbringen wollten, und einem gelangweilten Mädchen, das im letzten Sommer als Animateurin auf Rhodos gearbeitet hat, alles unter der Leitung eines vernarbten Kinderpsychologen, den die Behörde für Katastrophenschutz und Notfallvorsorge aus Falun hergeschickt hat und der mitten in den Besprechungen eine Zigarettenpause einlegen muss, um seine Nerven zu beruhigen. Natürlich gibt es auch reguläres Kindergartenpersonal, einige von ihnen sind mit ihren Kindergruppen in die Busse gestiegen, als der Wind überraschend drehte und die Brände auf einmal Mora umzingelten, aber die meisten von ihnen sind rauchgeschädigt und stehen unter Schock und machen sich in erster Linie Sorgen um ihre eigenen Gruppen. Dasselbe gilt für die meisten Eltern, die ihre ehrenamtliche Mitarbeit anbieten. Mütter sind egoistisch und wollen nur Ressourcen für ihre Kinder, sie wollen Ärzte, Psychologen, Seelsorge und PTBS-Untersuchungen. Väter sind weniger anspruchsvoll, sie wollen die Kinder meistens nur an jemanden abgeben, der mit ihnen spielt und sie tröstet, wenn sie wegen der Hitze wimmern, sie beschäftigt, während sie selbst schlafen wollen oder in Warteschlangen bei den Versicherungen hängen oder einfach nur im Schatten vor ihren Campinghütten, Zelten oder leeren Skianlagen sitzen und hilfesuchend auf ihre Handys starren.

Es leben bereits etwa tausend Menschen hier im Lager und ständig strömen mehr dazu, von Malung, von Sveg, einige von Östersund. Weiter südlich werden die Autobahnen von allen blockiert, die versuchen, in die Städte zu gelangen. Uppsala und Stockholm haben ihre Zufahrten geschlossen, Göteborg hat das 42. Heimwehrbataillon entsandt, um eine Sammelstelle am Vänernsee außerhalb von Karlstad einzurichten und zu verhindern, dass sowohl Schweden als auch Norweger versuchen, weiter nach Süden vorzudringen und die städtischen Gebiete zu belasten. Außerdem wüten seit gestern sechs neue Brände in Västmanland, südlich von uns, in den Wäldern zwischen Hedemora und Norberg. Mehrere, die versucht haben, auf eigene Faust mit dem Auto nach Stockholm zu gelangen, wurden vom Rettungsdienst angehalten und zur Umkehr gezwungen, und nun drohen hohe Geldstrafen für diejenigen, die sich ohne triftigen Grund außerhalb der großen Autobahnen in der Umgebung bewegen und die Löscharbeiten erschweren.

»Wir sitzen hier also fest«, hat der Bartzopf heute Morgen mit einem trockenen Lachen konstatiert. »Gestrandet, sozusagen. Und im Moment haben wir einen Mangel an allem, auch an Grundnahrungsmitteln. Wir müssen den Eltern also vermitteln, dass sie ihre eigenen Windeln für ihre Kinder mitbringen müssen, wenn sie tagsüber betreut werden sollen.«

»Aber woher sollen wir denn jetzt Windeln bekommen?«, hat eine der Mütter gefragt. »Die Geschäfte sind doch alle geschlossen.«

»Wir können doch bestimmt aus irgendwelchen Materialien Stoffwindeln herstellen und die dann später auswaschen, oder?«

»Wie denn?«, warf die Spanischlehrerin ein. »Die Möglichkeiten, hier zu waschen, sind ja sowieso begrenzt.«

»Die vorübergehende Kinderbetreuung hier an der Sammelstelle ist wichtig für die Familien«, sagte der Kinderpsychologe und blickte gestresst von seiner Akte auf. »Routinen sind wichtig, um ein Gefühl von Normalität zu erzeugen. Wenn wir die Kinder davon ausschließen, kann das leicht Angst machen.«

Ich hob meine Hand.

»Wir könnten doch zu den Kindergärten fahren und uns nehmen, was wir brauchen. An den Orten, wo es gebrannt hat, meine ich, wo Menschen bereits geflohen sind.«

Der Bartzopf starrte mich an.

»Nehmen, was wir brauchen?«

»Ja?« Ich zuckte mit den Schultern. »Das ist doch eine Notsituation. Und viele Leute, die hier sind, kommen doch von dort, es sind doch eigentlich nur deren Sachen, die wir hierherschaffen, das gleicht sich doch dann aus, oder nicht?«

Die Erwachsenen – für mich sind es die Erwachsenen – begannen plötzlich alle durcheinanderzureden, was denn jetzt *in einer Krisensituation angebracht* wäre und *Wie wichtig es ist, jetzt die Rechtssicherheit zu wahren* und *die Bedürfnisse der Kinder zu sehen*, einer der Rentner fand, dass wir eine *Lehre aus der Pandemie ziehen* sollten, und irgendjemand anderes meinte, *Wir erinnern uns wohl alle noch an den Tsunami, als überall so eine Scheißhandlungsohnmacht herrschte, statt dass mal einer die Sache in die Hand genommen hat* und schließlich sagte Emil, er als Beamter könne in dem Fall die Verantwortung übernehmen und darauf achten, dass *alles geordnet verläuft,* aber jemand anderes müsste fahren.

Der nächste Ort weiter nördlich, in Richtung der Berge, war dichter besiedelt, hier hat es vor drei Tagen gebrannt. Wir fahren an einem kleinen Zentrum vorbei, einem Lebensmittelladen, einer einsamen Tankstelle, alles leer und verlassen. Das grün gestrichene Kindergartengebäude ist vom Feuer völlig unberührt, im Sand davor liegen Eimer und Schaufeln in leuchtenden Plastikfarben, dazu kleine Karren und Modellautos, im Hof eine Wippe, ein altes weißes Ruderboot mit abblätternder Plastikfarbe. Vor dem Gebäude stehen Feuerwehrautos und ein großer Lastwagen vom Militär, dreckig und eklig ist es hier und überall Wasserschläuche und Anschlüsse und weiter weg von der Straße schwelt die Erde noch, dichter, qualmender Nebel. Ich bremse ab und höre Ajax knurren, die Luft hier macht ihm Angst, und wenn der Motor abgestellt wird, geht die Klimaanlage aus und der stechende Rauchgeruch strömt auch ins Auto. Emil scheint zu zögern, aber ich nehme meine Atemschutzmaske und ziehe sie mir über die Nase.

»Los, schnell«, sage ich nur und wir springen aus dem Wagen.

»Hallo. Ihr zwei, was habt ihr vor?« Ein rußig schwarzer Handschuh zeigt auf uns. Der Mann ist groß, er trägt dicke Stiefel und die grüne Uniform der Heimwehr, unter der Atemschutzmaske ragt ein buschiger grauer Bart hervor. »Dieser Ort ist nicht sicher.«

»Rettungsdienst«, sage ich. »Wir akquirieren Versorgungsmittel. Für die Sammelstelle, zur Kinderbetreuung.«

Auf der Stirn über der Maske bilden sich Falten.

»Auf wessen Befehl?«

»Ich arbeite für die Verwaltung«, sagt Emil mit amtlicher Stimme. »Schulsenat. Das ist unsere Einheit.«

Der Heimwehrtyp glotzt uns misstrauisch an. Eine Strähne seines grauen Haars hat sich ihren Weg unter dem Helm hervorgebahnt und klebt an seiner Schläfe.

»Das hört sich seltsam an. Dass ihr hier einfach herkommt und nehmt, was ihr wollt.« Er schüttelt den Kopf. »Benötige Genehmigung.«

Ich lasse meine Stimme hilflos klingen:

»In unserer Sammelstelle unten in Rättvik sind jede Menge kleine Kinder untergebracht. Hunderte. Wir brauchen Lebensmittel,

Windeln, Medizin, es fehlt uns an allem. Müssen wir jetzt zurückfahren, um eine *Genehmigung* zu holen?«

Er feixt und schaut auf die Axt in Emils Hand.

»Wollt ihr *damit* da rein?«

Der Schulsenator windet sich.

»Also, natürlich gibt es irgendwo einen Ersatzschlüssel, aber …«

Wortlos dreht der Typ vom Heimwehrbataillon sich um und stapft auf den Kindergarten zu, öffnet vorsichtig das Gartentor und geht zum Eingang, während er ein Metallwerkzeug von seinem Gürtel losmacht. Ein tiefer Seufzer erklingt, als sich der große Mann zur Tür beugt, dann knallt es und die Tür springt auf.

»Na dann, hereinspaziert, oder wie man sagt«, schnaubt er belustigt und stapft davon.

Wir finden nichts Besonderes in der Wickelstube oder in der Küche, nur eine große Packung Toilettenpapier, zwei Packungen Windeln, etwas Babypuder und Würfelzucker, den Rest muss das Personal bei der Evakuierung mitgenommen haben. Aber als wir den großen Raum durchqueren, in dem Spielzeug und Kissen und Kinderbücher und Plastikkisten mit Kreiden und Buntstiften und Bastelarbeiten herumstehen, zeigt Emil auf einen Gegenstand an der Wand und stößt einen Pfiff aus.

»Schau mal. Eine Gibson.«

Dort hängt eine Gitarre, rot, sie ist mit einem Gurt aus schwarzem Leder an einem Haken angebracht. Emil lächelt und lässt seine Fingerspitzen über die Saiten gleiten, dumpfe, metallische Töne in einem gebrochenen Akkord, ich erinnere mich, wie ich damals, als ich klein war, vor dem Klavier gesessen und gesungen habe, wie die Stunden einfach verfliegen konnten, während ich an nichts dachte, *muss mal gestimmt werden,* murmelt er und nimmt das Instrument von der Wand, dreht an den Wirbeln am oberen Ende der Gitarre, summt vor sich hin, dreht noch ein bisschen, während die bandagierte rechte Hand ungeschickt an den Saiten zupft.

»Die ist sicher seit mehreren Jahren nicht gespielt worden, schau mal«, sagt er und fährt mit dem Zeigefinger durch eine dicke Staubschicht auf dem Korpus. »Solche tollen Gitarren muss man regelmäßig spielen, sonst gehen sie kaputt.«

Er legt das Lederband über die Schulter, hängt sich die Gitarre um den Hals und schlägt einen Akkord an, brummt irgendetwas Melancholisches auf Englisch über Autos und Frauen namens *Baby*, es klingt wie diese typische Papa-Musik, aber ich mag, wie seine Stimme weich und geschmeidig wird. Wenn er singt, ist es, als würde man sich ein Foto ansehen, auf dem man erkennt, wie jemand aussah, bevor er alt und hässlich wurde. Er lacht vor sich hin und nimmt die Gitarre wieder ab und dann steht er da und hält sie für ein paar Sekunden in der Hand, murmelt etwas von *Da spielt ja eh nie jemand drauf* und schielt mich an, wie um Erlaubnis zu bitten, ich verstehe nicht, warum, gehe wieder nach draußen ins Licht und da steht der grün gekleidete Mann neben unserem Auto in der sengenden Hitze und streichelt Ajax.

»Schönes Tier.«

»Das ist ein Bernhardiner«, antworte ich.

Er grinst mich an.

»Weißt du nicht mal, was für eine Hunderasse du hast?«

Ich zucke die Schultern.

»Ich hab ihn gefunden.«

»Sie.«

»Was?«

Der Heimwehrtyp schüttelt den Kopf und zeigt auf das Lebensmittelgeschäft.

»Da drüben ist ein Fenster zerbrochen.«

Emil ist rausgekommen und sieht den Heimwehrmann fragend an und lässt die rote Gitarre blitzschnell im Kofferraum zwischen den anderen Sachen verschwinden.

»Ein Fenster?«

Der Mann seufzt.

»Wir ziehen heute Abend weiter. Dann ist der Ort vollkommen

unbewacht. Soll wohl binnen einer Woche leer geräumt werden. Ihr seid also aus Rättvik?«

Ich überlege kurz. Ajax hechelt in der Hitze, die lange rosafarbene Zunge hängt fast unten im Staub.

»Brot«, sage ich schließlich. »Zucker, Mehl, Haferflocken. Konservendosen.«

Der Heimwehrtyp wirft einen Blick auf unsere Ikeataschen.

»Macht euch vier davon voll. Kein Bargeld. Kein Tabak.« Ein Lachen blitzt in den Augen über seiner Maske auf. »Und das da ist eine Hündin. Ein Berner Sennenhund. Kosten ein Vermögen, diese Tiere. Wollte schon immer einen haben.«

Ich zögere ein wenig, aber dann denke ich an Zack und nicke, bücke mich zu Ajax und küsse sanft das sonnengewärmte Fell auf ihrer Stirn, bevor ich dem Mann die Leine gebe. Es versetzt mir einen Stich, ein bisschen wie bei Martins Tod, aber auf eine andere Art und Weise.

»So ein Scheiß«, murmelt Emil und stapft auf das Lebensmittelgeschäft zu. »Gewöhnt euch dran.«

*

Abends versammeln sie sich immer unten am Seeufer. Eine Gang aus Stockholm, die hier oben einen Ausflug mit ihren Mountainbikes gemacht und dann zu lange abgewartet hat, bis es zu spät war, nach Hause zurückzukehren. Ich kenne einen von ihnen flüchtig aus der Schule und mit ihnen hängen ein paar coole Outdoor-Typen rum, die etwas älter sind, richtig nett sind die und sprechen Englisch mit einem niedlichen Akzent und vielleicht kommen sie aus Holland oder Belgien und sie scheinen schwul zu sein, es wäre cool, wenn sie schwul wären, es ist cool, schwule Freunde zu haben. Dann sind da noch ein paar random kleine Bengel, die niemand wirklich kennt und die so tun, als wären sie allein hier, obwohl jeder checkt, dass sie mit ihren Familien Campingurlaub machen. Mädchen sind nicht so viele da, ihre Eltern scheinen sie abends nicht rauslassen zu wollen, nur zwei Susis, die ständig alleine sitzen und Karten spielen und über alles kichern, was Holland Belgien sagt, und ein depressives Mädchen mit zu viel Make-up, das sich darüber beschwert, dass es in seinem Zelt nach Furz riecht, und zwei Schwestern aus Uppsala, die große Schwester versucht immer wieder, ihre kleine Schwester nach Hause zu schicken, und die kleine Schwester besteht jedes Mal darauf, dass sie zusammen zurückgehen, weil sie nicht alleine im Dunkeln nach Hause will, und so sitzen sie da und streiten und dann bin da noch ich. Der Badeplatz hat einen Steg und einen kleinen Sandstrand und eine Feuerstelle, drei Baumstämme um ein Gitter, das auf einigen Steinen liegt, natürlich ist es gerade verboten, Lagerfeuer zu machen, aber die Fahrradjungs haben immer ein paar Bretter und ein Feuerzeug dabei, Holland Belgien fummelt mit etwas herum, es wird sich zugeflüstert, dass sie Weed haben, und das Deprimädchen schleicht um die beiden herum, um auch mal zu ziehen, und die kleinen Bengel haben ein paar Tüten Chips und Käseflips mitgebracht, die sie herumgehen lassen, und das Feuer knistert leise und die kleine Schwester will nach Hause und so vergehen einige Stunden.

Als ich wieder zu unserer Hütte zurückkehre, sitzt Mama einfach nur so da, mit ihrem Handy, sie ist jetzt in einer Gruppe auf Facebook, deren Mitglieder wütend auf die Behörden sind und meinen, dass die *Medien etwas vertuschen,* und sie wollen ein Volksgericht einberufen, um jeden zu bestrafen, der wegen der Brände falsche Voraussagen und Entscheidungen getroffen hat, von wegen Verbrechen gegen die Menschheit. In einigen Posts und Kommentaren steht manchmal etwas über Papa und dann scrollt sie vorbei oder legt das Telefon weg und geht aus der Hütte und schaut nach, ob sie irgendwo mit anpacken kann, aber nach fünf Minuten ist sie wieder da und setzt sich wieder ans Telefon, und als sie zum vierten oder vierundvierzigsten Mal den Namen Zacharias von der Esch buchstabieren muss, beginnt sie zu weinen.

Denn er ist nirgendwo. Der Hinweis mit dem Bergwerk hat sich als falsch herausgestellt oder als Missverständnis, Mama hat tagelang versucht zurückzurufen, hat aber unter der Nummer niemanden erreicht, dieser Klas Kall hat sich noch einmal gemeldet und uns mitgeteilt, dass ihm der Aufenthalt eines Jungen in der Nähe des Bergwerks bestätigt wurde und dass sie *sofort kommen müssen*, also hat Mama es unter Tränen geschafft, einen Forstwirtschaftler aus Hedemora zu überreden, sie mitzunehmen, als er heute Morgen mit seinem Geländewagen nach Östra Silvberg gefahren ist, um all die alten Malkursleute abzuholen, aber Zack war nicht da, ist auch noch nie dort gewesen. Und als sie Klas Kall erneut anrufen wollte, hat er natürlich nicht abgenommen und sie schrieb in die Facebook-Gruppe, was für ein boshafter, fürchterlicher Psychopath er wäre, und der Administrator hat ihren Beitrag gelöscht und sie gewarnt, dass sie aus der Gruppe geschmissen wird, wenn sie so weitermacht, also hat sie noch mal versucht, Papa zu erreichen, aber sein Telefon war immer noch aus.

Sie hat alle Behörden in Schweden angerufen, alle Polizeipräsidien, Rettungsleiter, Krankenhäuser und Freiwilligenorganisationen. Sie hat die schwedische Botschaft in Norwegen kontaktiert. Mit Hilfe der Buchstaben, an die ich mich erinnere, konnten wir immerhin herausfinden, dass es sich bei dem Auto um einen Mietwagen handelte, einen weißen Toyota mit dem Kennzeichen LDR-384, und es ist unmöglich, bei der Autovermietung jemanden zu erreichen, der uns die Auskunft geben kann, wer genau dieses Auto gemietet hatte, möglicherweise wurde es gestohlen. So viele Menschen sind verschwunden, so viele, die in den Bergen und oben in den noch brennenden Naturschutzgebieten herumirren, mein kleiner Bruder ist nur ein vermisstes Kind unter vielen anderen und gehört vermutlich zu der Kategorie *hat voraussichtlich das Katastrophengebiet verlassen* und hat daher keine Priorität.

Sie weiß, dass ich tagsüber bei der Betreuung kleiner Kinder helfe, und heute Morgen, bevor sie das mit Zack erfahren hat, hat sie mich umarmt und mir zugeraunt, wie stolz sie ist, dass ich verstanden habe, *wie wichtig es ist, einen Beitrag zu leisten,* und hat mir schluchzend gesagt, was für eine tolle große Schwester ich stets für Becka war und auch für Zacharias, obwohl ich damals noch klein war, und nichts davon ist wahr. Hab mich nie um meine Geschwister gekümmert, nicht so, wie man es als große Schwester sollte. Als sie mir verkündeten, dass wir eine kleine Schwester bekommen würden, war meine erste Reaktion zu fragen, ob Mama eine Abtreibung machen könnte, und dann habe ich auch ein bisschen geweint.

Heute Abend wollte sie mit mir über den *nächsten Schritt* sprechen, wie wir nach Stockholm kommen, und über Papa und Becka, über Neuigkeiten von Zack (die Neuigkeiten sind immer, dass niemand irgendwelche Neuigkeiten hat) und ob wir vielleicht versuchen sollten, ein Zelt zu bekommen, um von der Hütte und dieser verrückten Mora-Familie wegzukommen, die keiner von uns mehr ertragen kann. Ich hörte eine Weile zu und dann ging ich runter zum Strand und sie umarmte mich und murmelte *Vilja-Vanilja-Petersilja* in mein Haar, bevor ich ging.

Ich sitze auf der netten Seite, zwischen den Karten spielenden Mädchen und den kleinen Bengeln, gegenüber von Holland Belgien und der Mountainbike-Gang, die wie immer lachen und laut sind. Ab und zu rede ich ein bisschen mit einem der Bengel oder höre zu, während das Deprimädchen – das angeblich was von dem Weed inhaliert hat und sich jetzt *high* fühlt – von seiner lästigen Mutter erzählt, die gerade wegen Krebs behandelt wurde *(wir wollten in den Bergen wandern gehen, um zu feiern)* und jetzt irgendwelche komischen Magenprobleme hat, wenn sie ihren speziellen Ballaststoffbrei nicht essen kann. Ansonsten mache ich nichts Besonderes. Ich bin nicht hier, um mit diesen Leuten abzuhängen. Ich warte nur.

Puma zu finden oder gar zu adden ist undenkbar, das hab ich schon kapiert, das würde Linnea_bp_forever direkt merken, denn wenn sie nicht dumm wie Brot ist, hat sie die totale Kontrolle über all seine Profile. Er steht nicht mehr am Bahnhof und verteilt Wasser, da habe ich natürlich schon nachgesehen, und seit gestern wollen sie nicht mehr, dass wir ohne Grund den Campingplatz verlassen, das könnte sonst zu *Spannungen mit der angrenzenden Gemeinde führen*, anscheinend fand es irgendjemand gar nicht geil, dass einige Leute die Nacht zwischen den Grabsteinen hinter der Kirche verbracht und vollgekacktes Toilettenpapier in den Büschen hinterlassen haben.

Aber vom Campingplatz führt eine Strandpromenade in die Stadt, und dort hab ich Leute langgehen sehen, auf dem Weg zur Stadt oder auf dem Weg zurück ins Camp, und irgendwo im Grenzgebiet zwischen hier und dort liegen der Steg und der Grillplatz.

Wir haben ein bisschen hin und her gechattet. Keine langen Textnachrichten, eher so Bilder geschickt, er hat *Guten Morgen* geschrieben und ein Herzchen geschickt und Selfies von sich im Profil und dem von Rauchschwaden bedeckten Himmel im Hintergrund. Ich habe mit einem Herz geantwortet und ein Video mitgeschickt, auf dem ich Ajax knuddele. Ich weiß nicht, was er macht oder wo er ist, aber dieses bengalische Feuer, das er gezündet hat, war nicht weit von hier. Nur einige hundert Meter von hier entfernt. Das bedeutet, dass er irgendwo hier am Seeufer abhängt, ganz in der Nähe. Das bedeutet, dass er hier vorbeikommt. Wenn er will.

Ich höre mir die Story des Deprimädchens an, nicke und gebe hier und da ein *hmm* von mir, sie erzählt von der Operation und der Chemotherapie ihrer Mutter und wie verdammt hässlich die mit Perücke aussieht, während ich in die Dunkelheit starre. Gestern glaubte ich für einen Moment, ein Stückchen von uns entfernt eine Gruppe gesehen zu haben, das Knattern eines Mopeds, die Glut einer Zigarette. Stimmen.

Wenn er kommt, werden wir nebeneinander am Feuer sitzen und ich werde ihm von dem Wahnsinn erzählen, den ich gerade mitmache. Dass ich vorgebe, ein Praktikum zu machen, so tu, als wäre ich erwachsen, als hätte ich einen Führerschein, nur um eine Chance zu haben, hier mal rauszukommen, keine Ahnung, was ich mir dabei gedacht habe, vielleicht hab ich mir eingebildet, ich würde ihn an irgendeinem Straßenrand aufgabeln, dass er irgendwo rumsteht und Wasser verteilt oder Fußball spielt oder was weiß ich. Und stattdessen düse ich mit einem alten Schulsenator durch die Gegend und breche in Kindergärten ein. *So krass abgefahren*, würde ich sagen, *was Gefühle mit uns machen*. Und dann würden wir einfach schweigen und ins Feuer starren mit all den Fremden um uns herum und diesem Vibe zwischen uns, den wir im Krankenhaus hatten, als würden wir an einem Abgrund sitzen, als wäre plötzlich alles erlaubt.

Ich merke es zuerst an den anderen, an den Jungs mir gegenüber. Sie machen sich lang, Beine breiter auseinander, Rücken gerade, Brust raus. Ihre Stimmen werden etwas leiser, oder vielleicht auch tiefer, weniger gackernd und kichernd, eher wie Männer, die über Wichtiges diskutieren.

Sie starren nicht, schielen nicht einmal aus den Augenwinkeln. Es ist eher so, als ob sich ihre Energie auf mich konzentriert. Oder besser gesagt, auf einen Punkt über meiner Schulter. Ich versuche, meinen Körper zu entspannen und dem Impuls zu widerstehen, mich umzudrehen. Stattdessen konzentriere ich mich auf das Deprimädchen und die Krebsmutter. Lass ihn kommen.

Linnea tippt mir auf die Schulter.

»Hey«, sagt sie und quetscht sich neben mich auf den Baumstamm, sie ist kaum wiederzuerkennen, geschminkt, lange Wimpern und offenes Haar und ein schöner schwarzer Rock.

»Was geht? Hab mir gedacht, dass ich dich hier finden werde. Als ich klein war, sind wir oft hier gewesen.« Sie lächelt. »Meine Eltern sind richtige Outdoor-Nerds. Hauptsache raus am Wochenende, Skifahren oder Schlittschuhlaufen oder Radfahren oder Wandern. Sandwiches und heiße Schoki.« Ich finde es kindisch, dass sie *Schoki* sagt, und kann nicht einschätzen, ob sie wirklich so spricht oder nur so tut.

»Bist du deswegen Pfadfinderin geworden?«, frage ich.

»Eigentlich ganz im Gegenteil. Mama und Papa wollten einfach nur raus, um die Natur anzugucken. Pfadfinder wollen sich die Natur zunutze machen. Unterstände bauen. Baumhäuser. Auf dem Feuer kochen, richtiges Essen, keine scheiß Hot Dogs.«

Sie seufzt und wirft einen Tannenzapfen ins Feuer.

»Als ich acht war, habe ich gelernt, einen Ofen zu bauen. Meine Sippe und ich. Man errichtet einen Haufen aus Steinen und Lehm und dann eine Schicht aus Moos oder Gras oder Stöcken und obendrauf noch mehr Steine und dann entfachst du ein Feuer, dann kannst du Wasser kochen und Essen machen und dann, wenn das Zeltlager vorbei ist, vergräbst du die Asche und nimmst alles wieder auseinander und wirfst die Steine zurück in den Wald und man sieht hinterher nicht mal, dass dort eine ganze Woche lang eine Gruppe gelebt und ein Feuer gebrannt hat.«

»Echt?«

Linnea nickt.

»Selber Feuer machen, selber kochen, selber abwaschen in einer ekligen Matschegrube. Man macht einfach alles selbst. Learning by doing. Man lernt, sich selbst zu versorgen. Statt bei anderen zu schnorren.«

Langsam dreht sie sich zu mir um.

»Was du da machst, ist so scheißrespektlos, Vilja.«

Ich erwidere ihren Blick, weiche ihm nicht aus, ohne eine Miene zu verziehen. Das Gefühl kann ich gar nicht ausdrücken, was soll ich jetzt auch sagen, sorry? Für etwas, das ich nicht bereue?

»Ich wusste nicht, dass er eine Freundin hat«, sage ich dann bloß und komme mir vor wie ein Idiot.

»Aber jetzt weißt du es doch, oder?« Sie zeigt mir ihr breites Grinsen. »Was willst du also auf seinem Profil? Was willst du *hier*?«

»Ich kümmere mich um die Kinder.«

»Ach was, wie nett von dir.«

Sie steht auf und geht ums Feuer herum, zu den Jungs, flüstert ihnen etwas zu und kichert und die Jungs glucksen und lachen und rutschen ein Stück zur Seite, so dass sie sich zwischen Holland und

Belgien ans Feuer setzen kann, sie ist gut darin, die charmante Braut raushängen zu lassen, wenn sie will, das funktioniert bei mir nie.

Plötzlich räuspert sich das Deprimädchen und beugt sich vor zum Feuer, als wolle sie die Aufmerksamkeit auf sich ziehen, wahrscheinlich hat sie auch das Gefühl, dass Linnea gerade im Mittelpunkt der Show steht.

»Seid mal leise, ich will ein Gedicht vortragen«, sagt sie mit ernster Stimme und die Jungs grinsen nervös, denn sie haben so etwas schon zuhauf erlebt, Mädchen, die meinen, sie könnten singen oder Gitarre spielen oder eine Rätselgeschichte erzählen, die die anderen lösen müssen, und dann ist es einfach nur cringe. Sie richtet sich auf und starrt mit einem mysteriösen Lächeln in die Flammen und spricht mit lauter, klingender Stimme:

lange her
dass ich mich
hier niederließ
und auf die straßen sah.

Einer der kleinen Bengel fängt wieder an, mit seinem Kumpel zu quatschen, als wäre nichts passiert, aber Linnea fährt ihn an *pssst, das ist doch schön.*

eine woge
europäischer dämmerung
hebt die stadt aus ihren angeln
und schwappt durch mich hindurch
das gift beginnt zu wirken

Es ist mir unbegreiflich, wie sie es schafft, dass die Fahrradjungs zu Insekten geworden sind, die um eine Lampe schwirren, ihre Blicke hängen an ihren Lippen. Holland Belgien checkt nicht, was gerade passiert, aber scheint trotzdem ganz verzaubert zu sein. Linnea wirkt wie in einer Trance. Die kleine Schwester gähnt demonstrativ.

selbst wenn alles endet
wendet es den blick nicht ab

Das Deprimädchen spricht weiter, wirkt dabei aber irgendwie abwesend, ganz vertieft in Glut und Asche. Sie spricht wie eine Schauspielerin oder Pastorin, ihre Worte schleppen sich wie ein mühsamer Trauerzug den Strand hinunter, hinein ins Wasser, dort treiben sie auf der glänzenden Wasseroberfläche des Sees, wo sie zu einem brennenden Schiff werden, das in die Dunkelheit davongleitet.

bahnhofshallen und regen
die großmächte meines lebens

Eine sanfte Brise, mild und mit einer kaum wahrnehmbaren Spur von Rauch, umgibt uns, die wir dort um das Feuer sitzen, es ist das Elend, es ist die Entfremdung, der Wahnsinn, der Missbrauch, in einer Zeit, in der Krisen nur durch weitere Krisen abgelöst werden. Gezwungen zu sein, erwachsen zu werden, und wir müssen uns an verlorene Träume und verlorene Hoffnung und eine verlorene Zukunft gewöhnen, ein Albtraum, der niemals endet, ein Leben, das nie beginnt, ich spüre, wie es einen der kleinen Kerle neben mir vor Tränen schüttelt.

ich kam zu mir
ich lege meinen Arm um meinen Rücken
und spüre es, wir haben
lange genug gewartet

Sie lächelt verlegen, streicht sich eine Strähne aus der Stirn.

ich selbst habe den Schlüssel
zum Geheimnis

Alle warten, ob noch etwas kommt, aber nichts passiert, sie lächelt nur und sieht dann zu Holland Belgien auf.

»Now I can take some weed!«, sagt sie in halbschlechtem Englisch und alle lachen, der Bann ist gebrochen. Jemand applaudiert, aber die meisten nehmen ihre Gespräche wieder auf oder starren auf ihre Telefone, als ob nichts passiert wäre, als ob wir uns schämen würden, dass wir alle so obsessed von einem albernen Gedicht waren, das sich nicht einmal gereimt hat. Das Deprimädchen pafft am Joint und Linnea sitzt auf dem Schoß von Holland Belgien und nimmt ebenfalls einen tiefen Zug und behält ihn lange drin, ich verstehe nicht, wie sie sich so etwas traut, Papa hat gesagt, dass ich niemals Drogen von Fremden annehmen darf, aber so läuft es hier draußen in der Wildnis anscheinend.

Entfernte Stimmen. Gestalten auf der Promenade. Linnea schaut in diese Richtung, zögernd, mit suchendem Blick.

Und dann der Schrei. Ein lauter, gellender Schrei, der die Blase um das Lagerfeuer zerplatzen lässt, ein Schrei, gefolgt von weiteren Schreien, ein Mann kommt auf uns zugelaufen, Linnea schreit immer weiter und beginnt zu weinen, schreit und schluchzt abwechselnd, stolpernde, schluchzende Sätze *du Arschloch* und *angegrapscht* und *verdammte Scheiße*, die Jungs rutschen mit erhobenen Händen von ihr weg, Holland Belgien starrt sie nur verwirrt an, aber jetzt sind die Gestalten bei uns angekommen, es sind Puma und zwei andere Jungs und ein älterer Mann mit grauen Haaren, der aussieht, als wäre er der Vater von jemandem.

Sie eilen auf Linnea zu und drängen die Jungs um sie herum weg, die Fahrradjungs plustern sich zunächst auf, doch dann weichen sie zurück und in dem darauffolgenden Wortgefecht wird deutlich, dass jemand versucht hat, seine Hand unter ihren Rock zu schieben, und als Holland Belgien in stammelndem Englisch die Schuld von sich weisen will, reckt der Vater seine Nase in die Luft, wo immer noch der süßliche Geruch von Gras hängt, und in derselben Sekunde bemerkt mich Puma. Der stumme, verwirrte Blick, der Mund, der anscheinend etwas sagen will, das Gesicht, das in zwei Hälften zerrissen zu sein scheint. Und dann Hoffnungslosigkeit.

Die Schwestern machen sich auf den Heimweg, die Mountainbike-Gang wird vom Vater dazu abkommandiert, mit Eimern Wasser aus dem See zu holen und das Feuer zu löschen, Holland Belgien ist plötzlich verschwunden. Mitten in all dem Aufruhr sitzt Linnea mir gegenüber auf ihrem Baumstamm. Sie beugt sich vor, als würde sie immer noch diesem schönen Gedicht lauschen oder vielleicht ein neues hören wollen.

»Wie zeitig musst du morgen früh aufstehen und dich um die Kinder kümmern?« Sie lächelt. »Ist vielleicht an der Zeit, aufzubrechen und ins Bett zu gehen?«

Ich antworte nicht, starre einfach nur in die Glut, es zischt, als die Jungs Wasser darüberschütten, und dann der dicke qualmende Rauch, der mich sofort umschließt, aber ich starre weiter geradeaus, zu den schwarzen Pfützen um die schwelenden Kohlen, auf die matschige, breiige Asche, auf den Tod.

»Einmal, im Pfadfinderlager, hat einer der Jungs ins Feuer gepisst«, erzählt sie beiläufig. »Der Gestank war echt widerlich, das kann man gar nicht beschreiben. Der hat noch Wochen später in den Klamotten gehangen.«

Linnea verzieht bei der Erinnerung ihr Gesicht zu einer Grimasse.

»Aber irgendwann war er wieder weg, Vilja.«

Sie fährt sich durchs Haar und erhebt sich von ihrem Baumstamm, Puma kommt auf sie zu und legt seinen Arm um sie und die beiden gehen davon, ohne ein Wort. Ich sehe ihnen nach, und als Puma einem der Jungs am Wasser etwas zuruft, dreht sie sich noch einmal zu mir um und macht so einen Pfadfindergruß, drei Finger auf die Stirn, Daumen und kleiner Finger zu einem Kreis geformt, ein Lächeln so hart wie Stahl, o mein Gott, wie ich sie hasse.

SAMSTAG, 30. AUGUST

Das Auto ist nur halb vollgetankt, aber der gesamte Treibstoff geht an die Einsatzfahrzeuge und die Helikopter und Krankenwagen. *Schaut mal, ob ihr etwas an der Straße findet,* sagte der Bartzopf und Emil murmelte *Was denn, glaubst du, da steht jemand und verteilt Benzin an der Straße,* aber ich war schon auf den Fahrersitz gesprungen. Es ist schön wegzukommen, die Atmosphäre im Camp ist wirklich düster, die Leute versuchen, zu Fuß herauszukommen, werden aber von Soldaten des Heimwehrbataillons aufgehalten, die Dixiklos sind voll und der Gestank verbreitet sich übelst schnell in der Hitze und auch der Gestank des Rauchs wird immer schlimmer. *Außerdem sind wir über mehrere Fälle von Drogenmissbrauch und sexuellem Missbrauch unten am Strand informiert worden,* sagte einer der Leiter, ein Chefarzt, der eigentlich im Urlaub war und jetzt mehr und mehr das Kommando übernimmt. Er klang besorgt. *So etwas kann leicht aus dem Ruder geraten und wir wissen aus Erfahrung, dass so etwas schnell zu Spannungen zwischen der Sammelstelle und der umliegenden Gemeinde führen kann.*

Emil redet nicht so viel wie gestern, wirkt erschöpft, starrt die meiste Zeit einfach nur aus dem Fenster. Der Proviant im Camp geht langsam zur Neige, von den gelben Schaumstoffpäckchen ist schon lange nichts mehr da und zum Frühstück gibt es nur noch eine Scheibe Weißbrot pro Person. Ich selbst bin hier auf der Straße glücklicher als im Camp. Nur für ein paar Stunden wegzukommen heißt, die ganze Scheiße zu vergessen. Mamas Gescrolle durch die Facebook-Feeds, das Selbstmitleid des Deprimädchens, Pumas Blick, enttäuscht und mitfühlend zugleich. Alles. Und Thailand, wir hätten in einem Haus mit Pool am Meer gewohnt und ich wäre Tuk

Tuk gefahren, ich habe noch nie in einem gesessen, aber Bianca hat den ganzen Winter in Thailand verbracht und erklärt, dass es wie ein kleines Moped ist, mit einem Wagen hintendran, wie ein Taxi, und du sitzt hinten drin und rumpelst über die engen holprigen Straßen, durch Müll und Märkte und an Luxushotels vorbei, die fremden Gerüche von Essen und Palmen und Meer und Dreck.

Ich kurbele das Fenster runter und versuche, mein Haar im Fahrtwind wehen zu lassen, aber der Rauch ist unerträglich, als würde eine große, eklige Hand mein Haar mit Asche beschmieren.

»Ich ertrag das alles nicht mehr«, sagt Emil, tonlos, als würde er mit sich selbst reden oder laut denken. »Ich bin nicht dafür gemacht. Ich war darauf einfach nicht vorbereitet.«

Jetzt ist wohl der Zeitpunkt, an dem ich etwas Nettes sagen sollte: Dass er sich sehr gut geschlagen hat, dass er ein Fels in der Brandung ist, jemand, auf den alle hören, aber inzwischen geht er mir irgendwie auf die Nerven und ich habe keinen Bock, ihn zu trösten.

»Und das wird dir erst jetzt klar?«, sage ich stattdessen.

»Was meinst du?«

»Du hast dein ganzes Leben lang in der Schule gearbeitet, du hast studiert, du musst gewusst haben, dass die Situation noch zu deinen Lebzeiten ungefähr so katastrophal werden wird, wie kann es sein, dass du nicht darauf vorbereitet bist?«

Er verzieht das Gesicht und hält für eine Weile seine verletzte Hand und schaut lange aus dem Fenster, so lange, dass ich glaube, er wäre eingeschlafen, und dann höre ich ihn murmeln *Ich dachte, irgendjemand wird schon kommen und die Sache regeln. Jemand, der für Ordnung sorgt, nicht für dieses verdammte Chaos.*

Wir legen einen langen Weg zurück, das Dorf heißt Lima und ist weit entfernt, nahe der Grenze zu Norwegen, ein Fluss fließt durch die Gemeinde, und rußige Schilder, die noch an den brandgeschädigten Gebäuden hängen, preisen Kanufahrten und Bibersafaris und Abenteuer in der Wildnis an. Der Fluss ist der einzige Grund, warum jemand hier draußen leben möchte, und ich stelle mir vor, wie friedlich es hier sein muss. Hier zu leben und zuzusehen, wie das Wasser nach Süden fließt, wie der Fluss gefriert und das Eis schmilzt und wieder gefriert, Eisschollen, die flussabwärts treiben, das welke Laub, tote Tiere, Schrott.

»Schau mal, wie niedrig der Wasserspiegel ist«, bemerkt Emil düster und zeigt auf die Steine und den Kies, die aus dem Fluss aufragen, die Ufer sind schlammig und eklig, auf der Wasseroberfläche schwimmt ein öliger Film und es riecht seltsam. Im Moment werden alle Seen von Löschflugzeugen abgepumpt, man hört sie mehr, als man sie sieht, große kanadische Wasserbomber, sie schlucken sechstausend Liter auf einmal und entleeren sich über den brennenden Wäldern, aber das Wasser kommt vor allem von den Seen oben in den Bergen. Wie auf anderen Kontinenten versiegen durch das Sterben der Gletscher langsam die Quellen, nicht auf einmal, sondern Rekordjahr um Rekordjahr, Stück für Stück, bis das Wasser eines Tages komplett weg ist, und die Menschen, die hier leben, schauen über toten schwarzen Schlamm, der langsam zu Sand wird, und dann ziehen sie von hier weg und alles, was übrig bleibt, sind Ruinen und Scheiße und niemand erinnert sich mehr an das Leben, das hier einmal gelebt wurde.

Jetzt denkst du schon wie dein Vater. Pessimismus, Untergang, der ganze Scheiß. Du siehst die Welt durch seine Augen.

Ich versuche, sie mit meinen Augen zu sehen. Wie wir die Dürre überwinden sollen. Das Eis vor dem Schmelzen bewahren. Die Brände löschen und den Rauch aufsaugen und ihn irgendwo in einem Berg lagern. Es muss doch irgendwie funktionieren. Das kann doch nicht das Ende sein, dass wir zwei, drei Generationen lang wie unter Drogen gesetzte Kindersoldaten durch einen zerbombten Albtraum taumeln und dann einfach aussterben. Wir können Dinge erfinden. Kooperieren. Überleben. Es wird schlimm und hart werden, aber wir werden nicht zugrunde gehen.

Wir passieren ein Fußballfeld mit Reklametafeln für Pizzerien und Klempnerbetriebe und Emil zeigt auf etwas und sagt *da*. Wir steigen aus, stehen vor einer niedlichen Kita mit einem Garten direkt am Fluss, natürlich von einem hohen und stabilen Zaun umgeben, aber trotzdem haben die Kinder einen Blick aufs Wasser und sie haben den Zaun in schönen Farben gestrichen, einige Latten in Rot, andere in Blau, Gelb und Rosa. In Stockholm steht man mehrere Jahre auf einer Warteliste, um seine Kinder in einer Kita anzumelden, die in einer so schönen Gegend liegt, ich erinnere mich, wie Mama und Papa stöhnten, als sie in unserem Viertel einen Platz für Becka gesucht haben.

Emil schlägt die Tür mit der Axt auf, dann helfe ich ihm, sie mit dem Brecheisen aufzuhebeln, wir gehen rein, an der Decke im Eingang und in einem der größeren Zimmer hat es gebrannt, aber Küche und Toilette sind unversehrt. Hier gibt es nicht so viel zu holen, nur ein paar Windeln und einige Konservendosen. Dann stehen wir mit unseren Ikeataschen im Hof und schauen hinunter zum Ort.

»Tja«, sagt Emil steif. »Sollen wir uns dort mal ein bisschen umsehen?«

Wir lassen das Auto stehen und gehen langsam in den kleinen Ort hinein, steigen über Schutt und Schrott, der auf der Straße liegt, das rostige Skelett von einem Fahrrad, das Wrack von einer Art Bagger oder Forstmaschine, grauschwarze Wasserpfützen, die einen chemischen und säuerlichen Gestank absondern, ein verkohlter formloser schwarzer Plastikklumpen, aus dem Glasscherben hervorragen, erst nach wenigen Sekunden identifiziere ich ihn als einen Großbildfernseher, jemand muss versucht haben, ihn vergebens aus den Flammen zu retten. Die Leute scheinen es eilig gehabt zu haben, von hier fortzukommen. Wir kommen an einem rot gestrichenen Häuschen vorbei, das KUNSTHANDWERK und WAFFELN MIT MARMELADE verspricht, an einer stillgelegten Tankstelle, an vier Häusern, die wie neu gebaut aussehen, und dann an einem Zaun, an dem ein Holzschild mit einem Seil befestigt ist, und auf dem Schild steht HIER BEGINNT DAS ABENTEUER und um die Worte herum Zeichnungen von Kanus, Bären und flackernden Lagerfeuern.

In der Mitte des Ortes liegt ein kleines Lebensmittelgeschäft, die Schilder an der Fassade weisen darauf hin, dass sie auch eine Geschäftsstelle der Apotheke sind und Lizenzen für den Verkauf von Alkohol, Lottoscheinen und Rubbellosen haben, wir überqueren den Schotterparkplatz und sehen uns um, die weiße Holzfassade sieht schmutzig aus und muss an einigen Stellen neu gestrichen werden, aber nichts deutet darauf hin, dass das Gebäude beschädigt ist, es ist beinahe unverschämt intakt, Asche- und Rußflecken natürlich, aber die Fenster sind ganz und die Angebotstafeln sehen frisch beschriftet aus. Hier hängen sogar Wimpel, die die Kundschaft mit Würstchen und Kugeleis anlocken, als könnten wir einfach so hineinmarschieren, eine Waffel mit Schoko, Erdbeere und Himbeer-Lakritz bestellen und uns dann an den weißen Plastiktisch in die Sonne setzen und Zacks endloses Gelaber über das Weltall oder ausgestorbene Tierarten über uns ergehen lassen, während Papa an seinem Handy herumdaddelt und Mama Zack damit in den Ohren liegt, sein Eis zu essen, bevor es schmilzt.

An der Tür ist eine Klingel angebracht, Emil drückt auf den Knopf, keine Ahnung, warum, und wir hören es im dunklen Inneren des Geschäfts läuten. Ich lasse meinen Blick durch die Gegend schweifen, über den Kiesparkplatz, die schmale Dorfstraße, die am Fluss entlangführt, aber alles ist still, leblos, von Asche bedeckt.

»Hier soll's Apothekenzeugs geben«, sage ich und zeige auf das Schild.

Er nickt.

»Na dann«, murmelt er. »Haben wir doch einen guten Grund, falls jemand fragt.«

Mit der Axt zerschmettert er das Glas über der Tür. Das Klirren durchbricht die Stille.

*

In dem Laden gibt es noch so viel, dass wir diskutieren, ob wir zurückgehen und das Auto holen sollten, beschließen aber dann, nicht mehr mitzunehmen, als wir in den Ikeataschen tragen können. Emil schleppt sich ziemlich ab und verzieht das Gesicht, weil die Riemen in seine verletzte Hand schneiden, ich schwanke schwer beladen hinter ihm her und erinnere mich, wie ich Zack so getragen hab, als wir unsere Hütte verlassen haben, sein ständiges Gejammer über den Fuß und völlig uninteressante Dinge, ich versuche, mich an diesen Tag zu erinnern, was hat er eigentlich gesagt? Dass er einen Zahn verloren hat?

Und ich, was hab ich gesagt? Das letzte Mal, dass ich mit meinem Bruder gesprochen habe?

Die Erinnerung ist wie ein großer Sack Kot, man kann ihn in eine Ecke stellen und so tun, als ob man sich an den Gestank gewöhnt hat, dass es schon nicht so schlimm ist, aber wenn man ihn irgendwann öffnet und reinschaut, ist es noch schlimmer, als man sich vorstellen kann.

Ich sagte, wenn er nicht bald aufhört, über seinen Fuß zu jammern, schaffen wir es nicht zu den Bussen und fahren ohne ihn, und als er bei Mama und Papa gepetzt hat, hab ich ihn angefahren *Halt die Fresse, du Pisser, das stimmt überhaupt nicht!*

Ich schlucke das schlechte Gewissen hinunter, denke dran, wie ich heute Morgen auf mein Weißbrot verzichtet und mein Schinkenstück für Ajax aufgespart habe, das war ja schon ziemlich nett von mir. Ich schleppe mich an meiner Ikeatasche ab und höre Emils Keuchen und schaue die Straße hinauf, da stehen zwei Frauen in gelben und blauen Westen, als wir näher kommen, sehen wir die Aufschrift FREIWILLIGER HILFSTRUPP auf den Westen, eine der beiden hat kurzes rotes Haar und sieht ein bisschen aus wie die Handarbeitslehrerin, die ich in der sechsten Klasse hatte, die andere ist jünger, rund wie eine Tonne, sie hat langes blondes Haar und trägt eine Mütze, sie haben eine Schubkarre dabei, beladen mit so was wie Gartengeräten, Schaufel, Rechen, Heckenschere und

Arbeitshandschuhe, beide haben Gummistiefel an den Füßen, sie sehen aus, als wären sie auf dem Weg zum Frühjahrsputz der Genossenschaft.

»Na hallo«, sagt die Rothaarige und lächelt freundlich. »Wir haben uns gerade gefragt, ob euch der Rettungsdienst schickt.« Sie zeigt hinter sich auf unser Auto, das immer noch beim Kindergarten steht, vielleicht hundert Meter entfernt. »Also dachten wir, wir schauen mal, wo ihr euer Quartier aufgeschlagen habt.«

»Wir sind gleich wieder weg«, sagt Emil, als wäre die Alte eine Parkplatzwächterin. »Wir müssen das hier in Rättvik abliefern.«

Ihr Lächeln wird breiter. Sie zeigt auf die Ikeataschen.

»Und was genau ist *das hier*?«

Er zuckt mit den Schultern und geht weiter, an den beiden vorbei.

»Unser Zeug halt.«

Aus der Tasche ihrer Arbeitshose zieht sie ein Handy. Nee. Handys kratzen ja inzwischen nur noch ab, es ist eher so ein Walkie-Talkie.

»Ich hab nämlich gerade mit meinem Sohn gesprochen.« Sie zeigt in die Richtung, aus der wir gekommen sind. »Er war drüben am Laden und hat beobachtet, wie zwei Personen eingebrochen sind. Und geplündert haben.«

»Wir sind vom Rettungsdienst. Ich arbeite bei der Gemeindeverwaltung«, presst Emil aus den Mundwinkeln hervor. »Schulsenator. Wir sind unterwegs und kümmern uns um die Versorgung, das ist …«

Die runde blonde Frau, die bisher noch nichts gesagt hat, zieht plötzlich eine lange Schaufel aus der Schubkarre und macht ein paar kurze Schritte auf ihn zu, gleichzeitig schwingt sie die Schaufel mit beiden Händen in hohem Bogen, wie einen Baseballschläger. Es passiert wie in Zeitlupe, er hört sie, hat genug Zeit, sich umzudrehen und den Schlag kommen zu sehen, aber er ist ungeschickt mit seiner bandagierten rechten Hand und der schweren Tasche und vielleicht spielt da noch mehr mit rein, Müdigkeit, der Mangel an

Nahrung und Wasser in den letzten Tagen, er bewegt sich träge und kraftlos und das Blatt der Schaufel trifft ihn an der rechten Schulter und er taumelt und brüllt und lässt die Tasche mit einem lauten Krachen und gurgelndem Platschen auf den dreckigen Boden fallen.

Die Blonde grunzt zufrieden und baut sich über ihm auf, die Schaufel hocherhoben.

Sie zielt auf seinen Kopf, denke ich machtlos. *Auf den Nacken.*

Die Rothaarige stapft auf sie zu und beugt sich über Emil und schnuppert, es sieht komisch aus, als wäre sie ein Hund, ich vermisse Ajax, ich hätte ihn nie zurücklassen sollen.

»Wodka«, sagt sie. »Oder Whisky? Hast du nur das harte Zeug mitgenommen oder hattest du noch Platz für ein paar Flaschen Wein?«

Wir hatten im Lebensmittelgeschäft eine verschlossene Tür hinter der Kasse entdeckt und ich sah aus den Augenwinkeln, wie Emil sie aufbrach, er murmelte, er wollte mal nachsehen, was dadrin war, ob sie da vielleicht Benzin hätten oder so. Draußen auf dem Land kann man Alkohol an Lebensmittelgeschäfte liefern lassen, ich erinnere mich, dass Papa das irgendwann mal für eine Mittsommerparty gemacht hat.

Jetzt sitzt Emil regungslos auf dem Boden, den Arm in einem seltsamen Winkel von sich gestreckt. Die Lippen bewegen sich unter leisem Stöhnen. Die Rothaarige stochert mit der Spitze ihres Gummistiefels in seiner Tasche und zum Vorschein kommen Zigarettenschachteln, ganze Rollen mit Snus, weiter unten gluckernde Flaschen, sie rollt sie unter ihre Sohle, gluckst vor Lachen.

»Auch … en … to … shan«, entziffert sie das Etikett. »So eine hat Staffan zum Fünfzigsten bekommen. Feines Zeug, was ihr da drüben in Rättvik trinkt.«

Sie winkt jemandem zu und kurz darauf kommen zwei Typen den Weg entlang, sie sind in meinem Alter, vielleicht ein bisschen älter, Shorts und Leinenshirts, aus dem roten KUNSTHAND-

WERK-Holzhaus kommen drei andere, es ist, als würde der Ort um uns zum Leben erwachen.

»Ihr könnt den Alk nehmen«, sage ich hastig. »Nehmt den Alk und den Tabak und so, wir hauen ab und kommen nicht mehr zurück.«

Die Rothaarige schüttelt den Kopf und sieht zum ersten Mal wirklich wütend aus. »Ihr kapiert es wohl nicht. Was ihr gestohlen habt, bringt ihr zurück in den Laden und stellt es dorthin, wo es hingehört. Wir werden euch bei der Polizei anzeigen und wegen der Sachbeschädigung werdet ihr Schadensersatz zahlen.«

Ohne eine Miene zu verziehen, nimmt sie mir meine Ikeatasche mit nur einer Hand ab, sie scheint ordentlich Muskeln zu haben, und lädt sie auf die Schubkarre.

»Wir sind hier nicht in Stockholm, hier wird keine Anarchie herrschen«, fährt sie fort. »Hier herrscht Ruhe und Ordnung. Kein Platz für Kriminelle, die durch die Gegend fahren und sich irgendwelche Freiheiten rausnehmen.«

»Solche wie euch woll'n wir hier nicht haben«, fügt die Blonde hinzu, es ist das erste Mal, dass sie den Mund aufmacht. Sie steht da, die Schaufel über der Schulter und schaut mit leicht gelangweiltem Blick auf Emil herab, als würde sie in einem Park arbeiten und er wäre der letzte Busch, den sie vor ihrer Kaffeepause beschneiden müsste. Ihre Stimme ist flach, ohne Melodie. »Wir woll'n hier keine Anarchie.«

»Aber wir kommen von der Sammelstelle in Rättvik«, sage ich. »Die Behörden haben uns beauftragt. Der Rettungsdienst und so.«

»Aber wir sind von der Gemeinde Malung-Sälen«, sagt die Rothaarige und deutet mit dem Zeigefinger auf ihre Weste. »Freiwilliger Hilfstrupp. Zivilschutz. Und ihr habt kein Recht, hierherzukommen und unser privates Eigentum zu plündern.«

»Keine Anarchie«, echot die Blonde, langsam hab ich den Eindruck, sie ist eher nervig als gefährlich.

Emil ist mit seiner verletzten Schulter weggekrochen und starrt die beiden Frauen hasserfüllt an, sein Gesicht eine schmerzverzerrte, tränenüberströmte Maske. Die anderen Dorfbewohner haben sich um uns versammelt. Ich stehe neben ihm, während sie einen Kreis um uns bilden, es sind vor allem Frauen mittleren Alters und Jungs im Teenageralter, einige der Älteren tragen ebenfalls Westen mit der Aufschrift FREIWILLIGER HILFSTRUPP, die Männer sind wahrscheinlich unterwegs und löschen die Brände oder helfen bei der Evakuierung oder dem Abtransport von Autowracks, hier stehen diejenigen, die übrig geblieben sind, um das wenige zu bewachen, das nicht verbrannt oder zerstört wurde. Aus Emils Ikeatasche dringt ein übler Geruch und ein Rinnsal wird von der trockenen, ekligen Erde aufgesaugt.

Die runde Blonde zeigt mit dem Griff der Schaufel auf mich.

»Solche wie euch wollen wir hier nicht«, sagt sie, irgendwas an ihr ist mechanisch, unpersönlich, ihre Augen bewegen sich nicht, wenn sie spricht, als wäre sie eine Fremde im eigenen Körper.

Der Kreis zieht sich immer dichter um uns, immer mehr kommen dazu, zehn, fünfzehn Personen, einer der Jungs hält ein rostiges Schutzblech von einem Fahrrad in der Hand, ein anderer hat das Ruder eines Bootes mitgebracht und klopft mit der Spitze leicht auf den Boden, es ist genauso lang wie er.

Ich schaue ruhig von einem zum anderen.

»Wir kommen aus Rättvik. Bei uns im Camp gibt es Hunderte von Kindern, die Medizin brauchen.«

Ich zeige auf meine Ikeatasche auf der Schubkarre.

»Wir haben Schmerzmittel und Cortisonsalben mitgenommen. Pulver für Milchersatz. Mullbinden. Einige der Kinder haben durch den Rauch eine Bindehautentzündung entwickelt, deshalb haben wir auch Augentropfen mitgenommen.«

Emil öffnet den Mund, um auch etwas zu sagen, und ich ahne schon, dass er nichts Schlaues beizusteuern hat, also rede ich schnell weiter.

»Die Medizin und so behalte ich, mit dem Rest könnt ihr machen, was ihr wollt.«

Ich lächle die Blonde freundlich an und versuche, an das Menschliche in ihr zu appellieren.

»Und dann legst du diese behämmerte Schaufel weg und wir verpissen uns, okay?«

Die Rothaarige seufzt und tritt noch einen Schritt näher.

»Auch wenn ihr da drüben in Rättvik sicherlich Pflegebedürftige habt, könnt ihr nicht einfach herkommen und unsere Läden plündern.«

Ihr Atem riecht nach saurer Milch und erinnert mich an den Geruch von Beckas Kotze. Ich lehne mich nach vorn, in den Mief hinein.

»Schau mich mal an. Ich seh aus wie eine Vierzehnjährige. Ich muss meinen Perso vorzeigen, wenn ich einen Energydrink kaufen will. Wenn Rättvik wirklich seine Nachbargemeinden plündern wollte, glaubst du wirklich, sie würden eine Kindergärtnerin vorbeischicken?«

»Ihr seid in ein Lebensmittelgeschäft eingebrochen«, ruft eine der Frauen. »Ihr habt Sachen an euch genommen. Wie willst du es denn sonst nennen?«

Ich warte einige Sekunden. Lass es alles hochkommen.

»Mein Großvater ist an Corona gestorben«, sage ich, langsam, um Zeit zu schinden. »Im Frühjahr, obwohl es schon seit Monaten einen Impfstoff gab. Er war fünfundsiebzig und hatte Herzflimmern und jeden Tag hat er angerufen und gefragt, wann er seine Spritze bekommen könnte, aber niemand konnte darauf antworten, weil niemand wusste, was der Plan war oder wer entschied oder wer Priorität hatte, es galten unterschiedliche Regelungen in verschiedenen Regionen und dann haben die ganzen Chefs erst mal nur den Impfstoff für sich selbst beschafft und die Promis haben eine Extrawurst bekommen und der König bekam seine Dosis, aber danach hat sich alles einfach immer länger hingezogen und niemand hat kapiert, woran es liegt und niemand hat die Sache in die Hand genommen und dann ist mein Großvater krank geworden und gestorben.«

Ich sehe die Rothaarige an und lächle.

»Das hier ist keine Plünderung. Das ist Ressourcenverwaltung. Die Kinder müssen versorgt werden und dadrin, in dem geschlossenen Laden, helfen die Medikamente niemandem. Für die Schäden muss dann später wohl der Staat aufkommen.«

»Der Staat?«

»Ja, oder die Gemeinde. Wir alle zusammen.« Ich zucke mit den Schultern. »Wir sitzen doch alle gemeinsam in der Scheiße.«

Emil kommt auf die Beine und die runde Blonde hilft ihm sogar das kurze Stück zurück zum Wagen. Einer der Teenager mit New-York-Cap schiebt die Schubkarre mit meiner Ikeatasche, er fragt, ob ich zu Hause in Stockholm einen Freund hätte, und ich antworte, dass wir noch ein bisschen Benzin für den Rückweg bräuchten.

Erst als ich im Auto hinterm Steuer sitze, fange ich an zu zittern. Emil sitzt schweigend auf seinem Sitz und knetet seine Schulter mit der guten Hand und dann, als die Dorfgemeinschaft um uns herum verschwunden ist, knöpft er seine Hose auf, lächelt mich schief an und zieht eine Schachtel Zigaretten aus seiner Unterhose.

»Ärgerlich wegen dem Schnaps, aber eine davon konnte ich retten«, raunt er vergnügt. »Im ganzen Lager gibt es keine Kippen mehr. Gut, dass wir die hier haben.«

Ich nehme auch eine und er zündet sie mir an, das ist erst das zweite Mal in meinem Leben, dass ich eine rauche, und ich versuche, das Husten zu unterdrücken, damit ich nicht klinge wie so ein Teenie, atme in leichten, flachen Zügen, inhaliere den Rauch in kleinen Portionen. Der Geschmack von verbranntem Dreck füllt meinen Mund und meine Lunge brennt, ich erinnere mich an den Tag, als wir durch die Straßen geirrt sind, denke an Martin und fange fast an zu weinen. Und dann merke ich, dass ich nicht mehr zittere, ich habe keine Angst, alles ist gut.

Es klopft an der Scheibe, der Teenie ist wieder da, der mit der Kappe, auf der New York steht, obwohl er mit ziemlicher Sicherheit noch nie in New York gewesen ist, triumphierend hält er einen Benzinkanister in die Luft. Ich kurbele das Fenster runter.

»Den hätten wir im Angebot«, sagt er fröhlich und reicht mir den Kanister in den Wagen. »Wegen der Sache mit der Schaufel – meine Tante ist nicht ganz dicht.«

Er sieht sich um, dann beugt er sich nach vorn.

»Wenn du willst, dann kriegst du die hier auch«, sagt er verlegen und hält mir eine Sonnenbrille hin. Ich nehme sie, setze sie auf, schaue ihn an wie durch eine rußige Membran und dann schaue ich in den Rückspiegel und die Angst flutscht wie Durchfall durch meinen Körper und sammelt sich in einem harten Klumpen im Zwerchfell.

Ich sage nichts, sitze wie versteinert auf dem Fahrersitz.

»Steht dir richtig gut. Du kannst sie behalten«, sagt er wieder. »Aber nur, wenn ich einen Kuss kriege.«

Ich lehne mich durchs Fenster und küsse ihn, flüchtig, mit zusammengepressten Lippen und hoffe, dass ich verdammt nochmal nach der ekligen Kippe schmecke. Dann starte ich den Motor und fahre so schnell es geht davon.

*

So sollte es nicht kommen. Als ich wegen meinem Alter gelogen und dann mit Müh und Not Autofahren gelernt habe, hab ich mir vorgestellt, dass … keine Ahnung, aber ich hab mir irgendwas anderes vorgestellt. Dass er am Straßenrand steht und Wasserflaschen verteilt und dass ich vorbeifahre und das Fenster runterkurble, ich hätte dann vielleicht nicht mal was gesagt, sondern nur verschmitzt die Augenbraue gehoben und er hätte alles stehen und liegen lassen und wäre zu mir ins Auto gesprungen und wir wären losgefahren, tief hinein in den Wald und hätten einen magischen See gefunden wie in den Märchenbüchern bei Oma und ich hätte einen superschicken Bikini an und auf dem See wären Seerosen und so.

Oder dass er mit ihr und ihren idiotischen Pfadfinderfreunden irgendwo bei einer Strandparty rumhängen und ich dann einfach im rot-gelben Auto vorfahren würde und sich erst alle wundern würden, wer das arschcoole Stockholmer Mädchen war, das da ankam, die Jungs hätten einfach dagestanden und überrascht geglotzt und die Mädchen hätten mir eifersüchtige Blicke zugeworfen, ich hätte mich ziemlich gangsta und ghetto gefühlt und das Autoradio hätte auf maximaler Lautstärke gedröhnt und die Zeit wäre stehengeblieben, sobald ich die Autotür öffne und aussteige und in schwarzen Rebecca-Björnsdotter-Sandalen durch den Sand swagger, und er hätte gesagt *Du bist jetzt mein Baby.*

Aber das Autoradio hat kein Bluetooth, es nimmt nur CDs und ist genauso verdreckt und träge wie ich, ich hatte kaum noch Kraft, Emil aus dem Beifahrersitz zu helfen und ihn in die Krankenstube im Camp zu begleiten, um dann wieder ins Auto zu steigen und hier rauszufahren, mit quietschenden Reifen vor dem langweiligen Neubau mit dem graubraun toten Tennisplatzrasen zum Stehen zu kommen, all das hat überhaupt keinen Glanz mehr, keinen Reiz, hier gibt es nur noch Hunger und Übelkeit und Mundgeruch.

Sie sitzen auf einem Sofa an der schattigen Hauswand, starren auf ihre Handys, jeder von ihnen vor einer leeren Schüssel mit noch ein paar Nudelresten, in einem roten Plastikeimer auf dem Boden schwappen ein paar Limodosen in lauwarmem Wasser, ich bin zwei Stunden am Stück ohne Klimaanlage gefahren und denke nicht nach, beuge mich einfach vor und nehme eine Fanta Exotic, wahrscheinlich ist da mal Eis im Eimer gewesen, aber jetzt ist die Brühe pisswarm, mir egal, mach die Dose einfach auf und lasse die Limo in mich hineinfließen wie ein zischendes süßes Wunder.

»Schicke Sonnenbrille«, sagt Linnea, ohne eine Miene zu verziehen. »Neu?«

»Nee, Vintage«, antworte ich und nehme noch einen Schluck. »Ivana Helsinki Special Collection. Setz mal auf.«

»Vilja.« Puma sieht nervös aus, sein Blick flackert zwischen ihr und mir hin und her. »Was machst du hier? Alles okay?«

»Probier mal.« Ich reiche Linnea die Sonnenbrille, sie grinst und setzt sie sich auf.

Ich starre sie an.

»Kannst du mal ein bisschen auf und ab laufen?«

»Vilja?«, sagt Puma erneut.

Ich schlucke. Jetzt bloß nicht heulen. Scheiße. Nicht heulen.

»Linnea, bitte, steh mal auf und lauf auf und ab.«

Sie runzelt die Stirn, tut aber, worum ich sie bitte, erhebt sich aus dem Gartensofa und trippelt über das versengte Gras. Ich gehe ein paar Schritte zurück, gehe um sie herum, um sie von allen Seiten zu betrachten, suche nach der richtigen Perspektive.

Vielleicht?

»Mach mal die Haare zurück.«

»Vilja, jetzt reicht's«, stöhnt Puma, »was soll denn der Scheiß ...«

»Schon gut«, unterbricht Linnea. Sie sieht mich mit ernsten Augen an und streicht sich das dunkle Haar hinter die Ohren. »So hier?«

Ich glotze sie an wie ein Idiot.

»Nein. Binde sie mal hoch.«

Linnea sammelt ihr Haar in ihrer Hand und zwirbelt es nach oben.

»So?«

eine Shabby-Chic-Mama um die fünfunddreißig mit unordentlich zusammengebundenem Dutt, sie geht mit raschen Schritten auf mich und Mama und Becka und Zack zu und redet wütend und schnell und ihre Sonnenbrille ist eine große Retro-Brille, schwarze Fassung, verziert mit weißen und rosafarbenen Fake-Juwelen, die funkeln in der Sonne, fuck ist die schick, denke ich und schiele zu Papa rüber, frage mich, ob er sie auch wiedererkennt, und dann schaue ich auf das Auto und das Kennzeichen und denke Lana Del Rey

Ich verliere kurz das Gleichgewicht, setze mich ins Gras, es fühlt sich an, als ob ich gleich ohnmächtig werde, ich habe heute ein halbes Brötchen gegessen. Linnea holt eine neue Dose aus dem Wassereimer, öffnet sie und reicht sie mir und ich trinke ein paar tiefe Schlucke, unterdrücke einen Rülpser, meine Haare sehen heute ganz schrecklich aus und ich trage ein ungewaschenes T-Shirt und meine Beine sind nicht rasiert und ich heule wie ein Schwein, aber es gibt Grenzen.

*

Wir sitzen alle drei vorne, ich weiß nicht, warum, oder doch, klar, natürlich weiß ich, warum, einer muss vorne sitzen und mir helfen, mich auf den Straßen zu orientieren, und es wäre ziemlich weird, wenn ich nur mit ihm zusammen vorne sitzen würde oder nur mit ihr, also haben sie sich zu zweit auf den Beifahrersitz gequetscht, sie sitzt auf seinem Schoß und lässt es so lässig aussehen, als ob sie gar nichts wiegen würde, ich glaub, sie stützt sich mit den Füßen an der Autotür ab, um sich unmerklich leichter zu machen, und normalerweise hätte ich vor Eifersucht heulen können, aber jetzt ist es mir egal.

Puma kennt einige der Jungs in Lima, natürlich tut er das, an den Wochenenden touren sie durch die Gegend und spielen gegeneinander, er ist oft auf ihrem Fußballplatz gewesen, findet den Weg dorthin aber nicht allein. Aber er sucht ihn schnell auf seinem Handy, er hat ein spezielles Abo, mit dem er richtig gut surfen kann, obwohl das Netz hier so schlecht ist, und ich verstehe nicht, wie er es macht, aber er kennt einen Torwarttypen aus Lima und scrollt sich durch dessen Profil und Storys und überprüft, wer da kommentiert und likt, und dann erstellt er einen Fake-Account und beginnt, Leute zu adden, nimmt auch Linneas Telefon und erstellt noch mehr Profile, sitzt mit beiden Handys und bastelt Fake-Threads, in denen die gefälschten Profile miteinander diskutieren und sich gegenseitig taggen. Und irgendwann beginnen andere Leute zu antworten und er addet sie und swipt sich durch und überprüft, mit wem sie zusammen rumhängen, und taggt dann auch die in der Fake-Diskussion zwischen den Fake-Accounts und nach einer Stunde hat er einen Überblick über alle Jungs in unserem Alter, die heute in Lima gewesen sein könnten.

»Puma ist echt gut, was so was angeht«, sagt Linnea stolz.

Ja, mein Herzchen, hab ich schon mitbekommen, aber dieser Gedanke streift mich nur, das ganze Kribbeln ist irgendwie weggegangen und jetzt will ich nur, dass sie diese New-Yorker-Caps für mich finden.

Ich fahre durch den Spätsommerabend, die Luft schwirrt vom Dröhnen der Wasserbomber, die Straße ist an mehreren Stellen gesperrt, aber die Wachen sind gestresste Typen in unserem Alter und winken unseren Wagen beim Anblick der Farben Rot und Gelb einfach nur durch. Immer wieder habe ich davon geträumt, dass er und ich gemeinsam durch diese Landschaft fahren, aber jetzt, da wir hier sind, möchte ich einfach nur zurück ins Camp und bei meiner Mutter sein, denn was auch immer mich in Lima erwartet, es wird schlimm und beängstigend.

»Ist es der hier?«, fragt Puma und hält mir sein Handy hin, ein Typ steht auf einem zugefrorenen See und hält einen toten Fisch in die Kamera, aber ich schüttele den Kopf. »Oder der hier?« Vor dem Eiffelturm. »Er?« Grinsend mit einem Hamburger. »Er?« Ausdruckslos auf einem Sofa neben seiner Mutter.

Ich schüttele den Kopf und Puma flucht leise.

»Keiner von denen. Oder warte mal«, sage ich. »Zeig mir das Letzte noch mal.«

Der Typ auf dem Sofa ist blond, sieht schmal aus, aber er sagt mir gar nichts. Aber die Mutter. Langes blondes Haar. Teigig. Bleiche Haut. Und der Blick. Starr geradeaus, als wär sie gar nicht richtig da.

»Die da«, flüstere ich. »Das ist die mit der Schaufel. Seine Tante.«

Es hat schon zu dämmern begonnen, als wir auf die kleine Schotterstraße einbiegen, die in den Wald führt, eine Senke hinab und dann vorbei an einem Kahlschlag und dann ist man schon da, ein klappriges rotes Haus auf einem wilden und zugewachsenen Grundstück, das sich bis hinunter ans Flussufer erstreckt, reihenweise mehr oder weniger verrostete Autos, einige, denen die Räder fehlen, auf Ziegeln aufgestapelt, ein kaputter Kinderwagen, einige Fahrräder und etwas, das wie ein alter gusseiserner Ofen aussieht. Hier draußen gibt es kein Licht, der Strom ist in diesem Teil von Dalarna seit mehreren Tagen ausgefallen.

Ich stelle den Motor ab und wir steigen aus. Wir haben keinen richtigen Plan, sollen wir zum Haus gehen und klingeln oder sollen wir uns auf das Grundstück schleichen und uns umsehen? Ich höre Puma *verdammte Assis* murmeln und die Silhouette eines knorrigen Baums zeichnet sich vor dem dunkelblauen Himmel ab, Schatten, die wie große Eisschollen aussehen, aber als wir näher kommen, lösen sich die Formen auf, und ich sehe einen Kühlschrank, oder vielleicht ist es ein Gefrierschrank, auf einer Palette. Als ich klein war, hatte ich Angst im Dunkeln, jetzt bin ich vor allem genervt, dass ich nichts sehe.

»Hört mal«, flüstert Linnea. »Wenn es zu dunkel ist, um was zu sehen, ist es besser, sich an den Geräuschen zu orientieren.«

Wir stehen etwas abseits auf dem heruntergekommenen, überwucherten Grundstück, ich halte den Atem an, sehe die dunklen Schatten der anderen beiden und erinnere mich an einen Osterurlaub in Skåne, als ich klein war: Papa wollte, dass wir uns ein paar Felsen auf einem Berg über dem Meer angucken, alte Könige hätten sie irgendwann in der Antike dort hochgeschleppt und aufgestellt, aber Mama blieb unterwegs in den vielen Kunstgalerien hängen und dann sind wir in die falsche Richtung gefahren und sie haben angefangen zu streiten, und als wir dann irgendwann geparkt hatten und den schmalen Pfad zum Berg hinaufkamen, war es bereits dunkel und Papa war in einen Kuhfladen getreten, aber dort im Dämmerlicht ragten die Steine sehr hoch auf, einige Meter voneinander entfernt, ganz ruhig, sie starrten uns an wie Wächter aus alten Zeiten. Noch Wochen später lag ich nachts wach und dachte, dass die Steine dort im Dunkeln standen und warteten, es war so schwer vorstellbar, dass sie schon immer dort gewesen sind, dass sie seit mehreren tausend Jahren da standen, und ich frage mich plötzlich, ob sie noch da sind, ich hoffe schon, aber wie lange noch, bevor Überschwemmungen, Erosionen, Brände oder der Golfstrom da rumpimmeln oder eine neue Eiszeit kommt, es ist unvorstellbar, dass sie für immer dort bleiben, nichts wird für immer bleiben, oder doch?

Der Wind, das Sprudeln des Flusses. Ein Motor, irgendwo in der Ferne.

Und von unten: ein dumpfes, kiesiges Scharren. Unter uns. Unter der Erde.

»Ein Keller«, sage ich.

Wir sehen uns um. Autowracks. Kinderwagen. Einige Bäume. Rechts vom Kühlschrank ist eine kleine Anhöhe, als hätten wir dasselbe gedacht, schleichen Linnea und ich über das raschelnde Gras darauf zu. Ich steige den kleinen Hügel hinauf. Nichts, nur trockene Erde. Und der Geruch von etwas Verfaultem, Muffigem, Totem.

»Da«, flüstert Linnea, sie geht um die Anhöhe herum und zeigt auf eine Stelle direkt unter mir.

Ich laufe den Hang hinunter und komme neben ihr zum Stehen. Im grauen Schatten öffnet sich eine gähnende Dunkelheit wie eine Grotte. Eine steinerne Treppe führt nach unten, und ohne nachzudenken, gehe ich die drei, vier Stufen hinab ins Schwarze, taste mich mit den Händen voran. Eine Holztür. Ein kühler, grober Eisengriff. Das Kratzen wird lauter.

Erst jetzt kommt die Angst. Dadrinnen ist Zack, gefesselt. Zerstückelt. Vergewaltigt. Gefoltert. Oder einfach tot in einer schwarzen Plastiktüte. Grauenvolle Bilder aus Büchern meiner Kindheit, Lebkuchenhäuser, Käfige aus Zweigen und Ästen, ein Troll, der mit einem langen schmalen Holzlöffel Suppe durch die Gitterstäbe in meinen Bruder hineinzwingt.

Ich atme ein paarmal tief durch. Spüre Linneas Hand an meiner, ihre Finger packen entschlossen den Eisengriff.

»Geh mal zur Seite«, raunt sie mir zu, drückt die Tür auf und gleitet geschmeidig und lautlos an mir vorbei hinein in die Dunkelheit.

Kühle Luft schlägt mir entgegen. Nach so vielen Wochen in stickiger, klebriger Hitze ist die Kälte unten im Keller fast schon unangenehm schneidend. Und der Geruch von Erde und Lehm, alten Kartoffeln, dazu etwas Süßliches, wie der Duft von Äpfeln und unter alldem ein anhaftender Gestank von Schmutz, Rost, Alt.

Ich folge Linnea, und das Erste, was ich sehe, weiter in dem unterirdischen Gang, in dem ein sanftes, flackerndes Licht die Dunkelheit verscheucht, sind Zahnpastatuben. Sie türmen sich in einem Koffer, so einem mit Rädern, der offen auf dem schmutzigen Boden liegt, und unter den weißen Zahnpastatuben mit blauen und roten Logos erkenne ich Kondompackungen und Shampooflaschen und Conditioner und Parfüms und Deos und im aufgeklappten Deckel des Koffers liegen kleine weiße Schachteln, ich checke sofort, dass es sich um Medikamente handelt, und neben dem Koffer stapeln sich Kulturbeutel, Toilettenartikel, Plastiktüten, eine Louis-Vuitton-Handtasche.

Linnea beugt sich nach vorn zum Licht und ich kann an ihrem Rücken sehen, wie sie sich etwas entspannt, und sie winkt mir zu, näher zu kommen. Vorsichtig trete ich zu ihr und sehe, wie sich der schmale Gang zu einem Kellerraum auftut, da liegen weitere offene Koffer, in dem einen Handys, in einem anderen Computer und Tablets, in einem dritten Snus- und Zigarettenschachteln. An der Wand sind Regale angebracht: alte Marmeladengläser und Dosen, Benzinkanister und reihenweise Schnaps- und Weinflaschen, neben dem Regal Porzellan, Gläser und Handtaschen, einige Gemälde lehnen an der Kellerwand, weiter hinten in der Ecke zwei Golftaschen voller Schläger und neben ihnen zeichnet sich ein großer Stapel von etwas Unförmigem und Plastischem ab, mit Stoffen in verschiedenen Grau- und Schwarztönen bedeckt, das Metall einer Schnalle schimmert im Lichtschein und es versetzt mir einen Stich, als ich kapiere, dass es sich um Kindersitze handelt.

Er sitzt mitten im Raum, in einem zerschlissenen alten Sessel, das Gesicht halb von uns abgewendet, die Augen auf den Boden gerichtet. Aus einer schwarzen Sporttasche quellen Kopfhörer verschiedener Marken und Farben, auf seinem Kopf ein Paar brandneue Bose QuietComfort mit Zebramuster, er lächelt vor sich hin und wippt leicht mit dem Kopf, während er in der Tasche wühlt, die Musik ist so laut, dass sie bis hierhin zu hören ist, obwohl es angeblich Noise-Cancelling-Kopfhörer sein sollen. Neben dem Sessel steht ein Kerzenständer auf dem Boden, so einer, wie man ihn zu Weihnachten hat, und der verbreitet ein warmes gemütliches Licht.

Ich spüre eine Hand auf meiner Schulter. Puma. Er sieht mich fragend an, mimt *Ist er das*? und ich nicke.

Nach wenigen Sekunden ist alles vorbei, erst nach einigen Atemzügen kann ich das Gebrüll und den Lärm und die um sich schlagenden Arme zu einer zusammenhängenden Bewegung zuordnen und ich verstehe grob, was gerade passiert ist, als sie auf ihn losgegangen sind und ihn mitsamt dem Sessel umgeworfen haben, und bevor er reagieren konnte, ist Linnea ihm auf die Finger getreten, er hat geschrien und sich instinktiv auf den Bauch gedreht, um wegzukriechen, und dann hat Puma sich mit seinem gesamten Gewicht auf ihn gesetzt, ihm den Kopf in den Dreck gedrückt und den Kopfhörer von einem Ohr gezogen und sich nach vorne gebeugt und gezischt *Halt die Fresse, wir wollen nur mit dir reden.*

Ich kann nicht denken, gehe einfach ein paar Schritte an der Wand entlang, um den schniefenden, fauchenden, kabbelnden Haufen auf dem Boden herum und ziehe einen Golfschläger aus einer der Taschen, ich habe vorher nur Minigolf gespielt und dieser Schläger ist schwerer, der Eisenklumpen fühlt sich an, als ob er mehrere Tonnen wiegt, ich lass ihn auf den Boden schnellen, stoppe ihn ein paar Zentimeter vor dem erschrockenen Gesicht, stütze mich auf den Schläger und schaue auf den Typen hinab, empfinde weder Hass noch Angst, alles fühlt sich einfach nur ekelhaft und bescheuert an.

»Du hast mir heute die hier geschenkt«, sage ich und halte ihm die Sonnenbrille hin. »Ziemlich ungewöhnliches Design.«

Ich setze mich in die Hocke, meine Knie nur wenige Millimeter von seiner Schulter entfernt. »Aber diese Brille hab ich vor ein paar Tagen schon mal gesehen. Eine Frau hat sie getragen. Und nun frag ich mich, ob du weißt, wo diese Frau steckt.«

Seine Stimme ist fiepsig, als wäre er gerade im Stimmbruch.

»Ich hab sie gefunden.«

Ich seufze.

»Wie gefunden? Lag da einfach so eine Vintagebrille im Wald oder was?«

»Jemand hat sie auf dem Klo vergessen. In 'nem Mäcces.«

Für eine Sekunde spüre ich eine Welle der Erleichterung, ein Mäcces, ein Anhaltspunkt, Überwachungskameras, Mobilfunkmasten, Kassenregister, ich werde ihn finden, es wird klappen, ich habe es geschafft und dann sehe ich den Typen zusammenzucken und höre ihn aufschreien und etwas tropft über sein Gesicht, ich schaue auf, Linnea hat eine der Kerzen in der Hand und kippt ihm das heiße Wachs über Gesicht, Haare, Augen. Der Typ brüllt erneut auf und befreit seine Hand aus Pumas Griff und versucht winselnd, sich das Wachs wegzuwischen, während es weiter in seine Haare und in seinen Nacken tropft. Ich werfe Linnea einen müden Blick zu, sie zuckt mit den Schultern und hält die Kerze wieder gerade.

»Du lügst«, sagt sie kalt. »Du hast sie geklaut. Genauso wie du den ganzen anderen Kram hier geklaut hast. Sag uns, was du weißt, dann hauen wir ab.«

Der Typ murmelt irgendetwas Unhörbares und ich bitte ihn, es zu wiederholen.

»Autos«, wimmert er. »Ich klaue Sachen aus Autos.«

»Welche Autos?«

»Von Leuten, die versuchen, hier rauszukommen. Und dann irgendwo festsitzen, oder wenn irgendwo Stau war oder … wenn sie liegen geblieben sind oder so. Dann haben sie einfach ihre Autos stehen gelassen. Und noch nicht mal abgeschlossen.«

Ich schiele zu Linnea, sie nickt.

»Es war ein weißer Toyota«, sage ich. »Eine Familie mit Kindern. Der Kofferraum war voller Zeug.«

Die New-York-Cap, so heißt er immer noch für mich, obwohl er die gerade gar nicht trägt, windet sich auf dem Boden.

»Johannisholm«, sagt er schließlich. »Beim Campingplatz. Dort standen mehrere Autos, sie waren unterwegs nach Rättvik, aber der Rettungsdienst hat sie Richtung Karlstad umgeleitet.«

»Warum wurden sie umgeleitet?«

»Ein Baum«, sagt er. »Angeblich hat ein umgefallener Baum die Straße versperrt.«

»Hast du irgendwelche Kinder gesehen?«

»Ich hab niemanden gesehen«, antwortet er hastig. »Als ich da ankam, war da niemand mehr und das Auto offen.«

Wieder Wachs, es läuft an seinem Hals herunter, tropft auf die Wangen, es sieht so aus, als würde sie versuchen, sein Ohr zu treffen, er brüllt und wirft den Kopf hin und her, aber Puma hält ihn fest, ich ertrag es nicht mehr und gebe ihr ein Zeichen aufzuhören.

»Du hast dich irgendwo versteckt«, sagt Linnea mit ruhiger Stimme, als sein Schreien verklungen ist. »Das ist deine Masche. Du versteckst dich und beobachtest, wie sie die Autos zurücklassen, und wenn niemand mehr da ist, schleichst du dich hin. Nick, wenn ich recht habe.«

Der Typ nickt langsam, Tränen laufen über seine Wangen.

»Also?«

»Er ist mit einem Reifen stecken geblieben. Sie haben Panik gekriegt, wegen dem Rauch, obwohl sie schon ziemlich weit vom Brand entfernt waren. Also sind sie zu Fuß weitergegangen. Zwei Erwachsene und ein paar kleine Jungs.«

»Wie viele?«

Er schließt die Augen, vielleicht vor Schmerzen, vielleicht um sich zu konzentrieren.

»Zwei. Oder drei. Es ging alles so schnell und sie sind in unterschiedliche Richtungen weggerannt.«

Ich versuche, meinen Atem unter Kontrolle zu halten.

»Verschiedene Richtungen?«

»Einer der Jungs ist in den Wald reingelaufen, weg von der Straße. Sie haben ihm eine Weile nachgerufen und dann sind sie irgendwann gegangen.«

»Was haben sie gerufen?« Ich stottere fast vor Aufregung. »Was haben sie gemacht? Was haben sie gesagt?«

Der Typ schüttelt den Kopf und wendet sein Gesicht zum Boden, als wolle er es schützen.

»Weiß ich nicht mehr«, murmelt er. »Das Übliche.«

Linnea hält wieder die Kerze über ihn, doch schon bevor es zu tropfen beginnt, schreit er, dass er nicht mehr weiß, er weiß nichts, *bitte hör auf*, also hören wir auf und Puma steigt von seinem Rücken und der Typ kriecht in eine Ecke und vergräbt den Kopf in die Hände und reibt sich die verbrannte rote Haut am Hals.

»Nehmt, was ihr wollt, aber verschwindet«, flüstert er. »Bitte verschwindet. Da drüben liegen Tabletten, von denen man high wird. Und in einer der Handtaschen ist eine Schachtel mit Ohrringen und Halsketten, hab ich gesehen.«

Puma lässt seinen Blick über die Regale wandern, über den Boden. Beugt sich vor und hebt etwas Schweres hoch, hält es ins Licht. Eine Motorsäge.

»Johannisholm«, sagt er, es ist das erste Mal, dass er spricht, nachdem er dem Typen gesagt hat, er soll die Fresse halten. »Hast du Johannisholm gesagt? Beim Campingplatz?«

Der Typ nickt.

»Schön da«, fährt Puma nachdenklich fort und betrachtet die Motorsäge, fährt mit den Fingern über die Klinge. »Aber das ist ja nicht direkt eine Wildnis. Wie kann es sein, dass der Baum direkt auf die Straße gefallen ist?«

Die New-York-Cap sieht uns mit starrem, gerötetem Blick an.

»Meine Tante«, sagt er an mich gewandt. »Du weißt schon, die mit der Schaufel. Vor drei Jahren hatte sie eine Hirnverletzung. Die Gemeinde hat die Pflegeleistungen gekürzt. Also dachten meine Cousine und ich …«

»Versteh schon«, murmele ich.

Er sieht mich flehend an. »Wenn man weiß, dass hier Leute aus Stockholm rumlaufen und in Hütten einbrechen und die Quads anderer Leute klauen, dann wird es doch wohl nicht so schlimm sein? Dass ich an ein Auto gehe, das möglicherweise nicht mal abgeschlossen ist?«

Ich bücke mich und nehme eine Schachtel Zigaretten aus einem Koffer mit Diebesgut, vor allem um seinem Blick auszuweichen. Dann greifen wir uns Benzin und Medikamente und ein paar Flaschen Alkohol, lassen aber die Finger vom Rest.

*

Es ist stockdunkel, als wir in Johannisholm ankommen, ich kann das Schild mit der Aufschrift *ÖSTBJÖRKA 15 km* kaum sehen. Weit scheinen sie ja nicht gekommen zu sein. Alles sieht genauso aus, wie der Typ es beschrieben hat: umgestürzte Bäume und Autos und aufgerissene Taschen und Koffer, Müll, Klamotten, Plastiktüten, ein blutiger Pullover. Ich stoppe das Auto und lasse den Motor laufen, die Scheinwerfer auf den umgefallenen Baum gerichtet, und renne schluchzend Richtung Toyota, der Aufkleber vom Autovermieter am Fenster, LDR-384 auf dem Nummernschild, ich schreie und reiße die Tür zur Rückbank auf, als ob, ja, was denn? Als ob da noch jemand wäre, was läuft denn eigentlich bei mir falsch, verdammte Scheiße? Ich wühle zwischen den Sitzen und unten auf dem Boden und unter dem Vordersitz, meine Finger berühren irgendetwas aus Glas, eine Flasche, nein, ein Marmeladenglas, etwas Hartes, das im Glas klappert, und ich krieche aus dem Wagen und setze mich mit dem Glas und Zacks Milchzahn und dem Goldzehner auf den Boden und flüstere *Du warst hier du warst hier du warst hier.* Eine ganze Weile bleibe ich dort sitzen, bis ich sie neben mir spüre, alle beide, sie sagen, dass alles okay ist, dass alles gut werden wird, es wird schon werden, denn irgendwo da draußen wird er sein, auf jeden Fall. Ich hole die Zigarettenschachtel hervor und lehne mich an das kühle Kennzeichen und zünde für jeden von uns eine Zigarette an und dann sitze ich da zwischen ihnen und rauche und huste in die dunkle Nacht, Linnea hat eine Flasche geöffnet und ich koste ein paar Schlucke, keiner sagt mehr was und ich denke, genauso wär's jetzt in Thailand.

SONNTAG, 31. AUGUST

»Das war deine Idee«, murmelt Mama und schlürft ihren Instantkaffee im Morgengrauen.

»War es das?«

Sie nickt.

»Eine schöne Idee. Zuerst wussten wir nicht, ob wir uns das leisten können, aber Didrik hat ein paar der Call-Optionen verkauft, die er bei seinem letzten Job bekommen hat. Eigentlich hatten wir geplant, sie für dich und Zack und Becka aufzusparen, bis ihr groß seid, aber dann dachten wir, wir leben ja nur einmal.«

Wir sitzen im Schatten vor der Campinghütte, es ist schon zu heiß, um sich drinnen aufzuhalten, und Mama erzählt gedankenversunken, wie sie und Papa eine wunderschöne kleine Insel vor der Westküste Thailands im Internet gefunden haben, nicht Phuket oder die Phi-Phi-Inseln oder solche Orte mit vielen Russen und Pädophilen, sondern eine coole Insel mit kalkweißen, kinderfreundlichen Stränden, flachem Wasser, einer schwedischen Schule, in die Zack und ich gehen konnten, einen Bungalow mit großem privatem Pool und Terrasse mit Meerblick und schwarzen Holzmöbeln, ein Markt in der Nähe, auf dem man tropische Früchte kaufen konnte, Mangos und Maracujas und Ananas, und viele kleine gemütliche Restaurants in derselben Straße, die billiges thailändisches Essen verkauften, das war, als Becka neugeboren war, sie saßen zu Hause, Papa hatte ein paar Tage frei und sie wussten nicht, wo ihnen der Kopf stand vor Schlafmangel, und so fanden sie das Haus auf irgendeiner Seite und beschlossen einfach, da fahren wir hin.

»Aber es war von Anfang an deine Idee«, wiederholt sie und streicht mir übers Haar. »Weißt du noch?«

Ich schüttele den Kopf, ich versuche, mich zu erinnern, aber es fühlt sich so an, als hätte ich mein Leben lang nichts anderes gemacht, als in einem Auto durch die Gegend zu fahren und Kindergärten zu plündern und Rauchluft einzuatmen und unglücklich in Puma verliebt zu sein.

»Das ist lange her, nachdem ich und Dad schon seit einer Weile ein bisschen gestritten hatten und so. Und du hast es gemerkt, und eines Nachts bist du hochgekommen, als ich auf der Couch saß und ein bisschen traurig war.«

Die Erinnerung bringt sie zum Lächeln und sie wischt sich eine schmutzige Haarsträhne aus der Stirn. Sie hat ihr Haar seit dem Hochsommer nicht mehr gefärbt und es wird langsam wieder grau.

»Und du hast gesagt, vielleicht sollten wir einfach alle zusammen von hier abhauen. In ein warmes Land. Dort bleiben und einfach Spaß haben. Von vorne anfangen.«

Holland Belgien kommt vom See zurück und winkt mir einfach zu. Mama runzelt misstrauisch die Stirn, aber sie sagt nichts. Sie seufzt, ballt die Hände zu Fäusten, sieht aus, als würde sie sich sammeln.

»Ich wollte dir erst nichts sagen, aber Papa und Becka haben die letzten Tage bei diesem … Mädchen gewohnt. Und vorgestern war die Polizei da und hat ihn abgeholt. Und Becka ist anscheinend noch dort. Ich hab gestern den ganzen Tag versucht … irgendwas zu regeln, aber solange niemand beweisen kann, dass es ihr dort schlecht geht, hat das Sozialamt *keine Ressourcen*« – sie zeichnet mit der linken Hand wütende Gänsefüßchen in die Luft –, »irgendetwas zu unternehmen.«

»Also ist Becka …«

Mama nickt mit zusammengepressten Lippen.

»Bei dieser Frau.«

Um uns herum erwacht der Campingplatz, ein Vater und seine beiden Söhne trotten zu dem Platz, wo man sich Lunchpakete abholen kann, eine Mutter und ihre ungefähr elfjährige Tochter laufen mit ihren Tragetaschen zum Haus, vor dem sich bereits eine Schlange für die Waschmaschinen gebildet hat, es liegt ein müdes, hoffnungsloses Gefühl über dem Camp: Die, die zu krank drauf waren, um aufgehalten zu werden, sind abgehauen, diejenigen, die einen Riesenaufstand gemacht und sich beschwert und Ansprüche gestellt haben, haben schon längst einen Weg gefunden, hier rauszukommen, jetzt sind nur noch wir hier, die wir nichts Besseres zu tun haben, als rumzusitzen und darauf zu warten, dass irgendwas passiert. Ich hab an Zack gedacht, die ganze Nacht habe ich mich gefragt, ob ich meiner Mutter von dem Toyota erzählen soll, aber ich weiß, dass sie dann in den Wald gehen und nach ihm suchen wird, und darauf wird sie gar nicht klarkommen und außerdem darf niemand mehr das Lager verlassen, das wurde gestern beschlossen nach *Berichten von mehreren Fällen von mutmaßlichem Diebstahl und Vandalismus und Gewaltausschreitungen oder Gewaltandrohungen.*

Ein Reporterteam läuft über den Campingplatz, gestern waren zwei verschiedene TV-Sender vor Ort. Ein schmuddeliges Kind sitzt auf einem Schotterweg und weint, und als hätte ihnen jemand ein Zeichen gegeben, beginnt das Team zu filmen, blonde Kinder, die in Hoffnungslosigkeit und Elend in Zelten wohnen, das ist eine Weltnachricht, die Bilder von uns werden eine ganze Generation prägen.

Oder auch nicht, sagt Papas Stimme in mir. *Denn es wird immer nur noch schlimmer und schlimmer und schlimmer und eines Tages wirst du dich nach diesem Sommer zurücksehnen.*

Mama stellt ihren Becher ab.

»Als ich und Didrik … für eine Weile unsere kleine Krise hatten, hat mich am meisten der Gedanke geschmerzt, was …« Ihre Stimme bebt und sie starrt auf den Boden. »Was mit euch wird. Dass sich jemand anders um euch kümmert. Ich könnte wahrscheinlich ohne ihn auskommen, aber dieses verdammte Flittchen wäre eine Art … Scheiß … zusätzliche Mutter für euch.«

»Mama«, sage ich und lege meine Hand auf ihre. »Mama, komm schon.«

»Und … als … als er zu mir zurückgekommen ist, hab ich mir gesagt, okay, wir können es versuchen, aber keine Kinder mehr, ich werde keine Kinder mehr mit ihm kriegen … nie nie nie, damit sind wir durch und … dann kam … unsere kleine Becka … jedenfalls … und jetzt … weiß ich nicht … ob ich …«

Schnodder und Tränen laufen ihr übers Gesicht und sie wischt sich mit ruckartigen, gestressten Bewegungen über die Lippen, aber es läuft immer weiter.

»Wir müssen nach Hause fahren«, sage ich.

Sie nickt.

»Aber das können wir nicht, bevor wir Zack gefunden haben«, fahre ich fort.

Sie schüttelt den Kopf.

»Also bleiben wir erst mal hier.«

Wieder nickt Mama, wischt sich übers Gesicht, ringt um Fassung.

»Ja. Bleiben wir erst mal hier. Du und ich. Kleine Vanilja-Petersilja.«

Sie nimmt ihren Kaffeebecher wieder in die Hand, nippt, das Pulver reicht für zwei kleine Becher pro Tag, aber oft ist die Schlange zum heißen Wasser zu lang.

»Und das Schlimmste ist, dass ich das Gefühl habe, dich zu vernachlässigen«, sagt sie langsam. »Dass ich dich nur so nebenher treiben lasse. Es ist so egoistisch. Du befindest dich schließlich auch in einer Krise.«

Ich rücke näher an sie heran und wir sitzen da und blicken auf den See. Ich hätte nie gedacht, dass man eine so schöne Aussicht hassen kann, aber dieser beschissene See ist das Ekelhafteste, was ich je gesehen habe.

»Wie spät ist es?«

Ich schaue auf mein Handy.

»Halb acht.«

Sie lacht laut auf, ein kehliges, schnaubendes Lachen.

»Was denn?«

»Morgen um diese Zeit hätten wir losfliegen sollen. Halb acht soll der Flieger abheben. Extra Beinfreiheit und alles. Welch eine Freude.«

*

Heute bin ich dran mit Rettungsschwimmerdienst, ich übernehme die Vormittagsschicht gemeinsam mit dem mürrischen Mädchen, das auf Rhodos als Animateurin gearbeitet hat, und den beiden Rentnern. Wir sitzen am Strand, ganz hinten, wo es seicht ist und die Kleinkinder planschen (und kacken und pinkeln, aber das interessiert niemanden), ein Stück von uns entfernt ragt ein Steg ins Wasser, vielleicht zwanzig Meter lang, und etwas außerhalb schwappt eine hölzerne Badeinsel im Wasser, dorthin schwimmen manchmal die älteren Kinder – einige von ihnen in meinem Alter.

Der Rauch hat sich etwas verflüchtigt, es sticht nicht mehr im Hals wie in den letzten Tagen, ich habe Leute sagen hören, dass die Feuer erloschen oder ausgebrannt sind und der Himmel zum ersten Mal seit mindestens einer Woche klar ist, vielleicht sind heute deshalb so viele hier am Wasser, Familien mit Kindern und Jugendlichen aus dem Camp und Familien aus der Gemeinde mit Decken und Keksen und Saft, die Kinder aus dem Camp spielen neugierig mit den Kids aus dem Ort, die ihre Plastikspielzeuge und kleinen Schlauchboote mitgebracht haben, drei Mädchen buddeln ein viertes im Sand ein, einige ältere Jungs haben einen weißen Ball und einen tragbaren Lautsprecher mit ordentlich wummerndem Bass dabei und reden darüber, ein Netz aufzustellen und Beachvolleyball zu spielen, und versuchen, ein Team zu bilden, eine größere Gang macht Kopfsprünge und Arschbomben vom Steg und schwimmt zur Badeinsel. Ich beobachte die Kleinkinder beim Spielen am Strand, eigentlich ist es nicht erlaubt, die Kinder mit an den Strand zu nehmen, aber der Kinderpsychologe hat seine Erlaubnis gegeben, solange sie die ganze Zeit Schwimmflügel tragen und wir am Ufer bleiben, *Wasser und Spielen verleiht ein Gefühl von Normalität*, wir haben eine Ikeatasche voller Sandspielzeug und Eimer und Schaufeln dabei, die wir in den letzten Tagen gesammelt haben, eine Plastiktüte mit verschiedenen Sonnenschutzölen und Caps und Sonnenbrillen, wir haben alles.

Emil sitzt ein Stückchen oben am Hang, mit seiner Frau, die nie etwas sagt, und seinem kleinen Sohn, der so laut geschrien hat. Dem Jungen scheint es jetzt gut zu gehen, er liegt auf einer Decke und plappert vor sich hin, unter einem Regenschirm, den sie irgendwo gefunden haben, aber sein Vater sieht blass aus, irgendwie leer, er sitzt in seiner Unterhose vornübergebeugt in der Sonne, die rote Gitarre im Arm, streicht mit seiner bandagierten Hand über die Saiten und summt. Nach gestern – ich habe so wenig wie möglich von dem, was passiert ist, erzählt – hat der Arzt ihn krankgeschrieben und entschieden, dass er *etwas Abstand* braucht.

Er legt die Gitarre in den Sand und sinkt neben dem Kinderwagen auf den Rücken und ich sehe, dass er einen schmutzigen Verband über Schulter und Schlüsselbein trägt, und der Sand kriecht unter die Bandage, in der gleißenden Sonne kneift er seine Augen fest zusammen und zündet sich eine Zigarette an und bläst den Rauch geradewegs hinauf in die Luft, wie ein Schornstein, seine Frau rückt von ihm weg, setzt sich neben das kleine Kind und hält ihm ein quietschendes Spielzeug hin, rosa und orange, es macht Geräusche wie eine Katze oder eine Maus und es kommt mir so vage vertraut vor, hatte Becka nicht auch so eins?

Ich bin schon zu lange hier, denke ich. *Alles hat begonnen, miteinander zu verschmelzen.*

Ein kleiner Bengel rennt mit einer großen Luftmatratze in Form eines Hot Dogs auf den Steg, ich folge ihm mit Blicken, sehe, wie sich die schmalen, knochigen Schulterblätter wie Hühnerflügel unter der dünnen Haut bewegen, auch er kommt mir bekannt vor, denke sofort dran, wie Zack mit diesem dämlichen Delfin herumgelaufen ist, wie er stundenlang auf dem Steg sitzen und mit ihm reden konnte, er hatte in einer Doku gelernt, dass Delfine mit Menschen sprechen können.

Eines der Kleinkinder ist im Wasser umgefallen und ich helfe ihm auf und ziehe die Schwimmflügel hoch, bis sie wieder richtig sitzen, das angepisste Rhodos-Mädchen schält Orangen und versucht nicht einmal zu verbergen, dass sie vier Stücke auf einmal in sich reinstopft, die Campleitung hat beschlossen, frisches Obst soll in erster Linie an die Kinder gehen, und wir Freiwilligen haben strenge Anweisung bekommen, auf keinen Fall die Kinderobstration zu essen, ich werde sie einfach darauf ansprechen, doch als ich aufschaue, sehe ich den Bengel auf seiner Hot-Dog-Matratze Richtung Badeinsel paddeln und wieder denke ich an Zack, wie sein Fuß angefangen hat zu bluten, wie wir angefangen haben, uns zu streiten, und er bei Mama und Papa gepetzt hat *Halt die Fresse, du Pisser, das stimmt überhaupt nicht!*

Etwas in mir erstarrt, so als würde einem Smartphone der Akku ausgehen und der Bildschirm gefriert für einige Sekunden, bevor alles schwarz wird.

Das stimmt überhaupt nicht!

Der Junge nähert sich der Badeinsel, sechs, sieben Typen sind gerade hochgekraxelt, ich erkenne sie wieder, sie gehören zu der Mountainbike-Gang, sie versuchen, sich gegenseitig ins Wasser zu schubsen und selbst oben zu bleiben, sie wollen aller Welt ihre gebräunten Radlerkörper vorführen und brüllen und lachen und krachen ins Wasser, so dass es über den ganzen See schallt, der Junge ist viel kleiner als sie und versucht, auf das Floß zu kommen.

Ich habe nicht gesagt, dass wir ihn hierlassen, wenn er nicht mehr laufen kann. Ich hab gesagt, dass er dann zurück zur Hütte muss. Und dann hat er gelogen und deshalb habe ich ihn Pisser genannt.

Dass wir ihn hierlassen, hab ich nie gesagt.

Einer der Fahrradtypen hält einen anderen von hinten fest, es sieht fast schon dirty aus, wie sie sich aneinanderreiben und gegenseitig an den Badehosen ziehen und versuchen, dem anderen ein Bein zu stellen, und ein dritter kommt und versucht, die beiden ins Wasser zu schubsen, sie machen eine halbe Umdrehung und dann verlieren sie auf den nassen Holzplanken der Badeinsel das Gleichgewicht und ein ganzes Gewimmel aus Ellenbogen und Knien und rudernden rutschenden Füßen kippt wie in Zeitlupe ins Wasser, und die Sonne spiegelt sich auf dem gelben Brot und in der braunen Wurst und der dicke Ketchupstreifen leuchtet rosa im Sonnenlicht.

Es ist, als ob mich das Chaos überhaupt nicht berührt: die schreiende Mutter, die Luftmatratze, die zurück an die Oberfläche dümpelt, leer und leicht und irgendwie unbeschwert im lauen Wind, auf dem Weg zu neuen Abenteuern, die Fahrradjungs, die sich einfach weiterkabbeln und schreien, ohne zu merken, was passiert ist, andere Erwachsene stehen auf und rufen und ein bärtiger Papa taucht vom Steg auf die Stelle zu, an der der kleine Junge verschwunden ist, ich wende mich meinen Kleinkindern zu und sorge dafür, dass sie aus dem Wasser steigen und ihre Orangenstückchen bekommen, das ist die einzige Verantwortung, die ich heute übernehmen möchte.

Die Badenden rund um den Steg machen Platz und zwei Väter tragen den reglosen Körper an Land und der Urlaubschefarzt wurde eilends hinzugerufen und beginnt mit den, wie ich annehme, lebensrettenden Maßnahmen, ich sehe nichts, die Erwachsenen haben einen Kreis um den Jungen gebildet, die Fahrradjungs hocken ein paar Meter entfernt schweigend im Sand und sehen geschockt aus. Nach einigen Minuten löst sich der Kreis auf und die Stimmen klingen weniger angespannt, das Gefühl der Erleichterung breitet sich aus und ich sehe die Mutter davongehen, ihren Arm um die schmalen, knochigen Hühnerflügel gelegt und die Fahrradjungs lächeln vorsichtig und grinsen sich an, bis der bärtige Vater sich vor ihnen aufbaut und sie anbrüllt, sich *nie wieder hier blicken zu lassen.*

Einer der Jungs antwortet irgendetwas, das ich nicht verstehe, der Chefarzt kommt schnell dazu und sagt *nur ein Knie an der Stirn, hätte überall passieren können, nur ein Unfall,* der Vater schreit wieder *bleibt gefälligst von unserem Badeplatz weg,* der Chefarzt hebt die Stimme ein wenig und sagt *öffentliche Badeplätze sind eigentlich für alle,* aber der bärtige Vater hat schon auf dem Absatz kehrtgemacht und folgt der Mutter und dem Hühnerflügel, klemmt sich die Hot-Dog-Luftmatratze unter den Arm und ruft ein letztes Mal *lasst euch hier nicht mehr blicken, ihr Scheißlagergesindel* als

einer der Fahrradjungs ihm etwas hinterherbrüllt

und plötzlich alles stehenzubleiben scheint

und dann dreht sich der bärtige Vater um und auch einige andere Männer aus Rättvik drehen sich um und weiter hinten sehe ich, wie mehr und mehr Leute zusammenkommen, einige Motorräder blitzen in der Sonne auf, die Fahrradjungs werfen sich beunruhigte Blicke zu, und dann brüllt wieder irgendjemand irgendwas und ein Paar Füße stolpern im Sand vorwärts, ein Stoß, ein Faustschlag, das Geräusch einer zerberstenden Flasche und

ich und Rhodos werfen uns einen raschen Blick zu und wir stehen auf und schieben die Kinder vor uns her, weg vom Strand, weg von dem Gebrüll und den Flüchen und den lauten wütenden Erwachsenenstimmen, wir kommen nur langsam voran, sie stolpern vorwärts, ungeschickt mit ihren Schwimmflügeln, wir versuchen, sie dazu zu bringen, in einer Reihe zu gehen, zu zweit nebeneinander Hand in Hand, und ich möchte wieder ein Kind sein, möchte, dass sich jemand um mich kümmert, anstatt dass ich auf andere aufpasse, wir scheißen drauf, Ordnung in die Reihenfolge zu bringen, und versuchen lieber, uns so schnell wie möglich zu bewegen, ich zähle durch, während ich neben ihnen herlaufe, zwanzig sollen es sein und sie sind zwanzig, ich merke, dass ich angefangen habe zu weinen, die Leute eilen aus den Hütten und Zelten in unsere Richtung, Richtung Strand, das ganze Camp scheint zu spüren, was gleich passieren wird.

Wir gehen auf den eingezäunten Spielplatz, der normalerweise als Kindergarten genutzt wird, und Gott sei Dank, der Bartzopf wartet dort, ich stottere etwas über die Auseinandersetzung am Strand, aber er unterbricht mich und nimmt mir abrupt mein Walkie-Talkie und die Ikeatasche ab.

»Carola ist hier gewesen«, sagt er trocken. »Sie wollte mit dir sprechen.«

Ich weiß, dass es zwecklos ist, aber ich kann dem Impuls nicht widerstehen, ahnungslos dreinzublicken, ich habe die Lügen so viele Tage lang durchgezogen, dass es mir jetzt schwerfällt aufzuhören.

»Carola?«

Er nickt.

»Deine Mutter. Sie ist hergekommen, weil sie wissen wollte, was du tagsüber so treibst, sie meinte, sie ist stolz, dass du hier freiwillig aushilfst, obwohl du dich dein Leben lang noch nie um Kinder gekümmert hast.«

Rhodos glotzt mich mit ihren leeren, dummen Kuhaugen an.

»Du bist vierzehn, du gehst noch zur Schule, du hast nicht mal einen Mopedführerschein, ich hab keine Ahnung, warum du hier rumlügst, und ich hab auch keine Zeit, mir deine Erklärungen anzuhören.«

Ich hocke mich vor die Kinder und lasse die Luft aus ihren Schwimmflügeln, einer nach dem anderen.

»Jetzt wird mir auch klar, warum es immer so ein Chaos war, wenn du rausgefahren bist, um uns Proviant und so zu beschaffen«, fährt der Bartzopf angepisst fort. »Totales Versagen von uns, dich einfach durch die Gegend fahren zu lassen. Man kann doch diese Verantwortung nicht an ein Kind abgeben.«

Vom Strand schallen immer noch Rufe und Schreie zu uns herauf, das Dröhnen von Motoren, Sirenen der Polizeiautos und ich denke, dass diese ganze Situation etwas Ironisches hat, kann es aber nicht einmal formulieren, in meinem Kopf spüre ich, dass ich seit zwei, drei Tagen nicht richtig gegessen habe, also drehe ich mich einfach um und gehe zurück zu unserer Hütte.

Mama steht davor und unterhält sich mit der Mutter der Mora-Familie und lächelt nervös, als sie mich kommen sieht, *Ist alles okay, Liebling, ich hab gehört, unten am Strand gibt es eine Auseinandersetzung?*

»Wo haben wir überall gesucht?«

Mamas Blick flackert, sie sieht mich an, sieht zur Mora-Familie, zum Strand.

»Zack«, fauche ich. »Wo haben wir überall nach ihm gesucht?«

Erst schaut sie ganz verwirrt, dann fängt sie an alles herunterzuleiern, *wird im ganzen Land gesucht, wir haben Kontakt mit der Polizei in Mora Leksand Malung Karlstad Stockholm Göteborg und den Krankenhäusern und Kirchen natürlich, mehrmals täglich mit dem Rettungsdienst und haben auch mit allen, die er zu Hause kennt, gesprochen und mit der Klasse und ich glaube, Didrik hat versucht, hier, na, wie heißen sie, Interpol einzuschalten, aber*

Ich packe sie am Arm.

»Pack dein Zeug zusammen. Wir müssen los.«

Sie scheint etwas sagen zu wollen, aber dann nickt sie nur und folgt mir in die Hütte, wir raufen unsere wenigen Habseligkeiten zusammen und stopfen sie in den Spiderman-Rucksack, sie nimmt ihre Handtasche und dann gehen wir an dem Tisch vorbei, an dem wir die erste Nacht gesessen haben, vorbei an dem Deprimädchen, das schläfrig aus dem Zelt schaut, und an den beiden Schwestern aus Uppsala, die auf einem Campingkocher Essen erhitzen, vorbei an der Bank, auf der sie normalerweise die Thermoskannen mit heißem Wasser für den Kaffee stellen, an der Hütte, in der wir mit Becka und Papa in der ersten Nacht gewohnt haben, vorbei an der

Stelle, wo noch das Sanitätszelt der Heimwehr steht, heute leer, die Kinder spielen manchmal dort. Da hab ich Martin mit einer Sauerstoffmaske unter einer orangefarbenen Decke liegen sehen und gewusst, dass er nicht überleben würde, dass er sein Leben für mich geopfert hatte.

Das Motorengeräusch wird lauter und ich sehe, wie ein Polizeiauto auf den Campingplatz gefahren kommt, und zwei Polizisten kommen zu Fuß vom Strand, einen der Fahrradjungs zwischen sich, er blutet stark an der Stirn, das Blut fließt seinen Nacken und Rücken hinunter und hinterlässt große dunkle Flecken auf der trockenen Erde, die Sonne ist weg und dunkle Wolken sind am Himmel aufgezogen. Hinter den Polizisten gehen der bärtige Vater und ein paar andere, ich erkenne den grauhaarigen älteren Mann, der vorgestern beim Löschen des Feuers geholfen hat, der Chefarzturlauber läuft zwischen ihnen hin und her und versucht, etwas zu sagen, der Letzte der Karawane ist Emil, immer noch nur mit einer Unterhose bekleidet, die Gitarre mit dem schwarzen Lederriemen um den Hals gehängt, überall sind nur Männer, Männer, die streiten, und Männer, die versuchen zu erklären, ein Kreis hat sich um die Polizeiautos gebildet, das Reportageteam filmt die Szene mit feierlichem Ernst, als wären wir Teil einer königlichen Hochzeit oder Mondlandung.

»Dieser ganze Unsinn muss jetzt aufhören«, sagt der Grauhaarige laut und hält sich den Bauch. »Sie nehmen Drogen und tatschen unsere Mädchen an und plündern unsere Sommerhäuser und unsere Lebensmittelgeschäfte und nun hätten sie beinahe den kleinen Kerl an unserem Strand ertränkt, so kann das nicht weitergehen.«

Die Polizei antwortet irgendwas und der Bartzopf tritt zum Kreis und sagt irgendwas von *Es sind doch nur Kinder* und *Zeiten aufteilen*, aber der Grauhaarige beachtet ihn nicht einmal.

»Ihr sollt hier verschwinden. Dieses Lager verstößt gegen Recht und Ordnung.«

»Wir nehmen ihn mit zum Verhör«, sagt einer der Polizisten unbeeindruckt, »aber um den Rest müssen Sie sich selbst kümmern, wir haben keine Zeit, hier für Ordnung zu sorgen.«

Ich schaue zum Strandweg, dort hat sich eine Menschenansammlung gebildet, Junge und Alte, noch mehr Motorräder, es sieht aus wie eine Art Demonstration, noch mehr Fotografen, ein weißer Bus mit dem Logo des schwedischen Rundfunks, Autos hupen, irgendjemand brüllt *raus mit dem Pack* und andere stimmen in den Chor mit ein und der Schlachtruf wird immer lauter und lauter *RAUS MIT DEM PACK*.

Der Chefarzt geht auf die Polizei zu und zeigt auf die Menge, seine schmalen Lippen bewegen sich steif, schweigend hören sie ihm zu und schütteln dann den Kopf.

»Ihr müsst das selbst regeln, ihr seid ja immer noch Schweden, oder?«, sagt der andere Polizist und schiebt den Fahrradtypen auf den Rücksitz des Wagens.

»Schau mal«, sagt der Bartzopf erleichtert und zeigt in die andere Richtung, »die Heimwehr.«

Im selben Moment, in dem das Polizeiauto losfährt, rollt ein großer, militärgrüner Lastwagen gemächlich durch die Menge und parkt neben dem Tisch mit den Kaffeekannen. Die Leute versammeln sich um das Fahrzeug, es liegt eine Erwartung in der Luft, irgendetwas wird passieren, als würde jeden Augenblick ein Wasserballon zerplatzen, vielleicht werden wir abgeholt, vielleicht bekommen wir mehr Essen, vielleicht wenigstens ein paar saubere Sachen, irgendwo gab es heute ein Gerücht über eine Ladung Klamotten aus Norwegen.

Die Tür geht auf und Ajax springt heraus, schüttelt ihr pelziges schwarz-braun-weißes Fell, bellt, und als sie mich sieht, will sie auf mich zulaufen, wird aber von ihrer Leine aufgehalten, der große graubärtige Mann klettert nach ihr aus dem Fahrerhaus, nickt der Menschenmenge freudig zu, hebt die Hand, um irgendwelche Leute, die er kennt, zu begrüßen, ich sehe die Enttäuschung in den Augen der Leute, er ist allein gekommen, sonst niemand, keine Lebensmittelpakete, keine Tickets nach Hause, nur der gleiche alte Heimwehrtyp.

Er beugt sich noch mal in sein Fahrerhäuschen und holt ein weißes Megaphon hervor, drückt einen Knopf, es heult einmal laut auf, er lächelt freundlich, räuspert sich.

»So, dann hört mal alle zu«, hallt es über den Campingplatz, *»uns bleibt nichts anderes übrig, ihr, die ihr hier auf dem provisorischen Sammelplatz wohnt, müsst euch von den Anwohnern der Gemeinde fernhalten. Das bedeutet, dass ihr euch nicht am Strand aufhalten dürft. Auch nicht auf der Straße. Auch nicht bei der Kirche. Ein Verlassen des Campingplatzes ist untersagt.«*

Ein düsteres Raunen geht durch die Menge, Leute werfen sich Blicke zu, einige schütteln den Kopf, der Typ räuspert sich hörbar und wischt sich den Schweiß von der Stirn.

»Außerdem ist der Wasserverbrauch viel zu hoch. Die Duschen werden daher nur zwischen achtzehn null-null und zwanzig null-null zur Verfügung stehen. Was Wasser für Geschirr und dergleichen betrifft …»

Weiter kommt er nicht, da regnet es schon Schotter. Kleine Steinchen, die vor seinen Stiefeln vom Himmel fallen. Ich schaue mich um und sehe die beiden Schwestern aus Uppsala, sie stehen dicht beieinander und bücken sich, um noch mehr Kies aufzusammeln, der Bartzopf ist schon auf dem Weg, um sie aufzuhalten, aber da fliegt noch mehr Schotter durch die Luft, einige kleinere Jungs haben ebenfalls angefangen zu werfen, zuerst auf seine Füße und Beine, dann zielen sie auf weiter oben, die Steinchen knallen gegen die Plane des Lastwagens, der Typ hält sich das Megaphon vors Gesicht, um sich zu schützen und die Erwachsenen schreien alle durcheinander und ich sehe das Deprimädchen mit schweren Schritten davonstapfen, Richtung Tisch mit den Thermoskannen, sie haben Griffe, oben am Deckel, und sie packt die erste Kanne und holt Schwung und ich hab plötzlich eine kranke Assoziation zu Leichtathletik, sehe die Mädchen vor mir, die Kugelstoßen oder

Diskuswerfen trainiert haben, wie sie Schwung geholt haben und die Bewegung durch ihren gesamten Körper ging, und das Deprimädchen schleudert die Thermoskanne quer über das Schotterfeld und ich höre den flachen dumpfen Schlag aus Hartplastik gegen den Oberkörper des Mannes in der Sekunde, in der er schwankend auf die Knie fällt und dann aufsieht, eher wütend als ängstlich.

Und dann bahnt sich Emil einen Weg durch die Menge, immer noch barfuß, immer noch nur in Unterhosen, er hebt seine Arme zum Schutz gegen die Steine, er stellt sich vor den Heimwehrtypen, um ihn zu verteidigen, nein, er nimmt die rote Gitarre ab und packt sie am anderen Ende des Halses und schlägt sie mit aller Kraft auf den Hinterkopf des Heimwehrtypen, das Geräusch von zerberstendem Holz und

der Bartzopf schreit auf und

die Menschenmenge von außerhalb des Campingplatzes strömt herein, einige von ihnen auf Motorrädern, schwarze Helme und Lederwesten und

Holland Belgien prügelt sich mit einigen Jungs vom Grillplatz und

Mamas Hand in meiner und ihre Stimme, die mir zuflüstert *nicht hinsehen nicht hinsehen* und

Ajax schleicht sich durch all das Getümmel hindurch, die Leine schleift locker hinter ihr über den Boden, sie kommt auf mich zu, schmiegt sich an meine Beine, ich denke an die Kommandos, auf die sie hört, *Rolle* und *Pfötchen* und dann fällt mir ein, dass ich Hundekommandos gegoogelt habe, versuche, mich zu erinnern, scrolle in meinem Kopf die Seite herunter, *Platz* und *Los* und *Such* und dann packe ich die Kette um ihren Hals und beuge mich zu ihr und befehle ihr *Bell* und diesmal bellt sie, sie bellt, dass es nur so schallt, donnert, bellt, dass es am ganzen Körper weh tut, ein raues, schneidendes Kläffen, das die Leute dazu bringt, innezuhalten und zusammenzuzucken, ich sehe, wie sich der Chefarzt reflexartig zusammenkauert und sich die Hand vor den Schritt hält, Ajax bellt und bellt, ich fühle, wie sich ihre Muskeln unter dem starken Nacken bewegen, ich verdränge die Panik, die uralte Angst, den Impuls, die Kette loszulassen und wegzulaufen, und stattdessen rufe ich weiter *bell bell bell*, während ich die Hündin durch das zusammengedrängte Getümmel führe, das panisch auseinanderstiebt, gehe mit ihr zu dem Heimwehrtypen, er liegt auf dem Bauch im Schotter, ein großer Blutfleck hat sich um seinen Kopf gebildet, Holzsplitter und Metallstücke und ineinander verknotete Drahtsaiten um ihn herum

und ich beuge mich vor und hebe das Megaphon auf, ein roter Knopf, ich drücke.

»*Wir machen jetzt Folgendes*«, sage ich. Niemand hört zu, Ajax knurrt und bellt immer noch, ich streichle ihr über den Kopf und flüstere *Aus* und sie gibt ein tiefes Grollen von sich und hört auf zu bellen, mein Gott, so ein Profi.

»*Wir machen jetzt Folgendes*«, wiederhole ich. »*Wir räumen heute das Lager. Wir müssen hier alle raus. Weg mit den Zelten. Weg mit dem ganzen Kram. Wir packen zusammen und verschwinden von hier. Heute.*«

Sie starren mich alle verwirrt an, zeigen auf mich, tuscheln, der Bartzopf schüttelt nur den Kopf, Mama sieht mich erschrocken an, Rhodos grinst und fragt *wohin denn* und andere stimmen mit ein *wohin denn* und ein Einheimischer aus Rättvik, ein Motorradtyp, ruft *Die Wege sind alle gesperrt, wo wollt ihr also hin* und ich starre ihn an und hebe das Megaphon und zeige Richtung Ortschaft.

»*Wir gehen zu euch. Wir schlafen auf euren Sofas. Wir werden du-*

schen und aufs Klo gehen, bei euch zu Hause, und wenn wir Wasser sparen müssen, dann müssen wir alle zusammen sparen, wir werden euer Essen essen, und wenn das Essen alle ist, dann werden wir uns gemeinsam auf die Suche nach Lebensmitteln machen, wir kümmern uns gemeinsam um unsere Kinder, und wenn es Probleme gibt, lösen wir die gemeinsam.«

Jemand lacht, jemand brüllt mir hässliche Worte entgegen, ich bleibe bei Ajax, versuche, nicht zu zittern. Der Heimwehrtyp röchelt und atmet schwer auf dem Boden vor mir.

»Euch ist das jetzt schon zu viel, aber es wird von Jahr zu Jahr nur viel schlimmer und grausamer und verrückter werden. Brände und Stürme und Pandemien und Überschwemmungen und Flüchtlinge und Chaos und die absolute Hölle und ihr kommt jetzt nicht einmal ein paar Tage damit zurecht?«

Aber sie hören mir schon gar nicht mehr zu, sie schreien einander an, der bärtige Papa und der Chefarzt und der Bartzopf und der Motorradtyp und die anderen. Und ich bin nur eine Vierzehnjährige, die durchs Universum driftet, eine Vierzehnjährige mit Eltern in der Ehekrise, eine Vierzehnjährige, die sich in den Falschen verliebt, einfach nur ein peinlicher Teenie, und versuche, sie anzusehen, ihre Gesichter zu deuten. Ich hätte sagen sollen, dass ich eine ganze Woche lang in diesem nutzlosen beschissenen Flüchtlingslager gesessen habe und verrottet bin und dass es jetzt reicht, ich hätte sagen sollen, dass meine Schwester verschwunden ist, mein Bruder, mein Vater, ein Mann, den ich als meinen Großvater ausgegeben habe, und dann denke ich an Martin, wie er starb, und an alles, was seitdem passiert ist, und die Tage liegen über mir wie fettige ekelhafte Schlagsahne und dann verspüre ich den Geruch von Instantnudeln mit Hühnchengeschmack und merke, dass ich kurz davor bin, vor Hunger ohnmächtig zu werden, und wie eine schlanke weiße Hand mir das Megaphon wegnimmt.

»HÖRT ZU!«, ruft Linnea.

Sie trägt diese hässliche blaue Uniform, ein kleines Halstuch, ihr

Haar in ordentlichen Zöpfen, ihre Stimme ist sanft, aber bestimmt, daran gewöhnt, Befehle zu erteilen, und hinter ihr reihen sich zehn, zwanzig, dreißig Jugendliche und Erwachsene in ähnlicher Kleidung auf.

»WIR SIND RÄTTVIKS PFADFINDERVEREINIGUNG UND WIR VERSAMMELN UNS HIER IN ZWEI STUNDEN, UM UNS IN GRUPPEN AUFZUTEILEN, DAS LAGER ABZUWICKELN UND SCHLAFPLÄTZE ZU VERTEILEN, IHR ALLE WERDET DAZU AUFGEFORDERT …«

Und sie fährt im gleichen Stil fort, aber ich kann es nicht ertragen, ihr weiter zuzuhören, die Tür zum großen grünen Truck steht noch offen und ich nehme meinen Rucksack ab und klettere auf den Fahrersitz, Ajax springt mir freudig hinterher und ich schaue zu Mama, sie steht völlig aufgelöst da, läuft dann aber wie auf Autopilot in meine Richtung. Der Schlüssel steckt im Zündschloss, ich geh davon aus, dass mich jemand aufhalten wird, jemand wird durchschauen, was ich vorhabe, jemand wird sagen *Was zum Teufel tust du da*, aber es passiert nichts und Mama geht um den Truck herum und setzt sich schweigend auf den Beifahrersitz, ihre Tasche auf dem Schoß, und ich starte den Motor und lege den Gang ein und wortlos rollen wir davon, weg. Unten am Ufer sehe ich Emil, er ist allein, der Verband an der Schulter hat sich gelöst und die Wunde hat wieder angefangen zu bluten, er steht einfach nur da, den Blick auf das dunkle Wasser des Sees gerichtet, er zittert, der Wind hat zugenommen und dunkle Wolken rasen über den Himmel, er sieht aus, als würde er weinen oder lachen, vielleicht beides und vor allem scheint er frei zu sein.

Dann biegen wir ab und rauf auf die Straße und runter vom Campingplatz und die Leute vor den Toren des Camps haben sich bereits in alle Winde verstreut, die, die noch da sind, weichen zurück, als der große Lastwagen auf sie zukommt, er hat so viel mehr Power als der Rettungswagen, ich fühle mich größer, stärker, kräftiger und hoffe aufrichtig, dass ich nicht rückwärtsfahren muss, wir sausen über die Straße, auf der wir neulich auch zum Bahnhof gefahren sind, auf dem Weg nach Hause, und Mama und Papa haben gestritten, doch das ist nur noch eine verschwommene Erinnerung, etwas, was passiert ist, als ich noch ein Kind war.

Ich schaue in den Rückspiegel, sehe dort den Campingplatz immer kleiner werden, sehe das Schild mit der Aufschrift SILJANBADET CAMPING – DALARNAS RIVIERA und muss ein wenig lächeln und dann bemerke ich ein blaues Moped hinter uns, ich muss für einen alten Mann im Rollstuhl bremsen und das Moped fährt im Slalom zwischen Laternenpfählen und auf den Bürgersteig hoch und an mir vorbei und herum und hält vor dem Lastwagen an, mitten auf der Straße, und ich bremse und steige aus.

Vor dem Bahnhof ist es leer, seit fast einer Woche fährt hier kein Zug mehr, vielleicht hat Papa den letzten genommen, als er mit Becka losgefahren ist. Puma nimmt seinen Helm ab und ich versuche, mich zu erinnern, wo der Tisch mit dem Wasser stand, hier oder näher an der Straße, ich komme zu dem Schluss, dass das hier war, genau auf diesem Quadratmillimeter stand ich, als wir uns das erste Mal begegnet sind, und er sagt *warte* und ich schüttle den Kopf und er bittet mich *lass mich mitkommen* und ich schüttle wieder den Kopf.

»Bleib hier«, sage ich. »Hilf ihr. Sie braucht dich jetzt.«

Er fummelt am Lenker seines Mopeds rum und ich stehe auf Zehenspitzen neben ihm und flüstere ihm ins Ohr *Aber versuch, mich später zu finden, Robert* und er antwortet nicht, nickt auch nicht, legt nur seine Arme um mich und ich lasse meine Lippen über seine Wange streifen und über seinen Wangenknochen und seinen Mund und in dieser Sekunde gibt es süße Katzenbabys und New-York-Reisen, es gibt Studentenpartys und Katerpizzen, es gibt Geld Auto Job erste Wohnung erstes Kind erste Scheidung und die ersten grauen Haare, für all das gibt es plötzlich Platz in diesem armseligen, erbärmlichen, elenden kleinen beschissenen Leben hier auf Erden, wo jeder Tag ohne ihn Zeitverschwendung ist.

»Ich kann nicht«, raunt er in mein Haar, »ich kann das nicht, Vilja, ich krieg das nicht hin, ich will dich, ich will nur noch dich.«

Ich küsse ihn erneut, ein letztes Mal, verzeih mir, Linnea, verzeih mir, Gott, verzeih mir, Welt.

Ich flüstere:

»Gewöhn dich dran.«

*

Ein Holzstapel, ein Ameisenhaufen. Das Schild ist gelb mit rotem Rahmen, die Buchstaben schwarz und kantig, ich erinnere mich, dass ich mich gefragt habe, ob es ein echtes Verkehrsschild ist, eines, das man pauken muss, um die Theorieprüfung zu bestehen, aber auf dem Bild darunter haben sie ein Kind gemalt, das einem Ball hinterherrennt, und eine alte Schachtel mit Stock und eine strahlende Sonne und darauf steht *WILDE KINDER UND SPIELENDE RENTNER*.

Ich genieße die Stille. Ich dachte, Mama würde viele Fragen stellen, mich löchern, was im Camp passiert ist *und der Hund und der Typ und wohin fahren wir und warum*, aber es ist, als hätte sie sich in sich selbst eingeschlossen, Ajax hat ihren Kopf in ihren Schoß gelegt und Mama krault sie mit einer Hand und fummelt mit ihrer anderen am Handy rum, als ob sie gerade zu nichts anderem imstande ist, und ich verwende all meine Energie darauf, mich wach zu halten und den Lastwagen zu steuern und nicht so hohe Erwartungen zu haben, das ist mein großes Problem, dass ich ständig enttäuscht bin.

Trotzdem muss ich am Ende das Schweigen brechen, ich sage, *er hatte immer solche Angst vor Hänsel und Gretel, es war für ihn das schlimmste Märchen, aber er wollte es immer wieder hören, und das Schreckliche war nicht die Hexe oder das Lebkuchenhaus, sondern dass Hänsel und Gretel sich im Wald verirrt haben, und er hatte immer Papierfetzen, Plastikperlen, Semmelbrösel in seinen Taschen, um eine Spur legen zu können, was also, wenn er versucht hat, allein nach Hause zu finden.*

Mama sagt *Von wem redest du?* und im selben Augenblick landet der erste einsame Regentropfen auf der Windschutzscheibe.

Die Gegend um die Hütte ist öde und leer, keine andere Menschenseele weit und breit, wir hören nur das leise Rascheln des Windes und den schwachen Regen in den Bäumen. Die Nachbarhütten, in denen wir früher gespielt haben, das Trampolin, das wir uns von einer alten Tante leihen mussten, die umgestürzte Eiche, der Baum, an dem Papa angefangen hat, ein Baumhaus zu bauen, aber aufgegeben hat, alles ist noch da, alles ist wie immer, aber gleichzeitig auch nicht.

Unser Auto steht immer noch vor der Hütte. Wir steigen aus dem Lastwagen und Mama geht auf die Eingangstür zu und drückt die Klinke herunter und schreit auf, als sie einfach so aufgeht.

»Wir haben abgeschlossen.« Ihre Stimme zittert. »Ich hab abgeschlossen. Ich weiß, dass ich abgeschlossen habe.«

»Er wusste, wo der Ersatzschlüssel lag«, sage ich. »Papa hat es ihm gezeigt.«

Sie ruft *Zack* und rennt in die Hütte, ich folge ihr, in der Küche liegt ein aufgeschlagenes Harry-Potter-Buch, daneben steht das Monopoly-Spiel ordentlich verpackt in seiner Schachtel, es riecht nach Müll und Pisse und Kacke, eklig und stickig, auf der Küchenbank sind leere Flaschen Mineralwasser und Dosen und Gläser ordentlich nebeneinander aufgereiht und man sieht, in welcher Reihenfolge er sich ernährt hat, zuerst die Ananas- und Birnenhälften, dann die Marmelade, dann Mais und Gurken, dann Pesto und schwarze Oliven, ganz zum Schluss die passierten Tomaten, Sardinen und Mayonnaise, ich weiß, dass er dieses Zeug hasst.

Ajax tapst beunruhigt im Haus umher, anscheinend gestresst von all den seltsamen Gerüchen, trottet schnell zu mir zurück und streift mit einem dumpfen Brummen meine Beine. Mama ruft wieder *Zack* und ich höre ihre Schritte die Treppe hinauf, weiß aber, dass er nicht da ist, ich bin zu spät gekommen, mein Gehirn war zu langsam, ich schaue in die Vorratskisten, alles Essbare ist weg, kein Wasser, kein Strom, er hatte gar keine Möglichkeit mehr hierzubleiben.

Sie kommt die Treppe wieder runter und es bricht mir das Herz, als ich sehe, dass sie seine Decke hält, seine alte Kuscheldecke mit Pippi Langstrumpf, die er von mir geerbt hat, als ich mich irgendwann weigerte, mit so etwas Kindischem zu schlafen. Sie klammert sich daran fest und drückt sie sich ans Gesicht und schluchzt *lieber Gott lieber Gott* und ich lasse sie für ein paar Sekunden so stehen, damit sie das Schlimmste einfach rauslässt, dann sage ich, *Mama, gib mir die Decke.*

Wortlos reicht sie sie mir und ich schnuppere daran und erkenne in dem Geruch meinen kleinen Bruder, die ungewaschenen Haare, den Körper, er hat begonnen, nach Schweiß zu riechen, den schwachen Duft von Pisse.

Dann halte ich Ajax die Decke hin und flüstere *Such.*

*

Herbst liegt in der Luft, als ich der Hündin zum Badeplatz folge, der Regen ist stärker geworden und es wird plötzlich kühler und ich bin wieder ein kleines Mädchen und neben mir läuft Ella in ihrem roten Regenmantel mit ihren albernen Schleifen im Haar und will cool aussehen, weil sie mit einem großen schwarzen Hund an der Leine spazieren geht, aber es ist mir egal, weil der Hund der süßeste ist, den ich je gesehen habe, und wir gehen zusammen runter zum Wasser und dort unten am Ende des Stegs ein schmaler weißer Rücken, Mama schreit und rennt an mir vorbei, sie sieht so alt aus, wenn sie rennt, wie ein Stock, stolpernd, sie schreit und läuft auf den Steg und es ist nass und glitschig vom Regen und sie rutscht schon nach wenigen Metern aus, einen Moment lang fürchte ich, sie würde ins Wasser fallen wie in einem lustigen YouTube-Clip, aber sie bricht einfach auf den Planken zusammen und schreit, kriecht vorwärts auf ihn zu.

Ajax will weiter, will der Duftspur bis zum Ziel folgen, aber ich ziehe fest an der Leine und setze mich auf die alte Bank, auf der er immer gesessen und auf den See geblickt hat, ich lasse ihnen den Moment da draußen auf dem Steg. Es gibt besondere Worte, die nur Mütter sagen, einen Schrei, den nur eine Mutter ausstößt.

Also sitze ich einfach hier und stelle mir vor, wie der alte Mann neben mir sitzt, also irgendwie sind wir schon zusammen hier. Ich schließe die Augen und versuche, ihn zu spüren, das Rascheln in den Bäumen, das Prasseln der Tropfen auf der Wasseroberfläche, den Geruch von Regen.

MONTAG, 01. SEPTEMBER

Die Nacht ist endlos. Es gießt in Strömen und wir reisen durch die Zeit, vorbei an kreischenden Maschinen, dröhnenden Wespenschwärmen, durch eine heulende kalte Leere. Menschen, die uns nachrufen, dass wir bleiben sollen, die ihre Babys in die Luft halten, als wollten sie sie einem unbarmherzigen Gott opfern. Polizisten und Soldaten winken uns mit müden, säuerlichen, leeren Gesichtern vorbei. An manchen Stellen, wo die Feuer gewütet haben, ist die verbrannte Erde jetzt von Wasser bedeckt, und dünner weißer Dampf steigt in Spiralen über den Wäldern auf.

Zack schläft neben Ajax in einer Ecke des Fahrerhäuschens. Das Radio läuft. In Göteborg hat es neue Schießereien gegeben, wahrscheinlich ein Bandenkrieg.

Wir fahren an verlassenen Städten vorbei. Wir passieren Straßensperren, wir bahnen uns den Weg um umgestürzte Bäume und verlassene Autos herum, wir fahren auf dunklen Forstwegen, über rauchende Kahlschläge, wir fahren durch halbmetertiefe Wasserpfützen.

Wir wechseln uns am Steuer des schweren Lastwagens ab. Wenn ich fahre, sitzt sie neben mir und scrollt. Wenn Mama fährt, schlafe ich. Irgendwann hält sie an und besorgt Essen, als ich aufwache, hat sie eine Plastiktüte mit Bananen und Wurstbroten dabei, außerdem hat sie etwas Benzin nachgetankt. Ich frage nicht, wie sie das gemacht hat, stopfe mir einfach ein Sandwich hinein und schlafe wieder ein.

Wir hören die aktuellen Nachrichten. Der heftige Regensturm über Skandinavien hat viele Brände gelöscht und die Ausbreitung gestoppt, aber im Gegenzug haben heftige Überschwemmungen enorme Zerstörungen angerichtet, mehrere Straßen wurden gesperrt, Häuser sind eingestürzt, Menschen in ihren Kellern ertrunken, als sie versucht haben, ihre Wertsachen zu retten, und in Kristianstad starben siebzehn Bewohner eines Altenheims, das nicht schnell genug evakuiert werden konnte, als das Wasser ins Erdgeschoss trat. Um die tausend Menschen sind nach den Bränden tot oder vermisst, die wirtschaftlichen Schäden werden auf Hunderte Milliarden geschätzt. In den sozialen Medien tobt die Debatte, dass Entschädigungen nur klimabedingt ausgezahlt werden sollen, Gebäude sollen klimaneutral umgebaut werden, mit Solarzellen auf den Dächern. In einer weiteren Debatte wird heiß diskutiert, dass illegale Migranten, die durch die Katastrophe obdachlos geworden sind, das Unterstützungsgeld nicht erhalten und ihnen keine kostenlose medizinische Versorgung angeboten werden sollte, wenn sie giftigem Rauch ausgesetzt waren. Ein Autor und mehrfach preisgekrönter Kulturjournalist wird interviewt: *Wissenschaftler haben unterschiedliche Ansichten zu diesem Thema, aber natürlich,* grummelt er, *glauben die extremsten Weltuntergangspropheten, dass es in hundert Jahren zwei oder drei Grad wärmer sein wird, was ich persönlich stark bezweifle, und wenn es sich doch bewahrheiten sollte, sehe ich tatsächlich keinen Grund, deswegen hysterisch zu werden. Die Klimadebatte ist emotional aufgeladen und despektierlich geworden.*

Der Tod des ehemaligen Tennisstars Anders Hell wird gemeldet, im Zusammenhang mit einem Unfall. In Malmö hat jemand eine Autobombe gezündet. Mama lächelt schwach.

»Das erinnert mich irgendwie an deinen Papa«, sagt sie. »Wir saßen einmal zu Weihnachten in Åre fest und irgendwie hat Didrik es geschafft, ein großes Auto zu besorgen und uns zu meiner Mutter zu fahren.«

»War ich dabei?«

»Ja, dich gab's damals schon. Du und ich und Papa, er ist die ganze Nacht bei Schnee durchgefahren.«

»Klingt schön.«

Sie schüttelt wehmütig den Kopf.

»So schön war das tatsächlich gar nicht«, seufzt sie. »Wir haben uns viel gestritten und waren wütend aufeinander. Manchmal denke ich, dass es vielleicht damals … schon losging mit den schweren Zeiten. Da fing alles an.«

»Worüber habt ihr euch gestritten?«

»Das weiß ich gar nicht mehr. Irgendwas wird's schon gewesen sein.«

*

Sie ist klein, kleiner, als ich dachte, und gar nicht so süß wie auf den Bildern. Ihr Gesicht ist rund, ihre Haut perfekt und ihre Augen sind groß und schön, aber ohne das ganze Make-up sieht sie eigentlich ganz normal aus.

Ajax tappst in die Bonzenwohnung und schnuppert und wedelt mit dem Schwanz. Kirschrot lackierte Fingernägel kraulen ihren Nacken.

»Komm rein.«

Ich bin noch nie in so einer Wohnung gewesen, so leben reiche Leute in Fernsehserien, in mehreren riesigen Wohnzimmern und einer großen Küche mit Blick auf eine feuchte Terrasse, die Terrassentür steht offen und die kühle, frische Luft regennasser Pflanzen strömt herein.

»Hier liegt sie«, sagt das Mädel und betritt eins der kleineren Zimmer ohne Fenster, mit abgenutzten Ledermöbeln und einem großen Flachbildfernseher. »In unserem *Girl Cave*. Sie schläft noch.«

Im Doppelbett liegt meine Schwester im rosafarbenen Schlafanzug, das Gesicht an ein Kissen gepresst, mit Armen und Beinen von sich gestreckt, in mir macht es *klick*, und obwohl es sich unangenehm anfühlt, mich in ein fremdes Bett zu legen, krieche ich auf die weiche Matratze und reibe mein Gesicht an ihren Bauch und atme den säuerlichen Geruch von Milch und Erbrochenem ein, vermischt mit dem Duft des sauberen Schlafanzugs. Die Zeit gerät ins Stocken und alles steht still.

»Es geht ihr gut. Anfangs hat sie ein bisschen öfter geweint, aber sie hat gut gegessen und okay geschlafen und so.«

Das Mädel gähnt.

»Obwohl solche Babys anfangs ja nicht so cool sind. Essen und kacken und schlafen. So richtig Bock hab ich darauf jetzt nicht gekriegt.«

»Wolltest du ihn deshalb nicht mehr haben?«

»Wen?«

»Papa.«

Sie runzelt die Stirn, ich kann kaum fassen, dass ich wirklich gerade diese Frage gestellt habe.

»Nee. Oder vielleicht doch. Es ist viel zusammengekommen. Und eigentlich wollte er mich auch nicht.«

Es vergehen einige Sekunden, sie sieht nachdenklich aus. Ich lege meine Wange auf den rosafarbenen Schlafanzug und atme den Duft ein.

»Wenn wir ehrlich sind, wollte ich eigentlich dich haben«, sagt sie zögerlich. »Ich hab Bilder von dir und Zack gesehen und euch zwei wollte ich haben. Süße Brötchen backen, Ostereier bemalen. Abholen und zur Schule bringen. Zusammen shoppen gehen. Das wäre perfekt gewesen. Deine Bonusmama zu werden. Das hätte ich ziemlich toll gefunden.«

Ich nicke.

»Ich glaub, ich auch.«

»Vielleicht hören wir uns ja?«

»Ich glaub, das fände Mama nicht okay. Aber ja, vielleicht. Irgendwann.«

Ich klettere aus dem Bett und nehme die Sonnenbrille aus meiner Tasche.

»Hier, kannst du haben. Als Dankeschön, dass du dich um meine Schwester gekümmert hast.«

Sie lacht.

»Ivana Helsinki. So eine hab ich schon.«

»Ich weiß. Deswegen hab ich das Modell auch wiedererkannt.«

Ich gehe auf Ajax zu. Kraule ihren Kopf, nehme die Leine und gebe sie Melissa.

»Sie kannst du auch haben, sie ist echt toll. Ein Berner Sennenhund. Ich kann sie leider nicht mitnehmen.«

Sie lächelt verschlafen.

»Echt niedlich. Wie heißt sie?«

Ich zucke mit den Schultern.

»Denk dir was aus.«

Wir verabschieden uns und ich nehme Becka auf den Arm. Sie schnauft leicht an meiner Schulter, ihr Atem duftet süß, von Schlaf und Muttermilchersatz.

»Na dann, lass uns mal gehen«, flüstere ich und nehme die rote Wickeltasche, durch die Küche Richtung Wohnungstür. Ich höre, wie Melissa die Dachterrasse betritt, höre ihre zwitschernde Stimme, sie filmt sich mit dem Hund, *Jetzt gehen ich und Pudding hier auf dem Dach spazieren, schau mal, Pudding, hier wachsen Hagebutten und Zitrone und Mango und alles Mögliche, das du anpinkeln kannst, wenn du willst, das ist sicher guter Dünger für die Pflanzen.*

»Na dann.«

*

Das ist schon fast zu einfach, denke ich und fahre durch die Pfützen, die Absperrungen sind verschwunden, aber viele Fenster sind immer noch zerschlagen oder mit Holzbrettern vernagelt.

Das glaubt mir doch keiner, dass es jetzt so einfach war.

Es ist früh am Morgen und ich fahre mit meiner Mama und meinen Geschwistern auf die Autobahn, vorbei an den von Regen glänzenden Autowracks, vorbei an einer ausgebrannten Tankstelle und einem mit Graffiti zugetaggten McDonald's. Die Straße vor uns ist leer, wir fahren, bis der letzte Tropfen Benzin verbraucht ist, und wenn ihr mich fragt, ob diese Geschichte wirklich wahr ist, ob es sich nicht nur um Erfindungen und Lügen und verrückte Phantasien handelt, dann könnt ihr ja durch eure Feeds scrollen und darüber nachdenken, wie realistisch sich die Welt anfühlt.

Ich bin ganz neblig im Kopf, müde vom Lastwagenfahren, die Sonne scheint mir direkt ins Gesicht und ich denke, *wenn ihr mir jetzt kommt von wegen, das klingt alles ziemlich unwahrscheinlich, dann schaut mal bitte aus dem Fenster und beschreibt, was ihr seht.*

Becka wimmert in Mamas Armen, Zack hat die Stirn ans Fenster gelehnt und starrt in die vorbeiziehende Landschaft und in der Hand hält er sein Marmeladenglas mit dem Zahn und dem Goldzehner, einen Schatz aus einer verlorenen Welt.

Wenn ihr sagt, dass ihr nicht an dieses Happy End glaubt, werd ich euch sagen, dass das hier weder happy noch das Ende ist.

Es gibt ja gar kein Ende. Auch wenn ich jetzt aufhöre, meine Geschichte zu erzählen, geht sie trotzdem weiter.

Glaubt ja nicht, dass das hier vorbei ist. Glaubt ja nicht, dass ihr zu Hause angekommen seid.

Niemand wird nach Hause kommen.

*

»Weißt du, was das Schlimmste ist?«, fragt der blonde Anzugtyp und schaut zerstreut auf das Preisschild eines dunklen Anzugs.

Sein Kumpel schüttelt den Kopf.

»Satt zu werden.«

Im Duty-Free-Shop hängt eine Stange voll Hemden, die meisten weiß und hellblau, daneben einige Anzüge und natürlich ein paar normale Jeans und Pullover, vor allem mit so einem snobby V-Ausschnitt, den ich nicht so geil finde. Dann gibt es noch ein paar Sommerkleider und Leinenhemden, Shorts und Unterwäsche. Nichts in

Beckas Größe, aber Melissa hatte die Wickeltasche vollgepackt mit sauberen, neuen Klamotten.

»Wir waren im Frühsommer in der Toskana, ich und Hanna und die Kids. Jeden Abend italienisches Essen. So unfassbar geil alles. Rotwein und Pasta und Meeresfrüchte und Entrecôte und so was alles.«

Der Typ spricht Entrecôte wie ein typisch vulgärer Oberschichtschwede aus, *Ang träkooo*, und ich muss den Impuls unterdrücken, ihn zu korrigieren, hör auf, das ist Papas Ding, nicht deins.

»Und dann kommt das Tiramisu und man nimmt nur einen verdammten Löffel voll und ist nur noch so oouuuöööh. So UNglaublich gut. Aber es ging einfach nichts mehr rein.«

Ich sammle Unterhosen, Socken und T-Shirts, einige Jeans und Blusen und kurzärmelige Hemden zusammen, genug Klamotten, *um uns ein paar Tage über Wasser zu halten*, wie Mama es ausdrückte.

»Die gleiche Nummer eine Woche später«, fährt der Anzugtyp fort, »Hanna und ich sind zur Hochzeit ihrer Freundin nach Sydney geflogen. Am Tag vor der Trauung. Krasseste Grillparty, die ich je erlebt habe. Hühnchen und Würstchen und völlig kranke Lammkarrees.«

Er schüttelt den Kopf und verdreht die Augen, sein Kumpel wirkt ein wenig abwesend, steht nur neben ihm und sieht zu.

»Erst letztes Wochenende waren wir mit Henrik und Lisa in Djursholm bei einer Hummerparty. Hab versucht, mich zurückzuhalten, aber es gab verdammt viele Pfannengerichte und Crèmes und Quiche und Käse und man will ja alles probieren und dann haben sie irgendwann die Schokoladentorte gebracht und ich hab gefressen, bis ich fast gekotzt hab.«

Ich gehe zur Kasse. Der blonde Anzugwichser steht vor mir in der Schlange, er hat zwei schwarze Anzüge, zwei weiße Hemden und zwei weiße Krawatten ausgesucht.

»Das sollte doch funktionieren, oder?«, fragt er seinen Kumpel, erst jetzt sehe ich, dass es eher noch ein Junge ist, nur ein paar Jahre älter als ich, aber groß und dick.

»Aber trägt man einen Schlips bei einer Beerdigung?«, fragt der Junge steif.

»Na klar, wenn man ein enger Angehöriger ist.«

»Gilt aber nur in Schweden«, sagt der Kassierer freundlich und packt den Haufen mit Klamotten ein.

Der Blonde lacht.

»Wir machen unsere eigenen Regeln. Das hätte unserem alten Herrn gefallen.«

»Wohin reisen Sie?«, fragt der Kassierer.

»Melbourne«, sagt er und legt seine Kreditkarte auf das Lesegerät. »Da unten ist gerade Winter, kühl und frisch, herrlich wird das.«

»Hier war ja jetzt Hitzerekord«, sagt der Kassierer. »Der wärmste Juni, Juli und August seit Beginn der Wetteraufzeichnungen.«

Der dicke Junge schüttelt den Kopf.

»Du musst das aus einem anderen Blickwinkel betrachten. Dieser Sommer war nicht der heißeste. Es war der kälteste, verglichen mit dem, was uns die nächsten Jahre erwartet.«

Der Kassierer verstummt, räuspert sich.

»Ja … ja, das ist wirklich furchtbar.«

Der Blonde lacht und legt seine Hand auf die Schulter des Jungen.

»Stimme voll und ganz zu, lass uns lieber gehen, Brüderchen. Karolina wartet in der Lounge. Wir haben noch Zeit für ein Gläschen, um auf Vater anzustoßen. Das hätte ihm auch gefallen.«

Sie verschwinden, ich bezahle die Klamotten und gehe zurück zum Gate. Papa ist gerade angekommen, sitzt auf einem Plastikstuhl, ganz außer Atem und mit Becka auf seinem Schoß.

»Warst du im Gefängnis, Papa?«, fragt Zack verstohlen und starrt auf den Verband um Papas Kopf.

»Nein, nein, mein Süßer, sie wollten nur ein bisschen mit mir plaudern, das waren nur solche Plauderpolizisten. Und danach durfte ich ein bisschen wie im Hotel wohnen.«

»Plauderpolizisten?«

Papa nickt. »Genau. Nur plaudern plaudern plaudern.«

»Also haben sie ein Wörterbuch statt einem Gesetzbuch!«

»Und statt Pistolen haben sie Halspastillen!«

»Und …«, Zacks Gesicht leuchtet triumphierend, jetzt ist ihm wohl noch etwas richtig Gutes eingefallen, »… und wenn ein Dieb kommt, dann haben die so eine Sprechblase und fangen ihn damit wie mit einem Lasso!«

Mama wühlt nach ihrem Pass in ihrer Handtasche und dann nimmt sie ihr Handy und beginnt zu scrollen.

Sie rufen unser Boarding auf und wir stehen mal wieder in einer Schlange. Was ich an Flughäfen liebe, ist das Gefühl, in eine Blase zu geraten, als wäre man bereits an einem neuen Ort, obwohl man noch in der Heimat ist. Ich erinnere mich, als ich klein war und wir in den Winterferien nach Florida geflogen sind und die Leute im Terminal schon ihre Sommerklamotten anhatten, Shorts und Tanktops, trotz Schnee und Graupel vor dem Flughafen, einige hatten Sandalen angezogen, aus irgendeiner Tasche lugte eine Tube Sonnencreme. Ich erinnere mich, wie fasziniert ich davon war, gleichzeitig in zwei Welten zu sein, auf dem Sprung, in einem Rausch aus Vorfreude und Sehnsucht und Abenteuer.

Endlich, denke ich, *endlich* fängt das Leben an.

Ich nehme Becka auf den Arm und gehe voran, Mama folgt mir mit dem Pass in der Hand, Papa nimmt Zack an die Hand. Ich drehe mich um und schaue zu meiner Familie, Mama, die Papa zulächelt, der mit Zack scherzt, und Papa blickt zu mir und sieht albern aus, ich flüstere *Ist alles in Ordnung?* und er antwortet *Ja, Vanilja-Petersilja, ich bin einfach so glücklich, ich erinnere mich nicht, wann ich das letzte Mal so glücklich war, jetzt ist gerade alles einfach perfekt.*

Es kommt noch eine Sicherheitskontrolle und ich versuche, mich mit Becka durch diese Schranke oder was auch immer es ist, zu zwängen, aber ein Mann in blauer Uniform hält mich auf, wir müssen nacheinander durch, das gilt auch für Babys, es gelten jetzt neue Regeln. Eine Frau in der gleichen Uniform schwebt nach vorne und lächelt ein warmes Lächeln, *Ich trage sie durch den Metalldetektor*, sagt sie, *so handhaben wir das zur Zeit, komm schon, Süße* und sie hält Becka eine kleine weiß gepunktete Hasenpuppe hin und lächelt, als würde das Paradies warten.

Mama und Papa wollen gerade noch etwas sagen, *Es ist alles so viel, wir können jetzt nicht mehr*, aber sie schweigen, diese Regeln gibt es ja nicht ohne Grund.

Becka streckt sich neugierig nach dem Kaninchen, ich drücke mein Gesicht an ihre Wange, *Ist schon gut, Süße, alles wird gut*, flüstere ich, *nicht so schlimm nicht so schlimm nicht so schlimm*, dann übergebe ich meine Schwester an die Fremde.

Charlotte McConaghy
Zugvögel

Franny hat ihr ganzes Leben am Meer verbracht, die wilden Strömungen und gefiederten Gefährten den Menschen vorgezogen. Als die Vögel zu verschwinden beginnen, beschließt die Ornithologin den letzten Küstenseeschwalben zu folgen. Auf einem der letzten Fischerboote macht sie sich auf den Weg in die Antarktis. Schutzlos ist die junge Frau den Naturgewalten des Atlantiks ausgeliefert, allein die Vögel sind ihr Kompass. Doch wohin die Tiere sie auch führen, ihrer Vergangenheit kann Franny nicht entfliehen. Schon bald wird die Reise zu einem lebensbedrohlichen Abenteuer.

Aus dem Englischen von Tanja Handels
400 Seiten, broschiert

Weitere Informationen finden Sie auf
www.fischerverlage.de

AZ 596-70520/1